Terry Pratchett

DIE NOMEN

Die komplette Saga

Aus dem Englischen
von Andreas Brandhorst

PIPER

Entdecke die Welt der Piper Fantasy:

PiperFantasy.de

MIX
Papier aus verantwortungsvollen Quellen
FSC® C083411

Ungekürzte Taschenbuchausgabe
April 2019
ISBN 978-3-492-28197-3

Titel der englischen Originalausgabe: »Truckers«, »Diggers«, »Wings« bei Doubleday/Transworld Publishers Ltd., London, 1989, 1990

Umschlaggestaltung: Guter Punkt, München
Umschlagabbildung: Katarzyna Oleska
Satz: Tobias Wantzen, Bremen
Gesetzt aus der Quadraat
Druck und Bindung: CPI books GmbH, Leck
Printed in the EU

Trucker

Noch eins für Rhianna

Über Nomen und die Zeit

Nomen sind klein. Im Großen und Ganzen leben kleine Geschöpfe nicht lange, aber vielleicht leben sie *schnell*.

Hier mag eine Erklärung nötig sein.

Eins der kurzlebigsten Geschöpfe auf dem Planeten Erde ist die gewöhnliche Eintagsfliege. Ihre Lebenserwartung beträgt genau einen Tag. Andererseits gibt es Mammutbäume, die über viertausend Jahre alt sind und sich noch immer bester Gesundheit erfreuen.

Eintagsfliegen halten das vielleicht für ungerecht, aber wichtig ist nicht die Länge des Lebens, sondern wie lang es zu sein *scheint*.

Für eine Eintagsfliege haben sechzig Minuten vielleicht die Länge eines Jahrhunderts. Man stelle sich vor, wie alte Eintagsfliegen beieinandersitzen und darüber klagen, das Leben in dieser Minute sei nicht mehr so wie in den guten alten Minuten vor langer Zeit, als die Welt jung war, als die Sonne heller schien und Larven noch Respekt zeigten. Bäume hingegen sind nicht wegen ihrer schnellen Reaktionen bekannt; möglicherweise bemerken sie das seltsame Flackern des Himmels erst, wenn sie bereits von Trockenfäule und Holzwürmern heimgesucht werden.

Alles ist relativ. Je schneller man lebt, desto mehr dehnt sich die Zeit. Für einen Nomen dauert ein Jahr ebenso lange wie zehn Jahre für einen Menschen. Denken Sie daran. Ohne deshalb betrübt zu sein. Die Nomen kümmert es nicht. Sie haben überhaupt keine Ahnung davon.

Am Anfang ...

I. Da war der Standort.
II. Und Arnold Gebr (gegr. 1905) sah den Standort und erkannte seine Möglichkeiten.
III. Denn er befand sich an der Hauptstraße.
IV. Es gab sogar eine Bushaltestelle in der Nähe.
V. Und Arnold Gebr (gegr. 1905) sprach: Es werde ein Kaufhaus. Und es soll ein Kaufhaus sein, wie es die Welt bisher noch nicht gesehen hat.
VI. In der Länge soll es reichen von der Palmer Street bis zum Fischmarkt, in der Breite von der High Street bis zur Disraeli Road.
VII. Fünf Stockwerke soll es hoch sein und auch einen Keller haben. Und es fehle nicht an Aufzügen. Es werde ewiges Licht im Kesselraum des Kellers, und über den Etagen werde eine Buchführung, um *alles* zu bestellen.
VIII. Denn so sprach Arnold Gebr (gegr. 1905): *Alles Unter Einem Dach.* Und der Name soll lauten: das Kaufhaus von Arnold Gebr (gegr. 1905).
IX. Und so geschah es.
X. Und Arnold Gebr (gegr. 1905) unterteilte das Kaufhaus in einzelne Abteilungen, in Eisenwaren, Miederwaren, Damenmode und andere ihrer Art, und er schuf Menschen, um die Abteilungen mit ihnen zu füllen, auf dass sie sprachen: Ja, hier gibt es *alles.* Und Arnold Gebr (gegr. 1905) sprach: Es werde rote und gelbe Lastwagen, und sie sollen überall verkünden, dass Arnold Gebr (gegr. 1905) *alles* liefert, nach Vereinbarung.
XI. Es werde Wühlstände, Sommer- und Winterschlussverkauf, Sonderangebote und Günstige Gelegenheiten. Es werde Waren, die den jeweiligen Saisons angemessen sind.
XII. Und die Nomen sollen kommen ins Kaufhaus, auf dass es ihre Heimat sei für immer und ewig.

Aus dem Buch der Nomen, *Keller, Verse* I–XII

1

Dies ist die Geschichte der Heimkehr.

Es ist die Geschichte vom Gefährlichen Pfad.

Es ist die Geschichte vom Lastwagen, der durch eine schlafende Stadt donnert, gegen Straßenlaternen stößt, Schaufenster zerschmettert und von der Polizei angehalten wird. Und als die verblüfften Beamten zum Streifenwagen zurückkehrten, um Bericht zu erstatten – *Ja, Sie haben richtig gehört: Es sitzt niemand am Steuer!* –, wurde daraus die Geschichte des Lastwagens, der wieder den Motor startete, von den verdutzten Männern fortrollte und in der Nacht verschwand.

Aber die Geschichte fand hier kein Ende.

Sie begann auch nicht an dieser Stelle.

Es regnete Stumpfsinnigkeit. Es regnete Kummer. Es handelte sich um jene Art von Regen, der viel zu feucht ist, um einen Regen, der in großen Tropfen fällt und *platscht*, um einen Regen, der einem senkrechten Meer mit Schlitzen darin gleicht.

Der Regen trommelte auf die alten Hamburger-Schachteln und Pommes-frites-Tüten im Abfallkorb, der Masklin derzeit als Versteck diente.

Beobachten Sie ihn. Er friert. Er ist nass, besorgt und zehn Zentimeter groß.

Normalerweise bot der Müllbehälter ein gutes Jagdrevier, selbst im Winter. Oft enthielten die Tüten noch das eine oder andere Kartoffelstäbchen, manchmal sogar Knochen von einem Hähnchen. Gelegentlich stieß Masklin auf eine Ratte. Über die letzte Ratte hatte er sich sehr gefreut – sie reichte für fast eine Woche. Es gab nur ein Problem: Am dritten Tag konnte man kein Rattenfleisch mehr sehen. Eigentlich blieb einem schon der dritte Bissen im Hals stecken. Masklin starrte zum Parkplatz.

Und dort kam er, pünktlich wie immer, pflügte durch Pfützen und hielt mit zischenden Bremsen.

Seit vier Wochen traf der Laster an jedem Dienstag- und Donnerstagmorgen ein. Masklin wusste auch, wie viel Zeit sich der Fahrer ließ.

Sie hatten genau drei Minuten. Für jemanden, der so klein ist wie ein Nom, entspricht das einer halben Stunde.

Masklin kroch an schmierigem Papier vorbei, sprang unten aus dem Abfallkorb und lief zu den Sträuchern am Rand des Parkplatzes. Dort warteten Grimma und die anderen.

»Er ist da«, sagte er. »Kommt!«

Sie standen auf, ächzten und murrten. Mindestens ein dutzendmal hatte Masklin mit ihnen geübt. Es war sinnlos, sie anzuschreien: Damit verwirrte er sie nur, und dann regten sie sich auf und murrten noch mehr. Sie meckerten immer. Über kalte Pommes frites, selbst wenn Grimma sie aufwärmte. Über Rattenfleisch. Ab und zu dachte Masklin daran, einfach fortzugehen, doch die mahnende Stimme des Gewissens hinderte ihn daran. Die anderen brauchten ihn. Sie benötigten jemanden, über den sie nörgeln konnten.

Aber sie waren zu *langsam*. Masklin hätte am liebsten geweint.

Stattdessen wandte er sich an Grimma.

»Wir müssen uns *beeilen*«, drängte er. »Treib sie irgendwie an. Es dauert zu lange!«

Grimma klopfte ihm auf die Hand.

»Sie fürchten sich. Geh du voraus. Wir folgen dir gleich.«

Masklin widersprach nicht – dazu war die Zeit zu knapp. Er eilte durch den Schlamm zum Parkplatz zurück, holte unterwegs Seil und Haken hervor. Eine Woche hatte es gedauert, um den Haken aus einem Stück Zaundraht anzufertigen, und anschließend übte er tagelang. Der Nom holte bereits damit aus, als er das Rad des Lasters erreichte.

Beim zweiten Versuch verfing sich der Haken oben an der Plane. Masklin zog an dem Seil, stützte die Füße an den Reifen ab und zog sich hoch.

Nicht zum ersten Mal begann er mit einer solchen Kletterpartie. Oh, er hatte schon drei oder vier hinter sich. Gekonnt kroch er unter die dicke Plane in eine Welt der Finsternis, rollte noch mehr Seil aus und befestigte es an einem tauartigen Strick, dick wie sein Arm.

Dann schlüpfte er wieder zum Rand und atmete erleichtert auf: Grimma führte die Alten *tatsächlich* über den Platz. Er hörte, wie sie sich über die Pfützen beklagten.

Masklin sprang ungeduldig auf und ab.

Stunden schienen zu vergehen. Eine Million Mal hatte er es den anderen erklärt, aber als Kinder waren sie nie auf Lastwagen gezogen worden und sahen nicht ein, warum sie jetzt damit anfangen sollten. Oma Morkie bestand darauf, dass alle Männer zur Seite blickten, damit sie ihre Unterröcke nicht sahen. Und der alte Torrit wimmerte so laut, dass Masklin ihn wieder hinabließ; Grimma legte ihm eine Augenbinde an. Nachdem er die ersten heraufgeholt hatte, war es etwas leichter für ihn, denn die anderen halfen ihm am Seil. Trotzdem wurde die Zeit knapp.

Grimma kam als Letzte an die Reihe. Sie war leicht. Eigentlich wog niemand besonders viel – sie bekamen nicht jeden Tag Rattenfleisch.

Erstaunlich, schließlich befanden sich alle an Bord. Masklin hatte ständig nach den Geräuschen von Schritten auf Kies gelauscht, nach dem Knallen der zufallenden Fahrertür, aber nichts dergleichen geschah.

»Na schön«, sagte er und zitterte vor Anstrengung. »Das wär's. Wenn wir jetzt ...«

»Ich habe das *Ding* fallen lassen«, brummte der alte Torrit. »Das *Ding*. Ich habe es fallen lassen, verstehst du? Neben dem Rad, als mir Grimma die Augen verband. Hol es, Junge!«

Masklin riss erschrocken die Augen auf, spähte unter der Plane hervor und ... Ja, dort lag es, tief unten. Ein winziger schwarzer Würfel auf dem Boden.

Das *Ding*.

Es ruhte in einer Pfütze, doch das machte dem *Ding* sicher nichts aus. Es widerstand allem, sogar dem Feuer.

Und dann hörte Masklin, wie der Kies in regelmäßigen Abständen knirschte. Jemand kam.

»Wir haben keine Zeit mehr«, flüsterte er. »Es ist zu spät.«

»Ohne das *Ding* können wir nicht aufbrechen«, stellte Grimma fest.

»Natürlich können wir das. Es ist doch nur ein – ein *Ding*. Wir brauchen das verdammte Objekt nicht mehr.«

Masklin bedauerte die Worte sofort und staunte darüber, dass sie ihm über die Lippen gekommen waren. Grimma wirkte entsetzt. Oma Morkie richtete sich zu ihrer vollen Größe auf und zitterte am ganzen Leib.

»Du solltest dich schämen!«, blaffte sie. »Es gehört sich nicht, so etwas zu sagen! Habe ich recht, Torrit?« Sie stieß ihm den spitzen Ellbogen in die Rippen.

»Wenn wir das *Ding* nicht mitnehmen, bleibe ich hier«, erwiderte Torrit verdrießlich. »Es ist kein ...«

»Der Anführer spricht mit dir«, fuhr Oma Morkie fort. »Gehorch ihm gefälligst. Das *Ding* zurücklassen! Es wäre nicht richtig. Es wäre nicht anständig. Hol es, und zwar sofort.«

Masklin starrte wortlos in den Schlamm hinab, warf verzweifelt das Seil über den Rand und hangelte sich daran nach unten.

Es regnete jetzt stärker, und auch Hagelkörner fielen. Der Wind zerrte an Masklin, als er am großen Rad vorbeifiel, dann in der Pfütze landete. Er bückte sich, griff nach dem *Ding* ...

Und der Lastwagen setzte sich in Bewegung.

Zuerst dröhnte etwas, so laut, dass eine massive Wand des Lärms daraus wurde. Stinkender Qualm wehte Masklin entgegen, und er spürte eine alles erschütternde Vibration.

Ruckartig zog er an dem Seil und rief den Alten zu, sie sollten ihn hochziehen – aber er hörte nicht einmal die eigene Stimme. Doch Grimma oder jemand anders begriff offenbar, worauf es jetzt ankam: Als das riesige Rad losrollte, straffte sich die Leine, und Masklin verlor den Boden unter den Füßen.

Er stieß gegen die Radkappe und prallte ab, schwang hin und her, während man ihn quälend langsam hochzog. Nur wenige Zentimeter trennten ihn vom Reifen, der jetzt ein schwarzer Schatten war, und ständig hämmerte das grässliche Wummern auf ihn ein.

Ich habe keine Angst, dachte er. *Dies ist viel schlimmer als alles andere, womit ich jemals fertig werden musste, und ich fürchte mich nicht davor. Etwas so Schreckliches lässt gar keine Furcht zu.*

Er fühlte sich wie in einem kleinen warmen Kokon, fern von Wind und Lärm. *Ich sterbe*, fuhr es ihm durch den Sinn. *Ich muss mein Leben für das* Ding *opfern, das uns nie geholfen hat, nie irgendeinen Nutzen hatte. Ja, jetzt ist es so weit, jetzt komme ich in den Himmel. Torrit hat oft erzählt, was passiert, wenn man stirbt. Ich frage mich, ob er recht hat. Schade, dass man sterben muss, um es herauszufinden. Jahrelang habe ich jeden Abend den Himmel beobachtet, ohne dort oben auch nur einen Nom zu sehen …*

Aber es spielte gar keine Rolle. Es betraf Masklin überhaupt nicht mehr. Er schwebte nun in einer anderen Wirklichkeit …

Hände streckten sich ihm entgegen, fassten ihn unter den Armen, zogen ihn unter die knatternde Plane, lösten ihm mühsam das *Ding* aus den verkrampften Fingern.

Hinter dem schneller werdenden Lastwagen senkten sich neue Regenvorhänge auf weite Felder herab.

Und im ganzen Land gab es keine Nomen mehr.

Es hatte viel mehr gegeben, damals, als es nicht so häufig regnete. Masklin erinnerte sich an mindestens vierzig. Doch dann kam die Autobahn: Der Bach wurde durch Rohre geleitet, die nächsten Hecken wurden mit den Wurzeln ausgegraben und entfernt. Die Nomen hatten immer in den Ecken der Welt gelebt, und plötzlich bekamen solche Ecken Seltenheitswert.

Immer weniger Nomen blieben übrig. Das lag zum größten Teil an natürlichen Ursachen, und wenn man nur zehn Zentimeter groß ist, haben »natürliche Ursachen« meistens Zähne und Hunger. Eines Nachts führte der besonders abenteuerlustige Pyrrince eine verzweifelte Expedition *über die Fahrbahn*, um den Wald auf der anderen Seite zu erforschen. Er und seine Begleiter kehrten nie zurück. Manche sagten später, sie seien Falken zum Opfer gefallen. Oder einem Laster. Einige spekulierten sogar, sie hätten die Hälfte der Strecke hinter sich gebracht und auf dem Grünstreifen in der Mitte festgesessen, gefangen zwischen endlosen Reihen dahinrasender Autos.

Dann baute man das Café an der Straße, was zu einer gewissen Verbesserung führte. Es hing vom jeweiligen Blickwinkel ab. Wenn man kalte Pommes frites und Hähnchenknochen mit Fleischfetzen dran für Nahrung hielt, dann gab es für alle genug zu essen.

Schließlich wurde es Frühling. Masklin blickte sich um und stellte fest, dass die Gruppe nur noch aus zehn Nomen bestand. Acht von ihnen waren zu alt für weite Streifzüge – Torrit ging auf den zehnten Geburtstag zu.

Ein schrecklicher Sommer folgte. Grimma organisierte mitternächtliche Raubzüge zu den Abfallkörben und nahm die wenigen Artgenossen mit, die sich noch einen Rest von Flinkheit bewahrt hatten. Masklin versuchte sich als Jäger.

Allein auf die Jagd zu gehen ... Er hatte dabei das Gefühl, stückchenweise zu sterben. Die meisten Dinge, denen er nachstellte, schlüpften ebenfalls in die Rolle des Jägers. Und selbst wenn er einen Erfolg erzielte und etwas erlegte – wie sollte er die Beute nach Hause schaffen? Bei der Ratte dauerte es zwei Tage, und des Nachts musste er Wache halten, um andere Geschöpfe abzuwehren. Zehn starke Jäger konnten alles schaffen – Bienennester plündern, Mäuse in Fallen locken, Maulwürfe fangen, *alles* –, aber wenn jemand allein loszog, ohne einen Gefährten, der ihm im hohen Gras Rückendeckung gab ... Ein solcher Nom war die nächste Mahlzeit für alles, was Krallen und Zähne besaß.

Um für genug Nahrung zu sorgen, benötigte man viele Jäger. Und für viele Jäger benötigte man genug Nahrung.

»Im Herbst wird's besser«, versprach Grimma, als sie Masklins Arm verband. Ein Wiesel hatte ihn gebissen. »Dann gibt es Pilze, Beeren, Nüsse und so weiter.«

Aber die Suche nach Pilzen blieb vergeblich, und es regnete so sehr, dass die Beeren vor der Reife verfaulten. An Nüssen herrschte jedoch kein Mangel. Der nächste Haselstrauch war einen halben Tagesmarsch entfernt. Masklin konnte ein Dutzend Nüsse tragen, wenn er vorher ihre Schalen zertrümmerte und eine geeignete Papiertüte fand. Er brauchte einen ganzen Tag, um sie heimzubringen – unterwegs riskierte er, von Falken angegriffen zu werden –, und sie reichten auch nur für einen Tag.

Dann stürzte der hintere Teil des Baus ein, weil es zu lange und zu stark geregnet hatte. Masklin empfand es fast als angenehm, ihn zu verlassen, denn die Alten nörgelten einmal mehr und warfen ihm vor, notwendige Reparaturen vernachlässigt zu haben. Oh, und das Feuer! Ein Feuer im Zugang der unterirdischen Höhle war unverzichtbar. Es diente nicht nur zum Kochen, sondern auch zum Fernhalten unerwünschter Besucher. Eines Tages machte Oma Morkie ein Nickerchen, und das Feuer erlosch. Was selbst sie in Verlegenheit brachte.

Als Masklin an jenem Abend zurückkehrte, starrte er lange Zeit in die kalte Asche, rammte seinen Speer in den Boden und lachte schallend. Er lachte, bis er schließlich zu weinen begann. Er konnte den anderen nicht gegenübertreten und hockte sich draußen nieder. Nach einer Weile brachte ihm Grimma eine Haselnussschale mit Nesseltee, mit *kaltem* Nesseltee.

»Alle sind sehr bestürzt«, sagte sie.

Masklin lachte erneut, doch es klang nicht sehr humorvoll. »O ja, ich weiß«, erwiderte er. »Ich hab's gehört. ›Bring beim nächsten Mal einen Zigarettenstummel mit, Junge; mein Tabak ist alle.‹ Und: ›Bekommen wir überhaupt keinen Fisch mehr? Vielleicht findest du demnächst Zeit für einen Abstecher zum Fluss.‹ Und: ›Du denkst immer nur an dich selbst; was anderes fällt den jungen Leuten von heute nicht mehr ein …‹«

Grimma seufzte. »Sie geben sich Mühe. Aber sie verstehen nicht, dass sich unsere Situation geändert hat. Damals, als sie jung waren, gab es Hunderte von uns.«

»Es dauert bestimmt *Tage*, ein neues Feuer zu entzünden.« Masklin dachte an das Brillenglas, das ihnen zur Verfügung stand. Es funktionierte nur, wenn die Sonne lange genug schien.

Verdrossen stocherte er im Schlamm herum.

»Ich hab genug«, brummte er. »Ich verlasse euch.«

»Aber wir brauchen dich!«

»*Ich* brauche mich ebenfalls. Ich meine, was ist dies für ein Leben?«

»Die Alten sterben, wenn du fortgehst.«

»Sie sterben ohnehin«, entgegnete Masklin.

»So etwas solltest du nicht sagen!«

»Es stimmt. Irgendwann stirbt jeder. Zumindest *wir*. Nimm

dich selbst als Beispiel. Du verbringst die ganze Zeit damit, zu waschen, aufzuräumen, zu kochen und dich um *andere* Leute zu kümmern. Du bist fast drei und solltest endlich ein eigenes Leben führen!«

»Oma Morkie hat mich gut behandelt, als ich klein war«, wandte Grimma ein. »Irgendwann wirst auch du alt.«

»Meinst du? Und wer rackert sich dann für mich ab?«

Zorn brodelte in Masklin auf. Er war sicher, recht zu haben, aber er *fühlte* sich im Unrecht, und dadurch wurde alles schlimmer.

Er hatte lange darüber nachgedacht, und seine Überlegungen führten immer zu einer Mischung aus Wut und Schuldgefühl. Die Klugen, Kühnen und Tapferen waren längst fort. Ganz deutlich erinnerte er sich an ihre Abschiedsworte: *Guter, alter Masklin, auf dich ist Verlass. Pass du hier auf. Wir sind bald wieder da; wir suchen nur nach einem besseren Ort.* Wenn sich der gute, alte Masklin daran erinnerte, prickelte Empörung in ihm – weil er geblieben war. Er gab immer nach. Darin bestand sein Problem, und er wusste es. Ganz gleich, was er sich zu Anfang versprach: Schließlich wählte er den Weg des geringsten Widerstands.

Grimma starrte ihn an.

Er zuckte mit den Schultern.

»Schon gut, schon gut«, murmelte Masklin. »Die Alten können uns begleiten.«

»Du weißt, dass sie nicht mitkommen. Sie sind zu alt und hier aufgewachsen. Es gefällt ihnen hier.«

»Es gefällt ihnen hier, weil wir sie dauernd bedienen«, murmelte Masklin.

Sie beließen es dabei. Zum Abendessen gab es Nüsse, und in seiner Portion fand Masklin eine Made.

Später ging er nach draußen, saß oben an der Böschung, stützte das Kinn auf die Hände und beobachtete das breite Asphaltband.

Die Autobahn präsentierte ihm einen langen Strom aus roten und weißen Lichtern. Menschen hockten in Kästen und gingen ihren geheimnisvollen Angelegenheiten nach. Aus irgendwelchen rätselhaften Gründen schienen sie immer in Eile zu sein.

Masklin vermutete, dass sie kein Rattenfleisch aßen. Menschen hatten es eigentlich sehr leicht. Sie waren groß und langsam, aber niemand zwang sie, in feuchten Löchern zu wohnen und darauf zu warten, dass dumme alte Frauen ein Feuer ausgehen ließen. Es schwammen keine Würmer in ihrem Tee. Sie gingen und fuhren, wohin sie wollten, verhielten sich immer so, wie sie selbst es für richtig hielten. Die ganze Welt gehörte ihnen.

Sogar des Nachts waren sie stundenlang unterwegs, in ihren kleinen Lastern mit Lampen vorn und hinten. Schliefen sie denn nie? *Es muss Hunderte von ihnen geben*, überlegte Masklin.

Manchmal träumte er davon, mit einem Lastwagen aufzubrechen. Sie hielten oft am Café, und es konnte nicht schwer sein, jedenfalls nicht zu schwer, auf einen hinaufzuklettern. Sie glänzten sauber; bestimmt ermöglichten sie ihm eine bessere Zukunft. Die Alternative wirkte alles andere als verlockend. *Hier überstehen wir den Winter sicher nicht*, dachte er und schauderte bei der Vorstellung, über die Felder zu wandern, wenn das schlechte Wetter begann.

Natürlich blieben es Träume. Masklin malte sich aus, den dahinhuschenden Lichtern zu folgen, aber er brachte nicht den Mut auf, sich diesen Wunsch zu erfüllen.

Und über der Autobahn ... Die Sterne. Torrit hielt die Sterne für sehr wichtig. Derzeit sah sich Masklin außerstande, diese Ansicht zu teilen. Man konnte sie nicht essen. Ihr Schein genügte nicht einmal für gutes Sehen. Sterne waren recht nutzlos, wenn man genauer darüber nachdachte ...

Jemand schrie.

Masklins Körper sprang auf, noch bevor er einen Befehl vom Gehirn erhielt. Lautlos stürmte er durchs Gebüsch zurück.

Ein Fuchsrüde hatte die Schnauze in den Bau geschoben und wedelte aufgeregt mit der Lunte. Der Nom erkannte das Tier sofort: Er war ihm schon einmal begegnet und mit einem gehörigen Schrecken davongekommen.

Irgendwo in Masklins Kopf hielt das wahre Selbst – jenes Selbst, über das sich Torrit so oft beklagte – entsetzt den Atem an, als er nach dem immer noch im Boden steckenden Speer griff und ihn mit ganzer Kraft an den Hinterlauf des Fuchses schlug.

Das Tier jaulte, wich zurück und wandte sich hungrig und

überrascht um. Zwei gelbe Augen hielten Ausschau und entdeckten Masklin, der sich keuchend auf seinen Speer stützte und den Eindruck gewann, dies sei eine der Gelegenheiten, bei denen die Zeit langsamer verging, wodurch alles realer erschien. Vielleicht spürten die Sinne den nahen Tod und versuchten, möglichst viele Einzelheiten wahrzunehmen, solange sich noch Gelegenheit dazu bot ...

Blutflecken klebten an der Schnauze des Fuchses.

Neuer Zorn erwachte in Masklin und schwoll an wie eine dicke Blase. Er hatte nicht viel, und dieses knurrende *Etwas* wollte ihm selbst das wenige nehmen.

Eine rote Zunge tastete aus dem Maul, und der Nom begriff, dass es nur zwei Möglichkeiten für ihn gab, Flucht oder Tod.

Stattdessen entschied er sich für den Angriff. Wie ein Vogel flog ihm der Speer aus der Hand und traf den Fuchs an der Schnauze. Der jaulte erneut, noch lauter diesmal, und hob die Pfote zur Wunde. Und Masklin lief. Er rannte durch den Schlamm, angetrieben vom Motor der Wut, grub die Hände in zotteliges rotes Fell. Rasch zog er sich an der Flanke des Tiers hoch, saß kurze Zeit später rittlings auf dem Hals und holte mit einem Steinmesser aus. Immer wieder stieß er zu, stach auf alles ein, was mit der Welt nicht in Ordnung war ...

Der Fuchs heulte und sauste davon. Hinter Masklins Stirn herrschte noch immer Chaos. Andernfalls wäre ihm klar geworden, dass er mit dem Messer kaum Schaden anrichtete, sondern seinen Gegner nur verärgerte. Doch das Geschöpf war nicht an Mahlzeiten gewöhnt, die sich mit solcher Entschlossenheit zur Wehr setzten, und es wollte jetzt nur noch *weg*. Es erreichte die Böschung und setzte die Flucht in Richtung Autobahn fort.

Die Vernunft kehrte in den Nom zurück, alarmiert vom Lärm des nahen Verkehrs. Er ließ sich fallen und landete im hohen Gras, als das Tier zum Asphalt rannte.

Der Aufprall nahm ihm den Atem, und er rollte sich ab.

Masklin vergaß nie, was anschließend geschah. Er erinnerte sich selbst dann noch daran, nachdem er so viele seltsame Dinge gesehen hatte, dass in seinem Gedächtnis eigentlich gar kein Platz mehr sein konnte.

Der Fuchs erstarrte in gleißendem Scheinwerferlicht und zischte herausfordernd, als er versuchte, einen zehn Tonnen schweren und mehr als hundert Stundenkilometer schnellen Lastwagen allein mit dem Blick aufzuhalten.

Ein dumpfes Pochen, ein *Wusch* – und Dunkelheit.

Eine ganze Weile lag Masklin mit dem Gesicht nach unten auf kühlem Moos. Dann stand er auf, schlurfte langsam nach Hause und fürchtete sich vor der Situation, die ihn dort erwartete. Unterwegs versuchte er, seine Fantasie im Zaum zu halten.

Grimma stand vor dem Eingang des Baues und hielt einen Zweig wie eine Keule in der Hand. Sie hätte Masklin fast den Schädel eingeschlagen, als er aus der Finsternis heranwankte und sich an die Böschung lehnte. Müde hob er den Arm und drückte den Zweig beiseite.

»Wir wussten nicht, wo du warst«, sagte Grimma. Hysterie vibrierte in ihrer Stimme. »Wir hörten ein Geräusch, und dann kam der Fuchs, und du hättest hier bei uns sein sollen, und er erwischte Herrn Mert und Frau Coom, und er grub noch tiefer ...«

Sie unterbrach sich und ließ die Schultern hängen.

»Oh, keine Sorge, ich bin unverletzt«, erwiderte Masklin kühl. »Danke der Nachfrage.«

»Was ... was ist geschehen?«

Er schenkte Grimma keine Beachtung, stapfte in den dunklen Bau und legte sich hin. Die Alten flüsterten und raunten, als er in einen tiefen, kalten Schlaf sank.

Ich hätte hier bei ihnen sein sollen, dachte er.

Sie brauchen mich.

Wir verlassen diesen Ort. Wir alle.

Zu jenem Zeitpunkt schien es eine gute Idee gewesen zu sein.

Jetzt sah alles ganz anders aus.

Die Nomen hockten im Innern des Lastwagens und drängten sich in einer Ecke zusammen. Sie waren still. Es gab gar nicht genug Platz, um laut zu sein. Das Dröhnen des Motors füllte die ganze akustische Welt aus. Manchmal verstummte es für einen Sekundenbruchteil und begann dann erneut. Gelegentlich erbebte der Laster.

Grimma kroch über den zitternden Boden.

»Wie lange dauert es, bis wir dort eintreffen?«, fragte sie.

»Wo?«, erwiderte Masklin.

»Wohin auch immer wir fahren. Ich meine das Ziel. Wann erreichen wir es?«

»Keine Ahnung.«

»Die anderen haben Hunger.«

Sie hatten immer Hunger. Masklin blickte niedergeschlagen zu den Alten hinüber. Einige beobachteten ihn erwartungsvoll.

»Ich kann nichts daran ändern«, sagte er. »Auch ich bin hungrig, aber hier gibt es keine Nahrung. Hier ist alles leer.«

»Oma Morkie wird sehr ungemütlich, wenn sie eine Mahlzeit verpasst«, erinnerte ihn Grimma.

Masklin starrte sie wortlos an, wand sich dann einen Weg zur Gruppe und setzte sich zwischen Torrit und die alte Frau.

Ihm wurde plötzlich klar, dass er nie richtig mit ihnen gesprochen hatte. Als Kind waren sie Riesen für ihn gewesen, die ein völlig anderes Leben führten. Später war er zusammen mit den anderen Jägern auf die Jagd gegangen, und in diesem Jahr hatte er immer nur nach Nahrung gesucht oder erschöpft geschlafen. Aber er wusste, warum Torrit als Oberhaupt des Stammes galt – immerhin war er der älteste Nom. Der Älteste trug immer die Verantwortung des Anführers, eine Tradition, die Auseinandersetzungen vorbeugte. Natürlich kam nur ein Mann dafür infrage, etwas anderes wäre unvorstellbar gewesen. In dieser Hinsicht vertrat selbst Oma Morkie einen festen Standpunkt. Eigentlich seltsam: Sie behandelte Torrit wie einen Idioten, und er traf nie eine Entscheidung, ohne sie vorher angesehen zu haben, wenn auch nur aus den Augenwinkeln. Masklin seufzte und starrte auf die Knie.

»Ich weiß nicht, wie lange ...«, begann er.

»Mach dir keine Sorgen um mich, Junge«, unterbrach ihn Oma Morkie, die sich inzwischen wieder gefasst hatte. »Es ist alles sehr aufregend, nicht wahr?«

»Aber vielleicht dauert es eine Ewigkeit«, sagte Masklin. »Ich meine, ich wusste nicht, dass es so lange dauert. Es war eine verrückte Idee ...«

Oma Morkie drückte ihm einen knochigen Zeigefinger auf die Brust. »Junger Mann, ich habe den Großen Winter von 1986 erlebt. Schreckliche Monate. Damals hatten wir *wirklich* Hunger. Grimma ist ein braves Mädchen, aber sie zerbricht sich zu sehr den Kopf.«

»Ich weiß nicht einmal, wohin wir unterwegs sind!«, entfuhr es Masklin. »Es tut mir leid!«

Torrit saß da, das *Ding* auf den dürren Knien, und schielte ihn kurzsichtig an.

»Wir haben das *Ding*«, betonte er. »Es zeigt uns den Pfad, jawohl.«

Masklin nickte betrübt. Komisch: Torrit schien immer bestens darüber informiert zu sein, was das *Ding* wollte. Es war nur ein kantiges schwarzes Etwas, hatte jedoch ziemlich klare Vorstellungen von der Wichtigkeit regelmäßiger Mahlzeiten. Außerdem legte es großen Wert darauf, dass jüngere Leute den älteren gehorchten. Nie war es um eine Antwort verlegen.

»Und wohin führt uns der Pfad?«, fragte Masklin.

»Das weißt du ganz genau. Zu den Himmeln.«

»O ja«, murmelte der junge Nom und betrachtete das *Ding*. Er war ziemlich sicher, dass es dem alten Torrit überhaupt nichts sagte. Masklin hörte ziemlich gut, aber er hatte nie die Stimme des *Dings* vernommen. Es blieb die ganze Zeit über still, rührte sich nie. Seine Aktivität beschränkte sich darauf, schwarz und kantig auszusehen. Darin war es wirklich *gut*.

»Wir erreichen die Himmel nur, wenn wir die Anweisungen des *Dings* in allen Einzelheiten befolgen«, intonierte Torrit unsicher. Es klang so, als hätte er diese Botschaft vor langer Zeit bekommen – ohne sie jemals zu verstehen.

»Ja, hm«, entgegnete Masklin. Er stand auf, wanderte über den schwankenden Boden zur Plane. Dort zögerte er, nahm seinen ganzen Mut zusammen und spähte durch den Spalt.

Die Welt draußen bestand aus Schemen, Lichtern und sonderbaren Gerüchen.

Unheil bahnte sich an. An jenem Abend vor einer Woche hatte er den Beschluss für sehr vernünftig gehalten: Alles war besser, als im Bau zu bleiben. Für Masklin hatte es nicht den geringsten

Zweifel daran gegeben. Und wie seltsam: Normalerweise beklagten die Alten sich immer, wenn ihnen irgendetwas nicht passte, doch jetzt wirkten sie fast fröhlich, obwohl alles düster aussah.

Nomen konnten sehr viel komplizierter sein, als man zunächst glaubte. Vielleicht hielt das *Ding* eine solche Weisheit parat, wenn man ihm die richtige Frage stellte.

Der Laster rollte um eine Ecke, und Dunkelheit empfing ihn. Von einem Augenblick zum anderen quietschten die Bremsen. Masklin sah nun einen hell erleuchteten riesigen Raum voller Lastwagen und *Menschen* ...

Hastig zog er den Kopf zurück und eilte zu Torrit hinüber.

»Äh«, sagte er.

»Was ist, Junge?«

»Der Himmel ... Gibt es dort auch Menschen?«

Der alte Nom schüttelte den Kopf. »*Die* Himmel. Mehrzahl, verstehst du? Und sie stehen nur uns offen.«

»Bist du ganz sicher?«

»Ja, natürlich.« Torrit strahlte. »Möglicherweise haben die Menschen ihre eigenen Himmel. Könnte durchaus sein. Aber eins steht fest: Sie sind nicht für uns bestimmt.«

»Oh.«

Torrit starrte wieder auf das *Ding* hinab.

»Wir haben angehalten«, sagte er. »Wo sind wir?«

Masklin seufzte und wandte sich um. »Das muss ich erst noch herausfinden«, antwortete er.

Etwas pfiff draußen, und in der Ferne brummten menschliche Stimmen. Das Licht erlosch. Ein Rasseln, ein Klicken – und Stille.

Nach einer Weile knisterte es in einem der stummen Lastwagen. Ein Seil nicht dicker als ein Faden sank von der Ladefläche herab, bis es den mit Ölflecken übersäten Boden der Garage berührte.

Eine Minute verstrich. Dann kam eine kleine gedrungene Gestalt zum Vorschein, ließ sich vorsichtig am Strick herunter, sprang zu Boden und verharrte. Nur die Blicke huschten hin und her.

Sie sah ein wenig anders aus als ein Mensch. Die Anzahl der Arme und Beine stimmte, und der Rest wie Augen, Ohren und so weiter befand sich an den richtigen Stellen. Aber die in Mauspelz gehüllte Gestalt, die nun über den dunklen Boden schlich, wirkte eher wie eine wandelnde Ziegelsteinmauer. Nomen sind so stämmig, dass Sumo-Ringer im Vergleich zu ihnen halb verhungert wirken, und die Bewegungen dieses Exemplars deuteten darauf hin, dass es beträchtlich zäher war als das Leder alter Stiefel.

Innerlich schlotterte Masklin vor Angst. Hier gab es nichts Vertrautes, abgesehen von dem Geruch von *Sel*, den er mit Menschen und insbesondere mit Lastwagen in Zusammenhang brachte. (Torrit hatte ihm einmal hochmütig erklärt, *Sel* sei brennendes Wasser und werde von Lastern getrunken. Masklin glaubte daraufhin, dass der alte Nom übergeschnappt sein musste. Wasser brannte schließlich nicht.)

Eine völlig fremdartige Umgebung bot sich ihm dar. Gewaltige Kanister ragten auf, und er bemerkte große Metallteile, die einen bearbeiteten Eindruck erweckten. Ja, dies *musste* Teil des menschlichen Himmels sein. Menschen mochten Metall.

Masklin wich einer Kippe aus und nahm sich vor, sie Torrit mitzubringen.

Andere Laster standen in der Nähe, und sie alle schwiegen. *Wir sind hier in einem Lastwagennest*, vermutete er. Was bedeutete: Als Nahrung stand wahrscheinlich nur *Sel* zur Verfügung.

Er entspannte sich ein wenig und trat unter eine Bank, die wie ein Haus vor der Wand aufragte. Papierfetzen hatten sich dort angesammelt, und der junge Nom nahm einen Duft wahr, der hier noch stärker wurde als die *Sel*-Aromen. Er ging ihm nach und entdeckte einen Apfelkern. Zwar zeigten sich braune Flecken daran, aber Masklin freute sich trotzdem über den Fund.

Er wuchtete ihn auf die Schulter und drehte sich um.

Eine Ratte beobachtete ihn nachdenklich. Sie war wesentlich größer und besser genährt als jene Tiere, die mit den Nomen um kalte Pommes frites in Abfallkörben kämpften. Langsam sank sie auf alle viere und trippelte näher.

Masklins Verwirrung verschwand schlagartig. Die eigentümlichen Gegenstände und schauderhaften Gerüche im Lastwagennest blieben ihm rätselhaft, aber er kannte Ratten und wusste, wie man sich ihnen gegenüber verhielt.

Er ließ den Apfelkern fallen, hob den Speer, zielte auf eine Stelle zwischen den Augen …

Zwei Dinge geschahen gleichzeitig.

Masklin stellte fest, dass die Ratte ein rotes Halsband trug.

Und eine Stimme erklang: »Nein, bitte nicht! Es hat lange gedauert, ihn zu dressieren. Günstige Angebote in Hülle und Fülle! Woher *kommst* du?«

Der Fremde war ein Nom. Von dieser Annahme musste Masklin ausgehen. Seine Größe entsprach der eines Noms, und er bewegte sich auch so.

Doch die Kleidung …

Normalerweise ist Nomenkleidung schlammbraun, aus ebenso praktischen wie vernünftigen Gründen. Grimma kannte fünfzig verschiedene Methoden, Farbstoffe aus gewissen Kräutern zu gewinnen, und in jedem Fall ergaben sich, na ja, schlammige Tönungen. Manchmal gelber Schlamm, manchmal brauner oder sogar grünlicher, aber immer Schlamm. Jeder Nom, der sich mit bunten Sachen ins Freie wagte, hatte eine Lebenserwartung von etwa einer halben Stunde, bevor er in irgendeinem Magen endete.

Dieser Nom hingegen sah aus wie ein Regenbogen. Der Stoff seiner farbenfrohen Garderobe glänzte so prächtig wie Bonbonpapier, und am Gürtel funkelten kleine Glassplitter. Außerdem trug er makellose Lederstiefel und einen Hut, in dem eine Feder steckte. Während er sprach, drehte er einen Riemen hin und her – die Leine der Ratte.

»Nun?«, fragte er scharf. »Antworte mir!«

»Ich komme aus dem Laster«, sagte Masklin knapp und starrte die Ratte an. Sie kratzte sich jetzt nicht mehr an den Ohren, sondern beäugte ihn argwöhnisch und duckte sich hinter ihren Herrn.

»Und was hast du darin gemacht? Antworte mir!«

Masklin straffte die Gestalt. »Wir sind gereist.«

Der Nom schnaufte. »Gereist?«, zischte er. »Was bedeutet das?«

»Unterwegs sein«, erklärte Masklin. »Du weißt schon: einen Ort verlassen und einen anderen erreichen.«

Diese Worte erzielten eine seltsame Wirkung auf den Fremden. Zwar wurde er nicht direkt freundlich, aber seine Stimme verlor an Schärfe.

»Soll das heißen, du kommst von *draußen?*«

»Ja.«

»Aber das ist unmöglich!«

»Tatsächlich?« Masklin runzelte besorgt die Stirn.

»Draußen gibt es nichts!«

»Wirklich nicht?« Der junge Nom räusperte sich. »Entschuldige, aber wir kommen trotzdem von dort. Sind damit irgendwelche Probleme verbunden?«

»Und du meinst ganz bestimmt das *Draußen?*«, vergewisserte sich der Fremde und trat näher.

»Ich denke schon. Wir haben nie groß darüber nachgedacht. Was ist dies für ein ...?«

»Wie sieht's draußen aus?«

»Bitte?«

»Das Draußen! Wie sieht es aus?«

Masklin blinzelte verwundert. »Nun, es ist, äh, groß ...«

»Ja?«

»Und, äh, es gibt dort jede Menge Platz ...«

»Ja? Ja?«

»Und viele, du weißt schon, Sachen ...«

»Ist die Zimmerdecke wirklich so weit oben, dass man sie nicht mehr sehen kann?«, fragte der Fremde, außer sich vor Aufregung.

»Keine Ahnung«, erwiderte Masklin. »Was ist eine Zimmerdecke?«

»Das dort«, sagte der Nom und deutete in die Höhe, zu schattenumhüllten Trägern.

»Oh, so etwas sehe ich zum ersten Mal.« Masklin zuckte kurz mit den Achseln. »Draußen ist die ›Zimmerdecke‹ blau oder grau. Weiße Objekte gleiten in ihr umher.«

»Und ... und die Wände sind weit entfernt, und eine Art grüner Teppich wächst auf dem Boden?« Der Fremde hüpfte nun von einem Bein aufs andere.

»Ich weiß nicht«, entgegnete Masklin. Er staunte immer mehr. »Ich kenne keinen ›Teppich‹.«

»Potztausend!« Der fremde Nom riss sich zusammen und streckte eine zitternde Hand aus. »Ich bin Angalo«, fügte er hinzu. »Angalo von Kurzwaren. Haha. Das sagt dir natürlich nichts! Und dies ist Bobo.«

Die Ratte schien zu lächeln. Es war völlig neu für Masklin, dass man Ratten Namen gab, statt sie als »Biester« oder, wenn einem nichts anderes übrig blieb, als »Mahlzeit« zu bezeichnen.

»Ich heiße Masklin«, sagte er. »Dürfen auch die anderen den Laster verlassen? Wir haben eine lange Reise hinter uns.«

»O ja, natürlich! Und ihr kommt alle von draußen? Mein Vater glaubt mir das nie!«

»Tut mir leid, ich verstehe nicht. Warum verblüfft dich das so sehr? Erst waren wir draußen. Jetzt sind wir drinnen.«

Angalo überhörte ihn. Er beobachtete, wie Masklins Begleiter am Seil herabkletterten und murrten.

»Und auch alte Leute!«, stieß der Nom hervor. »Und sie sehen genauso aus wie wir! Sie haben überhaupt keine spitzen Köpfe oder so!«

»Frechheit!«, fauchte Oma Morkie. Damit verbannte sie das Grinsen aus Angalos Gesicht.

»Madam«, sagte er kühl, »wissen Sie überhaupt, mit wem Sie reden?«

»Mit jemandem, der noch nicht zu alt ist, um den Hintern versohlt zu kriegen«, erwiderte Oma Morkie. »Hast du denn noch nie das Wort Respekt gehört, mein Junge? Spitze Köpfe, ha!«

Angalos Mund öffnete und schloss sich lautlos. Dann sagte er: »Ich bin baff! Dorcas meinte: Selbst wenn es draußen Leben gibt – es muss eine ganz andere Art von Leben sein! Bitte, bitte, folgt mir!«

Die Nomen wechselten unschlüssige Blicke, als Angalo zum Rand des Lastwagennests eilte, doch nach einem kurzen Zögern folgten sie ihm. Eigentlich hatten sie gar keine Wahl.

»Ich erinnere mich daran, dass dein alter Vater einmal zu lange in der Sonne saß«, raunte Oma Morkie Masklin zu. »Auch er redete Unsinn, so wie dieser Bursche.«

Torrit schien sich allmählich zu einer Entscheidung durchzuringen. Die Gruppe wartete höflich.

»Ich schätze ...«, begann er schließlich. »Ich schätze, wir sollten seine Ratte essen.«

»Sei still!«, sagte Oma Morkie automatisch.

»Ich bin der Anführer, bin ich«, jammerte Torrit. »Du hast kein Recht, so mit einem Anführer zu reden.«

»Natürlich bist du der Anführer«, bestätigte Oma Morkie. »Hat jemand behauptet, dass du nicht der Anführer bist? Nein, niemand. Du bist der Anführer, ganz klar.«

»Ja, genau«, schniefte Torrit.

»Und jetzt sei still!«, sagte Oma Morkie.

Masklin klopfte Angalo auf die Schulter. »Wo *sind* wir hier?«, erkundigte er sich.

Der Nom blieb an einer Wand stehen, deren obere Bereiche sich in Dunkelheit verloren.

Verdutzt hob er die Brauen. »Das wisst ihr nicht?«

»Wir haben nur gedacht beziehungsweise *gehofft*, dass uns der Laster in eine bessere Gegend bringt«, antwortete Grimma.

»Dann gehen eure Hoffnungen in Erfüllung«, verkündete Angalo stolz. »Dies ist die beste aller Gegenden. Wir sind hier im *Kaufhaus*!«

2

XIII. Und im Kaufhaus gab es weder Nacht noch Tag, nur Geöffnet und Geschlossen. Nie regnete es, und es fiel auch kein Schnee.

XIV. Und die Nomen lebten in Saus und Braus. Im Lauf der Jahre wurden sie immer mehr und verbrachten ihre Zeit mit Rivalität und Kleinkriegen, Abteilung gegen Abteilung. Schließlich vergaßen sie das Draußen.

XV. Und sie sprachen: Hat Arnold Gebr (gegr. 1905) nicht *alles* unter einem Dach untergebracht?

XVI. Und lustig machte man sich über jene, die da sagten: Vielleicht nicht *alles*.

XVII. Und andere Nomen sprachen: Selbst wenn ein Draußen existiert – kann es dort Dinge geben, die wir brauchen? Hier haben wir die Macht der Elektrizität, den Speisesaal und alle Arten von Unterhaltung.

XVIII. Und so stapelten sich die Saisons höher als die Kissen in der Abteilung für Vorhänge, Teppiche und dergleichen (3. Stock).

XIX. Bis ein Fremder aus der Ferne kam, die Stimme erhob und rief: O weh, o weh!

Aus dem Buch der Nomen, *Erster Stock, Verse* XIII–XIX

Sie stolperten über die eigenen Füße, stießen gegeneinander, sahen sich dauernd um und staunten mit offenem Mund. Angalo verharrte neben einem Loch in der Wand und winkte.

»Hier durch«, sagte er.

Oma Morkie rümpfte die Nase.

»Das ist ein Rattenloch«, erwiderte sie. »Willst du etwa, dass ich in ein Rattenloch krieche?« Sie wandte sich an Torrit. »Er will, dass ich in ein Rattenloch krieche! Ich habe nicht die Absicht, in ein Rattenloch zu kriechen!«

»Warum denn nicht?«, fragte Angalo.

»Es ist ein Rattenloch!«

»Es sieht nur danach aus«, meinte Angalo. »Ein getarnter Zugang.«

»Deine Ratte ist da hineingekrochen«, sagte Oma Morkie in triumphierendem Tonfall. »Ich hab's genau gesehen. Das bedeutet, es ist ein Rattenloch.«

Angalo warf Grimma einen flehentlichen Blick zu und duckte sich durch die Öffnung in der Mauer. Sie folgte ihm einige Schritte weit.

»Ich glaube, es ist kein Rattenloch, Oma.« Grimmas Stimme klang gedämpft.

»Und weshalb, wenn ich fragen darf?«

»Weil es hier eine Treppe gibt. Und hübsche kleine Lichter.«

Es war ein langer Aufstieg. Mehrmals blieben sie stehen, damit die Alten zu ihnen aufschließen konnten, und schon nach kurzer Zeit musste Torrit gestützt werden. Oben führte die Treppe durch eine würdevollere Tür, und dahinter ...

Selbst als Kind hatte Masklin nie mehr als vierzig Nomen auf einmal gesehen.

Hier gab es viel mehr. Und es gab Nahrung. Zwar wirkten die Dinge alles andere als vertraut, aber es musste Nahrung sein: Die Nomen aßen sie.

Der Raum war etwa doppelt so hoch wie Masklin groß, und er reichte bis in weite Ferne. Lebensmittel bildeten breite Stapel, und in den Gängen dazwischen wimmelte es von Nomen. Man achtete kaum auf die kleine Gruppe, als sie hinter Angalo dahinschlurfte, der nun wieder stolzierte.

Mehrere Nomen führten gestriegelte Ratten an Leinen. Einige Frauen ließen sich von Mäusen begleiten, die ihnen gehorsam folgten. Aus dem Ohrwinkel hörte Masklin ein missbilligendes »Ts, ts« von Oma Morkie.

»Das Zeug dort drüben kenne ich«, sagte der alte Torrit aufgeregt. »Es ist Käse! Einmal lag ein Käsebrötchen im Abfallkorb, im Sommer vierundachtzig, erinnert ihr euch ...?« Oma Morkie stieß ihm fest den Ellbogen in die Rippen.

»Sei still!«, befahl sie. »Oder willst du uns vor diesen Leuten in Verlegenheit bringen? Sei ein Anführer. Zeig Stolz.«

Es fiel ihnen schwer. Sie setzten den Weg fort und schwiegen fassungslos. Obst und Gemüse lagen auf langen Tischen, und Nomen waren dort fleißig an der Arbeit. Masklin sah viele Dinge, die er nicht kannte. Zunächst wollte er seine Unwissenheit verbergen, aber schließlich gab er der Neugier nach.

»Was ist das da?«, fragte er und deutete in die entsprechende Richtung.

»Eine Salami«, sagte Angalo. »Hast du so etwas schon einmal gegessen?«

»Kann mich nicht daran erinnern«, erwiderte Masklin wahrheitsgemäß.

»Und das sind Datteln«, fuhr Angalo fort. »Und hier haben wir eine Banane. Vermutlich hast du noch nie eine Banane gesehen, oder?«

Masklin öffnete den Mund, aber Oma Morkie kam ihm zuvor.

»Erscheint mir recht klein«, behauptete sie und schnaubte leise.

»Ist geradezu winzig, wenn man sie mit denen vergleicht, die wir zu Hause hatten.«

»Tatsächlich?«, entgegnete Angalo misstrauisch.

»O ja«, bestätigte Oma und kam allmählich in Fahrt. »Ein mickriges *Ding*. Die Exemplare daheim ...« Sie zögerte und beäugte die Banane, die wie ein Kanu auf zwei Böcken ruhte. Oma Morkies Lippen bewegten sich lautlos, als sie rasch überlegte. »Nun«, fügte sie triumphierend hinzu, »wir konnten sie kaum aus dem Boden graben.«

Siegesbewusst sah sie Angalo an, der vergeblich versuchte, ihrem Blick standzuhalten.

»Was auch immer«, murmelte er unbestimmt und senkte kurz den Kopf. »Bedient euch. Sagt den zuständigen Leuten, es geht alles auf die Rechnung der Kurzwaren. Aber verratet niemandem, dass ihr aus dem Draußen kommt, in Ordnung? Es soll eine Überraschung sein.«

Ein allgemeines Gedränge in Richtung der Nahrung fand statt. Selbst Oma Morkie schritt rein zufällig zu den hohen Stapeln und wirkte überrascht, als ein Kuchen ihr den Weg versperrte.

Nur Masklin blieb stehen und überhörte die bitteren Klagen

seines Magens. Er hatte nicht die geringste Ahnung, wie es im Kaufhaus zuging, aber eine mahnende Stimme flüsterte ihm zu: *Wer hier seine Würde verliert, lässt sich vielleicht zu Handlungen hinreißen, die er später bedauert.*

»Hast du keinen Hunger?«, fragte Angalo.

»Ich *bin* hungrig«, gestand Masklin. »Ich esse nur nicht. Woher *stammt* diese Nahrung?«

»Oh, wir nehmen sie den Menschen weg«, erläuterte Angalo wie beiläufig. »Sie sind ziemlich dumm, weißt du.«

»Und sie haben nichts dagegen, dass man ihre Lebensmittel stibitzt?«

»Sie glauben, es liegt an den Ratten.« Angalo lachte leise. »Wir lassen Ratten-Dingsbums zurück. Damit meine ich die Speisesaal-Familien«, korrigierte er sich. »Manchmal dürfen andere Leute sie nach oben begleiten. Tja, und wenn die Menschen Dingsbums auf dem Boden finden, glauben sie an Ratten.«

Masklin zog die Stirn kraus.

»Dingsbums?«, wiederholte er.

»Du weißt schon«, sagte Angalo. »Kot.«

Masklin nickte. »Und darauf fallen die Menschen herein?« Es klang skeptisch.

»Ja, weil sie sehr dumm sind.« Der Junge ging an Masklin vorbei. »Du musst meinen Vater kennenlernen. Ich bin ziemlich sicher, dass du zum Stamm der Kurzwaren gehören wirst.«

Masklin beobachtete seine Gruppe. Ihre Aufmerksamkeit galt allein der Nahrung. Torrit hielt einen Käsebrocken in den Händen, so groß wie sein Kopf. Oma Morkie betrachtete argwöhnisch eine Banane und schien mit einer Explosion zu rechnen. Selbst Grimma achtete nicht darauf, was um sie herum geschah.

Masklin war völlig ratlos. Er verstand sich darauf, eine Ratte über mehrere Felder hinweg zu verfolgen, sie mit einem einzelnen Speerwurf zu erlegen und nach Hause zu bringen. Darauf war er immer stolz gewesen. Zufrieden erinnerte er sich daran, dass man ihn mit Bemerkungen wie »Gut gemacht« gelobt hatte.

Aber vielleicht war es auch gar nicht nötig, Bananen zu verfolgen und mit Speeren gegen sie zu kämpfen.

»Ich muss deinen Vater kennenlernen?« Masklin fragte sich, warum das unbedingt nötig sein sollte.

»Den Herzog von Kurzwaren«, verkündete Angalo. »Den Verteidiger des Zwischenstocks, den Autokraten der Kantine.«

»Dein Vater ist drei Personen?«, erwiderte Masklin erstaunt.

»Es sind seine Titel. Einige davon. Im ganzen Kaufhaus gibt es nur wenige Nomen, die mächtiger sind als er. Habt ihr auch im Draußen Väter?«

Komisch, dachte Masklin, *die meiste Zeit über verhält sich dieser Junge wie ein eingebildeter Hohlkopf. Es sei denn, er spricht übers Draußen. Dann wird er zu einem aufgeregten Kind.*

»Ich hatte einmal einen«, sagte er. Dieses Thema gefiel ihm nicht sehr.

»Bestimmt habt ihr viele Abenteuer erlebt!«

Masklin erinnerte sich an seine Erlebnisse. Meistens ging es dabei um Katastrophen, die ihm fast zugestoßen wären.

»Ja«, sagte er.

»Du hattest sicher jede Menge Spaß!«

Spaß, dachte Masklin. Dieses Wort kannte er nicht. Vielleicht bezog es sich darauf, durch schlammige Gräben zu laufen, verfolgt von hungrigen Zähnen. »Gehst du auf die Jagd?«, fragte er.

»Gelegentlich jage ich Ratten. Im Kesselraum. Wir müssen sie unter Kontrolle halten.« Angalo kratzte Bobo hinterm Ohr.

»Esst ihr sie?«

Der Sohn des Herzogs riss entsetzt die Augen auf. »Ob wir *Ratten* essen?«

Masklin blickte einmal mehr zu den Bergen aus Nahrung. »Nein, natürlich nicht. Ich hätte nie geahnt, dass es so viele Nomen gibt. Wie viele leben hier?«

Angalo nannte ihm eine Zahl.

»Zwei was?«, fragte Masklin.

Der Junge wiederholte die Zahl.

»Du scheinst nicht sehr beeindruckt zu sein«, sagte er, als Masklins Gesicht ausdruckslos blieb.

Der Jäger starrte auf die Spitze seines Speers: Sie bestand aus einem Feuerstein. Er hatte ihn eines Tages auf dem Feld gefunden und eine halbe Ewigkeit damit verbracht, den Bindfaden von einem Heuballen zu lösen, um den Stein damit am Speer festzubinden. Derzeit stellte er das einzige vertraute Etwas in einer völlig fremden Welt dar.

»Ich weiß nicht …«, brummte er. »Was ist tausend?«

Herzog Cido von Kurzwaren – er war nicht nur Verteidiger des Zwischenstocks und Autokrat der Kantine, sondern auch Beschützer der nach oben führenden Rolltreppe sowie Ritter des Ladentischs – drehte das *Ding* ganz langsam hin und her. Dann legte er es beiseite.

»Sehr amüsant«, sagte er.

Die Nomen standen verwirrt im herzoglichen Palast, der sich derzeit unter den Dielen der Abteilung Vorhänge und Teppiche befand. Der Herzog trug noch immer seine Rüstung und schien ganz und gar nicht amüsiert zu sein.

»Ihr kommt also von draußen«, fuhr er fort und schnaufte. »Erwartet ihr wirklich von mir, das zu glauben?«

»Vater, ich …«, begann Angalo.

»Sei still! Du kennst die Worte von Arnold Gebr (gegr. 1905)! Alles unter einem Dach! *Alles*! Also: Es kann kein Draußen geben. Also: Ihr kommt nicht von dort. Also: Ihr stammt aus einer anderen Abteilung. Miederwaren. Oder Junge Mode. Jene Bereiche haben wir nicht gründlich erforscht.«

Masklin holte tief Luft. »Nein, wir …« Der Herzog hob beide Hände.

»Hör mir zu!«, befahl er und bedachte Masklin mit einem durchdringenden Blick. »*Dir* werfe ich nichts vor. Mein Sohn ist leicht zu beeindrucken und leidet an überschäumender Fantasie. Bestimmt hat er euch alles eingeredet. Er mag es, die Lastwagen zu beobachten, und oft hört er sich dumme Geschichten an, wodurch sein Gehirn zu heiß wird. Ich bin ein vernünftiger Nom«, fügte der Herzog hinzu, und seine Miene verbot allen Anwesenden, ihm zu widersprechen. »In der Kurzwaren-Garde gibt es immer Platz für einen starken Burschen wie dich. Ich schlage vor, wir vergessen diesen Unsinn, einverstanden?«

»Aber wir kommen wirklich von draußen«, beharrte Masklin.

»*Es gibt kein Draußen!*«, betonte der Herzog. »Es existiert nur für gute Nomen, die immer anständig gewesen sind. Nach ihrem Tod bekommen sie Gelegenheit, in einem ganz besonderen Draußen glücklich zu sein und ewig zu leben. Ich bitte dich ...« Er klopfte Masklin auf die Schulter. »Hör auf mit diesem törichten Geschwätz. Hilf uns stattdessen bei unserer kühnen Aufgabe.«

»Wobei soll ich helfen?«, fragte der Jäger verwundert.

»Du möchtest doch nicht, dass die Eisenwarenler unsere Abteilung übernehmen, oder?«, fragte der Herzog. Masklin blickte zu Angalo, der hastig den Kopf schüttelte.

»Nein, ich glaube nicht«, entgegnete er. »Aber ihr seid doch alle Nomen, oder? Und hier gibt es genug für jeden. Es ist doch dumm, sich dauernd zu zanken.«

Aus dem Augenwinkel sah er, wie Angalo die Hände vors Gesicht schlug.

Rote Flecken bildeten sich auf den Wangen des Herzogs.

»Hast du *dumm* gesagt?«

Masklin wich vorsichtshalber einen Schritt zurück. Er war zu Ehrlichkeit erzogen und befürchtete, für überzeugendes Lügen nicht intelligent genug zu sein.

»Äh ...«, begann er.

»Weißt du, was Ehre bedeutet?«, grollte der Herzog.

Masklin dachte einige Sekunden lang nach und schüttelte den Kopf.

»Die Eisenwarenler wollen das ganze Kaufhaus beherrschen«, warf Angalo nervös ein. »Es wäre schrecklich, wenn sie mit ihren Plänen Erfolg haben. Und die Hutler sind fast genauso schlimm.«

»Warum?«, fragte Masklin.

»Warum?«, wiederholte der Herzog. »Weil sie immer unsere Feinde gewesen sind. Und jetzt darfst du gehen.«

»Wohin?«

»Zu den Eisenwarenlern oder Hutlern. Oder zu den Büromaterialern. Dort fühlst du dich bestimmt wohl. Von mir aus kannst du auch ins Draußen zurückkehren.« Bei den letzten Worten erklang unüberhörbarer Sarkasmus in der Stimme des Herzogs.

»Wir möchten das *Ding*«, sagte Masklin fest. Der Verteidiger des Zwischenstocks griff danach und warf es ihm zu.

»Tut mir leid«, entschuldigte sich Angalo, als sie den Palast verlassen hatten. »Mein Vater kann ziemlich launisch sein.«

»Warum hast du ihn so verärgert?«, fragte Grimma vorwurfsvoll. »Wenn wir uns irgendeiner Abteilung anschließen müssen, weshalb nicht seiner? Was soll jetzt aus uns werden?«

»Er war sehr unhöflich«, stellte Oma Morkie fest.

»Und er hat noch nie etwas von dem *Ding* gehört«, ließ sich Torrit vernehmen. »Schrecklich. Das Draußen kennt er ebenso wenig. Ich bin dort geboren und aufgewachsen, bin ich. Draußen leben keine Toten. Zumindest keine glücklichen.«

Ein Streit begann – typisch für die Alten.

Masklin musterte die anderen und blickte dann auf seine Füße hinab. Sie gingen über eine Art kurzes, trockenes Gras, das Angalo als *Teppich* bezeichnet hatte. Irgendwo aus dem Kaufhaus gestohlen.

Das ist doch lächerlich, wollte er sagen. *Warum zanken sich Nomen mit anderen Nomen, sobald sie genug zu essen und zu trinken haben? Im Leben eines Noms muss es doch noch mehr geben.*

Und er wollte sagen: *Wenn Menschen so dumm sind, wie konnten sie dann das Kaufhaus und die vielen Lastwagen bauen? Wenn wir wirklich so klug sind, dann sollten die Menschen von uns stehlen und nicht umgekehrt. Sie mögen groß und langsam sein, aber bestimmt steckte viel Intelligenz in ihnen.*

Und er wollte hinzufügen: *Es würde mich gar nicht überraschen, wenn sie mindestens so intelligent sind wie Ratten.*

Aber Masklin sprach diese Worte nicht laut aus, und während er überlegte, fiel sein Blick auf das *Ding* in Torrits Armen.

Er spürte, wie sich ein Gedanke in ihm regte, schuf ein wenig Platz im Kopf und wartete geduldig. Doch als die ersten noch vagen mentalen Konturen einer Idee entstanden, wandte sich Grimma an Angalo und fragte: »Was passiert mit Nomen, die keiner Abteilung angehören?«

»Sie führen ein sehr trauriges Leben und müssen irgendwie zurechtkommen«, antwortete der Sohn des Herzogs.

Er schien den Tränen nahe zu sein. »*Ich* glaube euch«, fuhr er fort. »Mein Vater hält es für falsch, die Lastwagen zu beobachten. Angeblich können sie uns Flausen in den Kopf setzen. Ich habe sie monatelang beobachtet. Manchmal treffen sie nass ein. Das Draußen ist mehr als nur ein Traum. Dort *geschieht* etwas. Wenn ihr in der Nähe bleibt ... Vielleicht ändert mein Vater seine Ansicht.«

Das Kaufhaus war groß. Masklin hatte den Laster für groß gehalten, aber das Kaufhaus schien endlos zu sein, ein gewaltiges Labyrinth aus Boden, Wänden und langen, hohen Treppen. Nomen eilten oder schlenderten an ihnen vorbei, gingen eigenen Angelegenheiten nach. Der junge Jäger gab es schon nach kurzer Zeit auf, sie zu zählen. Er hielt das Wort »groß« für zu klein. Andere Worte waren nötig, um das Kaufhaus zu beschreiben.

Auf seltsame Weise schien es noch größer zu sein als das Draußen. Die Ausmaße des Draußen ließen sich überhaupt nicht erfassen. Dort fehlten Kanten, Ränder und Decken; deshalb dachte man nie an irgendeine Größe. Es war einfach *da*. Im Kaufhaus hingegen mangelte es nicht an solchen Barrieren, und dadurch wirkte alles *riesig*.

Während sie Angalo folgten, traf Masklin eine Entscheidung und beschloss, erst mit Grimma darüber zu reden.

»Ich kehre zurück«, sagte er.

Sie starrte ihn groß an. »Aber wir sind doch gerade erst eingetroffen! Warum auf Erden ...«

»Ich weiß es nicht. Hier ist alles verkehrt. Zumindest fühlt sich hier alles verkehrt an. Wenn ich länger hierbleibe, glaube ich vielleicht nicht mehr ans Draußen, obwohl ich dort *geboren* bin. Ich breche auf, sobald ich einen Platz für euch gefunden habe. Du kannst mitkommen, wenn du möchtest.«

»Aber es ist warm hier, und es gibt genug zu essen!«

»Ich kann es nicht erklären. Dauernd habe ich das Gefühl, beobachtet zu werden.«

Grimma hob instinktiv den Kopf und blickte zur Decke, von der sie nur einige Zentimeter trennten. Wenn zu Hause irgendetwas einen Nom beobachtete, so waren damit meistens Vorstellungen von der nächsten Mahlzeit verbunden. Sie fasste sich und lachte nervös.

»Unsinn«, sagte Grimma.

»Ich fühle mich hier einfach nicht sicher«, erwiderte Masklin kläglich.

»Du hast das Gefühl, nicht mehr gebraucht zu werden«, kommentierte Grimma leise.

»Wie bitte?«

»Das stimmt doch, oder? Immer musstest du dich für alle anderen abrackern, und plötzlich ist das nicht mehr nötig. Ein komisches Gefühl, habe ich recht?«

Grimma ging fort.

Masklin betastete den Feuerstein an seinem Speer.

Seltsam, dachte er. *Ich hätte nie gedacht, dass sonst noch jemand auf diese Weise denkt.* Er erinnerte sich an eine Grimma, die ständig wusch, sich um die alten Frauen kümmerte oder die Beute zu kochen versuchte, die er nach Hause brachte. Sonderbar, dass man so etwas vermissen konnte.

Nach einer Weile merkte er, dass die Gruppe ebenfalls verharrte. Der Boden reichte noch viel weiter nach vorn, und in unregelmäßigen Abständen leuchteten kleine Lampen an den Wänden. Angalo hatte erklärt, dass die Abteilung Eisenwaren einen hohen Preis für das Licht verlangte. Eifersüchtig hütete sie ihr Geheimnis: Nur die Eisenwarenler wussten, wie man Elektrizität kontrollierte – einer der Gründe für ihre Macht.

»Hier endet das Kurzwaren-Territorium«, sagte der Sohn des Herzogs. »Dort drüben beginnt das Gebiet der Hutler. Derzeit sind unsere Beziehungen zu ihnen ein wenig gespannt. Äh. Bestimmt findet ihr eine Abteilung, die bereit ist, euch aufzunehmen ...« Er sah zu Grimma.

»Äh«, wiederholte er.

»Wir bleiben zusammen«, verkündete Oma Morkie. Ein scharfer Blick zu Masklin – dann wandte sie sich an Angalo und winkte gebieterisch.

»Du kannst gehen, junger Mann. Lass die Schultern nicht so hängen, Masklin. Und nun, vorwärts!«

»Was erlaubst du dir?«, brummte Torrit. »Warum sagst *du* ›vorwärts‹? Ich bin der Anführer, bin ich. Es ist meine Aufgabe, Befehle zu geben.«

»Na schön.« Oma Morkie seufzte. »Dann gib sie.«

Torrits Lippen bewegten sich lautlos. »Also gut«, brachte er hervor. »Vorwärts.«

Masklins Kinnlade klappte nach unten.

»Und wohin?«, fragte er, als Oma die Gruppe weiterscheuchte.

»*Irgendwohin*. Ich habe den Großen Winter von 1986 überlebt, jawohl«, betonte die alte Frau hochmütig. »Welch einfältiger und dämlicher Herzog! Fast hätte ich ihm die Meinung gesagt. Eins steht fest: Beim Großen Winter hätte er bestimmt nicht lange durchgehalten.«

»Nichts Schlimmes kann uns widerfahren, wenn wir dem *Ding* gehorchen«, erklärte Torrit und gab dem schwarzen Kasten einen zärtlichen Klaps.

Masklin blieb erneut stehen. Er hatte die Nase voll.

»Was sagt uns das *Ding*?«, fragte er schroff. »Was verlangt es jetzt von uns? Den genauen Wortlaut will ich hören. Wie lauten seine Anweisungen?«

Verzweiflung stahl sich in Torrits Züge.

»Äh«, begann er, »nun, äh, wenn wir zusammenhalten und nichts überstürzen ...«

»Du saugst dir alles aus den Fingern!«

»Wie kannst du es wagen, so mit ihm zu sprechen?«, entfuhr es Grimma. Masklin warf seinen Speer beiseite.

»Ich habe genug davon!«, erwiderte er laut. »Das *Ding* sagt dies, das *Ding* sagt das. Immer sagt das *Ding* etwas, aber nie gibt es uns einen nützlichen Rat!«

»Seit Hunderten von Jahren wurde das *Ding* von Nomen an Nomen weitergereicht«, mahnte Grimma. »Es ist sehr wichtig.«

»Warum?«

Grimma sah Torrit an, der sich daraufhin die Lippen befeuchtete.

»Es zeigt uns ...«, murmelte er mit bleichem Gesicht.

»Bringen Sie mich näher zur Elektrizität.«

»Das *Ding* scheint wichtiger zu sein als ... Warum starrt ihr alle so?«, fragte Masklin.

»Näher zur Elektrizität.«

Torrits Hände zitterten, als er auf das *Ding* hinabblickte.

Wo vorher glatte schwarze Flächen gewesen waren, funkelten

nun viele kleine Lichter. Hunderte. *Vielleicht sogar Tausende*, dachte Masklin voller Stolz darauf, dass er dieses Wort kannte.

»Wer hat das gesagt?«, fragte er.

Torrit ließ das *Ding* los. Es fiel auf den Boden, und seine Lichter glitzerten dort wie tausend Autobahnen in der Nacht. Die Nomen beobachteten es entsetzt.

»Das *Ding* spricht *wirklich* zu dir«, brachte Masklin hervor. »Donnerwetter!«

Torrit ruderte mit den Armen. »Nicht so! Nicht auf diese Weise! Seine Stimme sollte man eigentlich gar nicht hören! Es hat noch nie *laut* gesprochen!«

»Näher zur Elektrizität.«

»Es möchte Elektrizität«, sagte Masklin.

»*Ich* rühre es nicht an!«

Masklin zuckte mit den Schultern, griff nach seinem Speer und schob das *Ding* über den Boden, bis es unter den Kabeln lag.

»Wie kann es sprechen?«, fragte Grimma. »Es hat doch gar keinen Mund.«

Das *Ding* summte. Bunte Bilder huschten darüber hinweg, so schnell, dass Masklin keine Einzelheiten sah. Mehrmals bemerkte er rotes Glühen.

Torrit sank auf die Knie. »Es ist zornig«, stöhnte er. »Wir hätten kein Rattenfleisch essen sollen. Wir hätten nicht hierherkommen dürfen. Wir hätten nicht ...«

Masklin kniete ebenfalls und berührte vorsichtig die hellen Stellen. Seltsamerweise waren sie gar nicht heiß.

Wieder fühlte er sich von einem sonderbaren Empfinden erfasst: Sein Gehirn wollte bestimmte Gedanken denken, ohne die richtigen Worte dafür zu kennen.

»Wenn das *Ding* dir Botschaften übermittelt hat ...«, kam es langsam von seinen Lippen. »Wenn es dir gesagt hat, wie wir ein anständiges Leben führen sollen ...«

Torrit schnitt eine schmerzerfüllte Grimasse.

»Das war nie der Fall.«

»Aber du hast doch behauptet ...«

»*Früher* hat es gesprochen, *früher*«, ächzte Torrit. »Als mir der alte Voozel das *Ding* überließ, meinte er, *früher* hätte es den Nomen gute Ratschläge gegeben. Aber es schweigt seit vielen, vielen Hundert Jahren.«

»Wie bitte?«, platzte es aus Oma Morkie heraus. »Die ganze Zeit haben wir von dir gehört: Das *Ding* sagt dies, das *Ding* sagt das, und das *Ding* sagt wer weiß was.«

Torrit wirkte jetzt wie ein in die Enge getriebenes, sehr verängstigtes Tier.

»Nun?«, zischte die alte Frau drohend.

»Ähm«, machte Torrit. »Äh. Der alte Voozel meinte auch: Denk daran, was das *Ding* sagen *sollte*. Und sprich die Worte dann laut aus. Sorg dafür, dass die Leute auf dem rechten Pfad bleiben. Und so. Hilf ihnen, zu den Himmeln zu gelangen. Es ist sehr wichtig, die Himmel zu erreichen. Das *Ding* kann euch dabei helfen. Vergiss es nie.«

»Was?«, rief Oma Morkie.

»Ich habe mich nur so verhalten, wie es mir der alte Voozel auftrug. Und es hat geklappt, nicht wahr?«

Masklin achtete nicht mehr auf seine Begleiter und beobachtete bunte Linien, die an den Flächen des *Dings* hypnotische Muster bildeten. Er fühlte, dass er eigentlich wissen sollte, was es mit ihnen auf sich hatte. Bestimmt bedeuteten sie *etwas*.

Damals, als er noch nicht jeden Tag jagen musste, war er bei gutem Wetter manchmal weit über die Böschung geklettert, bis zum Parkplatz der Lastwagen. Dort stand ein großes blaues Schild mit seltsamen Zeichen und Bildern. Und das Papier in den Abfallkörben wies weitere rätselhafte Symbole auf. Er erinnerte sich an eine lange Diskussion über die Hähnchenschachteln mit dem Bild eines alten Mannes, der einen langen Schnurrbart trug. Mehrere Nomen hatten geglaubt, es sei die Darstellung eines Hähnchens, aber Masklin zweifelte daran, dass Menschen alte Männer aßen. Sicher steckte mehr dahinter. Vielleicht wurden Hähnchen von alten Männern *erschaffen*.

Das *Ding* summte erneut.

»Fünfzehntausend Jahre sind verstrichen«, sagte es.

Masklin sah zu den anderen.

»Sprich du damit!«, forderte Oma Morkie den alten Torrit auf. »Es ist die Pflicht des Anführers, jawohl!«

»Fünfzehntausend Jahre sind verstrichen«, wiederholte das *Ding*. Masklin hob die Schultern und gab sich einen inneren Ruck.

»Wie verstrichen?«, fragte er.

Das *Ding* schien konzentriert nachzudenken. Schließlich erklang seine Stimme erneut. *»Kennen Sie noch die Bedeutung der Worte Navigations- und Aufzeichnungscomputer?«*

»Nein«, erwiderte Masklin. »Ich höre sie jetzt zum ersten Mal.« Er fand es seltsam, von einem ehemals völlig schwarzen Kasten gesiezt zu werden.

Die Lichter flackerten.

»Wissen Sie über den interstellaren Raumflug Bescheid?«

»Nein.«

Das *Ding* schien enttäuscht zu sein.

»Ist Ihnen denn klar, dass eine weite Reise Sie hierherführte?«

»O ja. Kein Zweifel.«

»Sie kommen von einem Ort, der weiter entfernt ist als der Mond.«

»Äh.« Masklin zögerte. Die Reise hatte ziemlich lange gedauert, und er hielt es für möglich, dass sie unterwegs am Mond vorbeigekommen waren. Er erinnerte sich daran, ihn am Horizont beobachtet zu haben, und der Lastwagen schien weiter gefahren zu sein.

»Ja«, entgegnete er. »Vielleicht.«

»Im Lauf der Zeit verändert sich die Sprache«, sagte das *Ding* nachdenklich.

»Tatsächlich?«, fragte Masklin höflich.

»Wie nennen Sie diesen Planeten?«

»Was ist ein Planet?«

»Ein Himmelskörper.«

Masklin blinzelte verwirrt.

»Wie nennen Sie diesen Ort?«

»Er heißt ... das Kaufhaus.«

»Daskaufhaus.« Die Lichter formten neue Muster, als das *Ding* nachdachte.

»Junger Mann, ich möchte hier nicht den ganzen Tag herumstehen und zuhören, wie du dummes Zeug mit dem *Ding* redest«, sagte Oma Morkie. »Wir müssen jetzt entscheiden, wohin wir gehen und was wir unternehmen sollen.«

»In der Tat«, fügte Torrit trotzig hinzu.

»Haben Sie sogar vergessen, dass Sie Schiffbrüchige sind?«

»Ich bin Masklin«, erwiderte Masklin. »Eine Person namens Schiffbrüchige ist mir nicht bekannt.«

Einige Lichter erloschen, und andere leuchteten heller. Später, als er mit dem *Ding* vertrauter war, verglich er diese Reaktion mit einem tiefen Seufzer.

»Mein Existenzzweck besteht darin, Ihnen zu dienen und Sie zu beraten«, sprach das *Ding.*

»Na bitte.« Torrit atmete erleichtert auf. »In diesem Punkt haben wir uns nicht geirrt.«

Masklin stieß den Kasten mit seinem Speer an. »In letzter Zeit bist du sehr still gewesen.«

Das *Ding* surrte. *»Um die interne Energie zu bewahren. Aber ich kann ambientale Elektrizität verwenden.«*

»Freut mich«, sagte Grimma.

»Soll das heißen, du, äh, trinkst Licht?«, vergewisserte sich Masklin.

»Das genügt zunächst als Erklärung.«

»Warum sprichst du erst jetzt zu uns?«, fragte Masklin.

»Ich habe zugehört.«

»Oh.«

»Und nun erwarte ich Instruktionen.«

Grimma runzelte die Stirn. »Inwas?«

»Ich glaube, wir sollen dem *Ding* sagen, was es tun soll«, meinte Masklin. Er hockte sich nieder und betrachtete die Lichter.

»Was kannst du?«

»Ich kann übersetzen, rechnen, triangulieren, assimilieren, korrelieren und extrapolieren.«

»Ich glaube, so etwas brauchen wir nicht«, vermutete Masklin. »Brauchen wir so etwas?«, wandte er sich an die anderen.

Oma Morkie dachte darüber nach. »Nein«, antwortete sie schließlich. »Für solche Sachen haben wir keine Verwendung. Aber eine Banane wäre nicht schlecht.«

»Ich glaube, wir möchten nur nach Hause und sicher sein.«

»Nach Hause.«

»Ja.«

»Und sicher sein.«

»Genau.«

Später wurden diese fünf Worte zum berühmtesten Zitat in der Nomengeschichte. Man lehrte sie in Schulen. Man meißelte sie in Granit. Deshalb ist es schade, dass zu jenem Zeitpunkt niemand ihre Bedeutung begriff.

Das *Ding* sagte nur: *»Beginne mit der Berechnung.«*

Alle Lichter verblassten – bis auf ein kleines grünes, das langsam blinkte.

»Endlich ist es still. Eine schreckliche Stimme.« Grimma sah sich um. »Was nun?«

»Wenn wir dem Jungen namens Angalo glauben können, steht uns ein sehr trauriges Leben bevor«, schnaufte Oma Morkie.

3

I. Denn sie wussten es nicht, aber sie hatten das Ding mitgebracht, das in der Nähe von Elektrizität erwachte, und nur es kannte ihre Geschichte.
II. Denn Nomen haben ein Gedächtnis aus Fleisch und Blut, doch das *Ding* hatte eins aus Silizium – das ist Stein, der nicht vergehet. Die Erinnerungen der Nomen hingegen wehen fort wie Staub.
III. Sie gaben dem *Ding* INSTRUKTIONEN, ohne es zu wissen.
IV. Und sie sagten: Es ist ein Kasten mit komischer Stimme.
V. Und das Ding RECHNETE, um allen Nomen Sicherheit zu gewähren.
VI. Und das Ding RECHNETE, um alle Nomen nach Hause zu bringen.
VII. Ganz nach Hause.

Aus dem Buch der Nomen, Hüte, Verse I–VII

Unter dem Boden konnte man sich leicht verirren. Das war überhaupt nicht schwierig. Die Nomen wanderten durch einen Irrgarten aus Wänden und Kabeln. Staub hatte sich am Rand der Wege angesammelt. Torrit meinte, sie hätten sich eigentlich nicht richtig verirrt, sie wüssten nur nicht, wo sie sich befänden. Überall gab es Pfade zwischen den Trägern und Balken, aber es fehlten Hinweise darauf, wohin sie führten. Gelegentlich eilte ein Nom vorbei, ohne sie zu beachten.

Sie dösten in einer von zwei hohen Holzwänden begrenzten Nische, und als sie erwachten, hatte sich an dem Halbdunkel nichts geändert. Offenbar kannte das Kaufhaus weder Tag noch Nacht. Aber es schien jetzt etwas lauter zu sein. Masklin hörte dumpfes Stimmengewirr in der Ferne.

Einige weitere Lichter blinkten am Ding, und ihm war ein kleines schüsselförmiges Etwas gewachsen, das sich ständig drehte.

»Sollen wir versuchen, nach Speisesaal zurückzukehren?«, fragte Torrit hoffnungsvoll.

»Ich glaube, man muss einer Abteilung angehören, um dort zugelassen zu sein«, erwiderte Masklin. »Aber bestimmt gibt es auch woanders etwas zu essen, oder?«

»Vorher ist es hier nicht so laut gewesen«, sagte Oma Morkie. »Welch ein Lärm!«

Masklin blickte sich um und entdeckte einen Spalt im Holz. Dahinter schimmerte es hell. Er schob sich näher heran und spähte durch die kleine Öffnung.

»Oh«, murmelte er.

»Was siehst du?«, rief Grimma.

»Menschen. Mehr Menschen, als ich jemals zuvor gesehen habe.«

Der Spalt erstreckte sich dort, wo die Wand an die Decke eines Raums traf, der fast ebenso groß war wie das Lastwagennest – und voller Menschen. Das Kaufhaus hatte geöffnet.

Die Nomen wussten, dass Menschen sehr langsam lebten. Bei der Jagd war Masklin mehrmals Menschen begegnet, und bevor sie ihm ihr breites, dummes Gesicht zuwenden konnten, blieb ihm immer genug Zeit, fortzulaufen und sich irgendwo zu verstecken.

In dem Raum jenseits des Spalts wimmelte es von Menschen. Träge stapften sie umher und unterhielten sich mit dumpfen Stimmen.

Die Nomen beobachteten sie fasziniert.

»Was halten sie da in den Händen?«, fragte Grimma. »Die Objekte ähneln dem *Ding*.«

»Keine Ahnung«, sagte Masklin.

»Sie nehmen die Gegenstände und stecken sie in Beutel, nachdem sie anderen Menschen etwas gegeben haben. Und dann gehen sie. Man könnte fast glauben, dass bewusste Absicht dahintersteckt.«

»Nein.« Torrit schüttelte den Kopf. »Menschen sind wie Ameisen. Sie scheinen intelligent zu sein, zugegeben, aber wenn man genauer hinsieht, entdeckt man keine Anzeichen von Vernunft.«

»Sie bauen und konstruieren«, wandte Masklin ein.

»Dazu sind auch Vögel fähig, Junge.«

»Ja, aber ...«

»Ich habe Menschen immer mit Elstern verglichen. Ihnen gefallen glitzernde Dinge.«

»Hm.« Masklin verzichtete darauf, Torrit zu widersprechen. So etwas hatte keinen Sinn – es sei denn, man war Oma Morkie. In Torrits Kopf gab es nur Platz für eine gewisse Anzahl von Ideen, und wenn eine davon Wurzeln geschlagen hatte, saß sie für immer fest. Deshalb behielt Masklin folgende Worte für sich: *Wenn die Menschen so dumm sind, warum verstecken wir uns dann vor ihnen?*

Plötzlich fiel ihm etwas ein, und er hob das Ding.

»Ding?«, fragte er.

Er wartete, und kurze Zeit später hörte er die blecherne Stimme des Kastens: *»Hauptprogramm unterbrochen. Sie wünschen?«*

»Weißt du, was Menschen sind?«, fragte Masklin.

»Ja. Hauptprogramm wird fortgesetzt.«

Masklin sah verblüfft zu den anderen.

»Ding?«

»Hauptprogramm unterbrochen. Sie wünschen?«

»Ich habe dich gebeten, mir von Menschen zu erzählen«, sagte Masklin.

»Das ist nicht der Fall. Ihre Frage lautete: Weißt du, was Menschen sind? Meine Antwort war in jeder Hinsicht korrekt.«

»Erklär mir, was Menschen sind.«

»Menschen stellen die einheimische Lebensform der Welt dar, die sie Daskaufhaus nennen. Hauptprogramm wird fortgesetzt.«

»Na also!« Torrit nickte zufrieden. »Ich hab's dir ja gesagt, oder? Sie sind einheimisch. Schlau, ja, aber im Grunde genommen nur einheimisch. Nichts als Einheimischkeit im Kopf.« Er zögerte. »Und Einfältigkeit«, fügte er hinzu.

»Sind *wir* einheimisch?«, fragte Masklin.

»Hauptprogramm unterbrochen. Nein. Hauptprogramm wird fortgesetzt.«

»Natürlich nicht«, sagte Torrit herablassend. »Wir haben einen gewissen Stolz.«

Masklin öffnete den Mund, um zu fragen, was »einheimisch«

bedeutete. Er wusste es nicht, und bestimmt hatte auch Torrit keine Ahnung. Anschließend wollte er noch viele andere Fragen stellen, und bevor er sie formulierte, musste er sich neue Worte einfallen lassen.

Ich kenne nicht genug Worte, dachte er. *Und manche Gedanken kann man nur mit den richtigen Worten denken.*

Doch er kam nicht dazu, seine Absicht in die Tat umzusetzen, denn hinter ihm ertönte eine Stimme. »Sonderbare Geschöpfe, nicht wahr? In der letzten Zeit ziemlich emsig. Was wohl in sie gefahren sein mag?«

Masklin drehte sich um und sah einen älteren, recht stämmigen Nom. Im Gegensatz zu vielen anderen Nomen im Kaufhaus trug er nur schlichte Kleidung, die zum größten Teil aus einer langen Schürze mit vielen geheimnisvoll ausgebeulten Taschen bestand.

»Hast du uns etwa beobachtet?«, fragte Oma Morkie.

Der Fremde zuckte mit den Schultern.

»Meistens komme ich hierher, um den Menschen zuzusehen. Dies ist eine gute Stelle, und für gewöhnlich hält sich hier niemand auf. Zu welcher Abteilung gehört ihr?«

»Zu keiner«, sagte Masklin.

»Wir sind nur Leute«, erklärte Oma.

»Und nicht einheimisch«, fügte Torrit schnell hinzu.

Der Fremde schmunzelte und kletterte von einem Holzbalken, auf dem er bisher gesessen hatte.

»Interessant«, kommentierte er. »Ich nehme an, ihr seid die Besucher, von denen ich gehört habe. Angeblich kommt ihr aus dem *Draußen*.«

Er streckte die Hand aus. Masklin starrte argwöhnisch darauf hinab.

»Und nun?«, fragte er höflich.

Der Fremde seufzte. »Du solltest sie schütteln.«

»Ach? Und warum?«

»Tradition. Ich heiße Dorcas del Ikatessen.« Er lächelte schief. »Habt ihr ebenfalls Namen?«

Masklin antwortete nicht darauf. »Du siehst den Menschen zu? Wie meinst du das?«

»Ich studiere ihr Verhalten. Ja, damit beschäftige ich mich. Man kann viel über die Zukunft erfahren, wenn man den Menschen zusieht.«

»So wie mit dem Wetter?«, erkundigte sich Masklin.

»Wetter! Oh, natürlich, Wetter!« Der Nom grinste vom einen Ohr bis zum anderen. »Klar, ihr wisst über das Wetter Bescheid. Immerhin kommt ihr von *draußen*. Beeindruckendes Phänomen, das Wetter, oder?«

»Du kennst es?«

»Aus Geschichten. Hm.« Dorcas musterte Masklin von Kopf bis Fuß. »Ich dachte immer, Draußenler müssten sich von uns unterscheiden. Leben, ja, aber von anderer Gestalt. Kommt mit! Ich zeige euch, was ich meine.«

Masklin blickte sich in der dunklen, staubigen Welt unter dem Fußboden der Menschen um. Er hatte genug. Es war zu warm und zu trocken, und alle behandelten ihn wie einen Narren. Jetzt erwartete man sogar eine andere Gestalt von ihm.

»Nun ...«, begann er, und das unter den Arm geklemmte *Ding* sagte: *»Wir brauchen diese Person.«*

»Und ob«, bestätigte Dorcas. »Ein hübsches Radio. Werden immer kleiner, nicht wahr?«

Dorcas führte sie zu einem großen, quadratischen, tiefen und dunklen Loch. Einige Kabel, dicker als ein Nom, verschwanden in der finsteren Tiefe.

»Dort wohnst du?«, fragte Grimma.

Dorcas hantierte in der Dunkelheit, und kurz darauf machte es *Klick*. Weit oben donnerte etwas, und es folgte lautes Rasseln.

»Hm? O nein. Hab eine Ewigkeit gebraucht, um dieses Rätsel zu lösen. Es handelt sich um eine Art Boden an einem Seil. Gleitet dauernd auf und ab. Mit Menschen drin. Ich dachte mir: He, Dorcas, du wirst auch nicht jünger, und das Treppensteigen strengt dich zu sehr an. Daraufhin habe ich diese Vorrichtung untersucht. Sie ist überhaupt nicht kompliziert. Kein Wunder: Sonst könnten Menschen sie gar nicht benutzen. Bitte tretet zurück.«

Etwas Gewaltiges und Schwarzes sank durch den Schacht und hielt dicht über ihren Köpfen an. Es klapperte und knarrte, und hinzu kamen die inzwischen schon vertrauten Geräusche von schwerfällig umherstapfenden Menschen.

Unter dem Lift hing ein kleiner Drahtkorb an Stricken.

Oma Morkie schnaufte. »Wenn du glaubst, dass ich mich in ein hin und her baumelndes Drahtnetz setze, hast du dich gründlich geirrt.«

»Ist es sicher?«, fragte Masklin.

»Mehr oder weniger, mehr oder weniger«, entgegnete Dorcas, schwang sich in den Korb und fummelte an einem Bündel aus Schaltern herum. »Beeilt euch. Hier entlang, Madam.«

»Ah, wie viel weniger?«, fragte Masklin, als Oma Morkie einstieg. Sie erhob jetzt keine Einwände mehr und war viel zu sehr davon überrascht, Madam genannt zu werden.

»Na ja, *meine* Konstruktion ist sicher«, sagte Dorcas. »Allerdings: Das Ding über uns wurde von Menschen montiert, und daher kann man nie wissen. Festhalten, es geht nach *oben*!«

Etwas krachte. Der Lift setzte sich mit einem Ruck in Bewegung und glitt durch den Schacht empor.

»Toll, nicht wahr?« Dorcas lächelte stolz. »Hab eine Ewigkeit gebraucht, um neue Schaltverbindungen zu schaffen. Man sollte eigentlich meinen, dass die Menschen Verdacht schöpfen, nicht wahr? Sie drücken den Knopf für ›unten‹, aber wenn ich nach oben will, geht's nach oben. Zunächst habe ich befürchtet, dass die Menschen einen Lift, der sich anscheinend von ganz allein bewegt, für seltsam halten. Aber sie sind einfach zu dumm, um so etwas zu bemerken. Da wären wir schon.«

Der Aufzug verharrte mit einem neuerlichen Ruck, und der Drahtkorb hing auf einer Höhe mit einer weiteren Nomenetage unter dem Fußboden.

»Elektro- und Haushaltsgeräte«, verkündete Dorcas. »Mein Zuhause. Hier stört mich niemand, nicht einmal der Abt. Nur ich weiß, wie hier alles funktioniert.«

Masklin sah viele Drähte und Leitungen, die dicke Bündel formten und in verschiedene Richtungen führten. Mitten in dem Durcheinander standen einige Nomen und nahmen etwas auseinander.

»Ein Radio«, erklärte Dorcas. »Erstaunliche Apparate. Wir versuchen festzustellen, wie sie sprechen.« Er kramte in Papierstapeln und holte ein Blatt hervor. Verlegen reichte er es Masklin.

Es zeigte einen kleinen rosaroten Kegel mit einem Haarbüschel.

Die Nomen hatten noch nie eine Napfschnecke gesehen. Sonst wäre ihnen sofort aufgefallen, dass die Zeichnung genau wie eine Napfschnecke aussah, abgesehen vom Haar.

»Hübsch«, sagte Masklin etwas unsicher. »Was ist das?«

»Äh. Meine Vorstellung vom äußeren Erscheinungsbild eines Draußenlers.«

»Ein spitzer Kopf?«

»Der Regen, weißt du. Er wird in den Sagen erwähnt, die aus der Zeit vor dem Kaufhaus stammen. Regen. Wasser, das ständig vom Himmel herabströmt. Es muss irgendwo ablaufen. Und die schrägen Seiten sollen dem Wind einen möglichst geringen Widerstand bieten. Mir standen nur die Informationen aus alten Geschichten zur Verfügung.«

»Die Augen fehlen.«

Dorcas deutete auf eine bestimmte Stelle. »Hier sind sie. Kleine Augen. Unter dem Haar, damit sie nicht von der Sonne geblendet werden. Das ist ein großes, helles Licht am Himmel«, fügte Dorcas hinzu.

»Wir kennen es«, sagte Masklin.

»Was redet er da?«, fragte Torrit.

»Er glaubt, dass du so aussehen müsstest«, erklärte Oma Morkie sarkastisch.

»Mein Schädel ist viel dicker!«

»Ein Dickschädel«, murmelte Oma. »Da hast du vollkommen recht.«

»Ich glaube, du gehst von falschen Annahmen aus«, sagte Masklin langsam. »Draußen ist es ganz anders. Hat denn nie jemand das Kaufhaus verlassen und sich im Freien umgesehen?«

»Ich habe einmal beobachtet, wie sich die große Tür öffnete«, erwiderte Dorcas. »Die in der Garage. Aber dahinter glänzte es nur grell.«

»Ich schätze, einen solchen Eindruck muss man gewinnen, wenn man die ganze Zeit in der Dunkelheit verbringt.«

Dorcas setzte sich auf eine leere Garnrolle. »Bitte erzählt mir davon«, sagte er. »Beschreibt mir das Draußen in allen Einzelheiten.«

An dem *Ding* – es lag auf Torrits Schoß – blinkte ein weiteres grünes Licht.

Irgendwann brachte einer der jungen Nomen etwas zu essen. Die Besucher erzählten und widersprachen sich häufig, während Dorcas zuhörte und Fragen stellte.

Er bezeichnete sich als Erfinder und arbeitete vor allem mit Elektrizität. Ganz zu Anfang, als die Nomen damit begannen, die Leitungen des Kaufhauses anzuzapfen, waren viele ums Leben gekommen. Schließlich entdeckten sie weniger gefährliche Methoden, aber das Elektrische blieb ein Geheimnis, und kaum jemand wagte es, sich damit zu befassen. Aus diesem Grund ließen die Anführer der großen Familien und selbst der Abt, das Oberhaupt der Büromaterialer, Dorcas in Ruhe. Es sei immer vorteilhaft, etwas zu können, das andere Leute nicht verstünden oder mit dem sie nichts zu tun haben wollten, meinte der alte Erfinder. Sie brauchten ihn und fanden sich damit ab, wenn er gelegentlich laut übers Draußen nachdachte. Vorausgesetzt, er war dabei nicht *zu* laut.

»Mein Erinnerungsvermögen ist überfordert.« Dorcas seufzte. »Wie heißt das andere Licht, das während Geschlossen leuchtet? Entschuldigung, während der Wacht, meine ich.«

»Nacht«, berichtigte Masklin. »Man nennt es Mond.«

»Mond«, wiederholte Dorcas und rollte das Wort auf der Zunge hin und her. »Es ist nicht so hell wie die Sonne? Eigenartig. Es wäre doch sinnvoller, wenn das hellere Licht in der Nacht strahlt und nicht am Tag, wenn man ohnehin sehen kann. Ihr kennt nicht zufälligerweise den Grund dafür, oder?«

»Es ist einfach so«, sagte Masklin.

»Ich gäbe alles darum, es selbst zu sehen. Als ich klein war, habe ich immer die Lastwagen beobachtet, aber ich brachte nie den Mut auf, mich von ihnen mitnehmen zu lassen.« Dorcas beugte sich vor.

»Ich glaube, Arnold Gebr (gegr. 1905) hat uns ins Kaufhaus

gebracht, damit wir Dinge herausfinden«, fuhr er fort. »Um mehr zu erfahren. Wozu haben wir sonst ein Gehirn? Was meinst du?«

Die Frage schmeichelte Masklin, doch als er den Mund öffnete, wurde er sofort unterbrochen. »Hier reden die Leute dauernd über Arnold Gebr (gegr. 1905)«, sagte Grimma. »Aber niemand weist darauf hin, wer er ist.«

Dorcas lehnte sich zurück. »Oh, er schuf das Kaufhaus. Im Jahre 1905. Den Keller, die Buchhaltung und alles dazwischen. Ich kann es nicht leugnen. Irgendjemand muss dies alles gebaut haben. Aber ich betone immer wieder, dass wir uns trotzdem Gedanken machen sollten ...«

Das grüne Licht am *Ding* erlosch, und die kleine, sich immerzu drehende Schüssel verschwand. Der Kasten surrte wie eine sich räuspernde Maschine.

»Ich empfange die Daten einer telefonischen Kommunikation«, verkündete er.

Die Nomen sahen sich an.

»Gut«, sagte Grimma. »Das freut uns, nicht wahr, Masklin?«

»Ich habe eine wichtige Botschaft für die Oberhäupter dieser Gemeinschaft. Ist Ihnen klar, dass Sie in einer konstruierten Entität mit begrenzter Existenzdauer leben?«

»Faszinierend«, ließ sich Dorcas vernehmen. »So viele Worte. Man hat das Gefühl, fast zu verstehen, was sie bedeuten.« Er zeigte mit dem Daumen zur Decke. »Dort oben gibt's ähnliche Dinge. Sie heißen Radios. Manchmal flimmern auch Bilder an ihnen. Bemerkenswert.«

»Ich muss so schnell wie möglich mit den Oberhäuptern der Gemeinschaft sprechen, um sie auf die imminente Zerstörung dieses Artefakts hinzuweisen«, intonierte das Ding.

»Entschuldige bitte«, sagte Masklin. »Ich verstehe nicht ...«

»Bleiben meine Ausführungen für Sie ohne Signifikanz?«

»Was hat es mit ›Signifikanz‹ auf sich?«

»Offenbar hat sich die Sprache stärker verändert, als ich bisher vermutete.«

Masklin warf dem schwarzen Kasten einen aufmunternden Blick zu.

»Ich werde versuchen, mich einfacher auszudrücken«, versprach das *Ding*. Einige Lichter funkelten an ihm.

»Gute Idee«, sagte Masklin.

»Großes Kaufhaus machen bald Bumm und gehen kaputt«, erklang die blecherne Stimme.

Erneut wechselten die Nomen einen Blick. In ihren Mienen war nur Platz für Verwirrung.

Das *Ding* surrte einmal mehr. *»Kennen Sie die Bedeutung des Wortes ›Zerstörung‹?«*

»O ja«, bestätigte Dorcas.

»Das wird mit dem Kaufhaus geschehen. In einundzwanzig Tagen.«

4

I. Wehe euch, Eisenwarenlern und Kurzwarenlern. Wehe euch, Hutlern und Del Ikatessen. Wehe euch, Jungen Moden und Räubern von Miederwaren. Wehe selbst euch, Büromaterialern.
II. Denn das Kaufhaus ist nur ein Ort im Draußen.
III. Wehe euch, denn Arnold Gebr (gegr. 1905) hat mit dem Ausverkauf begonnen: *Alles muss raus.*
IV. Aber sie verspotteten ihn und sprachen: Du bist ein Draußenler und existierst nicht einmal.

Aus dem Buch der Nomen, Textilien, Verse I–IV

Oben trampelten die Menschen durch ihr langsames und unverständliches Leben. Teppiche und Dielen dämpften den von ihnen verursachten Lärm. Unter dem Boden hörten die Nomen nur ein fernes Grollen, als sie durch staubige Tunnel und Korridore eilten.

»Das *Ding* hat es sicher nicht ernst gemeint«, behauptete Oma Morkie. »Das Kaufhaus ist groß. Etwas so Großes kann nicht einfach zerstört werden. Völlig ausgeschlossen.«

»Ich hab's ja gesagt!«, keuchte Torrit. Er reagierte immer mit Fröhlichkeit auf Nachrichten, die Verwüstung und Entsetzen betrafen. »Es hieß immer, das *Ding* weiß über Dinge Bescheid. Und komm mir jetzt bloß nicht mit deinem *Sei still.*«

»Warum müssen wir uns so sehr beeilen?«, fragte Masklin. »Einundzwanzig Tage sind viel Zeit.«

»Nicht in der Politik«, erwiderte Dorcas grimmig.

»Ich dachte, wir sind hier im Kaufhaus.«

Der Erfinder blieb so plötzlich stehen, dass Oma Morkie gegen ihn prallte.

»Hört mal ...«, begann er mit ungeduldiger Geduld. »Was sollen die Nomen unternehmen, wenn das Kaufhaus, äh, zerstört wird?«

»Ist doch klar«, antwortete Masklin. »Nach draußen gehen ...«

»Aber die meisten von uns glauben nicht einmal, dass ein Draußen existiert! Selbst ich zweifle daran, und ich bin nicht nur außergewöhnlich intelligent, sondern auch sehr neugierig! Wir können nirgends hingehen! Verstehst du?«

»Draußen gibt es genug Platz ...«

»Nur, wenn man daran glaubt!«

»Es ist kein Hirngespinst!«

»Ich fürchte, die Leute sind weitaus komplizierter, als du annimmst. Na ja, vielleicht wäre es trotzdem besser, mit dem Abt zu sprechen. Ein schrecklicher alter Tyrann, aber recht klug, auf seine eigene Art und Weise. Auf eine spießige Art und Weise.« Dorcas warf seinen Begleitern einen scharfen Blick zu.

»Es wäre sicher besser, wenn wir nicht zu viel Aufmerksamkeit erregen würden«, fuhr er fort. »Mich beachtet man kaum, doch für andere ist es alles andere als ratsam, ohne einen triftigen Grund außerhalb ihrer Abteilungen unterwegs zu sein. Und da ihr keiner Abteilung angehört ...«

Er zuckte mit den Achseln und schaffte es, damit deutlich genug auf jene unangenehmen Dinge hinzuweisen, die einem abteilungslosen Wanderer zustoßen konnten.

Erneut benutzten sie den Lift, und er brachte sie in einen staubigen Unter-dem-Fußboden-Bereich, wo matt leuchtende Glühbirnen an den Wänden hingen. Weit und breit war niemand zu sehen. Nach dem regen Treiben in den anderen Abteilungen herrschte eine fast angenehme Stille. *Hier ist es sogar noch stiller als auf den weiten Feldern draußen*, dachte Masklin. Dort sollte es still sein, aber hier rechnete man mit hin und her eilenden Nomen.

Sie spürten es alle und drängten sich zusammen.

»Hübsche kleine Lichter«, sagte Grimma, um das allgemeine Schweigen zu beenden. »Nomengroß. Und in verschiedenen Farben. Einige blinken sogar.«

»Jedes Jahr stehlen wir Schachteln mit solchen Lampen, kurz vor Weihnachten«, erwiderte Dorcas. Er sah sich nicht um. »Die Menschen hängen sie an Bäume.«

»Warum?«

»Keine Ahnung. Um sie besser zu sehen, was weiß ich? Menschen sind rätselhaft.«

»Du kennst Bäume«, stellte Masklin fest. »Es erstaunt mich, dass es sie auch hier im Kaufhaus gibt.«

»Natürlich kenne ich Bäume«, sagte Dorcas. »Große grüne Dinger mit Plastikdornen dran. Einige von ihnen bestehen aus Girlanden und so. Wenn das Weihnachtsfest näher rückt, stehen sie überall und versperren einem den Weg.«

»Die Bäume im Draußen sind riesig«, erzählte Masklin. »Und sie haben Blätter, die in jedem Jahr abfallen.«

Dorcas sah ihn verdutzt an. »Sie fallen ab?«

»Ja«, bestätigte Masklin. »Erst verfärben sie sich, und dann fallen sie zu Boden.« Die anderen Nomen nickten. In der letzten Zeit hatten sie viel Überraschendes und Verblüffendes gesehen, das sie verunsicherte, aber mit den Blättern kannten sie sich aus.

»Und das passiert jedes Jahr?«, vergewisserte sich Dorcas.

»Ja.«

»Wirklich? Verblüffend. Und wer befestigt die Blätter wieder an den Zweigen?«

»Niemand«, sagte Masklin. »Sie kehren einfach zurück.«

»Von ganz allein?«

Die Gruppe nickte und klammerte sich an diese Gewissheit. »So hat es den Anschein«, entgegnete Masklin. »Den Grund dafür haben wir nie herausgefunden. Es ist eben so.«

Der Erfinder kratzte sich am Kopf. »Tja, ich weiß nicht«, murmelte er. »Klingt nach schlechter Geschäftsleitung. Seid ihr sicher …«

Gestalten umringten sie plötzlich. Im einen Augenblick Staubhaufen, im nächsten Leute. Direkt vor ihnen stand nun ein Nom, der einen Bart hatte und eine Klappe über dem linken Auge trug. Zwischen den Zähnen steckte ein Messer, und dadurch wirkte sein Grinsen noch schlimmer.

»Ach du meine Güte!«, stöhnte Dorcas.

»Wer sind diese Burschen?«, zischte Masklin.

»Räuber. Ein typisches Problem in Miederwaren.« Dorcas hob die Hände.

»Was sind Räuber?«, fragte Masklin.

»Was ist Miederwaren?«, fügte Grimma hinzu.

Dorcas deutete mit dem Zeigefinger nach oben. »Über uns. Eine Abteilung. Niemand ist daran interessiert, denn sie enthält keine nützlichen Gegenstände. Die meisten Objekte sind rosarot und haben Gummibänder ...«

»Her mid oiren Dachen, fenn oich oier Lehen lieh isch«, nuschelte der Einäugige.

»Bitte?« Grimma wölbte eine Hand hinterm Ohr.

»Her mid oiren Dachen, fenn oich oier Lehen lieh isch, hahe ich geschagt!«

»Ich glaube, es liegt am Messer«, sagte Masklin. »Wir könnten dich bestimmt verstehen, wenn du es aus dem Mund nimmst.«

Der Räuber starrte sie zornig an, kam der Aufforderung jedoch nach.

»Her mit euren Sachen, wenn euch euer Leben lieb ist!«, wiederholte er.

Masklin wandte sich an den Erfinder und sah ihn fragend an. Der alte Nom winkte.

»Er will, dass ihr ihm euren ganzen Besitz gebt. Natürlich tötet er euch nicht, aber Räuber können sehr ungemütlich werden.«

Der junge Jäger und seine Draußenler-Gefährten steckten die Köpfe zusammen. Mit einer solchen Erfahrung wurden sie nun zum ersten Mal konfrontiert. Niemand von ihnen war jemals auf die Idee gekommen, etwas zu stehlen, weil es zu Hause nie etwas gegeben hatte, das sich zu stehlen lohnte.

»Verstehen sie kein klares Nomisch?«, brummte der Einäugige.

Dorcas lächelte verlegen. »Bitte sei ihnen deshalb nicht böse. Sie sind neu hier.«

Masklin drehte sich um.

»Wir haben uns entschieden und möchten unseren Besitz behalten, wenn es dir nichts ausmacht. Tut mir leid.«

Er schenkte Dorcas und dem Räuber ein strahlendes Lächeln.

Der Einäugige erwiderte es. Zumindest öffnete er den Mund und zeigte die Zähne.

»Äh ...« Dorcas ruderte mit den Armen. »So etwas kannst du nicht sagen. Ich meine, du kannst nicht sagen, dass du deine Sachen behalten möchtest!« Er bemerkte Masklins Verwunderung. »Beraubt zu werden ... Es bedeutet, dass einem Dinge weggenommen werden. Du musst dich fügen.«

»Warum?«, fragte Grimma.

»Weil ...« Der alte Erfinder zögerte. »Keine Ahnung. Tradition, nehme ich an.«

Der Räuberhauptmann warf das Messer von einer Hand in die andere. »Ich sag euch was«, kündigte er an. »Ihr seid neu hier und so, und deshalb gehen wir nicht ganz so grob mit euch um. Schnappt sie!« Zwei Räuber packten Oma Morkie.

Was sich als Fehler herausstellte. Sie holte mit der knochigen rechten Hand aus, und es klatschte zweimal.

»Frechheit!«, schnaufte sie, als die Räuber mit roten Ohren zurücktaumelten.

Ein Räuber versuchte, Torrit festzuhalten – und bekam dafür einen spitzen Ellbogen in die Magengrube. Ein anderer zog das Messer und bedrohte Grimma, deren Finger sich um seinen Unterarm schlossen. Er ließ die Klinge fallen, sank auf die Knie und wimmerte leise.

Masklin bückte sich, griff nach dem Hemd des Einäugigen und hob ihn hoch.

»Ich bin nicht sicher, ob ich diesen Brauch verstehe«, sagte er. »Aber Nomen sollten anderen Nomen nichts zuleide tun, oder?«

»Ahahaha«, erwiderte der Räuberhauptmann nervös.

»Deshalb schlage ich vor, ihr geht jetzt fort, einverstanden?«

Er ließ den Mann los. Der Räuber suchte hastig nach seinem Messer, steckte es ein, sah noch einmal mit einem besorgten Grinsen zu Masklin zurück und rannte los. Seine Kameraden folgten ihm und versuchten dabei, so schnell wie möglich zu humpeln.

Der junge Jäger drehte sich zu Dorcas um, der sich vor Lachen schüttelte.

»Kannst du mir erklären, was gerade geschehen ist?«

Der Erfinder stützte sich an die Wand ab und schnappte nach Luft.

»Du weißt es wirklich nicht, oder?«, gluckste er.

»Nein«, antwortete Masklin geduldig. »Deshalb frage ich ja.«

»Die Miederwarenler sind Räuber und nehmen sich Dinge, die ihnen nicht gehören. Sie verstecken sich in der Abteilung Miederwaren, weil es sehr schwer ist, sie dort aufzustöbern. Für gewöhnlich beschränken sie sich darauf, anderen Leuten einen Schrecken einzujagen. Sie gehen einem nur auf die Nerven.«

»Warum hatte der Einäugige ein Messer im Mund?«, fragte Grimma.

»Vielleicht hoffte er, dadurch tollkühn und verwegen auszusehen.«

»Meiner Meinung nach sah er ziemlich albern aus«, sagte Grimma.

»Ich verpasse ihm eine saftige Ohrfeige, wenn er zurückkehrt«, versprach Oma Morkie.

»Die Räuber wagen sich bestimmt nicht noch einmal in unsere Nähe. Es hat sie schockiert, von Überfallenen geschlagen zu werden.« Dorcas lachte. »Ich bin gespannt, welche Wirkung ihr auf den Abt erzielt. Ihr seid einmalig und bringt ... Wie heißt das Zeug, von dem es draußen jede Menge gibt?«

Masklin runzelte die Stirn. »Luft?«

»Ja, genau. Ihr bringt frische Luft ins Kaufhaus.«

Und so erreichten sie schließlich die Abteilung Büromaterial.

›Geht zu den Büromaterialern oder nach draußen!‹, hatte der Herzog gesagt – offenbar sah er keinen großen Unterschied zwischen diesen beiden Möglichkeiten. Alle großen Familien misstrauten den Büromaterialern und argwöhnten, dass sie über eine seltsame, erschreckende Macht verfügten.

Immerhin konnten sie lesen und schreiben. Wer imstande war, die Sprache des Papiers zu deuten, *musste* sonderbar sein.

Darüber hinaus verstanden die Büromaterialer Arnold Gebrs (gegr. 1905) Botschaften am Himmel.

Aber es ist sehr schwer, mit jemandem zu reden, der einen für nicht vorhanden hält.

Masklin hatte Torrit immer für alt gehalten, doch der Abt wirkte so alt, dass er zusammen mit der Zeit geboren worden zu sein schien. Er stützte sich auf zwei Stöcke, und ständig warteten junge Nomen in seiner Nähe, falls er Hilfe brauchte. Sein Gesicht bestand nur aus Falten, und die Augen darin starrten wie zwei glitzernde schwarze Löcher.

Die Gruppe scharte sich hinter Masklin, wie immer, wenn etwas sie beunruhigte.

Das Audienzzimmer des Abts befand sich neben einem Lift, und die Wände bestanden aus Pappe. Staub rieselte von ihnen herab, wenn ein Aufzug durch den nahen Schacht rumpelte.

Einige Bedienstete eskortierten den Abt zu seinem Stuhl. Dort nahm er mühevoll Platz und beugte sich langsam vor.

»Ah«, sagte er. »Del Ikatessen, nicht wahr? Irgendwelche neuen Erfindungen?«

»Keine wichtigen, Exzellenz«, erwiderte Dorcas. »Ich habe die Ehre, dir einige Personen vorzustellen, die ...«

»Ich sehe niemanden«, behauptete der Abt ruhig.

»Muss blind sein«, schniefte Oma Morkie.

»Und ich höre auch niemanden«, fügte der Abt hinzu.

»Seid still!«, flüsterte Dorcas. »Jemand hat ihm von euch erzählt. Deshalb sieht er nur mich.« Und lauter: »Exzellenz, ich bringe schlechte Nachrichten. Das Kaufhaus soll abgerissen werden.«

Die erwartete Reaktion blieb aus. Einige hinter dem Abt stehende Büromaterialer-Priester kicherten, und der Greis auf dem Stuhl erlaubte sich ein dünnes Lächeln.

»Meine Güte«, entgegnete er gelassen. »Und wann soll dieses schreckliche Ereignis stattfinden?«

»In einundzwanzig Tagen, Exzellenz.«

»Na schön«, sagte der Abt freundlich. »Geh jetzt und berichte uns nachher davon.«

Die Priester grinsten.

»Es ist kein Scherz, Exzellenz. Ich ...«

Der Abt hob eine knotige Hand. »Zweifellos verstehst du viel von Elektrizität, Dorcas, aber weißt du: Bei jedem Großen Schlussverkauf rufen leicht erregbare Leute: ›Das Ende des Kaufhauses ist nah.‹ Seltsamerweise geht das Leben immer weiter.«

Masklin fühlte den Blick des Abts auf sich ruhen. Trotz seiner Unsichtbarkeit schenkte man ihm erstaunlich viel Aufmerksamkeit.

»Exzellenz, diesmal ist die Sache sehr ernst«, sagte Dorcas steif.

»Ach?« Spott erklang in der Stimme des Abts. »Hat dir das die Elektrizität verraten?«

Der Erfinder stieß Masklin in die Rippen. »Jetzt«, hauchte er.

Der Jäger trat vor und legte das *Ding* auf den Boden.

»Jetzt«, flüsterte er.

»Bin ich in der Präsenz von Oberhäuptern der Gemeinschaft?«, fragte das Ding.

»Das ist tatsächlich der Fall«, bestätigte Dorcas. Der Abt starrte auf den Kasten.

»Ich werde einfache Worte benutzen«, begann das *Ding*. *»Ich bin der Navigations- und Aufzeichnungscomputer. Ein Computer ist eine Maschine, die denkt. Denk, Computer, denk. Seht nur, wie der Computer denkt. Ich benutze Elektrizität. Manchmal kann Elektrizität Informationen tragen und weiterleiten. Informationen sind Mitteilungen. Ich höre diese Mitteilungen und verstehe sie. Manchmal sind die Mitteilungen in Telefonleitungen unterwegs. Manchmal befinden sie sich in anderen Computern. Es gibt einen Computer im Kaufhaus. Er zahlt den Menschen Löhne und Gehälter. Ich kann hören, wie er denkt, und er denkt Folgendes: Bald gibt es kein Kaufhaus mehr; bald ist es nicht mehr nötig, die Bücher zu führen, Löhne und Gehälter auszuzahlen. Und die Telefonleitungen sagen: Ist dort die Firma Grimethorpe, auf Abbruch spezialisiert? Können wir die letzten Vorbereitungen für den Abriss besprechen? Bis zum einundzwanzigsten wird alles verkauft sein …«*

»Sehr amüsant«, kommentierte der Abt. »Wie ist es dir gelungen, einen solchen Apparat zu bauen?«

»Ich habe ihn nicht gebaut, Exzellenz. Diese Leute brachten ihn mit …«

»Welche Leute?« Der Abt blickte durch Masklin und betrachtete die gegenüberliegende Wand.

»Was passiert, wenn ich ihn in die Nase kneife?«, raunte Oma Morkie.

»Es wäre sehr unangenehm«, antwortete Dorcas.

»Gut.«

»Für dich.«

Der Abt stand schwerfällig auf.

»Ich bin ein toleranter Nom«, sagte er. »Du spekulierst über das Draußen, und ich habe nichts dagegen. Es ist eine gute geistige Übung. Jeder Nom sollte Gelegenheit erhalten, seine Gedanken schweifen zu lassen. Aber ich kann nicht dulden, dass du glaubst, im Draußen gäbe es irgendetwas. Kleine hübsche Spielzeuge ...« Der Abt humpelte einige Schritte weit und stieß einen Stock auf das summende Ding. »Solchen Unsinn lasse ich nicht zu! Draußen ist alles leer! Leben in anderen Kaufhäusern – pah! Ende der Audienz! Fort mit dir!«

»Ich bin stabil genug, um den Aufprall einer zweitausendfünfhundert Tonnen schweren Masse auszuhalten«, sagte das *Ding* selbstgefällig. Niemand achtete darauf.

»Hinfort! Hinfort!«, rief der Abt, und Masklin beobachtete, wie er am ganzen Leib bebte.

Das Kaufhaus erschien ihm immer sonderbarer. Vor einigen wenigen Tagen hatte er nicht viel wissen müssen: Die notwendigen Kenntnisse hatten sich darauf beschränkt, wie man großen, hungrigen Wesen entkam. Feldwerkskunst, nannte es Torrit. Jetzt begriff Masklin allmählich, dass es noch eine andere Art von Wissen gab. Es betraf gewisse Regeln, die man beachten musste, wenn man mit vielen anderen Nomen zusammenlebte. Zum Beispiel: Sei sehr vorsichtig, wenn du Leuten etwas erzählst, das sie nicht hören wollen. Und: Die Vorstellung, sich zu irren, kann gewisse Personen sehr verärgern.

Einige Gehilfen des Abts führten sie durch die Tür und vermieden dabei, Masklin und seine Gefährten zu berühren oder sie auch nur anzusehen. Mehrere von ihnen wichen rasch beiseite, als Torrit das *Ding* nahm und schützend die Arme darum schlang.

Oma Morkies Vorrat an Geduld war nie besonders groß gewesen, und jetzt ging er zur Neige. Sie packte den nächsten Priester an seiner schwarzen Kutte und hielt ihn sich dicht vor die Nase. Er verdrehte die Augen, als er versuchte, Oma nicht zu sehen. Sie rammte ihm den Zeigefinger auf die Brust.

»Na, spürst du meinen Finger?«, fragte sie scharf. »Fühlst du ihn? Glaubst du noch immer, dass ich gar nicht hier bin?«

»Einheimische!«, höhnte Torrit.

Der Mönch löste sein Problem, indem er leise ächzte und in Ohnmacht fiel.

»Verschwinden wir von hier«, drängte Dorcas. »Bisher begnügt man sich damit, euch nicht zu sehen. Aber vielleicht kommt gleich jemand auf die Idee, dafür zu *sorgen*, dass ihr nicht existiert.«

»Ich verstehe das nicht«, klagte Grimma. »Wie können uns diese Leute nicht sehen?«

»Weil sie wissen, dass wir aus dem Draußen stammen«, antwortete Masklin.

»Andere Nomen sehen uns!«, stieß Grimma fast schrill hervor. Masklin konnte es ihr nicht verdenken. Auch er fühlte sich immer unsicherer.

»Weil sie uns nicht kennen«, sagte er. »Oder weil sie nicht *glauben*, dass wir Draußenler sind.«

»Ich bin kein Draußenler!«, protestierte Torrit. »Dies sind alles Drinnenler!«

»Aber dann *weiß* der Abt, dass wir von draußen kommen!«, entfuhr es Grimma. »Er *glaubt* an unsere Existenz, und deshalb sieht er uns nicht. Ergibt das einen Sinn?«

»Nein.« Dorcas schüttelte den Kopf. »So sind Nomen eben.«

»Es spielt doch gar keine Rolle«, warf Oma Morkie ein. »In drei Wochen werden alle Drinnenler zu Draußenlern. Geschieht ihnen ganz recht. Dann müssen sie herumlaufen, ohne sich zu sehen. Etwa so.« Sie neigte den Kopf weit in den Nacken, bis ihre Nase zur Decke zeigte. »Oh, *entschuldigen* Sie, Herr Abt, bin Ihnen auf den Fuß getreten, weil ich Sie gar nicht *gesehen* habe ...«

»Der Abt und die anderen würden verstehen, wenn sie bereit wären, uns zuzuhören«, sagte Masklin.

»Das bezweifle ich.« Dorcas trat nach dem Staub. »Eigentlich dumm, dass ich mir etwas anderes erhofft hatte. Die Büromaterialer lehnen neue Ideen immer ab.«

»Bitte um Verzeihung«, ertönte es hinter ihnen.

Sie drehten sich um und sahen einen dicklichen jungen Büromaterialer mit krausem Haar und besorgtem Gesichtsausdruck. Nervös zupfte er am Saum seines Umhangs.

»Ja?«, fragte Dorcas.

»Äh. Ich möchte, äh, mit den, äh, Draußenlern sprechen.« Der kleine Mann verbeugte sich vor Torrit und Oma Morkie.

»Offenbar hast du bessere Augen als die meisten anderen«, sagte Masklin.

»Äh, ja«, bestätigte der Büromaterialer. Er sah durch den Flur. »Äh, ich würde gern mit euch reden. Allein.«

Sie traten hinter einen Balken.

»Nun?«, fragte Masklin.

»Der, äh, sprechende Kasten ... Glaubst du ihm?«

»Ich vermute, dass er gar nicht lügen kann.«

»Was ist er? Eine Art Radio?«

Masklin wandte sich mit einem hoffnungsvollen Blick an Dorcas.

»Er meint einen Apparat, der Geräusche verursacht«, erklärte der Erfinder stolz.

»Ach?« Masklin hob die Schultern. »Jedenfalls ... Wir haben das *Ding* schon seit langer Zeit. Angeblich kam es in Begleitung von Nomen aus weiter Ferne, vor fünfzehntausend Jahren.« Er genoss den Klang der letzten Worte. »Seit Generationen bewahren wir es auf, nicht wahr, Torrit?«

Der alte Mann nickte nachdrücklich. »Mein Vater hatte es vor mir und sein Vater vor ihm und sein Vater vor ihm und gleichzeitig sein Bruder und ihr Onkel vor ihnen ...«

Der Büromaterialer kratzte sich am Kopf.

»Ich mache mir große Sorgen. Die Menschen verhalten sich seltsam. Es treffen keine neuen Waren im Kaufhaus ein, und man stellt Schilder auf, die wir noch nie zuvor gesehen haben. Selbst der Abt ist beunruhigt und fragt sich immer wieder, was Arnold Gebr (gegr. 1905) jetzt von uns verlangt. Deshalb, äh ...« Erneut zupfte er am Saum des Umhangs. »Ich bin der Assistent des Abts und heiße Gurder. Ich muss Aufgaben wahrnehmen, um die er sich nicht selbst kümmern kann. Deshalb, äh ...«

Masklin seufzte lautlos. »Ja?«

»Könntet ihr mit mir kommen? Bitte?«

»Gibt es was zu essen?«, fragte Oma Morkie. Sie vergaß nie die wichtigen Dinge.

»Wir lassen uns etwas bringen«, versicherte ihr Gurder und wich durch das Labyrinth aus Trägern, Kabeln und Drähten zurück. »Bitte folgt mir. Bitte!«

5

I. Doch einige sprachen: Wir haben Arnold Gebrs (gegr. 1905) neue Schilder im Kaufhaus gesehen und sind besorgt, weil sie uns ein Rätsel bleiben.
II. Denn dies ist die Saison des Weihnachtsfestes, doch normalerweise werden zu Weihnachten ganz andere Schilder aufgestellt.
III. Es sind auch nicht die Schilder des Winter- und Sommerschlussverkaufs. Sie verkünden weder Spezielle Gelegenheiten noch Sonderangebote. Keine Saison hat jemals solche Schilder gesehen.
IV. Ihre Botschaft lautet: Räumungsverkauf. Ja, wir sind sehr besorgt.

Aus dem Buch der Nomen, *Klagen, Verse I–IV*

Gurder verneigte sich immer wieder und knickste, während er die Gruppe tiefer ins Territorium der Büromaterialer führte. Es roch muffig. Hier und dort sah Masklin Stapel aus Objekten, die »Bücher« hießen. Er wusste nicht, was sie darstellten, aber Dorcas hielt sie für sehr wichtig.

»Sieh dir das an«, grummelte der alte Erfinder.

»Zwischen den Deckeln der Bücher verbergen sich bestimmt viele interessante und nützliche Dinge, aber die Büromaterialer bewachen sie wie, wie …«

»Wie etwas, das sehr gut bewacht wird?«, fragte Masklin.

»Genau, genau. Ja, das stimmt genau. Manchmal starren die Leute darauf hinab. *Lesen*, so nennen sie es. Aber sie verstehen davon überhaupt nichts.«

Das *Ding* in Torrits Armen summte, und einige Lichter glühten auf.

»Bücher enthalten Wissen?«, fragte es.

»Angeblich eine ganze Menge«, antwortete Dorcas.

»Dann ist es sehr wichtig, dass Sie sich Bücher beschaffen.«

»Die Büromaterialer geben sie nicht her«, sagte der Erfinder. »Sie behaupten, Bücher setzen das Gehirn in Brand, wenn man nicht weiß, wie man sie richtig liest.«

»Hier entlang, bitte.« Gurder schob eine Barriere aus Pappe beiseite.

Jemand wartete auf sie, saß steif auf mehreren Kissen und kehrte ihnen den Rücken zu.

»Ah, Gurder«, brummte er. »Da bist du ja. Gut.«

Der Abt. Er drehte sich nicht um.

Masklin berührte Gurder am Arm. »Vorhin war es schon schlimm genug. Warum müssen wir das wiederholen?«

Gurders Augen schienen dem jungen Jäger mitzuteilen: Vertrau mir; es gibt keine andere Möglichkeit.

»Hast du dafür gesorgt, dass man uns etwas zu essen bringt, Gurder?«, brummte der Abt.

»Exzellenz, ich wollte gerade ...«

»Erledige es jetzt.«

»Ja, Exzellenz.«

Gurder warf Masklin noch einen verzweifelten Blick zu und eilte davon.

Die Nomen standen unsicher vor dem Thron aus Kissen, und jeder von ihnen fragte sich, was nun geschehen mochte.

Schließlich sprach der Abt.

»Ich bin fast fünfzehn Jahre alt. Ich bin sogar noch älter als einige Abteilungen im Kaufhaus. Viele seltsame Dinge habe ich gesehen, und bald werde ich Arnold Gebr (gegr. 1905) begegnen, in der Hoffnung, ein guter und pflichtbewusster Nom gewesen zu sein. Ich bin so alt, dass manche glauben, ich sei das Kaufhaus. Sie befürchten das Ende ihrer Welt, wenn ich sterbe. Und ihr sagt, es steht tatsächlich bevor. Wer trägt bei euch die Verantwortung?«

Masklin wandte sich an Torrit, aber alle anderen sahen ihn an.

»Ähm. Ich. Glaube ich. Momentan.«

»Das stimmt.« Torrit seufzte erleichtert. »Ich gebe ihm vorübergehend die Verantwortung. Weil ich der Anführer bin.«

Der Abt nickte.

»Eine sehr kluge Entscheidung«, lobte er. Torrit strahlte.

»Bleib mit dem sprechenden Kasten hier«, sagte der Abt zu Masklin. »Was die anderen betrifft ... Geht bitte. Eine Mahlzeit für euch ist bereits unterwegs. Bitte geht und wartet.«

»Ähm«, erwiderte Masklin. »Nein.«

Kurze Stille.

»Warum *nein?*«, fragte der Abt sanft.

»Weil wir, ähm, immer zusammen sind«, sagte Masklin. »Wir haben uns nie zuvor getrennt.«

»Eine anerkennenswerte Einstellung. Aber das Leben erfordert Kompromisse, wie du früher oder später feststellen wirst. Hast du etwa Angst? Du fühlst dich doch nicht von mir bedroht, oder?«

»Sprich du mit ihm, Masklin«, sagte Grimma. »Wir bleiben in der Nähe. Es ist nicht weiter wichtig.«

Masklin nickte widerstrebend.

Die anderen verließen den Raum, und daraufhin drehte sich der Abt um. Aus der Nähe gesehen wirkte er noch viel älter. Das Gesicht war nicht faltig, sondern bildete eine einzige große Falte. *Er muss in mittleren Jahren gewesen sein, als Torrit geboren wurde,* dachte Masklin. *Er könnte Oma Morkies Großvater sein!*

Der Abt lächelte ein mühevolles Lächeln. Jemand schien ihm das Lächeln erklärt zu haben, aber offenbar hatte er nie Zeit gefunden, um zu üben.

»Du heißt Masklin, wenn ich mich richtig erinnere.«

Masklin stritt es nicht ab.

»Ein Wunder!«, platzte es aus ihm heraus. »Du kannst mich sehen! Vor zehn Minuten hast du meine Existenz geleugnet, und jetzt redest du mit mir!«

»Das ist keineswegs seltsam«, erwiderte der Abt. »Vor zehn Minuten war alles offiziell. Meine Güte, soll ich etwa zulassen, dass die Leute glauben, ich hätte mich von Anfang an geirrt? Seit Generationen betonen die Äbte immer wieder: Es existiert nichts im Draußen. Wenn ich jetzt einräume, dass es dort doch etwas geben könnte ... Man hielte mich für verrückt.«

»Tatsächlich?«

»Ja, so ist das in der Politik. Äbte dürfen nicht dauernd ihre Meinung ändern. Dir wird sicher bald klar, worauf ich hinauswill. Es spielt keine Rolle, ob ein Anführer recht oder unrecht hat, er muss *sicher* sein. Sonst wissen die anderen Leute gar nicht mehr, was sie denken sollen. Natürlich kann es nicht schaden, recht zu haben«, fügte der Abt hinzu. Er lehnte sich zurück.

»Einst fanden schreckliche Kriege im Kaufhaus statt«, fuhr er fort. »*Entsetzliche* Kriege. Eine grauenhafte Zeit. Nom gegen Nom. Vor Jahrzehnten. Immer schien jemand der Ansicht zu sein, mit seiner Familie über das Kaufhaus herrschen zu müssen. Die Schlacht vom Lastenaufzug, die Textilien-Feldzüge, die grässlichen Kriege des Zwischenstocks ... Doch das ist jetzt vorbei. Und weißt du warum?«

»Nein«, antwortete Masklin.

»*Wir* haben einen Schlussstrich unter diese Vergangenheit gezogen. Wir, die Büromaterialer. Mit List, Vernunft und Diplomatie. Wir haben verkündet, dass Arnold Gebr (gegr. 1905) von den Nomen erwartet, in Frieden zu leben. Angenommen, ich wäre vorhin bereit gewesen, eure Existenz anzuerkennen und dir zu glauben. Die übrigen Anwesenden hätten gedacht: Jetzt ist der alte Knabe übergeschnappt.« Der Abt lachte leise. »Und dann hätten sie sich gefragt: Haben sich die Büromaterialer die ganze Zeit geirrt? Vielleicht wäre eine Panik ausgebrochen. Nein, so etwas darf nicht passieren. Wir müssen die Nomen zusammenhalten. Du weißt sicher, dass sie dauernd miteinander zanken.«

»Ja, das stimmt«, erwiderte Masklin. »Und dann geben sie einem die Schuld für alles und sagen: Na, was willst du jetzt tun?«

»Es ist dir aufgefallen, nicht wahr?« Der Abt lächelte erneut. »Mir scheint, du bringst genau die richtigen Voraussetzungen mit, um ein guter Anführer zu sein.«

»Das glaube ich nicht.«

»Genau das meine ich. Du möchtest kein Anführer sein. Und *ich* wollte nie Abt werden.« Seine Finger trommelten auf den Gehstock, und er richtete einen durchdringenden Blick auf Masklin.

»Die Leute sind immer viel komplizierter, als man zunächst annimmt«, sagte er. »Es ist sehr wichtig, das nie zu vergessen.«

»Ich denke daran«, versprach Masklin. Eine andere Antwort fiel ihm nicht ein.

»Du glaubst nicht an Arnold Gebr (gegr. 1905), oder?«, brummte der Abt. Es war eigentlich keine Frage, eher eine Feststellung.

»Ähm …«

»Ich habe ihn gesehen. Als Junge. Bis zur Buchhaltung bin ich hinaufgeklettert, habe mich dort versteckt und gesehen, wie er an einem Tisch saß und schrieb.«

»Oh?«

»Er hatte einen Bart.«

»Oh.«

Wieder trommelten die Finger des Abts auf den Gehstock. Schließlich schien er sich zu einer Entscheidung durchzuringen. »Hm. Wo bist du im … Draußen zu Hause gewesen?«

Masklin erzählte es ihm. Seltsam. Wenn er sich jetzt daran erinnerte, erschien ihm alles viel besser. Mehr Sommer als Winter, mehr Nüsse als Rattenfleisch. Keine Bananen, Elektrizität oder Teppiche, aber dafür viel frische Luft. Das Gedächtnis zeigte ihm auch weniger Regen und Frost. Der Greis hörte ihm aufmerksam zu.

»Wir hatten ein leichteres Leben, als unsere Gruppe größer war«, beendete Masklin seine Schilderungen. Er blickte zu Boden. »Ihr könnt uns begleiten und bei uns wohnen. Nach dem Abriss des Kaufhauses.«

Der Abt lachte. »Es würde mir bestimmt sehr schwerfallen, mich ans Draußen zu gewöhnen. Und ich bin nicht sicher, ob ich daran glauben möchte. Es klingt kalt und gefährlich. Wie dem auch sei: Eine geheimnisvolle Reise steht mir bevor. Wenn du mich jetzt bitte entschuldigen würdest … Ich muss ausruhen.« Er klopfte mit dem Stock, und plötzlich stand Gurder vor ihm.

»Führ Masklin herum und erklär ihm alles«, sagte der Abt. »Kehr später zu mir zurück. Und bitte: Lass den schwarzen Kasten hier. Ich möchte mehr darüber erfahren. Leg ihn auf den Boden!«

Masklin kam der Aufforderung nach und beobachtete, wie der Greis seinen Stock hob und das Ding anstieß.

»Schwarzer Kasten«, sprach der Abt, »was bist du, und welchen Zweck erfüllst du?«

»Ich bin der Navigations- und Aufzeichnungscomputer des Raumschiffs Schwan. *Ich habe viele Funktionen. Derzeit besteht meine Hauptaufgabe darin, die Nomen zu beraten, die vor fünfzehntausend Jahren auf dieser Welt strandeten, als ihr Erkundungsschiff abstürzte.«*

»So redet das *Ding* die ganze Zeit«, sagte Masklin in einem entschuldigenden Tonfall.

»Welche Nomen meinst du?«, fragte der Abt.

»Alle Nomen.«

»Und das ist deine einzige Aufgabe?«

»Man hat mich auch beauftragt, den Nomen Sicherheit zu gewähren und sie nach Hause zu bringen.«

»Sehr lobenswert«, kommentierte der Abt. Er sah zu den beiden jungen Männern hinüber.

»Also los. Zeig ihm unsere Welt, Gurder. Und anschließend habe *ich* eine Aufgabe für *euch.*«

Erklär ihm alles, hatte der Abt gesagt.

Es bedeutete, mit dem *Buch der Nomen* zu beginnen. Es bestand aus zusammengenähten Papierschnipseln, die mit Zeichen versehen waren.

»Menschen benutzen sie für Zigaretten«, sagte Gurder und las die ersten Verse vor. Die Gruppe hörte stumm zu, und dann fragte Oma Morkie: »Dieser Arnold Gebr ...«

»... (gegr. 1905)«, warf Gurder sofort ein.

»Was auch immer. Er hat das Kaufhaus für Nomen geschaffen?«

»Äh, ja«, bestätigte Gurder unsicher.

»Und was war hier vorher?«, fuhr Oma Morkie fort.

»Der Standort.« Gurder wand sich voller Unbehagen. »Wisst ihr, äh, der Abt sagt, es gibt nichts außerhalb des Kaufhauses. Äh.«

»Aber wir kommen von ...«

»Er sagt auch, Geschichten übers Draußen sind nur Träume.«

»Hat er sich etwa über mich lustig gemacht, als ich ihm von unserer Heimat berichtete?«, fragte Masklin.

»Es lässt sich kaum feststellen, woran der Abt glaubt«, erwiderte Gurder. »Vermutlich glaubt er vor allem an Äbte.«

»Aber *du* glaubst uns, nicht wahr?«, vergewisserte sich Grimma. Gurder nickte nach kurzem Zögern.

»Ich habe oft überlegt, wohin Lastwagen fahren und woher die Menschen kommen. Der Abt wird zornig, wenn man darüber spricht. Eine neue Saison hat begonnen, und das bedeutet *etwas.*

Einige von uns haben die Menschen lange beobachtet, und wenn eine neue Saison beginnt, geschieht häufig Ungewöhnliches.«

»Saison?«, wiederholte Masklin.

»Jahreszeiten.«

»Aber wie könnt ihr Jahreszeiten haben, obwohl es hier gar kein Wetter gibt?«

»Wetter hat mit Jahreszeiten beziehungsweise Saisons überhaupt nichts zu tun. Ich schlage vor, jemand bringt die Alten zum Speisesaal, und anschließend führe ich euch zwei herum. Es ist alles sehr sonderbar. Aber ...« Gurders Gesicht zeigte tiefen Kummer. »Arnold Gebr (gegr. 1905) würde das Kaufhaus doch nicht zerstören, oder?«

6

III. Und Arnold Gebr (gegr. 1905) sprach: Es werde Schilder, auf dass alle wissen, wie es im Kaufhaus zugeht.

IV. An der Rolltreppe soll das Schild heißen: Hunde und Sportwagen müssen getragen werden.

V. Und Arnold Gebr (gegr. 1905) wurde sehr zornig, denn viele trugen weder Hund noch Sportwagen.

VI. An den Aufzügen soll das Schild heißen: Dieser Lift trägt zehn Personen.

VII. Und Arnold Gebr (gegr. 1905) wurde sehr zornig, denn oft trug der Lift nur zwei oder drei Personen.

VIII. Und Arnold Gebr (gegr. 1905) sprach: Wahrlich, dumm sind die Menschen, denn sie verstehen die einfachsten Worte nicht.

Aus dem Buch der Nomen, *Vorschriften, Verse* III–VIII

Es begann eine lange Wanderung durch die hektische Welt unter dem Fußboden.

Die Büromaterialer konnten offenbar jeden beliebigen Ort aufsuchen. Niemand fürchtete sie, weil sie keine richtige Abteilung bildeten. Zum Beispiel fehlten Frauen und Kinder.

»Man schließt sich euch *an*?«, fragte Masklin.

»Wir werden ausgewählt«, korrigierte Gurder. »In jedem Jahr schicken die Abteilungen einige intelligente Jungen zu uns. Wenn man zu den Büromaterialern gehört, muss man seine Herkunft vergessen und dem ganzen Kaufhaus dienen.«

»Und warum gibt es keine Büromaterialerinnen?«, fragte Grimma.

»Alle wissen, dass Frauen nicht lesen können«, sagte Gurder. »Das ist natürlich nicht ihre Schuld. Ihre Gehirne laufen zu heiß. Wegen der Anstrengung. Tja, damit muss man sich abfinden.«

»Komisch«, entgegnete Grimma. Masklin warf ihr einen kurzen Blick zu. Er hatte diesen zuckersüßen, unschuldigen Tonfall schon mehrmals vernommen und ahnte, dass Schwierigkeiten bevorstanden.

Doch ganz abgesehen davon: Es war erstaunlich, wie andere Leute auf Gurder reagierten. Sie traten beiseite und verneigten sich, wenn er vorbeiging. Ab und zu hob jemand ein kleines Kind und zeigte auf ihn. Selbst die Wächter an den Grenzübergängen hoben respektvoll die Hand zum Helm.

Um sie herum herrschte die Betriebsamkeit des Kaufhauses, das sich durch die Zeit bewegte. *Tausende von Nomen*, dachte Masklin. *Ich wusste nicht einmal, dass es so große* Zahlen *gibt. Eine Welt aus Leuten.* Er erinnerte sich daran, allein zu jagen, durch die tiefen Furchen des Ackers hinter der Autobahn zu laufen: nur Erde und Steine, bis in weite Ferne. Und der Himmel ... Eine umgedrehte Schüssel mit ihm in der Mitte.

Hier hatte er das Gefühl, gegen jemanden zu stoßen, wenn er sich plötzlich umdrehte. Er fragte sich, wie es sein mochte, das ganze Leben im Kaufhaus zu verbringen und sonst nichts kennenzulernen, keine Kälte, keine Nässe, keine Furcht.

Dann kam man vielleicht auf den Gedanken, dass es gar nicht anders sein konnte ...

Nach einer Weile merkte er, dass sie über einen Hang gingen. Kurz darauf stiegen sie durch einen Spalt und erreichten ein riesiges Gewölbe des Kaufhauses. Es war Nacht beziehungsweise Geschlossen, doch am Himmel leuchteten helle Lichter. *Nein, nicht am Himmel*, verbesserte sich Masklin in Gedanken. *An der Decke.*

»Dies ist die Abteilung Kurzwaren«, sagte Gurder. »Seht ihr das Schild dort drüben?«

Masklin spähte in die dunstige Ferne und nickte. Ja, er sah es und bemerkte rote Zeichen auf weißem Grund.

»Die Botschaft sollte *Weihnachten* lauten«, fuhr der Büromaterialer fort. »Es ist die richtige Saison. Sie kommt nach dem *Sommerschlussverkauf* und vor *Neue Mode für den Frühling*. Aber stattdessen steht dort geschrieben ...« Gurder kniff die Augen zusammen, und seine Lippen bewegten sich lautlos. »*Letzte Herabsetzung*. Niemand von uns weiß, was es bedeutet.«

»Es ist nur so ein Gedanke«, erklang Grimmas sarkastische Stimme. »Nur eine winzige Idee. Große Ideen könnten vielleicht dazu führen, dass mein Kopf explodiert. Bedeutet es nicht, dass alles zum letzten Mal herabgesetzt wird?«

»Oh, etwas so Einfaches steckt bestimmt nicht dahinter«, widersprach Gurder. »Man muss die Schilder interpretieren. Einmal gab es eins mit der Aufschrift *Brandaktuell*, aber es brannte überhaupt nichts.«

»Und die anderen Schilder?«, fragte Masklin. Er schauderte innerlich bei der Vorstellung, dass alles zum letzten Mal herabgesetzt wurde.

»Das dort drüben verkündet *Alles muss raus*«, sagte Gurder. »Aber solche Hinweise erscheinen jedes Jahr. Auf diese Weise teilt uns Arnold Gebr (gegr. 1905) mit, dass wir ein gutes Leben führen sollen, weil wir schließlich alle sterben. Auch die beiden dort drüben sind nicht neu.« Er schnitt eine ernste Miene. »Kaum jemand glaubt noch daran. Vor Jahren brachen deshalb Kriege aus. Reiner Wunderglaube. Ich halte es einfach für absurd, dass ein Ungeheuer namens *Bombenpreise* existiert. Angeblich schleicht es des Nachts durchs Kaufhaus, auf der Suche nach Sündern. Ach, damit verängstigt man nur ungezogene Kinder.«

Gurder biss sich auf die Unterlippe. »Und noch etwas. Seht ihr die Objekte an den Wänden? Man nennt sie Regale. Manchmal nehmen Menschen Gegenstände aus ihnen heraus, und manchmal legen sie welche hinein. Doch seit einiger Zeit nehmen sie nur noch Dinge weg.«

Mehrere Regale erstreckten sich leer an den Wänden entlang.

Masklin kannte sich mit den Feinheiten des menschlichen Verhaltens nicht sehr gut aus. Menschen waren Menschen, so wie Kühe einfach Kühe waren. Vielleicht konnten sich Kühe oder Menschen untereinander erkennen, aber Masklin hielt vergeblich nach individuellen Merkmalen Ausschau. Und wenn ihr Verhalten irgendeinen Sinn hatte, so blieb er ihm verborgen.

»›Alles muss raus‹«, wiederholte er leise.

»Ja, aber nicht *raus*«, sagte Gurder. »Nicht wirklich *raus*. Du glaubst doch nicht, dass *raus* gemeint ist, oder? Das würde Arnold Gebr (gegr. 1905) wohl kaum zulassen.«

»Keine Ahnung«, antwortete Masklin. »Hab nie von ihm gehört, bevor wir hier eintrafen.«

»O ja«, murmelte Gurder zurückhaltend. »Ihr behauptet, aus dem Draußen zu kommen. Es klang ... sehr interessant. Und nett.«

Grimma nahm Masklins Hand und drückte sie.

»Auch hier ist es nett«, sagte sie. Er sah sie überrascht an.

»Es stimmt«, fügte die junge Nomin trotzig hinzu. »Das meinen auch die anderen. Es ist warm hier, und es gibt genug zu essen. Die Leute haben nur komische Vorstellungen von Frauenhirnen.« Sie wandte sich wieder an Gurder. »Kannst du Arnold Gebr (gegr. 1905) nicht fragen, was vor sich geht?«

»Oh, darauf sollten wir besser verzichten«, erwiderte der Büromaterialer hastig.

Masklin erlag dem Drängen der Neugier. »Warum denn? Es wäre doch sinnvoll, ihn zu fragen, wenn er hier für alles zuständig ist. Hast du Arnold Gebr (gegr. 1905) jemals *gesehen*?«

»Ich nicht, aber der Abt. Als Junge kletterte er bis zur Buchhaltung hinauf. Allerdings spricht er kaum von seinen Erlebnissen.«

Masklin dachte darüber nach, als sie zurückkehrten. Zu Hause hatte sich niemand mit Religion oder Politik beschäftigt. Die Welt war einfach zu *groß*, als dass man Zeit an so etwas verschwendete. Er brachte Arnold Gebr (gegr. 1905) erhebliche Zweifel entgegen. Wenn er das Kaufhaus für Nomen geschaffen hatte, wieso dann nicht in angemessener Nomengröße? Aber Masklin hielt es für besser, derzeit auf solche Fragen zu verzichten.

Wenn man konzentriert genug nachdachte, konnte man die Antwort auf alles finden – davon war er immer überzeugt gewesen. Zum Beispiel der Wind. Dieses Phänomen war ihm immer rätselhaft erschienen, bis er eines Tages den Grund dafür begriffen hatte: Wind entstand, weil sich die Bäume schüttelten.

Sie fanden den Rest der Gruppe unweit des Abt-Quartiers. Essen war herbeigeschafft worden. Oma Morkie erklärte einigen verblüfften Büromaterialern, diese Ananas seien überhaupt nicht mit denen zu vergleichen, die sie zu Hause gejagt hatten.

Torrit sah von einem Stück Brot auf.

»Wir haben auf euch gewartet«, sagte er. »Der Abt will mit euch reden. Übrigens: Das Brot ist *weich*. Man braucht nicht draufzuspucken, so wie bei dem Brot, das wir zu Hau...«

»Red keinen Unsinn!«, zischte Oma Morkie, um den Ruf der Heimat zu bewahren.

»Aber es stimmt«, protestierte Torrit. »So etwas hatten wir nie. Ich meine, die Würstchen, das Fleisch in großen Stücken, Essen, das man nicht erlegen muss ... Hier braucht niemand in Abfallkörben herumzuwühlen.«

Die anderen starrten ihn an. Torrit errötete und brummte leise vor sich hin.

»Sei still, du dummer alter Narr!«, befahl Oma.

»Vermutlich gibt es auch keine Füchse, wie?«, fragte Torrit. »Frau Coom und mein alter Kumpel Mert. Sie sind gar nicht ...«

Oma Morkies wütender Blick hatte Erfolg. Torrit erbleichte.

»Es war nicht nur Glanz und Glück«, flüsterte er und schüttelte den Kopf. »Nicht nur Glanz und Glück, wenn du mir diese Bemerkung gestattest.«

»Was meint er?«, fragte Gurder fröhlich.

»Er meint überhaupt nichts«, blaffte Oma.

»Oh.« Gurder wandte sich an Masklin. »Ich weiß, was ein Fuchs ist«, erklärte er stolz. »Ich kann Menschenbücher lesen, sogar sehr gut. Und ich erinnere mich an ein Buch mit dem Titel ...« Er zögerte. »*Unsere pelzigen Freunde*. Ja, ich glaube, so hieß es. Der Rotfuchs ist ein hübscher und geschickter Jäger, der sich von Aas, Früchten und kleinen Nagetieren ernährt. Er ... Stimmt was nicht?«

Torrit erstickte fast an seinem Brot, und die anderen klopften ihm hastig auf den Rücken. Masklin griff nach dem Arm des jungen Büromaterialers und führte ihn fort.

»Habe ich etwas Falsches gesagt?«, fragte Gurder.

»In gewisser Weise. Ich vermute, der Abt wartet auf uns, nicht wahr?«

Der Greis saß völlig still, hielt das *Ding* auf dem Schoß und starrte ins Leere.

Er schenkte den beiden jungen Nomen keine Beachtung, als sie eintraten. Ab und zu trommelten seine Finger auf den schwarzen Kasten.

»Exzellenz?«, fragte Gurder nach einer Weile.

»Hm.«

»Du wolltest uns sprechen.«

»Ah«, sagte der Abt geistesabwesend. »Gurder, nicht wahr?«

»Ja, Exzellenz!«

»Oh. Gut.«

Stille folgte. Der Assistent des Abts hüstelte höflich.

»Du wolltest uns sprechen«, wiederholte er.

»Ah.« Der Greis nickte langsam. »Oh. Ja. Ihr beide. Der junge Mann mit dem Speer.«

»Meinst du mich?«, fragte Masklin.

»Ja. Hast du dich mit diesem ... diesem *Ding* unterhalten?«

»Mit dem *Ding*? Wie man's nimmt. Es redet irgendwie komisch. Man kann es kaum verstehen.«

»Ich habe ihm zugehört. Es hat mir erzählt, dass es von Nomen gebaut wurde, vor langer Zeit. Es frisst Elektrizität, und es hört elektrische Dinge. Es hat mir gesagt ...« Der Abt betrachtete das *Ding* auf seinem Schoß. »Es hat mir gesagt, dass es von Arnold Gebrs (gegr. 1905) Plänen hörte, unser Kaufhaus abzureißen. Es ist ein verrücktes *Ding*: Es redet über Sterne und behauptet, wir seien von einem Stern gekommen, in einem sogenannten Raumschiff. Aber ... Seltsames wurde mir berichtet, und ich frage mich: Ist dies ein Bote der Geschäftsleitung? Hat er den Auftrag, uns zu warnen? Oder handelt es sich um eine Falle, vorbereitet von *Bombenpreise*? Nun!« Mit einer faltigen Hand klopfte er auf den schwarzen Kasten. »Wir müssen Arnold Gebr (gegr. 1905) um *Auskunft* bitten. Dann erfahren wir die Wahrheit.«

»Aber Exzellenz!«, entfuhr es Gurder. »Du bist viel zu ... Ich meine, es wäre nicht richtig, dass du erneut ganz nach oben kletterst. Es ist eine schrecklich gefährliche Reise!«

»In der Tat, mein Junge. Und deshalb wirst du aufbrechen. Du kannst Menschisch lesen. Und dein abenteuerlustiger Freund wird dich begleiten.«

Gurder sank auf die Knie. »Exzellenz? Bis ganz nach *oben*? Ich bin nicht würdig ...« Seine Stimme verklang.

Der Abt nickte. »Niemand von uns ist würdig«, erwiderte er. »Das Kaufhaus hat uns verdorben. *Alles muss raus*. Geh nun!

Und mögen die günstigen Angebote in Hülle und Fülle mit dir sein.«

»Wer sind die günstigen Angebote?«, fragte Masklin, als sie das Zimmer verließen.

»Diener des Kaufhauses«, erklärte Gurder, der noch immer zitterte. »Feinde des grässlichen Monstrums Bombenpreise, das des Nachts durch die Korridore schleicht und mit einer grauenvollen Lampe nach sündigen Nomen sucht.«

»Freut mich für dich, dass du nicht daran glaubst«, sagte Masklin.

»Natürlich nicht«, bestätigte Gurder.

»Trotzdem klappern dir die Zähne.«

»Weil meine *Zähne* an das Ungeheuer glauben. Und auch die Knie. Und der Magen. Nur mein Kopf nicht. Und er wird von abergläubischen Feiglingen getragen. Entschuldige bitte. Ich packe rasch meine Sachen zusammen. Es ist sehr wichtig, dass wir sofort aufbrechen.«

»Warum?«, fragte Masklin.

»Weil ich den Mut verliere, wenn wir noch länger warten.«

Der Abt lehnte sich auf dem Stuhl zurück.

»Erzähl mir noch einmal, wie wir hierhergekommen sind«, sagte er. »Du hast etwas Gebrochenes erwähnt ...«

»Schiffbruch«, antwortete das *Ding*.

»Ja. Ein zerbrochenes Schiff. Und vorher schwamm es nicht etwa, sondern flog. Erstaunlich.«

»Es handelte sich um ein galaktisches Erkundungsschiff«, erwiderte das *Ding*.

»Aber es zerbrach«, beharrte der Abt.

»Eins der Überalltriebwerke fiel aus, und deshalb konnten wir nicht zum Mutterschiff zurückkehren. Haben Sie das tatsächlich vergessen? Zu Anfang gelang es uns, mit den Menschen zu kommunizieren, aber aufgrund verschiedener Stoffwechselraten und des stark divergierenden Zeitgefühls wurden die Kontakte immer problematischer. Zunächst versuchte man, den Menschen genug wissenschaftliche Kenntnisse zu vermitteln, um sie in die Lage zu versetzen, ein neues Schiff zu bauen. Aber sie waren zu langsam und begriffsstutzig. Letztendlich mussten wir uns darauf beschränken, sie die Grundla-

gen zu lehren, zum Beispiel Metallurgie, in der Hoffnung, dass sie lange genug damit aufhörten, gegeneinander zu kämpfen, um sich für die Raumfahrt zu interessieren.«

»Metall Urgie.« Der Abt drehte diese beiden Worte im Mund hin und her. Metall Urgie. Urgie wie urgieren beziehungsweise drängen, verlangen und dergleichen. Ja, typisch für die Menschen. Er nickte. »Und was haben wir ihnen sonst noch beigebracht? Du nanntest ein Wort, das mit G beginnt.«

Das *Ding* zögerte nur kurz. Inzwischen wusste es, wie man mit Nomen sprechen musste. »Agrikultur?«

»Genau: ah, Grikultur. Ist sehr wichtig, nicht wahr?«

»Die Basis der Zivilisation.«

»Was bedeutet das?«

»Es bedeutet: ja.«

Der Abt lauschte, während das *Ding* seinen Bericht fortsetzte. Sonderbare Worte flogen ihm entgegen, zum Beispiel *Planeten* und *Elektronik*. Er wusste nicht, was es damit auf sich hatte, aber sie klangen *richtig*. Menschen, die von Nomen lernten. Nomen, die von weit her kamen, von einem fernen Stern …

Das überraschte den Abt nicht sonderlich. Seit einigen Jahren wanderte er kaum noch durchs Kaufhaus, aber früher, in seiner Jugend, hatte er die Sterne gesehen. Wenn die Saison namens Weihnachten begann, erschienen sie in den meisten Abteilungen. große Sterne, mit spitzen und glitzernden Objekten dran. Und mit vielen Lichtern. Er war immer sehr beeindruckt gewesen und fand es angemessen, dass sie einst den Nomen gehört hatten. Natürlich leuchteten und blinkten die Sterne nicht immer. Irgendwann verschwanden sie, was darauf hindeutete, dass man sie in einem Lager oder sonst wo aufbewahrte.

Das *Ding* schien ähnlicher Ansicht zu sein und bezeichnete das Lager als Galaxis. Es befand sich über der Buchhaltung.

Und dann das Rätsel der »Lichtjahre«. Der Abt war jetzt fast fünfzehn Jahre alt, und in dieser Zeit hatte er auch viele Schattenseiten des Lebens kennengelernt. Etwas mehr Licht in den Jahren konnte sicher nicht schaden.

Er lächelte, nickte, hörte zu und schlief ein, als das *Ding* erzählte und erzählte …

7

XXI. Doch Arnold Gebr (gegr. 1905) sprach: Dieses Schild gebe ich euch.

XXII. Wenn Sie nicht finden, was Sie suchen, so wenden Sie sich an die Auskunft.

Aus dem Buch der Nomen, *Vorschriften, Verse* XXI–XXII

»Sie kann nicht mitkommen«, sagte Gurder.

»Warum nicht?«, fragte Masklin.

»Weil es, äh, gefährlich ist.«

»Na und?« Masklin sah Grimma an, deren Gesicht Trotz zeigte.

»Man sollte keine Mädchen mitnehmen, wenn Gefahren drohen«, sagte Gurder tugendhaft.

Erneut entstand jenes Gefühl in Masklin, das ihn seit ihrer Ankunft im Kaufhaus oft erfasst hatte. Die anderen Nomen sprachen, ihre Lippen bewegten sich, und jedes Wort hatte einen Sinn. Aber wenn man sie zusammenfügte, bildeten sich unverständliche Sätze. Vielleicht sollte man rätselhafte Bemerkungen dieser Art einfach überhören. Wenn Frauen zu Hause keine gefährlichen Orte aufsuchen durften, konnten sie *nirgends* hingehen.

»Ich begleite euch«, sagte Grimma. »Bestimmt ist es nicht so gefährlich, wie du glaubst. Vielleicht begegnen wir Bombenpreisen, aber ...«

»Und Arnold Gebr (gegr. 1905) höchstpersönlich«, fügte Gurder nervös hinzu.

»Ich komme trotzdem mit. Hier braucht mich niemand, und es gibt nichts zu tun. Was kann schon passieren? Ich meine, sicher kann nichts Schreckliches geschehen.« Grimma lächelte ironisch. »Das Schrecklichste wäre, wenn ich plötzlich etwas lese und mein Gehirn dadurch zu heiß wird.«

»Äh, ich wollte keineswegs andeuten ...«, begann Gurder verlegen.

»Ich wette, die Büromaterialer waschen ihre schmutzigen Hemden selbst«, sagte Grimma. »Und bestimmt stopfen sie auch ihre Socken. Ich wette ...«

»Schon gut, schon gut.« Gurder winkte ab. »Aber du darfst nicht trödeln. Und du darfst uns auch nicht zur Last fallen. Wir treffen hier die Entscheidungen, klar?«

Er warf Masklin einen verzweifelten Blick zu.

»Sag ihr, dass sie uns nicht zur Last fallen darf«, forderte er ihn auf.

»Oh, ich mache ihr nie irgendwelche Vorschriften«, entgegnete Masklin.

Die Reise war weniger aufregend als erwartet. Der alte Abt hatte von rollenden Treppen berichtet, von Feuer in Kübeln und langen, leeren Fluren ohne Versteckmöglichkeiten.

Aber Dorcas' Einfallsreichtum hatte dafür gesorgt, dass jetzt Lifte zur Verfügung standen. Damit erreichten sie die Abteilung Kinderkleidung und Spielzeug. Die Kleidianer waren ein freundliches Volk und hatten sich gut an das Leben in einem hohen Stockwerk angepasst. Nur selten verirrten sich Reisende zu ihnen, und sie hießen alle willkommen, die Geschichten über die Welt tief unten mitbrachten.

»Sie benutzen nicht einmal den Speisesaal«, sagte Gurder. »Holen sich alles Notwendige aus der Kantine-für-die-Angestellten. Leben größtenteils von Tee und Keksen. Und von Joghurt.«

»Seltsam«, murmelte Grimma.

»Sehr freundliche und sanfte Leute«, fuhr Gurder fort. »Sehr nachdenklich. Sehr still. Sehr in sich gekehrt. Vielleicht auch ein bisschen *mystisch*. Liegt wahrscheinlich an dem vielen Joghurt.«

»Das mit dem Feuer in Kübeln verstehe ich nicht«, gestand Masklin.

»Ah«, sagte Gurder. »Der alte Abt ... Äh. Wir glauben, dass sein Gedächtnis ... Schließlich ist er sehr alt.«

Grimma nickte. »Ich weiß, was du meinst. Der alte Torrit kann manchmal so sein.«

»Sein Verstand ist einfach nicht mehr so scharf wie früher«, fügte Gurder hinzu.

Masklin schwieg und überlegte. Wenn der Verstand des Abts stumpf geworden war, dann musste er früher scharf genug gewesen sein, um sogar den Wind in Fetzen zu schneiden.

Ein kleidianischer Pfadfinder begleitete sie zu den abgelegenen Regionen dieser Domäne. So weit oben gab es nur wenige Nomen. Die meisten zogen das rege Treiben der unteren Etagen vor.

Es war fast so wie im Draußen. Leichte Brisen wehten den Staub in dunkle Ecken. Nirgends leuchteten Lampen. Das wenige Licht stammte aus kleinen Fugen und Ritzen. An den dunkelsten Stellen musste der Pfadfinder Streichhölzer anzünden. Der ziemlich kleine Nomen lächelte schüchtern und blieb immer still, wenn Grimma versuchte, ihn in ein Gespräch zu verwickeln.

»Wohin gehen wir?«, fragte Masklin, blickte zurück und bemerkte ihre deutlich sichtbaren Fußspuren.

»Zu den Rolltreppen«, antwortete Gurder.

»Die Treppen rollen? Wie ist das möglich? Schiebt sich der Rest des Kaufhauses um sie herum?«

Gurder lachte gönnerhaft.

»Für dich ist das natürlich alles neu. Mach dir keine Sorgen, wenn du etwas nicht verstehst.«

»Rollen die Treppen wirklich?«, fragte Grimma.

»Wart's ab. Wir benutzen nur diese eine, wisst ihr. Weil es ein wenig gefährlich ist. Man muss obendrauf stehen. Bei den Aufzügen ist es ganz anders.«

Der kleine Kleidianer deutete nach vorn, verbeugte sich und eilte fort.

Gurder führte seine beiden Begleiter durch einen schmalen Spalt in den uralten Dielen. Die helle Leere eines Flurs erwartete sie. Und dort ...

... rollte die Treppe.

Masklin beobachtete sie wie gebannt. Stufen stiegen mit einem gespenstischen Quietschen aus dem Boden und summten in die ferne Höhe.

»Donnerwetter«, hauchte er. Etwas anderes fiel ihm nicht ein.

»Die Kleidianer wagen sich nicht in die Nähe der Rolltreppe«, sagte Gurder. »Sie glauben, dort liegen böse Geister auf der Lauer.«

»Kein Wunder.« Grimma schauderte.

»Reiner Aberglaube.« Gurder war bleich, und seine Stimme vibrierte. »Hier gibt es nichts, wovor man sich fürchten müsste«, quiekte er.

Masklin musterte ihn.

»Bist du schon einmal an diesem Ort gewesen?«, fragte er.

»O ja. Millionen Mal. Oft.« Der Büromaterialer hob den Saum seines Umhangs und zupfte daran.

»Und jetzt?«

Gurder versuchte, langsam und ruhig zu sprechen, aber seine Zunge bewegte sich immer schneller. »Wisst ihr, die Kleidianer behaupten, Arnold Gebr (gegr. 1905) wartet dort oben, ja, und wenn Nomen sterben ...«

Grimma blickte nachdenklich zur Rolltreppe und schauderte erneut. Dann rannte sie los.

»Was tust du?«, rief Masklin.

»Ich stelle fest, ob die Kleidianer recht haben! Sonst stehen wir hier den ganzen Tag herum!«

Masklin folgte Grimma. Gurder schluckte, starrte in die Richtung, aus der sie kamen ... und eilte zur Treppe.

Masklin beobachtete, wie sich Grimma einer riesigen Stufe näherte. Plötzlich hob sich der Boden unter ihr, und Grimma taumelte, als sie emporgetragen wurde. Masklin fühlte Bewegung unter den Füßen, und dann glitt er ebenfalls nach oben.

»Spring herunter! Man kann keinem Boden trauen, der sich von ganz allein bewegt!«

Grimmas kalkweiße Miene erschien über dem Rand der Stufe.

»Was nützt es?«, erwiderte sie.

»Anschließend gehen wir in den Flur und reden darüber!«

Grimma lachte. »Wie willst du in den Flur zurückkehren? Hast du in der letzten Zeit mal nach unten gesehen?«

Masklin sah nach unten.

Er war bereits mehrere Stufen weit oben. Der ferne Gurder, das

Gesicht nur noch ein Fleck, nahm seinen ganzen Mut zusammen und sprang auf den sich hebenden Boden …

Oben erwartete sie nicht etwa Arnold Gebr (gegr. 1905), sondern nur ein langer brauner Flur mit Türen in den Wänden. Worte zierten einige von ihnen.

Grimma stand vor der Treppe. Masklin winkte mahnend mit dem Zeigefinger, als er von seiner Stufe wankte, die sich auf geheimnisvolle Weise unter ihm zusammenfaltete.

»Dass sich so etwas nie, *nie* wiederholt!«, rief er.

»Wenn ich nicht losgelaufen wäre, stünden wir jetzt noch unten!«, sagte Grimma scharf. »Vor Angst ist Gurder ja regelrecht erstarrt.«

»Aber hier oben hätte es alle Arten von Gefahren geben können!«

»Zum Beispiel?«, fragte Grimma hochmütig.

»Nun, äh …« Masklin zögerte. »Darum geht es gar nicht. Viel wichtiger ist …«

Gurders Stufe rollte ihnen den Büromaterialer vor die Füße. Sie halfen ihm auf die Beine.

Grimma lächelte. »Jetzt sind wir wieder zusammen. Und alles ist in bester Ordnung, nicht wahr?«

Gurder blickte sich um, hüstelte und strich seinen Umhang glatt.

»Hab das Gleichgewicht verloren«, sagte er. »Sind sehr schwierig, die Rolltreppen. Aber man gewöhnt sich schließlich daran.« Er hüstelte erneut und blickte durch den Flur. »Tja, ich schlage vor, wir setzen den Weg fort.«

Die drei Nomen schlichen an mehreren Türen vorbei.

»Wohnt *Bombenpreise* hinter einer dieser Pforten?«, fragte Grimma. Aus irgendeinem Grund klang der Name hier oben viel schlimmer.

»Äh, nein«, antwortete Gurder. »Er haust bei den Öfen im Keller.« Der Büromaterialer spähte an der nächsten Tür hoch. »›Löhne und Gehälter‹«, las er.

»Noch ein Ungeheuer?« Grimma betrachtete die Schriftzeichen auf dem lackierten Holz.

»Keine Ahnung.«

Masklin bildete den Abschluss und drehte langsam den Kopf von einer Seite zur anderen, um den ganzen Flur im Auge zu behalten. Zu breit, zu leer. Nirgends eine Möglichkeit, sich zu verstecken.

Er deutete zu einigen großen roten Objekten, die an der gegenüberliegenden Wand hingen. Gurder hauchte ihren Namen: Kübel.

»In *Colin und Susan fahren ans Meer* habe ich Bilder davon gesehen«, flüsterte er.

»Was steht auf ihnen geschrieben?«

Gurder sah noch etwas genauer hin. »›Feuer‹. Meine Güte! Der Abt hatte recht. Kübel mit Feuer!«

»Feuer in Kübeln?«, brummte Masklin. »Kübel mit *Feuer*? Ich sehe keine Flammen.«

»Sie befinden sich in ihnen«, vermutete Gurder. »Vielleicht gibt es irgendwo einen Deckel. Bohnenbüchsen enthalten Bohnen und Marmeladengläser enthalten Marmelade. Woraus folgt: Feuerkübel enthalten Feuer. Kommt!«

Grimma betrachtete die geschriebenen Worte und wiederholte sie lautlos. Dann folgte sie Masklin und Gurder.

Schließlich erreichten sie das Ende des Flurs und verharrten vor einer Tür, deren obere Hälfte aus Glas bestand.

Gurder schielte an ihr hinauf.

»Auch dort stehen Worte«, bemerkte Grimma. »Lies sie uns vor! Ich halte besser den Blick von ihnen fern«, betonte sie. »Damit mein Gehirn nicht überhitzt.«

Gurder schluckte und las: »›Arnold Gebr (gegr. 1905). D. H. K. Butterthwaite, Geschäftsführer.‹ Äh.«

»Er ist da drin?«, fragte Grimma.

»Bohnen in Bohnenbüchsen und Feuer in Feuerkübeln«, erinnerte Masklin. »He, die Tür ist nicht verschlossen. Sollen wir reingehen?«

Gurder nickte kummervoll. Masklin trat vor, lehnte sich an die Tür und drückte mit den Armen zu, bis sie schmerzten. Schließlich schwang das Hindernis vor ihm einen Spaltbreit auf.

Es brannten keine Lampen, aber das Licht im Flur filterte durchs Glas, und Masklin sah ein großes Zimmer. Der Teppich war hier viel dicker, wirkte wie dichtes Gras. Einige Meter entfernt stand ein riesiges rechteckiges Etwas aus Holz. Als der Nom an ihm vorbeischritt, fiel ihm ein Stuhl dahinter auf. Vielleicht gehörte er Arnold Gebr (gegr. 1905).

»Wo bist du, Arnold Gebr (gegr. 1905)?«, flüsterte er.

Einige Minuten später hörten seine beiden Gefährten, wie er leise nach ihnen rief. Vorsichtig schoben sie sich durch den Spalt zwischen Tür und Wand.

»Wo bist du?«, zischte Grimma.

»Hier oben«, erklang Masklins Stimme. »Auf dem hölzernen Ding. Hier und dort ragt etwas daraus hervor; daran könnt ihr hochklettern. Achtet auf den Teppich – vielleicht dient er wilden Tieren als Versteck. Wenn ihr ein bisschen Geduld habt, helfe ich euch.«

Grimma und Gurder marschierten durch den dicken Teppich und warteten nervös am Berg aus Holz.

»Ein Schreibtisch«, erklärte der Büromaterialer herablassend. »In der Abteilung Einrichtung gibt's jede Menge davon. Hochwertiges Furnier aus garantiert hundert Prozent Eichenholz.«

»Was tut er dort oben?«, fragte Grimma. »Ich höre ein Klimpern.«

»Ein Muss in jedem Haushalt«, fuhr Gurder fort. Die Worte schienen ihm Trost zu spenden. »Große Auswahl an Stil und Eleganz. Für jeden Geldbeutel etwas.«

»Wovon redest du da?«

»Entschuldige. So was schreibt Arnold Gebr (gegr. 1905) auf die Schilder. Ich fühle mich besser, wenn ich die Botschaften laut ausspreche.«

»Was ist das andere Ding?«

Grimma streckte den Arm aus, und Gurder neigte den Kopf nach hinten.

»Meinst du das? Ein Drehstuhl, ›wie er einem Manager gebührt‹.«

»Scheint groß genug für einen Menschen zu sein«, sagte die junge Nomin nachdenklich.

»Ich schätze, Menschen sitzen da, wenn Arnold Gebr (gegr. 1905) ihnen Anweisungen erteilt.«

»Hm.«

Erneut klimperte etwas über ihnen.

»Entschuldigt bitte!«, rief Masklin. »Ich musste sie erst aneinanderhaken.«

Gurder starrte nach oben und sah eine herabbaumelnde glänzende Kette.

»Büroklammern«, sagte er erstaunt. »Tolle Idee. Wäre nie darauf gekommen.«

Sie kletterten nach oben und gesellten sich einem Masklin hinzu, der über die glänzende Oberfläche des Schreibtischs wanderte und dabei seinen Speer an Dinge stieß. »Papier«, erklärte Gurder hochtrabend. »Und Markierungsstifte.«

»Arnold Gebr (gegr. 1905) scheint nicht hier zu sein«, sagte Masklin. »Vielleicht ist er zu Bett gegangen oder was weiß ich.«

»Der Abt hat gesehen, wie er eines Abends hier an diesem Schreibtisch saß und über das Kaufhaus wachte«, erwiderte Gurder.

»Auf diesem Stuhl?«, fragte Grimma.

»Ich denke schon.«

»Er ist also ziemlich groß, wie?« Grimma fügte erbarmungslos hinzu: »Etwa so groß wie ein Mensch?«

»Möglich«, räumte Gurder widerstrebend ein.

»Hm.«

Masklin entdeckte ein armdickes Kabel und folgte seinem Verlauf. »Wenn er menschliche Gestalt und Größe hat«, begann Grimma, »dann ist er vielleicht ein ...«

»Mal sehen, was wir hier oben finden«, sagte Gurder hastig, eilte zu einem Papierstapel, zog ein Blatt heran und las es im matten Licht, das vom Flur durchs Glas der Tür fiel.

»›Die Arnco-Gruppe‹«, las er laut. »›Bestehend aus Arnco-Immobilien (UK), Fernsehen und MultiMedia, Arnco-Schultz (Hamburg) AG, Arnco Airlines, Arnco Video, Organisation Arnco (Kinos) Ltd., Arnco Petroleum Holdings, Arnco-Verlag und Arnco UK-Einzelhandel.‹«

»Donnerwetter«, murmelte Grimma beeindruckt.

»Und das ist noch nicht alles.« Gurder befeuchtete sich aufgeregt die Lippen. »Hier steht noch viel mehr in kleinen Buchstaben, die vielleicht für *uns* bestimmt sind. Hör dir diese Namen an: ›Zu Arnco UK-Einzelhandel gehören Kredite und Finanzierungen Ltd., Grimethorpe: Farben und Tapeten, Kwik-Kleen-Kehrmaschinen Ltd. und ... und ... und ...‹«

»Stimmt was nicht?«

»›... und Arnold Gebr (gegr. 1905).‹« Gurder sah auf. »Was bedeutet das alles? *Günstige Angebote in Hülle und Fülle – steht uns bei!*«

Licht gleißte auf sie herab, weiß und blendend hell. Die beiden Nomen standen über einer Lache aus Dunkelheit, geformt von ihren Schatten.

Gurder starrte entsetzt zu der leuchtenden Kugel, die über ihnen schwebte.

»Ich glaube, es ist meine Schuld«, tönte Masklins Stimme aus der Finsternis jenseits des Lichts. »Ich habe diesen Schalter hier gefunden, und als ich ihn betätigte, klickte etwas. Tut mir leid.«

»Ahaha«, lachte Gurder freudlos. »Ein elektrisches Licht. Natürlich. Ahaha. Bin tatsächlich erschrocken, für eine halbe Sekunde oder so.«

Masklin erschien im hellen Bereich und blickte auf das Blatt Papier.

»Ich habe dich lesen gehört. Irgendetwas Interessantes?«

Gurder beugte sich wieder über die Schriftzeichen.

»›Mitteilung für die Angestellten‹«, sagte er. »›Wir alle wissen, dass die Umsätze des Kaufhauses seit einigen Jahren zurückgehen und praktisch kein Gewinn mehr erwirtschaftet wird. Dieses große Gebäude mag für den begüterten Konsumenten am Anfang des Jahrhunderts geeignet gewesen sein, aber es passt nicht in die aufregende Welt der Neunzigerjahre. Unglücklicherweise haben nicht nur die Aktien Einbußen erlitten; aufgrund anderer Anbieter in der Stadt sinkt die Zahl unserer Kunden. Die Arnco-Gruppe verdankt ihre Erfolge dem über Jahrzehnte hinweg stabilen finanziellen Fundament von Arnold Gebr, und deshalb betrübt es uns alle sehr, dass dieses Kaufhaus geschlossen werden muss. Trösten wir uns mit dem Wissen, dass die Gruppe einen neuen Supermarkt im Neil Armstrong-Einkaufszentrum plant. Am Ende des Monats wird dieses Gebäude abgerissen, um durch eine prächtige Arnco-Freizeitanlage ersetzt zu werden ...‹«

Gurder schwieg und schlug die Hände vors Gesicht.

»Da sind die Worte schon wieder«, brummte Masklin. »Geschlossen. Abgerissen.«

»Was ist Freizeit?«, fragte Grimma.

Der Büromaterialer beachtete sie nicht.

Masklin griff sanft nach ihrem Arm.

»Ich glaube, er möchte für eine Weile allein sein.« Er strich mit der Speerspitze über das große Blatt und faltete es zusammen, bis es so klein war, dass er es tragen konnte.

»Der Abt will es sich bestimmt ansehen. Er wird uns nie glauben, wenn wir ...«

Masklin unterbrach sich – Grimma blickte über seine Schulter hinweg. Er drehte sich um und sah durchs Glas der Tür in den Flur. Ein Schemen zeigte sich dort, wie ein Mensch geformt. Und er wurde größer.

»Was ist das?«, hauchte Grimma.

Masklin schloss die Hand fester um den Speer. »Vielleicht ...« Er zögerte und holte tief Luft. »Vielleicht Bombenpreise.«

Sie drehten sich um und eilten zu Gurder.

»Es kommt jemand«, raunte ihm Masklin zu. »Wir müssen auf den Boden zurück, schnell!«

»Abgerissen!«, stöhnte der Assistent des Abts. Er schlang die Arme um sich und neigte den Oberkörper von einer Seite zur anderen. »*Alles muss raus!* Letzte Herabsetzung! Wir sind verloren!«

»Ja, aber was hältst du davon, wenn wir auf dem Boden verloren sind?«, schlug Masklin vor.

»Er ist völlig außer sich«, stellte Grimma fest. »Komm«, fügte sie in einem schrecklich fröhlichen Tonfall hinzu, »hoppla!«

Sie zog Gurder hoch und half ihm zu der langen Kette aus Büroklammern. Masklin folgte ihnen und behielt dabei die Tür im Auge.

Er dachte: *Bombenpreise hat das Licht gesehen. Hier drin sollte es dunkel sein, aber es brennt eine Lampe. Ich kann sie nicht rechtzeitig ausschalten, und es spielt ohnehin keine Rolle mehr. Ich glaube nicht an dämonische Ungeheuer, doch jetzt kommt eins. Welch seltsame Welt!*

Masklin duckte sich in den Schatten eines Papierstapels und wartete.

Auf oder dicht über dem Boden hörte er Gurders dumpfe Proteste, doch seine Stimme verklang plötzlich. Vielleicht hatte ihm Grimma etwas auf den Kopf geschlagen. In gefährlichen Situationen entwickelte sie einen ausgeprägten Sinn fürs Notwendige.

Langsam schwang die Tür auf, und dort *erhob* sich eine Gestalt: Sie sah aus wie ein Mensch, gekleidet in eine blaue Uniform. Masklin kannte sich mit dem menschlichen Mienenspiel nicht sehr gut aus, aber dieser Mann wirkte alles andere als glücklich. In der rechten Hand hielt er eine Metallröhre, und Licht strahlte aus ihrem Ende. *Seine grauenhafte Lampe*, fuhr es Masklin durch den Sinn.

Die Gestalt näherte sich in der trägen, schlafwandlerischen Art, wie sie den Menschen zu eigen war. Masklin spähte über den Rand des Papierstapels, und Faszination verdrängte einen Teil der Furcht aus ihm. Er blickte zu einem runden, rötlichen Gesicht hinauf, spürte den Wind des Atems und sah eine spitz zulaufende Mütze.

Er wusste inzwischen, dass die Menschen im Kaufhaus Abzeichen mit ihren Namen trugen, weil sie sich sonst nicht daran erinnerten, wie sie hießen. Bei diesem Mann stand der Name am Hut. Masklin betrachtete die einzelnen Zeichen und setzte sie zu einem Wort zusammen: N-A-C-H-T-W-Ä-C-H-T-E-R. Er hatte einen weißen Schnurrbart.

Der Mann richtete sich zu voller Größe auf und wanderte im Zimmer umher. *Menschen sind nicht so dumm, wie die anderen Nomen glauben*, dachte Masklin. *Dieses Exemplar ist intelligent genug, um zu wissen, dass hier kein Licht brennen sollte, und es will feststellen, wer die Lampe eingeschaltet hat. Bestimmt sieht der Mann Grimma und Gurder, wenn er aufmerksam genug Ausschau hält. Selbst ein Mensch kann uns sehen.*

Er hob den Speer. *Die Augen*, flüsterte es in ihm. *Du musst zwischen die Augen zielen …*

Nachtwächter schlurfte verträumt durch den Raum, überprüfte Schränke und Ecken. Dann wich er zur Tür zurück.

Masklin wagte es, wieder zu atmen, und genau in diesem Augenblick ertönte unten Gurders hysterische Stimme: »Es ist Bombenpreise! Oh, günstige Angebote in Hülle und Fülle, steht uns bei! Wir sind alle mmphmmphmmph …«

Nachtwächter blieb stehen. Er drehte sich um, und Verwirrung kroch über sein Gesicht, langsam wie Sirup.

Masklin wich noch tiefer in die Schatten zurück. *Jetzt ist es so weit*, wisperte erneut die Stimme des Jägers. *Wenn ich loslaufe, den Speer werfe und treffe ...*

Im Korridor dröhnte etwas, und es klang fast nach einem Lastwagen. Der Mann wirkte nicht besorgt, öffnete nur die Tür und blickte in den Flur.

Masklin bemerkte dort eine menschliche Frau. Sie schien recht alt zu sein, soweit er das beurteilen konnte, trug eine rosarote, mit Blumenmustern geschmückte Schürze und Pantoffeln. In der einen Hand hielt sie ein Staubtuch, und mit der anderen ...

Es hatte den Anschein, als bändigte sie damit ein brüllendes Tier, eine Art Sack auf Rädern. Immer wieder stürmte es über den Teppich nach vorn, aber die Frau hielt es an einem Stock fest, zog das Wesen zurück.

Während Masklin die Frau beobachtete, gab sie dem Ding einen Tritt, woraufhin sich das Dröhnen in ein leiser werdendes Heulen verwandelte. Der Nachtwächter sprach mit ihr. Für den Nom hörte sich das Gespräch nach zwei zankenden Nebelhörnern an.

Er rannte über den Schreibtisch und hangelte sich hastig an der Kette aus Büroklammern hinab. Nach einer Weile ließ er sich einfach fallen. Unten, hinter einem gewaltigen Holzbein des Tisches, warteten seine beiden Gefährten auf ihn. Der Assistent des Abts rollte mit den Augen. Grimma drückte ihm noch immer die Hand auf den Mund.

»Verschwinden wir von hier, solange der Mann nicht in unsere Richtung sieht!«, zischte Masklin.

»Wie denn?«, erwiderte Grimma. »Es gibt keine andere Tür.«

»Mmphmmph.«

»Was fangen wir mit *ihm* an?«

»Hör mal«, wandte sich Masklin an das Entsetzen in Gurders Gesicht, »du willst doch nicht erneut Unheil und Verderben verkünden, oder? Sonst müssen wir dich knebeln. Bedaure.«

»Mmph.«

»Versprochen?«

»Mmph.«

»Gut. Lass ihn los, Grimma!«

»Die günstigen Angebote in Hülle und Fülle!«, hauchte Gurder aufgeregt.

Grimma sah Masklin an. »Soll ich ihn wieder zum Schweigen bringen?«, fragte sie.

»Er kann sagen, was er will, solange er es *leise* sagt«, erwiderte Masklin. »Vielleicht fühlt er sich dadurch besser. Hat einen ziemlichen Schock erlitten.«

»Die günstigen Angebote in Hülle und Fülle haben die Frau geschickt, um uns zu schützen! Mit ihrem großen donnernden Seelensauger ...« Gurder runzelte verwirrt die Stirn.

»Ein Staubsauger, nicht wahr?«, fuhr er zögernd fort. »Ich habe mir immer etwas Magisches vorgestellt, aber es war nur ein Staubsauger. In der Abteilung Haushaltsgeräte gibt es viele von ihnen. Mit extra großer Saugwirkung für Tiefenfrische.«

»Gut. Freut mich. Vielleicht sollten wir jetzt überlegen, wie wir diesen Ort verlassen können.«

Die Suche hinter den Aktenschränken blieb nicht ohne Erfolg: Sie entdeckten einen Spalt in den Dielen, gerade breit genug, um ohne größere Schwierigkeiten hindurchzukriechen. Die Nomen brauchten einen halben Tag für die Rückkehr, zum Teil deswegen, weil sich Gurder immer wieder setzte und in Tränen ausbrach. Aber hauptsächlich dauerte es deshalb so lange, weil sie im Innern der Wand nach unten klettern mussten. Sie war hohl, und unterwegs stießen sie immer wieder auf Kabel und seltsame Holzstücke, die von den Kleidianern stammten; trotzdem kamen sie nur langsam voran. Schließlich erreichten sie die Etage unter der Kinderkleidung. Gurder hatte sich inzwischen wieder gefasst, forderte hochmütig etwas zu essen und eine Eskorte.

Nach einer langen Reise trafen sie in der Abteilung Büromaterial ein.

Gerade noch rechtzeitig.

Oma Morkie blickte auf, als man die jungen Nomen ins Schlafzimmer des Abts führte. Sie saß am Bett, die Hände auf den Knien.

»Seid leise!«, befahl sie. »Er ist sehr krank und meint, er fühlt den nahen Tod.« Sie seufzte. »Das bedeutet, er stirbt bald.«

»Er stirbt? Woran?«

»An einem langen Leben«, antwortete Oma.

Der Abt lag zwischen den Kissen, wirkte noch kleiner und verschrumpelter als vorher und hielt das *Ding* in zwei klauenartigen, schmalen Händen.

Er erblickte Masklin und winkte ihn mühsam näher.

»Du musst dich über ihn beugen«, sagte Oma Morkie. »Er kann nur noch krächzen. Armer Kerl.«

Der Abt griff mit zitternden Fingern nach Masklins Ohr und zog es vor den Mund.

»Eine bemerkenswerte Frau«, flüsterte er. »Bestimmt hat sie viele gute Eigenschaften. Aber bitte schick sie fort, bevor sie mir noch mehr von ihrer Medizin gibt.«

Masklin nickte. Omas Arzneien, hergestellt aus ganz einfachen und oft fast giftigen Kräutern und Wurzeln, waren wirklich erstaunlich. Nach einer Dosis Bauchschmerzensaft wagte man nie wieder, über Bauchschmerzen zu klagen. In gewisser Weise handelte es sich tatsächlich um Heilmittel.

»Ich kann sie nicht *fortschicken*«, entgegnete er. »Aber ich *bitte* sie, das Zimmer zu verlassen.«

Oma Morkie marschierte in den Flur und wies ihre Helfer an, noch mehr Heilsaft zu brauen.

Gurder kniete am Bett.

»Du stirbst doch nicht, Exzellenz, oder?«, fragte er zaghaft.

»Natürlich sterbe ich«, raunte der Abt. »Irgendwann kommt jeder an die Reihe. So ist das nun mal im Leben.« Und dann: »Habt ihr Arnold Gebr (gegr. 1905) gesehen?«

»Nun. Äh.« Gurder zögerte. »Wir haben Schriften gefunden, Exzellenz. Es stimmt: Das Kaufhaus soll abgerissen werden. Das Ende unserer Welt. Was sollen wir jetzt machen, Exzellenz?«

»Ihr müsst das Kaufhaus verlassen«, entgegnete der Abt.

Gurder riss entsetzt die Augen auf.

»Aber du hast immer gesagt, alles im Draußen kann nur ein Traum sein.«

»Und du hast mir nie geglaubt. Vielleicht habe ich mich geirrt. Der junge Mann mit dem Speer, ist er noch hier? Ich sehe nicht mehr gut.«

Masklin trat vor.

»Oh, da bist du ja«, ächzte der alte Nom. »Dein Kasten ...«

»Ja?«

»Hat mir Dinge erzählt. Mir Bilder gezeigt. Das Kaufhaus ist viel größer, als ich dachte. Es gibt einen Raum, in dem man Sterne aufbewahrt, nicht nur die glitzernden und blinkenden, die während der Saison Weihnachten von der Decke hängen, sondern auch viele andere. Das Zimmer heißt Universum. Wir haben dort gewohnt, und uns gehörte praktisch alles. Jenes Zimmer war unser Zuhause. Wir brauchten uns nicht unter dem Fußboden der Menschen zu verstecken. Ich glaube, Arnold Gebr (gegr. 1905) will, dass wir dorthin zurückzukehren.«

Er hob die Hand, und seine kalten weißen Finger schlossen sich überraschend fest um Masklins Arm.

»Ich halte dich nicht für übermäßig intelligent«, fuhr der Abt fort. »Ich glaube vielmehr, dass du einer von den eher dummen, aber pflichtbewussten Nomen bist, die zum Anführer werden, obgleich man dadurch überhaupt keinen Ruhm erringen kann. Jedenfalls, du denkst gründlich nach. Und du gibst nicht auf. Bring das Volk des Kaufhauses nach Hause.«

Er sank ermattet aufs Bett zurück und schloss die Augen.

»Aber ... Wir sollen das Kaufhaus verlassen, Exzellenz?«, brachte Gurder hervor. »Wir sind Tausende. Und die vielen Alten und kleinen Kinder ... Wohin sollen wir gehen? Masklin hat uns von Füchsen erzählt, die im Draußen auf uns Nomen Jagd machen. Und von Wind, Hunger und Wasser, das in Tropfen vom Himmel fällt! Exzellenz? Exzellenz?«

Grimma tastete nach dem Puls des Greises.

»Hört er mich?«, fragte Gurder.

»Vielleicht«, erwiderte Grimma. »Möglicherweise. Aber rechne nicht mit einer Antwort – er ist tot.«

»Aber er darf nicht tot sein!«, kam es entgeistert von Gurders Lippen. »Er ist immer hier bei uns gewesen. Bestimmt irrst du dich. Exzellenz? Exzellenz!«

Masklin nahm das Ding aus den schlaffen Händen des Abts, als ein Büromaterialer hereineilte, alarmiert von Gurders lauter Stimme.

»Ding?«, fragte er leise und trat von den anderen fort.

»Ich höre dich.«

»Ist er tot?«

»Ich stelle keine Lebenszeichen fest.«

»Was bedeutet das?«

»Es bedeutet: ja.«

»Oh.« Masklin überlegte. »Ich dachte, man muss gefressen oder zerquetscht werden. Ich wusste nicht, dass man auch einfach so sterben kann.«

Das *Ding* bot ihm keine zusätzlichen Informationen an.

»Hast du einen Rat für mich?«, fragte Masklin. »Gurder hat recht. Die hiesigen Nomen haben es warm und genug zu essen. Bestimmt lehnen sie es ab, ihr einfaches Leben aufzugeben. Ich meine, einige der Jüngeren sind vielleicht dazu bereit, aus Neugier. Doch wenn wir draußen überleben wollen, brauchen wir viele Leute. Glaub mir, ich weiß, wovon ich rede. Und was soll ich ihnen sagen? Etwa: Entschuldigt bitte, aber ihr müsst alles zurücklassen?«

Das *Ding* sprach.

»Nein«, sagte es.

Masklin hatte noch nie eine Bestattung gesehen. Bis vor kurzer Zeit war ihm nicht einmal klar gewesen, dass Nomen an einem zu langen Leben sterben konnten. Sie wurden gefressen oder kehrten nicht zurück. Aber der Tod im Bett ...

»Wo begrabt ihr eure Toten?«, fragte Gurder.

»Häufig im Innern von Dachsen und Füchsen«, antwortete Masklin. Er konnte der Versuchung nicht widerstehen und fügte hinzu: »In den Mägen hübscher und geschickter Jäger.«

Auf folgende Weise nahmen die Kaufhaus-Nomen von ihren Toten Abschied:

Die Zeremonie begann, indem man die Leiche in ein festliches grünes Gewand kleidete und eine rote Zipfelmütze hinzufügte. Der lange weiße Bart wurde sorgfältig gekämmt, und anschließend lag der Abt friedlich im Bett, während Gurder vorlas:

»O Arnold Gebr (gegr. 1905), empfange die Seele unseres Bruders und bringe sie in deine große Gartenbau-Abteilung jenseits der Buchhaltung, wo es Scheren für das problemlose Schneiden von Rasenrändern gibt, Blumenschüsseln zur Zierde Ihres Gartens, den Teich des ewigen Lebens mit leicht auszulegenden Kunststoffplanen und einer Einfassung, die nichts zu wünschen übrig lässt. Wir geben ihm die Geschenke, die jeder Nomen für seine Reise braucht.«

Der Graf von Eisenwaren trat vor und legte ein Objekt neben den Leichnam. »Ich gebe ihm den Spaten Ehrlicher Arbeit.«

»Und ich«, ließ sich der Herzog von Kurzwaren vernehmen, »schenke ihm die Angelrute der Hoffnung.«

Andere Würdenträger der Nomen-Gemeinschaft brachten weitere Dinge: die Schubkarre des Oberhaupts, den Einkaufskorb des Lebens. Der Tod im Kaufhaus war eine ziemlich komplizierte Angelegenheit, fand Masklin.

Grimma putzte sich die Nase, als Gurder die Messe beendete. Einige ernste Nomen trugen die Leiche fort.

In den Keller, erfuhr Masklin später. Zur Verbrennungsanlage. In die Domäne von *Bombenpreise*, wo er, wie die Sagen behaupteten, des Nachts saß und seinen grauenhaften Tee trank.

»Schrecklich«, kommentierte Oma Morkie, als sie unschlüssig beieinanderstanden. »Als in meiner Jugend jemand starb, begruben wir die Leiche. In der Erde.«

»Erde?«, wiederholte Gurder.

»Eine Art Boden«, sagte Oma.

»Und was geschah dann?«, fragte der Assistent des verstorbenen Abts.

Oma Morkie blinzelte. »Wie?«

»Was geschah nach der Bestattung?«, wiederholte der Büromaterialer geduldig. »Ich meine, wohin gingen die Toten?«

»Wohin sie *gingen*? Ich bezweifle, dass sie mit irgendeiner Wanderung begannen. *Unsere* Toten haben sich kaum bewegt.«

Gurder sprach so langsam wie jemand, der versuchte, einem kleinen Kind etwas zu erklären. »Wenn hier im Kaufhaus ein Nom stirbt und wenn er ein *guter* Nom gewesen ist, so schickt ihn Arnold Gebr (gegr. 1905) zu uns zurück, bevor er einen besseren Ort erreicht.«

»Aber wie ...«, begann Oma.

»Das innere Etwas des Toten«, erläuterte Gurder. »Den Kern des Selbst.«

Die Draußenler musterten ihn höflich und warteten darauf, dass er seine Worte erklärte.

Gurder seufzte. »Na schön. Ich bitte jemanden, es euch zu zeigen.«

Man brachte sie zur Abteilung Gartenbau. Masklin hielt den Ort für seltsam. Er wirkte wie die Welt draußen, aber ohne ihre problematischen Aspekte. Das Licht stammte von Drinnen-Sonnen, die auch des Nachts schienen. Hier gab es nie Wind und Regen. Das Gras war grün bemaltes Sackleinen, aus dem stachelartige Objekte ragten. Saatgutbeutel formten hohe Berge, und Masklin vermutete, dass die Bilder darauf ausschweifender menschlicher Fantasie entsprangen. Sie zeigten Blumen, doch solche Blumen kannte er nicht.

»Sieht es im Draußen ähnlich aus?«, fragte der junge Priester, der sie herumführte. »Es heißt, äh, man sagt, äh, ihr kommt von dort. Man sagt, ihr hättet das Draußen *gesehen.*« Es klang hoffnungsvoll.

»Dort gibt's mehr Grün und Braun«, erwiderte Masklin kategorisch.

»Und Blumen?«

»Einige«, sagte Masklin. »Aber nicht solche wie hier.«

»Ich habe einmal Blumen dieser Art gesät«, murmelte Torrit. Und dann schwieg er erstaunlicherweise.

Der Priester geleitete sie um die gewaltige Masse eines riesigen Rasenmähers herum, und auf der anderen Seite ...

... standen Nomen. Groß und pausbäckig. Mit rosarot bemalten Wangen. Einige hielten Angelruten oder Spaten in den Händen. Andere schoben bunte Schubkarren. Und alle grinsten.

Die Gruppe beobachtete sie stumm.

Schließlich hauchte Grimma: »Wie schrecklich.«

»O nein!«, widersprach der Priester entsetzt. »Es ist herrlich! Arnold Gebr (gegr. 1905) schickt uns glücklich und zufrieden zurück. Später verlassen wir das Kaufhaus und gelangen zu einem wundervollen Ort!«

»Frauen fehlen hier«, stellte Oma Morkie fest. »Eine wahre Gnade.«

»Nun, äh«, begann der Priester verlegen, »dieser Punkt ist umstritten. Wir sind uns nicht ganz sicher, glauben jedoch ...«

»Und sie unterscheiden sich gar nicht voneinander«, fuhr Oma fort. »Sie sehen alle gleich aus.«

»Äh, weißt du ...«

»Auf diese Weise möchte ich nicht zurückkehren«, grummelte Oma Morkie. »Wenn ich *so* zurückkehren muss, will ich gar nicht erst weg.«

Der Priester war den Tränen nahe.

»Aber ...«

»Ich habe mal einen derartigen Nom gesehen.« Dieser Hinweis stammte vom alten Torrit. Er wirkte sehr blass und zitterte.

»Sei still!«, zischte Oma Morkie. »Du hast nie irgendetwas gesehen.«

»Doch, habe ich«, beharrte Torrit. »Als kleiner Junge. Opa Dimpo führte uns durch die Felder und durch den Wald, zu einem der großen Häuser, in dem Menschen wohnen, und davor gab es kleine Felder mit Blumen wie hier und kurzes Gras und einen Teich mit orangefarbenen Fischen, und dort sahen wir einen solchen Nom. Er saß neben dem Teich auf einem Pilz, jawohl.«

»Unsinn«, sagte Oma Morkie automatisch.

»Nein.« Torrit schüttelte den Kopf. »Und ich erinnere mich noch an Opa Dimpos Worte: ›Welch grässliches Leben, bei jedem Wetter draußen zu stehen. Vögel lassen einem ihren Dingsbums auf den Hut fallen, und man wird von Hunden bepinkelt.‹ Er sprach von einem Riesennom, der versteinert sei, weil er zu lange am Teich hockte, ohne jemals einen Fisch zu fangen. Und er sagte. ›Welch ein Tod! Das ist nichts für mich, Jungs. Ich möchte ganz plötzlich sterben ...‹ Er konnte den Satz nicht beenden, weil eine Katze auf ihn sprang. Ironie des Schicksals, wenn ihr mich fragt.«

»Und dann?«, fragte Masklin.

»Oh, wir haben ihr eine Abreibung mit unseren Speeren verpasst, Opa auf die Beine gezogen und sind gerannt wie ...« Torrit bemerkte Oma Morkies strenges Gesicht. »Und wir rannten ziemlich schnell.«

»Nein, nein!«, jammerte der Priester. »Es ist ganz anders!« Er begann zu schluchzen.

Oma zögerte kurz, bevor sie ihm tröstend auf den Rücken klopfte.

»Na, na«, sagte sie. »Du brauchst nicht gleich zu weinen. Der dumme alte Narr redet dauernd dummes Zeug. Weil er dumm ist.«

»Ich bin nicht ...« Torrit unterbrach sich, als ihm Oma einen warnenden Blick zuwarf.

Sie kehrten langsam zurück und versuchten dabei, das schreckliche Bild versteinerter Nomen aus ihrer Vorstellung zu verbannen. Torrit schlurfte hinter der Gruppe her und grollte dabei wie ein erschöpftes Gewitter.

»Ich hab ihn gesehen, jawohl«, flüsterte er. »Ein blöd grinsender Riesennom. Hockte auf einem fleckigen Pilz. Ganz *deutlich* hab ich ihn gesehen. Bin allerdings nie wieder zum Feld vor dem Haus gegangen. Um jedes Risiko zu vermeiden. Aber ich hab ihn *gesehen.*«

Alle schienen der Meinung zu sein, dass Gurder der neue Abt werden sollte. Der alte Abt hatte Anweisungen hinterlassen, und niemand stellte sie infrage.

Die einzigen Einwände stammten von Gurder selbst.

»Warum ich?«, klagte er. »Ich wollte nie ein Anführer sein! Außerdem ...« Er senkte die Stimme. »Manchmal kommen mir *Zweifel*. Der alte Abt wusste bestimmt davon, und ich verstehe einfach nicht, wieso er mich für einen geeigneten Nachfolger hielt.«

Masklin schwieg und dachte daran, dass der alte Abt möglicherweise eine ganz bestimmte Absicht verfolgt hatte. Vielleicht war die Zeit reif für ein wenig Zweifel. Vielleicht wurde es Zeit, Arnold Gebr (gegr. 1905) aus einem anderen Blickwinkel zu sehen.

Sie standen auf einer Seite des großen Unter-dem-Fußboden-Saals, in dem wichtige Versammlungen der Büromaterialer stattfanden. Nur hier und im Speisesaal waren Kämpfe streng verboten. Familienoberhäupter und die Leiter verschiedener Abteilungen und Untersektionen schlenderten umher. Zwar durften sie keine Waffen tragen, aber sie wechselten oft giftige Blicke.

Ohne die Hilfe der Büromaterialer konnte man sie unmöglich dazu bringen, auch nur an Zusammenarbeit zu *denken*. Seltsam: Die Büromaterialer verfügten über keine echte Macht, doch alle Familien benötigten sie. Man fürchtete sie nicht, und deshalb überlebten sie nicht nur, sondern herrschten auch, auf eine sonderbare Art und Weise. Kurzwarenler weigerten sich aus Prinzip, selbst sehr vernünftige Ratschläge von den Eisenwarenlern entgegenzunehmen, aber sie hörten aufmerksam zu, wenn ein Büromaterialer sprach, denn alle wussten: Büromaterialer ergriffen für niemanden Partei; sie waren neutral.

Masklin wandte sich an Gurder.

»Wir müssen mit den Eisenwarenlern reden. Sie kontrollieren die Elektrizität, nicht wahr? Und das Lastwagennest.«

»Dort drüben steht der Graf von Eisenwaren.« Gurder deutete in die entsprechende Richtung. »Der Bursche mit dem Schnurrbart. Ist nicht sehr religiös. Allerdings versteht er kaum etwas von Elektrizität.«

»Aber du hast mir doch gesagt ...«

»Oh, die Eisenwarenler *kontrollieren* das Elektrische. Die Untertanen und Bediensteten und so. Aber nicht Leute wie der Graf.« Gurder lächelte. »Glaubst du etwa, der Herzog von Kurzwaren rührt jemals eine Schere an? Und die Baronin del Ikatessen lässt sich bestimmt nicht dazu herab, selbst zu kochen.«

Er sah Masklin an. »Du hast einen Plan, stimmt's?«

»Ja. Glaube ich.«

»Was willst du ihnen sagen?«

Geistesabwesend betastete Masklin die Spitze seines Speers.

»Die Wahrheit. Ich werde darauf hinweisen, dass sie das Kaufhaus verlassen und alles mitnehmen können. Das müsste eigentlich möglich sein.«

Gurder rieb sich das Kinn. »Hm. Vielleicht ist es tatsächlich möglich. Wenn jeder so viel mitschleppt, wie er tragen kann. Aber die Regale leeren sich schnell, und außerdem: Man kann keine Elektrizität tragen. Sie lebt in Drähten, weißt du.«

Masklin achtete nicht darauf. »Wie viele Büromaterialer sind imstande, Menschisch zu lesen?«

»Wir alle, mehr oder weniger«, antwortete Gurder. »Aber

nur vier von uns sind gute Leser, wenn du's unbedingt wissen willst.«

»Ich fürchte, wir brauchen mehr«, murmelte Masklin.

»Für das Lesen muss man gewisse Tricks beherrschen, und nicht alle kriegen den Dreh raus. Was *hast* du vor?«

»Ich möchte alle, *alle*, nach draußen bringen. Und alle Dinge mitnehmen, die wir *jemals* brauchen.«

»Das Gewicht so vieler Gegenstände wird uns zermalmen!«

»Nein«, widersprach Masklin, »die meisten Dinge wiegen überhaupt nichts.«

Gurder wirkte plötzlich besorgt.

»Steckt irgendeine verrückte Idee von Dorcas dahinter?«, fragte er.

»Nein.«

Masklin fühlte sich wie kurz vor der Explosion. Sein Kopf schien nicht groß genug zu sein, um alle Worte des *Dings* aufzunehmen.

Und nur er wusste Bescheid. Oh, der Abt hatte die Bilder gesehen und starb mit Sternen in den Augen, aber ohne zu *verstehen*. Die Galaxis! Der Greis hatte sie für einen großen Raum außerhalb des Kaufhauses gehalten, für die größte aller Abteilungen. Vielleicht konnte nicht einmal Gurder begreifen, worum es sich handelte: Er hatte sein ganzes Leben unter Decken verbracht, ohne eine Vorstellung von *großen* Entfernungen.

Masklin spürte einen Anflug von Stolz. Die Kaufhaus-Nomen verstanden die Mitteilungen des *Dings* nicht, weil ihnen entsprechende Erfahrungen fehlten. Für sie gab es keine größere mögliche Entfernung als die Strecke vom einen Ende des Kaufhauses zum anderen.

Daher musste es ihnen schwerfallen, sich mit der Vorstellung anzufreunden, dass die Sterne – um nur ein Beispiel zu nennen – viel weiter entfernt waren. Selbst wenn man immerzu lief: Wahrscheinlich dauerte es *Wochen*, um sie zu erreichen.

Masklin beschloss, sie ganz vorsichtig mit den neuen Konzepten vertraut zu machen.

Die Sterne! Vor langer, langer Zeit waren die Nomen zwischen ihnen unterwegs gewesen, in Dingen, neben denen Lastwagen winzig anmuteten, und von Nomen gebaut. Eins jener großen Raumschiffe hatte das All in der Nähe eines kleinen Sterns am Rande des Nichts erforscht und ein kleineres Schiff ausgeschickt, das auf der Welt der Menschen gelandet war.

Doch irgendetwas war schiefgegangen. Die nächsten Hinweise blieben Masklin rätselhaft. Er verstand nur eins: Jenes Etwas, das die Raumschiffe bewegte, entfaltete enorm viel Kraft. Hunderte von Nomen überlebten, und einer von ihnen fand das *Ding* im Wrack. Es nützte kaum etwas, solange es keine Elektrizität essen konnte, aber die Nomen behielten es trotzdem, denn das *Ding* war die Maschine, die das Schiff gesteuert hatte.

Eine Generation folgte auf die andere, und alles geriet in Vergessenheit. Die Nomen erinnerten sich nur an die Wichtigkeit des *Dings*.

Allein das genügt schon für einen Kopf, dachte Masklin. Aber es war noch nicht einmal das wirklich Bedeutsame, das sein Blut zum Schäumen und seine Finger zum Prickeln brachte.

Weitaus mehr Bedeutung hatte *dies*: Jenes große Raumschiff, das zwischen den Sternen fliegen konnte, befand sich noch immer irgendwo dort oben. Maschinen wie das *Ding* kümmerten sich darum und warteten geduldig auf die Rückkehr der Nomen. Zeit spielte keine Rolle für sie. Es gab Apparate, um die langen Flure sauber zu halten. Es gab Apparate, die Nahrung herstellten, die Sterne beobachteten, in der dunklen Leere des Schiffes Stunden und Minuten zählten.

Und die Maschinen warteten noch immer. Für sie war Zeit nur etwas, das es zu zählen galt. Sie würden warten, bis das Feuer der Sonne erlosch, bis der Mond starb. Mit unerschütterlicher Gelassenheit reparierten sie sich selbst, um bereit zu sein, wenn die Nomen zurückkehrten.

Um sie nach Hause zu bringen.

Und während sie warteten, haben wir sie vergessen, dachte Masklin. *Wir haben alles über uns selbst vergessen und verkriechen uns im Boden.*

Er wusste, worauf es nun ankam. Eine schwierige Aufgabe stand ihm bevor, vielleicht sogar eine unmögliche, aber mit so etwas kannte er sich aus. Es schien auch eine unmögliche Aufgabe zu sein, eine erlegte Ratte aus dem Wald bis zum Bau zu ziehen. Doch es war *nicht* unmöglich, sie einen oder zwei Meter weit zu zerren, und dann ruhte man sich aus, zog sie noch ein kleines Stück ... Um unmögliche Aufgaben zu bewältigen, musste man sie in eine Anzahl von sehr schwierigen Aufgaben unterteilen, die aus einer Reihe von sehr anstrengenden Aufgaben bestanden, die sich wiederum aus recht komplizierten Aufgaben zusammensetzten und so weiter ...

Masklin wusste, was die schwierigste aller Aufgaben war: *Wie soll ich den anderen Nomen erklären, was sie einst gewesen sind und was sie wieder sein können?*

Ja, er hatte einen Plan. Eigentlich begann er als Plan des *Dings*, doch nach langem Nachdenken wurde daraus sein eigener. Vermutlich ein unmöglicher Plan. Doch das musste sich erst noch herausstellen.

Gurder musterte ihn noch immer neugierig.

»Ah«, sagte Masklin, »was den Plan angeht ...«

»Ja?«

»Der Abt meinte, ihr Büromaterialer hättet immer versucht, die Nomen zur Zusammenarbeit zu bewegen und zu verhindern, dass sie sich dauernd streiten.«

»Das stimmt«, bestätigte Gurder.

»Wenn mein Plan Erfolg haben soll, *müssen* sie zusammenarbeiten.«

»Gut.«

»Ich fürchte jedoch, es wird dir nicht sehr gefallen«, fügte Masklin hinzu.

»Das ist unfair! Wie kannst du von solchen Annahmen ausgehen?«

»Bestimmt lachst du darüber.«

»Stell mich auf die Probe«, schlug Gurder vor.

Masklin erklärte ihm alles. Als Gurder den Schock überwunden hatte, lachte er laut und lange.

Dann sah er Masklins Gesicht und verstummte.

»Das ist doch nicht dein Ernst, oder?«, fragte er.

»Lass es mich folgendermaßen ausdrücken«, erwiderte Masklin. »Hast du einen besseren Plan? Darf ich mit deiner Unterstützung rechnen?«

»Aber wie willst du …?«, begann Gurder. »Wie sollen die Nomen …? Ist es überhaupt möglich, dass wir …?«

»Wir finden einen Weg«, sagte Masklin. »Natürlich mit Arnold Gebrs (gegr. 1905) Hilfe«, betonte er diplomatisch.

»Ja, natürlich.« Gurder nickte widerstrebend und riss sich zusammen. »Jedenfalls, wenn ich der neue Abt sein soll, muss ich eine Rede halten«, fuhr er fort. »Das erwartet man von mir. Ich bringe meinen guten Willen zum Ausdruck und so. Wir sprechen später darüber. Denk in aller Ruhe nach und …«

Masklin schüttelte den Kopf. Gurder schluckte.

»Du meinst … *jetzt?*«, fragte er.

»Ja. Jetzt. Wir sagen es ihnen *jetzt.*«

8

I. Und die Oberhäupter der Nomen versammelten sich, und der Abt Gurder sprach zu ihnen: Höret die Worte des Draußenlers.

II. Und einige wurden zornig und sagten: Er ist ein Draußenler. Warum sollen wir ihm zuhören?

III. Da sprach der Abt Gurder: Weil es der alte Abt wünschte. Ja, und ich teile seinen Wunsch.

IV. Da murrten die Versammelten, erhoben jedoch keine Einwände mehr.

V. Und der Draußenler sprach: Was die Gerüchte über den Abriss betrifft ... Ich habe einen Plan.

VI. Lasset uns nicht wie Bohrasseln aus einem umgedrehten Baumstamm fliehen, sondern als stolzes, würdevolles Volk. Und lasset uns den Zeitpunkt selbst bestimmen.

VII. Und die Versammelten unterbrachen ihn und fragten: Was sind Bohrasseln? Und der Draußenler antwortete: Na schön, Ratten.

VIII. Lasset uns Dinge mitnehmen, die wir brauchen, um im Draußen ein neues Leben zu beginnen, nicht in einem anderen Kaufhaus, sondern unter dem Himmel. Lasset uns alle Nomen mitnehmen, die alten wie die jungen, und genug Proviant und Material und notwendige Informationen.

IX. Und die Versammelten fragten: Alle? Und der Draußenler antwortete: Alle. Da sprachen die Oberhäupter der Nomen: Das ist unmöglich ...

Aus dem Buch der Nomen, *Dritter Stock, Verse I–IX*

»Doch, es ist möglich«, sagte Masklin. »Wenn wir einen Lastwagen stehlen.«

Völlige Stille folgte diesen Worten.

Der Graf von Eisenwaren wölbte die Brauen.

»Meinst du die großen, stinkenden Dinger mit Rädern an jeder Ecke?«, fragte er.

»Ja«, bestätigte Masklin. Alle Blicke klebten an ihm, und er spürte, wie seine Wangen zu glühen begannen.

»Ein Narr bist du!«, rief der Herzog von Kurzwaren. »Selbst wenn das Kaufhaus in Gefahr wäre, und ich sehe keinen Grund, daran zu glauben, ich wiederhole: keinen Grund ... Diese Idee ist absurd und grotesk.«

Masklin errötete. »Ein Laster bietet genug Platz. Wir können alles mitnehmen und Bücher stehlen, die uns Dinge erklären ...«

»Der Mund bewegt sich, die Zunge wackelt, aber nichts ergibt einen Sinn«, sagte der Herzog. Einige der anderen Nomen lachten nervös. Aus dem Augenwinkel sah Masklin Angalo, der mit glänzenden Augen neben seinem Vater stand.

»Ehre dem verstorbenen Abt«, ließ sich einer der anderen Würdenträger vernehmen, »aber ich habe gehört, dass es im Draußen andere Kaufhäuser geben soll. Ich meine, wir müssen irgendwo gewohnt haben, bevor dieses Kaufhaus erschaffen wurde.« Er schluckte. »Äh, ich will auf Folgendes hinaus: Wenn dieses Kaufhaus 1905 gebaut wurde, wo waren wir dann im Jahre 1904? Womit ich natürlich niemandem zu nahe treten möchte ...«

»Ich spreche nicht davon, in ein anderes Kaufhaus umzuziehen«, erwiderte Masklin. »Ich schlage euch vielmehr vor, im Freien zu leben.«

»Und ich habe keine Lust, mir diesen Unsinn noch länger anzuhören. Der alte Abt war ein sehr vernünftiger Mann, aber kurz vor seinem Tod wurde er ein wenig verschroben.« Der Herzog von Kurzwaren drehte sich um und stürmte hinaus. Die meisten anderen Familien- und Abteilungsoberhäupter folgten ihm, einige eher widerstrebend, wie Masklin bemerkte. Mehrere verharrten an der Tür, sodass sie behaupten konnten, gerade gehen zu wollen, falls sie jemand fragte.

Es blieben der Graf, eine kleine dicke Frau – Gurder hatte sie als Baronin del Ikatessen vorgestellt – und eine Reihe von eher unwichtigen Unterabteilungsleitern.

Der Graf sah sich theatralisch um.

»Ah«, sagte er, »endlich genug Platz, um zu atmen! Sprich weiter, junger Mann!«

»Das wär's im Großen und Ganzen«, entgegnete Masklin. »Um

mehr zu planen, muss ich mehr herausfinden. Zum Beispiel: Seid ihr in der Lage, Elektrizität zu erzeugen? Ich meine, es genügt nicht, sie aus den Kabeln des Kaufhauses zu stehlen. Könnt ihr sie selbst herstellen?«

Der Graf rieb sich das Kinn.

»Verlangst du von mir, die Geheimnisse meiner Abteilung preiszugeben?«

»Wenn wir so verzweifelte Maßnahmen beschließen«, sagte Gurder scharf, »müssen wir offen zueinander sein und unser Wissen teilen.«

»Das finde ich auch«, pflichtete ihm Masklin bei.

»Ja.« Gurder nickte ernst. »Das Wohl der Nomen steht an erster Stelle.«

»Eine lobenswerte Einstellung«, sagte Masklin. »Die Büromaterialer leisten einen eigenen Beitrag und werden allen interessierten Nomen beibringen, wie man ... liest.«

Einmal mehr folgte Stille, abgesehen von einem leisen Schnaufen Gurders, der einen Erstickungsanfall zu erleiden schien.

»Wie man liest ...«, stöhnte er.

Masklin zögerte. Den ersten Schritt hatte er bereits hinter sich, warum mit dem zweiten warten? Er fühlte Grimmas Blick auf sich ruhen.

»Auch den Frauen«, proklamierte er.

Diesmal wirkte der Graf überrascht. Die Baronin hingegen lächelte. Gurder ächzte noch immer.

»In der Abteilung Büromaterial und Schreibwaren stehen viele Bücher in den Regalen«, sagte Masklin. »Ganz gleich, was wir anstellen wollen: Es gibt ein Buch, in dem alles genau erklärt wird! Aber wir brauchen viele Leute, um sie zu lesen, damit wir die notwendigen Informationen finden.«

»Ich glaube, der junge Büromaterialer benötigt ein Glas Wasser«, bemerkte der Graf. »Ich glaube, er ist ganz überwältigt vom neuen Geist der Zusammenarbeit und des geteilten Wissens.«

»Junger Mann«, begann die Baronin, »vielleicht hast du recht. Aber teilen uns die Bücher auch mit, wie man einen Lastwagen fährt?«

Masklin nickte. Auf diese Frage war er vorbereitet. Grimma

taumelte näher, in den Armen ein Buch, das fast so groß war wie sie selbst. Er half ihr dabei, es aufzurichten, damit es alle sehen konnten.

»Hier stehen Worte drauf«, verkündete er stolz. »Ich habe sie schon gelernt. Sie heißen …« Er zeigte mit dem Speer auf die verschiedenen Schriftzeichen. »*Straßen-ver-kehrs-ordnung. Straßenverkehrsordnung.* Und das Buch enthält auch Bilder. Wenn uns die Straßenverkehrsordnung bekannt ist, können wir fahren. Es steht hier drin. *Straßenverkehrsordnung*«, wiederholte er unsicher.

»Und ich weiß bereits, was ein paar der anderen Worte bedeuten«, sagte Grimma.

»Ja, sie hat einige davon gelesen.« Masklin beobachtete, wie Interesse im Gesicht der Baronin aufleuchtete.

»Und mehr ist nicht nötig?«, fragte der Graf.

»Äh«, antwortete Masklin. Dieser Punkt beunruhigte ihn ebenfalls. Er hatte das unangenehme Gefühl, dass es nicht ganz so einfach sein konnte, aber dies war wohl kaum der geeignete Zeitpunkt, um vergleichsweise unwichtige Details zu klären. Er erinnerte sich an den Hinweis des Abts: *Es spielt keine Rolle, ob ein Anführer recht oder unrecht hat – er muss sicher sein. Natürlich kann es nicht schaden, recht zu haben.*

»Heute Morgen habe ich das Lastwagennest besucht, ich meine die Garage«, sagte Masklin. »Wenn man an den Lastern hochklettert, kann man hineinsehen. Mir sind Hebel, Räder und andere Dinge aufgefallen, aber es lässt sich bestimmt feststellen, wozu sie dienen.« Er holte tief Luft. »Es *muss* einfach sein, sonst kämen Menschen überhaupt nicht damit zurecht.«

Diesem Argument hatten die Nomen nichts entgegenzusetzen.

»Faszinierend«, kommentierte der Graf. »Darf ich fragen, was du jetzt brauchst?«

»Helfer«, erwiderte Masklin sofort. »So viele wie du entbehren kannst. *Insbesondere* jene Leute, die du eigentlich *nicht* entbehren kannst. Und wir benötigen Essen für sie.«

Die Baronin sah den Graf an. Er nickte, und daraufhin nickte sie ebenfalls.

»Ich wüsste gern von der jungen Frau, wie sie sich fühlt«, sagte sie. »Nach dem Lesen, meine ich.«

»Ich kenne nur einige wenige Worte«, erklärte Grimma. »Zum Beispiel ›links‹, ›rechts‹ und ›Fahrrad‹.«

»Und du verspürst keinen Druck im Kopf?«

»Nein, Madam.«

»Hm. Das ist äußerst interessant.« Die Baronin starrte Gurder an.

Der neue Abt setzte sich. »Ich … ich …«, begann er.

Masklin stöhnte innerlich. Er hatte es für schwer gehalten zu lernen, wie ein Lastwagen funktionierte, wie man ihn fuhr, wie man Bücher las. Doch das waren nur … Aufgaben. Wenn man sich lange genug bemühte, hatte man irgendwann Erfolg. Daran bestand kein Zweifel. Weitaus schwieriger war der Umgang mit Nomen.

Achtundzwanzig Helfer trafen ein.

»Das reicht nicht«, sagte Grimma.

»Es ist ein Anfang«, entgegnete Masklin. »Ich hoffe, im Lauf der Zeit kommen mehr. Sie alle müssen lesen lernen. Nicht perfekt, aber durchschnittlich gut. Und anschließend sollen fünf der besten Leser den anderen beibringen, wie man Büchern Informationen entlockt.«

»Woher hast du diese Idee?«, fragte Grimma erstaunt.

»Vom *Ding*«, antwortete Masklin. »Es geht dabei um etwas, das man *Tiefenanalyse* nennt. Es bedeutet, dass man immer zuerst an etwas denken muss. Zum Beispiel: Um ein Haus zu bauen, braucht man Ziegelsteine. Und bevor man Ziegelsteine herstellen kann, sollte man wissen, welchen Ton man dazu verwendet. Und so weiter.«

»Ton? Man benötigt Geräusche, um ein Haus zu bauen?«

»Keine Ahnung.«

»Was sind Ziegelsteine?«

»Weiß nicht.«

»Und was ist ein Haus?«

»Hab's noch nicht herausgefunden«, sagte Masklin. »Jedenfalls, sie ist sehr wichtig, die Tiefenanalyse. Und dann gibt es noch etwas, das man *sequenzielle Zielfestsetzung mit ständiger Ablaufkontrolle* nennt.«

»Und was ist *das*?«

»Vermutlich soll man die Leute antreiben und fragen, warum sie noch nicht fertig sind.« Masklin blickte auf seine Füße. »Ich schätze, damit können wir Oma Morkie beauftragen. Sie ist bestimmt nicht daran interessiert, lesen zu lernen, aber sie versteht sich gut darauf, Leute anzutreiben.«

»Und ich?«

»Ich möchte, dass du noch viel mehr und besser liest.«

»Warum?«

»Weil wir lernen müssen, richtig zu denken«, erklärte Masklin.

»Ich kann denken!«

»Glaubst du?«, erwiderte Masklin. »Ich meine, ja, natürlich. Aber einige Dinge können wir nicht denken, weil uns dazu die Worte fehlen. Nimm die Kaufhaus-Nomen als Beispiel. Sie wissen nicht einmal, was es mit Wind und Regen auf sich hat!«

»O ja. Ich habe versucht, der Baronin von Schnee zu erzählen …«

Masklin nickte. »Na bitte. Die Leute hier haben keine Ahnung, und sie wissen nicht einmal, dass sie keine Ahnung haben. Und was wissen *wir* nicht? Wir müssen alle Bücher lesen, die wir bekommen können. Gurder hält kaum etwas davon. Er meint, nur Büromaterialer sollten lesen. Aber das Problem ist: Sie versuchen nicht, Dinge zu verstehen.«

Gurder war sehr erbost gewesen.

»Lesen!«, hatte er gerufen. »Dauernd kommen dumme Nomen hierher und nutzen das Papier ab, indem sie ständig darauf hinabstarren! Warum verraten wir nicht alle unsere Geheimnisse, da wir schon einmal dabei sind? Warum bringen wir den Leuten nicht auch das Schreiben bei?«

»Dazu haben wir später noch Gelegenheit«, sagte Masklin sanft.

»Was?«

»Es ist nicht so wichtig.«

Gurder hämmerte an die Wand. »Bei Arnold Gebr (gegr. 1905), warum hast du mich vorher nicht um Erlaubnis gefragt?«

»Hättest du es erlaubt?«

»Nein!«

»Jetzt kennst du den Grund«, sagte Masklin.

»So etwas habe ich nicht erwartet, als ich dir meine Hilfe anbot!«, heulte Gurder.

»Ich auch nicht!«, blaffte Masklin.

Der neue Abt zögerte.

»Wie meinst du das?«, fragte er.

»Ich dachte, du wolltest helfen«, antwortete Masklin schlicht.

Gurder ließ die Schultern hängen, »Na schön, na schön«, murmelte er. »Jetzt kann ich es nicht mehr verbieten. Wäre meiner Autorität sehr abträglich.« Er seufzte. »Also gut. Du hast freie Hand. Nimm dir alle Leute, die du brauchst.«

»In Ordnung«, sagte Masklin. »Wann kannst du anfangen?«

»Ich? Aber ...«

»Du hast dich selbst als besten Leser bezeichnet.«

»Ja, das stimmt auch, aber ...«

»Gut.«

Die Nomen gewöhnten sich später an dieses Wort. Masklin sprach es auf eine Weise aus, die darauf hindeutete, dass alles geklärt war, dass es keinen Sinn mehr hatte, noch etwas hinzuzufügen.

Gurder wirkte fahrig.

»Was verlangst du von mir?«

»Wie viele Bücher gibt es?«, fragte Masklin.

»Hunderte! Tausende!«

»Und weißt du, wovon sie berichten?«

Gurder musterte ihn verblüfft. »Ist dir eigentlich klar, was du da fragst?«

»Nein, aber ich möchte es gern herausfinden.«

»Die Bücher berichten über *alles*! Es ist kaum zu fassen! Sie sind voller Wörter, die nicht einmal ich verstehe!«

»Existieren auch Bücher, die einem unverständliche Wörter erklären?« *Das ist Tiefenanalyse*, fuhr es Masklin durch den Sinn. *Und ich führe sie durch, ohne darüber nachzudenken. Na so was!*

Gurder zögerte. »Eine interessante Vorstellung«, sagte er.

»Ich will möglichst viel über Lastwagen, Elektrizität und Nahrung erfahren«, fuhr Masklin fort. »Und dann brauche ich ein Buch über, über ...«

»Ja?«

Masklins Gesicht zeigte so etwas wie Verzweiflung. »Gibt es ein Buch, das erklärt, wie Nomen einen für Menschen gebauten Laster fahren können?«

»Du weißt es nicht?«

»Na ja, nicht ... genau. Ich dachte, wir kommen früher oder später dahinter.«

»Aber du hast doch gesagt, man braucht sich nur mit der *Straßenverkehrsordnung* auszukennen!«

»J-ja«, erwiderte Masklin unsicher. »Darin steht *geschrieben*, dass man zuerst die *Straßenverkehrsordnung* lernen muss. Trotzdem, ich habe das Gefühl, dass es nicht so einfach sein kann.«

»Günstige Angebote in Hülle und Fülle, steht uns bei!«

»Das hoffe ich«, sagte Masklin. »Das hoffe ich von ganzem Herzen.«

Und dann wurde es Zeit für ein gewagtes Experiment.

Es war kalt im Lastwagennest, und es stank nach *Sel*. Außerdem drohte ein langer Sturz, wenn sie vom Träger fielen. Masklin versuchte, nicht in die Tiefe zu starren.

Sie verharrten in der Nähe eines Lastwagens. Hier drin wirkte er weitaus größer als draußen: ein riesiges, rotes und schreckliches Blechgebirge, das im Zwielicht emporragte.

»Das ist weit genug«, sagte Masklin nach einer Weile. »Wir sind jetzt direkt über dem Etwas, das aus dem Rest herausragt. Der Fahrer sitzt da drin.«

»Du meinst das Führerhaus«, ließ sich Angalo vernehmen.

»Ja, genau. Das Führerhaus.«

Angalo war eine echte Überraschung gewesen. Keuchend und mit rotem Gesicht war er in der Abteilung Büromaterial erschienen und hatte darum gebeten, in das Geheimnis der Büchersprache eingeweiht zu werden.

Um über Lastwagen zu lesen.

Sie faszinierten ihn.

Masklin erinnerte sich an seine erste Reaktion: »Aber dein Vater hält doch gar nichts von der ganzen Idee.«

»Und wenn schon«, erwiderte Angalo. »Für dich spielt's keine

Rolle. Ich meine, du *kommst* von dort! Ich möchte die vielen Dinge ebenfalls sehen. Ich möchte nach Draußen und feststellen, ob dort tatsächlich etwas existiert, ob es mehr ist als nur ein Traum!«

Er war kein besonders guter Leser, gab sich jedoch große Mühe, als ihm die Büromaterialer Bücher mit Lastern auf den Titelbildern brachten. Daraufhin las er so angestrengt, bis ihm das Gehirn schmerzte. Inzwischen wusste er wahrscheinlich mehr über Lastwagen als alle anderen. Mit anderen Worten: etwas mehr als nichts.

Masklin hörte, wie Angalo vor sich hin brummte, als er die Riemen und Gurte überstreifte.

»Gang«, sagte er. »Schaltung. Lenkrad. Scheibenwischer. Automatisches Getriebe. Spediteur. Hau das Gas runter. Friss den Asphalt. Quietschende Reifen. Trucker.« Angalo sah zu Masklin auf und lächelte dünn. »Alles klar.«

»Denk daran: Manchmal sind die Fenster geschlossen. Zieh einmal am Seil, wenn das der Fall sein sollte. Dann holen wir dich wieder hoch.«

»Zehn-vier.«

»Wie bitte?«

»Das bedeutet ›ja‹ in der Lastwagenfahrersprache«, erklärte Angalo.

»Oh. Na schön. Wenn du im Führerhaus bist, dann such dir ein Versteck, von dem aus du den Fahrer beobachten kannst ...«

»Ja, ja«, entgegnete Angalo ungeduldig. »Du hast mich immer wieder darauf hingewiesen.«

»Also gut. Hast du die belegten Brote dabei?«

Angalo klopfte auf den Beutel an der Taille. »Und auch das Notizbuch«, betonte er. »Ich bin so weit. Drück das Gaspedal bis zur Vorderachse.«

»Was?«

»›Es kann losgehen‹ auf Lastwagisch.«

Masklin blinzelte verwirrt. »Müssen wir so viele Fachausdrücke kennen, um einen Laster zu fahren?«

»Negatief«, sagte Angalo stolz.

»Oh? Nun, Hauptsache, *du* verstehst, was damit gemeint ist.«

Dorcas, Leiter der Seil-Gruppe, klopfte Angalo auf die Schulter.

»Willst du nicht doch den Draußen-Schutzanzug benutzen?«, fragte er hoffnungsvoll.

Er war kegelförmig und bestand aus dickem Stoff, den der alte Erfinder an einem zusammenfaltbaren Regenschirmgestell befestigt hatte. Vorn verfügte die Vorrichtung über ein kleines Fenster, durch das man die Umgebung beobachten konnte.

»Du bist vielleicht an Regen und Wind gewöhnt«, wandte sich Dorcas an Masklin. »Möglicherweise ist dein Kopf dadurch besonders hart und widerstandsfähig geworden. Aber wir Kaufhaus-Nomen ...«

»Nein, danke«, lehnte Angalo höflich ab. »Das Ding ist zu schwer, und außerdem habe ich nicht vor, den Lastwagen bei dieser Reise zu verlassen.«

»Gut«, sagte Masklin. »Vergeuden wir keine Zeit. Auf geht's, Angalo. Ich meine: hinab. Haha! Seid ihr bereit, Jungs? Also los, Angalo!« Und da es nie schaden konnte, jeden möglichen Schutz in Anspruch zu nehmen, fügte er hinzu: »Möge Arnold Gebr (gegr. 1905) mit dir sein.«

Angalo kletterte über den Rand des Trägers und wurde innerhalb kurzer Zeit zu einem vagen Schemen im Halbdunkel, als Dorcas' Nomen das Seil, beziehungsweise den Faden, hinabließen. Masklin hoffte inständig, dass er lang genug war. Sie hatten keine Gelegenheit gefunden, die Entfernung zu messen.

Plötzlich erzitterte der Strick mehrmals. Masklin beugte sich vor und sah Angalo etwa einen Meter unter ihm hängen.

»Wenn mir etwas zustößt ...!«, rief er. »Bitte verzichtet darauf, Bobo zu essen!«

»Sei unbesorgt«, antwortete Masklin. »Dir passiert bestimmt nichts.«

»Ja, ich weiß. Aber wenn wir uns irren ... Bobo soll ein gutes Zuhause bekommen.«

»In Ordnung. Ein gutes Zuhause. Ja.«

»Wo niemand Ratten verspeist. Versprichst du mir das?«

»Ratten werden von der Speisekarte gestrichen«, erwiderte Masklin.

Angalo nickte, und die Nomen gaben noch mehr Seil zu. Schließlich war die winzige Gestalt unten und eilte über das gewölbte Dach des Führerhauses. Masklin wurde allein vom Zusehen schwindelig.

Angalo verschwand. Schließlich zog er zweimal am Seil, das Zeichen für *noch etwas mehr Faden*. Dorcas und seine Gruppe reagierten sofort, und der Strick glitt über den Rand des Trägers. Dann ein dreifaches Ziehen, nicht so stark wie vorher. Und kurze Zeit später noch einmal.

Masklin stieß den angehaltenen Atem zischend aus.

»Angalo hat das Ziel erreicht«, sagte er. »Holt das Seil ein! Wir lassen es hier, falls er ... Ich meine, damit wir ihn später wieder hochholen können.«

Er riskierte einen weiteren Blick auf die gewaltige Masse unter ihnen. Lastwagen fuhren fort, Lastwagen kehrten zurück – Nomen wie Dorcas glaubten, dass es sich um dieselben Lastwagen handelte. Sie verließen die Garage voll beladen mit Waren, und wenn sie später wieder in ihr Nest rollten, waren sie ebenfalls voll beladen. Niemand wusste, warum Arnold Gebr (gegr. 1905) es für notwendig hielt, bestimmte Waren für einen Tag wegzubringen. Nur eins stand fest: Nach ein oder höchstens zwei Tagen im Draußen kehrten sie heim.

Masklin beobachtete den Laster, in dem sich nun der Forscher befand. Wohin fuhr er? Was mochte geschehen? Was würde Angalo *sehen*, bevor er wieder im Kaufhaus eintraf? Und wenn er verschwunden blieb – was sollte Masklin seinen Eltern sagen? Dass jemand aufbrechen musste, dass ihr Sohn darum *gebeten* hatte, dass alles von ihm abhing, dass sie unbedingt Informationen darüber brauchten, wie man einen Lastwagen fuhr? Es klang nicht sehr überzeugend.

Dorcas trat zu ihm. »Dürfte ziemlich schwer werden, alle Nomen auf diese Weise nach unten zu bringen.«

»Ich weiß. Wir müssen uns etwas anderes einfallen lassen.«

Der Erfinder deutete zu einem der stillen Lastwagen. »Dort ist eine kleine Stufe, an der Tür des Fahrers. Sieh nur. Wenn wir ein Seil am Griff festbinden ...«

Masklin schüttelte den Kopf. »Zu weit oben«, erwiderte er. »Ein kleiner Schritt für einen Menschen, doch ein weiter Sprung für Nomen.«

9

V. Und so sprach der Draußenler: Überzeugen will ich jene, die nicht an das Draußen glauben, denn einer soll nach draußen geschickt werden, um zu beweisen, dass es mehr gibt zwischen Himmel und Erde als nur das Kaufhaus.

VI. Und Einer brach mit einem Lastwagen auf, um im Draußen nach einer neuen Heimat zu suchen.

VII. Und man wartete lange auf ihn, denn er blieb fort.

Aus dem Buch der Nomen, *Kolonialwaren, Verse* V–VII

Masklin hatte sich daran gewöhnt, in einem alten Schuhkarton zu schlafen, in einer Ecke der Abteilung Büromaterial, wo er etwas Ruhe fand. Doch als er zurückkehrte, wartete eine kleine Abordnung aus Nomen auf ihn. Sie trugen ein Buch.

Inzwischen war Masklin von den Büchern ein wenig enttäuscht. Vielleicht standen tatsächlich irgendwo jene Dinge geschrieben, über die er mehr erfahren wollte, aber es war sehr schwer, die betreffenden Stellen zu entdecken. Vielleicht steckte sogar Absicht dahinter. Vielleicht waren die Bücher so geschaffen worden, dass man gesuchte Erklärungen nur mit Mühe fand. Ihrem Inhalt fehlte Sinn.

Besser gesagt: Es mochte einen Sinn geben, aber er schien unsinniger Natur zu sein.

Masklin erkannte den jungen Eisenwarenler Vinto Pimmie und seufzte. Vinto gehörte zu den interessiertesten und schnellsten Lesern, aber viele Worte verstand er nicht. Außerdem neigte er dazu, es mit seiner Begeisterung zu übertreiben.

»Ich hab's«, verkündete der Junge voller Enthusiasmus.

»Was hast du?«, fragte Masklin.

»Ich *meine*, ich weiß jetzt, wie wir einen Menschen dazu bringen können, den Lastwagen für uns zu fahren!«

Masklin seufzte einmal mehr. »Wir haben darüber nachgedacht und sind dabei zu dem Schluss gelangt, dass es sicher nicht klappt. Wenn wir uns einem Menschen zeigen ...«

»Spielt keine Rolle! Spielt überhaupt keine Rolle! Er kann gar nichts machen, weil wir – he, das gefällt dir bestimmt – ein Gnu haben!« Vinto strahlte wie ein Hund, der gerade ein schwieriges Kunststück vollbracht hatte.

»Ein Gnu*«, wiederholte Masklin.

»Ja! Es steht hier in diesem Buch!« Vinto wuchtete es stolz hoch, und Masklin reckte den Hals. Er lernte das Lesen Stück für Stück, merkte sich neue Worte immer dann, wenn er Zeit fand, doch er glaubte, den Titel leicht entziffern zu können. Offenbar ging es in dem Buch um *Gei Seln in 10 000 Fuß Höhe.*

»Erzählt es vielleicht von vielen Füßen?«, fragte Masklin.

»Nein, nein, nein, man muss sich ein Gnu beschaffen, und dann richtet man es auf den Fahrer, und jemand sagt: ›Der Kerl hat ein Gnu!‹ Und dann sagt man: ›Du wirst uns jetzt gehorchen, sonst schießen wir mit diesem Gnu auf dich!‹ Und dann ...«

»Gut, in Ordnung, ausgezeichnet.« Masklin wich zurück. »Prächtig. Eine tolle Idee. Wir ziehen sie natürlich in Erwägung. Gute Arbeit.«

»Das war sehr gescheit von mir, nicht wahr?« Vinto hüpfte von einem Bein aufs andere.

»Ja. Sehr. Äh. Was hältst du davon, wenn du demnächst Bücher liest, deren Ratschläge einen *praktischen* Nutzen ...?« Masklin zögerte. Wer wusste, welche Bücher besser waren als andere?

Er stapfte zu seinem Karton, drückte die Tür aus Pappe zu und lehnte sich dagegen. *»Ding?«*, fragte er.

»Ich höre Sie, Masklin«, antwortete das *Ding*. Es lag unter mehreren Decken, und deshalb klang die blecherne Stimme gedämpft.

»Was ist ein Gnu?«

* *Anmerkung des Übersetzers:* Hier handelt es sich um ein unübersetzbares Wortspiel. Allem Anschein nach hat Vinto Pimmie einen Druckfehler in seinem Buch gefunden – mit »Gnu« ist »gun« gemeint, eine Waffe.

Ein oder zwei Sekunden lang herrschte Stille. Dann antwortete der schwarze Kasten: *»Das Gnu gehört zur Gattung Connochaetes und der Familie Bovidae. Es handelt sich um eine afrikanische Kuhantilope mit nach unten gewölbten Hörnern. Die Körperlänge beträgt bis zu zwei Meter (sechs Komma fünf Fuß), die Schulterhöhe bis zu hundertvierzig Zentimeter (vier Komma fünf Fuß), das Gewicht bis zu zweihundertsiebzig Kilogramm (sechshundert Librae). Gnus leben in den Steppen Ost- und Südafrikas.«*

»Oh. Könnte man jemanden mit einem Gnu bedrohen?«

»Das ist durchaus möglich.«

»Gibt es welche im Kaufhaus?«

Wieder folgte kurze Stille. »Existiert hier eine Tierabteilung?«

Masklin wusste, was damit gemeint war. Sie hatten gestern über dieses Thema gesprochen, als Vinto vorschlug, Versuchskaninchen als Fleischreserve zu züchten.

»Nein«, antwortete er.

»Dann halte ich es für sehr unwahrscheinlich, dass sich derartige Geschöpfe im Kaufhaus befinden.«

»Oh. Was soll's.« Masklin ließ sich auf sein Bett sinken. »Weißt du ...«, sagte er nachdenklich. »Wir brauchen eine Möglichkeit, das Ziel unserer Reise zu bestimmen. Ich denke dabei an einen Ort abseits der Menschen, aber nicht zu weit von ihnen entfernt. Ich meine einen Ort, der uns Sicherheit bietet.«

»Suchen Sie nach einem Atlas oder einer Karte.«

»Wie sieht so etwas aus?«

»Vielleicht sind die entsprechenden Objekte mit den Worten ›Atlas‹ beziehungsweise ›Karte‹ gekennzeichnet.«

»Ich bitte den Abt, die Suche danach zu veranlassen.« Masklin gähnte.

»Sie müssen ausruhen und schlafen«, sagte das Ding.

»Die Leute wollen dauernd was von mir. Wie dem auch sei, du schläfst nicht.«

»Ich bin kein Nom.«

»Ich brauche gute Ideen«, murmelte Masklin. »Wir können kein Gnu verwenden. Die anderen glauben, ich hätte auf alles eine Antwort, aber manchmal kenne ich nicht einmal die Fragen. Wir wissen, was wir brauchen, doch wie sollen wir so viele Gegenstände in nur einer Nacht in einem Lastwagen verstauen? Alle sind davon überzeugt, dass mir etwas einfällt, aber meine Fantasie lässt mich im Stich …«

Er schlief ein und träumte davon, so groß zu sein wie ein Mensch. Für Menschen war alles viel einfacher.

Zwei Tage vergingen. Die Nomen hielten auf dem Träger über der Garage Wache. Ein kleines Teleskop aus Kunststoff wurde aus der Spielzeugabteilung heruntergerollt, und damit stellte man fest: Die große Metalltür des »Lastwagennests« öffnete sich immer dann, wenn ein Mensch die rote Taste daneben betätigte. Wie sollte man einen Knopf drücken, der sich ganz hoch oben an der Wand befand? Masklin fügte diesen Punkt seiner Liste noch zu lösender Probleme hinzu.

Gurder entdeckte eine Karte. In einem kleinen Buch.

»Wir mussten nicht lange suchen«, sagte er. »In jedem Jahr gibt es Dutzende davon. Diese Objekte heißen …« Langsam las er die goldenen Buchstaben. »*Taschenkalender*. Und ganz hinten enthalten sie diese Karte, sieh nur.«

Masklin starrte auf blaue und rote Flecken. Einige von ihnen hatten Namen, zum Beispiel Afrika und Asien.

»Nu-un«, erwiderte er, und: »J-ja. Gut. In Ordnung. Wo sind wir?«

»In der Mitte«, verkündete Gurder. »Ist doch logisch.«

Und dann kehrte der Lastwagen zurück. Ohne Angalo.

Masklin lief über den langen Träger, ohne an die Tiefe rechts und links zu denken. Das kleine Knäuel aus Personen vermittelte ihm eine Botschaft, die er gar nicht empfangen wollte. Ein junger Nom war hinabgelassen und gerade wieder hochgezogen worden, nahm jetzt Platz und schnappte nach Luft.

»Ich habe es an allen Fenstern versucht, aber sie sind geschlossen«, berichtete er. »Drinnen ist es dunkel. Konnte nichts sehen.«

»Und es ist bestimmt der richtige Laster?«, wandte sich Masklin an den Leiter der Wächtergruppe.

»Sie sind vorn mit Zahlen gekennzeichnet«, lautete die Antwort. »Ich hab mir extra die Nummer des betreffenden Lastwagens gemerkt, und als er heute Nachmittag zurückkehrte …«

»Wir müssen uns in seinem Innern umsehen«, sagte Masklin.

»Jemand sollte ... Nein, das dauert zu lange. Lasst mich hinunter!«

»Was?«

»Lasst mich hinunter!«, wiederholte Masklin. »Bis zum Boden.«

»Es ist ein langer Weg bis ganz nach unten«, warnte jemand.

»Ich weiß! Zu lang, um die Treppen zu benutzen.« Masklin griff nach dem Ende des Seils und reichte es zwei Nomen. »Vielleicht liegt Angalo verletzt im Führerhaus oder so.«

»Es ist nicht unsere Schuld«, sagte einer der Wächter. »Als der Laster hereinkam, wimmelte es überall von Menschen. Wir mussten warten.«

»Niemand hat Schuld. Einige von euch sollten den längeren Weg über die Stufen nehmen. Wir treffen uns unten. Schaut nicht so bestürzt drein, niemand braucht sich etwas vorzuwerfen.«

Ich bin vielleicht die einzige Ausnahme, dachte Masklin, als er durch die Finsternis schwebte. Er sah, wie die gewaltige Masse des Lastwagens an ihm vorbeiglitt. Draußen wirkten sie irgendwie kleiner.

Sel-Rückstände bildeten eine schmierige Schicht auf dem Boden. Masklin rannte unter den Laster, in eine Welt, deren Decke aus Kabeln und Rohren bestand, viel zu hoch, um erreichbar zu sein. Er suchte unter einer der Bänke weiter hinten, fand ein Stück Draht und verbog es zu einem Haken.

Kurze Zeit später kletterte er zwischen den Rohren hindurch. Es war gar nicht schwer. Der untere Teil des Lastwagens setzte sich überwiegend aus Rohrleitungen und Kabelsträngen zusammen, und nach ein oder zwei Minuten bemerkte Masklin vorn eine Metallwand mit Löchern, die noch mehr Drähte aufnahmen. Er schob sich durch eine der Öffnungen, und dahinter ...

Ein Teppich. Damit hatte er im Innern eines Lastwagens nicht gerechnet. Hier und dort lag Bonbonpapier, für einen Nom so groß wie Zeitungen. Riesige pedalförmige Dinge ragten aus dem Boden. In der Ferne sah Masklin einen Sitz, hinter einem großen Rad. Vermutlich diente er Menschen dazu, sich festzuhalten.

»Angalo?«, rief er mit gedämpfter Stimme.

Keine Antwort. Eine Zeit lang wanderte er ziellos umher und wollte schon aufgeben, als etwas zwischen den Haufen aus Fusseln, Staub und Papier unter dem Sitz seine Aufmerksamkeit weckte. Ein Mensch hätte den Fetzen sicher für ein weiteres Stück Abfall gehalten, doch der Nom erkannte Angalos Mantel.

Er untersuchte sorgfältig den Müll und stellte sich vor, wie hier jemand gelegen und alles beobachtet hatte. In einer Ecke fand er einen Papierfetzen, und daran klebten die Krümel eines belegten Brotes.

Er nahm den Mantel mit und verließ den Lastwagen, denn es schien keinen Sinn zu haben, die Suche fortzusetzen.

Ein Dutzend Nomen wartete besorgt auf dem *sel*verschmierten Boden unter dem Motor. Masklin hob den Mantel und zuckte mit den Schultern.

»Das ist alles. Er befand sich in diesem Laster, aber jetzt ist er nicht mehr da.«

»Was könnte ihm zugestoßen sein?«, fragte einer der älteren Nomen.

Jemand hinter ihm sagte: »Vielleicht hat ihn das Ungeheuer Regen zerquetscht. Oder er wurde vom schrecklichen Wind fortgeblasen.«

»Ja«, brummte ein anderer. »Im Draußen könnte Grässliches lauern.«

»Nein!«, widersprach Masklin. »Ich meine, draußen *gibt* es grässliche Dinge ...«

»Aha.« Einer der Nomen nickte.

»... aber *so etwas* nicht! Im Innern des Lastwagens hätte er völlig sicher sein müssen! Ich habe ihn aufgefordert, drinnen zu bleiben, in seinem Versteck ...«

Plötzlich herrschte eine seltsame Stille. Die Nomen sahen nicht etwa Masklin an, sondern an ihm vorbei.

Der Herzog von Kurzwaren stand hinter ihm, begleitet von mehreren Soldaten. Mit steinerner Miene musterte er Masklin und streckte wortlos die Hände aus.

Masklin gab ihm den Mantel. Der Herzog drehte ihn hin und her, blickte darauf hinab. Die Stille dehnte sich, wurde dünner und dünner, bis sie fast surrte.

»Ich habe es ihm verboten«, sagte der Herzog leise. »Ich habe ihn darauf hingewiesen, dass es viel zu gefährlich ist. Wie dumm von mir. Dadurch habe ich ihn nur in seiner Entschlossenheit bestärkt.« Er sah wieder Masklin an.

»Nun?«, fragte er.

»Äh?«, erwiderte Masklin.

»Lebt mein Sohn noch?«

»Äh. Das wäre möglich. Nichts spricht dagegen.« Der Herzog nickte geistesabwesend.

Jetzt ist es so weit, flüsterte es in Masklin. *Hier und jetzt geht alles zu Ende.*

Der Herzog starrte zum Lastwagen, ließ den Blick dann über die unbewegten Gesichter der Gardisten gleiten.

»Und diese Dinger rollen nach draußen?«, fragte er.

»O ja«, bestätigte Masklin. »Immer wieder. Die ganze Zeit über.«

»Es gibt nichts im Draußen«, sagte der Herzog. »Ich weiß es. Aber mein Sohn wollte mir nicht glauben. Du meinst, wir sollten das Kaufhaus verlassen und uns draußen eine neue Heimat suchen. Werde ich dort meinen Sohn wiedersehen?«

Masklin sah in die Augen des alten Mannes und verglich sie mit zwei noch nicht ganz fertig gebratenen Eiern. Er dachte an die Größe des Draußen, dann an die Größe der Nomen. Und er dachte: *Ein Anführer sollte Wahrheit und Ehrlichkeit schätzen, den Unterschied dazwischen erkennen. Was die Ehrlichkeit betrifft: Unsere Chancen, Angalo zu finden, sind größer als die Wahrscheinlichkeit, dass dem Kaufhaus Flügel wachsen. Aber um bei der Wahrheit zu bleiben ...*

»Es ist möglich«, sagte er und fühlte sich schrecklich. Aber es *war* möglich.

»Na schön«, entgegnete der Herzog. Sein Gesichtsausdruck veränderte sich nicht. »Was brauchst du?«

»Wie bitte?« Masklins Kinnlade klappte nach unten.

»Was benötigst du?«, fragte der Herzog. »Um den Lastwagen nach draußen zu bringen?«

Masklin zögerte. »Äh, derzeit brauchen wir vor allem, äh, Leute ...«

»Wie viele?«, zischte der Herzog.

Masklins Gedanken rasten.

»Fünfzig?«, antwortete er behutsam.

»Du bekommst sie.«

»Aber …«, begann Masklin. Das Gesicht des Herzogs veränderte sich. Er wirkte nicht mehr verloren und allein; der alte Zorn kehrte in ihn zurück.

»Ich verlange *Erfolg*«, knurrte er, drehte sich ruckartig um und stapfte fort.

An jenem Abend trafen fünfzig Kurzwarenler ein und bestaunten die Garage in einem Zustand allgemeiner Verwirrung. Masklin musterte sie nacheinander. Mehrere von ihnen schienen einigermaßen intelligent zu sein, und er beschloss, sie zum Leseunterricht zu schicken. Gurder protestierte.

»So viele!«, klagte er. »Und bei Arnold Gebr (gegr. 1905), es sind gewöhnliche Soldaten!«

»Ich habe damit gerechnet, dass es der Herzog ablehnt, fünfzig zu schicken«, erwiderte Masklin. »Ich war ziemlich sicher, dass er auf zwanzig herunterhandelt. Jedenfalls, bestimmt brauchen wir sie bald.«

Das Leseprogramm lief nicht wie erwartet. Bücher *enthielten* nützliche Dinge, ja, aber es war sehr schwer, sie inmitten der vielen seltsamen Schilderungen zu finden.

Zum Beispiel das Mädchen im Kaninchenbau.

Vinto berichtete davon.

»… und Alice fiel in das Loch, und dort begegnete sie einem Kaninchen mit einer Uhr, über Kaninchen weiß ich Bescheid, und dann fand sie eine kleine Flasche mit einem Trank, der sie GROSS werden ließ, ich meine, wirklich *groß*, und dann fand sie eine andere Flasche mit einem anderen Trank, der sie wirklich *klein* werden ließ.« Vinto schnappte nach Luft, und Begeisterung rötete ihm die Wangen. »Wir müssen uns also nur etwas von dem GROSS-Zeug beschaffen, und dann kann einer von uns den Lastwagen fahren.«

Masklin wagte es nicht, diesen Hinweis zu überhören. Wenn es ihnen irgendwie gelang, auch nur einem Nom die Größe eines Menschen zu geben – dann war alles *leicht*. Das hatte er sich oft überlegt. Es schien einen Versuch wert zu sein.

Fast die ganze Nacht verbrachten sie damit, im Kaufhaus nach Flaschen mit der Aufschrift »Trink mich« zu suchen. Entweder gab es hier keine – Gurder lehnte diese Vorstellung ab, denn das Kaufhaus hatte *Alles unter einem Dach* –, oder sie existierten überhaupt nicht. Allem Anschein nach erzählten Bücher häufig von Dingen, die mit der Realität kaum etwas zu tun hatten. Masklin fragte sich: Was mochte Arnold Gebr (gegr. 1905) veranlasst haben, so viel Unwirkliches in Bücher zu stecken?

»Damit die Gläubigen den Unterschied feststellen können«, behauptete Gurder.

Masklin hatte ein Buch mitgenommen; es passte gerade so in seinen Schuhkarton. Der Titel lautete *Sterne für Kinder*, und es zeigte viele Bilder vom Nachthimmel, an dessen Realität er sich deutlich erinnerte.

Er schlug das Buch immer dann auf, wenn er über zu viel nachdenken musste. Jetzt betrachtete er die dargestellten Sterne.

Sie hatten Namen wie Sirius, Rigel, Wolf 359 oder Ross 154.

Nach einer Weile sprach er das *Ding* darauf an.

»Diese Bezeichnungen kenne ich nicht«, erklang die blecherne Stimme.

»Ich dachte, wir kämen von einem solchen Stern«, erwiderte Masklin. »Du hast gesagt ...«

»Dies sind andere Namen. Derzeit bin ich nicht imstande, sie zu identifizieren.«

»Wie heißt der Stern, von dem die Nomen kommen?«, fragte Masklin und streckte sich von Dunkelheit umhüllt zwischen den Kissen aus.

»Man nannte ihn Sonne.«

»Aber die Sonne ist hier!«

»Alle Sterne werden von den Lebensformen in ihrer Nähe Sonne genannt. Weil man sie für wichtig hält.«

»Haben die Nomen ... Ich meine, haben wir viele von ihnen besucht?«

»Mir sind vierundneunzigtausendfünfhundertdreiundsechzig von Nomen erforschte Sterne bekannt.«

Masklin starrte in die Finsternis. Große Zahlen bereiteten ihm Schwierigkeiten, und er ahnte, dass diese Zahl zu den größten gehörte. *Günstige Angebote in Hülle und Fülle!*, dachte er. Dann spürte er Verlegenheit und ersetzte den ersten geistigen Ausruf mit einem ebenso ernst gemeinten *Donnerwetter! So viele Sonnen, kilometerweit voneinander entfernt, und ich muss nur einen Lastwagen nach draußen bringen!*

Wenn man es aus diesem Blickwinkel sah, schien es lächerlich einfach zu sein.

10

X. Und siehe, Einer kehrte zurück und sprach: Auf Rädern bin ich unterwegs gewesen und habe das Draußen gesehen.
XI. Und sie fragten: Was ist das Draußen?
XII. Und er sagte: Es ist groß.

Aus dem Buch der Nomen, *Berichte, Verse* X–XII

Am vierten Tag kehrte Angalo zurück. In seinen Augen funkelte es, und er grinste wie ein Irrer.

Einer der Träger-Wächter stürmte in die Abteilung, gefolgt vom forsch schreitenden Angalo und einer Schar begeisterter junger Nomen. Der Heimkehrer war schmutzig, seine Kleidung zerlumpt, und er schien seit Stunden nicht geschlafen zu haben. Doch er schritt mit offensichtlichem Stolz einher, wie ein Nom, der sich kühn dorthin gewagt hatte, wo noch nie zuvor ein Nom gewesen war, und der darauf brannte, ausführlich davon zu erzählen.

»Wo ich gewesen bin?«, entfuhr es ihm. »Wo ich *gewesen* bin? Fragt mich besser, wo ich *nicht* gewesen bin. Oh, ihr solltet sehen, was es im Draußen gibt!«

»Was gibt es dort?«, ertönten mehrere Stimmen.

»Alles!«, antwortete Angalo, und seine Augen leuchteten. »Und wisst ihr was?«

»Was denn?«, erklang es im Chor.

»Ich habe das Kaufhaus von *außen* gesehen! Es ...« Er zögerte kurz und fuhr leiser fort: »Es ist wunderschön. Überall ragen Säulen auf, und dann die vielen bunten Fenster ...«

Immer mehr Nomen eilten herbei und drängten sich um Angalo.

»Hast du auch die Abteilungen gesehen?«, fragte ein Büromaterialer.

»Nein!«

»Was?«

»Von draußen kann man die Abteilungen nicht sehen! Alles ist ein großes Etwas! Und, und ...« In der plötzlichen Stille öffnete Angalo den Beutel und holte sein Notizbuch hervor, das nun wesentlich dicker zu sein schien. Aufgeregt blätterte er darin. »Davor steht ein großes Schild, und ich habe das Wort darauf abgeschrieben, weil es kein Lastwagisch ist und ich es nicht verstand, und es bestand aus diesen Buchstaben.«

Er zeigte das Blatt.

Niemand gab einen Ton von sich. Inzwischen konnten schon ziemlich viele Nomen lesen.

Das Wort lautete: RÄUMUNGSVERKAUF.

Anschließend ging Angalo zu Bett, brabbelte noch immer von Lastwagen, Bergen und Städten – und schlief zwei Stunden lang. Masklin besuchte ihn später.

Angalo setzte sich in seinem Bett auf, und die Augen im blassen Gesicht glänzten noch immer wie Murmeln.

»Ermüde ihn nicht!«, mahnte Oma Morkie. Sie pflegte alle Leute, die zu krank waren, um sich zu wehren. »Er ist noch immer sehr schwach und hat Fieber. Kein Wunder, wenn man in einem großen und lauten Lastwagen durchgeschüttelt wird. So was ist nicht normal. Gerade war sein Vater hier. Nach fünf Minuten musste ich ihn rauswerfen.«

»Du hast den Herzog fortgeschickt?«, fragte Masklin. »Aber wie? Er hört auf niemanden!«

»Im Kaufhaus mag er ein sehr einflussreicher Nom sein«, erwiderte Oma Morkie zufrieden, »aber in einem Krankenzimmer stört er nur.«

»Ich muss mit Angalo reden«, erklärte Masklin.

»Und ich möchte von meinen Erlebnissen erzählen«, fügte der Sohn des Herzogs hinzu. »Alle sollen davon erfahren! Draußen gibt es so *viel*! Einige der Dinge, die ich dort gesehen habe ...«

»Leg dich wieder hin!« Oma drückte Angalo aufs Polster zurück. »Übrigens: Ratten hier drin gefallen mir nicht sonderlich.«

Bobos Schnurrhaare ragten unter dem einen Ende der Decke hervor.

»Aber er ist sauber und mein Freund«, wandte Angalo ein. »Und du hast gesagt, dass du Ratten magst.«

»Ratte«, hielt ihm Oma Morkie streng entgegen. »Ich habe *Ratte* gesagt, nicht Ratten.« Ihr Zeigefinger bohrte sich Masklin in die Brust. »Er darf sich nicht aufregen, klar?«

Masklin nahm neben dem Bett Platz, und Angalo berichtete mit ungebändigtem Enthusiasmus über die Welt im Draußen. Er verhielt sich wie jemand, der sein ganzes Leben lang eine Augenbinde getragen und zum ersten Mal Gelegenheit bekommen hatte, sich umzusehen. Er sprach vom großen Licht am Himmel, von Straßen voller Lastwagen, von großen Dingen, die aus dem Boden ragten und an denen grüne Zipfel hingen ...

»Bäume«, sagte Masklin.

... und von großen Gebäuden, wo man Dinge vom Lastwagen nahm oder in ihm verstaute. Bei einem davon verirrte sich Angalo. Als der Laster hielt, stieg er aus, um zur Toilette zu gehen, und der Fahrer kehrte eher zurück als er. Daraufhin kletterte Angalo in einen anderen Lastwagen, der nach einer längeren Fahrt auf einem großen Platz mit vielen Fahrzeugen parkte. Dort suchte Angalo nach einem Laster von Arnold Gebr (gegr. 1905).

»Vermutlich meinst du ein Restaurant an der Autobahn«, warf Masklin ein. »Wir haben in der Nähe einer solchen Raststätte gewohnt.«

»So nennt man das?«, fragte Angalo verträumt. »Dort gab es ein großes blaues Schild mit Bildern von Tassen, Messern und Gabeln. Jedenfalls ...«

Er hatte zunächst keine Kaufhauslaster gefunden. Vielleicht hatten welche auf dem großen Parkplatz gestanden, aber wenn das der Fall war, so verloren sie sich inmitten der vielen anderen. Schließlich schlug Angalo sein Lager am Rand des Platzes auf und lebte von Abfällen, bis er durch Zufall einen Lastwagen von Arnold Gebr (gegr. 1905) sah. Er konnte nicht ins Führerhaus gelangen, kletterte an einem Rad hoch, verbarg sich an einem dunklen Ort und schlang die Beine um mehrere Kabel, um nicht auf die unter ihm dahinrasende Straße zu fallen.

Er holte sein Notizbuch hervor, das jetzt viele schwarze Flecken aufwies.

»Hätte es beinahe verloren«, sagte er. »Einmal war ich nahe daran, es zu verspeisen. Wusste nicht mehr ein noch aus vor Hunger.«

»Ja, aber was ist mit dem Fahren?«, drängte Masklin. Aus dem Augenwinkel beobachtete er die immer ungeduldiger werdende Oma Morkie. »Wie *fährt* man einen Lastwagen?«

Angalo blätterte in dem kleinen Buch. »Ich hab's irgendwo aufgeschrieben. Ah, hier ist es ja.« Er deutete auf ein Bild.

Masklin betrachtete eine komplizierte Darstellung aus Hebeln, Pfeilen und Zahlen.

»›Den Schlüssel drehen, eins, zwei ... Den roten Knopf betätigen, eins, zwei ... Pedal Nummer eins mit dem linken Fuß niederdrücken, den großen Hebel nach links und oben schieben, eins, zwei ... Das Pedal langsam kommen lassen, Pedal Nummer zwei drücken ...‹« Masklin gab es auf. »Was bedeutet das alles?«, fragte er und fürchtete die Antwort. Er ahnte, wie sie lautete.

»Auf diese Weise fährt man einen Lastwagen«, sagte Angalo.

»Oh. Aber, äh, so viele Pedale und Knöpfe und Hebel und so ...«

»Man braucht sie alle«, erklärte Angalo stolz. »Und dann rollt der Laster los, und man wechselt die Gänge und ...«

»Äh, ja, ich verstehe.« Masklin starrte auf das zerknitterte Blatt Papier.

Wie?, dachte er.

Angalo war sehr gründlich gewesen. Als er schließlich im Führerhaus allein gewesen war, hatte er sogar die Länge des offenbar sehr wichtigen Schalthebels gemessen: Das Ding schien fünfmal so lang zu sein wie ein normaler Nom groß. Und das riesige Rad, das sich bewegte und dem ebenfalls erhebliche Bedeutung zukam ... Es war so breit wie acht nebeneinanderstehende Nomen.

Außerdem benötigte man Schlüssel. Davon hatte Masklin nichts gewusst. *Ich habe* überhaupt nichts *gewusst*, dachte er betroffen.

»Gute Arbeit, nicht wahr?«, fragte Angalo. »Es steht alles hier drin, im Notizbuch.«

»Ja. Ja. Gute Arbeit. Kein Zweifel.«

»Nichts fehlt«, fuhr der Sohn des Herzogs begeistert fort. »Das Um-die-Ecken-fahren-Blinklicht, die Hupe ...«

»Ja. Ja. Du hast alles berücksichtigt.«

»Und das Schneller-Pedal und das Langsamer-Pedal und alles! Aber du scheinst dich nicht sehr zu freuen.«

»Ich muss erst über alles nachdenken.«

Angalo griff nach Masklins Arm. »Es hieß immer, dass es nur ein Kaufhaus gibt!«, stieß er hervor. »Aber das stimmt nicht. Das Draußen ist voll von Dingen, und es gibt auch andere Kaufhäuser. Ich habe einige gesehen. Vielleicht wohnen dort auch Nomen. Leben in anderen Kaufhäusern! Du weißt natürlich Bescheid.«

»Du solltest jetzt schlafen«, sagte Masklin so sanft wie möglich.

»Wann brechen wir auf?«

»Uns bleibt noch Zeit genug. Sei unbesorgt und schlaf jetzt.«

Masklin verließ das Krankenzimmer und geriet in eine Auseinandersetzung. Der Herzog war mit einigen Begleitern zurückgekehrt, um Angalo in die Abteilung Büromaterial zu bringen. Er stritt sich mit Oma Morkie. Oder versuchte es.

»Madam, ich versichere Ihnen, dass man sich gut um ihn kümmert«, sagte er.

»Ha! Was versteht ihr schon von richtiger medizinischer Pflege? Hier muss nur selten jemand behandelt werden. Aber in *meiner* alten Heimat ...« Oma Morkie hob stolz den Kopf. »Dort waren das ganze Jahr über irgendwelche Leute krank, jawohl. Dauernd bekamen wir's mit Erkältungen, Verstauchungen, Bauchschmerzen und Bisswunden und so zu tun. So was nennt man *Erfahrung*. Bestimmt habe ich mehr Kranke gesehen als du warme Mahlzeiten.« Ihr knochiger Zeigefinger traf zielsicher den Bauch des Herzogs. »Und über einen Mangel *daran* brauchst du dich sicher nicht zu beklagen.«

»Ich könnte Sie verhaften lassen, Madam!«, donnerte Angalos Vater.

Oma schniefte. »Und wenn schon«, erwiderte sie herausfordernd.

Der Herzog öffnete den Mund, schloss ihn jedoch wieder, als er Masklin sah.

»Na schön«, brummte er nach einer Weile. »Meinetwegen. Aber ich besuche meinen Sohn jeden Tag.«

»Nicht länger als jeweils zwei Minuten«, blaffte Oma Morkie.

»Fünf!«, verlangte der Herzog.

»Drei«, sagte Oma.

»Vier«, einigten sie sich.

Angalos Vater nickte und winkte Masklin zu sich.

»Du hast mit meinem Sohn gesprochen.«

»Ja, das stimmt.«

»Und er hat dir von seinen Erlebnissen berichtet.«

»In der Tat.«

Der Herzog wirkte jetzt recht klein. Masklin hatte sich ihn immer als großen Nom vorgestellt, doch nun wurde ihm klar, dass diese Größe nur scheinbarer Natur war. Zuvor hatte sich Angalos Vater mit Wichtigkeit und Autorität aufgepumpt, aber jetzt verlor er beides, wirkte besorgt und verunsichert.

»Äh«, sagte er und schien das linke Ohr Masklins zu beobachten. »Ich glaube, ich habe dir einige Leute geschickt, nicht wahr?«

»Ja.«

»Bist du mit ihren Leistungen zufrieden?«

»Ja, das bin ich. Im Großen und Ganzen.«

»Gib mir Bescheid, wenn du noch mehr Hilfe brauchst, in Ordnung? Ganz gleich, *was* du benötigst.« Die letzten Worte murmelte der Herzog nur noch. Er klopfte Masklin geistesabwesend auf die Schulter und ging fort.

»Was ist los mit ihm?«, fragte Masklin.

Oma Morkie war fleißig dabei, Verbände vorzubereiten. Es bestand kein Bedarf, aber sie hielt es trotzdem für wichtig, einen ausreichend großen Vorrat anzulegen, groß genug für die ganze Welt.

»Er muss nachdenken«, erklärte sie. »Und das beunruhigt ihn.«

»So schwer habe ich mir das nicht vorgestellt«, jammerte Masklin.

»Soll das heißen, du hattest überhaupt keine Ahnung, wie man einen Lastwagen fährt?«, fragte Gurder.

»Nicht die geringste?«, fügte Grimma hinzu.

»Ich ...«, begann Masklin verlegen. »Na ja, ich dachte, Laster bringen die Insassen einfach zum gewünschten Ort. Ich dachte: Wenn sie Menschen dienen, so gehorchen sie auch uns. Mit diesen Eins-zwei-ziehen-Sachen habe ich nicht gerechnet! Die Räder und Pedale sind *riesig*!«

Er richtete einen geistesabwesenden Blick auf seine beiden Zuhörer.

»Eine Ewigkeit lang habe ich darüber nachgedacht.« Masklin hatte das Gefühl, nur Gurder und Grimma vertrauen zu können.

Die Tür aus Pappe öffnete sich, und ein kleines glückliches Gesicht erschien.

»Ich habe noch mehr gelesen, Herr Masklin«, sagte es. »Und etwas gefunden, das dir bestimmt gefällt.«

»Nicht jetzt, Vinto. Wir sind beschäftigt.«

Enttäuschung vertrieb die Freude aus Vintos Zügen.

»Ach, hör ihm ruhig zu«, meinte Grimma. »Derzeit haben wir nichts *Wichtiges* zu tun, oder?«

Masklin senkte den Kopf.

»Also los, Junge!«, sagte Gurder mit gespielter Fröhlichkeit. »Was ist dir diesmal eingefallen, hm? Möchtest du vorschlagen, den Lastwagen von wilden Hamstern ziehen zu lassen?«

»Nein«, erwiderte Vinto.

»Glaubst du vielleicht, wir könnten irgendwie dafür sorgen, dass ihm Flügel wachsen – um nicht zu fahren, sondern zu *fliegen*?«

»Nein, ich habe dieses Buch hier entdeckt, und da drin steht, wie man Menschen fängt. Und dann beschaffen wir uns ein Gnu und ...«

Masklin warf seinen beiden Gefährten einen kummervollen Blick zu.

»Ich habe ihm erklärt, dass wir nicht in der Lage sind, Menschen zu benutzen. Ich hab's dir gesagt, Vinto. Und ich weiß nicht, ob es Sinn hat, Leute mit Antilopen zu bedrohen ...«

Der Junge stöhnte vor Anstrengung, als er das Buch aufschlug.

»Hier ist ein Bild.«

Sie betrachteten es. Es zeigte einen auf dem Boden liegenden gefesselten Menschen. Kleine Leute umringten ihn.

»Donnerwetter!«, entfuhr es Grimma. »Es gibt Bücher mit Bildern von uns!«

»Oh, dies kenne ich.« Gurder winkte ab. »Es heißt *Gullivers Reisen*. Nur erfundene Geschichten, weiter nichts.«

»Bilder von uns in einem Buch«, wiederholte Grimma. »Stellt euch das vor. Siehst du's, Masklin?«

Masklin starrte.

»Braver Junge, gut gemacht«, lobte Gurder. Seine Stimme schien in weiter Ferne zu erklingen. »Herzlichen Dank, Vinto! Äh, du solltest jetzt besser gehen.«

Masklin starrte noch immer. Sein Mund klappte auf. Er spürte, wie Ideen in ihm brodelten und den Kopf füllten.

»Seile«, hauchte er.

»Es ist nur ein Bild«, sagte Gurder.

»Seile! Grimma, die Seile!«

»Was soll damit sein?«

Masklin hob beide Fäuste und starrte erneut, diesmal zur Decke. Bei solchen Gelegenheiten glaubte er fast, dass *tatsächlich* jemand dort oben war, über der Abteilung Kinderkleidung.

»Jetzt sehe ich den Weg!«, rief er. Die drei anderen Nomen beobachteten ihn verblüfft. »Ja, ich sehe ihn! Bei Arnold Gebr (gegr. 1905): *Ich sehe den Weg!*«

Während Geschlossen an jenem Abend schlichen mehrere Dutzend winziger Gestalten über den Boden der Garage und verschwanden unter einem geparkten Lastwagen. Ein aufmerksamer Zuhörer hätte leises Klimpern, dumpfes Pochen und ab und zu vielleicht auch ein Schimpfwort gehört. Zehn Minuten später befanden sich die Nomen im Führerhaus.

Dort blickten sie sich um und staunten.

Masklin trat an ein Pedal heran – es war größer als er – und stemmte sich dagegen. Es erzitterte nicht einmal. Einige der anderen halfen ihm, und daraufhin gab das Ding ein wenig nach.

Ein Nom, Dorcas, sah ihnen nachdenklich zu. Er trug einen Gürtel, an dem verschiedene selbst angefertigte Werkzeuge baumelten, und in der rechten Hand hielt er die Grafitmine eines Bleistifts. Wenn er sie nicht brauchte, klemmte er sie sich hinters Ohr.

Masklin kehrte zu ihm zurück.

»Was hältst du davon?«, fragte er.

Dorcas rieb sich die Nase. »Letztendlich hängt alles von Hebeln und Flaschenzügen ab«, antwortete er. »Hebel sind erstaunliche Vorrichtungen. Gib mir einen Hebel, der lang genug ist, außerdem einen festen Ansatzpunkt, dann könnte ich das Kaufhaus bewegen.«

»Es genügt mir, wenn du ein Pedal bewegen kannst«, erwiderte Masklin höflich.

Der alte Erfinder nickte. »Wir versuchen es. Also los, Jungs, bringt es her!«

Ein langes Holzstück aus der Abteilung für den Heimwerker wurde ins Führerhaus getragen. Dorcas schlenderte umher, maß Entfernungen mit einem Faden und wies seine Helfer schließlich an, das eine Ende der Latte in einem kleinen Spalt im Metallboden festzukeilen. Vier Nomen bezogen am anderen Ende Aufstellung und zerrten an der Stange, bis sie auf dem Hebel ruhte. »In Ordnung«, brummte Dorcas. »Zudrücken!«

Die Nomen drückten zu, und das Pedal sank ganz nach unten. Hurra-Rufe erklangen.

»Wie hast du das geschafft?«, fragte Masklin.

»Mit Hebelkraft«, erklärte Dorcas. »Na *schön.*« Er ließ den Blick durchs Führerhaus schweifen und kratzte sich am Kinn. »Wir brauchen drei Hebel.« Er blickte zum großen Rund des Lenkrads. »Wie sollen wir damit zurechtkommen?«

»Ich habe an Seile gedacht«, erwiderte Masklin.

»Wie meinst du das?«

»Die Speichen da drin. Wenn wir Seile an ihnen befestigen und wenn Nomen daran ziehen, dann dreht sich das Rad, und der Lastwagen fährt in die gewünschte Richtung.«

Dorcas spähte zum Lenkrad hoch. Er schritt umher, starrte nach oben, blickte zu Boden. Seine Lippen bewegten sich lautlos, während er überlegte. »Die Zieher-Gruppen sehen nicht, wohin wir unterwegs sind«, sagte er schließlich.

»Und wenn jemand dort oben steht, am großen Fenster, und ihnen sagt, wie sie ziehen müssen?« Masklin musterte den Erfinder hoffnungsvoll.

»Der junge Angalo erzählte uns, dass Lastwagen sehr laut sind«, entgegnete Dorcas. Erneut kratzte er sich am Kinn. »Na ja, irgendwie kriege ich das bestimmt hin. Und dann das lange Etwas dort, der Halthebel …«

»Schalthebel«, sagte Masklin.

»Ja. Schlägst du auch dabei Seile vor?«

»Es müsste eigentlich klappen, oder?«

Dorcas holte tief Luft. »Nu-un«, brummte er. »Mehrere Gruppen, die an den Lenkrad-Seilen ziehen und den Schalthebel bewegen, und dann noch Leute, um die Pedale mit Hebeln niederzudrücken, und noch jemand, der oben am Fenster steht, um Anweisungen zu erteilen … Es ist viel Übung notwendig, damit alles reibungslos läuft. Angenommen, ich spanne hier alle erforderlichen Seile und so … Wie viele Nächte haben wir, um Erfahrungen zu sammeln, um zu organisieren und zu lernen?«

»Zählt dabei auch die Nacht, in der wir aufbrechen?«

Dorcas nickte. »Ja.«

»Eine«, sagte Masklin.

Der Erfinder schnaubte leise. Eine Zeit lang blickte er nach oben und grummelte.

»Unmöglich«, lautete sein Urteil.

»Wir bekommen nur eine Chance«, betonte Masklin. »Wenn die Ausrüstung das Problem ist …«

»Nein, ganz und gar nicht«, sagte Dorcas. »Dabei geht es nur um Holz und Stricke. Bis morgen kann alles vorbereitet sein. Ich dachte eher an Leute, weißt du. Wir benötigen ziemlich viele Nomen, um den Laster zu fahren. Und sie müssen ausgebildet werden.«

»Aber … Sie brauchen doch nur zu ziehen und zu drücken, wenn man sie dazu auffordert.«

Dorcas grummelte erneut. Masklin wusste inzwischen, dass der Erfinder immer leise vor sich hin brummte, bevor er schlechte Nachrichten verkündete. »Mein Junge, ich bin sechs«, sagte er. »Ich habe viele Leute kennengelernt, und daher ist mir eins klar: Wenn man zehn Nomen nimmt und ihnen ›Zieht!‹ zuruft, dann drücken vier von ihnen, und zwei fragen: ›Wie bitte?‹ So sind die Leute nun mal. Es liegt in der Natur der Nomen.«

Er lächelte schief, als er Masklins Enttäuschung bemerkte.

»Du solltest uns einen kleinen Lastwagen zur Verfügung stellen. Damit wir üben können.«

Masklin nickte niedergeschlagen.

»Und noch etwas«, fuhr Dorcas fort. »Hast du dir überlegt, wie wir alle an Bord bringen? Zweitausend Nomen. Und jede Menge Gepäck. Von Omas und Kleinkindern kannst du kaum erwarten, dass sie sich an Seilen entlanghangeln oder durch kleine Löcher kriechen, oder?«

Masklin schüttelte den Kopf. Dorcas beobachtete ihn und lächelte wieder.

Dieser Nom versteht sein Handwerk, dachte Masklin. *Aber wenn ich ihm »Überlass alles mir« sage, dann überlässt er mir tatsächlich alles. Geschieht mir ganz recht. Oh, bei der Tiefenanalyse: Warum sind Leute immer so schwierig?*

»Hast du eine Idee?«, fragte er. »Für deine Hilfe wäre ich dir sehr dankbar.«

Dorcas warf dem jüngeren Nom einen nachdenklichen Blick zu und klopfte ihm auf die Schulter.

»Ich habe mich hier umgesehen«, sagte er. »Vielleicht gibt es eine Möglichkeit, sowohl zu üben *als auch* das andere Problem zu lösen. Komm morgen Abend hierher und lass dich überraschen, einverstanden?«

Masklin nickte.

Wir haben einfach nicht genug Leute, fuhr es ihm durch den Sinn, als sie das Führerhaus verließen. Viele Eisenwarenler halfen, auch die Angehörigen einiger anderer Abteilungen. Hinzu kamen einige junge Nomen, die sich davonstahlen, weil sie sich etwas Aufregendes erhofften. Doch für den Rest der Nomen ging das Leben wie gewohnt weiter.

Im Kaufhaus schien sich kaum etwas verändert zu haben. Abgesehen davon, dass während Geöffnet noch mehr Menschen kamen und noch mehr Lärm verursachten.

Was die Familienoberhäupter betraf … Allein der Graf zeigte Interesse, und Masklin argwöhnte, dass nicht einmal er an das baldige Ende des Kaufhauses glaubte. *Unsere Bemühungen bedeuten nur: Die Eisenwarenler lernen lesen, worüber sich die Kurzwarenler ärgern, und das amüsiert den Grafen.* Selbst Gurder schien nicht mehr so überzeugt zu sein wie vorher.

Masklin kehrte in seinen Schuhkarton zurück, schlief und erwachte eine Stunde später.

Der Schrecken hatte begonnen.

11

Lauf zum Lift.
Lift, warum trägst du mich nicht?
Lauf zu den Wänden.
Wände, warum versteckt ihr mich nicht?
Lauf zum Lastwagen.
Lastwagen, warum nimmst du mich nicht auf?
Alles an einem Tag.

Aus dem Buch der Nomen, *Ausgänge, Kapitel 1, Vers I*

Es begann mit Stille zu einer Zeit, während der es eigentlich laut sein sollte. Tagsüber waren alle Nomen an das von Menschen verursachte dumpfe Pochen und Brummen gewöhnt, und deshalb nahmen sie es gar nicht mehr zur Kenntnis. Jetzt wich diese beständige Geräuschkulisse einer seltsamen, gespenstischen Stille. Natürlich gab es Tage, an denen keine Menschen ins Kaufhaus kamen. Zum Beispiel erlaubte ihnen Arnold Gebr (gegr. 1905) manchmal, eine ganze Woche fortzubleiben, oft zwischen der Aufregung von *Weihnachten* und dem Durcheinander des *Winterschlussverkaufs*. Die Nomen hatten so etwas schon oft erlebt. Es gehörte zum Rhythmus des Lebens im Kaufhaus. Diesmal jedoch ...

Nach einigen Stunden Stille hörte man keine Bemerkungen mehr wie: Seid unbesorgt, es hat überhaupt nichts zu bedeuten. Oder: Wahrscheinlich ist heute ein besonderer Tag für die Menschen. Oder: Einmal dauerte das Geschlossen mehr als eine Woche, und man klebte anderes Papier an die Wände und so.

Einige besonders tapfere Nomen wagten es, die Welt unter dem Fußboden zu verlassen und sich in den riesigen Sälen umzusehen.

Leere erstreckte sich zwischen den vertrauten Ladentischen. Und es lagen kaum mehr Dinge in den Regalen.

»So ist es immer nach einem Großen Verkauf«, sagten sie. »Und dann, ganz plötzlich, sind die Regale wieder voll. Wir brauchen uns deshalb keine Sorgen zu machen. Es gehört alles zu Arnold Gebrs (gegr. 1905) Plan.«

Und die Nomen hockten stumm im Halbdunkel, summten vor sich hin oder versuchten, sich mit irgendetwas von ihrer Unruhe abzulenken. Es gelang kaum jemandem.

Und dann kamen Menschen, nahmen die wenigen noch übrig gebliebenen Sachen aus den Regalen und von den Ladentischen, legten sie in große Kartons, trugen sie in die Garage und verstauten sie dort in den Lastwagen ...

Masklin erwachte, als sie anschließend die ersten Bodendielen lösten.

Jemand rüttelte ihn an den Schultern, und in der Ferne ertönten laute Stimmen. Es klang vertraut.

»Steh auf, schnell!«, drängte Gurder.

»Was ist denn los?« Masklin gähnte.

»Die Menschen reißen das Kaufhaus ab!«

Masklin erstarrte.

»Unmöglich!«, entfuhr es ihm. »Wir haben noch Zeit genug.«

»Die Menschen scheinen anderer Ansicht zu sein!«

Masklin stand auf und streifte sich die Kleidung über. Er hüpfte umher, nur erst ein Bein in der Hose, und klopfte auf das *Ding*.

»He!«, rief er. »Du hast doch behauptet, der Abriss findet erst in einer halben Ewigkeit statt!«

»In vierzehn Tagen«, antwortete das *Ding*.

»Er beginnt jetzt!«

»Vermutlich werden die restlichen Warenbestände transferiert, um mit vorbereitenden Arbeiten zu beginnen.«

»Oh, gut. Dann können wir ja ganz beruhigt sein. Warum hast du uns nicht darauf hingewiesen?«

»Ich dachte, Sie wissen Bescheid.«

»Das ist leider nicht der Fall. Was schlägst du jetzt vor?«

»Verlassen Sie das Kaufhaus so schnell wie möglich.«

Masklin schnitt eine Grimasse. Er hatte gehofft, noch zwei Wochen Zeit zu haben, um alle Probleme zu lösen. Um Vorräte anzulegen. Um Sachen zu sammeln, die sie später brauchten. Um Pläne zu schmieden. Selbst zwei Wochen reichten dafür kaum aus. Und jetzt wurden vierzehn Tage zu einem unerfüllbaren Wunsch.

Er bahnte sich einen Weg durch die Scharen verschreckter, völlig aufgelöster Nomen. Glücklicherweise waren die Dielen nicht in bewohnten Bereichen entfernt worden. Einige der vernünftigeren Flüchtlinge berichteten, dass man sie nur am einen Ende der Abteilung Gartenbau aus dem Boden gerissen hatte – Menschen hantierten dort an den Wasserrohren –, doch die in der Nähe lebenden Nomen wollten kein Risiko eingehen.

Oben klopfte etwas. Einige Minuten später traf ein atemloser Nom ein und erzählte, dass die Menschen Teppiche zusammenrollten und fortbrachten.

Erschrockene Stille folgte. Masklin fühlte alle Blicke auf sich.

»Äh«, sagte er.

Dann fuhr er fort: »Ich glaube, jeder sollte so viel Nahrung holen, wie er tragen kann. Anschließend begeben wir uns in den Keller, in die Nähe der Garage.«

»Meinst du noch immer, wir sollten es versuchen?«, fragte Gurder.

»Wir haben keine Wahl, oder?«

»Aber ...«, begann der neue Abt. »Ich meine, du hast doch gesagt, wir sollten alles aus dem Kaufhaus mitnehmen, Drähte und Werkzeuge und so. Und Bücher.«

»Wir können froh sein, wenn wir imstande sind, *uns selbst* mitzunehmen. Es bleibt nicht mehr genug *Zeit*!«

Ein weiterer Kurier traf ein, ein Nom aus Dorcas' Gruppe. Er flüsterte Masklin etwas zu, der daraufhin lächelte.

»Ist es wirklich möglich, dass uns Arnold Gebr (gegr. 1905) in der Stunde der Not im Stich lässt?«, fragte Gurder.

»Ich glaube nicht«, entgegnete Masklin. »Vielleicht hilft er uns. Ratet mal, wohin die Menschen all die Kisten tragen ...«

12

I. Und der Draußenler sprach: Gepriesen sei Arnold Gebr (gegr. 1905).
II. Denn er hat uns einen Lastwagen geschickt und die Menschen beladen ihn mit allen Dingen, die wir Nomen brauchen. Das ist ein Zeichen. Alles muss raus. Auch wir.

Aus dem Buch der Nomen, *Ausgänge, Kapitel 2, Verse I–II*

Eine halbe Stunde später lag Masklin zusammen mit Dorcas auf dem Träger und blickte in die Garage hinab.

Nie hatte dort so reger Betrieb geherrscht. Menschen schlafwandelten umher, trugen zusammengerollte Teppiche und legten sie in Lastwagen. Gelbe Apparate, wie Kreuzungen zwischen sehr kleinen Lastern und sehr großen Lehnstühlen, glitten zwischen ihnen über den Boden und stapelten Kisten.

Dorcas griff nach dem Teleskop und reichte es dem Jäger.

»Fleißige Geschöpfe, nicht wahr?«, sagte er im Plauderton. »Arbeiten schon seit dem frühen Morgen. Zwei Lastwagen sind bereits fortgerollt und zurückgekehrt. Sie können also nicht sehr weit gefahren sein.«

»Der Brief auf dem Schreibtisch erwähnte ein neues Kaufhaus«, erwiderte Masklin. »Vielleicht bringt man die ganzen Sachen dorthin.«

»Möglich. Derzeit sind es praktisch nur Teppiche und die großen, reglosen Menschen aus den Modeabteilungen.«

Masklin verzog das Gesicht. Gurder behauptete, jene großen Menschen, die in den einzelnen Kleidungsabteilungen standen, ohne sich jemals zu bewegen, hätten irgendwann den Zorn von Arnold Gebr (gegr. 1905) erregt. Deshalb seien sie in ein grässliches rosarotes Etwas verwandelt worden. Manche Nomen glaubten sogar, dass man sie auseinandernehmen konnte. Gewisse kleidianische Philosophen widersprachen dieser Auffassung und meinten, es seien besonders *gute* Menschen gewesen, denen Arnold Gebr (gegr. 1905) erlaubte, im Kaufhaus zu bleiben, ohne es während Geschlossen verlassen zu müssen. Religion war schwer zu verstehen, fand Masklin.

Die große Tür glitt rasselnd nach oben. Donnernd sprang ein Motor an, und der entsprechende Laster rollte in blendend helles Tageslicht.

»Wir brauchen einen Lastwagen mit vielen Dingen aus der Abteilung Eisenwaren«, sagte Masklin. »Mit Draht und Werkzeugen und so. Da fällt mir ein: Was ist mit Proviant, mit Nahrungsmitteln?«

»Allem Anschein nach hat der erste Laster eine ganze Menge Kram aus dem Speisesaal abtransportiert«, erwiderte Dorcas.

»Dann müssen wir uns mit dem Rest zufriedengeben.«

»Was tun wir, wenn auch das übrige Zeug aufgeladen und weggefahren wird?«, fragte Dorcas. »Es sind Menschen, aber sie arbeiten bemerkenswert schnell.«

»Sie können doch nicht an einem Tag alles fortschaffen, oder?«, erwiderte Masklin.

Der alte Erfinder zuckte mit den Schultern. »Wer weiß!«

»Wir müssen *unseren* Lastwagen daran hindern, die Garage zu verlassen.«

»Wie denn? Indem du dich vor ihm zu Boden wirfst?«

»Bestimmt gibt es eine Möglichkeit«, sagte Masklin.

Dorcas lächelte. »Ich finde sie. Meine Jungs gewöhnen sich allmählich an diesen Ort.«

Aus allen Teilen des Kaufhauses strömten Flüchtlinge in die Abteilung Eisenwaren. Ihre Stimmen flüsterten furchterfüllt unter dem Fußboden. Viele von ihnen blickten auf, als Masklin vorbeischritt, und ihre Gesichter zeigten einen Ausdruck, der ihn beunruhigte.

Sie glauben, dass ich ihnen helfen kann, dachte er. *Sie sehen in mir ihre einzige Hoffnung. Und ich habe keine Ahnung, was es zu unternehmen gilt. Wahrscheinlich klappt überhaupt nichts. Wir brauchen mehr Zeit.*

Er versuchte, zuversichtlich zu wirken, und die Nomen lächelten zufrieden. Sie wollten nur sicher sein, dass es irgendwo jemanden gab, der die richtigen Entscheidungen traf. Masklin fragte sich, wer dafür infrage kam. *Ich bestimmt nicht.*

Dauernd trafen schlimme Nachrichten ein. Ein großer Teil der Sparte Gartenbau war leer geräumt worden, ebenso die einzelnen Modeabteilungen. In Kosmetik und Körperpflege entfernten die Menschen alle Ladentische; zum Glück wohnten darunter nur wenige Nomen. Selbst hier bei den Eisenwarenlern hörte Masklin das ferne Knacken und Knirschen.

Schließlich ertrug er es nicht länger – zu viele Leute starrten ihn an. Er suchte erneut die Garage auf, wo Dorcas noch immer auf dem Träger lag und alles beobachtete.

»Nun?«, fragte Masklin.

Der alte Erfinder deutete auf den Lastwagen genau unter ihnen. »Das ist der Richtige für uns. Beladen mit allen erforderlichen Dingen aus der Bastler- und Heimwerker-Abteilung. Und mit Eisenwarenartikeln, Nadeln und so weiter. Nach solchen Objekten sollte ich doch Ausschau halten, oder?«

»Ja«, bestätigte Masklin. »Der Laster darf das Kaufhaus auf keinen Fall verlassen!«

Dorcas schmunzelte. »Das Tor kann jetzt nicht mehr nach oben rollen. Der Maschine fehlt die Sicherung.«

»Sicherung?«, wiederholte Masklin verwundert.

Der ältere Nom deutete auf eine lange und dicke rote Stange. »Das da.«

»Du hast sie entfernt?«

»War ziemlich schwierig. Wir mussten einen Strick daran befestigen und mit aller Kraft ziehen. Funken stoben, als sie sich aus der Einfassung löste.«

»Und wenn einer der Menschen die fehlende Sicherung ersetzt?«, fragte Masklin.

»Oh, das ist bereits geschehen«, antwortete Dorcas. »Die Großen sind schlauer, als viele von uns glauben. Aber das Tor rührt sich trotzdem nicht von der Stelle. Nach dem Entfernen der Sicherung haben meine Jungs einige Kabel in der Wand durchgeschnitten. Eine sehr gefährliche Angelegenheit. Aber die Menschen brauchen bestimmt lange, um die durchtrennten Stellen zu finden.«

»Hm. Und wenn sie das Tor nach oben hebeln?«

»Nützt ihnen nichts. Der Laster bleibt trotzdem hier.«

»Und warum?«

Dorcas zeigte nach unten. Masklin blickte in die Tiefe und beobachtete zwei kleine Gestalten, die unter dem Lastwagen hervoreilten und zu den Schatten an der Wand flohen. Sie trugen eine Zange.

Einige Sekunden später folgte ihnen ein dritter Nom und zog einen Draht hinter sich her.

»Laster brauchen viele Drähte«, erklärte Dorcas. »Dieser hat jetzt einen weniger. Komisch, man nehme einen winzigen Funken weg, und der Motor läuft nicht mehr. Aber sei unbesorgt. Ich schätze, später können wir wieder alles in Ordnung bringen.«

Unten knallte es: Einer der Menschen trat gegen das Tor.

»Aber, aber, wer wird denn gleich so zornig werden?«, murmelte Dorcas.

»Du hast an alles gedacht«, sagte Masklin in einem bewundernden Ton.

»Hoffentlich«, entgegnete der Erfinder. »Wir sollten besser auf Nummer sicher gehen, nicht wahr?« Er stand auf, holte eine weiße Fahne hervor und winkte damit. In den Schatten vor der gegenüberliegenden Wand hob jemand einen ebenfalls weißen Wimpel.

Das Licht ging aus.

»Ein sehr nützliches Ding, die Elektrizität«, sagte Dorcas in der Dunkelheit. Die Menschen brummten verärgert, und es klirrte, als einer von ihnen gegen etwas stieß. Mehrmaliges Klappern folgte, unverständliche Flüche erklangen. Dann fand jemand die Tür zum Keller, und kurz darauf waren nur noch Nomen in der Garage.

»Ob sie Verdacht schöpfen?«, fragte Masklin.

»Es arbeiten noch andere Menschen im Kaufhaus«, erwiderte Dorcas. »Bestimmt geben sie ihnen die Schuld.«

»Die Elektrizität ist wirklich erstaunlich«, sagte Masklin. »Kannst du sie herstellen? Der Graf von Eisenwaren drückte sich in diesem Zusammenhang sehr geheimnisvoll aus.«

»Weil die Eisenwarenler überhaupt keine Ahnung haben.« Dorcas schnaufte abfällig. »Sie wissen nur, wie man elektrische Kraft stiehlt. Was das Lesen betrifft, bin ich nicht besonders gut, aber ich habe Vinto gebeten, für mich in Büchern zu blättern. Er meint, die Herstellung von Elektrizität sei ganz einfach. Man braucht dazu nur etwas, das Uhr-anium heißt. Eine Art Metall.«

»Ist es in der Abteilung Eisenwaren vorrätig?«, fragte Masklin hoffnungsvoll.

Dorcas schüttelte den Kopf. »Nein.«

Auch das *Ding* konnte ihnen nicht weiterhelfen.

»Ich bezweifle, dass Sie schon für die Nutzung nuklearer Energie bereit sind«, sagte es. *»Versuchen Sie es mit Windmühlen.«*

Masklin verstaute seine wenigen Besitztümer in einem Beutel.

»Wenn wir aufbrechen, kannst du nicht mehr zu uns sprechen, oder?«, fragte er. »Weil du im Draußen keine Möglichkeit hast, Elektrizität zu trinken.«

»Ja, das stimmt.«

»In welche Richtung sollen wir uns wenden?«

»Ich weiß es nicht. Wie dem auch sei: Ich orte Funksignale, die auf Flugzeugverkehr nördlich von hier hindeuten.«

Masklin zögerte. »Das ist gut, nicht wahr?«

»Es lässt auf Flugmaschinen schließen.«

»Und damit sind wir in der Lage, bis ganz nach Hause zu fliegen?«

»Nein, aber vielleicht sind Flugzeuge der nächste Schritt für Sie. Vielleicht kann man mit ihnen einen Kontakt zum Raumschiff herstellen. Doch zuerst müssen Sie mit dem Lastwagen losfahren.«

»Anschließend ist sicher alles möglich«, sagte Masklin leise. Er richtete einen erwartungsvollen Blick auf das *Ding* und stellte entsetzt fest, dass die Lichter nacheinander erloschen.

»Ding!«

»Wir sprechen uns wieder, wenn Sie erfolgreich gewesen sind.«

»Aber willst du uns denn nicht mehr *helfen*?«, entfuhr es Masklin.

»Ich schlage vor, Sie denken gründlich über die eigentliche Bedeutung des Wortes ›Hilfe‹ nach«, entgegnete das *Ding*. *»Entweder sind Sie intelligente Nomen oder nur geschickte Tiere. Es liegt bei Ihnen, sich für eine dieser beiden Alternativen zu entscheiden.«*

»Wie bitte?«

Das letzte Licht erlosch.

»*Ding?*«

Der schwarze Kasten blieb dunkel, und es gelang ihm, außerordentlich still und schweigsam zu wirken.

»Aber ich bin sicher gewesen, dass du uns dabei hilfst herauszufinden, wie man einen Lastwagen fährt und so! Und jetzt lässt du mich einfach im Stich?«

Der schwarze Kasten schien noch schwärzer zu werden. Masklin starrte verzweifelt darauf hinab.

Dann dachte er: *Für das Ding ist alles ganz einfach. Es wartet, und damit hat es sich. Die Nomen verlassen sich auf mich, doch ich habe niemanden, auf den ich mich verlassen kann. Ob sich der alte Abt ebenso gefühlt hat? Wie konnte er es so lange ertragen? Immer muss ich mich um alles kümmern, und niemand verschwendet einen Gedanken daran, was ich möchte …*

Die Papptür schwang auf, und Grimma trat ein.

Sie betrachtete das dunkle Ding, hob den Blick und musterte Masklin.

»Du wirst dort draußen gebraucht«, sagte sie ruhig. »Warum leuchten keine Lichter mehr an dem *Ding?*«

»Es hat sich gerade verabschiedet«, klagte Masklin. »Es will uns nicht mehr helfen und meinte, wir müssten unsere Intelligenz beweisen. Es will erst dann wieder mit uns sprechen, wenn wir erfolgreich gewesen sind. Was soll ich tun?«

Ein wenig Zuspruch wäre jetzt nicht schlecht. Und Verständnis. Und das eine oder andere aufmunternde Wort. Und Mitgefühl. Gute, alte Grimma. Auf sie ist Verlass.

Die junge Nomin holte tief Luft. »Was du tun sollst?«, erwiderte sie scharf. »Hör endlich damit auf, Trübsal zu blasen. Geh nach draußen und *organisiere alles!*«

»Wie bi…«

»Bring die Leute auf Trab! Plane! Gib Anweisungen! Na *los!*«

»Aber …«

»*Jetzt sofort!*«, fauchte Grimma. Masklin stand auf.

»So kannst du nicht mit mir reden«, beschwerte er sich. »Immerhin bin ich der Anführer.«

Grimma verschränkte die Arme. In ihren Augen funkelte es.

»Natürlich bist du der Anführer. Habe ich etwa behauptet, dass du nicht der Anführer bist? Alle wissen, dass du der Anführer bist! Und jetzt *führ an*!«

Masklin schob sich an ihr vorbei, und sie klopfte ihm auf die Schulter.

»Du musst lernen, richtig zuzuhören.«

»Wie? Was soll das heißen?«

»Das *Ding* ist eine Art denkende Maschine, nicht wahr? Ich weiß es von Dorcas. Maschinen sagen immer das, was sie meinen, oder?«

»Ja, ich glaube schon, aber ...«

Grimma lächelte triumphierend.

»Nun, es hat ›wenn‹ gesagt. *Denk* darüber nach! Es hätte auch das Wort ›falls‹ wählen können.«

Der Abend kam, die Nacht begann, und Masklin befürchtete, dass die Menschen weiterhin im Kaufhaus blieben. Einer von ihnen, ausgerüstet mit einer Taschenlampe und mehreren Werkzeugen, untersuchte lange Zeit den Sicherungskasten und die Kabel im Keller. Schließlich stapfte er davon, brummte verärgert und schlug die Tür hinter sich zu.

Nach einer Weile ging das Licht in der Garage an.

In den Wänden raschelte und knisterte es. Eine dunkle Flut strömte unter den Bänken hervor. Einige der jüngeren Nomen trugen Fäden mit Haken, die sie am Lastwagen hochwarfen. Flinke Kletterer begannen mit dem Aufstieg.

Andere brachten dickere Seile mit. Man befestigte sie an den Fäden, zog sie rasch nach oben ...

Masklin eilte durch den endlosen Schatten des Lasters und erreichte die ölige Dunkelheit unter dem Motor, wo Dorcas' Mitarbeiter ihre Ausrüstung in Stellung brachten. Der alte Erfinder befand sich im Führerhaus und wühlte zwischen den dicken Drähten herum. Etwas zischte, und unmittelbar darauf leuchtete eine Lampe.

»Na bitte«, brummte Dorcas zufrieden. »Jetzt können wir wenigstens sehen, woran wir arbeiten. Also los, Jungs! Geben wir uns Mühe!«

Als er sich umdrehte und Masklin sah, wollte er zunächst die Hände hinterm Rücken verbergen, überlegte es sich dann aber anders. Sie steckten in den abgeschnittenen Fingern von Gummihandschuhen.

»Oh«, sagte Dorcas. »Habe dich gar nicht bemerkt. Eine Art Betriebsgeheimnis. Die Elektrizität kann nicht in Gummi beißen.« Er duckte sich, als mehrere Nomen einen langen Balken durchs Führerhaus schwangen und ihn mit dem Schalthebel verbanden.

»Wie lange dauert's noch?«, rief Masklin, als eine andere Gruppe Garn entrollte. Es ging ziemlich laut zu. Fäden wurden gespannt, Holzstücke in alle Richtungen getragen. Masklin hoffte inständig, dass in all dem Durcheinander irgendwo Planung steckte.

»Etwa eine Stunde«, antwortete Dorcas und fügte gutmütig hinzu: »Wir werden schneller fertig, wenn uns niemand im Weg steht.«

Masklin nickte und erforschte den rückwärtigen Bereich des Führerhauses. Der Lastwagen war alt, und er entdeckte ein für Kabel bestimmtes Loch, das auch einem Nom genug Platz bot, zumindest einem schlanken. Er kletterte hindurch, fand eine weitere Öffnung und gelangte in den hinteren Teil des Lasters.

Die ersten Nomen an Bord hatten eine Latte heraufgezogen, die als Laufplanke diente. Die anderen Passagiere kraxelten darüber hinweg.

Masklin hatte Oma Morkie gebeten, hier die Aufsicht zu führen. Die alte Frau verstand es meisterhaft, furchterfüllten Leuten ihren Willen aufzuzwingen.

»Steil?«, rief sie einem dicken Nom zu, der auf halbem Wege verharrte und sich nicht mehr weiter wagte. »Das nennst du steil? Ein Spaziergang ist es, jawohl! Möchtest du, dass ich komme und dir helfe?«

Diese schreckliche Drohung genügte. Der Dicke setzte sich sofort in Bewegung, lief den Rest der Strecke und wankte mit einem erleichterten Schnaufen in den Schatten der großen Ladefläche.

»Alle sollten sich einen weichen Platz suchen«, sagte Masklin. »Wegen der möglichen Erschütterungen und so. Und schick die kräftigsten Nomen ins Führerhaus. Dort brauchen wir jede Hilfe, die wir bekommen können, glaub mir.«

Oma Morkie nickte und trieb eine Familie an, die auf der Laufplanke stehen geblieben war.

Masklin beobachtete den endlosen Strom aus Leuten, die in den Lastwagen kletterten. Viele von ihnen taumelten unter dem Gewicht schwerer Beutel und Taschen.

Seltsam, er hatte jetzt das Gefühl, alles in die Wege geleitet zu haben. Die Evakuierung des Kaufhauses lief wie, wie ... wie etwas, das gut lief. Entweder gelang der Plan, oder er gelang nicht. Entweder konnten die Nomen gut zusammenarbeiten, oder sie konnten es nicht.

Er erinnerte sich an das Bild von Gulliver. Wahrscheinlich nur das Ergebnis besonders fantasievoller Fantasie, meinte Gurder. Bücher enthielten oft Dinge, die es in der Realität gar nicht gab. Trotzdem fand Masklin Gefallen an der Vorstellung, dass die Nomen sich lange genug über etwas einig waren, so wie die kleinen Männer und Frauen im Buch ...

»Es scheint alles zu klappen«, sagte er unsicher.

»Sieht ganz danach aus«, erwiderte Oma Morkie.

»Äh, vielleicht sollten wir besser feststellen, was die Kisten enthalten«, fügte Masklin hinzu. »Wenn wir anhalten, bleibt uns möglicherweise nur wenig Zeit für ...«

»Ich habe Torrit damit beauftragt«, unterbrach ihn Oma. »Sei unbesorgt.«

»Oh.« Masklin nickte. »Gut.«

Er fühlte sich plötzlich überflüssig.

Aus reiner – nun, nicht aus Langeweile, denn das Herz klopfte ihm bis zum Hals – Unruhe kehrte er ins Führerhaus zurück.

Dorcas' Nomen hatten bereits eine hölzerne Plattform über dem Lenkrad gebaut, direkt vor dem großen Fenster. Der Erfinder stand auf dem Boden und exerzierte mit den Einsatzgruppen.

»Also schön!«, rief er. »Und jetzt ... Erster Gang!«

»Pedal nach unten, zwei, drei ...«, ließ sich das Beschleunigungsteam vernehmen.

»Hebel nach oben, zwei, drei ...«, antworteten die Nomen am Schalthebel.

»Pedal nach oben, zwei, drei, vier!« Der Leiter des Kupplungsteams winkte Dorcas zu. »Gang eingelegt!«

»Das war absolut mies«, schimpfte der Erfinder. »Was ist mit der Beschleunigungsgruppe passiert, hm? Bringt das Pedal nach unten!«

»Entschuldige bitte, Dorcas.«

Masklin berührte den alten Nom an der Schulter.

»Übt auch weiterhin!«, befahl Dorcas. »Bis hoch zum vierten Gang. Es muss reibungslos laufen, klar? Ja? Was ist denn? Oh, du bist's.«

»Ja, ich bin's«, bestätigte Masklin. »Bald sind alle an Bord. Wann seid ihr hier so weit?«

»Dieser Haufen aus Idioten lernt es *nie*.«

»Oh.«

»Deshalb können wir jederzeit losfahren und unterwegs Erfahrungen sammeln. Das Lenken zum Beispiel lässt sich erst üben, wenn der Laster rollt.«

»Wir schicken dir noch mehr Helfer«, versprach Masklin.

»Oh, ausgezeichnet. Genau das hat mir gefehlt: noch mehr Leute, die nicht imstande sind, rechts von links zu unterscheiden.«

»Wie willst du wissen, wohin gesteuert werden muss?«

»Semaphore«, sagte Dorcas mit fester Stimme.

»Semaphore?«

»Signalisieren mit Flaggen. Du erklärst dem Burschen auf der Plattform, wohin du fahren willst, und ich beobachte seine Signale. Mit einer Woche mehr Zeit hätte ich vielleicht eine Art Telefon installieren können.«

»Flaggen«, sagte Masklin. »Und das funktioniert?«

»Das will ich stark hoffen. Später probieren wir's aus.«

Und jetzt war es später. Die letzten Nomen-Kundschafter kletterten in den Lastwagen. Hinten hatten es sich die meisten Leute so bequem wie möglich gemacht und lagen hellwach in der Dunkelheit.

Masklin stand auf der Plattform, zusammen mit Angalo, Gurder und dem *Ding*. Gurder wusste noch weniger von Lastern als

Masklin, aber man hielt es für besser, dass er zugegen war. Immerhin stahlen sie einen Lastwagen von Arnold Gebr (gegr. 1905), und vielleicht wurden Erklärungen notwendig. Angalo hatte zunächst versucht, sich von Bobo begleiten zu lassen, doch damit rief er allgemeinen Unwillen hervor, insbesondere den des Draußenlers, der die Ratte zur Ladefläche verbannte.

Auch Grimma war zugegen. Gurder wollte von ihr wissen, warum sie sich im Führerhaus aufhielt, und die junge Nomin stellte ihm die gleiche Frage. Beide sahen Masklin an.

»Sie hilft mir beim Lesen«, sagte er und versuchte, sich seine Erleichterung nicht anmerken zu lassen. Trotz großer Bemühungen kam er mit geschriebenen Worten noch immer nicht gut zurecht. Es schien dabei einen Trick zu geben, den man beherrschen musste. Grimma hingegen fiel es überhaupt nicht schwer, die Botschaft der Buchstaben zu verstehen, und bisher war eine Explosion ihres Gehirns ausgeblieben.

Sie nickte selbstgefällig und schlug die *Straßenverkehrsordnung* vor Masklin auf.

»Es sind bestimmte Dinge nötig«, sagte er unsicher. »Vor dem Losfahren muss man einen Spagel sehen ...«

»In einen Spiegel«, warf Grimma ein.

»In einen Spiegel, ja«, bestätigte Masklin mit fester Stimme. »So steht es hier in dem Buch. Spiegel.«

Er richtete einen fragenden Blick auf Angalo, der mit den Schultern zuckte.

»Keine Ahnung«, sagte der Sohn des Herzogs. »Der Fahrer sah immer wieder in den Spiegel, doch der Grund dafür ist mir ein Rätsel.«

»Geht es darum, nach irgendetwas Ausschau zu halten?«, fragte Masklin. »Oder schneidet man einfach nur eine Grimasse?«

Gurder holte tief Luft. »Was auch immer der Fall sein mag, wir müssen alle Vorschriften beachten.« Er hob die Hand. »Dort oben ist ein Spiegel. Hängt von der Decke herab.«

»Ihn ausgerechnet da zu befestigen ...« Masklin schüttelte den Kopf, warf ein Seil mit einem Haken und zog sich hoch.

»Siehst du was?«, rief Gurder von unten.

»Nur mich selbst.«

»Na schön, kehr zurück. Diese Sache ist erledigt, und nur darauf kommt es an.«

Masklin glitt zur Plattform, die unter ihm wackelte.

Grimma starrte in die *Straßenverkehrsordnung*.

»Und dann muss man seine Absicht signalisieren«, verkündete sie. »Völlig klar. Signalgeber?«

Einer von Dorcas' Assistenten trat schüchtern vor und hielt zwei weiße Flaggen nach unten.

»Ja, Ma'am?«, fragte er.

»Sag Dorcas ...« Grimma sah zu den anderen. »Sag ihm, dass wir so weit sind.«

»*Entschuldige* bitte«, schnaufte Gurder. »Wenn hier jemand bekannt gibt, dass wir so weit sind, dann bin ich das. Es steht mir zu, allen anderen mitzuteilen, dass wir so weit sind.« Er musterte Grimma verlegen. »Äh. Wir sind so weit.«

»Zu Befehl, Ma'am.« Der Signalgeber winkte kurz. Unten ertönte die Stimme des Erfinders. »Alles bereit!«

»Also gut«, murmelte Masklin. »Wir brechen auf.«

»Ja«, sagte Gurder und warf Grimma einen durchdringenden Blick zu. »Haben wir irgendetwas vergessen?«

»Wahrscheinlich eine ganze Menge«, befürchtete Masklin.

»Jetzt ist es zu spät«, erwiderte Gurder.

»Ja.«

»Ja.«

»In Ordnung.«

»Finde ich auch.«

Sie schwiegen einige Sekunden lang.

»Soll ich die Anweisung geben?«, fragte Masklin schließlich.

»Was haltet ihr davon, wenn wir Arnold Gebr (gegr. 1905) bitten, uns seinen Schutz zu gewähren?«, schlug Gurder vor. »Wir verlassen das Kaufhaus, aber dies ist sein Lastwagen.« Er lächelte schief und seufzte. »Ich wünschte, er würde uns ein Zeichen schicken. Damit wir wissen, dass er einverstanden ist.«

»Es kann losgehen!«, rief Dorcas.

Masklin trat an den Rand der wackligen Plattform und beugte sich über das nicht sehr stabile Geländer.

Auf dem Boden des Führerhauses wimmelte es von Nomen. Sie hielten Seile oder warteten an Hebeln und Flaschenzügen. Niemand von ihnen rührte sich, und alle blickten stumm nach oben. Masklin starrte auf ein Meer aus besorgten und aufgeregten Gesichtern.

Er hob die Hand.

»Den Motor anlassen«, sagte er, und in der Stille klang seine Stimme unnatürlich laut.

Er wandte sich um und blickte in die helle Leere der Garage. Einige andere Laster parkten vor der gegenüberliegenden Wand, und hinzu kamen zwei der kleinen gelben Beladungsfahrzeuge – sie standen dort, wo die Menschen sie zurückgelassen hatten. *Einst habe ich diesen Ort Lastwagennest genannt*, erinnerte sich Masklin. Das richtige Wort hieß Garage. Erstaunlich, wie man sich fühlte, wenn man Namen kannte. Man glaubte, Kontrolle zu haben. Er verglich das Wissen um Namen mit ganz besonderen Hebeln.

Etwas surrte vor ihnen, und dann erzitterte die Plattform, als es donnerte. Es hörte sich wie ein Gewitter an, doch das Grollen verklang nicht: Der Motor lief nun.

Masklin hielt sich am Geländer fest, um das Gleichgewicht nicht zu verlieren. Angalo zupfte an seinem Ärmel.

»So ist es immer!«, rief er, um den Lärm zu übertönen. »Nach einer Weile gewöhnst du dich daran!«

»Gut!« Die Bezeichnung »Geräusch« traf kaum den Kern der Sache. Es war viel zu laut, um nur ein Geräusch zu sein. Es schien sich eher um massive Luft zu handeln.

»Ich glaube, wir sollten zuerst ein wenig üben! Um sicher zu sein, dass alles klappt! Darf ich dem Signalgeber sagen, dass wir ganz langsam losfahren möchten, nach vorn?«

Masklin nickte grimmig. Der Signalgeber überlegte kurz und winkte mit seinen Flaggen.

Tief unten gab Dorcas Befehle. Etwas knirschte, und es folgte ein Ruck, der Masklin von den Beinen warf. Er landete auf allen vieren und blickte in Gurders furchterfülltes Gesicht.

»Wir bewegen uns!«, entfuhr es dem Büromaterialer.

Masklin starrte aus dem Fenster.

»Ja, und weißt du was?« Er sprang auf. »Wir rollen nach *hinten*!«

Angalo taumelte zum Signalgeber, der eine Flagge fallen gelassen hatte.

»Langsam nach vorn! Hast du nicht gehört? Langsam nach vorn. Nicht nach hinten! Nach *vorn*!«

»Ich habe ›Nach vorn!‹ signalisiert!«

»Aber wir fahren rückwärts! Gib noch einmal das Signal für vorwärts!«

Der Nom hob die andere Flagge auf und winkte eifrig.

»Nein, signalisier nicht ›Nach vorn!‹, sondern ›Halt!‹ ...«, begann Masklin.

Ein Geräusch erklang am hinteren Ende des Lastwagens. Man hätte es mit dem Wort *Knirsch* beschrieben können, aber diese eine Silbe genügte nicht, um eine klare Vorstellung von dem hässlichen metallenen Kratzen und der heftigen Erschütterung zu vermitteln, die Masklin erneut auf den Bauch warf. Der Motor brummte nicht mehr.

Stille folgte.

»Entschuldigt bitte!«, rief Dorcas in der Ferne. Dann wandte er sich in einem drohenden Tonfall an die Einsatzgruppen. »Zufrieden? Seid ihr jetzt zufrieden? Als ich sagte, schiebt den Schalthebel nach oben und nach links und nach oben, habe ich nach oben und nach links und nach oben gemeint, nicht nach oben und nach rechts und nach oben, klar?«

»Links von dir oder links von uns, Dorcas?«

»Einfach nur links!«

»Aber ...«

»Komm mir nicht mit *aber*!«

»Ja, aber ...«

Masklin und die anderen setzten sich, als unten eine hitzige Debatte stattfand. Gurder lag noch immer auf den Planken.

»Wir haben uns tatsächlich bewegt«, hauchte er. »Arnold Gebr (gegr. 1905) hatte *recht*. Alles *muss* raus!«

»Ich möchte etwas weiter raus, wenn du erlaubst«, knurrte Angalo.

»Hallo, ihr da oben!« Eine Mischung aus Zorn und falscher Fröhlichkeit vibrierte in Dorcas' Stimme. »Einige Anfangsschwierigkeiten, weiter nichts. Wir haben jetzt alle Probleme gelöst und sind so weit!«

»Soll ich noch einmal in den Spiegel sehen?«, wandte sich Masklin an Grimma. Sie zuckte mit den Achseln.

»An deiner Stelle würde ich keine Zeit damit verschwenden«, sagte Angalo. »Lass uns *vorwärts* bewegen. Und so schnell wie möglich. Ich rieche Die-*Sel*. Vielleicht haben wir das eine oder andere Fass umgestoßen.«

»Ist das schlimm?«, fragte Masklin.

»Das Zeug brennt«, erklärte Angalo. »Ein einziger Funke oder so reicht aus, um es zu entzünden.«

Der Motor donnerte wieder. Das Knirschen wiederholte sich, wenn auch etwas leiser, als der Lastwagen langsam nach vorn rollte und mit einem leichten Ruck vor der großen Stahltür verharrte.

»Ich schlage vor, wir steuern den Laster einige Male hin und her!«, rief Dorcas. »Damit meine Jungs Gelegenheit erhalten, praktische Erfahrungen zu sammeln!«

»Ich halte es für eine sehr schlechte Idee, noch länger in der Garage zu bleiben«, verkündete Angalo in einem drängenden Tonfall.

Masklin nickte. »Du hast recht. Je eher wir das Kaufhaus verlassen, desto besser. Gib Dorcas das Signal, das Tor zu öffnen.«

Der Signalgeber zögerte. »Ich glaube, dafür haben wir kein Zeichen vereinbart.«

Masklin beugte sich übers Geländer. »Dorcas!«

»Ja?«

»Öffne das Tor! Wir müssen *jetzt* nach draußen!«

Die ferne Gestalt wölbte eine Hand hinterm Ohr.

»Was?«

»Du sollst das Tor öffnen! Und zwar *schnell*!«

Der Erfinder schien eine Zeit lang nachzudenken, und dann hob er das Megafon vor die Lippen.

»Was ich dir jetzt zu sagen habe ... Bestimmt lachst du darüber.«

»Wie war das?«, fragte Grimma.

»Er meint, wir lachen gleich«, erklärte Angalo.

»Oh, gut.«

»Na *los!*«, rief Masklin. Dorcas' Antwort verlor sich im Gedröhn des Motors.

»Wie bitte?«

»Was?«, erwiderte Dorcas.

»Was hast du gesagt?«

»In der ganzen Aufregung habe ich das Tor völlig vergessen!«

Gurder runzelte die Stirn. »Was hat er gesagt?«

Masklin drehte sich um und blickte zum Tor. Der Erfinder war sehr stolz darauf gewesen, dass er die Menschen daran gehindert hatte, es zu öffnen. Jetzt wirkte es außerordentlich geschlossen. Etwas ohnc Gesicht konnte eigentlich keinen zufriedenen und selbstgefälligen Eindruck erwecken, aber dem Tor gelang es trotzdem.

Verzweifelt wandte sich Masklin wieder dem Geländer zu und sah, wie die kleine Tür zum Rest des Kaufhauses aufschwang. Eine Gestalt stand dort hinter einem kleinen Kreis aus weißem Licht.

Seine grauenhafte Lampe, dachte Masklin.

Es war niemand anders als *Bombenpreise.*

Masklin spürte, wie sein Gehirn sehr langsam und klar zu denken begann.

Es ist nur ein Mensch, lauteten die Gedanken. *Kein schreckliches Ungeheuer. Nur ein Mensch, der ein Schild mit seinem Namen trägt, damit er ihn nicht vergisst. So wie die vielen Frauen-Menschen im Kaufhaus, mit Namen wie »Tracy« und »Sharon« und »Mrs. J. E. Williams, Abteilungsleiterin«. Dieser Mann-Mensch heißt Nachtwächter. Er wohnt unten im Kesselraum und trinkt dort Tee. Bestimmt hat er das Brummen des Motors gehört und auch den Rest.*

Und jetzt will er feststellen, wer den Lärm verursacht hat.

Mit anderen Worten: Er sucht nach uns.

»O nein«, flüsterte Angalo, als die Gestalt näher schlurfte. »Siehst du, was er im Mund hat?«

»Eine Zigarette«, erwiderte Masklin. »Ich habe schon öfter Menschen mit Zigaretten im Mund gesehen. Was ist damit?«

»Sie brennt. Er müsste das Die-Sel doch riechen, oder?«

»Was passiert, wenn das Zeug Feuer fängt?«, fragte Masklin und ahnte die Antwort.

»Dann macht's *Wummp*«, sagte Angalo.

»Einfach nur *Wummp?*«

»Oh, *Wummp* genügt.«

Der Mensch kam noch näher, und Masklin sah jetzt seine Augen. Menschen fiel es selbst dann schwer, Nomen zu erkennen, wenn sie sich gar nicht bewegten, aber Nachtwächter fragte sich bestimmt, warum ein Lastwagen von ganz allein durch die Garage fuhr, noch dazu mitten in der Nacht.

Er erreichte das Führerhaus und streckte die Hand nach dem Türgriff aus. Seine Taschenlampe leuchtete durchs Seitenfenster, und genau in diesem Augenblick richtete sich Gurder auf. Er zitterte vor Wut.

»Hinfort mit dir, Höllenbrut!«, rief er und stand wie im Scheinwerferlicht. »Beachte die Schilder von Arnold Gebr (gegr. 1905)! *Rauchen verboten! Hier zum Ausgang!*«

Träges Erstaunen breitete sich im Gesicht des Menschen aus, und dann – so langsam wie gemächlich über den Himmel ziehende Wolken – wich die Verblüffung wortloser Panik. Nachtwächter ließ den Türgriff los, drehte sich um und kehrte in Richtung der kleinen Pforte zurück. Für einen Menschen war er sehr schnell. Als er lief, fiel ihm die Zigarette aus dem Mund, rotierte um die eigene Achse und neigte sich dem Boden entgegen.

Masklin und Angalo wechselten einen kurzen Blick, sahen dann zum Signalgeber.

»Volle Kraft voraus!«, riefen sie.

Der Lastwagen erbebte, als die Zieher-Gruppen damit begannen, einen Gang einzulegen. Dann rollte er nach vorn.

»Schneller!«, heulte Masklin. »Schneller!«

»Was ist denn los?«, fragte Dorcas. »Die große Tür, das Tor ...«

»Wir öffnen es!«, rief Masklin. »Wir öffnen das verdammte Tor!«

»Wie denn?«

»Es scheint nicht sehr dick zu sein, oder?«

Für Menschen ist die Welt der Nomen eine sehr schnelle Welt. Nomen leben mit so hoher Geschwindigkeit, dass um sie herum alles sehr langsam wirkt. Der Laster schien über den Boden und die Rampe zu schweben und wie in Zeitlupe gegen die Tür zu stoßen. Einem dumpfen Donnern folgte das Geräusch zerfetzenden Metalls. Etwas kratzte übers Dach des Führerhauses, und dann gab es gar kein Tor mehr, nur noch Dunkelheit, in der hier und dort Lichter glühten.

»Links!«, schrie Angalo. »Nach links!«

Der Lastwagen schleuderte träge, prallte in aller Seelenruhe von einer Wand ab und rollte über die Straße.

»Weiter so! Weiter so! Und jetzt geradeaus!«

Ein heller Schein huschte über die Wand neben dem Führerhaus. Und dann machte es *Wummp* hinter dem Laster.

13

> I. Und Arnold Gebr (gegr. 1905) sprach: Jetzt ist alles zu Ende.
> II. Alle Gardinen, Teppiche, Bettzeug, Damenunterwäsche, Spielzeuge, Hüte, Kurzwaren, Eisenwaren, Elektrogeräte.
> III. Alle Wände, Böden, Decken, Aufzüge und Rolltreppen.
> IV. Alles muss raus.
>
> *Aus dem* Buch der Nomen, *Ausgänge, Kapitel 3, Verse I–IV*

Später, als die nächsten Kapitel fürs *Buch der Nomen* geschrieben wurden, hieß es, das Ende des Kaufhauses habe mit einem Knall begonnen. Das stimmte nicht, aber man erzählte von einem Knall, weil es beeindruckender klang. Ein Ball aus gelben und orangefarbenen Flammen rollte aus der Garage, begleitet von einem Geräusch, das von einem riesigen Hund zu stammen schien, der sich vorsichtig räusperte.

Wummp!

Die Nomen waren kaum in der Lage, das Geschehen weiter hinten zu beobachten. Viel wichtiger erschienen ihnen die Geräusche von Dingen, die fast gegen sie stießen.

Masklin hatte andere Fahrzeuge auf der Straße erwartet – die *Straßenverkehrsordnung* berichtete darüber. Es war wichtig, ihnen auszuweichen. Er fand es jedoch besorgniserregend, dass praktisch alle übrigen *Verkehrsteilnehmer* bestrebt zu sein schienen, gegen den Laster zu prallen. Sie blökten immer wieder wie kranke Kühe. »Ein wenig nach links!«, rief Angalo. »Und dann ein bisschen nach rechts, und schließlich geradeaus.«

»Ein bisschen?«, wiederholte der Signalgeber. »Ich weiß nicht, wie ich für ein *bisschen* winken soll. Könnten wir ...«

»Langsam! Und jetzt nach links! Wir müssen die rechte Seite der Straße erreichen!«

Grimma spähte über den oberen Rand der *Straßenverkehrsordnung* hinweg.

»Wir *sind* auf der rechten Seite«, stellte sie fest.

»Ja, aber die rechte Seite sollte eigentlich die linke sein!«

Masklin deutete auf das Blatt vor ihnen. »Hier steht, dass man Rücklicht ...«

»Rücksicht«, raunte Grimma.

»... Rücksicht auf andere Straßenbenutzer nehmen muss«, beendete er den Satz. Ein Ruck ließ ihn nach vorn taumeln. »Was war das?«

»Wir sind jetzt auf dem Bürgersteig! Rechts! Nach *rechts*!«

Aus dem Augenwinkel sah Masklin ein hell erleuchtetes Schaufenster, bevor der Lastwagen es zertrümmerte und in einem Regen aus Glassplittern auf die Straße zurückkehrte.

»Jetzt nach links, nach links, und nach rechts, nach rechts! Geradeaus! Links! Ich habe *links* gesagt!« Angalo starrte durch die sogenannte Windschutzscheibe und beobachtete das verwirrende Muster aus Licht und Schatten.

»Da ist eine andere Straße. Links! Nach links! Gebt mir jede Menge links! Noch mehr links ...!«

»Ein Schild kommt uns entgegen«, stellte Masklin fest.

»Links!«, kreischte Angalo. »Und jetzt nach rechts. Rechts! Rechts!«

»Du wolltest links«, sagte der Signalgeber vorwurfsvoll.

»Und jetzt will ich rechts! Einen Haufen rechts! Ducken!«

»Wir haben kein Signal für ...«

Diesmal machte es nicht *Wummp*, sondern ganz eindeutig *Bumm*. Der Laster stieß gegen eine Mauer, schabte funkenstiebend daran entlang, rollte in eine Ansammlung von Mülltonnen und blieb stehen.

Stille herrschte, abgesehen von einem leisen Zischen und Knacken, das seinen Ursprung unter der Motorhaube hatte.

Dorcas' verärgerte Stimme ertönte aus der Dunkelheit.

»Würdet ihr uns hier unten bitte mitteilen, was ihr da oben anstellt?«, fragte der Erfinder.

»Wir müssen uns etwas einfallen lassen, um den Laster besser zu steuern«, antwortete Angalo. »Und wir brauchen Licht. Irgendwo gibt es einen Schalter für Licht.«

Masklin stemmte sich hoch. Der Laster stand offenbar in einer schmalen, dunklen Gasse. Überall war es finster.

Er half Gurder auf die Beine und strich ihm den Umhang glatt. Der neue Abt blinzelte benommen.

»Sind wir da?«, fragte er.

»Noch nicht ganz«, erwiderte Masklin. »Wir haben gehalten, um, äh, einige Dinge zu klären. Während das geschieht, sollten wir vielleicht nach hinten gehen und nachsehen, ob bei unseren Passagieren alles in Ordnung ist. Bestimmt sind sie sehr besorgt. Komm mit, Grimma!«

Sie kletterten nach unten und überließen es Angalo und Dorcas, ein ziemlich lebhaftes Gespräch zu führen über Steuerung, Licht, klare Anweisungen und die Notwendigkeit, alle drei Dinge in einem ausreichenden Maß zur Verfügung zu stellen.

Stimmen murmelten auf der Ladefläche, untermalt vom Weinen der Kinder. Mehrere Passagiere waren durch die heftigen Erschütterungen hin und her geworfen worden und hatten dadurch leichte Verletzungen erlitten. Oma Morkie schiente gerade das gebrochene Bein eines Noms: Eine Kiste war auf ihn herabgefallen, als der Laster gegen die Mauer stieß.

»Bei unserer letzten Reise ging's nicht ganz so ungemütlich zu«, kommentierte sie und verknotete den Verband. »Warum haben wir angehalten?«

»Um einige Dinge zu klären«, sagte Masklin und versuchte, fröhlicher zu klingen, als er sich fühlte. »Wir fahren bald weiter. Wenigstens wissen jetzt alle, was sie zu erwarten haben.« Er blickte durch den langen, dunklen Laderaum, und Neugier erfasste ihn.

»Ich sehe mich draußen um, während wir hier warten«, fügte er hinzu.

Grimma sah ihn groß an. »Warum denn?«

»Nur so«, antwortete Masklin unsicher. »Um festzustellen, wie's draußen aussieht.« Er wandte sich an Gurder. »Möchtest du mitkommen?«

»Was?«, entfuhr es dem neuen Abt entsetzt. »Ich? Nach draußen?«

»Früher oder später musst du den Laster ohnehin verlassen. Warum nicht jetzt?«

Gurder zögerte, zuckte dann mit den Schultern.

»Können wir das Kaufhaus« – er leckte sich die trockenen Lippen – »von *außen* sehen?«

»Vielleicht, wir sind noch nicht sehr weit gefahren«, antwortete Masklin möglichst diplomatisch.

Einige Nomen halfen ihnen über die Ladeklappe des Lastwagens, und sie sprangen auf etwas hinab, das Gurder vermutlich als Fußboden bezeichnet hätte. Der Asphalt war feucht, und Dunstschwaden zogen langsam dahin. Masklin atmete mehrmals tief durch. Dies war das Draußen, kein Zweifel. Richtige Luft, frisch und kühl. Sie roch nicht so, als hätten zweitausend Nomen sie vor ihm geatmet.

»Der Sprinkler hat sich eingeschaltet«, sagte Gurder.

»Der was?«

»Der Sprinkler. Kleine Düsen in der Decke. Sie versprühen Wasser, wenn ...« Gurder unterbrach sich und sah nach oben. »Ach du meine Güte ...«

»Du meinst sicher den Regen«, vermutete Masklin.

»Meine Güte, meine Güte.«

»Es ist nur Wasser, das vom Himmel herabfällt«, erklärte Masklin. Und da das nicht zu genügen schien, fügte er hinzu: »Es ist nass, und man kann es trinken. Regen. Man braucht gar keinen spitzen Kopf. Es fließt trotzdem ab.«

»Meine Güte ...«

»Fühlst du dich nicht gut?«

Gurder zitterte. »Hier gibt es keine Decke!«, stöhnte er. »Und alles ist so groß!«

Masklin klopfte ihm auf die Schulter.

»Für dich ist das natürlich neu«, sagte er. »Mach dir keine Sorgen, wenn du etwas nicht verstehst.«

»Du verspottest mich!«, klagte der Abt.

»Nein, eigentlich nicht. Ich weiß genau, wie man sich fühlt, wenn man Angst hat.«

Gurder straffte die Gestalt. »Angst? Ich? Unsinn! Es ist alles in Ordnung mit mir. Ich bin nur ein wenig, äh, überrascht. Weil ich nicht damit gerechnet habe, dass hier alles so, äh, so, so *draußen* ist. Es geht mir schon viel besser, weil ich mich bereits daran gewöhnt habe. Tja. So sieht es also aus, das Draußen.« Er drehte das letzte Wort im Mund hin und her, wie ein seltsam schmeckendes Bonbon. »Ziemlich, äh, groß. Ist das alles, oder gibt es noch mehr davon?«

»Noch viel mehr«, antwortete Masklin. »In meiner alten Heimat reichte das Draußen vom einen Rand der Welt bis zum anderen.«

»Oh«, murmelte Gurder. »Ich glaube, dieses Draußen genügt mir vorerst. Ja.«

Masklin drehte sich um und fasste den Lastwagen ins Auge. Er war in der Gasse fast festgekeilt, und Müll umgab ihn. Im einen Ende zeigte sich eine große Beule.

Jenseits des Gassenzugangs leuchteten Straßenlaternen im Nieselregen. Ein Auto sauste mit blitzendem blauem Blinklicht vorbei. Es sang, anders ließ es sich nicht beschreiben.

»Sonderbar«, sagte Gurder.

»So etwas haben wir auch zu Hause gehört, manchmal«, erwiderte Masklin. Es war eine sehr angenehme Abwechslung, selbst über Dinge Bescheid zu wissen und sie zu erklären. »Gelegentlich erklangen diese Melodien von der Autobahn: Ta-tü, Ta-tü, TA-TÜ, TA-TÜ, ta-tü. Wahrscheinlich werden Menschen damit aufgefordert, Platz zu machen und nicht im Weg zu sein.«

Sie gingen am Rinnstein entlang, erreichten die Ecke und spähten über den Bordstein, als ein weiterer singender Wagen vorbeiraste.

»Oh, günstige Angebote in Hülle und Fülle!« Gurder drückte sich die Hand auf den Mund.

Das Kaufhaus brannte.

Flammen loderten aus einigen der oberen Fenster, wie im Wind wehende Gardinen. Eine Rauchwolke stieg vom Dach auf und bildete eine dunkle Säule vor dem Regenhimmel.

Der letzte Schlussverkauf fand statt. Das Kaufhaus bot nun eine besondere Auswahl an Funken und Glut an, für jeden Geldbeutel geeignet.

Menschen eilten vor dem Kaufhaus umher. Zwei rote Lastwagen mit Leitern darauf parkten am Straßenrand. Schläuche gingen davon aus und spritzten offenbar Wasser ins Gebäude.

Masklin musterte Gurder und fragte sich, was dem Abt durch den Kopf ging. Er nahm alles erstaunlich gelassen hin, doch als er sprach, klang seine Stimme gepresst. Er schien sich große Mühe zu geben, nicht die Fassung zu verlieren.

»So ... habe ich mir das nicht vorgestellt«, krächzte er.

»Nein«, sagte Masklin.

»Wir ... wir sind gerade noch rechtzeitig aus dem Kaufhaus entkommen.«

»Ja.«

Gurder hüstelte. Er schien lange mit sich gerungen zu haben und nun eine Entscheidung zu treffen. »Was wir Arnold Gebr (gegr. 1905) verdanken«, sagte er fest.

»Bitte?«

Gurder drehte den Kopf. »Wenn er dich nicht ins Kaufhaus gerufen hätte, wären wir noch immer dort.« Bei jedem Wort klang er zuversichtlicher.

»Aber ...« Masklin zögerte. Das ergab doch gar keinen Sinn. Wenn sie nicht beschlossen hätten, mit einem Lastwagen ins Draußen zu fahren, wäre nie ein Feuer ausgebrochen. Oder? Zweifel erwachten in ihm. *Vielleicht ist ein Feuerkübel undicht geworden*, dachte er und hielt es für besser, dem jungen Abt nicht zu widersprechen. Gewisse Leute mochten es nicht, wenn man gewisse Dinge infrage stellte. Masklin fand das alles sehr seltsam.

»Komisch, dass er euer Kaufhaus brennen lässt«, sagte Masklin.

»Normalerweise bestünde gar keine Gefahr«, entgegnete Gurder. »Wegen der Sprinkleranlage. Außerdem gibt es spezielle Vorrichtungen, die dafür sorgen, dass ein Feuer nach draußen gelangt und niemanden bedroht. Sie heißen Feuertüren. Arnold Gebr (gegr. 1905) lässt das Kaufhaus abbrennen, weil wir es jetzt nicht mehr brauchen.«

Es krachte, als die oberste Etage einstürzte.

»Das Ende der Buchhaltung«, stellte Masklin fest. »Ich hoffe, die Menschen sind jetzt nicht mehr dort drin.«

»Wer?«

»Du weißt schon. Wir haben ihre Namen an den Türen gelesen. Löhne. Und Gehälter. Personal. Geschäftsführer.«

»Ich bin sicher, Arnold Gebr (gegr. 1905) hat sie in Sicherheit gebracht«, behauptete Gurder.

Masklin hob kurz die Schultern. Und dann sah er eine Gestalt, deren Silhouette sich vor den Flammen abzeichnete. *Bombenpreise*. Die Mütze bot einen unmissverständlichen Hinweis. Er hielt eine Taschenlampe in der Hand und sprach mit anderen Menschen. Als er sich halb umdrehte, blickte Masklin in sein Gesicht. Zorn zeigte sich darin.

Und er wirkte sehr menschlich. Ohne das *grauenhafte* Licht und die nächtlichen Schatten im Kaufhaus entpuppte sich *Bombenpreise* als gewöhnlicher Mensch.

Andererseits ...

Nein, es war zu kompliziert. Und außerdem gab es wichtigere Dinge.

»Komm«, sagte Masklin. »Kehren wir zurück. Ich glaube, wir sollten so schnell wie möglich so weit wie möglich fahren.«

»Ich werde Arnold Gebr (gegr. 1905) bitten, uns den Weg zu weisen«, versprach Gurder.

»Ja.« Masklin nickte. »Gute Idee. Warum auch nicht. Aber jetzt müssen wir uns beeil...«

»Sein Schild verkündet: *Wenn Sie nicht finden, was Sie suchen, so wenden Sie sich an die Auskunft.*«

Masklin ergriff den Abt am Arm. *Jeder braucht etwas*, dachte er. *Und man kann nie wissen.*

»Ich ziehe an diesem Strick«, sagte Angalo und deutete auf den Faden über seiner Schulter – er verschwand in den Tiefen des Führerhauses. »Dann weiß der Anführer der Lenkrad-nach-links-Gruppe, dass er nach links steuern soll. Weil das Seil an seinem Arm festgebunden ist. Der andere Strick führt zur Rechts-Mannschaft. Auf diese Weise benötigen wir nicht mehr so viele Signale, und Dorcas kann sich auf die Gänge und so konzentrieren. Und aufs Bremsen. Es muss auch möglich sein, ohne die Hilfe einer Mauer anzuhalten.«

»Was ist mit Licht?«, fragte Masklin. Angalo strahlte.

»Signal fürs Licht«, wandte er sich an den Nom mit den Flaggen. »Wir haben Fäden an den Schaltern befestigt und ...«

Etwas klickte, und ein langer Metallarm glitt über die Windschutzscheibe, strich Regentropfen fort. Sie beobachteten ihn eine Zeit lang.

»Er *beleuchtet* nicht sehr viel, oder?«, meinte Grimma.

»Falscher Schalter«, entschuldigte sich Angalo. »Signalgeber: Der Wischer soll eingeschaltet bleiben, und außerdem möchten wir *Licht*.«

Unten zankten sich mehrere Nomen, und dann klickte es noch einmal. Unmittelbar darauf erklang die dumpfe Stimme eines Menschen im Führerhaus.

»Keine Sorge, es ist nur das Radio«, sagte Angalo. »Aber eben nicht das Licht. Dorcas sollte es eigentlich wissen.«

»Ich kenne Radios«, erwiderte Gurder. »Du brauchst mir nicht zu erklären, was ein Radio ist.«

»Ich hätte nichts gegen eine Erklärung einzuwenden«, ließ sich Masklin vernehmen, der nicht wusste, was Radios waren.

»Neunundzwanzig fünfundneunzig, Batterien nicht inbegriffen«, sagte Gurder. »Mit UKW und MW und eingebautem Kassettenrekorder. Einmaliges Angebot. Sofort zugreifen.«

»Ukahweh und Emweh?«, wiederholte Masklin.

»Ja.«

Die Menschenstimme dröhnte auch weiterhin aus dem Radio.

»... größtes Feuer in der Geschichte dieser Stadt. Es wurde auch die Feuerwehr von Newton alarmiert. Unterdessen sucht die Polizei nach einem Lastwagen des Kaufhauses, der das Gebäude kurz vor dem Brand verließ ...«

»Das Licht, das *Licht*. Der dritte Schalter.« Angalo winkte. Einige Sekunden später gleißte ein weißer Glanz durch die Gasse vor dem Laster.

»Eigentlich müssten zwei Lampen leuchten«, sagte Angalo. »Aber eine zerbrach, als wir das Kaufhaus verließen. Na schön, sind wir jetzt so weit?«

»Wer das gesuchte Fahrzeug sieht, sollte sofort die Polizei von Grimethorpe verständigen ...«

»Und schaltet das Radio aus«, fügte Angalo hinzu. »Das Brummen geht mir auf die Nerven.«

»Schade, dass wir es nicht verstehen«, sagte Masklin. »Ich bin sicher, die Menschen sind recht intelligent. Leider bleibt ihre Sprache reines Kauderwelsch für uns.«

Er nickte Angalo zu. »Also los!«

Diesmal klappte es besser. Der Lastwagen kratzte nur kurz an der Mauer entlang, löste sich dann von ihr, rollte langsam durch die schmale Gasse und näherte sich den fernen Lichtern an ihrem Ende. Als die Wände rechts und links zurückwichen, ordnete Angalo ein Bremsmanöver an, und der Laster hielt mit einem nur leichten Ruck.

»Wohin jetzt?«, fragte der Sohn des Herzogs. Masklin schwieg.

Gurder blätterte im Taschenkalender. »Kommt ganz darauf an, wohin wir wollen. Haltet nach Schildern Ausschau, auf denen Afrika steht. Oder vielleicht Kanada.«

»Dort vorn sehe ich ein Schild.« Angalo starrte durch den Regen. »›Stadtmitte‹ lautet seine Botschaft. Und daneben erkenne ich einen Pfeil mit der Aufschrift ...« Er kniff die Augen zusammen. »Einbann...«

»Einbahnstraße«, murmelte Grimma.

»Stadtmitte klingt nicht sehr vielversprechend«, sagte Masklin.

»Außerdem fehlt ein derartiger Hinweis auf der Karte«, erwiderte Gurder.

»Also die andere Richtung.« Angalo zog an einem Faden.

»Ich bin nicht so sicher, was Einbahnstraßen betrifft«, gab Masklin zu bedenken. »Vielleicht sollte man nur in einer Richtung in ihnen unterwegs sein.«

»Das sind wir auch«, entgegnete Angalo. »Außerdem: Wie soll man denn in zwei Richtungen *gleichzeitig* fahren?«

Der Lastwagen rollte aus der Nebenstraße, holperte über den Bürgersteig und setzte die Fahrt über glatten Asphalt fort.

»Und jetzt der zweite Gang«, sagte Angalo. »Und etwas mehr Schneller-Pedal.« Ein Auto wich dem Laster langsam aus. Für die Nomen klang seine Hupe wie das ferne Klagen eines Nebelhorns.

»Solche Fahrer dürften eigentlich gar nicht auf der Straße erlaubt sein«, meinte Angalo. Ein Pochen folgte, und die Reste einer Laterne fielen zur Seite. »Irgendwer hat hier irgendwelche Sachen aufgestellt.«

»Denk daran, dass man auf andere Verkehrsteilnehmer Rücksicht nehmen muss«, erinnerte Masklin den Sohn des Herzogs.

»Ich hab's nicht vergessen. Bisher sind wir gegen kein Auto gestoßen, oder?« Angalo horchte kurz. »Was war das?«

»Einige Büsche, glaube ich«, antwortete Masklin.

»Ich frage mich, wer sie mitten auf der Straße angepflanzt hat.«

»Wenn ich mich nicht sehr irre, befindet sich die Straße etwas weiter rechts«, sagte Gurder.

»Und sie kriecht hin und her, bleibt nie an einem Ort«, grummelte Angalo verdrießlich. Er zog behutsam am Rechts-Faden.

Es war fast Mitternacht, und nach dem Einbruch der Dunkelheit ging es in dem Ort Grimethorpe eher ruhig zu. Es gab keine Autos, die mit dem Laster zusammenstoßen konnten, als er aus dem Alderman Surley Way donnerte und durch die John Lennon Avenue raste – ein großer, zerbeulter Blechberg, der im Licht der Neonlampen feucht glänzte. Inzwischen regnete es nicht mehr, doch Nebelschwaden krochen über die breite Straße.

Es war eine fast friedliche Szene.

»Und jetzt der dritte Gang«, sagte Angalo. »Noch etwas schneller. He, was hat es mit dem Schild dort vorn auf sich?«

Grimma und Masklin reckten den Hals und blickten durch die Windschutzscheibe.

»Sieht nach ›Achtung, Straßenbauarbeiten‹ aus.« Grimmas Stimme klang verwirrt.

»Hört sich gut an. Ihr da unten, noch mehr Schneller-Pedal.«

»Ja, aber ...«, begann Masklin. »Was *bedeutet* ›Straßenbauarbeiten‹? Wird an der Straße gebaut? Und warum? Es ist doch alles in Ordnung mit ihr.«

»Vielleicht weist das Schild darauf hin, dass man die vielen Hindernisse entfernt, die Kanten am Rand und Laternen und Sträucher«, überlegte Angalo laut. »Vielleicht ...«

Masklin beugte sich übers Geländer.

»Halt!«, rief er. »Jede Menge Halt! Und noch viel mehr Halt!«

Die Brems-Gruppe sah erstaunt nach oben, kam der Aufforderung jedoch nach. Reifen quietschten. Stürzende Nomen schrien. Vorn klapperte, knirschte und rasselte es, als der Lastwagen durch Barrieren aus Schranken und Kegeln brach.

»Ich hoffe, dafür gibt es einen guten Grund«, knurrte Angalo, als sie schließlich hielten.

»Mir tut das *Knie* weh«, jammerte Gurder.

»Die Straße ist zu Ende«, sagte Masklin schlicht.

»Unsinn«, blaffte Angalo. »Die Straße kann überhaupt nicht zu Ende sein. Der Laster steht drauf, oder?«

»Sieh nach unten«, hauchte Masklin. »Sieh einfach nur nach unten.«

Angalo spähte zur Straße. Eine ihrer interessantesten Eigenschaften bestand darin, dass sie gar nicht existierte. Nach einer Weile wandte sich der Sohn des Herzogs an den Signalgeber.

»Können wir bitte ein wenig rückwärts bekommen?«, fragte er leise.

»Ein *wenig*?«, vergewisserte sich der Nom mit den Flaggen.

»Oder auch ein bisschen«, fügte Angalo hinzu.

Grimma starrte ebenfalls auf das Loch in der Straße. Es war groß. Es war tief. Und es enthielt einige Rohre.

»Manchmal glaube ich, dass Menschen gar nicht wissen, wie man richtig mit der Sprache umgeht«, kommentierte sie.

Grimma blätterte in der *Straßenverkehrsordnung*, als der Lastwagen langsam von dem Loch zurückwich, mehrere Dinge unter sich zermalmte, übers Gras rollte und hinter der Baustelle auf die Straße zurückkehrte.

»Es wird Zeit, vernünftig zu sein«, sagte die junge Nomin. »Ganz offensichtlich darf man den Mitteilungen der Schilder nicht bedingungslos vertrauen. Fahr langsam!«

»Mich trifft nicht die geringste Schuld«, erwiderte Angalo mürrisch. »Was kann ich dafür, dass die Schilder lügen?«

»Noch ein Grund mehr, langsam zu fahren.«

Schweigend beobachteten sie die dahingleitende Straße.

Schließlich erschien ein weiteres Schild.

»Kreisverkehr«, sagte Angalo. »Und das Bild eines Kreises. Hat jemand eine Idee?«

Grimma blätterte erneut in der *Straßenverkehrsordnung*.

»Vielleicht ist ein Karussell gemeint«, spekulierte Gurder. »Wenn euch das was nützt ... Ich hab mal eins gesehen. In einem Buch namens *Wir gehen zum Jahrmarkt*. Karussells sind groß und glänzen, und goldene Dinge hängen dran, und Pferde drehen sich darauf ...«

»Nein, es muss etwas anderes gemeint sein.« Grimma blätterte und blätterte mit wachsender Verzweiflung. »Ich bin sicher, hier drin steht irgendwo etwas über Kreisverkehr. Oder Karussells ...«

»Goldene Dinge, wie?«, schnaufte Angalo. »Sind bestimmt nicht zu übersehen.« Er warf Grimma einen kurzen Blick zu. »Ich glaube, wir könnten es jetzt mit dem dritten Gang versuchen.«

»In Ordnung, Herr Angalo, Boss«, bestätigte der Signalgeber.

Masklin starrte in die Nacht. »Nirgends eine Spur von goldenen Pferden. Ich weiß nicht, ob ...«

»Und es erklingt fröhliche Musik«, sagte Gurder, glücklich darüber, einen Beitrag zu leisten.

»Ich höre auch keine Musi...«, begann Masklin.

Dafür hörte er etwas anderes: das lange, dröhnende Hupen eines Autos. Die Straße endete an einem Hügel mit Büschen. Der Lastwagen donnerte den Hang hinauf, und für einen Sekundenbruchteil verloren alle vier Räder den Bodenkontakt. Dann fiel er wieder auf den Asphalt zurück, wo eine neue Straße begann. Er schlingerte und schaukelte, rollte einige Meter weit und hielt.

Wieder herrschte Stille im Führerhaus. Bis jemand stöhnte.

Masklin kroch zum Rand der Plattform und blickte in das entsetzte Gesicht Gurders, der über dem tiefen Abgrund hing.

»Was ist passiert?«, ächzte er.

Masklin zog ihn auf die Holzplanken und klopfte ihm Staub von der Kleidung.

»Ich glaube, die Schilder meinen zwar, was sie sagen, aber sie sagen nicht immer, was sie meinen.«

Grimma kroch unter der *Straßenverkehrsordnung* hervor. Angalo befreite sich von einigen verhedderten Stricken und blickte in das wütende Gesicht der jungen Nomin.

»Du bist ein Idiot!«, zischte sie. »Und total übergeschnappt! Und ein verrückter Raser! Warum hast du nicht auf mich *gehört*?«

»So kannst du nicht mit mir reden«, protestierte Angalo und

wich zurück. »Gurder, sag ihr, dass sie so nicht mit mir reden kann!«

Der Abt saß am Rand der Plattform und zitterte.

»Von mir aus soll sie dich nennen, wie sie will. Nur zu, junge Dame!«

Angalo schnitt eine finstere Miene. »*Wart* mal! *Du* hast von goldenen Pferden erzählt! *Ich* habe keine goldenen Pferde gesehen. Sind irgend jemandem goldene Pferde aufgefallen? Er hat mich verwirrt, als er goldene Pferde erwähnte …«

Gurder richtete den Zeigefinger auf ihn. »Komm mir nicht mit ›er‹ und so weiter!«

»Und wag *du* es nicht noch einmal, mich in einem solchen Tonfall ›junge Dame‹ zu nennen!«, keifte Grimma.

Unten erklang Dorcas' Stimme.

»Ich möchte euch nicht stören«, sagte er, »aber hier gibt es einige Leute, die sehr sauer werden, wenn so etwas noch einmal geschieht. Habe ich mich klar genug ausgedrückt?«

»Nur ein geringfügiges Problem beim Steuern!«, rief Masklin heiter. Er wandte sich an die anderen.

»Sperrt die Ohren auf!«, fuhr er gefährlich leise fort. »Mit den ständigen Auseinandersetzungen muss endlich Schluss sein. Dauernd zanken wir uns, wenn ein Problem auftaucht. Das ist *dumm.*«

Angalo schniefte. »Es war alles in bester Ordnung, bis er …«

»Sei still!«

Die Nomen starrten Masklin groß an. Er bebte vor Zorn.

»Ich habe genug von euch allen!«, schimpfte er. »Ich schäme mich, wenn ich euer Verhalten beobachte! Bisher ist es so gut gelaufen! Ich habe nicht eine Ewigkeit damit verbracht, Vorbereitungen zu treffen und dies zu ermöglichen, nur damit ein … ein *Steuerungskomitee* alles ruiniert! Reißt euch zusammen, damit wir die Fahrt fortsetzen können! Wir haben zweitausend Nomen an Bord, und sie verlassen sich auf euch! Verstanden?«

Sie wechselten betroffene Blicke und erhoben sich verlegen. Angalo griff nach den Steuerfäden. Der Signalgeber hob die Flaggen auf.

»Ähm«, sagte der Sohn des Herzogs schüchtern. »Ich glaube …

Ja, ich glaube, ein bisschen erster Gang wäre jetzt angebracht, falls niemand etwas dagegen hat.«

»Gute Idee«, pflichtete ihm Gurder bei. »Fahr los!«

»Aber ganz vorsichtig«, mahnte Grimma. »Und langsam.«

»Danke«, erwiderte Angalo höflich. »Bist du einverstanden, Masklin?«

»Hm? Ja. Gut. Fahren wir weiter.«

Wenigstens gab es hier keine Gebäude mehr. Der Lastwagen schnurrte über die leere Straße, und ein Scheinwerfer leuchtete durch den Dunst. Ab und zu kam ein Auto auf der anderen Straßenseite vorbei.

Masklin wusste, dass sie bald nach einer neuen Heimat für die Nomen suchen mussten. Er dachte dabei an einen Ort, der Schutz gewährte, abseits der Menschen: *Aber nicht zu weit von ihnen entfernt, da wir bestimmt noch viele Dinge brauchen.* Vielleicht waren sie jetzt nach Norden unterwegs. Wenn das tatsächlich der Fall sein sollte, verdankten sie es allein dem Zufall.

Nach einer Weile hob Masklin den Kopf – er war müde und verärgert, weilte mit den Gedanken ganz woanders – und sah ... *Bombenpreise.*

Es konnte kein Zweifel daran bestehen. Der Mensch stand mitten auf der Straße und winkte mit seiner Taschenlampe. Neben ihm parkte ein Wagen, und darauf blinkte ein blaues Licht.

Die anderen Nomen bemerkten ihn ebenfalls.

»Bombenpreise!«, stöhnte Gurder. »Direkt vor uns!«

»Schneller!«, rief Angalo grimmig.

»Was hast du vor?«, fragte Masklin.

»Gleich wird sich herausstellen, ob er mit seiner Taschenlampe etwas gegen einen Lastwagen ausrichten kann«, brummte Angalo.

»Ausgeschlossen! Man darf keine Leute überfahren. Die *Straßenverkehrsordnung* verbietet es.«

»*Bombenpreise* ist *Bombenpreise!*«, erwiderte Angalo scharf. »Er gehört nicht zu den Leuten!«

»Er hat recht«, stimmte ihm Grimma zu. »Wir dürfen uns auf keinen Fall von ihm aufhalten lassen!«

Masklin griff nach den Steuerfäden und zog an einem. Der Laster schleuderte, *Bombenpreise* ließ die Lampe fallen und sprang erstaunlich schnell ins Gebüsch. Es knallte laut, als der hintere Teil des Lastwagens gegen das Auto stieß. Dann hielt Angalo wieder die Fäden in der Hand und steuerte mehr oder weniger geradeaus.

»Das war nicht nötig«, knurrte er gereizt. »Es gibt wohl kaum etwas daran auszusetzen, *Bombenpreise* zu überfahren. Was meinst du, Gurder?«

»Nun, äh.« Gurder bedachte Masklin mit einem verlegenen Blick. »Ich bin nicht sicher, ob wirklich *er* auf der Straße stand. Er trug dunklere Kleidung. Und dann der Wagen mit dem blinkenden Licht ...«

»Ja, aber er hatte die Mütze auf und leuchtete mit der grauenhaften Lampe!«

Der Laster rumpelte an eine Böschung, riss dicke Erdbrocken aus dem Boden und wackelte wieder auf die Straße.

»Jedenfalls ...«, sagte Angalo zufrieden. »Das alles spielt jetzt keine Rolle mehr. Wir haben Arnold Gebr (gegr. 1905) im Kaufhaus zurückgelassen. Hier im Draußen brauchen wir den religiösen Kram nicht mehr.«

Es war ziemlich laut im Führerhaus, aber diese Worte schufen eine seltsame Stille.

»Es stimmt«, verteidigte Angalo seinen Standpunkt. »Dorcas ist der gleichen Ansicht. Und auch viele der jüngeren Nomen.«

»Ach, tatsächlich?« Gurder musterte den Steuerer streng. »*Ich* bin der Meinung: Wenn Arnold Gebr (gegr. 1905) jemals irgendwo war, dann ist er überall.«

»Was soll das heißen?«

»Ich weiß es nicht genau. Muss noch gründlicher darüber nachdenken.«

Angalo schnaubte. »Na schön, denk gründlich nach. Aber ich glaube nicht mehr daran. Es ist alles Unfug. Falls ich mich irre, so erwarte ich eure Strafe, günstige Angebote in Hülle und Fülle«, fügte er hinzu.

Irgendwo blinkte blaues Licht. Es gab Spiegel über den beiden vorderen Rädern des Lastwagens: Einer von ihnen war zerbrochen und der andere verbogen, aber sie funktionierten noch immer, zumindest in gewisser Weise. Das Licht leuchtete hinter dem Laster.

»Wer auch immer es sein mag, er verfolgt uns«, sagte Masklin leise.

»Und ich höre das *Ta-tü*-Singen«, meinte Gurder.

Der Jäger überlegte. »Ich glaube, es wäre eine gute Idee, die Straße zu verlassen.«

Angalo blickte von einer Seite zur anderen.

»Zu viele Hecken«, brummte er.

»Nein, ich meine, wir sollten besser die Straße wechseln. Kriegen wir das hin?«

»Zehn-vier. Kein Problem. He, der Typ will überholen! Was für eine Frechheit! Ha!« Der Lastwagen schwenkte hin und her.

»Könnten wir doch nur die Fenster öffnen!«, fuhr Angalo fort. »Einer der Fahrer, die ich beobachtet habe ... Wenn hinter ihm jemand hupte, streckte er die Hand nach draußen, winkte und rief etwas. Ich glaube, das ist die richtige Verhaltensweise.« Er hob den Arm und donnerte: *»Woraufwartestdunochblödmann!«*

»Jedenfalls ...«, sagte Masklin. »Such uns eine andere Straße. Eine schmale. Ich bin gleich wieder da.«

Er kletterte die Strickleiter zu Dorcas und seinen Leuten hinunter. Derzeit beschränkte sich ihre Tätigkeit darauf, ab und zu an den Seilen zu ziehen, die das Lenkrad drehten, und die Beschleunigungsgruppe übte einen gleichmäßigen Druck auf das Schneller-Pedal aus. Viele Nomen hatten Platz genommen und versuchten sich zu entspannen. Einige fröhliche Hurrarufe erklangen, als sich Masklin zu ihnen gesellte.

Dorcas saß allein und kritzelte etwas auf einen Zettel.

»Oh, du bist's!«, sagte er. »Klappt jetzt alles? Gibt es keine Dinge mehr, gegen die wir stoßen können?«

»Wir werden verfolgt«, erklärte Masklin. »Von jemandem, der möchte, dass wir anhalten.«

»Ein anderer Lastwagen?«

»Ein Auto, glaube ich. Mit Menschen drin.«

Dorcas kratzte sich am Kinn.

»Welche Art von Hilfe erwartest du von mir?«

»Als wir nicht wollten, dass der Laster die Garage verließ ...«, begann Masklin. »Mit bestimmten Werkzeugen gelang es dir, Drähte durchzuschneiden.«

»Zangen. Und?«

»Hast du sie noch?«

»O ja. Aber für ihre Benutzung sind zwei Nomen erforderlich.«

»Dann brauche ich einen Helfer.« Masklin erläuterte seinen Plan.

Der alte Erfinder musterte ihn mit kaum verhohlener Bewunderung und schüttelte dann den Kopf.

»Unmöglich«, erwiderte er. »Die Zeit genügt nicht. Trotzdem, eine gute Idee.«

»Aber wir sind viel schneller als Menschen! Wir *könnten* es schaffen und wieder im Lastwagen sein, bevor sie etwas merken!«

»Hm.« Dorcas lächelte skeptisch. »Und du willst an diesem Einsatz selbst teilnehmen?«

»Ja. Nomen, die sich bisher nie ins Draußen gewagt haben, sind vielleicht, äh, überfordert.«

Der Erfinder stand auf und gähnte. »Ich würde gern mal die ›frische Luft‹ ausprobieren. Soll sehr gut sein.«

Man stelle sich Beobachter vor, die hinter den Sträuchern neben der nebelumhüllten Landstraße hocken: Sie sehen einen Lastwagen, der sich mit ziemlich hoher Geschwindigkeit nähert.

Vielleicht denken sie: Dies ist ein sehr ungewöhnliches Fahrzeug. Es hat viele Dinge verloren, die eigentlich dazugehören, zum Beispiel einen Scheinwerfer, eine Stoßstange und den größten Teil des Lacks an der einen Seite. Dafür hat es jetzt *andere* Dinge, die man eigentlich nicht an einem Laster erwartet: Büsche und mehr Dellen als ein Stück Wellblech.

Möglicherweise wundern sie sich darüber, warum am einen Türgriff ein Schild mit der Aufschrift »Achtung, Straßenbauarbeiten« hängt.

Bestimmt fragen sie sich, weshalb das sonderbare Gefährt jetzt allmählich langsamer wird und stehen bleibt.

Der Streifenwagen hielt auf eine eindrucksvollere Weise: Reifen quietschten, und am Straßenrand wirbelten die blockierten

Räder Kies und Sand auf. Zwei Polizisten fielen fast aus dem Auto, rannten zum Laster und rissen die Türen auf.

Wenn die Beobachter in der Lage gewesen wären, die menschliche Sprache zu verstehen, so hätten sie Folgendes gehört: *Na, schön, Bürschchen, das wär's für heute Abend.* Und dann: *He, wo steckt der Kerl? Ich sehe hier nur jede Menge Fäden!* Und der zweite Mann antwortete: *Bestimmt ist er auf der anderen Seite rausgeklettert, um sich aus dem Staub zu machen.*

Und während dies geschah und sich die Polizisten im Bereich der Sträucher umsahen, mit ihren Taschenlampen unschlüssig in den Nebel leuchteten ... lösten sich zwei winzige Gestalten aus den Schatten am Heck des Lasters und eilten zum Streifenwagen. Sie bewegten sich sehr schnell, wie Mäuse. Und ihre Stimmen klangen wie leises Quieken.

Sie trugen eine Zange.

Einige Sekunden später liefen sie zurück und verschwanden wieder unter dem Lastwagen, der kurz darauf losrollte.

Die Polizisten drehten sich überrascht um und hasteten zu ihrem Auto.

Doch der Motor blieb stumm. Stattdessen hörte man nur das Surren des Anlassers in der nebligen Nacht.

Nach einer Weile stieg einer der beiden Männer aus und hob die Kühlerhaube.

Als sich die Konturen des Lasters im Dunst verloren, als das Glühen des einen Rücklichts verblasste, tastete der Polizist unter den Wagen und griff nach einigen durchgeschnittenen Kabeln.

Dies alles hätten die Beobachter gesehen. Aber es waren nur zwei Kühe zugegen, und die verstanden überhaupt nichts.

Vielleicht ist die Geschichte hier fast zu Ende.

Einige Tage später fand man den Lastwagen in einem Straßengraben außerhalb des Ortes. Seltsam: Die Batterie sowie alle Kabel, Glühbirnen und Schalter fehlten. Ebenso das Radio.

Das Führerhaus war voller Fäden.

14

XV. Und die Nomen sprachen: Hier ist unsere neue Heimat, für immer und ewig.
XVI. Und der Draußenler schwieg.

Aus dem Buch der Nomen, *Ausgänge, Kapitel* 4, *Verse* XV–XVI

Es war ein alter Steinbruch. Die Nomen wussten das, weil am Tor ein rostiges Schild hing: *Steinbruch, Gefahr. Zutritt verboten.*

Sie fanden ihn nach einem langen und verzweifelten Marsch über die Felder. Durch reinen Zufall, behauptete Angalo. Mit Arnold Gebrs (gegr. 1905) Hilfe, versicherte Gurder.

Es spielt keine Rolle, wie sie sich dort niederließen, die alten, verfallenen Gebäude fanden, Höhlen und Felshaufen erforschten, Ratten verscheuchten. Das war nicht weiter schwer. Als weitaus schwieriger erwies es sich, die älteren Nomen dazu zu bewegen, nach draußen zu gehen. Oma Morkie trug erheblich zur Lösung des Problems bei, indem sie vor einer Höhle auf und ab stapfte und sich mutig der schrecklichen »frischen Luft« aussetzte.

Hinzu kam: Die aus dem Kaufhaus mitgenommenen Nahrungsvorräte reichten nicht für immer. Die Nomen hungerten und erinnerten sich bald an die Kaninchen auf den Feldern. Und ans Gemüse. Es war nicht so rein und sauber, wie es nach dem Willen von Arnold Gebr (gegr. 1905) eigentlich sein sollte, steckte vielmehr schmutzig im Boden. Viele Klagen darüber wurden laut. Die Maulwurfshaufen auf dem nächsten Feld waren nur das Ergebnis des ersten experimentellen Kartoffelbergwerks ...

Nach einigen recht unangenehmen Erlebnissen lernten Füchse, sich von den Nomen fernzuhalten.

Und dann entdeckte Dorcas Elektrizität, die noch immer in Drähten wohnte – sie führten zu einem Kasten in einer der verlassenen Hütten. An sie heranzugelangen und gleichzeitig am Leben zu bleiben, erforderte ebenso gründliche Planung wie die Große Fahrt. Man verwendete dabei Besenstiele und Gummihandschuhe.

Masklin überlegte lange und schob das *Ding* schließlich in die Nähe eines elektrischen Drahts. Einige Lichter flackerten daran, doch es schwieg auch weiterhin. Er glaubte, dass es zuhörte. Er *hörte*, wie es lauschte.

Nach einer Weile nahm er es fort und verstaute es in einem Mauerspalt. Aus irgendeinem Grund hielt er noch nicht den Zeitpunkt für gekommen, das *Ding* um Hilfe zu bitten. *Je länger wir darauf verzichten, desto mehr Gelegenheit haben wir, unseren eigenen Verstand zu benutzen*, dachte er und fand Gefallen an der Vorstellung, es später zu wecken und zu sagen: »Sieh nur, das alles haben wir allein geschafft.«

Gurder hatte bereits herausgefunden, dass sie sich vermutlich irgendwo in China befanden.

Aus dem Winter wurde Frühling, und der Frühling ging in den Sommer über …

Aber es war noch nicht vorbei, ahnte Masklin.

Er saß auf den Felsen oberhalb des Steinbruchs und hielt Wache. Es hielt immer jemand Wache, für alle Fälle. Eine von Dorcas' Erfindungen – ein Schalter, verbunden mit einem Draht, durch den Elektrizität zu einer Glühbirne unter den Schuppen wanderte – lag versteckt unter einem Stein. Der alte Nom hatte ein Radio in Aussicht gestellt, früher oder später. Wahrscheinlich früher, denn inzwischen gingen bei ihm viele Schüler in die Lehre. Sie verbrachten viel Zeit in einer der Hütten, hantierten dort mit Drähten und wirkten sehr ernst.

Der Wachdienst erfreute sich großer Beliebtheit, zumindest an sonnigen Tagen.

Eine neue Heimat. Die Nomen richteten sich häuslich ein, streiften umher, planten und begannen damit, sich *wohl*zufühlen.

Das galt auch für Bobo. Er verschwand am ersten Tag und

kehrte zerzaust und stolz als Anführer der Steinbruchratten und Vater von vielen kleinen Rattenjungen zurück. Vielleicht war das einer der Gründe dafür, warum Ratten und Nomen gut miteinander auskamen. Sie gingen sich aus dem Weg und verzichteten darauf, sich gegenseitig auf die Speisekarte zu setzen.

Sie gehören mehr hierher als wir, dachte Masklin. *Dies ist kein richtiges Zuhause für uns. Menschen haben diesen Ort geschaffen und ihn vergessen, aber irgendwann erinnern sie sich wieder daran. Dann kehren sie zurück. Dann bleibt uns nichts anderes übrig, als weiterzuziehen. Immer sind wir auf der Wanderschaft. Immer suchen wir nach unserer eigenen kleinen Welt, im Innern einer viel größeren. Einst hatten wir alles, und jetzt geben wir uns mit einem kleinen Stück davon zufrieden.*

Er blickte in den Steinbruch hinab und beobachtete Oma Morkie, die mit einigen jungen Nomen in der Sonne saß und sie das Lesen lehrte.

Eine gute Sache, zweifellos. Masklin fiel es noch immer schwer, geschriebene Worte zu verstehen, aber die Kinder lernten schnell. Es gab nach wie vor Probleme. Zum Beispiel die Abteilungsfamilien.

Es existierten keine Abteilungen mehr, über die sie herrschen konnten, und daher zankten sie sich häufig. Ständig fanden irgendwo Auseinandersetzungen statt, und alle erwarteten von Masklin, den Streit zu schlichten. Offenbar arbeiteten Nomen nur für ein gemeinsames Ziel zusammen ...

Jenseits des Mondes, hatte das Ding gesagt. *Ihr habt einmal zwischen den Sternen gelebt.*

Masklin streckte sich auf dem Boden aus und lauschte den Bienen.

Eines Tages kehren wir zurück. Wir finden einen Weg, um das große Schiff im Himmel zu erreichen, und dann kehren wir zurück. Aber noch ist es nicht so weit. Umfangreiche Vorbereitungen sind notwendig, und der schwierige Teil besteht erneut darin, den Nomen alles begreiflich zu machen. Jedes Mal nach dem Erklettern einer Stufe lassen wir uns nieder und glauben, am Ende der Treppe zu sein. Und dann fangen wir wieder an, uns zu zanken.

Trotzdem: Es ist bereits ein guter Anfang, zu wissen, dass die Sterne dort oben auf uns warten.

Von hier aus konnte Masklin viele Kilometer weit übers Land sehen. Bis hin zum Flughafen.

Er erinnerte sich an das allgemeine Erschrecken, als sie den ersten Jet sahen, doch mehrere Nomen erinnerten sich an Bilder in den Büchern, die sie gelesen hatten. Sie meinten, es sei nur eine Art Lastwagen, der am Himmel fuhr.

Masklin erklärte nicht, warum er es für eine gute Idee hielt, mehr über den Flughafen herauszufinden. Er wusste, dass einige der anderen etwas argwöhnten, aber es gab so viel zu tun, dass sie kaum darüber nachdachten.

Er war ganz vorsichtig zu Werke gegangen, mit dem behutsamen Hinweis, wie wichtig es war, möglichst viel über diese neue Welt zu erfahren. Er hatte seine Worte mit großer Sorgfalt gewählt, um Fragen nach dem Warum vorzubeugen. Niemand hatte Einwände erhoben – es standen genug Nomen zur Verfügung, und das Wetter war gut.

Masklin führte eine Erkundungsgruppe über die Felder. Die Reise dauerte eine Woche, doch der Trupp bestand aus dreißig Personen, und deshalb ergaben sich keine Probleme. Sie mussten sogar eine Autobahn überqueren, doch glücklicherweise war es nicht nötig, dass sie sich auf den Asphalt wagten. Ein für Dachse gebauter Tunnel bot ihnen einen leichteren Weg zur anderen Seite. Unterwegs begegneten sie einem Dachs, der jedoch sofort weglief, als er sie sah. Schlechte Nachrichten wie bewaffnete Nomen sprachen sich schnell herum.

Und dann fanden sie einen Drahtzaun, kletterten daran nach oben und beobachteten stundenlang, wie Flugzeuge landeten und starteten.

Dabei entstand ein inzwischen schon vertrautes Gefühl in Masklin. Erneut glaubte er, etwas Wichtiges zu sehen. Die Jets schienen groß und grässlich zu sein, aber Lastwagen hatten zunächst den gleichen Eindruck erweckt. Man musste nur über sie Bescheid wissen. Wenn man den richtigen Namen kannte, hielt man eine Art Hebel in der Hand und konnte damit fertig werden. Eines Tages mochten Flugzeuge nützlich sein. *Eines Tages brauchen wir sie vielleicht.*

Für den nächsten Schritt.

Seltsamerweise fühlte Masklin Optimismus und Zuversicht. Einmal prickelte herrliche Gewissheit in ihm: Nomen stritten, zankten, behinderten sich gegenseitig und neigten zu den dümmsten aller dummen Fehler, aber letztendlich würden sie es schaffen. Denn auch Dorcas hatte die Flugzeuge beobachtet, während er sich am Drahtzaun festhielt, und er hatte dabei sehr nachdenklich ausgesehen. Masklin fragte ihn:

»Angenommen – nur einmal angenommen, mehr nicht –, wir müssten einen fliegenden Lastwagen stehlen ... Kämen wir damit zurecht?«

Dorcas rieb sich das Kinn.

»Es sollte eigentlich nicht zu schwer sein, sie zu fahren«, erwiderte er und lächelte. »Immerhin haben sie nur drei Räder.«

Wühler

Am Anfang …

… schuf Arnold Gebr (gegr. 1905) das Kaufhaus.

Daran glaubten Tausende von Nomen, die seit vielen Generationen* unter Arnold Gebrs (gegr. 1905) Bodendielen lebten.

Das Kaufhaus wurde zu ihrer Welt. Zu einer Welt mit Dach und Wänden.

Wind und Regen waren uralte Legenden. Ebenso wie Tag und Nacht. Dafür gab es Sprinkler- und Klimaanlagen, und das Leben in halbdunkler Enge unterlag dem Wechsel von »Geöffnet« und »Geschlossen«. Die Jahreszeiten hießen Winterschlussverkauf, Frühjahrsmode, Sommerschlussverkauf und Weihnachten. Angeführt vom Abt und den Priestern der Büromaterialer verehrten die Nomen Arnold Gebr (gegr. 1905) – auf eine ruhige, zurückhaltende Art, um ihn nicht aufzuregen. Sie hielten ihn für den Schöpfer der Welt, die nur aus dem Kaufhaus und seinem Inhalt bestand.

Einige Nomen-Familien wurden reich und mächtig. Ihre Namen wiesen auf die Kaufhaus-Abteilungen hin, unter denen sie wohnten: Del Ikatessen, Eisenwarenler, Kurzwarenler und so weiter.

Und dann, auf dem Rücken eines Lastwagens, kamen die letzten Nomen aus dem Draußen ins Kaufhaus. Sie wussten, was es mit Wind und Regen auf sich hatte: Genau davor flohen sie.

Zu ihnen gehörten der Rattenjäger Masklin, Oma Morkie und Grimma, obwohl die beiden Frauen eigentlich nicht zählten. Hinzu kam das *Ding*.

Niemand verstand das *Ding*. Schon seit Jahrhunderten befand es sich im Besitz von Masklins Volk, und die Nomen wuss-

* Hier sind Nomen-Generationen gemeint. Die Nomen leben zehnmal schneller als Menschen. Für sie sind zehn Jahre eine sehr lange Zeit.

ten, dass es wichtig war, mehr nicht. Als es in die Nähe von Elektrizität gelangte, begann es zu sprechen. Es bezeichnete sich als Denkmaschine aus einem Raumschiff, das die Nomen vor Jahrtausenden von einem fernen Kaufhaus, oder vielleicht von einem Stern, hierhergebracht hatte. Es behauptete auch, Elektrizität »sprechen« zu hören, und die elektrische Stimme teilte ihm Folgendes mit: In drei Wochen sollte das Kaufhaus abgerissen werden.

Masklin schlug den Nomen vor, mit einem Lastwagen aufzubrechen. Es war nicht weiter schwer zu lernen, einen großen Laster zu fahren. Als weitaus schwieriger erwies es sich, die übrigen Nomen davon zu überzeugen, dass er nichts Unmögliches von ihnen verlangte.

Er war kein Anführer. Manchmal träumte er davon, ein Anführer zu sein, stolz das Kinn zu heben und Heldentaten zu vollbringen. Stattdessen musste er diskutieren, erklären, zanken, überreden und gelegentlich auch ein wenig lügen. Er stellte fest: Nomen waren eher bereit, sich auf eine bestimmte Weise zu verhalten, wenn sie glaubten, auf der Gurndlage einer eigenen Idee zu handeln.

Ideen! Dort lag das Problem. Sie brauchten viele Ideen. Sie mussten Zusammenarbeit und Lesen lernen. Sie mussten sich an die Vorstellung gewöhnen, dass weibliche Nomen, beziehungsweise Nominnen, ebenso intelligent waren wie ihre männlichen Kollegen. (Obwohl es kaum jemanden gab, der das *nicht* für absurd hielt. Alle wussten: Wenn man Frauen ermunterte, zu viel zu denken, überhitzten ihre Gehirne.)

Irgendwie klappte es. Der Lastwagen verließ das Kaufhaus, bevor dort ein geheimnisvolles Feuer ausbrach, und er richtete verhältnismäßig wenig Schaden an, als man ihn aus dem Ort steuerte.

Die Nomen fanden einen verlassenen Steinbruch, richteten sich in baufälligen Hütten ein und wussten plötzlich, dass alles *in Ordnung* war. Angeblich stand ihnen nun eine strahlende Morgendämmerung der Hoffnung bevor.

Natürlich hatten die meisten Nomen keine Ahnung, was eine Morgendämmerung war, ob strahlend oder nicht. Andernfalls hätten sie gewusst, dass auf »strahlende Morgendämmerungen« häufig bewölkte Tage folgen. Mit vereinzelten Schauern.

Sechs Monate verstrichen ...

Dies ist die Geschichte des Winters.

Es ist die Geschichte vom Großen Kampf.

Es ist die Geschichte vom Erwachen Jekubs, des Drachen im Hügel: seine Augen wie große Augen, seine Stimme wie eine laute Stimme, seine Zähne wie lange Zähne.

Aber die Geschichte fand dort kein Ende. Sie begann auch nicht an jener Stelle.

Der Wind toste. Der Wind heulte. Der Wind wurde zu einem gewaltigen Besen, der übers Land fegte. Er stapfte mit Böen-Füßen umher. Kleine Bäume neigten sich zur Seite. Große Bäume knickten. Die letzten Blätter des Herbstes wirbelten wie verirrte Geschosse durch die Luft.

Nichts Lebendiges rührte sich auf der Müllhalde bei den Kiesgruben. Normalerweise patrouillierten dort Möwen, aber jetzt hatten sie irgendwo Zuflucht gesucht. Trotzdem waren die Abfallhaufen in Bewegung.

Der Wind fuhr mit solchem Ungestüm hinein, als hegte er einen besonderen Groll gegen Waschpulverpakete und alte Schuhe. Konservenbüchsen rollten und klackten kummervoll gegeneinander, während leichtere Dinge emporwirbelten und sich dem Chaos am Himmel hinzugesellten.

Der Wind grub tiefer. Papier raschelte eine Zeit lang, gab dann den Widerstand auf und ließ sich fortreißen.

Ein Fetzen flatterte schon seit Stunden, und jetzt löste er sich, segelte davon. Er wirkte wie ein großer weißer Vogel mit rechteckigen Flügeln.

Seht nur, wie er hin und her fliegt ...

Für einige Sekunden verfängt er sich an einem Zaun. Die Hälfte reißt ab, und der Rest ist nun leichter, schwirrt über die Furchen des Ackers hinweg ...

Er wird schneller, doch plötzlich ragt eine Hecke auf und fängt ihn wie eine Fliege.

1

I. Und Sonderbares geschah zu jener Zeit: Die Luft bewegte sich viel schneller als sonst, die Wärme des Himmels ließ nach, und manchmal trugen die Pfützen am Morgen eine harte, kalte Schicht.
II. Und die Nomen fragten sich: Was bedeutet das alles?

Aus dem Buch der Nomen, *Steinbrüche* 1, *Verse* I–II

»Winter«, sagte Masklin mit fester Stimme. »Man nennt es Winter.«

Abt Gurder runzelte die Stirn.

»Du hast nicht gesagt, dass uns *so etwas* erwartet«, klagte er. »Es ist *kalt.*«

»Dies soll kalt sein?«, erwiderte Oma Morkie. »Kalt? Es ist nicht kalt. Wenn du dies für kalt hältst, weißt du überhaupt nicht, was es mit richtiger Kälte auf sich hat!« Sie fand Gefallen daran, merkte Masklin. Oma Morkie mochte das Katastrophale und Unheilvolle. Sie *genoss* es. »Die richtige Kälte kommt erst, wenn's richtig kalt wird. Richtige Kälte heißt Frost und lässt das Wasser in gefrorenen Stücken vom Himmel fallen.« Sie lehnte sich triumphierend zurück. »Na, was sagst du dazu? Hm?«

Gurder seufzte. »Du brauchst nicht so mit uns zu reden wie mit kleinen Kindern. Immerhin können wir *lesen.* Wir wissen, was Schnee ist.«

»Ja«, bestätigte Dorcas. »Im Kaufhaus gab's Plakate mit Bildern drauf. Zu Weihnachten. Der Schnee ist uns keineswegs unbekannt. Er glitzert.«

»Und mit dem Schnee kommen die Rotkehlchen«, warf Gurder ein.

»Äh, Winter bedeutet noch etwas mehr«, sagte Masklin.

Dorcas winkte ab. »Ich glaube, wir brauchen uns keine Sorgen zu machen. Hier sind wir geschützt. Wir haben genug Nahrung und können uns mehr beschaffen, falls das erforderlich werden sollte. Wenn es sonst nichts mehr zu besprechen gibt ... Ich schlage vor, wir schließen die Versammlung.«

Alles lief gut. Oder zumindest nicht sehr schlecht.

Natürlich kam es zwischen den einzelnen Familien häufig zu Streit und Zank, aber das lag nun mal in der nomischen Natur. Aus diesem Grund hatten sie den Rat geschaffen, und er schien auch zu funktionieren.

Die Nomen stritten sich gern, und der Fahrerrat gab ihnen eine Möglichkeit dazu, denn bei den Versammlungen konnten sie nach Herzenslust zanken, ohne dabei übereinander herzufallen.

Eigentlich komisch. Im Kaufhaus hatten sich die großen Abteilungsfamilien um alles gekümmert, doch jetzt verloren familiäre Unterschiede immer mehr an Bedeutung, unter anderem deshalb, weil im Steinbruch keine Abteilungen existierten. Andererseits ... Eine Art Instinkt sorgte dafür, dass Nomen Hierarchie anstrebten. Ihre Welt war immer geteilt und damit übersichtlich gewesen: Auf der einen Seite hatten jene Nomen gestanden, die Anweisungen erteilten, und die Nomen auf der anderen Seite gehorchten ihnen. Jetzt trat allmählich eine neue Gruppe von Anführern in Erscheinung.

Die Fahrer.

Es hing ganz davon ab, wo man sich während der Langen Fahrt aufgehalten hatte. Die Nomen im Führerhaus des Lastwagens waren Fahrer, die übrigen schlicht und einfach Passagiere. Man sprach kaum darüber, und es war auch keine offizielle Klassifizierung. Aber praktisch alle Nomen glaubten: Wer imstande gewesen war, den Lastwagen vom Kaufhaus bis *hierher* zu steuern, kannte den *richtigen Weg.*

Es machte nicht unbedingt Spaß, ein Fahrer zu sein.

Im vergangenen Jahr, bevor ein Laster sie zum Kaufhaus gebracht hatte, war Masklin jeden Tag auf die Jagd gegangen. Jetzt jagte er nur noch, wenn er sich eine Abwechslung wünschte. Die jüngeren Kaufhaus-Nomen jagten gern, doch für Fahrer schien so etwas nicht *richtig* zu sein. Sie gruben nach Kartoffeln und ernteten viel Korn auf dem nahen Feld, obgleich dort die Maschinen der Menschen umherrollten. Es wäre Masklin lieber gewesen, wenn die Nomen ihre Nahrung selbst angebaut hätten, doch im felsigen Boden des Steinbruchs wollte nichts wachsen. Jedenfalls, für alle gab es genug zu essen, und nur darauf kam es an.

Masklin spürte, wie rings um ihn herum Tausende von Nomen lebten, Kinder aufzogen und sich immer mehr *zu Hause* fühlten.

Er kehrte zu seinem Bau unter einer der wackligen Hütten zurück, rang dort mit sich selbst und holte schließlich das *Ding* hervor.

Es glühten keine Lichter daran. Natürlich nicht. Nur in der Nähe von elektrischen Drähten erwachte es und ließ dann eine seltsame Stimme erklingen. Es gab einige Kabel im Steinbruch, und es war Dorcas gelungen, ihnen Elektrizität zu entlocken. Aber bisher hatte Masklin darauf verzichtet, das *Ding* neben einen solchen Draht zu legen. Häufig sprach es auf eine Weise, die ihn beunruhigte.

Er zweifelte kaum daran, dass der schwarze Kasten ihn trotzdem hören konnte.

»Der alte Torrit ist letzte Woche gestorben«, sagte Masklin nach einer Weile. »Wir waren ein bisschen traurig, aber wenigstens starb er einfach so, als Greis. Ich meine, er wurde nicht gefressen, überfahren oder zertreten.«

Masklins kleiner Stamm hatte an der Böschung einer Autobahn gelebt, am Rand einer hügeligen Landschaft voller Tiere, die nie frisches Nomenfleisch verschmähten. Es war eine völlig neue Vorstellung für sie, dass man sterben konnte, weil man nicht mehr lebte.

»Wir haben ihn auf dem Kartoffelfeld begraben, tief genug für den Pflug. Die Kaufhaus-Nomen stehen Begräbnissen noch immer skeptisch gegenüber. Vielleicht glauben sie, dass der alte Torrit Knospen oder so hervorbringt. Ich nehme an, sie verwechseln das mit Samen. Sie verstehen nichts vom Anbau, weil sie ihr ganzes Leben im Kaufhaus verbracht haben. Hier draußen ist alles neu für sie. Dauernd beklagen sie sich über Nahrung, die aus dem Boden kommt. Das halten sie für unnatürlich. Und sie sind davon überzeugt, dass der Regen aus einer Sprinkleranlage stammt. Vermutlich glauben sie, die Welt sei nur ein größeres Kaufhaus. Äh.«

Masklin blickte eine Zeit lang auf den schweigenden schwarzen Kasten hinab und überlegte, ob und wie er seinen Monolog fortsetzen sollte.

»Es gibt jetzt niemanden mehr, der älter ist als Oma Morkie«, sagte er schließlich. »Was bedeutet, dass sie Anspruch darauf hat, an den Sitzungen des Rates teilzunehmen. Abt Gurder erhob Einwände und meinte, Frauen seien bei den Versammlungen nicht zugelassen. Als wir ihn aufforderten, mit Oma darüber zu reden, schüttelte er hastig den Kopf. Woraus ich den Schluss ziehe, dass sie nun zum Rat gehört. Äh.«

Er betrachtete seine Fingernägel. Das *Ding* hörte auf eine irgendwie verunsichernde Weise zu.

»Alle denken besorgt an den Winter. Äh. Aber wir haben jede Menge Kartoffeln, und hier unten ist es recht warm. Einige Nomen erzählen seltsame Geschichten. Während der Weihnachtszeit, so heißt es, gab es im Kaufhaus Niko-Läuse. Sie sahen aus wie Menschen und trugen rote Mäntel. Ich hoffe, uns sind keine derartigen Läuse hierher gefolgt. Äh.«

Masklin kratzte sich am Ohr.

»Im Großen und Ganzen läuft alles bestens. Äh.« Er beugte sich etwas näher zu dem *Ding.*

»Und genau das beunruhigt mich. Wenn alles bestens läuft, habe ich immer den Eindruck, dass bald irgendetwas schiefgeht, dass neue Probleme entstehen, mit denen man bisher nicht gerechnet hat. Äh.«

Der schwarze Kasten brachte stummes Mitgefühl zum Ausdruck.

»Alle sagen, ich mache mir zu viel Sorgen. Aber ich glaube, es ist gar nicht *möglich*, zu besorgt zu sein. Äh.«

Masklin dachte nach.

»Äh. Ich schätze, das wär's. Es gibt keine weiteren Neuigkeiten.« Er verstaute das *Ding* wieder im Wandloch.

Er hatte sich zunächst gefragt, ob er von seiner Auseinandersetzung mit Grimma berichten sollte, doch sie war, na ja, zu persönlicher Natur.

Masklin gab den Büchern die Schuld. Er hätte ihr nicht erlauben dürfen, lesen zu lernen und sich den Kopf mit Dingen zu füllen, über die sie gar nicht Bescheid zu wissen brauchte. *Gurder hat recht*, dachte der ehemalige Rattenjäger. *Die Gehirne von Frauen können tatsächlich überhitzen.* Hinter Grimmas Stirn kochte und brodelte es die ganze Zeit über.

Masklin war zu ihr gegangen und hatte gesagt: Hör mal, jetzt ist alles geregelt, und wir sollten heiraten, so wie die Kaufhaus-Nomen; eine angemessene Zeremonie, vom Abt geleitet ...

Und Grimma antwortete: Oh, ich weiß nicht ...

Und Masklin erwiderte: Was ist denn los mit dir? Du kannst einen Heiratsantrag nicht einfach ablehnen. Die Tradition verlangt, dass du ihn annimmst.

Und Grimma sagte: Inzwischen ist alles anders geworden.

Masklin wandte sich an Oma Morkie und erhoffte sich Unterstützung von ihr – sie hatte immer großen Wert darauf gelegt, dass man die alten Bräuche achtete. Oma, jammerte er, Grimma gehorcht mir nicht.

Und daraufhin sagte Oma Morkie: Kluges Mädchen. Leider bin ich nicht oft genug ungehorsam gewesen, als ich jünger war.

Er suchte Trost bei Gurder, der ihm sofort beipflichtete: Ja, du hast völlig recht, Frauen sollten den Männern gehorchen. Und Masklin sagte: Geh zu ihr und erinnere sie daran. Und Gurder sagte: Du weißt ja, dass sie in letzter Zeit zu Wutanfällen neigt; vielleicht sollten wir warten, bis sich ihr überhitztes Gehirn abgekühlt hat. Der Abt fügte hinzu: Außerdem ist alles im Wandel ...

Der Wandel, ja. Er ließ sich nicht leugnen. Einen großen Teil davon hatte Masklin selbst herbeigeführt, indem er die Nomen zu einer anderen Denkweise veranlasste. Nur dadurch war es ihnen möglich geworden, das Leben im Kaufhaus aufzugeben und sich ins Draußen zu wagen. Er begrüßte den Wandel noch immer und hielt ihn für eine Notwendigkeit.

Gleichzeitig war er dagegen, dass sich die Dinge dauernd veränderten.

Sein Speer lehnte in der einen Ecke und wirkte jetzt jämmerlich. Nur ein Stück Feuerstein, ans Ende eines Schafts gebunden. Die Nomen hatten Sägen und andere Werkzeuge aus dem Kaufhaus mitgebracht. Sie konnten Metall bearbeiten.

Mehrere Sekunden lang starrte Masklin zum Speer, ergriff ihn und ging nach draußen, um gründlich über die allgemeine Situation und seinen Platz in ihr nachzudenken. Oder um ordentlich zu schmollen, wie es andere Nomen nannten.

Der alte Steinbruch war wie eine breite Kerbe in halber Höhe des Hügels, und darüber neigte sich der Hang steil nach oben. Dornbüsche wuchsen dort, und jenseits davon erstreckten sich Felder.

Unterhalb des Steinbruchs wand sich ein Weg an Hecken vorbei zur Straße, und dahinter gab es die Eisenbahn, ein anderer Name für zwei lange Metallbänder auf großen Holzblöcken. Manchmal rollten lastwagenartige und miteinander verbundene Dinge darüber hinweg.

Die Eisenbahn stellte noch immer ein Rätsel für die Nomen dar. Ganz offensichtlich war sie gefährlich. Eine Straße überquerte die beiden Linien aus Metall, und dort kamen zwei Gatter herab, wenn sich die seltsame Lasterkolonne näherte.

Die Nomen wussten, wozu Gatter dienten: Sie hinderten das Vieh auf den Wiesen daran, aus der Umzäunung zu entkommen. In diesem Fall sollten sie wahrscheinlich dafür sorgen, dass die Eisenbahndinge nicht von den Schienen flohen.

Es folgten weitere Felder und Kiesgruben, gut fürs Angeln geeignet, falls einem Nomen der Sinn nach Fisch stand. Und dann kam der Flughafen.

Im Sommer hatte Masklin viele Stunden damit verbracht, die Flugzeuge zu beobachten. Sie fuhren erst über den Boden, um dann plötzlich wie Vögel aufzusteigen, immer kleiner zu werden und zu verschwinden.

Dies war seine *größte* Sorge. Masklin saß auf seinem Lieblingsstein und grübelte, während erste Regentropfen fielen. Viele verschiedene Sorgen belasteten ihn, doch eine wog mehr als alle anderen.

Die Nomen sollten sich ein Beispiel an den Flugzeugen nehmen und versuchen, den Himmel zu erreichen. Diesen Rat hatte Masklin vom *Ding* gehört, als es noch zu ihm gesprochen hatte. Sie kamen von dort. Besser gesagt, von *über* dem Himmel. Das war schwer zu verstehen, denn über dem Himmel konnte sich höchstens noch mehr Himmel befinden, oder? Der schwarze Kasten hatte behauptet, dort läge das Schicksal der Nomen. Beziehungsweise ihre Bestimmung. Irgendetwas in der Art. Welten, die mit niemandem geteilt werden mussten. *Dies ist nicht unsere wahre Heimat*, dachte Masklin und erinnerte sich an die Worte des *Dings*. *Wir sind hier … gestrandet.* Er konzentrierte sich auf den Kern seiner größten Sorge. Das Schiff-Etwas – ein Flugzeug, das über dem Himmel flog, zwischen den Sternen – war noch immer dort oben. Die ersten Nomen hatten es in einem kleineren Schiff verlassen, und nach der Bruchlandung konnten sie nicht zurückkehren.

Nur Masklin wusste davon.

Der alte Abt, Gurders Vorgänger, hatte es ebenfalls gewusst. Grimma, Dorcas und Gurder ahnten etwas, aber sie waren viel zu beschäftigt und in erster Linie praktisch denkende Leute. Das Organisieren erforderte ihre ganze Aufmerksamkeit.

Sie organisierten gern. Und sie versuchten, alles andere zu vergessen. Wie auch die übrigen Nomen: Sie glaubten, ein neues Zuhause gefunden zu haben, und gewöhnten sich immer mehr an das Leben im Steinbruch. *Wir verwandeln ihn in unsere kleine Welt, wie zuvor das Kaufhaus*, begriff Masklin. *Die Nomen der einzelnen Abteilungen haben das Dach für den Himmel gehalten, und jetzt wird der Himmel zu einem höheren Dach.*

Wir bleiben hier und …

Ein Laster rollte über den Weg zum Steinbruch. Er bot einen so ungewohnten Anblick, dass Masklin ihn fast eine halbe Minute lang beobachtete, ohne ihn wirklich zu sehen.

»Niemand hat Wache gehalten! Warum hat niemand Wache gehalten? Ich habe mehrmals darauf hingewiesen, wie wichtig es ist, dass immer jemand Wache hält!«

Sechs Nomen eilten durch den sterbenden Adlerfarn zum Tor des Steinbruchs.

»Sacco war dran«, brummte Angalo.

»Nein, das stimmt nicht!«, zischte Sacco. »Gestern hast du mich gebeten, mit dir zu tauschen, weil ...«

»Es ist mir völlig gleich, *wer* heute Wache halten sollte!«, rief Masklin. »Ich weiß nur, dass niemand draußen war! Obwohl euch klar sein dürfte, dass immer jemand Ausschau halten muss, oder?«

»Entschuldige, Masklin.«

»Ja, entschuldige bitte.«

Sie kletterten die Böschung hoch und duckten sich hinter ein halb verwelktes Grasbüschel.

Es handelte sich um einen kleinen Lastwagen, sofern Laster überhaupt klein sein konnten. Ein Mensch war bereits ausgestiegen und hantierte am Tor des Steinbruchs.

»Ein Landrover«, sagte Angalo selbstgefällig. Im Kaufhaus hatte er viel Zeit damit verbracht, über Fahrzeuge zu lesen. Er mochte Dinge mit Motoren. »Es ist kein richtiger Lastwagen. Menschen benutzen ihn, um ...«

»*Dieser* Mensch befestigt etwas am Tor«, stellte Masklin fest.

»An *unserem* Tor«, fügte Sacco in einem missbilligenden Tonfall hinzu.

»Seltsam«, murmelte Angalo. Der Mann bewegte sich mit der für Menschen typischen langsamen Schwerfälligkeit und schlafwandelte zum Fahrzeug zurück. Nach einer Weile wendete er und fuhr in Richtung Straße.

»Er ist den ganzen weiten Weg gekommen, um ein Stück Papier ans Tor zu hängen«, sagte Angalo, als die Nomen aufstanden. »Menschen sind wirklich rätselhaft.«

Masklin runzelte die Stirn. Menschen waren groß und dumm, das wussten alle, aber sie hatten etwas Unaufhaltsames und wurden offenbar von Papier kontrolliert. Im Kaufhaus hatte ein Stück Papier den baldigen Abbruch des Gebäudes verkündet, und so war es geschehen. Man durfte keinen Menschen trauen, die Papier mit sich herumtrugen.

Er deutete zum rostigen Maschendrahtzaun, der für einen agilen Nom kein nennenswertes Hindernis darstellte.

»Hol es, Sacco«, sagte er.

Einige Kilometer entfernt zitterte ein *anderes* Stück Papier an der Hecke. Regentropfen platschten auf die von der Sonne gebleichten Worte, bis das Papier nass und schwer war, bis es ...

... riss.

Ein Teil davon löste sich, fiel ins Gras. Der Wind spielte damit.

2

III. Doch dann kam ein Zeichen, und die Nomen fragten: Was hat das zu bedeuten?
IV. Und es verhieß nichts Gutes.

Aus dem Buch der Nomen, *Zeichen, Kapitel 1, Verse III–IV*

Gurder kroch auf Händen und Knien über das Stück Papier vom Zaun.

»Natürlich kann ich's lesen«, behauptete er. »Ich weiß genau, was die einzelnen Worte bedeuten.«

»Was denn?«, fragte Masklin.

Der Abt wirkte ein wenig verlegen. »Die *Sätze* bereiten mir gewisse Schwierigkeiten. Hier steht zum Beispiel ... Wo war es? Ah, ja, hier steht, dass der Steinbruch bald wiedereröffnet wird. Wie soll man das verstehen? Er ist doch schon offen. Daran besteht gar kein Zweifel. Ich meine, man kann kilometerweit sehen.«

Unruhe erfasste die anderen Nomen. Man konnte tatsächlich kilometerweit sehen, und wenige von ihnen empfanden dieses Panorama als angenehm. Auf drei Seiten des Steinbruchs ragten hohe Klippen auf, doch was die vierte betraf ... Man lernte schließlich, den Blick in jene Richtung zu meiden. Dort gab es zu viel Nichts, wodurch sich die Nomen noch viel kleiner und hilfloser fühlten, als sie es ohnehin schon waren.

Die Botschaft des Papiers schien nicht ganz klar zu sein, aber trotzdem breitete sich Unbehagen aus.

»Der Steinbruch ist ein Loch im Boden«, sagte Dorcas. »Ein Loch kann man nur öffnen, wenn's vorher zugeschüttet wurde. Logisch.«

»Menschen holen sich Steine aus einem Steinbruch«, warf Grimma ein. »Sie graben ein Loch und verwenden die Steine, um, äh, Straßen und so zu bauen.«

»Ich nehme an, das hast du irgendwo gelesen, wie?«, erwiderte Gurder verdrießlich. Er vermutete bei Grimma einen Mangel an Respekt der Autorität gegenüber. Außerdem ärgerte es ihn, dass sie besser lesen konnte als er, obwohl sie nur eine Frau war.

»Ja, das stimmt«, bestätigte Grimma mit herausforderndem Trotz.

»Allerdings gibt es hier nur wenige Steine, Grimma«, sagte Masklin geduldig. »Deshalb das Loch.«

»Guter Hinweis.« Gurder nickte anerkennend.

»Dann macht er das Loch eben noch größer!«, blaffte Grimma. »Seht zu den Klippen dort oben ...« Die Nomen gehorchten. »Sie bestehen aus Stein! Und jetzt seht euch das hier an ...« Alle Köpfe drehten sich, als Grimmas Fuß aufs Papier klopfte. »Die Autobahn soll eine Erweiterung bekommen. Autobahn, das ist eine Straße! Er wird im Steinbruch graben! In unserem Steinbruch! Genau das hat er vor!«

Langes Schweigen folgte.

»Wen meinst du denn mit *er*?«, fragte Dorcas schließlich.

»Anordnung«, antwortete Grimma. »Er hat mit seinem Namen unterschrieben.«

»Sie hat recht«, sagte Masklin. »Hier steht's: ›Wiedereröffnung des Steinbruchs, auf Anordnung‹.«

Die Nomen scharrten mit den Füßen. Anordnung. Es klang nicht sehr vielversprechend. Wer Anordnung hieß, mochte zu allem fähig sein.

Gurder stand auf und klopfte sich Staub vom Mantel.

»Es ist nur ein Stück Papier, wenn man sich's genau überlegt«, brummte er mürrisch.

»Aber der Mensch kam hierher«, wandte Masklin ein. »Noch nie sind Menschen hierhergekommen.«

»Oh, ich weiß nicht«, sagte Dorcas. »Ich meine, die Hütten und so. Die alten Werkstätten. Und die Dinge darin. Ich meine, alles hat genau die richtige Größe für Menschen. Das hat mich immer beunruhigt. Menschen sind überall. Und wenn sie einen

Ort verlassen haben ... Meistens kehren die Schlingel zurück, früher oder später.«

Wieder schloss sich Schweigen an, jene Art von Stille, die entsteht, wenn viele Personen unangenehmen Gedanken nachhängen.

»Soll das heißen ...«, begann ein Nom langsam. »Soll das heißen, dass wir völlig umsonst so hart gearbeitet haben, um diesen Ort in unsere neue Heimat zu verwandeln?«

»Ich glaube, es besteht kein unmittelbarer Anlass zu Sorge ...«, sagte Gurder.

»Wir haben Familien«, ließ sich ein anderer Nom vernehmen. Masklin sah auf und stellte fest, dass die Worte von Angalo stammten. Im Frühling hatte er eine junge Dame aus der Familie Del Ikatessen geheiratet und war stolz auf seine beiden zwei Monate alten Kinder, die bereits sprechen konnten.

»Wir wollten noch einmal versuchen, etwas anzupflanzen«, sagte jemand anders. »Es hat eine Ewigkeit gedauert, den Boden hinter dem großen Schuppen vorzubereiten. Das wisst ihr ja.«

Gurder hob wie beschwörend die Hand.

»Immer mit der Ruhe. Es ist sinnlos, sich schon aufzuregen, obwohl wir noch gar nicht wissen, ob die Menschen auch wirklich zum Steinbruch zurückkehren.«

»Aber wenn wir sicher sind, dürfen wir uns *dann* aufregen?«, erklang eine griesgrämige Stimme. Masklin erkannte Nisodemus, der zu den Büromaterialern gehörte und Gurders Assistent war. Er hatte diesen jungen Nom nie gemocht, und Nisodemus schien alle anderen Nomen unsympathisch zu finden.

»Für mich hat sich dieser Ort nie *richtig* angefühlt«, klagte Nisodemus. »Ich *wusste*, dass wir Probleme bekommen würden ...«

»Na, na, Nisodemus«, sagte Gurder mit mildem Tadel. »Du brauchst nicht gleich zu jammern.« Er überlegte kurz. »Der Rat wird sich um diese Angelegenheit kümmern.«

Die zerknitterte Zeitung lag neben der Straße. Ein gelegentlicher Windstoß wehte sie weiter, während nur einen halben Meter entfernt der Verkehr vorbeidonnerte.

Eine Bö erfasste sie, und gleichzeitig raste ein Lastwagen heran, der einen langen Luftstrudel hinter sich herzog. Das Papier stieg auf, entfaltete sich wie ein Segel und trieb im Wind.

Unter den Bodendielen des alten Steinbruchbüros tagte der Rat.

Es waren nicht nur seine Mitglieder zugegen, sondern auch viele andere Leute. Der Rest des Nomen-Volkes wartete draußen.

»Nun ...«, begann Angalo. »Auf dem Hügel jenseits des Kartoffelfelds steht eine große Scheune. Es könnte nicht schaden, dort Vorräte anzulegen. Um vorbereitet zu sein. Nur für den Fall. *Wenn* etwas passiert, hätten wir wenigstens einen Unterschlupf.«

»Den Gebäuden im Steinbruch fehlt Platz unterm Boden«, sagte Dorcas düster. »Abgesehen von der Kantine und dem Büro. Hier können wir uns kaum verstecken. Wir brauchen die Hütten. Wenn die Menschen zurückkehren, müssen wir diesen Ort verlassen.«

»Um uns in der Scheune einzurichten?«, fragte Angalo.

»Der Mann mit dem Trecker sucht sie manchmal auf«, gab Masklin zu bedenken.

»Wir gehen ihm einfach aus dem Weg. Jedenfalls ...« Angalos Blick glitt über die vielen Gesichter. »Vielleicht verschwinden die Menschen wieder. Vielleicht begnügen sie sich damit, ein paar Steine zu holen. Wir beauftragen jemanden, die Menschen zu beobachten. Und wenn sie fort sind, kehren wir hierher zurück.«

»Offenbar denkst du schon seit einer ganzen Weile an die Scheune«, bemerkte Dorcas.

»Masklin und ich haben darüber gesprochen, als wir dort auf die Jagd gingen«, erwiderte Angalo. »Stimmt's, Masklin?«

»Hm?« Der ehemalige Rattenjäger starrte ins Leere.

»Erinnerst du dich? Wir haben uns im Bereich der Scheune umgesehen, und ich habe gesagt: Hier könnten wir uns verstecken, wenn es einmal erforderlich werden sollte. Und du hast ›Ja‹ gesagt.«

»Hm«, kommentierte Masklin.

»Aber bald ist Winter«, mahnte ein Nom. »Ihr wisst schon: Kälte, glitzerndes Etwas auf allen Dingen.«

»Rotkehlchen«, fügte jemand hinzu.

»Genau«, murmelte der erste Nom verunsichert. Und etwas

lauter: »Ja, genau. Es ist bestimmt keine gute Idee, unterwegs zu sein, wenn Rotkehlchen drohen.«

»An Rotkehlchen gibt's nichts auszusetzen«, verkündete Oma Morkie, die bis eben gedöst hatte. »Mein Vater meinte immer, dass Rotkehlchen recht lecker sind. Es ist nur schwer, sie zu fangen.« Sie strahlte voller Stolz.

Diese Bemerkung wirkte auf die meisten Anwesenden wie ein Schlag auf den Kopf. Dutzende von Augen blinzelten in einer Mischung aus Verwirrung und Benommenheit. Schließlich sagte Gurder: »Ich bin noch immer der Ansicht, dass wir uns derzeit keine zu großen Sorgen machen sollten. Warten wir ab, in Vertrauen auf Arnold Gebr (gegr. 1905) und seinen Beistand.«

Stille. Angalo beendete sie mit einem sehr leisen und sehr ironischen Flüstern: »Oh, klar, dann haben wir nichts mehr zu befürchten.«

Neuerliche Stille. Doch diesmal war es eine dichte, schwere Stille, die ständig dichter und schwerer wurde, wie Gewitterwolken, die sich über einem Berg zusammenballten, bis der erste Blitz aus ihnen zuckte und Erleichterung brachte.

Er gleißte *jetzt*.

»Was hast du gesagt?«, fragte Gurder langsam.

»So denken alle«, verteidigte sich Angalo. Die Mehrheit der Anwesenden entwickelte plötzliches Interesse an ihren Füßen.

»Und was meinst du damit?«, fragte Gurder.

»Wo ist Arnold Gebr (gegr. 1905)?«, entfuhr es Angalo. »Wie hat er uns geholfen, das Kaufhaus zu verlassen? Auf *welche Weise*? Er war überhaupt nicht daran beteiligt.« Angalos Stimme vibrierte ein wenig, als wäre selbst er entsetzt, solche Worte aus seinem Mund zu hören. »Wir haben es ganz allein geschafft. Indem wir Dinge lernten. Niemand hat uns dabei geholfen. Wir haben gelernt, Bücher zu lesen, *deine* Bücher. Wir fanden Dinge heraus und kamen zurecht, ohne dass jemand ...«

Gurder sprang auf, das Gesicht bleich vor Zorn. Der neben ihm sitzende Nisodemus hielt sich die Hand auf den Mund und wirkte viel zu schockiert, um einen Ton hervorzubringen.

»Arnold Gebr (gegr. 1905) begleitet die Nomen überallhin!«, rief der Abt.

Angalo schwankte und wich einige Zentimeter zurück, aber sein Vater war einer der einflussreichsten und selbstbewusstesten Nomen im Kaufhaus gewesen, und deshalb gab er nicht so einfach nach.

»Du *erfindest* das alles!«, schnaubte er. »Vielleicht hat im Kaufhaus *etwas* existiert, aber wir sind jetzt nicht im Kaufhaus, sondern *hier*. Jetzt haben wir nur noch *uns selbst*! Das Problem ist: Ihr Büromaterialer seid im Kaufhaus sehr mächtig gewesen, und ihr sucht nach einer Möglichkeit, an eurer Macht festzuhalten!«

Masklin erhob sich.

»Einen Augenblick, ihr beiden ...«, begann er.

Gurder überhörte ihn. »Darauf läuft es also hinaus, wie? Typisch Kurzwarenler! Ihr wart immer viel zu stolz und arrogant! Kaum gelingt es euch, einen Lastwagen zu fahren, und schon glaubt ihr, alles zu wissen. Vielleicht kehren die Menschen deshalb zurück. Vielleicht werden sie von Arnold Gebr (gegr. 1905) geschickt, um euren Hochmut zu bestrafen.«

»Dies ist nicht der geeignete Zeitpunkt, um sich zu zanken«, fuhr Masklin fort.

»Was für ein Unsinn! Warum findest du dich nicht damit ab, du alter Narr? Es gibt keinen Arnold Gebr! Benutz endlich das Gehirn, das dir Arnold Gebr gegeben hat!«

»Wenn ihr nicht still seid, stoße ich eure Köpfe gegeneinander!«

Diese Drohung erzielte den gewünschten Erfolg.

»In Ordnung«, sagte Masklin, und jetzt klang seine Stimme wieder einigermaßen normal. »Ich glaube, wir sollten die Versammlung nun schließen und den Leuten Gelegenheit geben, sich wieder mit den Dingen zu befassen, die, äh, ihre Aufmerksamkeit verlangen. Auf diese Weise trifft man keine wichtigen und schwierigen Entscheidungen. Wir brauchen Zeit, um über alles nachzudenken.«

Die Nomen gingen erleichtert. Angalo und Gurder stritten noch immer, als sie die übrigen Nomen nach draußen begleiten wollten.

»Ihr bleibt hier«, sagte Masklin.

Der Abt holte tief Luft. »*Hör* mal ...«

»Nein, ihr hört *mir* zu!«, zischte Masklin. »Vielleicht bekommen wir es bald mit einem großen Problem zu tun, und ihr verschwendet eure Zeit mit sinnlosem Zank! Ihr solltet es eigentlich besser wissen! Begreift ihr denn nicht, dass ihr die anderen beunruhigt?«

»Es geht um eine wichtige Sache«, brummte Angalo.

»Wir sollten uns die Scheune noch einmal aus der Nähe ansehen«, sagte Masklin scharf. »Ich bin zwar nicht gerade begeistert von der Idee, aber es wäre in jedem Fall nützlich, ein Schlupfloch zu haben. Außerdem bleiben die Leute dadurch beschäftigt. Und solange sie beschäftigt sind, machen sie sich keine Sorgen. Na?«

»Da hast du wohl recht«, gestand Gurder widerstrebend ein. »Aber ...«

»Kein ›aber‹«, unterbrach Masklin den Abt. »Ihr verhaltet euch wie Idioten. Die Nomen sehen zu euch auf, ihr müsst ihnen ein gutes Beispiel geben, klar?«

Gurder und Angalo wechselten einen finsteren Blick, nickten jedoch.

»Na schön«, sagte Masklin. »Jetzt gehen wir nach draußen, damit die Leute sehen, dass ihr euch nicht mehr streitet. Anschließend können wir damit beginnen, Pläne zu schmieden.«

»Aber Arnold Gebr (gegr. 1905) ist wichtig«, beharrte Gurder.

»Mag sein«, entgegnete Masklin, als sie ins Tageslicht des Steinbruchs traten. Der Wind flaute ab, und das Firmament präsentierte ein kaltes Dunkelblau.

»Daran kann überhaupt kein Zweifel bestehen«, betonte Gurder.

»Hör mal«, sagte Masklin, »ich weiß nicht, ob es Arnold Gebr gibt, ob er im Kaufhaus gewesen ist oder nur in deinem Kopf existierte. Aber ich weiß, dass er nicht einfach vom Himmel herabfallen wird.«

Sie blickten nach oben, und die Kaufhaus-Nomen schauderten unwillkürlich. Man brauchte noch immer eine gehörige Portion Mut, den endlosen Himmel zu betrachten, wenn man den größten Teil seines Lebens unter einem *niedrigen* Dach aus Bodendielen verbracht hatte. Doch es war Tradition, den Kopf zu heben, sobald jemand den Namen Arnold Gebr erwähnte: Dort oben (im

Kaufhaus) befanden sich die sakralen Abteilungen Verwaltung und Buchhaltung.

»Seltsam, dass du so etwas sagst«, meinte Angalo. »Ich sehe etwas am Himmel.«

Ein rechteckiges weißes Objekt schwebte herab, schien dabei größer zu werden.

»Nur ein Stück Papier«, erwiderte Gurder. »Wahrscheinlich hat's der Wind von der Müllhalde hierhergeweht.«

Der Gegenstand drehte sich und sank in den Steinbruch.

Masklin bemerkte einen Schatten, der sich ihm rasch näherte. »Ich glaube, wir sollten ein paar Schritte zurücktreten«, sagte Masklin langsam.

Das weiße Objekt fiel auf ihn.

Es war tatsächlich Papier. Aber Nomen sind klein, und während des langen Falls hatte die Zeitung ein ziemliches Bewegungsmoment gewonnen. Es genügte, um Masklin von den Beinen zu reißen.

Als noch viel erstaunlicher erwiesen sich zwei Worte, die er las, während er nach hinten fiel. Sie lauteten: Arnold Gebr.

3

I. Und sie suchten nach einem besseren Zeichen von Arnold Gebr (gegr. 1905), und sie fanden eins.
II. Und einige Nomen sprachen: Na schön, aber eigentlich ist es nur ein Zu-fall.
III. Doch andere erwiderten: Selbst Zu-fälle können Zeichen sein.

Aus dem Buch der Nomen, Zeichen, Kapitel 2, Verse I–III

Masklin hatte sich in Hinsicht auf Arnold Gebr (gegr. 1905) nie eine endgültige Meinung gebildet. Wenn man darüber nachdachte: Das Kaufhaus war recht eindrucksvoll gewesen, mit seinen Rolltreppen und so weiter, und wenn Arnold Gebr (gegr. 1905) es nicht gebaut hatte, wer dann? In dem Fall kamen nur Menschen infrage. Masklin hielt die Menschen nicht für so dumm wie die meisten anderen Nomen. Sie mochten groß und langsam sein, aber sie zeigten auch sture Entschlossenheit, wenn sie sich etwas in den Kopf setzten. Bestimmt konnte man ihnen beibringen, einfache Dinge zu verrichten.

Andererseits: Die Welt war viele *Kilometer* groß. Vielleicht erwartete man zu viel von Arnold Gebr (gegr. 1905), wenn man annahm, dass er *alles* erschaffen hatte.

Aus diesem Grund beschloss Masklin, sich gesunde Skepsis zu bewahren, was Arnold Gebr (gegr. 1905) betraf, allerdings ohne darüber zu sprechen – um Arnold Gebr (gegr. 1905) nicht zu verärgern, falls es ihn doch gab.

Seine Aufgeschlossenheit bescherte ihm jedoch ein Problem: Immer wieder versuchte jemand, ihm eine Meinung aufzudrängen.

Die vom Himmel herabgefallene Zeitung lag nun ausgebreitet auf dem Boden eines Schuppens.

Worte bedeckten das Papier. Die meisten von ihnen konnte Masklin lesen, aber selbst Grimma musste zugeben, dass die von ihnen gebildeten Sätze kaum einen Sinn ergaben. SCHULREFORM IM KREUZFEUER DER KRITIK stellte nach wie vor ein ungelöstes Rätsel dar, ebenso wie AUSEINANDERSETZUNGEN UM POLL TAX und SPIELEN SIE SUPERBINGO MIT DER SOARAWAY BLACKBURY EVENING POST & GAZETTE. Doch diese Geheimnisse konnten warten.

Die Blicke der Anwesenden galten einem kleinen, etwa nomgroßen Bereich unter dem Wort LEUTE.

»Damit sind Leute gemeint«, sagte Grimma.

»Tatsächlich?«, fragte Masklin.

»Und darunter steht: ›Der lebenslustige Globetrotter, Millionär und Playboy Richard Arnold jettet nächste Woche in den Sonnenschein von Florida, um den Start von Arnsat 1 zu beobachten, des ersten Kommuni…‹«, Grimma zögerte kurz, »›…*kations*…satelliten der Arnco Inter…*national* Group. Dieser Sprung in die Zukunft erfolgt nur wenige Monate nach dem Brand, der …‹«

Einige Nomen hatten stumm gelesen und erschauerten nun.

»›… das Arnold-Gebr-Kaufhaus in Blackbury zerstörte. Es bildete den Anfang der Arnold-Kette und die Basis einer Firmengruppe, die heute Umsätze von vielen Hundert Millionen erzielt. Gebaut wurde es 1905 von Alderman Frank W. Arnold und seinem Bruder Arthur. Der Enkel Richard, 39 …‹« Grimmas Stimme versagte.

»Enkel Richard, 39«, wiederholte Gurder, und Triumph leuchtete in seinem Gesicht. »Na, was sagt ihr *jetzt*?«

»Was bedeutet ›Globetrotter‹?«, fragte Masklin.

»Nun, ›globe‹ klingt fast wie ›Globus‹, und das ist eine Kugel«, erklärte Grimma. »Was ›trotten‹ betrifft … Eine Art langsames Laufen. Langsames Laufen auf einer Kugel.«

»Dies ist eine Botschaft von Arnold Gebr«, sagte Gurder mit Nachdruck. »Für uns bestimmt.«

»Eine Botschaft, ähm, für uns!«, intonierte Nisodemus hinter dem Abt. Er hob beide Hände. »Und sie kommt direkt von …«

»Ja, ja, Nisodemus«, sagte Gurder. »Das genügt. Braver Junge.« Er warf Masklin einen verlegenen Blick zu.

»Klingt irgendwie seltsam«, murmelte Masklin: »Langsames Laufen ... Man würde herunterfallen. Von einer Kugel, meine ich.«

Erneut starrten sie auf das *Bild*. Es bestand aus kleinen Punkten und zeigte ein lächelndes Gesicht mit Zähnen und Bart.

»Ist doch logisch«, behauptete Gurder voller Zuversicht. »Arnold Gebr (gegr. 1905) schickt seinen Enkel, 39, um ... um ...«

»Und dann die Namen der beiden Erbauer«, fuhr Masklin fort. »Das verstehe ich nicht. Ich dachte, Arnold Gebr (gegr. 1905) hätte das Kaufhaus erschaffen.«

»Die beiden anderen haben ihm vielleicht dabei geholfen«, vermutete Gurder. »Das ergibt durchaus einen Sinn. Es war ein großes Kaufhaus. Um ein großes Kaufhaus zu erschaffen, muss man hart arbeiten.« Sein Gesicht verriet vages Unbehagen. »Zwei Assistenten, ja. Um die einfachen Dinge zu erledigen.«

»Na *schön*«, brummte Dorcas. »Fassen wir alles zusammen. Die Botschaft teilt uns mit, dass Enkel, 39, in Florida ist, wo auch immer das sein mag ...«

»Erst in der nächsten Woche«, sagte Grimma. »Vorher muss er auf dem Globus trotten. Und Florida ...«

»Ein Name für Orangensaft«, meinte jemand. »Das weiß ich genau: Auf der Müllhalde haben wir einen alten Karton mit der Aufschrift ›Florida-Orangensaft‹ entdeckt. Ich hab's gelesen«, fügte der Nom hinzu.

»Wir können also davon ausgehen, dass Enkel, 39, in der nächsten Woche Orangensaft erreichen wird«, stellte Dorcas skeptisch fest. »Zuvor läuft er langsam auf einem Ball und *jettet*, was auch immer *das* bedeutet. Außerdem scheint er Gefallen daran zu finden.«

Die Nomen schwiegen und dachten darüber nach.

»Heilige Äußerungen sind oft schwer zu verstehen«, sagte Gurder ernst.

»Diese scheinen *sehr* heilig zu sein«, entgegnete Dorcas.

»*Ich* glaube, es steckt überhaupt nichts dahinter«, sagte Angalo hochmütig. »Es ist nur eine erfundene Geschichte über einen Menschen, so wie in einigen Büchern.«

»Wie viele Menschen können auf einer Kugel stehen *und* auch noch langsam auf ihr laufen?«, fragte Gurder.

Angalo grummelte. »Na schön. Was machen wir jetzt?«

Der Mund des Abts öffnete und schloss sich mehrmals. »Ah, das ist doch völlig klar«, sagte er unsicher.

»Wir sind ganz Ohr.«

»Äh. Völlig ... klar. Wir müssen, äh, den Ort aufsuchen, wo's den Orangensaft gibt ...«

»Und?«, drängte Angalo.

»Dort suchen wir Enkel, 39. Es dürfte uns nicht sehr schwerfallen, ihn zu finden. Immerhin haben wir dieses Bild ...«

»Und?«

Gurder bedachte Angalo mit einem durchdringenden Blick. »Erinnerst du dich an das Schild mit dem Gebot, das Arnold Gebr (gegr. 1905) im Kaufhaus aufgehängt hat? Darauf stand geschrieben: ›Wenn Sie nicht finden, was Sie suchen, so wenden Sie sich an die Auskunft.‹«

Die Nomen nickten. Viele von ihnen kannten jenes Gebot, ebenso wie die anderen: *Alles muss raus.* Und bei den Rolltreppen: *Hunde und Sportwagen müssen getragen werden.* So lauteten die Worte von Arnold Gebr (gegr. 1905). Man konnte sie nicht leugnen. Aber ... Die Schilder waren zusammen mit dem Kaufhaus verbrannt. Und dies hier war der Steinbruch.

»Und?«, fragte Angalo.

Gurder begann zu schwitzen. »Nun, äh, dann bitten wir Enkel, 39, die Menschen vom Steinbruch fernzuhalten.«

Peinliches Schweigen folgte.

»Ich habe noch nie zuvor etwas Dümmeres gehört«, sagte Angalo nach einer Weile.

»Was bedeutet *jetten?*«, fragte Grimma. »Hat das etwas mit einem Jet zu tun?«

Angalo schlüpfte sofort in die Rolle des Transportmittel-Experten. »Man bezeichnet Flugzeuge auch als Jets«, sagte er.

Alle wussten von Masklins Interesse am Flugplatz und drehten sich zu ihm um.

Er war nicht mehr da.

Masklin zog das *Ding* aus dem Wandloch und kehrte nach draußen zurück. Der schwarze Kasten musste nicht mit Drähten verbunden werden. Es genügte, ihn in die Nähe eines Kabels zu bringen.

Im alten Büro des Verwalters gab es noch immer Elektrizität. Masklin lief durch die leere Gasse zwischen den Hütten und zwängte sich durch einen Spalt in der schiefen Tür.

Dann stellte er das *Ding* mitten auf dem Boden ab und wartete.

Es dauerte immer eine Weile, bis der Kasten erwachte. Schließlich blinkten erste Lichter, und es piepte leise. Masklin verglich es mit dem Gähnen eines Noms, der am Morgen aufstand.

»Wer ist da?«, fragte das *Ding*.

»Ich bin's, Masklin. Bitte erklär mir die Bedeutung des Wortes ›Kommunikationssatellit‹. Du hast schon einmal von einem Satelliten gesprochen, wenn ich mich richtig erinnere. Der Mond soll einer sein, nicht wahr?«

»Ja. Kommunikationssatelliten sind künstliche Monde. Man benutzt sie für die Kommunikation, für die Übermittlung von Informationen, in diesem Fall durch Radio und Fernsehen.«

»Fernsehen?«, wiederholte Masklin.

»Ein Mittel, um Bilder durch die Luft zu schicken.«

»Geschieht das häufig?«

»Die ganze Zeit über.«

Masklin nahm sich vor, demnächst nach Bildern in der Luft Ausschau zu halten.

»Ich verstehe«, log er. »Und die Satelliten ... Wo befinden sie sich?«

»Am Himmel.«

»Mir ist noch nie einer aufgefallen«, sagte Masklin im Tonfall des Zweiflers. Eine Idee formte sich in ihm, aber sie weigerte sich noch, klare Konturen zu gewinnen. Erinnerungsfetzen flogen an seinem inneren Auge vorbei, Dinge, über die er gelesen und von denen er gehört hatte: Der ehemalige Rattenjäger versuchte, sich nicht zu sehr auf sie zu konzentrieren. Die Ideenfragmente brauchten Zeit, um sich zusammenzufügen. Zu viel Aufmerksamkeit verscheuchte sie.

»Sie fliegen in der Umlaufbahn, viele Kilometer über dem Boden«, er-

tönte wieder die summende Stimme des schwarzen Kastens. *»Es gibt eine ganze Menge im Orbit dieses Planeten.«*

»Woher weißt du das?«

»Ich nehme ihre Präsenz wahr.«

»Oh.«

Masklin beobachtete die flackernden Lichter.

»Wenn Satelliten künstlich sind ... Bedeutet es, dass sie in Wirklichkeit gar nicht existieren?«

»Es handelt sich um Maschinen. Für gewöhnlich werden sie auf dieser Welt gebaut und dann ins All gebracht.«

Die Idee löste sich allmählich aus dem Unterbewusstsein und stieg wie eine Blase auf ...

»Du hast gesagt, dass auch unser Schiff im All ist.«

»Ja.«

Jetzt explodierte die Idee wie eine Pusteblume. »Wenn wir wüssten, wo ein solcher Satellit ins All gebracht wird ...« Masklin sprach immer schneller, bevor die Worte Gelegenheit zur Flucht bekamen. »Dann könnten wir uns vielleicht daran festhalten oder ihn wie den Lastwagen fahren, und wir nehmen dich mit, und wir springen ab, wenn wir ganz oben sind, und dann suchen wir nach dem Schiff, das lässt sich doch bewerkstelligen, oder?«

»Haben Sie eine Vorstellung von der Größe des Alls?«

»Nein«, antwortete Masklin höflich. »Es ist ziemlich groß, nicht wahr?«

»Ja. Aber es wäre mir vielleicht möglich, das Schiff zu orten und mich mit ihm in Verbindung zu setzen, wenn ich oberhalb der Atmosphäre bin. Wissen Sie, was es mit dem Begriff ›Sauerstoffvorrat‹ auf sich hat?«

»Nein.«

»Sagt Ihnen die Bezeichnung ›Raumanzug‹ etwas?«

»Nein.«

»Es ist sehr kalt im All.«

»Wir könnten in Bewegung bleiben, um uns warm zu halten«, sagte Masklin verzweifelt.

»Ich fürchte, der Inhalt des Alls wird Ihnen nicht gefallen.«

»Was enthält es denn?«

»Nichts. Es enthält nichts. Und gleichzeitig alles. Doch es gibt dort weniger Alles und viel mehr Nichts, als Sie glauben.«

»Es ist trotzdem einen Versuch wert, oder?«

»Sie schlagen etwas vor, wovon ich dringend abrate«, erwiderte das *Ding*.

»Ja, aber weißt du ...« Masklin holte tief Luft. »Wenn ich es nicht versuche, bleibt es immer so wie jetzt. Wir fliehen, und wenn wir uns schließlich irgendwo niederlassen und glauben, eine neue Heimat gefunden zu haben ... Dann zwingt uns irgendetwas, erneut aufzubrechen. Früher oder später müssen wir einen Ort finden, wo wir für immer bleiben können. Dorcas hat recht. Die Menschen sind überall. Außerdem hast du selbst gesagt, dass wir irgendwo ... dort oben zu Hause sind.«

»Es ist noch zu früh. Sie sind schlecht vorbereitet.«

Masklin ballte die Fäuste. »Ich werde nie *gut* vorbereitet sein! Ich bin in einem Loch geboren, *Ding*! In einem schmutzigen Loch im Boden! Wie soll ich jemals gut auf etwas vorbereitet sein? So ist das *Leben, Ding* – es bedeutet, immerzu schlecht vorbereitet zu sein. Es bedeutet, dass man nur eine Chance bekommt, *Ding*! Nur eine Chance, und dann stirbt man. Man kann nicht noch einmal beginnen, wenn man den Dreh raushat. Verstehst du, *Ding*? Deshalb versuchen wir es *jetzt*! Ich *befehle* dir, uns zu helfen! Du bist eine Maschine und musst gehorchen!«

Die Lichter am schwarzen Kasten bildeten eine Spirale.

»Sie lernen schnell«, sagte das *Ding*.

4

III. Und mit einer Stimme wie Donner sprach der Große Masklin zu dem Ding: Jetzt ist es an der Zeit, zu unserer Heimat im Himmel zurückzukehren.
IV. Oder wir sind ständig auf der Flucht.
V. Aber niemand darf von meiner Absicht erfahren, denn sonst sagen die anderen Nomen: Lächerlich, warum sich dem Himmel zuwenden, wenn wir hier genug Probleme haben?
VI. So sind die Nomen eben.

Aus dem Buch der Nomen, Steinbrüche, Kapitel 2, Verse III–VI

Zwischen Gurder und Angalo fand eine heftige Auseinandersetzung statt, als Masklin zurückkehrte.

Er versuchte nicht einmal, den neuen Streit zu beenden, legte einfach nur das *Ding* beiseite, setzte sich daneben und sah zu.

Seltsam, wie sich Nomen stritten. Das Geheimnis eines richtig guten Streits schien darin zu bestehen, dem anderen Nom so wenig wie möglich zuzuhören.

In dieser Hinsicht hatten Gurder und Angalo ein meisterliches Geschick entwickelt. Ihrem ständigen Zank gesellte sich auch noch ein anderer Aspekt hinzu: Niemand von ihnen war völlig sicher, recht zu haben. Und Leute, die nicht völlig sicher waren, recht zu haben, stritten umso lauter, so als wollten sie vor allem sich selbst überzeugen. Gurder behauptete zwar, dass Arnold Gebr (gegr. 1905) existierte, aber es gab einen Rest von Zweifel in ihm. Angalo glaubte, dass Arnold Gebr (gegr. 1905) *nicht* existierte, aber tief in seinem Innern zog er die Möglichkeit in Betracht, dass er sich vielleicht irrte.

Schließlich bemerkte Angalo den Zuschauer.

»Bring ihn zur Vernunft«, forderte er Masklin auf. »Er will Enkel, 39, suchen!«

»Tatsächlich?« Masklin wandte sich an Gurder. »Und wo willst du mit der Suche beginnen?«

»Auf dem Flugplatz«, antwortete der Abt sofort. »Du hast es gehört: *jetten*. In einem Jet. Das hat Enkel, 39, vor.«

»Aber wir *kennen* den Flugplatz!«, ereiferte sich Angalo. »Ich bin mehrmals am Zaun gewesen! Menschen betreten das große Gebäude und verlassen es, den ganzen Tag über! Enkel, 39, sieht genauso aus wie sie! Vielleicht ist er schon langsam auf der Kugel gelaufen! Vielleicht befindet er sich bereits im Orangensaft! Meine Güte, man darf doch nicht einfach so Worten glauben, die vom Himmel fallen!« Er wandte sich wieder an Masklin. »Masklin ist ein vernünftiger Bursche. Hör ihm gut zu, Gurder. Masklin denkt über die Dinge nach. Er weiß genau, worauf es an...«

»Lasst uns zum Flugplatz gehen«, sagte Masklin.

»Na bitte«, seufzte Angalo. »Ich hab's dir ja gesagt. Masklin ist kein Nom, der ... Was?«

»Lasst uns zum Flugplatz gehen und dort alles beobachten.«

Angalos Mund klappte auf und wieder zu.

»Aber ... aber ...«, brachte er hervor.

»Ein Versuch kann nicht schaden«, sagte Masklin.

»Aber es ist doch alles nur Zu-fall!«, protestierte Angalo. »Ich meine, das Papier mit den Worten drauf ist uns im wahrsten Sinne des Wortes zugefallen!«

Masklin zuckte mit den Schultern. »Wenn die Suche ohne Erfolg bleibt, kehren wir zurück. Ich schlage nicht vor, dass sich alle Nomen auf den Weg machen. Nur ein paar.«

»Und wenn etwas passiert, während wir weg sind?«

»Es würde ohnehin passieren. Es gibt hier Tausende von uns. Genug Nomen, um den Alten und Kindern zu helfen, falls wir in die Scheune umziehen müssen. Die Situation ist jetzt anders als vor der Langen Fahrt.«

Angalo zögerte.

»*Ich* gehe«, sagte er plötzlich. »Um zu beweisen, wie abergläubisch ihr seid.«

Masklin nickte. »Gut.«

»Vorausgesetzt natürlich, Gurder kommt mit.«

»Was?«, entfuhr es Gurder.

»Immerhin bist du der *Abt*«, betonte Angalo mit unüberhörbarem Sarkasmus. »Wenn wir Enkel, 39, finden, solltest du mit ihm reden. Ich meine, wahrscheinlich wäre er gar nicht bereit, jemand anders zuzuhören.«

»Aha!«, rief Gurder. »Du rechnest bestimmt damit, dass ich dich nicht begleiten will! Aber da muss ich dich enttäuschen! Ich komme allein deshalb mit, um dein Gesicht zu sehen, wenn wir ...«

»Dann ist ja alles geregelt«, sagte Masklin ruhig. »Und nun ... Ich glaube, wir sorgen besser dafür, dass Wächter die Straße im Auge behalten. Und wir sollten eine Gruppe zur Scheune schicken. Und es wäre eine gute Idee, festzustellen, wie viel die Steinbruch-Nomen tragen können. Für alle Fälle.«

Grimma wartete draußen auf Masklin. Sie wirkte nicht besonders glücklich.

»Ich kenne dich«, sagte sie. »Du siehst jetzt aus wie der Masklin, der andere Leute dazu bringt, sich deinem Willen zu fügen. Was hast du vor?«

Sie schlenderten in den Schatten einer halb verrosteten Wellblechplatte. Masklin blickte mehrmals zum Firmament hinauf. Noch an diesem Morgen hatte er den Himmel für ein blaues Ding mit Wolken gehalten. Jetzt wusste er, dass sich irgendwo dort oben Worte, Bilder und Maschinen verbargen. Sonderbar, je mehr man herausfand, desto weniger *wusste* man.

»Keine Ahnung«, entgegnete er nach einer Weile. »Ich weiß es selbst nicht genau.«

»Es steht mit dem *Ding* in Zusammenhang, nicht wahr?«

»Ja. Äh, wenn ich etwas länger fort bin als sonst ...«

Grimma stemmte die Hände an die Hüften. »Ich bin nicht dumm«, sagte sie. »Orangensaft, ha! Ich habe fast alle Bücher aus dem Kaufhaus gelesen. Florida ist ein ... ein *Ort*. Wie der Steinbruch. Vielleicht sogar noch größer. Und weit entfernt. Man muss viel Wasser überqueren, um ihn zu erreichen.«

»Vielleicht ist die Strecke noch größer als jene, die wir während der Langen Fahrt zurückgelegt haben«, murmelte Masklin. »Als wir am Flugplatz waren ... Auf der anderen Seite der Straße habe ich Wasser gesehen, das bis zum Horizont reichte. Es schien überhaupt kein Ende zu nehmen.«

»Genau das meine ich«, erwiderte Grimma selbstgefällig. »Ein Ozean, nehme ich an.«

»Davor stand ein Schild«, fuhr Masklin fort. »Ich erinnere mich nicht genau an die Aufschrift, und außerdem kannst du besser lesen als ich. Eins der Worte lautete Re...ser...voir. Glaube ich.«

»Na bitte.«

»Wir sollten es trotzdem versuchen.« Masklin schnitt eine finstere Miene. »Es gibt nur einen Ort, wo wir sicher sind, unsere wahre Heimat. Oder möchtest du für immer auf der Flucht sein?«

»Die Sache gefällt mir trotzdem nicht«, sagte Grimma.

»Du hast immer wieder darauf hingewiesen, wie sehr du es verabscheust, ständig wegzulaufen. Und gibt es eine Alternative? Nein. Lass es mich versuchen. Wenn's nicht klappt, kehren wir zurück.«

»Angenommen, es geht etwas schief? Angenommen, du kehrst *nicht* zurück? Ich ...« Grimma zögerte.

»Ja?«, fragte Masklin hoffnungsvoll.

»Dann ... fällt es mir bestimmt nicht leicht, den Nomen gewisse Dinge zu erklären.« Mit etwas festerer Stimme fuhr Grimma fort: »Es ist eine dumme Idee. Und ich will nichts damit zu tun haben.«

»Oh.« Trotz verdrängte Masklins Enttäuschung. »Ich breche trotzdem auf, wenn du gestattest.«

5

> V. Und er fragte: Was hat es mit den Fröschen auf sich, von denen du sprichst?
> VI. Und sie antwortete: Du verstehst das sicher nicht.
> VII. Und er sagte: Mag sein.
>
> *Aus dem* Buch der Nomen, *Seltsame Frösche, Kapitel 1, Verse V–VII*

Eine Nacht reger Betriebsamkeit …

Nomen mussten mehrere Stunden lang marschieren, um zur Scheune zu gelangen. Einige Gruppen gingen los, um den Weg zu markieren, Vorbereitungen zu treffen und nach Füchsen Ausschau zu halten. Obwohl sich solche Tiere nicht mehr in die Nähe des Steinbruchs wagten. Ein Fuchs würde bestimmt die Gelegenheit nutzen, einzelne Nomen anzugreifen, aber bei dreißig gut bewaffneten und sehr entschlossenen Nomen sah die Sache ganz anders aus. Nur ein ausgesprochen dummer Fuchs würde Interesse an ihnen zeigen. Die wenigen Exemplare, deren Revier sich in der Nähe befand, liefen in die entgegengesetzte Richtung, wenn sie einem Nom begegneten. Sie wussten inzwischen, dass sich die kleinen Leute ziemlich gut zur Wehr setzen konnten.

Für manche Füchse war es eine bittere Lektion gewesen. Kurz nach der Ankunft des Nomen-Volkes im Steinbruch überraschte ein Fuchs zwei Nomen beim Sammeln von Beeren und fraß sie. An jenem Abend erwartete ihn eine noch größere Überraschung, denn zweihundert grimmig dreinblickende Nomen verfolgten ihn zu seinem Bau, entzündeten ein Feuer vor dem Eingang und machten von ihren Speeren Gebrauch, als er mit tränenden Augen aus dem Qualm kam.

Es gibt viele Tiere, die Nomen für Leckerbissen halten – mit dieser Warnung wandte sich Masklin an die Flüchtlinge aus dem Kaufhaus. Und sie müssen lernen, dass es entweder wir oder sie heißt. Wir sollten ihnen sofort zu verstehen geben: Wenn jemand dran glauben muss, so sind sie es. Ab sofort wird Nomenfleisch vom Speisezettel der Tiere gestrichen.

Katzen waren viel intelligenter. Katzen hielten sich vom Steinbruch fern.

»Vielleicht übertreiben wir's mit der Sorge«, sagte Angalo nervös, als der Morgen dämmerte. »Vielleicht benötigen wir die Scheune gar nicht.«

»Wir haben uns hier gerade erst eingelebt«, meinte Dorcas. »Jedenfalls, wenn wir Wächter an den richtigen Stellen postieren, können wir innerhalb von fünf Minuten alle Nomen in Sicherheit bringen. Heute Morgen beginnen wir damit, Nahrungsvorräte in der Scheune anzulegen. Für den Notfall. Kann sicher nicht schaden.«

Manchmal wanderten Nomen bis zum Flugplatz. Unterwegs kamen sie an einer Müllhalde vorbei, wo man Kleidung und Draht finden konnte, und die mit Wasser gefüllten Kiesgruben dahinter boten geduldigen Nomen die Möglichkeit, Fische zu fangen. Die eher gemütliche Reise nahm etwa einen Tag in Anspruch, und die meiste Zeit über brauchte man nur den Dachspfaden zu folgen. Man musste eine breite Straße überqueren beziehungsweise unter ihr zur anderen Seite kriechen. Aus irgendeinem Grund hatte jemand Rohre unter den Asphalt gelegt, genau dort, wo der Pfad endete. Vermutlich die Dachse. Sie benutzten die Rohre ziemlich oft.

Masklin fand Grimma unter einer der alten Hütten, in einer Höhle, die sie »Schule« nannte. Dort brachte sie Kindern Lesen und Schreiben bei. Sie ließ einen mahnenden Blick über ihre Schüler schweifen und forderte sie auf, keinen Unsinn anzustellen – wäre Nicco Kurzwarenler vielleicht bereit, dem Rest der Klasse zu erklären, was er so lustig fand? Nein? Dann sollte er sich besser auf Stift und Papier konzentrieren – bevor sie in den Tunnel trat.

»Ich bin nur gekommen, um mich zu verabschieden«, sagte Masklin. Er drehte die Mütze in den Händen hin und her. »Einige

Nomen gehen zur Müllhalde. Bis dorthin sind wir also nicht allein unterwegs. Äh.«

»Elektrizität«, erwiderte Grimma unbestimmt.

»Bitte?«

»In der Scheune gibt es keine Elektrizität«, erklärte Grimma. »Erinnerst du dich daran, was das bedeutet? Wenn des Nachts nicht der Mond schien, mussten wir im Bau bleiben. Ich dachte, das alles hätten wir endlich hinter uns.«

»Vielleicht waren wir damals besser dran«, sagte Masklin. »Heute haben wir viel mehr ... Dinge, aber ...«

»Wir hatten immer Hunger!«, stieß Grimma hervor. »Wir fürchteten uns die ganze Zeit über und froren und *wussten* nichts. Frag Oma Morkie nach der guten, alten Zeit und hör dir ihre Antwort an.«

»Wir hatten uns«, murmelte Masklin.

Grimma starrte auf ihre Finger.

»Wir waren nur im gleichen Alter und haben in der gleichen Höhle gelebt«, sagte sie leise und sah auf. »Aber jetzt ist alles anders! Denk nur an ... an die Frösche.«

Masklin verstand nicht, was sie meinte. Grimma wirkte ein wenig unsicher.

»Ich habe in einem Buch darüber gelesen«, sagte sie. »Es gibt da einen Ort, weißt du. Heißt Südamerika. Und da gibt's Berge, und es ist warm, und es regnet dauernd, und in den Regenwäldern gibt es unglaublich große Bäume, und ganz oben in den Wipfeln gibt's große Blumen, sie heißen Bromelien, und Regenwasser sammelt sich in den großen Blüten und bildet kleine Teiche darin, und es gibt Frösche, die ihre Eier in diese Teiche legen, und Kaulquappen schlüpfen daraus, wachsen zu neuen Fröschen heran, und diese kleinen Frösche verbringen ihr ganzes Leben in den Baumwipfeln, und sie wissen gar nicht, dass die Welt einen Boden hat, dass sie voller Dinge ist, die wir kennen, und jetzt weiß ich von den Fröschen, und ich werde sie nie sehen, und du ...« Grimma schnappte nach Luft. »Du verlangst von mir, dass ich mit dir in einem *Loch* lebe und deine Socken wasche!«

Masklin wiederholte den langen Satz in Gedanken und hoffte, dass er dabei einen Sinn ergab.

»Ich trage gar keine Socken«, wandte er ein.

Das waren offenbar die falschen Worte. Grimma bohrte ihm den Zeigefinger in den Bauch.

»Masklin«, sagte sie, »du bist ein anständiger Nom und auch recht intelligent, auf deine eigene Art und Weise. Aber der Himmel hält keine Antworten bereit. Du solltest mit beiden Beinen fest auf dem Boden stehen und den Kopf nicht in der Luft tragen!«

Grimma rauschte fort und schloss die Tür hinter sich.

Masklin spürte, wie ihm die Ohren glühten.

»Ich kann aber beides!«, rief er. »Und zwar gleichzeitig!«

Er dachte darüber nach. »Jeder ist dazu imstande«, fügte er hinzu. Dann drehte er sich um und stapfte durch den Tunnel. *Recht intelligent, auf deine eigene Art und Weise!* Gurder hatte recht: Bildung für alle war keine sehr gute Idee. *Ich verstehe die Frauen nie,* dachte Masklin. *Selbst wenn ich zehn Jahre alt werde.*

Gurder vertraute die Führung der Büromaterialer Nisodemus an, und davon war Masklin nicht gerade begeistert. Er hielt Nisodemus keineswegs für dumm. Ganz im Gegenteil. Der junge Nom zeichnete sich durch eine *überschäumende* Art von Klugheit aus, der Masklin misstraute. Er schien immer voller Aufregung zu sein, und wenn er sprach, strömten die Worte endlos aus seinem Mund. Wenn ihm die Luft knapp wurde, legte er ein kurzes »ähm« ein, um zu atmen, ohne dass jemand die Chance bekam, ihn zu unterbrechen. Er weckte Unbehagen in Masklin, und der ehemalige Rattenjäger sprach den Abt darauf an.

»Manchmal übertreibt es Nisodemus mit seiner Begeisterung«, sagte Gurder. »Aber er hat das Herz am rechten Fleck.«

»Was ist mit seinem Kopf?«

»Hör mal ...«, erwiderte Gurder. »Wir kennen uns gut, nicht wahr? Und wir verstehen uns, oder?«

»Ja. Warum?«

»Ich überlasse es dir, alle Entscheidungen zu treffen, die das Körperliche der Nomen betreffen«, sagte der Abt. Seine Stimme klang *fast* drohend. »Und du überlässt mir alle Entscheidungen über die Nomen-Seelen, einverstanden?«

Dann brachen sie auf.

Der Abschied, die letzten Grüße, Ratschläge und, schließlich waren es Nomen, hundert kleinen Streitereien – das alles ist nicht weiter wichtig.

Wichtig ist nur: Sie machten sich auf den Weg.

Das Leben im Steinbruch kehrte zu nomischer Normalität zurück. Es fuhren keine Lastwagen mehr zum Tor. Trotzdem schickte Dorcas zwei seiner besonders flinken Ingenieursassistenten zum Maschendrahtzaun, um das rostige Vorhängeschloss mit Schlamm vollzustopfen. Außerdem beauftragte er einige andere Nomen, Drähte ums Tor zu wickeln.

»Aber damit können wir entschlossene Menschen nur für kurze Zeit aufhalten«, sagte er.

Die Ratsmitglieder – drei fehlten – nickten würdevoll, obwohl sie kaum etwas von mechanischen Dingen verstanden. Sie interessierten sich nicht einmal dafür.

Am Nachmittag des gleichen Tages rollte erneut ein kleiner Laster zum Tor. Die beiden Wächter am Weg eilten sofort zum Steinbruch, um Bericht zu erstatten. Der Fahrer hatte eine Zeit lang am Vorhängeschloss hantiert und an den Drähten gezogen, bevor er wieder einstieg und zur Straße fuhr.

»Und er hat etwas gesagt«, berichtete Sacco.

»Ja, das stimmt, Sacco hat's gehört«, bestätigte Nooty Kinderkleidung. Sie war eine dickliche junge Nomin, trug Hosen, kam gut mit Technik zurecht und hatte sich freiwillig zum Wachdienst gemeldet, um nicht daheim zu bleiben und kochen zu lernen. Die Dinge im Steinbruch veränderten sich tatsächlich.

»Ich habe den Menschen sprechen gehört«, betonte Sacco, um jeden Zweifel auszuräumen.

»Genau«, pflichtete ihm Nooty bei. »Wir haben es beide gehört, nicht wahr, Sacco?«

»Und was hat der Mensch gesagt?«, fragte Dorcas mit erzwungener Geduld. So *etwas habe ich nicht verdient*, dachte er. *Dazu bin ich zu alt. Ich wäre jetzt viel lieber in meiner Werkstatt, um das Radio zu erfinden.*

»Er sagte ...« Sacco holte tief Luft, und die Augen traten ihm aus den Höhlen, als er sich bemühte, das für Menschen typische Nebelhorn-Blöken nachzuahmen. »›Veeerdaaamteeekiiindeeer!‹«

Dorcas sah die anderen Ratsmitglieder an.

»Nun?«, fragte er. »Hat jemand eine Idee? Es klingt beinah so, als könnte es etwas bedeuten, nicht wahr? Tja, wenn wir imstande wären, die Menschen zu verstehen ...«

»*Dieser* Mensch muss noch dümmer gewesen sein als die anderen«, sagte Nooty. »Er hat versucht, das Tor zu öffnen!«

»Bestimmt kehrt er zurück«, erwiderte Dorcas düster und schüttelte den Kopf.

»Na schön«, brummte er schließlich. »Gut gemacht. Danke! Haltet jetzt wieder Wache.«

Sacco und Nooty gingen Hand in Hand fort. Dorcas sah ihnen kurz nach, bevor er durch den Steinbruch schritt, zum alten Büro des Verwalters.

Im Kaufhaus habe ich sechsmal Weihnachten erlebt, dachte er. *Sechs wieheißensie, Jahre. Und fast noch eins mehr, obwohl man hier draußen nicht ganz sicher sein kann. Niemand bringt Schilder, um darauf hinzuweisen, was geschieht, und die Heizung wird einfach abgestellt. Sieben Jahre. In einem solchen Alter sollte man damit beginnen, es etwas ruhiger angehen zu lassen. Aber ich bin hier draußen, in einer Welt, die keine richtigen Wände hat, in der das Wasser kalt wird und morgens manchmal so hart ist wie Glas. In einer Welt, deren Klimaanlage defekt zu sein scheint. Nun ...* Dorcas straffte die Schultern. *Als Wissenschaftler finde ich diese Phänomene natürlich sehr interessant. Doch es wäre viel angenehmer, sie sehr interessant zu finden, während ich es irgendwo* drinnen *warm und gemütlich habe.*

Oh, *drinnen*. Ein verlockender Gedanke. Die meisten älteren Nomen fürchteten sich vor dem Draußen, obwohl sie nur selten darüber sprachen. Im Steinbruch mit den hoch aufragenden Klippen war es eigentlich gar nicht so übel. Wenn man vermied, nach oben oder zur vierten Seite zu sehen, die einen entsetzlich weiten Blick über die Landschaft gewährte ... Dann konnte man fast glauben, wieder im Kaufhaus zu sein. Trotzdem zogen es viele ältere Nomen vor, in den Hütten oder im behaglichen Halbdunkel unter den Bodendielen zu bleiben. Im Freien fühlten sie sich schutzlos und hatten das schreckliche Empfinden, vom Himmel beobachtet zu werden.

Die Kinder hingegen mochten das Draußen. Sie kannten nichts anderes. Einige von ihnen erinnerten sich noch ans Kaufhaus, doch die Erinnerungen spielten kaum eine Rolle. Sie gehörten ins Draußen, waren daran gewöhnt. Und die jungen Männer, die jagten und Beeren sammelten ... Junge Männer zeigten gern ihren Mut, nicht wahr? Insbesondere vor anderen jungen Männern. Und auch vor jungen Frauen.

Als Wissenschaftler und rational denkender Nom weiß ich natürlich, dass wir nicht dazu bestimmt waren, immer unter Bodendielen zu leben, dachte Dorcas. *Allerdings bin ich auch ein Nom, der vermutlich sieben Jahre alt ist und allmählich die Knochen spürt. Ich hätte nichts dagegen, hier einige der vertrauten Schilder zu sehen, mit Aufschriften wie* Stark reduziert *oder* Morgen beginnt der Schlussverkauf. *Was kann's schaden? Dadurch würde ich mich wesentlich besser fühlen. Was natürlich völlig unsinnig ist, wenn man alles aus der rationalen Perspektive des Wissenschaftlers betrachtet.*

Und dann dachte Dorcas: *Man nehme zum Beispiel Arnold Gebr (gegr. 1905). Ich bin ziemlich sicher, dass er nicht auf die Weise existiert, wie ich es als Kind immer wieder gehört habe. Doch wenn man Worte wie* Wenn Sie nicht finden, was Sie suchen, so wenden Sie sich an die Auskunft *an den Wänden liest, so weiß man, dass alles in Ordnung ist.*

Und er dachte auch: *Dies sind die falschen Gedanken für einen vernünftig und wissenschaftlich denkenden Nom.*

Neben der Tür des Verwalterbüros gab es einen Spalt zwischen zwei Dielen. Dorcas kletterte ins vertraute Zwielicht unter dem Boden und tastete umher, bis er den Schalter fand.

Er war stolz auf diese Idee. An der Außenwand des Büros hing eine große rote Klingel – wahrscheinlich sollte sie Menschen auf das Läuten des Telefons hinweisen, wenn es im Steinbruch laut zuging. Dorcas hatte sie mit neuen Drähten verbunden und konnte sie jetzt ganz nach Belieben klingeln lassen.

Er betätigte den Schalter.

Nomen eilten aus allen Richtungen herbei. Dorcas wartete, während sich die Kammer unter den Bodendielen allmählich füllte. Schließlich zog er eine leere Streichholzschachtel heran und kletterte darauf.

»Der Mensch ist noch einmal zum Tor gefahren«, informierte er seine Zuhörer. »Er konnte es nicht öffnen, aber bestimmt versucht er es wieder.«

»Und der Draht?«, fragte jemand.

»Leider gibt es Werkzeuge, die man ›Drahtscheren‹ nennt.«

»So viel zu deiner Theorie von der, ähm, menschlichen Intelligenz«, kommentierte Nisodemus verdrießlich. »Ein *intelligenter* Mensch hielte sich von einem Ort fern, an dem er, ähm, nicht erwünscht ist.«

Dorcas mochte eifrige junge Nomen, aber Nisodemus strahlte einen seltsam *begierigen* Eifer aus, der ihm nicht gefiel. Er musterte ihn mit einem scharfen, aber nicht zu herausfordernden Blick.

»Die hiesigen Menschen unterscheiden sich vielleicht von denen im Kaufhaus«, knurrte er. »Jedenfalls ...«

»Anordnung hat ihn geschickt!«, rief Nisodemus. »Es ist eine, ähm, Strafe!«

»Nein, es ist nur ein Mensch«, widersprach Dorcas. Nisodemus starrte ihn an, als er fortfuhr: »Ich schlage vor, wir schicken einige Frauen und Kinder zur ...«

Von draußen kam das Geräusch eiliger Schritte, und kurz darauf trafen die beiden Torwächter ein.

»Er ist zurück, zurück!«, keuchte Sacco. »Der Mensch ist zurück!«

»Schon gut, schon gut«, entgegnete Dorcas. »Seid unbesorgt! Er kann nicht ...«

»Nein, nein, nein!« Sacco sprang auf und ab. »Er hat eine Schere mitgebracht und damit alle Drähte *und* die Kette am Tor durchgeschnitten ...«

Den Rest hörten die Nomen nicht. Es war auch gar nicht nötig.

Dumpfes Motorbrummen vermittelte eine deutliche Botschaft.

Es wurde so laut, dass die ganze Hütte zitterte, doch dann wich es plötzlich einer scheußlichen Stille, die schlimmer war als der Lärm zuvor. Eine Blechtür fiel zu. Einige Sekunden später quietschte und knarrte die Tür des Schuppens.

Die schweren, donnernden Schritte eines Menschen. Dicke Bodendielen wölbten sich nach unten. Staub rieselte herab.

Die Nomen standen wie erstarrt. Nur ihre Augen bewegten sich, synchron mit den Schritten, folgten ihnen von einer Seite zur anderen, als der Mensch oben durchs Zimmer stapfte. Ein Säugling wimmerte leise.

Etwas klickte, und eine tiefe menschliche Stimme ertönte, sprach auf die unverständliche Art von Menschen. Die Nomen lauschten.

Nach einer Weile klickte es noch einmal, und die schweren Schritte verließen das Büro. Draußen knirschten sie über Sand und kleine Steine, begleitet von einem hässlich klingenden metallenen Klirren.

»Mama«, sagte ein kleiner Nom. »Ich muss auf die Toilette, Mama ...«

»Pscht!«

»Ich muss *wirklich*, Mama!«

»Sei still!«

Kein Nom rührte sich von der Stelle, während draußen das Klirren und Knirschen andauerte. Mit einer Ausnahme: Ein kleiner Nom trat von einem Fuß auf den anderen, und sein Gesicht lief rot an.

Endlich hörten das Klappern und Rasseln auf. Die Tür des Lasters öffnete und schloss sich: Der Motor sprang an, und sein Brummen wurde rasch leiser.

»Ich glaube, jetzt können wir uns entspannen«, sagte Dorcas leise.

Hunderte von Nomen ließen den angehaltenen Atem entweichen und seufzten erleichtert.

»Mama!«

»Ja, in Ordnung, geh nur.«

Und nach dem erleichterten Seufzen ... Lautes Stimmengewirr. Einem Nom gelang es, alle anderen zu übertönen.

»Im Kaufhaus geschah so etwas nie!«, rief Nisodemus. Er stand auf einem halben Ziegelstein. »Ich frage euch, Nomen: Sind wir deshalb, ähm, hierhergekommen?«

Ein Chor aus »Nein!« und »Ja?« ertönte, und Nisodemus fuhr fort: »Vor einem Jahr waren wir im Kaufhaus, in Sicherheit. Erinnert ihr euch an Weihnachten? Erinnert ihr euch an den Speisesaal? Erinnert ihr euch an den Geschmack von, äh, Roastbeef und Puter?«

Einige verlegene Hurrarufe folgten diesen Worten. Nisodemus sah sich triumphierend um. »Und jetzt sind wir hier, und es ist die gleiche Jahreszeit. Sie behaupten, es sei die gleiche Jahreszeit«, sagte er sarkastisch. »Und was essen wir? Knollige Dinge, die in der Erde wachsen, im *Schmutz*! Ähm. Und das Fleisch ist überhaupt kein richtiges Fleisch, sondern stammt von zerschnittenen toten Tieren! Wollt ihr, dass sich eure, ähm, Kinder an so etwas gewöhnen? Sollen sie ihre Nahrung ausgraben? Und *jetzt* heißt es, dass wir vielleicht in eine Scheune umziehen müssen, in der es gar keine Bodendielen gibt, unter denen wir wohnen können, so wie es dem Willen von Arnold Gebr (gegr. 1905) entspricht. Und vielleicht ist das noch nicht alles. Vielleicht verlangt man bald von uns, irgendwo auf dem Feld in Löcher zu kriechen. Ähm. Und wisst ihr, was das Schlimmste von allem ist? Ich sag's euch.« Er deutete auf Dorcas. »Die Leute, von denen wir hier Anweisungen entgegennehmen ... Es sind dieselben Leute, denen wir, ähm, unsere derzeitigen Probleme verdanken!«

»Moment mal ...«, begann Dorcas.

»Ihr alle wisst, dass ich recht habe!«, rief Nisodemus. »Denkt darüber nach, Nomen! Warum, bei Arnold Gebr (gegr. 1905), mussten wir das Kaufhaus überhaupt verlassen?«

Hier und dort erklang vereinzelter Beifall. Andere Nomen nutzten die kurze Pause, um sich zu streiten.

»Welch ein Blödsinn«, sagte Dorcas. »Das Kaufhaus sollte abgerissen werden.«

»Das wissen wir nicht!«, erwiderte Nisodemus.

»Natürlich wissen wir's!«, donnerte Dorcas. »Masklin und Gurder haben es gelesen ...«

»Und wo sind sie jetzt, hm?«

»Sie ... Äh, sie sind fort, um ...« *Warum ich?*, dachte Dorcas, als er vergeblich nach den richtigen Worten suchte. Drähte, Schrauben und so weiter – damit konnte er gut umgehen. Außerdem: Man brauchte nicht zu befürchten, von Drähten und Schrauben angeschrien zu werden.

»Ja, genau, sie sind fort!« Nisodemus senkte die Stimme zu einem zornigen Zischen. »Denkt darüber nach, Nomen! Benutzt euer, ähm, Gehirn! Im Kaufhaus hatte alles seine Ordnung, und die Dinge funktionierten so, wie es Arnold Gebr (gegr. 1905) wollte. Doch man brachte uns hierher zum Steinbruch. Erinnert ihr euch daran, wie sehr ihr Draußenler verachtet habt? Jetzt sind *wir* die Draußenler! Ähm. Erneut herrscht Panik, und das wird sich ständig wiederholen, bis wir uns bessern, bis uns die Gnade von Arnold Gebr (gegr. 1905) erlaubt, als klügere, geläuterte Nomen ins Kaufhaus zurückzukehren!«

»Lass uns eins klarstellen«, sagte jemand. »Willst du andeuten, dass der Abt *gelogen* hat?«

»So etwas liegt mir fern.« Nisodemus schniefte. »Ich nenne nur die Fakten. Ähm. Mehr nicht.«

»Aber, aber, aber der Abt ist aufgebrochen, um Hilfe zu holen«, warf eine Nomin unsicher ein. »Und das Kaufhaus sollte *bestimmt* abgerissen werden. Ich meine, andernfalls hätten wir doch nicht so viele Mühen auf uns genommen, oder? Äh.« Verzweiflung leuchtete in den Augen der jungen Frau.

»Ich weiß nur eins«, sagte der Nom neben ihr. »Ganz gleich, was die anderen meinen: Ich halte nichts davon, in die Scheune umzuziehen. Dort gibt's keine Elektrizität.«

»Ja, und sie ist mitten in, äh, umgeben von ...«, begann ein anderer Nom. Er unterbrach sich kurz und flüsterte:

»Ihr wisst schon. Dinge. Davon spreche ich. Von Dingen.«

»Genau«, bestätigte ein älterer Nom. »*Dinge*. Hab sie gesehen. Vor ein oder zwei Monaten bin ich mit meinem Sohn Brombeeren pflücken gegangen, oben am Hang. Und da hab ich sie gesehen.«

»Es macht mir nichts aus, sie aus der Ferne zu sehen«, sagte die besorgte Nomin. »Aber mir schaudert bei der Vorstellung, davon *umgeben* zu sein.«

Sie bringen es nicht einmal fertig, die Worte weite Felder *auszusprechen*, dachte Dorcas. *Oh, ich weiß, wie sie sich fühlen.*

»Hier haben wir's recht bequem, das muss ich zugeben«, sagte der erste Nom. »Doch die Sachen dort draußen ... Wie nennt man sie? Beginnt mit einem N ...«

»Natur?«, fragte Dorcas und ächzte innerlich. Nisodemus grinste wie ein Irrer, und seine Pupillen schienen in Flammen zu stehen.

»Ja, das meine ich.« Der Nom nickte. »Es ist einfach nicht natürlich. Und es gibt zu viel davon. Eine richtige Welt sollte ganz anders beschaffen sein. Zum Beispiel der Boden. Man kann ihn wohl kaum als flach und weich bezeichnen, oder? Wände fehlen. Und die kleinen glitzernden Punkte, die des Nachts am Himmel erscheinen ... Ihr Licht genügt nicht, es bleibt trotzdem dunkel. Und die Menschen kommen und gehen, wie's ihnen passt, und es gibt keine Vorschriften wie im Kaufhaus.«

»Deshalb hat Arnold Gebr das Kaufhaus 1905 gegründet«, erklärte Nisodemus. »Damit man seinen Geboten gehorcht. Ähm. Damit den Nomen keine Gefahr droht.«

Dorcas griff behutsam nach Saccos Ohr und zog den jungen Nom zu sich heran.

»Weißt du, wo sich Grimma aufhält?«, flüsterte er.

»Ist sie nicht hier?«

»Da bin ich ziemlich sicher«, erwiderte Dorcas. »Sie hätte wohl kaum auf das eine oder andere scharfe Wort verzichtet. Vielleicht blieb sie bei den Kindern in der Schule, als ich die Klingel läuten ließ. Schade.«

Nisodemus plant etwas, überlegte er. *Ich weiß nicht, was er plant, aber vermutlich stehen uns einige unangenehme Überraschungen bevor.*

Der Tag wurde nicht besser, sondern schlimmer. Es begann zu regnen, aber es war eine sonderbare Art von Regen, kalt und abscheulich. Oma Morkie nannte ihn »Graupel«. Irgendwie matschig, weder Wasser noch Eis. Regen mit Knochen drin.

Und er drang bis zu Stellen vor, die für normalen Regen unerreichbar blieben. Dorcas wies einige jüngere Nomen an, Entwässerungsgräben auszuheben. Er verband mehrere große Glühbirnen mit den elektrischen Drähten – sie spendeten nicht nur Licht, sondern auch Wärme. Die älteren Nomen hockten in ihrer Nähe, niesten und grummelten.

Oma Morkie versuchte immer wieder, sie aufzumuntern, und schon nach kurzer Zeit wünschte sich Dorcas nichts sehnlicher als ihr Schweigen.

»Das ist gar nichts«, sagte die alte Nomin. »Ich erinnere mich an die Große Flut. Dabei stürzte unsere Höhle ein. Tagelang froren wir in nasser Kälte!« Oma kicherte, es klang wie ein Gackern, und neigte den Oberkörper vor und zurück. »Wie ertrunkene Ratten waren wir, jawohl! Trugen keinen trockenen Faden am Leib. Eine Woche ohne Feuer. Tja, damals hatten wir nichts zu lachen!«

Die Kaufhaus-Nomen starrten sie an und zitterten.

»Und habt keine Angst davor, auf den weiten Feldern unterwegs zu sein«, fuhr Oma Morkie im Plauderton fort. »In neun von zehn Fällen wird man dabei nicht gefressen.«

»Meine Güte«, stöhnte eine Nomin.

»Ich kenne mich aus. Habe mindestens hundertmal weite Felder überquert. Ein Kinderspiel, wenn man dabei in der Nähe von Hecken bleibt und gut aufpasst. Es geschieht nur selten, dass man vor etwas weglaufen muss.«

Die allgemeine Stimmung verbesserte sich nicht, als die Nomen feststellten, dass der Landrover genau dort stand, wo der nächste Anpflanzungsversuch stattfinden sollte. Während des Sommers waren Dutzende von Nomen damit beschäftigt gewesen, den harten Boden mit Hacken zu bearbeiten und ihn in etwas zu verwandeln, das einer Ackerkrume ähnelte. Sie hatten sogar gesät, ohne dass etwas aus den Samen wuchs. Jetzt zeigten sich zwei tiefe, von Reifen stammende Furchen im Boden, und am Tor hing eine neue Kette mit einem neuen Vorhängeschloss.

Die beiden Furchen füllten sich mit Graupel. Herabgetropftes Öl bildete schimmernde Lachen.

Und Nisodemus ... Ständig erinnerte er alle daran, dass es im Kaufhaus viel besser gewesen war. Er brauchte nicht viel Überzeugungskraft, um seine Anhängerschaft zu vergrößern.

Er hat *recht*, dachte Dorcas. *Im Kaufhaus ist es tatsächlich besser gewesen. Sogar* viel *besser.*

Ich meine, hier haben wir es einigermaßen warm, und es gibt genug zu essen, obgleich es nicht allzu viele Möglichkeiten gibt, Kaninchenfleisch und Kartoffeln zuzubereiten. Das Problem ist: Masklin glaubte, außerhalb des Kaufhauses würden wir graben und bauen und jagen, voller Stolz, Hoffnung und Zuversicht. Einige der jüngeren Leute haben sich dem neuen Leben gut angepasst. Aber wir Alten sind in unseren Angewohnheiten festgefahren. Was mich betrifft ... Ich bastele an Dingen herum und kann mich nützlich machen, doch die anderen ... Ihnen bleibt nur das Schimpfen, und darin sind sie inzwischen ziemlich gut.

Ich frage mich, was Nisodemus beabsichtigt. Der Bursche gefällt mir immer weniger.

Ich hoffe, Masklin kehrt bald zurück.

Oder Gurder. Jetzt würde ich mich sogar über ihn freuen.

Seit drei Tagen sind sie fort.

Dorcas fühlte sich sehr niedergeschlagen, und dagegen gab es nur ein Mittel: Jekub.

6

I. Denn im Hügel schlief ein Drache aus jener Zeit, als die Welt erschaffen wurde.
II. Doch er war alt und defekt, dem Tode näher als dem Leben.
III. Und er trug das Zeichen des Drachen.
IV. Und das Zeichen war Jekub.

Aus dem Buch der Nomen, *Jekub, Kapitel* 1, *Verse* I–IV

Jekub.

Jekub gehörte Dorcas. Er war sein kleines Geheimnis. Besser gesagt: sein *großes*. Niemand wusste von Jekub, nicht einmal seine Assistenten.

Eines Tages im Sommer hatte Dorcas in den großen, windschiefen Schuppen auf der anderen Seite des Steinbruchs herumgestöbert. Er hatte nicht nach bestimmten Dingen gesucht und nur gehofft, nützliche Drähte oder etwas in der Art zu finden.

Er kramte im Halbdunkel, richtete sich auf, hob den Kopf ... *und sah Jekub.*

Mit geöffnetem Rachen.

Es folgten einige Sekunden des Entsetzens, bis Dorcas begriff, dass ihn eine sichere Entfernung von dem Ungetüm trennte.

Anschließend verbrachte er viel Zeit bei Jekub, um mehr über ihn herauszufinden. Über *ihn*. Es handelte sich zweifellos um einen Er. Um einen Er, der auf den ersten Blick schrecklich wirkte und doch Mitleid verdiente. Jekub war alt und verwundet, wie ein Drache, der sich hierher zurückgezogen hatte, um zu sterben. Oder wie eins der riesigen Tiere aus Grimmas Büchern: Dinosauer.

Jekub schimpfte nicht, und er fragte Dorcas nie, wann er *endlich* das Radio erfinden würde. In seiner Gesellschaft genoss der Ingenieur viele geruhsame, friedliche Stunden. Er fand immer mehr Gefallen daran, mit Jekub zu sprechen, beziehungsweise zu ihm. Es gab keinen besseren Gesprächspartner, denn er schwieg die ganze Zeit und hörte mit unerschütterlicher Geduld zu.

Dorcas schüttelte kummervoll den Kopf. Er durfte jetzt keine Zeit damit verschwenden, Jekub zu besuchen. Unheil bahnte sich an.

Er beschloss stattdessen, mit Grimma zu reden. Sie war nur eine Frau, aber es mangelte ihr nicht an Vernunft.

Die »Schule« befand sich unter dem Boden der Hütte, an deren Tür »Kantine« stand, ein Reich, in dem allein Grimma herrschte. Sie hatte den Unterricht für Kinder erfunden weil: Da es recht schwer war, schreiben und lesen zu lernen, sollte man so früh wie möglich damit beginnen.

Zur Schule gehörte auch die Bibliothek.

Während der letzten hektischen Stunden hatten die Nomen etwa dreißig Bücher aus dem Kaufhaus gerettet, und einige von ihnen enthielten nützliche Informationen. Der Band mit dem Titel *Gartenarbeit in allen vier Jahreszeiten* wies unübersehbare Spuren häufiger Benutzung auf, und das *Kompendium für den Amateurtechniker* kannte Dorcas fast auswendig. Doch einige der übrigen Bücher waren eher schwer zu verstehen und wurden nur selten geöffnet.

Grimma stand vor einem solchen Buch, als Dorcas hereinkam. Sie biss sich auf den Daumen, wie so häufig, wenn etwas viel Konzentration verlangte.

Dorcas bewunderte die Art, in der sie las. Grimma war nicht nur die beste Leserin unter den Nomen, sie schien auch den Sinn von geschriebenen Worten zu verstehen.

»Nisodemus schafft Unruhe«, sagte der Ingenieur und setzte sich auf eine Bank.

»Ich weiß«, erwiderte Grimma geistesabwesend. »Ich habe davon gehört.« Mit beiden Händen griff sie nach dem Rand einer Seite und blätterte mühsam um.

»Ich weiß gar nicht, was er mit dem ganzen Unsinn bezweckt«, brummte Dorcas.

»Er strebt nach Macht«, entgegnete Grimma. »Bei uns ist ein Machtvakuum entstanden.«

»Glaubst du?«, fragte Dorcas unsicher. »Vakuum bedeutet ›Leere‹. Leere, die nichts als Leere enthält. So heißt es jedenfalls. Bisher ist mir hier nirgends leere Leere aufgefallen. Abgesehen von manchen leeren Köpfen.«

»Nein, das meine ich nicht«, sagte Grimma. »Ein Machtvakuum entsteht, wenn es keinen Anführer gibt. Ich habe davon gelesen.«

»Hast du vergessen, dass *ich* jetzt der Anführer bin?«, klagte Dorcas.

»Du bist kein Anführer«, stellte Grimma fest. »Weil niemand auf dich hört.«

»Oh, herzlichen Dank!«

»Es ist nicht deine Schuld. Leute wie Masklin, Angalo und Gurder bringen die anderen irgendwie dazu, dass sie ihnen zuhören, aber auf dich achtet man praktisch überhaupt nicht.«

»Oh.«

»Dafür gelingt es dir, Drähte und Schrauben deinem Willen zu unterwerfen. Dazu ist sonst kaum jemand imstande.«

Dorcas dachte darüber nach. Auf diese Weise hätte er es nicht ausgedrückt. War es ein Kompliment? Das schien tatsächlich der Fall zu sein.

Grimma fügte hinzu: »Wenn Nomen mit vielen Problemen konfrontiert sind und nicht wissen, was sie unternehmen sollen – dann gibt es immer jemanden, der ihre Besorgnis ausnutzt, um Macht zu erringen.«

»Spielt eigentlich keine Rolle«, sagte Dorcas. Ein großer Teil seiner Zuversicht basierte auf reinem Wunschdenken. »Masklin und seine beiden Begleiter regeln alles, wenn sie zurückkehren.«

»Ja, sie …« Grimma unterbrach sich, und nach einigen Sekunden fiel dem Ingenieur auf, dass ihre Schultern bebten.

»Stimmt was nicht?«, fragte er.

»Es sind schon mehr als drei Tage vergangen!«, schluchzte die junge Nomin. »*Niemand* war jemals so lange fort! Bestimmt ist ihnen etwas zugestoßen!«

»Äh«, sagte Dorcas. »Sie wollten nach Enkel, 39, suchen, und wir wissen nicht, ob ...«

»Und ich bin so garstig zu ihm gewesen, bevor er aufbrach! Ich habe ihm von den Fröschen erzählt, und er dachte nur an Socken!«

Es verblüffte Dorcas, dass plötzlich von Fröschen die Rede war. Wenn er mit, beziehungsweise zu, Jekub sprach, ging es nie um Frösche.

»Äh?«, sagte er.

Grimma schluchzte erneut und erzählte ihm von den Fröschen.

»Ich bin sicher, er verstand überhaupt nicht, was ich damit meinte. Ebenso wenig wie du.«

»Oh, ich weiß nicht.« Dorcas überlegte kurz. »Was *mich* betrifft ... Vielleicht hast du Folgendes gemeint. Einst war die Welt ganz einfach und übersichtlich, doch ganz plötzlich enthält sie so viele erstaunliche Dinge, dass man immer wieder überrascht wird. Zum Beispiel Biologie. Oder Klimatologie. Ich meine, bevor ihr Draußenler ins Kaufhaus gekommen seid, habe ich nur an Dingen herumgebastelt. Ich hatte gar keine Ahnung von der Welt.«

Er blickte auf seine Füße. »Ich weiß noch immer recht wenig. Aber wenigstens bezieht sich meine Unwissenheit auf wichtige Dinge: auf die Sonne, die Ursache des Regens und so weiter. *Das* hast du gemeint.«

Grimma schniefte und lächelte, aber nur zaghaft, und zwar aus gutem Grund. Wenn es etwas Schlimmeres gab als jemanden, der nicht verstand, so war es jemand, der alles verstand, bevor man Gelegenheit bekam, als Unverstandene(r) hingebungsvoll zu schmollen.

»Die Sache ist *die* ...«, sagte sie. »Masklin hält mich noch immer für die Grimma, die er kannte, als wir in der alten Höhle lebten. Bevor wir ins Kaufhaus kamen. Damals, als wir gemeinsam unterwegs waren, gemeinsam kochten, falls es etwas zu kochen gab, anderen Nomen Verbände anlegten, wenn sie sich ver..., verl..., verle...«

»Na, na, immer mit der Ruhe«, sagte Dorcas. Er geriet in Verlegenheit, wenn sich Nomen auf diese Weise verhielten. Bei Maschinen war alles einfacher. Wenn sie nicht richtig funktionierten, holte man die Ölkanne oder schlug mit dem Hammer auf sie. Bei Nomen führte eine derartige Behandlung nie zum gewünschten Ergebnis.

»Angenommen, Masklin kehrt nicht zurück?« Grimma wischte sich Tränen aus den Augen.

»Natürlich kehrt er zurück«, versicherte ihr Dorcas. »Was könnte ihm schon zugestoßen sein?«

»Vielleicht ist er gefressen, überfahren, zertrampelt oder fortgeweht worden«, antwortete Grimma. »Es wäre auch möglich, dass er in ein tiefes Loch gefallen ist und nicht mehr herausklettern kann, weil er sich etwas gebrochen hat.«

»Äh, ja«, erwiderte Dorcas. »Abgesehen davon, meine ich.«

»Aber ich werde mich trotzdem zusammenreißen«, verkündete Grimma und hob das Kinn. »Wenn er doch zurückkehrt, soll er nicht sagen: ›Oh, kaum bin ich ein paar Tage weg, und schon bricht hier das Chaos aus.‹«

»Ausgezeichnet«, lobte Dorcas. »Das ist die richtige Einstellung. Man muss immer beschäftigt bleiben, so lautet meine Devise. Wie heißt das Buch?«

»*Schatzkästlein der Sprichwörter und Zitate.*«

»Oh, steht was Nützliches drin?«

»Kommt darauf an«, sagte Grimma unbestimmt.

»Ah. Was sind Sprichwörter?«

»Ich bin mir nicht ganz sicher. Einige von ihnen ergeben keinen Sinn. Wusstest du, dass die Menschen glauben, die Welt sei von einer Art großem Menschen erschaffen worden?«

»Ach?«

»In einer Woche.«

»Dann hat ihm wahrscheinlich jemand geholfen«, sagte Dorcas. »Bei den besonders schweren Dingen.« Er dachte an Jekub. *In einer Woche kann man eine Menge schaffen, wenn jemand wie Jekub hilft.*

»Nein. Ganz allein.«

»Hm.« Dorcas dachte darüber nach. Einige Teile der Welt wirkten recht primitiv, und Dinge wie Gras schienen nicht sehr schwer zu sein. Aber nach dem, was er gehört hatte, stellten sich bei vielen Pflanzen am Ende eines jeden Jahres Pannen ein, die bis zum nächsten Frühling repariert werden mussten, und ... »Ich weiß nicht. Nur Menschen können an so etwas glauben. Meiner Ansicht nach dauert die Erschaffung einer Welt mindestens einige Monate.«

Grimma blätterte erneut um. »Masklin glaubte, ich meine, Masklin *glaubt*, dass Menschen viel intelligenter sind, als es den Anschein hat.« Nachdenklich blickte sie ins Nichts. »Ich wünschte, wir könnten mehr über sie herausfinden, um ...«

Zum zweiten Mal an diesem Tag ertönte die Alarmklingel.

Diesmal gehörte die Hand am Schalter Nisodemus.

7

II. Und Nisodemus sprach: Verraten hat man euch, Nomen aus dem Kaufhaus.
III. Mit Lügen führte man euch in dieses Draußen, wo es Regen, Kälte, Graupel, Menschen und Anordnung gibt. Und es kommt noch schlimmer.
IV. Aus dem Graupel wird Schnee, und wir müssen hungern.
V. Rotkehlchen werden fliegen.
VI. Ähm.
VII. Und jene, die uns hierherbrachten, wo sind sie nun?
VIII. Sie sprachen: Wir brechen auf, um Enkel, 39, zu suchen, aber wir sehen nur Sorgen, wohin wir auch blicken, und niemand hilft uns. Den Launen des Winters hat man euch überlassen.
IX. Es wird Zeit, dass wir uns vom Draußen abwenden ...

Aus dem Buch der Nomen, *Klagen, Verse II–IX*

»Ja, nun, äh, damit sind gewisse Schwierigkeiten verbunden, nicht wahr?«, fragte ein verwirrter Nom. »Ich meine, wie sollen wir uns vom Draußen abwenden, obwohl wir im Draußen *sind?*«

»Ich habe einen *Plan*«, sagte Nisodemus.

»Oh«, antworteten die Nomen wie aus einem Mund. An Plänen gab es nichts auszusetzen. Pläne waren immer nützlich. Erst recht, wenn es sich um *gute* Pläne handelte.

Grimma und Dorcas gehörten zu den letzten Nomen, die durch den Spalt nach unten kletterten. Der alte Ingenieur wollte sich einen Weg durch die Menge bahnen, doch Grimma hielt ihn zurück.

»Sieh nur die anderen dort vorn«, flüsterte sie.

Es standen ziemlich viele Nomen hinter Nisodemus. Die meisten von ihnen erkannte Dorcas als Büromaterialer, aber es befanden sich auch Leute aus den übrigen großen Abteilungsfamilien unter ihnen. Sie beobachteten nicht etwa Nisodemus, als er sprach, sondern seine Zuhörer. Ihre Blickte huschten ständig hin und her, als suchten sie nach etwas.

»Das gefällt mir nicht«, sagte Grimma leise. »Die großen Familien kamen mit den Büromaterialern nie sehr gut zurecht. Was haben sie jetzt vor?«

»Arrogante, eingebildete Burschen«, murmelte Dorcas. »Wissen alles besser.«

Einige Büromaterialer hielten nichts davon, dass ganz gewöhnliche Nomen lesen lernten. Dadurch kämen sie auf Ideen, hieß es. Was es zu vermeiden galt, wenn es nicht die richtigen Ideen waren, vermutete der Ingenieur. Und die großen Abteilungsfamilien ... Mehrere von ihnen sahen es nicht gern, dass Nomen überall hingehen konnten, ohne vorher um Erlaubnis fragen zu müssen.

Sie sind alle da, dachte Dorcas. *Jene Nomen, denen es nach der Langen Fahrt nicht so gut ging. Weil sie ihren Einfluss verloren haben.*

Nisodemus erläuterte seinen Plan.

Der alte Ingenieur hörte zu, und dabei klappte sein Mund auf.

Eigentlich war es ein hervorragender Plan. Wie eine Maschine, die aus perfekten Einzelteilen bestand, jedoch von einem einhändigen Nom im Dunkeln zusammengesetzt wurde. Er steckte voller guter Ideen, gegen die man keine Einwände erheben konnte, aber sie waren auf den Kopf gestellt. Trotzdem gab es kaum eine Möglichkeit, ihnen zu widersprechen, denn die Ideen *erschienen* zumindest sinnvoll.

Nisodemus wollte das alte Kaufhaus wiedererschaffen.

Hunderte von Nomen lauschten mit einer Mischung aus Entsetzen und Bewunderung, als die Büromaterialer erklärten: Ja, Abt Gurder hatte recht, wenn er darauf hinwies, Arnold Gebr (gegr. 1905) sei ihnen hierher gefolgt, und zwar *in ihren Köpfen*. Wenn sie ihm zeigten, dass ihnen das Kaufhaus nicht gleichgültig war, würde er erscheinen, alle Probleme lösen und den Nomen hier ein Kaufhaus geben, in dieser hässlichen grünen Welt.

Auf diese Weise erreichte die Botschaft Dorcas' Gehirn. Er wusste schon seit Jahren: Wenn man die ganze Zeit über genau darauf achtete, was andere Nomen *sagten*, so bekam man kaum Gelegenheit herauszufinden, was sie *meinten*.

Nisodemus' Augen glänzten wie zwei schwarze Murmeln, als er betonte, es sei keineswegs nötig, ein Kaufhaus *zu bauen*. Er schlug vor, den Steinbruch zu verändern, wieder in richtigen Abteilungen zu leben und nicht dort, wo es den einzelnen Nomen gefiel. Lasst uns Schilder aufstellen, meinte er. Lasst uns auf den rechten Pfad zurückkehren. Sorgen wir dafür, dass sich Arnold Gebr (gegr. 1905) hier zu Hause fühlt. Wir errichten das Kaufhaus in *unseren Köpfen*.

Es passierte nur selten, dass Nomen überschnappten.

Dorcas erinnerte sich vage an einen älteren Nom, der einmal geglaubt hatte, eine Teekanne zu sein, doch nach einigen Tagen war er wieder zur Vernunft gekommen.

Nisodemus hingegen hatte ganz offensichtlich zu viel frische Luft geatmet.

Einige andere Nomen schienen der gleichen Meinung zu sein.

»Ich bezweifle, dass Arnold Gebr (gegr. 1905) die Menschen aufhalten kann«, sagte einer von ihnen. »Nichts für ungut.«

»Haben sich Menschen in unsere Angelegenheiten eingemischt, als wir noch im Kaufhaus lebten?«, fragte Nisodemus.

»Äh, nein, aber ...«

»Deshalb müssen wir Arnold Gebr (gegr. 1905) vertrauen!«

»Er hat den Abriss des Kaufhauses nicht verhindert, oder?«, ertönte eine andere Stimme. »Ihr alle habt Masklin, Gurder und dem Lastwagen vertraut. Und euch selbst! Nisodemus redet dauernd davon, wie klug ihr seid. Beweist ihm eure Klugheit!«

Diese Worte stammten von Grimma. Dorcas musterte sie erstaunt – er hatte die junge Nomin noch nie zuvor so zornig gesehen.

Entschlossen marschierte sie durch die besorgte Menge, bis sie Nisodemus direkt gegenüberstand, von Angesicht zu Angesicht. Besser gesagt: von Angesicht zu Brust, denn immerhin stand Nisodemus auf etwas. Er mochte es sehr, auf irgendwelchen Dingen zu stehen und sich dadurch größer zu fühlen.

»Was wird *geschehen*, hm?«, rief sie. »Wenn du das Kaufhaus gebaut hast, was *geschieht* dann? Menschen kamen ins Kaufhaus, nicht wahr?«

Nisodemus' Mund öffnete und schloss sich mehrmals. »Sie haben sich an die Vorschriften gehalten!«, erwiderte er schließlich. »Ja! Ähm! Sie *gehorchten* den Vorschriften! Und damals war alles besser!«

Grimma starrte ihn wütend an.

»Und einen derartigen Unsinn sollen wir dir glauben?«, fragte sie.

Stille.

»Du musst zugeben, dass damals *wirklich* alles besser war«, sagte ein alter Nom langsam.

Die übrigen Nomen scharrten mit den Füßen.

Mehr konnte man nicht hören.

Nur Nomen, die mit den Füßen scharrten.

»Sie haben sich damit abgefunden!«, stieß Grimma hervor. »Einfach so! Niemand verschwendet einen Gedanken an den Rat! Alle Nomen hören nur noch auf Nisodemus und lassen sich von ihm Anweisungen erteilen!«

Sie befanden sich in Dorcas' Werkstatt unter einer Bank in der alten Garage des Steinbruchs. *Meine kleine Zuflucht*, dachte der Ingenieur. *Meine kleine Ecke.* Überall lagen Drähte und Blechteile. Krakelige Zeichen schmückten die Wand, geschrieben mit Bleistiftgrafit.

Dorcas setzte sich und befingerte ein Stück Draht.

»Du solltest nicht so streng sein mit den Leuten«, sagte er leise. »Du solltest sie nicht so anschreien. Sie haben viel hinter sich. Du verwirrst sie nur, wenn du sie anschreist. Mit dem Rat war alles in bester Ordnung, solange es hier keine größeren Probleme gab.« Er zuckte mit den Schultern. »Und ohne Masklin, Gurder und Angalo ... Es scheint kaum der Mühe wert zu sein.«

»Aber nach allem, was geschehen ist!« Grimma ruderte mit den Armen. »So viel *Dummheit*! Und nur weil Nisodemus ...«

»Trost anbot«, beendete Dorcas den Satz. Er schüttelte den Kopf. Solche Dinge konnte man Leuten wie Grimma nicht erklären. Ein nettes Mädchen, gescheit obendrein, aber sie ging immer davon aus, dass alle anderen ebenso gründlich über Dinge nachdachten wie sie selbst. *Eigentlich sehnen sich die Nomen nur nach Ruhe,* überlegte Dorcas. *Die Welt ist auch so schon schwierig genug, ohne Leute, die ständig versuchen, sie zu verbessern.*

Masklin hatte das gut verstanden. Er sorgte dafür, dass die Nomen seine Ideen für ihre eigenen hielten, und dann reagierten sie genau so, wie er es wollte. Wenn es etwas gab, das ein Nom nicht ausstehen konnte, so waren es Bemerkungen wie: »Dies ist eine sehr vernünftige Idee. Warum bist du zu *dumm*, das zu verstehen?«

Nomen sind nicht dumm, dachte Dorcas. *Nomen sind einfach nur Nomen.*

»Komm«, sagte er, »sehen wir dabei zu, wie die Schilder angefertigt werden.«

Einer der größeren Schuppen war in eine Art Atelier verwandelt worden, um Schilder zu malen. Beziehungsweise *die Schilder*. Nisodemus verstand es ausgezeichnet, bestimmten Worten besondere Bedeutung zu geben: Man konnte praktisch hören, wie er kursiv sprach.

Tief in seinem Innern hielt Dorcas die Schilder für eine ganz gute Idee, und deshalb hatte er Gewissensbisse.

Er erinnerte sich ... Nisodemus hatte ihn zu sich gerufen, um zu fragen, ob es im Steinbruch, der jetzt Neues Kaufhaus hieß, Farbe gab.

»Unter einer der Bänke stehen alte Dosen«, erwiderte der Ingenieur. »Praktisch nur Weiß und Rot. Vielleicht gelingt es uns, die Deckel mit Hebeln zu lösen.«

»Gut«, sagte der Büromaterialer. »Mach dich sofort an die Arbeit. Ähm. Es ist sehr wichtig. Wir brauchen *Schilder.*«

»Schilder, in Ordnung. Um alles ein wenig aufzuheitern, nicht wahr?«

»Nein!«

»Entschuldige, tut mir leid. Ich dachte nur ...«

»Schilder fürs Tor!«

Dorcas kratzte sich nachdenklich am Kinn. »Fürs Tor?«, fragte er.

»Menschen gehorchen Schildern«, sagte Nisodemus etwas ruhiger. »Das wissen wir genau. Sie haben den Schildern im Kaufhaus gehorcht, oder?«

»Den meisten«, entgegnete Dorcas. *Hunde und Sportwagen müssen getragen werden* – dieser Hinweis war ihm immer ein Rätsel geblieben. Viele Menschen trugen weder das eine noch das andere.

»Schilder fordern Menschen zu etwas auf«, proklamierte Nisodemus. »Oder verbieten ihnen Dinge. An die Arbeit, fleißiger Dorcas: Schilder. Ähm. Schilder, die *Nein* sprechen.«

Der Ingenieur dachte darüber nach, als Dutzende von Nomen schwitzten, während sie versuchten, die Deckel der Farbdosen aufzuhebeln. Sie besaßen noch immer das Buch *Straßenverkehrsordnung* aus dem Lastwagen, und es enthielt viele Schilder. Außerdem erinnerte er sich an einige im Kaufhaus.

Das Glück half ihnen. Normalerweise blieben die Nomen immer auf dem Boden, aber diesmal hatte Dorcas einige seiner Assistenten zum großen Schreibtisch im Verwalterbüro geschickt, um dort nach Papier zu suchen.

Er überlegte, welche Botschaften die Schilder verkünden sollten.

Sacco und Nooty kehrten aufgeregt zurück und brachten ihm die Neuigkeiten.

Sie hatten noch mehr Schilder gefunden: ein großes, schmutziges Plakat, das an der Wand hing und viele Schilder zeigte.

»Jede Menge davon«, schnaufte Sacco und schnappte nach Luft. »Und weißt du was? Weißt du was? Ich hab gelesen, was auf dem Plakat geschrieben steht. Dort steht geschrieben: *Gesundheit und Sicherheit bei der Arbeit*, und: *Beachten Sie diese Schilder*, und: *Sie dienen zu Ihrem Schutz.*«

»Das stand auf dem Plakat geschrieben?«, vergewisserte sich Dorcas.

»Zu Ihrem Schutz«, wiederholte Sacco.

»Kannst du es von der Wand herunterholen und hierherbringen?«

»Daneben befindet sich ein Kleiderhaken«, antwortete Nooty begeistert. »Wenn wir einen Strick daran befestigen und ihn mit dem Plakat verbinden und es dann zum Fenster ziehen und …«

»Ja, ja, du bist sehr geschickt, wenn's um solche Sachen geht«, unterbrach Dorcas den Wortschwall. Nooty konnte so flink klettern wie ein Eichhörnchen. »Ich schätze, Nisodemus wird zufrieden sein«, fügte er hinzu.

Das war Nisodemus tatsächlich. Seine besondere Zufriedenheit galt dem Hinweis *Zu Ihrem Schutz.* Er zeigte, dass Arnold Gebr (gegr. 1905) ihnen sein, ähm, Wohlwollen schenkte.

Alle zur Verfügung stehenden Bretter und rostigen Blechplatten mussten es über sich ergehen lassen, in Schilder verwandelt zu werden. Die Nomen offenbarten einen bemerkenswerten Enthusiasmus bei ihrer Arbeit und fühlten sich nicht mehr ganz so hilflos wie vorher.

Als die Sonne am nächsten Morgen aufging, fiel ihr Licht auf viele Schilder, die, nicht immer gerade, am Tor des Steinbruchs hingen.

Die Nomen waren sehr gründlich gewesen und hatten folgende Worte gewählt: *Zuhtritt ferboten. Dort zum Ausgang. Geffar – Helme forgeschrieben. Achtung, Sprängung. Alle Lastwagen zur Brükkenwaage. Bei Nässe glatt. Geschlossen bis. Lift ausser Betrieb. Steinschlag. Straße überfluhtet.*

Hinzu kam ein weiteres Schild, das Dorcas in einem Buch gefunden hatte. Er war sehr stolz darauf: *Bombe wird entschärft.*

Der Ingenieur ergriff noch eine zusätzliche Maßnahme, ohne Nisodemus Bescheid zu geben. Er öffnete eine der alten Werkzeugkisten in Jekubs Schuppen: Sie enthielt eine Kette, und daran war ein Vorhängeschloss befestigt, fast so groß wie er selbst – um es aus der Kiste zu holen, musste er einen Flaschenzug benutzen.

Es handelte sich um eine *enorme* Kette, dick und schwer. Einige Nomen beobachteten, wie Dorcas sie über den Boden des Steinbruchs zerrte und dabei jeweils nur ein Kettenglied bewegte. Als die Nomen fragten, woher sie stammte, presste der Ingenieur nur die Lippen zusammen und schwieg.

Gegen Mittag rollte der Laster zum Tor. Mehrere Nomen warteten in der Hecke am Rand des Weges und sahen, wie der Fahrer ausstieg, die Schilder sah ...

Nein, das war nicht *richtig*. Dazu durften Menschen nicht fähig sein. Eine Halluzination, es gab keine andere Erklärung. Zwanzig Nomen blinzelten, doch das vermeintliche Trugbild verflüchtigte sich nicht.

Der Mensch missachtete die Schilder.

Und damit nicht genug: Er riss einige vom Tor und warf sie weg.

Die Nomen starrten verblüfft. Selbst *Bombe wird entschärft* verschwand in den Büschen und hätte fast den jungen Sacco umgestoßen.

Doch die neue Kette bereitete dem Menschen einige Probleme. Er zog versuchsweise an ihr, spähte durch den Maschendrahtzaun und stapfte eine Zeit lang ratlos umher, bevor er wieder einstieg und zur Straße fuhr.

Die Nomen im Gebüsch jubelten, aber auf eine eher zurückhaltende und besorgte Weise.

Wenn sich Menschen nicht so verhielten, wie man es von ihnen erwartete, dann geriet die Welt aus den Fugen.

»Ich schätze, das wär's«, sagte Dorcas nach ihrer Rückkehr. »Mir gefällt es ebenso wenig wie euch, doch uns bleibt nichts anderes übrig, als den Steinbruch zu verlassen. Ich kenne die Menschen. Die Kette hält sie nicht lange auf, wenn sie wirklich hierherkommen wollen.«

»Wir bleiben im Neuen Kaufhaus!«, sagte Nisodemus mit strenger Autorität.

»Aber auch eine Kette aus *dickem* Metall kann man durchschneiden ...«, ertönte Dorcas' Stimme der Vernunft.

»Ruhe!«, rief Nisodemus. »Es ist deine Schuld, du alter Narr! Ähm! Du hast doch die Kette am Tor befestigt!«

»Ja, um den Menschen daran zu hin... Wie bitte?«

»Wenn du die Kette *nicht* am Tor befestigt hättest, wäre der Mensch sicher bereit gewesen, den Schildern zu gehorchen«, behauptete Nisodemus. »Wie können wir hoffen, dass uns Arnold Gebr (gegr. 1905) hilft, wenn wir ihm Misstrauen entgegenbringen?«

»Äh«, sagte Dorcas. Und er dachte: *Verrückt. Er ist verrückt. Ein verrückter Nom.* Ein gefährlicher *verrückter Nom. Hier reden wir nicht über Teekannen.* Er wich langsam von Nisodemus fort und floh ins frostige Draußen.

Alles geht schief, fuhr es ihm durch den Sinn. *Ich sollte mich hier um die Dinge kümmern, während Masklin weg ist, und jetzt geht alles schief. Wir haben keine richtigen Pläne, und Masklin kehrt nicht zurück, und alles geht schief.*

Wenn Menschen in den Steinbruch kommen, dauert es nicht lange, bis sie uns finden.

Etwas Kaltes fiel ihm auf den Kopf. Dorcas wischte es verärgert fort.

Ich rede mit den jüngeren Nomen, dachte der Ingenieur. *Vielleicht ist es doch keine so schlechte Idee, die Scheune aufzusuchen. Wir könnten unterwegs die Augen geschlossen halten oder so.*

Etwas berührte ihn am Nacken, weich, kalt und feucht.

Dorcas hob den Kopf und stellte verblüfft fest, dass er die andere Seite des Steinbruchs nicht mehr sehen konnte. Die Luft war voller weißer Flecken, die immer größer wurden.

Entsetzt riss er die Augen auf.

Es schneite.

8

> VII. Und Grimma sprach: Wir haben zwei Möglichkeiten.
> VIII. Wir können fliehen oder uns verstecken.
> IX. Und die Nomen fragten: Was schlägst du vor?
> X. Und Grimma sagte: Wir kämpfen.
>
> *Aus dem* Buch der Nomen, *Steinbrüche, Kapitel 3, Verse* VII–X

Es war kein dichtes Schneetreiben, eher das Gegenstück zu einem leichten Nieseln. Oma Morkie meinte, damit wolle der Winter darauf hinweisen, dass es jetzt Winter sei.

Oma hatte sich nie sehr für den Rat interessiert. Sie verbrachte ihre Zeit bei den anderen Alten, schimpfte mit ihnen und versuchte gelegentlich, sie »aufzumuntern« und auf andere Gedanken zu bringen.

Jetzt stapfte sie so durch den Schnee, als gehörte er ihr allein.

»Dies ist natürlich noch gar nichts«, sagte sie. »Ich erinnere mich an *richtigen* Schnee. War so hoch, dass man nicht in ihm gehen konnte, sondern Tunnel hindurchgraben musste! Tja, damals hatten wir nichts zu lachen!«

»Äh«, erwiderte ein recht alter Nom. »Fällt er immer so vom Himmel?«

»Und ob! Manchmal wird er auch vom Wind umhergeweht. Dann bilden sich große Haufen!«

»Wir dachten immer ...«, begann der alte Nom. »Auf den Bildern, äh, im Kaufhaus, meine ich ... Wir dachten immer, der Schnee erscheint einfach so auf Dingen. Damit alles hübsch und festlich wirkt«, fügte er verlegen hinzu.

Sie beobachteten, wie die weiße Schicht auf dem Boden wuchs.

Die Wolken über dem Steinbruch sahen aus wie angeschwollene Matratzen.

»Wenigstens kann jetzt niemand mehr von uns verlangen, in die abscheuliche Scheune umzuziehen«, meinte ein Nom.

»Das stimmt«, pflichtete ihm Oma Morkie bei. »Wer bei solchem Wetter draußen unterwegs ist, könnte sich den Tod holen.« Sie strahlte übers ganze Gesicht.

Die alten Nomen brummten leise vor sich hin, blickten zum Himmel auf und hielten angestrengt nach den ersten Anzeichen von Rotkehlchen oder Rentieren Ausschau.

Die fallenden Schneeflocken formten weiße Mauern um den Steinbruch. Man konnte nicht mehr über die weiten Felder sehen.

Dorcas saß in seiner Werkstatt und beobachtete, wie sich der Schnee am schmutzigen Fenster sammelte und das Licht im Schuppen grau werden ließ.

»Nun ...«, murmelte er. »Wir wollten hier isoliert sein. Und jetzt sind wir's. Wir können nicht weglaufen. Wir können uns nicht verstecken.« Er seufzte. »Ach, wir hätten alle zusammen mit Masklin aufbrechen sollen.«

Er hörte Schritte, drehte sich um und erkannte Grimma. Während der letzten Tage hatte sie viel Zeit am Tor verbracht, doch der Schnee zwang sie jetzt dazu, drinnen zu bleiben.

»Er kann nicht zurückkehren«, sagte sie. »Nicht bei diesem Wetter.«

»Ja, hm«, erwiderte der Ingenieur unsicher.

»Er ist jetzt seit acht Tagen fort.«

»Ziemlich lange.«

»Was hast du gesagt, als ich hereinkam?«, fragte Grimma.

»Ich habe mit mir selbst gesprochen. Bleibt der Schnee lange liegen?«

»Das könnte tatsächlich der Fall sein, wenn Oma Morkie recht hat. Manchmal dauert's *Wochen*, bis er taut.«

»Oh.«

»Wenn die Menschen kommen ...« Grimma zögerte. »Früher oder später bemerken sie uns. Wahrscheinlich früher.«

»Ja«, brummte Dorcas traurig. »Ja, ich fürchte, da hast du recht.«

»Wie viele von uns wären imstande, äh, du weißt schon, auch weiterhin hier zu leben?«

»Vielleicht einige Dutzend. Wenn sie nicht zu viel essen und tagsüber im Verborgenen bleiben. Hier gibt's keinen Speisesaal.« Dorcas seufzte erneut. »Und wenn ständig Menschen im Steinbruch sind, ist kaum mehr an die Jagd zu denken. Sie hätte ohnehin keinen Sinn: Bestimmt gibt's bald keine Tiere mehr in der Nähe.«

»Wir sind Tausende!«

Dorcas hob wortlos die Schultern.

»Es ist schon für mich schwer genug, durch den Schnee zu gehen«, sagte er. »Die älteren Nomen schaffen das bestimmt nicht. Ebenso wenig wie die kleinen Kinder.«

»Also müssen wir hierbleiben«, entgegnete Grimma. »So wie's Nisodemus will.«

»Ja. Wir können nur bleiben und hoffen. Vielleicht verschwindet der Schnee bald. Dann fliehen wir ins Gebüsch oder so.«

»Und wenn wir kämpfen?«, fragte Grimma.

Dorcas knurrte leise. »Kein Problem. Wir kämpfen dauernd. Streit und Zank, du kennst das ja. Es liegt in der nomischen Natur.«

»Nein, ich meine: Und wenn wir gegen die *Menschen* kämpfen? Um den Steinbruch?«

Langes Schweigen folgte.

»Was, wir?«, erwiderte Dorcas schließlich. »Gegen *Menschen*?«

»Ja.«

»Aber die Menschen sind *Menschen*!«

»Ja.«

»Aber sie sind viel größer als wir!«, stieß der Ingenieur verzweifelt hervor.

»Größere Ziele, leichter zu treffen.« In Grimmas Augen leuchtete es. »Wir sind viel schneller und klüger als sie, und wir wissen, dass sie existieren, und außerdem haben wir das Überraschungsmoment auf unserer Seite«, fügte sie hinzu.

»Das was?«, fragte Dorcas verwirrt.

»Das Überraschungsmoment. Die Menschen wissen nicht, dass wir hier sind«, erklärte Grimma.

Dorcas musterte sie argwöhnisch.

»Du hast wieder in komischen Büchern gelesen«, vermutete er.

»Das ist immer noch besser, als herumzusitzen, die Hände zu ringen und zu jammern: ›Meine Güte, meine Güte, die Menschen kommen und werden uns alle zertrampeln.‹«

»Na schön«, sagte Dorcas. »Aber was schlägst du vor? Glaub mir: Es wäre alles andere als leicht, ihnen einen Knüppel auf den Kopf zu schlagen.«

»Nicht auf den Kopf«, antwortete Grimma.

Dorcas starrte sie groß an. Gegen Menschen kämpfen? Es war eine so verblüffende Vorstellung, dass es der Verstand zunächst ablehnte, sich eingehender damit zu befassen.

Andererseits ... Er erinnerte sich an ein ganz bestimmtes Buch. Masklin hatte es im Kaufhaus entdeckt, und es hatte Dorcas auf die Idee gebracht, wie man einen Lastwagen fahren konnte. Wie lautete der Titel? *Gullivers Reisen*? Es zeigte das Bild eines Menschen, der auf dem Rücken lag, während kleine Gestalten, die wie Nomen aussahen, ihn mit Stricken fesselten. Nicht einmal die ältesten Nomen konnten sich an so etwas erinnern. Es musste vor langer, langer Zeit geschehen sein.

Ihm fiel etwas ein.

»Einen Augenblick«, sagte Dorcas. »Wenn wir damit beginnen, gegen die Menschen zu kämpfen ...« Er unterbrach sich.

»Ja?«, drängte Grimma ungeduldig.

»Dann setzen sie sich zur Wehr, oder? Ich weiß, dass sie nicht besonders intelligent sind, aber irgendwann merken sie bestimmt, was passiert, und dann wehren sie sich. ›Vergeltung‹ nennt man so etwas.«

»Genau«, bestätigte Grimma. »Und deshalb ist es sehr wichtig, dass wir sofort mit der Vergeltung anfangen.«

Dorcas dachte darüber nach. Es klang irgendwie logisch.

»Aber nur in Notwehr«, sagte er. »Nur in Notwehr. Selbst Menschen gegenüber. Um unnötiges Leid zu vermeiden.«

»Meinetwegen«, räumte Grimma ein.

»Und du meinst wirklich, wir sollten gegen die Menschen kämpfen?«

»Ja.«

»Und … wie?«

Grimma biss sich auf die Lippe. »Hm, der junge Sacco und seine Freunde. Vertraust du ihnen?«

»Es sind gute Jungs. Und auch Mädchen, ein oder zwei von ihnen.« Dorcas lächelte. »Immer bereit, etwas Neues auszuprobieren.«

»Dann brauchen wir Nägel …«

»Du hast dir alles genau überlegt, wie?«, fragte Dorcas. Ehrfurcht regte sich in ihm. Grimma schien oft schlecht gelaunt zu sein, und vielleicht lag es daran, dass ihr Gehirn sehr schnell arbeitete: Andere Leute konnten ihr nicht folgen, und dadurch verlor sie die Geduld. Doch jetzt zeigte sie keine Gereiztheit, sondern echten *Zorn*. Dorcas fühlte fast so etwas wie Mitleid, als er an Menschen dachte, die einer solchen Grimma über den Weg liefen.

»Ich habe viel gelesen«, sagte sie.

»Äh, ja, dachte ich mir«, erwiderte der Ingenieur. »Aber, äh, ich frage mich, ob es nicht vernünftiger wäre …«

»Wir laufen nicht noch einmal weg«, fuhr Grimma in einem kategorischen Tonfall fort. »Wir kämpfen auf dem Weg. Wir kämpfen am Tor. Wir kämpfen im Steinbruch. Und wir kapitulieren nie.«

»Was bedeutet ›kapitulieren‹?«, erkundigte sich Dorcas verzweifelt.

»Wir kennen überhaupt nicht die Bedeutung des Wortes Kapitulation«, sagte Grimma.

»*Mir* ist sie nicht bekannt«, stellte Dorcas fest.

Grimma lehnte sich an die Wand.

»Möchtest du etwas Seltsames hören?«, fragte sie.

Dorcas rang mit sich.

»Äh, vielleicht.«

»Es gibt Bücher über uns.«

»Wie *Gullivers Reisen*?«

»Nein. Darin ging's um Menschen. Über uns, meine ich. Über ganz normale Leute, die so groß sind wie wir. Aber sie sind grün und haben komische Stängel auf dem Kopf. Manchmal stellen die Menschen Schüsseln mit Milch für uns vor die Tür, und wir erledigen ihre Hausarbeit. Und sie haben Flügel, wie Bienen. So steht's in den Büchern. Wir heißen darin ›Kobolde‹ und ›Elfen‹. Ich hab's in *Märchen für Kleine* gelesen.«

»Das mit den Flügeln könnte nicht klappen«, entgegnete Dorcas skeptisch. »Wir sind zu schwer.«

»Und die Menschen glauben, wir wohnen in Pilzen«, sagte Grimma.

»Hm, klingt nicht sehr praktisch.«

»Und sie glauben, wir reparieren Schuhe.«

»Schon besser«, brummte Dorcas. »Gute, solide Arbeit.«

»In dem Buch stand auch, dass wir die Blumen anmalen, damit sie hübsch bunt sind.«

Dorcas hob beide Brauen.

»Nein«, murmelte er nach einer Weile. »Ich habe mir die Farben der Blumen angesehen. Sie sind eingebaut, ich bin ganz sicher.«

»Wir leben«, sagte Grimma. »Ich meine, wir existieren *wirklich*. Ohne Stängel auf dem Kopf. Ohne Bienenflügel. Warum stehen solche Sachen in Büchern?«

»Keine Ahnung«, antwortete Dorcas. »Ich lese nur Handbücher. *Richtige* Bücher müssen Listen und Bauteilnummern enthalten, wenn du mich fragst.«

»Wenn es den Menschen jemals gelingt, uns zu fangen ... Jetzt wissen wir, was uns dann bevorsteht. Sie verwandeln uns in Kobolde und Elfen, die Blumen bemalen. Sie lassen nicht zu, dass wir etwas anderes sind. Sie zwingen uns, *klein* zu sein.« Grimma seufzte. »Hast du jemals das Gefühl, nie genug zu wissen?«

»O ja. Dauernd.«

Grimma runzelte die Stirn.

»*Eins* weiß ich: Wenn Masklin zurückkehrt, wird etwas da sein, zu dem er zurückkehren kann.«

»Oh«, sagte Dorcas.

»Oh«, wiederholte er. »Ich verstehe.«

Bittere Kälte erwartete den Ingenieur in Jekubs Bau. Andere Nomen kamen nie hierher, wegen des unangenehmen Geruchs, und das war Dorcas nur recht.

Er schlurfte über den Boden und hob den Rand der großen

Plane, unter der Jekub schlief. Zwar hatte er eine Art Strickleiter improvisiert, aber es dauerte trotzdem lange, an dem Ungeheuer emporzuklettern. Schließlich erreichte Dorcas seinen üblichen Sitzplatz und verschnaufte.

»Ich möchte den Leuten nur helfen«, sagte er leise. »Ich möchte ihnen Dinge geben wie Elektrizität und so weiter, ihr Leben erleichtern, aber sie bedanken sich nicht einmal dafür. Sie wollten, dass ich Schilder anfertige, und ich habe ihnen den Wunsch erfüllt. Jetzt will Grimma gegen die Menschen kämpfen. Sie hat viele Ideen, und die meisten von ihnen stammen aus Büchern. Ich weiß, dass sie nur deshalb Pläne schmiedet, um Masklin zu vergessen, aber ich fürchte, damit schafft sie nur zusätzliche Probleme. Und wenn ich ihr *nicht* helfe, wird alles noch schlimmer. Ich möchte vermeiden, dass *irgendjemand* zu Schaden kommt. Leute wie wir können nicht so einfach repariert werden wie Maschinen.«

Er stieß mit den Hacken an Jekubs ... Welcher Teil von ihm war es? Wahrscheinlich der Hals.

»Für dich ist alles einfach«, fuhr Dorcas fort. »Du schläfst hier, ruhst dich aus ...«

Eine Zeit lang blickte er an Jekub hinab.

Und dann, noch leiser: »Ich frage mich ...«

Fünf Minuten verstrichen. Der Ingenieur kroch und kletterte durch die Schatten, verschwand hier, kam dort wieder zum Vorschein und murmelte Bemerkungen wie: »Völlig leer. Kein Strom mehr drin. Wir brauchen eine neue Batterie.« Und: »Scheint so weit in Ordnung zu sein, muss nur gesäubert werden.« Und: »Hm, du hast zu wenig im Tank ...«

Schließlich trat er unter der staubigen Plane hervor und rieb sich die Hände.

Jeder braucht ein Ziel, dachte er. *Sonst ist das Leben leer.*

Nisodemus möchte, dass alles so wird wie früher. Grimma möchte, dass Masklin zurückkehrt. Und Masklin ... Niemand weiß genau, was Masklin möchte. Vermutlich strebt er ziemlich viel an.

Sie alle haben Ziele. Mit einem Ziel im Leben kann man sich fünfzehn Zentimeter groß fühlen.

Und ich habe gerade eins für mich gefunden.

Donnerwetter.

Der Mensch kehrte später zurück, und er kam nicht allein. Der kleine Laster folgte einem viel größeren mit der Aufschrift »Blackbury Sand & Kies GmbH«. Seine Reifen verwandelten die dünne Schneeschicht in glitzernden Schlamm.

Er rumpelte über den Weg, wurde langsamer, als er sich dem breiten Bereich vorm Tor näherte, und hielt.

Es war kein besonders gutes Anhalten. Das Heck des Lastwagens schwang herum und stieß fast gegen die Hecke. Der Motor stotterte und verstummte. Etwas zischte. Und dann, ganz langsam, sank das große Fahrzeug.

Zwei Menschen stiegen aus, stapften um den Laster herum und sahen sich die Räder an.

»Die Reifen sind nur unten platt«, flüsterte Grimma im Gebüsch.

»Keine Sorge«, raunte Dorcas. »Das haben Reifen so an sich: Die flachen Stellen sinken immer nach unten. Eigentlich erstaunlich, was man mit ein paar Nägeln anstellen kann, nicht wahr?«

Der kleinere Laster hielt hinter dem großen. Dort stiegen ebenfalls zwei Menschen aus und gesellten sich den ersten beiden hinzu. Einer von ihnen hielt die größte Zange in den Händen, die Dorcas jemals gesehen hatte. Während sich seine Gefährten an einem Rad bückten, ging er zum Tor und setzte die Zange dort an, wo das Vorhängeschloss hing.

Er drückte zu, und es war eine Anstrengung, selbst für den Menschen. Doch nach einigen Sekunden ertönte ein so lautes Knacken, dass es auch die Nomen im Gebüsch hörten. Unmittelbar darauf klirrte und rasselte es, als die Kette zu Boden rutschte.

Dorcas stöhnte und musste nun alle seine Hoffnungen aufgeben. Die Kette gehörte Jekub. Das vermutete er jedenfalls, weil sie in einem gelben Kasten an Jekubs Seite gelegen hatte. *Andererseits,* dachte er nicht ohne Stolz, *ist die Kette noch immer heil. Sie hat gehalten, im Gegensatz zum Schloss.*

»Ich verstehe das nicht«, murmelte Grimma. »Die Menschen sehen doch, dass sie hier unerwünscht sind. Warum bestehen sie trotzdem darauf, zum Steinbruch zu kommen?«

»Wenn sie Steine suchen …«, meinte Sacco. »Davon gibt's auch woanders genug.«

Der Mensch zog das Tor weit genug auf, um zur anderen Seite zu gelangen.

»Bestimmt geht er zum Verwalterbüro«, sagte Sacco. »Bestimmt macht er Geräusche am Telefon.«

»Nein«, erwiderte Dorcas mit fester Stimme.

»Bestimmt spricht er mit Anordnung«, fuhr Sacco fort. »Er wird ihm sagen – auf Mensch, meine ich –, er wird ihm sagen: ›Einige unserer Reifen sind platt.‹«

»Nein«, wiederholte Dorcas. »Er wird sagen: ›Warum funktioniert das Telefon nicht?‹«

»Warum funktioniert das Telefon nicht?«, fragte Nooty.

»Weil ich weiß, welche Drähte man durchschneiden muss«, antwortete Dorcas. »Seht nur, jetzt verlässt er das Verwalterbüro.«

Sie beobachteten, wie der Mensch zwischen den Hütten umherschritt. Schnee verhüllte die kläglichen Versuche der Nomen, den Ackerbau zu erlernen, doch im Weiß auf dem Boden zeigten sich viele kleine Fußabdrücke, wie Vogelspuren. Der Mensch schien sie nicht zu bemerken. Menschen bemerkten fast nie etwas.

»Stolperdrähte«, sagte Grimma.

»Was?«, fragte Dorcas.

»Stolperdrähte. Wir sollten Stolperdrähte spannen. Menschen sind groß. Und je größer man ist, desto unangenehmer wird es, das Gleichgewicht zu verlieren und zu fallen.«

»Hoffentlich fallen die Menschen nicht auf uns«, kommentierte Dorcas besorgt.

»Nein. Und wir könnten noch mehr Nägel verwenden«, fügte Grimma hinzu.

»Meine Güte!«

Die Menschen standen vor dem Laster mit den platten Reifen. Schließlich schienen sie eine Entscheidung zu treffen, gingen zum Landrover und stiegen ein. Der Lastwagen blockierte den Weg – das Fahrzeug rollte zurück, wendete an einer Feldzufahrt und verschwand in Richtung Straße.

Der Laster stand auch weiterhin am Tor.

Dorcas ließ den angehaltenen Atem entweichen.

»Ich habe befürchtet, dass jemand von ihnen hierbleibt«, brummte er.

»Sie kommen wieder«, sagte Grimma. »Darauf hast du selbst hingewiesen. Die Menschen kehren zurück und bringen irgendwie die Reifen in Ordnung.«

Dorcas nickte. »Dann sollten wir keine Zeit verlieren und uns sputen. Also los!«

Er stand auf und lief zum Weg. Sacco hörte überrascht, dass der Ingenieur leise pfiff.

»Wir müssen dafür sorgen, dass die Menschen den Lastwagen nicht bewegen können«, sagte Dorcas zu seinen Begleitern, die Mühe hatten, mit ihm Schritt zu halten. »Wenn er an Ort und Stelle bleibt, blockiert er den Weg. Und wenn er den Weg blockiert, ist es den Menschen nicht möglich, Maschinen in den Steinbruch zu bringen.«

»Gut«, meinte Grimma, doch es klang ein wenig verwirrt.

»Zuerst die Batterie«, entschied Dorcas. »Ohne Batterie kein Strom. Ohne Strom funktioniert bei einem Laster überhaupt nichts.«

»Genau«, bestätigte Sacco.

»Ein großes eckiges Ding«, erklärte der Ingenieur. »Mindestens acht von euch sind notwendig, um die Batterie zu tragen. Und lasst sie bloß nicht fallen, ganz gleich, was auch passiert.«

»Warum?«, fragte Grimma. »Es wäre doch eine gute Idee, die Batterie kaputt zu schlagen, oder?«

»Äh, äh, äh«, stieß Dorcas hervor, wie ein Motor, der nicht ansprang. »Nein, weil, weil, weil es gefährlich sein könnte. Ja. Gefährlich. Ja. Wegen, wegen, wegen der Säure und so. Die Batterie muss ganz vorsichtig ausgebaut werden, und ich verstaue sie dann an einem sicheren Ort. Ja. An einem sehr sicheren Ort. Los geht's! Ihr beiden holt den Schraubenschlüssel.«

Zwei Nomen eilten fort.

»Und abgesehen von der Batterie?«, fragte Grimma.

»Wir leeren den Tank«, sagte Dorcas, als sie unter den Lastwagen traten. Er war viel kleiner als der Laster, den sie bei der Langen Fahrt benutzt hatten, aber er wirkte trotzdem *riesig*. Dorcas ging noch einige Schritte vor und blieb dann unter dem großen gewölbten Metallleib des Tanks stehen.

Vier junge Nomen holten einen leeren Kanister aus dem Gebüsch. Dorcas rief sie zu sich und deutete auf das gewaltige Gebilde weiter oben.

»Sucht nach einer Schraube. Sie dient dazu, den Treibstoff abzulassen. Dreht sie mit dem Schraubenschlüssel auf. Und stellt *vorher* den Kanister darunter!«

Die jungen Leute nickten begeistert und machten sich an die Arbeit. Nomen sind gute Kletterer und erstaunlich kräftig, wenn man bedenkt, dass sie nicht größer werden als zehn Zentimeter.

»Und achtet darauf, nichts zu verschütten!«, rief ihnen Dorcas nach.

»Warum ist das wichtig?«, fragte Grimma hinter ihm. »Wir wollen das Zeug doch nur aus dem Tank holen. Ist es nicht völlig gleich, was anschließend daraus wird?« Sie maß den Ingenieur mit einem nachdenklichen Blick.

Dorcas drehte sich um, blinzelte und überlegte fieberhaft.

»Äh«, sagte er. »Ah. Äh. Weil. Weilweilweil. Äh. Weil ... Treibstoff ist gefährlich. Darf nicht in den Boden gelangen. Wegen der Umweltverschmutzung. Wir sollten ihn im Kanister aufbewahren und ...«

»Und an einem sicheren Ort verstauen?«, fragte Grimma misstrauisch.

»Ja, ja, genau!« Dorcas spürte, wie ihm der Schweiß ausbrach. »Gute Idee. Komm, gehen wir dorthin ...«

Er spürte einen plötzlichen Luftzug und hörte ein Pochen: Die Batterie des Lastwagens landete dort, wo sie eben noch gestanden hatten.

»Entschuldige, Dorcas!«, rief Sacco von oben. »Sie war viel schwerer, als wir dachten. Wir konnten sie nicht festhalten.«

»Idioten!«, entfuhr es Grimma.

»Ja, Idioten seid ihr!«, donnerte der Ingenieur. »Vielleicht ist die Batterie beschädigt worden! Kommt runter und bringt sie zur Hecke, in Ordnung?«

»Wir hätten *verletzt* werden können«, sagte Grimma.

»Ja, ja, ja, genau das meine ich«, erwiderte Dorcas. »Könntest du hier ein bisschen organisieren? Es sind gute Jungs, aber manchmal übertreiben sie's mit ihrer Begeisterung, wenn du verstehst, was ich meine.«

Er wanderte durch die Schatten, den Kopf weit nach hinten geneigt.

»Na so was!«, zischte Grimma und beobachtete, wie Sacco und seine Freunde verlegen herabkletterten.

»Steht nicht einfach so herum«, sagte sie. »Zur Hecke mit der Batterie. Hat euch Dorcas nicht gezeigt, wie man mit Hebeln umgeht? Sind sehr wichtig. Es ist erstaunlich, was man mit Hebeln anstellen kann. Während der Langen Fahrt haben wir sie häufig benutzt.«

Sie unterbrach sich, blickte zur fernen Gestalt des Ingenieurs und kniff die Augen zusammen.

Er ist schlau, dachte Grimma. *Und er hat etwas vor.*

»An die Arbeit«, forderte sie die jungen Nomen auf und lief zu Dorcas.

Er stand unter dem Motor des Lastwagens und betrachtete ein Durcheinander aus rostigen Rohrleitungen. Als sich Grimma ihm näherte, hörte sie sein Murmeln: »Was brauchen wir sonst noch?«

»Brauchen?«, wiederholte sie. »Wie meinst du denn das?«

»Oh, für Jek...« Dorcas klappte den Mund zu und drehte sich langsam um. »Ah, ich meinte nur ... Was ist sonst noch nötig, um dafür zu sorgen, dass sich der Laster nicht mehr bewegen kann?«, erklärte er mit steinerner Miene. »Ah, nur darum geht's mir.«

»Du spielst doch nicht etwa mit dem Gedanken, den Laster zu fahren, oder?«, fragte Grimma.

»Was für eine törichte Vorstellung. Wohin denn? Er könnte doch nicht über die Felder bis zur Scheune rollen.«

»Dann ist ja alles klar.«

»Ich möchte ihn mir nur ansehen.« Dorcas fügte stolz hinzu: »Man vergeudet nie seine Zeit, wenn man sie nutzt, um zusätzliches Wissen zu sammeln.« Auf der anderen Seite des Lastwagens trat er ins Licht und blickte auf.

»Interessant«, murmelte er.

»Was ist denn?«

»Die linke Tür steht offen. Die Menschen haben sie vielleicht offen gelassen, weil sie wieder einsteigen und mit dem Laster wegfahren wollten.«

Grimma spähte ebenfalls nach oben: Die Tür *war* einen Spaltbreit geöffnet.

Dorcas blickte zur Hecke hinter ihnen.

»Ich schlage vor, wir suchen nach einem Zweig, der lang genug ist«, sagte er. »Dann klettern wir hoch und sehen uns um.«

»Du willst dich dort drin umsehen? Warum denn?«

»Vielleicht finden wir etwas«, entgegnete Dorcas ausweichend. Er wandte sich seinen Assistenten unterm Laster zu.

»Wie kommt ihr zurecht? Wir könnten hier Hilfe brauchen.«

Sacco wankte heran. »Wir haben es geschafft, das Batterie-Ding bis hinter die Hecke zu bringen«, schnaufte er. »Und der Kanister ist fast voll. Riecht ganz schrecklich. Es strömt noch immer viel aus dem Tank.«

»Könnt ihr die Schraube wieder daran befestigen?«

»Nooty hat's versucht. Das schmierige Zeug hätte sie fast weggespült.«

»Lasst es einfach auf den Weg fließen«, brummte Dorcas.

»Moment mal«, warf Grimma ein. »Eben hast du gesagt, das sei gefährlich. Stellt der Treibstoff nur eine Gefahr dar, bis der Kanister voll ist, und dann nicht mehr?«

»Du wolltest, dass sich der Laster nicht bewegen kann, und diesen Wunsch habe ich dir erfüllt«, knurrte Dorcas. »Sei jetzt still!«

Grimma musterte ihn verblüfft.

»Was hast du gesagt?«, fragte sie leise.

Der Ingenieur schluckte. *Ach, verdammt*, dachte er. *Wenn man schon angeschrien wird, dann sollte es wenigstens einen guten Grund dafür geben.*

»›Sei still!‹, habe ich gesagt«, antwortete er. »Ich möchte nicht unhöflich sein, aber du gehst immer auf Leute los. Tut mir leid, so ist es nun einmal. Ich helfe dir. Ich bitte dich nicht, mir zu helfen, aber du könntest mich wenigstens in Ruhe lassen, anstatt mich dauernd mit irgendwelchen Sachen zu belästigen. Außerdem sagst du nie ›Bitte‹ oder ›Danke‹. Nomen sind ein wenig wie Maschinen«, fügte Dorcas ernst hinzu, während Grimmas Gesicht rot anlief. »Worte wie ›bitte‹ und ›danke‹ sind wie Schmierfett. Dadurch funktioniert alles besser. Hast du verstanden?« Er sah seine Assistenten an, die fast eingeschüchtert wirkten.

»Holt einen Zweig, der lang genug ist, um daran bis zum Führerhaus emporzuklettern«, sagte er. »Bitte.«

Die jungen Nomen liefen sofort los.

9

III. Und die jungen Nomen sprachen: Wir wären gern wie unsere Väter, die mit dem Lastwagen fuhren. Wie fühlten sie sich?
IV. Und Dorcas antwortete: Sie fühlten Entsetzen.
V. Und sie atmeten erleichtert auf, als es vorbei war.

Aus dem Buch der Nomen, *Seltsame Frösche, Kapitel 2, Verse III–V*

Das Führerhaus unterschied sich kaum von dem des Lasters, der die Nomen vom Kaufhaus bis in die Nähe des Steinbruchs gebracht hatte. Es weckte Erinnerungen.

»Donnerwetter!«, platzte es aus Sacco heraus. »Und wir haben einen solchen Lastwagen gefahren?«

»Siebenhundert von uns«, sagte Dorcas stolz. »Dein Vater gehörte zu ihnen. Du warst hinten bei deiner Mutter, ebenso wie die anderen Jungs.«

»Ich bin kein Junge«, wandte Nooty ein.

»Entschuldige«, erwiderte der Ingenieur. »Ist mir so rausgerutscht. In meiner Jugend blieben die Mädchen fast immer zu Hause. Ich habe natürlich nichts dagegen, dass sie sich jetzt größere Freiheiten nehmen«, fügte er hastig hinzu, um zu vermeiden, eine zweite Grimma zu bekommen. »Ich *begrüße* es sogar.«

»Schade, dass ich bei der Langen Fahrt nicht älter gewesen bin«, seufzte Nooty. »Sie muss *aufregend* gewesen sein.«

»Ich hatte fürchterliche Angst dabei«, gab Dorcas zu.

Die anderen wanderten im Führerhaus umher wie Touristen in einer Kathedrale. Sie bestaunten alles, und Nooty versuchte, ein Pedal zu betätigen.

»Toll«, hauchte sie.

»Sacco, kletter nach oben und hol die Schlüssel«, sagte Dorcas. »Was die anderen betrifft ... Glotzt nicht so. Die Menschen können jederzeit zurückkehren. Nooty, hör mit dem Brumm-brumm auf. Ich bin ziemlich sicher, dass nette Mädchen nicht solche Geräusche machen sollten«, fügte er hilflos hinzu.

Sacco schwang sich am Lenkrad vorbei und zog den Schlüssel aus dem Zündschloss, während sich die anderen weiterhin im Führerhaus umsahen.

Grimma fehlte. Sie hatte sich geweigert, Dorcas in den Lastwagen zu begleiten. Sie war bemerkenswert still gewesen und hatte verdrießlich zu Boden gestarrt.

Trotzdem, Dorcas bereute seine Worte nicht. *Sie mussten ausgesprochen werden*, dachte er.

Er drehte den Kopf von einer Seite zur anderen und ließ den Blick durchs Führerhaus schweifen. Na schön, überlegte er. *Wir haben die Batterie. Wir haben Treibstoff. Was braucht Jekub sonst noch?*

»Kommt!«, rief er schließlich. »Steigen wir aus. Nooty, hör endlich auf damit, dauernd zu versuchen, irgendwelche Dinge zu *bewegen*. Vielleicht genügt nicht einmal eure gemeinsame Kraft, um einen Gang einzulegen. Kommt jetzt, bevor die Menschen zurückkehren.«

Er ging zur Tür und hörte ein Klicken hinter sich.

»Ich habe gesagt, ihr ... Was *macht ihr da*?«

Die jungen Nomen starrten den Ingenieur erschrocken an.

»Wir wollten nur herausfinden, ob wir doch einen Gang einlegen können«, antwortete Nooty. »Wenn man diesen Knopf drückt ...«

»Drückt ihn nicht! Drückt ihn nicht!«

Den ersten Hinweis darauf, dass etwas nicht stimmte, bekam Grimma durch ein dumpfes Knirschen, dem *kriechende* Schatten folgten.

Der Lastwagen bewegte sich. Nicht sehr schnell, weil die beiden vorderen Reifen platt waren. Aber der Weg war recht steil. Ja, der Laster bewegte sich: Er rollte erst langsam, aber schon jetzt gelang es ihm, so etwas wie Unaufhaltsamkeit zum Ausdruck zu bringen.

Grimma riss die Augen auf.

Hohe Böschungen säumten den Weg, bis hinab zur breiten Straße – und der Eisenbahn.

»Ich habe gesagt, ihr sollt den Knopf nicht drücken! Habe ich etwa gesagt, dass ihr ihn drücken sollt? Nein, nicht drücken *habe ich gesagt!«*

Die entsetzten Nomen starrten ihn an, jeder Mund ein sprachloses O.

»Das ist nicht der Schalthebel, sondern die Handbremse, ihr Idioten!«

Sie hörten jetzt alle das Knirschen und spürten eine leichte Vibration. »Äh«, brachte Sacco mit zittriger Stimme hervor. »Was bedeutet ›Handbremse‹?«

»Sie sorgt dafür, dass ein Lastwagen an Hängen und so stehen bleibt! Los, wir müssen uns beeilen! Helft mir, die Handbremse wieder anzuziehen!«

Das Führerhaus schwankte ganz langsam von einer Seite zur anderen. Der Laster rollte, kein Zweifel. Und die Handbremse rührte sich jetzt nicht mehr von der Stelle. Dorcas zerrte daran, bis er blaue und violette Flecken vor den Augen sah.

»Ich habe den Knopf nur gedrückt, um herauszufinden, was passiert!«, jammerte Nooty. »Ich wusste nicht, dass ...«

»Ja, ja, schon gut.« Dorcas blickte sich um. Er brauchte jetzt einen Hebel. Und er brauchte mindestens fünfzig Nomen. Und er wünschte sich, woanders zu sein.

Über den bebenden Boden taumelte er zur Tür und spähte nach draußen. Die Hecke glitt in aller Seelenruhe vorbei, als hätte sie es nicht besonders eilig, doch auf dem Weg ließen sich kaum mehr Einzelheiten erkennen.

Wir könnten hinausspringen, dachte Dorcas. *Und wenn wir Glück haben, brechen wir uns nichts. Wenn wir noch mehr Glück haben, geraten wir nicht einmal unter die Räder. Ich frage mich, wie viel Glück wir derzeit erwarten dürfen.*

Wahrscheinlich nicht viel.

Sacco trat zu ihm.

»Wenn wir genug Anlauf nehmen und springen ...«, begann er.

Der Lastwagen polterte und wackelte, als er gegen die eine Böschung stieß und dann, nach kurzem Schlingern, auch gegen die andere.

Die Nomen standen wieder auf.

»Vielleicht ist das doch keine so gute Idee«, sagte Sacco. »Was sollen wir jetzt unternehmen, Dorcas?«

»Wir warten ab«, erwiderte der Ingenieur. »Die Böschungen halten den Laster vermutlich auf dem Weg, und ich schätze, irgendwann bleibt er einfach stehen.« Er fiel auf den Hosenboden, als sich der Lastwagen erneut schüttelte. »Ihr wolltet doch wissen, wie es während der Langen Fahrt zuging. Jetzt wisst ihr's.«

Eine weitere Erschütterung. Der Ast eines Baums verfing sich an der Tür, zog sie auf und riss sie ab. Blech kreischte.

»Ging's dabei *so* zu?«, rief Nooty, um den Lärm zu übertönen. Jetzt drohte keine unmittelbare Gefahr mehr, und Dorcas stellte erstaunt fest, dass die junge Nomin alles zu genießen schien. *Sie gehört zu den neuen Nomen*, dachte er. *Die neuen Nomen fürchten sich nicht mehr so sehr wie wir. Sie wissen, dass eine größere Welt existiert.*

Er hüstelte.

»Ja, abgesehen davon, dass es bei der Langen Fahrt dunkel war und wir keine Ahnung hatten, *wohin* wir fuhren«, antwortete er. »Ich schlage vor, wir halten uns gut fest. Falls es noch holpriger wird.«

Der Lastwagen rollte den Weg hinunter und erreichte die Straße. Ein Auto raste in die Hecke, um einen Zusammenstoß zu vermeiden. Einem anderen Laster gelang es, am Ende von zwei langen Streifen aus abgeriebenem Reifengummi anzuhalten.

Die Nomen im Führerhaus bemerkten nichts davon. Sie spürten nur weitere Stöße, als ihr Lastwagen an der anderen Straßenseite schlingerte und sich jener Stelle näherte, wo das Asphaltband die Gleise kreuzte. Dort kamen gerade die Schranken herunter, und rotes Warnlicht leuchtete.

Sacco starrte durch eine große Öffnung, die sich dort befand, wo bis vor kurzer Zeit eine Tür gewesen war.

»Wir haben gerade eine Straße überquert«, berichtete er.

»Aha«, brummte Dorcas.

»Ein Auto ist gegen ein anderes gestoßen«, fuhr der junge Nom fort. »Und ein Lastwagen ist umgekippt.«

»Dann können wir von Glück sagen, auf der anderen Straßenseite zu sein«, meinte Dorcas. »Offenbar sind einige sehr ungeschickte Fahrer unterwegs.«

Das Knirschen der platten Reifen auf Kies wurde allmählich leiser. Etwas zerbrach mit einem lauten Knacken, und der Führerhausboden unter den Nomenfüßen hob und senkte sich einige Male. Dann verharrte der Laster.

Dorcas vernahm ein seltsam dumpfes Donnern.

Nomen hören anders als Menschen: Das warnende, schrille Läuten am Bahnübergang klang für sie wie das klagende Stöhnen einer uralten Glocke.

»Wir bewegen uns nicht mehr«, sagte Dorcas, und er dachte: *Wir hätten das Bremspedal betätigen können. Mit einem Hebel oder so. Ich glaube, ich werde langsam alt.* »Kommt, verlieren wir keine Zeit. Wir springen nach draußen. Das heißt: Ihr jungen Leute springt nach draußen.«

»Und du?«, fragte Sacco.

»Ich warte, bis ihr alle nach draußen gesprungen seid, und dann bitte ich euch, mich aufzufangen«, erwiderte Dorcas ruhig. »Ich bin nicht mehr so jung wie ... wie damals. Also los!«

Die Nomen zögerten nicht, kletterten zum Trittbrett und sprangen in die Tiefe.

Die Tiefe wirkte *sehr* tief.

Weit unten zupfte Nooty respektvoll an Saccos Ärmel.

»Äh, Sacco«, sagte sie nervös.

»Ja?«

»Siehst du das Metallgatter dort?«

»Was ist damit?«

»Auf der anderen Seite gibt's *noch* eins.« Nooty deutete in die entsprechende Richtung.

»Ja, ich seh's«, entgegnete Sacco trotzig. »Was soll damit sein? Sie stehen einfach nur da.«

»Wir befinden uns genau zwischen ihnen«, sagte Nooty. »Ich hab's nur für angebracht gehalten, dich darauf hinzuweisen, weißt du. Außerdem läutet eine Glocke.«

»Ja, ich höre sie«, erwiderte Sacco gereizt. »Ich wünschte, sie würde endlich *aufhören* zu läuten.«

»Ich habe mich gefragt: warum das alles?«

Sacco zuckte mit den Schultern. »Wer weiß, weshalb gewisse Dinge passieren? *Komm* schon, Dorcas. *Bitte.* Wir haben nicht den ganzen Tag Zeit.«

»Ich bereite mich nur vor«, antwortete der Ingenieur würdevoll.

Nooty entfernte sich nachdenklich von der Gruppe und blickte auf ein Gleis. Es glänzte silbrig.

Und es *sang*.

Sie bückte sich. Ja, tatsächlich: Ein leises Summen ging davon aus. Seltsam. Normalerweise machte Metall keine Geräusche, zumindest nicht von allein.

Nooty sah zum Lastwagen auf.

Als sie ihn beobachtete – er steckte zwischen rot blinkenden Lichtern, Schranken und Gleisen – schien sich die Welt plötzlich zu verändern, und ein schreckliches Bild präsentierte sich der jungen Nomin.

»Sacco!«, rief sie mit vibrierender Stimme. »Sacco, der Laster steht genau auf den Eisenbahnschienen!«

Irgendwo in der Ferne ächzte etwas. Besser gesagt: Es ächzte gleich zweimal, das zweite Stöhnen noch tiefer und klagender als das erste.

Dieh-dah.

Dieh-dah.

Vom Tor des Steinbruchs aus konnte Grimma über die Straße hinweg bis zum Flugplatz blicken. Sie sah den Zug. Und sie sah auch den Lastwagen.

Der Zug schien den Laster ebenfalls gesehen zu haben. Er *schrie*, und es klang wie Metall, das Verzweiflung fühlt. Als der Zug gegen das Hindernis auf den Schienen prallte, war er viel langsamer geworden, und er schaffte es sogar, auf den Gleisen zu bleiben.

Lastwagenteile flogen in alle Richtungen. Funken stoben.

10

I. Und Nisodemus sprach: Zweifelt ihr daran, dass ich den mächtigen Anordnung aufzuhalten vermag?
II. Und die Nomen antworteten: Ähm ...

Aus dem Buch der Nomen, *Verfolgungen, Verse I–II*

Andere Nomen liefen vom Steinbruch herbei, angeführt von Nisodemus, und drängten sich am Tor zusammen.

»Was ist passiert? Was ist passiert?«

»Ich habe alles gesehen«, sagte ein Nom in mittleren Jahren. »Weil ich Wache gehalten habe, wisst ihr. Ja. Dorcas und seine Jungs sind ins Führerhaus des Lasters geklettert. Und dann rollte das Ding den Weg hinunter, bis zur Straße, und dann hielt es auf den Schienen an, und dann ... und dann ...«

»Ich habe verboten, an teuflischen Maschinen herumzufummeln«, sagte Nisodemus. »Und ich habe auch verboten, dass irgendjemand, ähm, Wache hält, oder? Bescheidenen und demütigen Nomen sollte es genügen, dass Arnold Gebr (gegr. 1905) über sie wacht!«

»Ja, aber ... Dorcas meinte, es könnte sicher nicht schaden, wenn wir ihm ein wenig helfen oder so«, erwiderte der Nom nervös. »Und er meinte ...«

»Ich habe *Befehle* erteilt!«, keifte Nisodemus. »Befehle, denen ihr *gehorchen* müsst! Immerhin ist es mir gelungen, den Lastwagen mit der Macht von Arnold Gebr (gegr. 1905) aufzuhalten, nicht wahr?«

»Nein«, widersprach Grimma ruhig. »Nein, das stimmt nicht. Dorcas hat ihn aufgehalten. Mit Nägeln auf dem Weg.«

Entsetztes Schweigen folgte diesen Worten. Nisodemus nutzte die Stille, um zu erbleichen. Zorn gleißte in seinen Augen.

»Lügen!«, rief er.

»Nein«, murmelte Grimma. »Es ist die Wahrheit. Dorcas hat sich immer Mühe gegeben, uns zu helfen, und wir haben nie ›Bitte‹ oder ›Danke‹ gesagt, und jetzt ist er tot.«

Sirenen erklangen von der Straße her, und am reglosen Zug schien viel Aufregung zu herrschen. Blaulichter schimmerten.

Die Nomen traten voller Unbehagen von einem Bein aufs andere. Einer von ihnen sagte: »Er ist doch nicht wirklich tot, oder? Nicht *wirklich*. Bestimmt sprang er im letzten Augenblick aus dem Laster. Oder so. War immer sehr gescheit. Ich meine, das ist er nach wie vor, gescheit.«

Grimma sah sich hilflos in der Menge um und bemerkte Nootys Eltern: ruhige, geduldige Leute. Sie hatte nur selten mit ihnen gesprochen. Jetzt waren ihre Gesichter aschfahl, und Sorge bildete tiefe Falten darin. Grimma brachte es nicht fertig, ihnen jegliche Hoffnung zu nehmen.

»Ja«, sagte sie nach einer Weile. »Ja. Vielleicht sind Dorcas und die anderen rechtzeitig aus dem Laster gesprungen.«

»Bestimmt«, ließ sich ein anderer Nom vernehmen. Er versuchte, zuversichtlich zu wirken. »Dorcas ist kein Nom, der einfach so stirbt, obwohl wir ihn brauchen.«

Grimma nickte.

»Und nun ...«, fuhr sie fort. »Ich schätze, jetzt fragen sich selbst die Menschen, was hier geschieht. Es dauert nicht lange, bis sie herausfinden, woher der Laster kam, und dann kehren sie hierher zurück. Und vielleicht sind sie *zornig*.«

Nisodemus befeuchtete sich die Lippen. »Wir fürchten uns nicht vor ihnen. Tapfer werden wir ihnen entgegentreten. Ähm. Wir begegnen ihnen mit Verachtung. Wir brauchen Dorcas gar nicht. Unser Vertrauen in Arnold Gebr (gegr. 1905) genügt. Nägel, pah!«

»Wenn wir jetzt aufbrechen, haben wir noch Gelegenheit, die Scheune zu erreichen«, sagte Grimma. »Inzwischen ist ein großer Teil des Schnees getaut. Jedenfalls, ich fürchte, hier im Steinbruch sind wir bald nicht mehr sicher.«

Etwas in ihrem Tonfall machte die Nomen nervös. Normalerweise sprach Grimma immer ziemlich laut oder schrie sogar, doch diesmal flüsterte sie fast. Sie schien jetzt eine ganz andere Grimma zu sein.

»Beeilt euch«, sagte sie. »Wir müssen sofort los. Nehmt möglichst viele Vorräte und so weiter mit. Worauf wartet ihr noch?«

»Nein!«, kreischte Nisodemus. »Wir bleiben hier. Arnold Gebr (gegr. 1905) lässt uns gewiss nicht im Stich. Und ich werde euch vor den Menschen schützen!«

Unten löste sich ein Wagen mit blitzendem Blaulicht aus der Aufregung am Zug, überquerte die breite Straße und fuhr langsam in Richtung Steinbruch.

»Mit der Macht von Arnold Gebr (gegr. 1905) werde ich die Menschen *strafen!*«, rief Nisodemus.

Die Nomen wechselten beunruhigte Blicke. Im Kaufhaus war nie jemand von Arnold Gebr gestraft worden. Er hatte es nur gegründet und dafür gesorgt, dass Nomen dort ein bequemes und relativ sorgloses Leben führen konnten. Selbst die von ihm aufgestellten Schilder störten kaum. Doch jetzt war Arnold Gebr (gegr. 1905) plötzlich immerzu zornig und wollte dauernd Strafe bringen. Die meisten Nomen fanden das alles verwirrend.

»Ich bleibe hier stehen und trotze den grässlichen Schergen von Anordnung!«, ereiferte sich Nisodemus. »Ich werde ihnen eine Lektion erteilen, die sie so schnell nicht vergessen.«

Die übrigen Nomen schwiegen. Wenn Nisodemus vor einem Auto stehen bleiben wollte, so war das seine Sache.

»Wir *alle* trotzen ihnen!«, verkündete er.

»Äh, was?«, fragte ein Nom.

»Brüder, lasst uns hier voller Entschlossenheit stehen und Anordnung zeigen, dass wir ihm gemeinsam die Stirn bieten! Ähm. Wenn ihr fest genug an Arnold Gebr (gegr. 1905) glaubt, wird euch auch kein Leid geschehen!«

Der Wagen mit dem Blaulicht rollte weiterhin über den Weg. Bald würde er die breite Stelle vor dem Tor erreichen, an dem eine nutzlose Kette mit einem nutzlosen Vorhängeschloss hing.

Grimma öffnete den Mund, um zu sagen: Seid nicht dumm, ihr Narren! Es kann wohl kaum Arnold Gebrs (gegr. 1905) Absicht sein, dass ihr vor Autos stehen bleibt. Ich habe *gesehen*, was mit Nomen passierte, die vor Autos standen. Ihre Verwandten mussten sie in Briefumschlägen begraben.

Das wollte sie sagen, doch dann überlegte sie es sich anders. Viele Monate lang war es immer wieder nötig gewesen, den Nomen Dinge zu erklären. Irgendwann musste damit Schluss sein. Warum nicht jetzt?

Einige besorgte Gesichter wandten sich ihr zu, und jemand fragte: »Was sollen wir jetzt *tun*, Grimma?«

»Ja«, meinte ein anderer Nom. »Sie gehört zu den Fahrern, und die Fahrer wissen immer, worauf es ankommt.«

Grimma lächelte, doch es war kein besonderes freundliches Lächeln.

»Entscheidet selbst«, erwiderte sie.

Dutzende von Nomen holten tief Luft.

»Nun, ja«, sagte ein Nom. »Aber, äh ... Nisodemus behauptet, wir könnten die Menschen aufhalten, indem wir einfach nur glauben, dazu imstande zu sein. Stimmt das?«

»Keine Ahnung«, entgegnete Grimma. »Vielleicht seid *ihr* dazu in der Lage. *Ich* bin es nicht.«

Sie drehte sich um und ging mit langen Schritten zu den Hütten.

»Bleibt entschlossen stehen!«, befahl Nisodemus. Er hatte überhaupt nicht auf das sorgenvolle Gespräch hinter ihm geachtet. Vielleicht hörte er inzwischen gar nichts mehr, abgesehen von den Stimmen, die in seinem Kopf flüsterten.

»›Entscheidet selbst‹«, murmelte ein Nom. »Was soll man mit einem solchen Rat anfangen?«

Hunderte von Nomen beobachteten, wie sich ihnen das Auto näherte. Nisodemus stand vor ihnen und hob wie beschwörend die Hände.

Jetzt gab es nur noch ein Geräusch: Reifen knirschten über Kies.

Wenn während der nächsten Sekunden ein Vogel zum Steinbruch hinabgesehen hätte, wäre er sicher erstaunt gewesen.

Oder vielleicht auch nicht. Vögel zeichnen sich durch eine eher geringe Intelligenz aus. Es fällt ihnen schwer genug, das Gewöhnliche zu verstehen, ganz zu schweigen vom Ungewöhnlichen. Aber nehmen wir einmal an, ein ungewöhnlich intelligenter Vogel – ein Hirtenstar etwa oder ein Papagei, der von einem sehr starken Wind viele Tausend Kilometer weit nach Norden getragen wurde –, hätte das Geschehen beobachten können. Vermutlich gingen ihm dabei folgende Gedanken durch den Kopf:

Oh, dort ist ein großes Loch im Hügel, mit kleinen, rostigen Wellblechhütten und einem Zaun davor.

Und dort ist ein Wagen mit blinkendem Blaulicht, der gerade durchs Tor im Zaun fährt.

Und dort sind kleine dunkle Punkte auf dem Boden, nicht weit vom Tor entfernt. Ein Punkt steht ganz still, direkt vor dem heranrollenden Auto, und die anderen …

Die anderen sausten fort. Hunderte von Nomen rannten um ihr Leben.

Sie sahen Nisodemus nie wieder. Einige besonders mutige Nomen gingen später, *viel* später, zum Tor und suchten in den von Autoreifen stammenden Furchen.

Ein Gerücht entstand. Vielleicht war Nisodemus im letzten Augenblick hochgesprungen, um sich an einem Teil des Wagens festzuhalten und daran hochzuklettern. Und dann wartete er, zu beschämt, um sich anderen Nomen zu zeigen, bis das Auto wieder fortrollte und ihn mitnahm. Vielleicht führte er nun ein Leben in Einsamkeit. Eigentlich war er kein schlechter Nom gewesen, hieß es. Ganz gleich, was man sonst über ihn sagen konnte: Er hatte fest an gewisse Dinge geglaubt und sich immer so verhalten, wie er es für richtig hielt. Deshalb erschien es angemessen, dass er noch lebte, irgendwo draußen in der Welt.

So erzählte man es sich, und so schrieb man es im *Buch der Nomen* nieder.

Was die Nomen dachten, als sie zu Bett gingen … Das ging niemanden etwas an.

Menschen stapften langsam am Zug und an den Resten des Lastwagens vorbei. Viele andere Fahrzeuge waren gekommen, mit einer für Menschen hohen Geschwindigkeit. Die meisten von ihnen trugen Blaulichter.

Die Nomen wussten inzwischen, dass Autos mit Blaulichtern Unheil bedeuteten.

Auch der Landrover mit den Steinbruch-Männern stand am Eisenbahnübergang. Einer jener Menschen deutete zum zerfetzten Lastwagen und rief den anderen etwas zu. Er hatte die Motorhaube geöffnet und zeigte dorthin, wo sich die Batterie befinden sollte.

Neben den Gleisen strich der Wind übers Gras. Und manche Grashalme bewegten sich von ganz allein.

Dorcas hatte recht: Menschen kehrten immer dorthin zurück, wo sie einmal gewesen waren. Der Steinbruch gehörte ihnen. Drei Lastwagen parkten draußen vor den Hütten, und überall wimmelte es von Menschen. Einige reparierten den Zaun, andere trugen Kisten und Tonnen. Einer räumte das Verwalterbüro auf.

Die Nomen hockten unter den Bodendielen und lauschten furchterfüllt den Geräuschen über ihnen. Sie sahen sich nun mit einem großen Problem konfrontiert: Nomen mochten klein sein, aber für *zweitausend* von ihnen gab es nicht genug Verstecke.

Ein langer Tag lag hinter ihnen, und die Nomen hatten ihn so gut wie möglich verbracht: in den Schatten unter einigen Hütten, in den Schatten hinter Kisten, in einigen Fällen sogar auf den staubigen Sparren unterm Blechdach.

Manche Nomen kamen so knapp davon, dass nicht einmal eine *schmale* Postkarte zwischen sie und ihre Entdeckung – oder den Tod – passte. Der alte Munby Konfekt und seine Familie blinzelten im plötzlichen Licht, als ein Mensch nach der schmuddeligen Kiste griff, hinter der sie sich verbargen. Nur ein Sprint zum nahen Dosenstapel rettete sie. Und natürlich der Umstand, dass Menschen nie genau hinsahen.

Doch das war nicht das Schlimmste.

Das Schlimmste war viel schlimmer.

Die Nomen saßen in lauter Finsternis, wagten es nicht einmal, auch nur leise miteinander zu sprechen, und spürten, wie ihre Welt verschwand. Nicht etwa deshalb, weil Menschen Nomen hassten, sondern *weil sie nichts von ihnen wussten.*

Zum Beispiel Dorcas' Elektrizität. Der Ingenieur hatte viel Zeit damit verbracht, Drähte miteinander zu verbinden und eine Möglichkeit zu entdecken, Strom aus dem Sicherungskasten zu stehlen. Ein Mensch zog die Drähte gedankenlos raus, stocherte mit einem Schraubenzieher zwischen den Sicherungen und ersetzte den alten Kasten durch einen neuen, der abgeschlossen werden konnte. Dann reparierte er das Telefon.

Die Kaufhaus-Nomen brauchten Elektrizität und erinnerten sich nicht daran, jemals ohne sie gewesen zu sein. Es war eine ganz natürliche Sache für sie, wie Luft. Und jetzt wurde ihre Welt dunkel.

Das Entsetzen ließ nicht nach, ganz im Gegenteil. Die Bodendielen erzitterten. Staub und Holzsplitter regneten herab. Metallene Tonnen donnerten wie bei einem Gewitter, und überall hämmerte es. Die Menschen waren zurück und wollten bleiben.

Doch schließlich verließen sie den Steinbruch. Als das Tageslicht vom Winterhimmel kroch, der dadurch aussah wie erkaltender Stahl, stiegen einige Menschen in die Laster und fuhren über den Weg zur Straße.

Bevor sie verschwanden, geschah etwas Seltsames. Nomen kletterten hastig übereinander hinweg, als eine Diele im Verwalterbüro nach oben gezogen wurde. Eine riesige Hand streckte sich nach unten und stellte eine Schüssel auf den Boden. Kurz darauf nahm die Diele wieder ihren alten Platz ein, und es herrschte erneut Dunkelheit.

Die Nomen kauerten in der Düsternis und fragten sich verdutzt, wieso Menschen ihnen Nahrung anboten.

Die Schüssel enthielt eine mehlartige Masse. Es war nicht viel, wenn man an das große Angebot des Speisesaals im Kaufhaus dachte. Aber für Nomen, die seit Stunden hungerten und sich erbärmlich fühlten, ging ein überaus verlockender Duft davon aus.

Zwei junge Nomen krochen näher und schnupperten.

Einer von ihnen nahm eine Handvoll von dem Zeug.

»Steck es nicht in den Mund!«

Grimma bahnte sich einen Weg durchs Gedränge.

»Aber es riecht so …«, begann der Nom.

»Hast du so etwas schon einmal gerochen?«, fragte Grimma.

»Nein …«

»Dann *weißt* du also nicht, ob man's essen kann, oder? Hör mal: Ich kenne solche Sachen. Wo wir … Ich meine, wo *ich* früher gelebt habe, in der Höhle … An der Straße gab es einen Ort, wo Menschen gegessen haben, und manchmal fanden wir so ein Zeug hinter den Mülltonnen. Man stirbt, wenn man's isst.«

Die Nomen starrten auf die so harmlos wirkende Schüssel. Tödliche Nahrung? Das schien keinen Sinn zu ergeben.

»Ich erinnere mich daran, dass wir im Kaufhaus einmal Fleisch aus Dosen gegessen haben«, sagte ein älterer Nom. »Nachher hatten wir alle Bauchschmerzen und Durchfall.« Er richtete einen hoffnungsvollen Blick auf Grimma.

Sie schüttelte den Kopf. »Dies ist ganz anders. Manchmal lagen auch tote Ratten hinter den Mülltonnen. Sie starben auf eine sehr unangenehme Weise.« Grimma schauderte, als sie sich daran erinnerte.

»Oh.«

Die Nomen starrten erneut auf die Schüssel. Und oben pochte etwas.

Es befand sich noch immer ein Mensch im Steinbruch.

Er saß auf dem Drehstuhl im Verwalterbüro und las in einer Zeitung.

Die Nomen beobachteten ihn durch ein Astloch in der Nähe des Bodens. Sie sahen gewaltige Stiefel, enorm lange Hosenbeine, das aufragende Gebirge einer Jacke und, weit darüber, den Widerschein von elektrischem Licht auf einem kahlen Kopf.

Nach einer Weile legte der Mensch die Zeitung beiseite und beugte sich zum Schreibtisch vor. Die nomischen Beobachter blickten staunend zu einem Paket mit belegten Broten, das größer war als sie, zu einer Thermoskanne, die oben dampfte und von der ein deutlich wahrnehmbarer Kaffeeduft ausging.

Sie kletterten wieder nach unten, um Grimma Bericht zu erstatten. Die junge Nomin saß an der Schüssel und hatte sechs ältere, vernünftige Nomen angewiesen, keine Kinder an die weiße Masse heranzulassen.

»Er sitzt einfach nur da und liest Zeitung. Ab und zu sieht er aus dem Fenster.«

»Vielleicht bleibt er die ganze Nacht hier«, sagte Grimma. »Um Wache zu halten. Nach der ganzen Unruhe haben die Menschen bestimmt Verdacht geschöpft.«

»Was sollen wir jetzt *machen?*«

Grimma stützte das Kinn auf die Hände.

»Die großen Schuppen auf der anderen Seite des Steinbruchs«, erwiderte sie schließlich. »Wir könnten uns dort verstecken.«

»Dorcas ... Er meinte immer, in den großen Schuppen sei es sehr gefährlich«, sagte ein Nom. »Wegen der alten Sachen und so. *Sehr* gefährlich, betonte er.«

»Gefährlicher als hier?«, fragte Grimma, und jetzt erklang in ihrer Stimme wieder ein Hauch von Sarkasmus.

»Guter Hinweis.«

»Bitte, m'm ...«, murmelte eine der jüngeren Nominnen. Sie brachten Grimma fast so etwas wie Ehrfurcht entgegen, weil sie Männer anschrie und besser las als sonst jemand. Diese Frau hielt ein kleines Kind in den Armen und beendete jeden Satz mit einem Knicks.

»Was ist denn, Sorrit?«, fragte Grimma.

»Bitte, m'm, einige der Kinder sind sehr hungrig, m'm. Und hier unten gibt es überhaupt nichts zu essen.« Es klang verzweifelt.

Grimma nickte. Die Vorräte (beziehungsweise das, was von ihnen übrig war) lagen unter den Bodendielen der anderen Hütten. Ein Mensch hatte das zentrale Kartoffellager gefunden – vielleicht einer der Gründe für das Gift. Außerdem: Die Nomen konnten jetzt kein Feuer entzünden, und es fehlte Fleisch. Seit *Tagen* war niemand auf die Jagd gegangen, weil, so Nisodemus, sich Arnold Gebr (gegr. 1905) um alles kümmerte.

»Sobald es hell wird, sollten möglichst viele Jäger aufbrechen«, sagte Grimma.

Die Nomen dachten darüber nach. Es dauerte noch ziemlich lange bis zur Morgendämmerung. Für Nomen ist die Nacht drei Tage lang ...

»Draußen liegt noch immer Schnee«, sagte ein Nom. »Das bedeutet, uns steht reichlich Wasser zur Verfügung.«

»Wir sind vielleicht imstande, ohne Nahrung auszukommen, aber die Kinder nicht«, erwiderte Grimma.

»Ebenso wenig wie die Alten«, fügte ein anderer Nom hinzu. »Heute Nacht friert's wieder. Wir haben keine Elektrizität mehr, und ein Feuer kommt nicht infrage.«

Die Nomen schwiegen bedrückt.

Und Grimma dachte: *Sie zanken sich nicht. Sie schimpfen nicht einmal. Unsere Lage ist so ernst, dass sie ganz vergessen, sich gegenseitig die Schuld für alles zu geben.*

»Na schön«, sagte sie. »Was sollten wir *eurer* Meinung nach unternehmen?«

11

I. Wir kommen aus dem Holz.
II. Wir kommen aus dem Boden.
III. Und die Menschen werden sich wünschen, uns nie gesehen zu haben.

Aus dem Buch der Nomen, *Menschen, Verse I–III*

Der Mensch ließ die Zeitung sinken und lauschte.

Es raschelte in den Wänden, es kratzte unterm Boden.

Die große Gestalt blickte zum Tisch.

Einige kleine Wesen zogen das Paket mit den belegten Broten fort. Der Mensch blinzelte verblüfft.

Dann schrie er und versuchte aufzustehen. Er stand fast, als er merkte, dass seine Füße an den Stuhlbeinen festgebunden waren.

Er fiel und prallte wuchtig auf den Boden. Hunderte von winzigen Geschöpfen sausten unter dem Tisch hervor, so schnell, dass er kaum mehr sah als undeutliche Schemen.

Sie wickelten ihm einen alten Telefondraht um die ausgestreckten Arme, und innerhalb weniger Sekunden war er zwar nicht besonders geschickt, aber doch auf eine recht wirkungsvolle Weise gefesselt.

Die Nomen beobachteten, wie er mit den Augen rollte. Er öffnete den Mund und muhte, schnappte mit tellergroßen Zähnen nach den kleinen Gestalten.

Der Draht hielt.

Die Brote waren mit Käse und Chutney belegt. Es dauerte eine Weile, bis es mehreren besonders kräftigen Nomen gelang, den

Deckel von der Thermoskanne zu lösen, doch die Mühe lohnte: Sie enthielt Kaffee.

»Kaufhaus-Nahrung!«, ertönte es hier und dort. »Richtige Kaufhaus-Nahrung, so wie früher!«

Aus allen Ritzen und Mauselöchern strömten die Nomen ins Zimmer. Am Tisch glühte ein elektrisches Feuer, und in andächtigen Reihen saßen sie davor. Andere wanderten umher.

»Wir haben es geschafft«, sagten sie. »Wie in *Gullibels Reisen*. Und eigentlich war es gar nicht schwer!«

In den Augen des Menschen blitzte es, und seine Blicke folgten den Nomen. Einige von ihnen fanden die Schachtel und schlugen vor, den Großen zu töten.

Sie stand in einem Regal und war gelb. Das Bild auf der vorderen Seite zeigte eine sehr unglücklich wirkende Ratte, und große rote Buchstaben bildeten das Wort NAGERSCHRECK. Hinten ...

Grimma runzelte die Stirn, als sie versuchte, viel kleinere Worte zu entziffern.

»Hier steht: ›Ein Bissen genügt, und sie kehren nie zurück, um mehr zu fressen!‹ Offenbar besteht das Zeug aus Polydichloromethylinlon-4, was auch immer das sein mag. ›Vernichtet lästiges ...‹« Sie zögerte.

»Lästiges was?«, drängten die zuhörenden Nomen. »Lästiges was?«

Grimma senkte die Stimme.

»Es heißt hier: ›Vernichtet lästiges *Ungeziefer* im Handumdrehen!‹« Sie sah auf. »Es ist Gift. Das weiße Etwas in der Schüssel – Gift.«

Es folgte eine Stille des Zorns. Die Nomen hatten viele Kinder im Steinbruch aufgezogen, und was Gift betraf, vertraten sie einen sehr klaren Standpunkt.

»Wir sollten den Menschen zwingen, es zu essen«, meinte jemand. »Ihm das Polypuththeketlon oder so in den Mund stopfen. Lästiges *Ungeziefer*.«

»Ich glaube, die Menschen glauben, dass wir Ratten sind«, sagte Grimma.

»Und dann wäre alles in Ordnung, wie?«, erwiderte ein Nom mit beißendem Sarkasmus. »An Ratten gibt's nichts auszusetzen.

Mit Ratten hatten wir nie irgendwelche Schwierigkeiten. Es besteht überhaupt kein Grund, sie zu vergiften.«

Die Nomen kamen mit den Steinbruch-Ratten gut zurecht, vielleicht deshalb, weil ihr Anführer Bobo war, Angalos Freund aus dem Kaufhaus. Zwischen den beiden Spezies herrschte die distanzierte Freundlichkeit von Wesen, die sich im Notfall gegenseitig fressen konnten und bisher darauf verzichtet hatten.

»Die Ratten würden sich bestimmt freuen, wenn wir dafür sorgen, dass dieser Mensch sie nicht mehr vergiften kann«, fügte der Nom hinzu.

»Nein«, sagte Grimma. »Nein. Ich bin dagegen. Masklin hat oft darauf hingewiesen, dass Menschen fast so intelligent sind wie wir. Und man darf keine intelligenten Geschöpfe umbringen.«

»Sie haben's versucht.«

»Weil sie keine Nomen sind und daher nicht wissen, wie man sich benimmt«, erklärte Grimma. »Sei doch vernünftig: Morgen kommen andere Menschen, und wenn sie hier einen toten Artgenossen finden, geht's drunter und drüber.«

Das ließ sich nicht leugnen. Andererseits ... Sie hatten sich nun einem Menschen gezeigt, und so etwas geschah zum ersten Mal seit Nomengedenken. Sie waren dazu gezwungen gewesen, um nicht zu verhungern und zu erfrieren, aber wo mochte es enden? *Wie* es enden würde ... Diese Frage ließ sich leichter beantworten.

Mit ziemlicher Sicherheit endete es *schlimm.*

»Bringt die Schachtel zu einem Ort, wo sie für die Ratten unerreichbar bleibt«, sagte Grimma.

»Trotzdem«, brummte der Nom. »Ich meine, wir sollten dem Menschen wenigstens eine kleine Kostprobe geben ...«

»Nein! Weg mit dem Gift. Wir verbringen hier die Nacht und brechen auf, bevor es hell wird.«

»Na schön. Wie du willst. Ich hoffe nur, dass wir es später nicht bereuen.« Mehrere Nomen trugen die grässliche Schachtel fort.

Grimma näherte sich dem Menschen, der inzwischen noch besser gefesselt war und keinen Finger mehr rühren konnte. Er sah aus wie das Bild von Gullibel oder wie er hieß, mit einer Ausnahme. Die heutigen Nomen hatten Dinge verwendet, die den damaligen Nomen fehlten: Drähte. Und Drähte konnte man nicht so leicht zerreißen wie Fäden oder Stricke. Außerdem waren diese Nomen viel zorniger. Unter anderem wegen des Gifts.

Die vielen Dinge aus den Taschen des Menschen bildeten einen großen Haufen, und zu ihnen gehörte auch ein weißes Tuch. Allerdings lag es jetzt nicht mehr bei den übrigen Sachen. Einige Nomen hatten es vor den Mund des Gefangenen gebunden, als sein unablässiges Muhen allen auf die Nerven ging.

Jetzt standen sie herum, aßen Brotkrumen und beobachteten die Augen.

Nomen sprechen schnell und mit hohen Stimmen, die wie das Quieken von Fledermäusen klingen. Menschen können Nomen nicht verstehen, und in diesem Fall war das auch besser so.

»*Ich* meine, wir sollten etwas Spitzes suchen und es in den Menschen stechen«, sagte jemand. »In alle weichen Teile.«

»Streichhölzer«, schlug eine ältere Nomin zu Grimmas großer Überraschung vor. »Wir könnten Streichhölzer benutzen.«

»Und Nägel«, brummte ein etwas älterer Nom.

Der Mensch knurrte hinter dem Knebel, wand sich mühsam hin und her.

»Ja«, sagte die Nomin. »Wir könnten ihm das Haar ausreißen. Und wir könnten ...«

Grimma trat von hinten an sie heran. »Nur zu.«

Die beiden Nomen drehten sich um.

»Was?«

»Nur zu«, wiederholte Grimma. »Dort liegt der Mensch, direkt vor euch, völlig hilflos. Stellt mit ihm an, was ihr wollt.«

»Was, *ich*?«, fragte die Nomin erschrocken. »O nein, *ich* doch nicht. Ich habe nicht von *mir* gesprochen, nein. Ich meinte ... nun, uns. Die Nomheit.«

»Dachte ich mir«, sagte Grimma. »Aber die Nomheit besteht aus einzelnen Nomen. Außerdem ist es falsch, Gefangenen ein Leid zuzufügen. Ich hab in einem Buch davon gelesen. Man nennt es *Genfer Konvention*, und sie bedeutet: Man darf keine hilflosen Gegner verletzen.«

»Scheint mir die beste Gelegenheit zu sein«, brummte ein

Nom. »Man schlage den Gegner, wenn er sich nicht wehren kann, so lautet mein Motto. Wie dem auch sei: Menschen sind gar keine richtigen Leute.« Trotzdem trat er zurück.

»Komisch, wenn man ihre Gesichter aus der Nähe betrachtet.« Die Nomin neigte den Kopf zur Seite. »Sie sehen wie wir aus. Nur größer.«

Ein Nom blickte in die Augen des Gefangenen. Furcht flackerte in ihnen.

»Hat eine haarige Nase«, stellte er fest. »Und die Ohren …«

»Sind geradezu *riesig*«, sagte die Nomin.

»Sie könnten einem leidtun. Ich meine, Fast-Leute mit riesigen Nasen und Ohren, in denen Haare wachsen …«

Grimma starrte ebenfalls in die Augen des Menschen. *Seltsam*, fuhr es ihr durch den Sinn. *Sie sind größer als wir. Es mangelt ihnen also nicht an Platz für ein Gehirn. Und ihre großen Augen … Ob sie uns irgendwann einmal gesehen haben? Masklin meinte, dass wir hier schon seit Jahrtausenden leben. Nicht »hier« im Steinbruch, sondern »hier« auf dieser Welt. Zeit genug selbst für Menschen, uns zu bemerken.*

Ihnen muss klar gewesen sein, dass wir richtige Leute sind. Aber in ihrer Fantasie haben sie uns in Kobolde und Elfen verwandelt. Um ihre Welt nicht mit uns teilen zu müssen?

Der Gefangene erwiderte Grimmas Blick.

Könnten wir sie mit ihnen teilen?, überlegte sie. *Die Menschen leben in einer großen, langsamen Welt. Unsere ist klein und schnell. Außerdem scheint keine Verständigung möglich zu sein. Sie sehen uns nicht einmal, es sei denn, wir stehen ganz still, so wie ich jetzt. Wenn wir uns bewegen, nehmen sie höchstens Schemen wahr. Sie bezweifeln unsere Existenz.*

Grimma sah auch weiterhin in die großen, furchterfüllten Augen.

Wir haben nie versucht – wie nannte man es? – *miteinander zu kommunizieren. Jedenfalls nicht wirklich. Nicht wie richtige Leute mit richtigen Gedanken. Wie können wir den Menschen mitteilen, dass wir tatsächlich existieren und tatsächlich hier sind?*

Andererseits: Wenn man auf dem Boden lag, gefesselt von kleinen Leuten, an die man nicht glaubte – vermutlich eignete sich eine derartige Situation kaum für den Anfang einer echten Kommunikation. *Vielleicht sollten wir zu einem anderen Zeitpunkt damit be-*

ginnen. Wir müssen es den Menschen irgendwie ermöglichen, uns zu verstehen. Ohne Schilder, ohne Schreie.

Wäre es nicht toll, eine Vereinbarung mit ihnen zu treffen? Sie könnten die großen, langsamen Arbeiten für uns erledigen, und wir ... Na ja, wir kümmern uns um die kleinen, schnellen Dinge. Um knifflige Dinge, zu denen die dicken Finger nicht imstande sind. Aber wenn sie von uns verlangen, Blumen zu bemalen oder Schuhe zu reparieren ...

»Grimma?«, ertönte eine Stimme hinter ihr. »Sieh dir das an, Grimma.«

Die Nomen standen an einem weißen Haufen auf dem Boden.

O ja. Die Zeitung des Menschen ...

Sie lag nun ausgebreitet auf den Dielen und ähnelte der anderen, die Grimma gesehen hatte. Doch dieses Exemplar hieß LESEN SIE ES ZUERST IN DER SOURAWAY BLACKBURY EVENING POST & GAZETTE. Auch sie präsentierte Schrift in dicken Blockbuchstaben, manche von ihnen so groß wie der Kopf eines Noms.

Grimma runzelte die Stirn, als sie versuchte, den Sinn der Worte zu verstehen. Bei den Büchern ergaben sich kaum Probleme, aber Zeitungen schienen eine ganz andere Sprache zu verwenden. Begriffe wie SKANDAL und KATASTROPHE wiederholten sich ständig, und verschwommene Bilder zeigten Menschen, die sich die Hände schüttelten – £ 455 SPENDEN FÜRS KRANKENHAUS. Mit den einzelnen Worten war so weit alles in Ordnung, aber der Zusammenhang zwischen ihnen blieb häufig schleierhaft und geheimnisvoll: KRACH UM KOMMUNALE KRIPPE.

»Nein, ich meine das hier«, sagte ein Nom. »Diese Seite. Sieh nur, einige der Worte standen auch in der anderen Zeitung! *Es geht um Enkel, 39!*«

Grimmas Blick strich über einen Bericht. Er betraf jemanden, der irgendeinen Plan vereitelt oder durchkreuzt hatte, vielleicht mit einem großen Stift.

Dann fand sie ein undeutliches Bild von Enkel, 39, unter dem Hinweis: »PROBLEME MIT FERNSEHEN AM HIMMEL.«

Sie kniete nieder und starrte auf die kleineren Worte hinab.

»Lies laut vor!«, bat ein Nom.

»›Richard Arnold, der aus Blackbury stammende Aufsichtsratsvorsitzende der Arnco Group, sagte heute in Florida, dass die Wissenschaftler noch immer versuchen, den viele Millionen Pfund teuren Kommu…nika…tionssatel…liten Arnsat 1 unter Kontrolle zu bringen.‹«

Die Nomen sahen sich verwirrt an.

»Viele Millionen Pfund *teuer?*«, murmelte einer. »Es müsste doch *schwer* heißen, oder?«

»›Nach dem erfolgreichen Start, der gestern in Florida stattfand‹«, fuhr Grimma fort, »›sollte heute mit den ersten Testsendungen begonnen werden. Doch der Satellit sendet keine Bilder, sondern seltsame Sig…, Signale. Wie eine Art C…, Code, meinte Richard 39 …‹« Die Zuhörer murmelten anerkennend.

»›Man könnte fast meinen, er hätte einen eigenen Willen entwickelt‹«, las Grimma.

Im Anschluss daran war von »Kinderkrankheiten« die Rede – was auch immer das bei Satelliten bedeutete –, doch Grimma achtete nicht darauf.

Sie erinnerte sich daran, auf welche Weise Masklin von den Sternen gesprochen hatte und warum sie oben am Himmel blieben. Und dann das *Ding*. *Er hat es mitgenommen*, dachte Grimma. Das *Ding* konnte mit Elektrizität sprechen, nicht wahr? Es hörte dem Elektrischen in Drähten zu, außerdem dem Zeug in der Luft, das Dorcas »Radio« nannte. Das *Ding* war bestimmt in der Lage, »seltsame Signale« zu senden. *Vielleicht ist die Strecke noch größer als jene, die wir während der Langen Fahrt zurückgelegt haben*, hatte Masklin gesagt.

»Sie leben«, verkündete Grimma. »Masklin, Gurder und Angalo. Sie haben Florida erreicht und leben.«

Weitere Erinnerungen: Manchmal hatte er versucht, ihr vom Himmel und dem *Ding* zu erzählen, vom Ursprung der Nomen. *Und ich habe ihn ebenso wenig verstanden wie er mich, als ich ihm die Sache mit den Fröschen zu erklären versuchte.*

»Sie leben«, betonte Grimma. »Ich bin ganz sicher. Über das Wie und Wo weiß ich nicht Bescheid, aber eins steht fest: Sie haben einen Plan und leben.«

Die Nomen wechselten bedeutungsvolle Blicke, die so viel bedeuteten wie: Sie macht sich etwas vor, aber *ich* bin nicht mutig genug, es ihr zu sagen.

Oma Morkie klopfte ihr sanft auf die Schulter.

»Ja, natürlich«, sagte sie in einem tröstenden Tonfall. »Und zum Glück war der Start erfolgreich. Ich meine, jeder braucht einen guten Start. Und *du* brauchst jetzt Ruhe, Mädchen. Schlaf dich aus.«

Grimma träumte.

Es war ein wirrer Traum. Das sind Träume fast immer. Nur selten kommen sie gut geordnet und sortiert. Grimma träumte von lauten Geräuschen und blitzenden Lichtern. Und von Augen.

Von kleinen gelben Augen. Von Masklin, der auf einem Zweig stand, an Blättern vorbeikletterte und in kleine gelbe Augen hinabsah.

Ich sehe, was er gerade sieht, dachte Grimma. *Er lebt. Natürlich habe ich nie daran gezweifelt. Seltsam, im All gibt's erstaunlich viele Blätter. Oder ... Vielleicht ist das gar nicht die Wirklichkeit. Vielleicht träume ich nur.*

Jemand weckte sie.

Es ist nie klug, über die Bedeutung von Träumen zu spekulieren, und deshalb verzichtete Grimma darauf.

In jener Nacht schneite es wieder, und ein eiskalter Wind wehte. Einige Nomen suchten bei den Hütten und Schuppen und fanden ein wenig Gemüse, das nicht von Lastwagenreifen zermalmt beziehungsweise von Stiefeln zertreten worden war. Doch es genügte nicht, um alle hungrigen Nomenmägen zu füllen. Der gefesselte Mensch schlief nach einer Weile ein. Sein Schnarchen klang wie eine dünne Säge, die sich langsam durch einen dicken Baumstamm arbeitete.

»Morgen früh kehren die anderen Menschen zurück«, warnte Grimma. »Dann dürfen wir nicht mehr hier sein. Vielleicht sollten wir ...«

Sie unterbrach sich. Alle horchten.

Unter den Dielen bewegte sich etwas.

»Ist noch jemand dort unten?«, flüsterte Grimma.

Die Nomen in ihrer Nähe schüttelten den Kopf. Niemand

wollte unter dem Boden hocken, solange es eine Möglichkeit gab, die Wärme im Büro zu genießen.

»Und es können keine Ratten sein«, fügte sie hinzu.

Dann rief jemand, mit der gedämpften Stimme eines Noms, der zwar gehört werden will, gleichzeitig jedoch möglichst leise sein möchte.

Sacco.

Sie zogen das von den Menschen gelöste Bodenbrett beiseite und halfen ihm hoch. Schlamm klebte am jungen Nom, und er taumelte erschöpft.

»Ich konnte niemanden finden!«, keuchte er. »Ich habe überall nachgesehen und konnte niemanden finden, und wir haben beobachtet, wie die Lastwagen zum Steinbruch fuhren, und ich habe das Licht gesehen und dachte, die Menschen sind noch immer da, und dann bin ich unter die Dielen gekrochen und habe eure Stimmen gehört, und es ist wegen Dorcas!«

»Er lebt?«, fragte Grimma.

»Wenn nicht ...« Sacco schwankte. »Für einen Toten kann er bemerkenswert laut fluchen.«

»Wir haben euch für tot gehalten«, sagte Grimma.

»Es geht uns allen gut, bis auf Dorcas. Er hat sich verletzt, als er aus dem Laster sprang! Kommt mit, *bitte*!«

»Du bist nicht in der Verfassung, uns irgendwohin zu führen«, stellte Grimma fest. Sie stand auf. »Wo ist Dorcas?«

»Wir haben ihn getragen, und als wir die Hälfte des Weges hinter uns hatten, waren alle sehr müde, und ich bin allein weitergegangen«, stieß Sacco hervor. »Sie sind unter der Hecke und ...« Er sah den schnarchenden Menschen, riss die Augen auf und starrte Grimma an.

»Ihr habt einen *Menschen* gefangen?« Er taumelte erneut. »Bin völlig fertig«, murmelte er und fiel.

Grimma hielt Sacco fest und ließ ihn behutsam zu Boden sinken.

»Bringt ihn an einen warmen Ort und holt etwas zu essen«, wandte sie sich an die Nomen im Großen und Ganzen. »Einige von euch begleiten mich; wir suchen nach den anderen. Kommt. Dies ist keine Nacht, die man draußen verbringen sollte.«

Die Gesichter der Nomen wiesen deutlich darauf hin, dass sie diesen Standpunkt teilten. Außerdem schienen sie der Ansicht zu sein, dass sie selbst zu den Leuten gehörten, die eine derartige Nacht nicht draußen verbringen sollten.

»Es schneit ziemlich stark«, sagte ein Nom unsicher. »So viel Schnee und dann die Dunkelheit – wir finden sie nie.«

Grimma bedachte ihn mit einem durchdringenden Blick.

»Vielleicht doch«, erwiderte sie. »*Vielleicht* finden wir Dorcas und die anderen, trotz des Schnees und der Finsternis. Aber eins weiß ich: Wir finden sie *bestimmt nicht*, wenn wir im Büro bleiben, wo's warm und hell ist.«

Mehrere Nomen traten vor. Grimma erkannte sowohl Nootys Eltern als auch die der anderen Jungs. Dann kam es zu Unruhe unter dem Tisch, wo die Alten hockten, um gemeinsam zu jammern.

»Ich komme mit«, ließ sich Oma Morkie vernehmen. »Ein bisschen frische Luft kann nicht schaden. Warum starrt ihr mich so an?«

»Ich glaube, du solltest hierbleiben, Oma«, sagte Grimma taktvoll.

»Spar dir den Nehmt-Rücksicht-auf-alte-Leute-Unsinn, Mädchen.« Oma Morkie richtete ihren Gehstock auf sie. »Ich bin schon lange vor deiner Geburt im tiefen Schnee unterwegs gewesen.« Sie drehte sich zu den anderen Nomen um. »Eine Kleinigkeit, wenn man vorsichtig ist und immer ruft, sodass alle wissen, wo sich jeder befindet. Ich habe bei der Suche nach meinem Onkel Joe geholfen, bevor ich ein Jahr alt war«, fügte sie stolz hinzu. »Schrecklicher Schnee, damals. Kam ganz plötzlich vom Himmel runter, als die Männer jagten. Wir fanden fast alles von meinem Onkel.«

»Ja, ja, schon gut, Oma«, warf Grimma hastig ein. Sie sah zu den übrigen Nomen. »Wir brechen auf.«

Schließlich gingen insgesamt fünfzehn Nomen nach draußen, die meisten aus reiner Verlegenheit.

Im gelben Licht, das durch die Hüttenfenster fiel, wirkten die Schneeflocken wunderschön. Doch als die Nomen den Boden erreichten, wurde das weiße Wirbeln ziemlich unangenehm.

Die Kaufhaus-Nomen hassten den Schnee im Draußen. Der

Schnee im Kaufhaus ... Während der Saison Weihnachten sprühte man ihn auf verschiedene Waren. Doch er war nicht kalt. Und Schneeflocken bestanden aus Pappe oder so, glitzerten hübsch und hingen an Fäden von der Decke herab. *Richtige* Schneeflocken. Keine schauderhaften Dinge, die in der Luft ganz nett aussahen, sich jedoch in eine kalte, feuchte Masse verwandelten, sobald sie den Boden berührten.

Sie reichte den Nomen bereits bis zu den Knien.

»Das Gehen darin ist ganz einfach«, sagte Oma Morkie. »Man hebt die Füße möglichst hoch und stößt sie dann in den Schnee hinein.«

»Hineinstoßen«, murmelten die anderen.

Das durch die Fenster dringende Licht erhellte einen großen Teil des Steinbruchs, doch der Weg war ein schwarzer Tunnel in die Nacht.

»Verteilt euch«, riet Grimma ihren Begleitern. »Und bleibt zusammen.«

»Verteilen und zusammenbleiben«, wiederholten die Nomen.

Ein alter Nom hob die Hand.

»Die Nacht bringt doch keine Rotkehlchen, oder?«, fragte er vorsichtig.

»Nein, natürlich nicht«, antwortete Grimma.

»Nein, die Nacht bringt keine Rotkehlchen, du Dummkopf«, sagte Oma Morkie.

Die Nomen seufzten erleichtert.

»Die Nacht bringt Füchse«, fuhr Oma selbstgefällig fort. »Große Füchse. Im Winter sind sie immer besonders hungrig. Und Eulen.« Sie kratzte sich am Kinn. »Sind ziemlich schlau, die Eulen. Man hört sie erst, wenn sie einen fast erreicht haben.« Sie klopfte mit ihrem Gehstock an die Wand. »Seid immer auf der Hut. Mit dem rechten Fuß zuerst ... Oder vielleicht besser mit dem linken, wenn's euch nicht so ergehen soll wie meinem Onkel Joe. Ein Fuchs erwischte seinen rechten Fuß, und dadurch bekam er ein Holzbein. War deshalb stinksauer, mein Onkel Joe.«

Oma Morkie hatte eine ganz besondere Art, Leute aufzumuntern: Sie brachte ihre Zuhörer immer in Bewegung. Alles war besser, als weiterhin von ihr aufgemuntert zu werden.

Die Schneeflocken sammelten sich auf den Grashalmen und Zweigen zu beiden Seiten des Wegs. Gelegentlich fielen einige von ihnen herunter, manchmal auf den Boden, häufiger auf Nomen. Sie stapften durch die Dunkelheit und spähten skeptisch unter die Hecke, während es weiterhin weiß und stumm vom Himmel herabrieselte. In allen besonders dunklen Schatten schienen Rotkehlchen, Eulen und andere Schrecken des Draußen zu lauern.

Schließlich verblasste das Licht der Hütte hinter ihnen, und es blieb nur der Glanz des Schnees. Ab und zu rief ein Nom, und dann lauschten sie alle.

Es war sehr kalt.

Oma Morkie verharrte jäh.

»Ein Fuchs«, sagte sie. »Ich rieche ihn. Kein Zweifel. Ein Fuchs.«

Die Nomen drängten sich zusammen und starrten besorgt in die Nacht.

»Vielleicht ist er nicht mehr in der Nähe«, fuhr Oma fort. »Es dauert eine Weile, bis der Geruch verschwindet.«

Die Nomen entspannten sich ein wenig.

»Ich *bitte* dich, Oma ...«, murmelte Grimma.

»Ich wollte nur helfen«, schniefte Oma Morkie. »Wenn du keinen Wert auf meine Hilfe legst, brauchst du es nur zu sagen.«

»Wir gehen völlig falsch vor«, sagte Grimma. »Wir suchen nach *Dorcas*, nicht wahr? Und er wartet wohl kaum im Freien auf uns, oder? Er weiß über Füchse Bescheid. Sicher hat er seine Jungs beauftragt, einen einigermaßen sicheren Ort zu suchen.«

Nootys Vater trat vor.

»Wenn man beobachtet, *wie* der Schnee fällt ...« Er zögerte. »Die Klimaanlage weht ihn *dorthin.*« Er deutete in die entsprechende Richtung. »Deshalb häuft er sich vor allem an dieser Seite von Dingen an. Ich schätze, Dorcas und die anderen möchten so weit wie möglich von der Klimaanlage entfernt sein.«

»Im Draußen heißt es Wind«, sagte Grimma sanft. »Aber du hast recht. Und das bedeutet ...« Sie sah zum Gebüsch. »Es bedeutet, dass sie auf der anderen Seite der Hecke sind. Im Feld, an der Böschung. Kommt!«

Sie kletterten durch das Gewirr aus welken Blättern und Zweigen, von denen Schnee herabfiel. Nach einer Weile gelangten sie zum Feld.

Eine leere Wüste erstreckte sich vor ihnen. Hier und dort ragten einige Grasbüschel aus dem endlosen Weiß. Mehrere Nomen stöhnten.

Es ist die Weite, überlegte Grimma. *Der Steinbruch macht ihnen nichts aus, ebenso wenig das Dickicht darüber oder der Weg. Der größte Teil davon ist umschlossen, und man kann glauben, von Wänden umgeben zu sein. Aber diese Weite ...*

»Bleibt dicht an der Hecke«, sagte sie und versuchte, fröhlich zu klingen. »Dort liegt der Schnee nicht ganz so hoch.«

Oh, Arnold Gebr (gegr. 1905), dachte Grimma. *Dorcas glaubt nicht an dich, und ich erst recht nicht, aber wenn du lange genug existieren könntest, um uns zu dem alten Ingenieur und seinen Assistenten zu führen, das wüssten wir sehr zu schätzen. Und wenn du dafür sorgst, dass es nicht mehr schneit, wenn du uns eine sichere Rückkehr zum Steinbruch ermöglichst – das wäre eine große Hilfe.*

Sei keine Närrin, ermahnte sie sich. *Masklin hat immer gesagt: Wenn es Arnold Gebr gibt, so steckt er in unseren Köpfen und hilft uns beim Denken.*

Sie starrte auf den Schnee hinab.

Warum ist da ein Loch drin?, fragte sie sich.

12

> IV. Es gibt keine Zuflucht für uns, und doch müssen wir aufbrechen.
>
> *Aus dem* Buch der Nomen, *Ausgänge, Kapitel 3, Vers IV*

»Kaninchen, dachte ich«, sagte Grimma.

Dorcas klopfte ihr auf die Hand.

»Ausgezeichnet«, krächzte er.

»Wir standen mitten auf dem Weg, als Sacco uns verließ«, erzählte Nooty. »Und es wurde immer kälter, und Dorcas bat uns, ihn zur anderen Seite der Hecke zu bringen, und ich sagte, dass man manchmal Kaninchen auf dem Feld sehen kann, und daraufhin sagte *er*: Sucht einen Kaninchenbau. Tja, und wir fanden einen. Ich dachte schon, wir müssten hier die ganze Nacht verbringen.«

»Au!«, stöhnte Dorcas.

»Stell dich nicht so an«, erwiderte Oma Morkie fröhlich, als sie das Bein untersuchte. »Wenn du glaubst, *das* tut weh ... Dann hast du gar keine Ahnung, was Schmerzen sind. Scheint nichts gebrochen zu sein. Nur eine scheußliche Verstauchung.«

Die Kaufhaus-Nomen sahen sich interessiert und auch mit einer gewissen Anerkennung im Bau um. Hier gab es ordentliche Wände.

»Eure Vorfahren haben wahrscheinlich in solchen Höhlen gelebt«, sagte Grimma. »Natürlich mit Regalen und so.«

»Hübsch«, meinte ein Nom. »Gemütlich. Fast wie unter dem Boden.«

»Allerdings riecht es hier drin«, kritisierte ein anderer.

»Das liegt an den Kaninchen.« Dorcas nickte dorthin, wo die

Dunkelheit dunkler wurde. »Wir haben sie gehört, aber sie halten sich von uns fern. Übrigens, Nooty hat einen Fuchs erwähnt, der draußen herumgeschnüffelt hat.«

»Wir sollten so schnell wie möglich zurückkehren«, sagte Grimma. »Ich *glaube* nicht, dass sich ein Fuchs dazu hinreißen ließe, uns anzugreifen. Immerhin, die hiesigen Füchse kennen uns. Friss einen Nom und stirb, das haben sie gelernt.«

Die Nomen scharrten mit den Füßen. Grimma hatte natürlich recht, doch es gab da ein Problem. Der betreffende Nom wurde *trotzdem* gefressen, und sicher tröstete es ihn kaum, zu wissen, dass der Fuchs anschließend dafür büßen würde.

Außerdem: Sie waren durchnässt und froren. Im Steinbruch hätte ein Kaninchenbau sicher keinen großen Reiz auf sie ausgeübt, aber jetzt schien er wesentlich attraktiver zu sein als die entsetzliche Nacht. Sie riefen in die Finsternis und stapften an mehreren Kaninchenlöchern vorbei. Nach einer Weile hörten sie Nootys Stimme.

»Ich glaube noch immer, dass wir uns keine allzu großen Sorgen machen müssen«, sagte Grimma. »Füchse lernen schnell, nicht wahr, Oma?«

»Wie bitte?«, erwiderte Oma Morkie.

»Ich habe gesagt, dass Füchse schnell lernen«, wiederholte Grimma sichtlich verzweifelt.

»O ja, da hast du recht«, bestätigte Oma. »Der durchschnittliche Fuchs scheut keine Mühen, um seine Zähne in etwas Leckeres zu bohren. Vor allem bei kaltem Wetter.«

»Das meinte ich nicht! Warum drückst du dich immer so aus, dass alles *schlimm* klingt?«

»Das war nicht meine Absicht«, entgegnete Oma Morkie und schniefte.

»Wir müssen zum Steinbruch zurück«, betonte Dorcas. »Dieser Schnee wird nicht einfach so verschwinden, oder? Ich komme zurecht, wenn ich mich auf etwas stützen kann.«

»Wir könnten eine Bahre für dich bauen«, schlug Grimma vor. »Obwohl, ich weiß gar nicht, ob die Rückkehr zum Steinbruch lohnt.«

»Wir haben gesehen, wie Menschen über den Weg fuhren«,

sagte Nooty. »Aber wir mussten durch den Dachstunnel gehen, und der Pfad war nicht mehr zu erkennen. Dann versuchten wir, das Feld zu überqueren, was sich als Fehler herausstellte, wegen der tiefen Furchen im Acker. Und wir hatten nichts zu essen«, fügte sie hinzu.

»Gebt euch keinen übermäßigen Hoffnungen hin«, wandte Grimma ein. »Die Menschen haben kaum etwas von unseren Vorräten übrig gelassen. Sie halten uns für Ratten.«

»Das ist nicht weiter schlimm«, kommentierte Dorcas. »Im Kaufhaus haben wir sie dazu ermutigt, uns für Ratten zu halten. Sie stellten Fallen auf. Als ich ein junger Bursche war, jagten wir Ratten im Keller, und dann führten wir sie zu den Fallen.«

»Jetzt benutzen die Menschen vergiftetes Essen«, sagte Grimma.

»Das gefällt mir nicht.«

»Komm! Bringen wir dich heim.«

Draußen schneite es noch immer, aber die Flocken fielen nicht mehr so dicht und sahen aus, als stammten sie aus einem billigen Sonderangebot. Am östlichen Horizont zeigte sich eine rote Linie, nicht die Morgendämmerung, sondern nur ein erster Hinweis darauf. Das Licht wirkte alles andere als heiter und fröhlich. Wenn die Sonne aufging, würde sie in einem Kerker aus Wolken gefangen sein.

Die Nomen sammelten einige Wiesenkerbel-Halme und konstruierten für Dorcas eine Art Stuhl, den vier Nomen tragen konnten. An der windgeschützten Seite der Hecke lag tatsächlich weniger Schnee, doch dafür hielt sie ein Durcheinander aus welken Blättern, Zweigen und anderen Dingen bereit. Dadurch kam die Gruppe nur langsam voran.

Für Menschen ist alles viel leichter, dachte Grimma, als handlange Dornen ihre Kleidung zerrissen. *Masklin hat recht: Diese Welt gehört ihnen. Alle Dinge haben genau die richtige Größe für sie. Die Menschen können jeden beliebigen Ort aufsuchen, niemand vertreibt sie. Wir glauben, frei zu sein, aber wir leben doch nur in abgelegenen Winkeln der Welt, zum Beispiel unter dem Fußboden und so. Und wir stehlen den Menschen auch dies und das, um zu überleben.*

Die übrigen Nomen schlurften in müdem Schweigen. Die einzigen Geräusche, abgesehen vom Knirschen des Schnees und der Blätter unter Nomenfüßen, stammten von Oma Morkie, die sich eine Mahlzeit genehmigte. Sie hatte Weißdornbeeren gefunden und kaute sie mit offensichtlichem Genuss. Ihre Begleiter lehnten die bitteren Früchte ab.

»Wahrscheinlich muss man sich an ihren Geschmack gewöhnen«, brummte Oma und sah Grimma an.

Vielleicht müssen wir uns daran gewöhnen, dachte Grimma und achtete nicht auf Oma Morkies beleidigten Blick. *Wenn wir zurück sind ... Unsere einzige Chance besteht darin, den Steinbruch in kleinen Gruppen zu verlassen, aufs Land zu ziehen, wieder in Kaninchenbauen zu leben und uns von den Dingen zu ernähren, die wir irgendwo finden. Einigen Gruppen gelingt es vielleicht, den Winter zu überstehen, wenn die Alten gestorben sind.*

Es bedeutet: Wir müssen Abschied nehmen von Elektrizität, von Büchern, von Bananen ...

Aber ich bleibe im Steinbruch, bis Masklin zurückkehrt.

»Kopf hoch, Mädchen!« Oma Morkie versuchte, freundlich zu lächeln. »Sei nicht so trübsinnig. Ich sage immer: Vielleicht passiert's nie.«

Selbst Oma war bestürzt, als Grimma ihr ein Gesicht zuwandte, das ebenso weiß zu sein schien wie der Schnee. Die junge Nomin klappte den Mund auf und schloss ihn wieder.

Dann sank sie langsam auf die Knie und schluchzte.

Die Nomen hatten nie zuvor etwas Schrecklicheres gehört. Grimma schrie, schimpfte, rügte und befahl. Es war völlig *falsch*, dass sie weinte. Dadurch stand die ganze Welt kopf.

»Ich wollte sie nur ein wenig aufmuntern«, murmelte Oma Morkie.

Die verlegenen Nomen bildeten einen Kreis, und niemand von ihnen wagte es, sich Grimma zu nähern. Jetzt war alles möglich. Wenn ihr jemand auf die Schulter klopfte und »Na, na« sagte – dann konnte alles geschehen. Vielleicht biss sie die Hand ab oder so.

Dorcas musterte die Nomen rechts und links, seufzte und stand mühsam auf. Er humpelte zu Grimma und hielt sich an einem Dornzweig fest.

»Du hast uns gefunden, wir kehren zum Steinbruch zurück, und dann ist alles in Ordnung«, sagte er in einem beruhigenden Ton.

»Eben nicht! Wir müssen weiterziehen!« Grimma schluchzte erneut. »Ihr hättet im Kaninchenbau bleiben sollen! Es wird alles noch viel schlimmer!«

»Ach, jetzt übertreibst du ein bisschen ...«, begann Dorcas.

»Wir haben nichts zu essen, und wir können die Menschen nicht aufhalten, und wir sitzen im Steinbruch fest, und ich habe versucht, alle zusammenzuhalten, und jetzt kommt's noch viel schlimmer!«

»Wir hätten sofort zur Scheune gehen sollen«, sagte Nooty.

»Das ist noch immer möglich«, erwiderte Grimma. »Für die jungen Nomen. Flieht von hier. Bevor die Menschen kommen.«

»Aber die Kinder können den weiten Weg bis zur Scheune nicht zurücklegen«, gab Dorcas zu bedenken. »Und für die Alten stellt der Schnee ein unüberwindliches Hindernis dar. Das *weißt* du, Grimma. Du bist nur verzweifelt.«

»Wir haben alles versucht! Und trotzdem wird es immer schlimmer! Wir dachten, es sei herrlich, im Draußen zu leben, aber jetzt holt uns die bittere Wirklichkeit ein!«

Dorcas starrte sie verblüfft an.

»Es hat keinen Sinn mehr«, fuhr Grimma fort. »Wir sollten aufgeben. Wir sollten einfach aufgeben und hier sterben.«

Entsetzte Stille folgte.

Schließlich brach Dorcas das Schweigen.

»Äh«, sagte er. »Äh. Ist das dein Ernst? Ich meine, ist das dein *ernster* Ernst?«

Der Klang seiner Stimme veranlasste Grimma, den Kopf zu heben.

Alle Nomen beobachteten sie.

Und ein Fuchs blickte auf die Nomen hinab.

Es handelte sich um eine von jenen Gelegenheiten, die dafür sorgt, dass sich Sekunden wie ein Gummiband dehnen. Grimma bemerkte das gelbgrüne Glühen in den Augen des Tiers, den zu einer grauen Wolke kondensierenden Atem. Die Zunge baumelte aus dem Maul.

Der Fuchs schien überrascht zu sein.

Er war neu in dieser Gegend und noch nie zuvor Nomen begegnet. Sein nicht sehr komplexer Verstand sah sich nun mit einem für ihn recht erstaunlichen Phänomen konfrontiert: Die *Gestalt* der Nomen – zwei Arme, zwei Beine, oben ein Kopf – erinnerte an Menschen, und Menschen bedeuteten normalerweise Gefahr. Doch die Größe entsprach genau der eines Bissens.

Grauen lähmte Dorcas und die anderen. Ein Fluchtversuch war völlig sinnlos: Füchse hatten doppelt so viele Beine, um fliehende Nomen zu verfolgen. Man konnte ohnehin nicht entkommen – warum vor dem Tod außer Atem geraten?

Etwas knurrte.

Die Nomen stellten erstaunt fest, dass dieses Geräusch von Grimma stammte.

Sie ergriff Oma Morkies Gehstock, trat vor und schlug ihn auf die Nase des Fuchses. Das Tier jaulte und blinzelte dumm.

»Verschwinde!«, rief Grimma. »Wie kannst du es wagen, uns zu belästigen!« Sie schlug erneut zu. Der Fuchs duckte sich, neigte den Kopf zur Seite. Die junge Nomin trat einen weiteren Schritt vor, und ihr dritter Hieb traf das Tier an der Schnauze.

Der Fuchs rang sich zu einer Entscheidung durch. Weiter unten an der Hecke gab es Kaninchen, und Kaninchen schlugen nicht mit Stöcken. Kaninchen waren viel friedlicher.

Er heulte und wich zurück, ohne Grimma aus den Augen zu lassen. Dann drehte er sich rasch um, lief fort und verschwand in der Dunkelheit.

Die Nomen atmeten auf.

»Meine Güte«, hauchte Dorcas.

»Tut mir leid, aber ich kann Füchse einfach nicht ausstehen«, brachte Grimma hervor. »Und Masklin meinte immer, wir sollten ihnen zeigen, wer der Boss ist.«

»Hab nichts dagegen«, erwiderte Dorcas.

Grimma betrachtete den Gehstock.

»Was habe ich vorhin gesagt?«, fragte sie.

»Du hast gesagt, wir sollten aufgeben und hier sterben«, antwortete Oma Morkie.

Grimma starrte sie an. »Nein, habe ich nicht. Ich war nur müde und abgespannt, das ist alles. Kommt! Wir holen uns den Tod, wenn wir noch länger herumstehen.«

»Oder der Tod holt uns.« Sacco starrte in die Finsternis und stellte sich vor, dass überall Füchse lauerten.

»Das ist nicht komisch«, blaffte Grimma und schritt fort.

»Es sollte auch gar nicht komisch sein«, entgegnete Sacco und schauderte.

Weit oben, von den Nomen unbemerkt, glitt ein sonderbarer Stern im Zickzack über den Himmel. Er wirkte recht klein. Oder vielleicht sah er nur klein aus, weil er weit entfernt war. Wenn man ihn aufmerksam genug beobachtete, erwies er sich als Scheibe. Aufgrund seiner Gegenwart wurden überall auf der Welt Nachrichten durch die Luft geschickt.

Er schien nach etwas zu suchen.

Lichter flackerten im Steinbruch, als sie zurückkehrten. Mehrere andere Nomen wollten gerade aufbrechen, um nach ihnen zu suchen. Die Vorstellung, durch Schnee und Nacht zu stapfen, erfüllte sie zwar nicht mit Begeisterung, aber sie hatten das Verwalterbüro dennoch verlassen, um draußen Ausschau zu halten.

Die Nomen jubelten, als sie erfuhren, dass alle Vermissten überlebt hatten, und angesichts der allgemeinen Freude vergaß Grimma fast, dass sie sicher zu einem sehr unsicheren Ort zurückgekehrt waren. Das Buch mit den Sprichwörtern enthielt einen Satz, der alles zusammenfasste. Es ging dabei um Regen und eine Traufe, was auch immer das sein mochte.

Grimma führte die Rettungsgruppe ins Büro und hörte zu, als Sacco das Abenteuer in allen Einzelheiten beschrieb und sich dabei immer wieder unterbrechen musste, um Zwischenfragen zu beantworten. Er schilderte, wie der erschrockene Dorcas aus dem Lastwagen sprang und gerade noch rechtzeitig von den Schienen getragen wurde, bevor der Zug herankam. Anschließend erzählte er vom langen Marsch bis zum Weg. Es klang alles überaus mutig und aufregend. *Und sinnlos*, dachte Grimma, doch diesen Gedanken behielt sie für sich.

»Eigentlich war es gar nicht so schlimm«, sagte Sacco. »Ich meine, der Laster wurde in Stücke gerissen, aber der Zug blieb auf den Gleisen. Wir haben alles genau gesehen«, beendete er seinen Vortrag. »Und ich bin halb verhungert.«

Sein strahlendes Lächeln verblasste wie das Tageslicht nach dem Sonnenuntergang.

»Es gibt nichts zu essen?«, fragte er.

»Noch viel weniger«, antwortete ein Nom. »Wenn du uns Brot besorgst, könnten wir es mit Schnee belegen.«

Sacco dachte darüber nach.

»Die Kaninchen«, sagte er. »Die Kaninchen auf dem Feld ...«

»Es ist dunkel draußen«, murmelte Dorcas. Er schien über etwas nachzudenken.

»Äh, ja«, gestand Sacco ein.

»Und im dunklen Draußen treibt sich ein Fuchs herum«, warnte Nooty.

Grimma erinnerte sich an ein anderes Sprichwort.

»In der Not frisst der Teufel Fliegen.«

Die anderen Nomen musterten sie im unsteten Schein brennender Streichhölzer.

»Der Teufel?« Nooty runzelte die Stirn. »Wer ist das?«

»Eine schreckliche Person, die tief im Boden lebt, an einem sehr heißen Ort«, erklärte Grimma. »Glaube ich.«

»Wie der Kesselraum im Kaufhaus?«

»Vielleicht.«

»Und er frisst Fliegen?«, fragte Sacco verwundert.

»Ich bezweifle, dass er wirklich Fliegen verspeist«, sagte Grimma. »Wahrscheinlich bedeutet es: Wenn man überhaupt nichts hat, begnügt man sich mit Dingen, die man sonst verschmäht.«

»Aber ausgerechnet Fliegen ...«

Dorcas hüstelte. Er wirkte beunruhigt. *Alle* waren beunruhigt, doch als die Beunruhigung verteilt wurde, hatte der Ingenieur offenbar eine doppelte Portion erhalten.

»Na schön«, brummte er.

Irgendetwas in seiner Stimme weckte die Aufmerksamkeit der Nomen.

»Begleitet mich«, sagte er. »Und glaubt mir: Ich bedauere sehr, dass dies nötig wird.«

»Wohin sollen wir dich denn begleiten?«, fragte Grimma.

»Zu den alten Schuppen an der Klippe«, erwiderte Dorcas.

»Aber sie könnten jederzeit einstürzen. Du hast immer wieder betont, wie gefährlich sie sind.«

»Das stimmt auch. Sie *sind* gefährlich. Sie enthalten viele Dinge, die Kinder nicht anrühren sollten und so.«

Der Ingenieur zupfte nervös an seinem Bart.

»Aber«, sagte er. »Aber es gibt dort auch noch etwas anderes. Etwas, an dem ich gearbeitet habe. In gewisser Weise.«

Er begegnete Grimmas Blick. »Etwas, das *mir* gehört. Nie zuvor habe ich etwas Fantastischeres gesehen. Es ist noch besser als Frösche in einer Blume.«

Er hüstelte erneut. »Jedenfalls, dort mangelt es nicht an Platz. Der Boden besteht nur aus Erde, doch die Schuppen sind groß, und, äh, man kann sich dort gut verstecken.«

Das Schnarchen des Menschen ließ die ganze Hütte erzittern.

»Außerdem möchte ich dem Ding dort nicht mehr so nahe sein«, fügte Dorcas hinzu.

Die anderen Nomen murmelten zustimmend.

»Habt ihr euch schon überlegt, was ihr damit anstellen wollt?«, fragte der Ingenieur.

»Einige von uns wollten den Gefangenen töten, aber ich halte das nicht für eine gute Idee«, antwortete Grimma. »Die übrigen Menschen wären sicher sehr verärgert.«

»Außerdem scheint es nicht richtig zu sein«, sagte Dorcas.

»Ich weiß, was du meinst.«

»Was fangen wir mit ihm an?«

Grimma sah in das riesige Gesicht. *Alles* war riesig: jede Pore, jedes einzelne Haar. Seltsam, für kleinere Geschöpfe, zum Beispiel für Ameisen, mochte das Gesicht eines Noms ähnlich aussehen. Wenn man genauer darüber nachdachte: Der jeweilige Blickwinkel und insbesondere die eigenen Maße entschieden über klein und groß.

»Wir lassen ihn hier«, sagte Grimma schließlich. »Aber … Haben wir Papier?«

»Auf dem Schreibtisch liegt jede Menge«, erwiderte Nooty.

»Bitte hol einen Zettel. Dorcas, du hast doch immer etwas zu schreiben dabei, nicht wahr?«

Der Ingenieur suchte in seinen Taschen und fand einen Brocken Bleistiftgrafit.

»Geh vorsichtig damit um«, mahnte er. »Vielleicht kann ich mir nicht mehr davon beschaffen.«

Kurze Zeit später kam Nooty mit einem gelben Stück Papier zurück. Ganz oben bildeten dicke schwarze Buchstaben die Worte: Blackbury Sand & Kies GmbH. Darunter stand: Rechnung.

Grimma überlegte einige Sekunden lang, befeuchtete den Grafitstummel und begann zu schreiben.

»Was machst du da?«, fragte Dorcas.

»Ich bemühe mich, mit dem Menschen zu kommunizieren«, erläuterte die junge Nomin. Sie konzentrierte sich und malte ein neues Wort.

»Ich habe immer gedacht, dass es einen Versuch wert ist«, sagte Dorcas. »Aber hältst du dies für den geeigneten Zeitpunkt?«

»Ja«, bestätigte Grimma und beendete das letzte Wort.

»Was meinst du?« Sie reichte Dorcas den Grafitbrocken und hob das Stück Papier.

Einige Buchstaben waren ein wenig krakelig, und die Worte verrieten, dass sich Grimma mit dem Lesen besser auskannte als mit Grammatik und Rechtschreibung. Doch die beiden Sätze vermittelten eine klare, unmissverständliche Botschaft.

Dorcas las. »Ich hätte mich anders ausgedrückt.«

»Mag sein. Aber dies habe *ich* geschrieben.«

»Ja.« Der Ingenieur neigte den Kopf zur Seite. »Es handelt sich eindeutig um Kommunikation. Mehr Kommunikation ist kaum möglich. Ja.«

Grimma versuchte zuversichtlich zu klingen, als sie sagte: »Führ uns jetzt zu den Schuppen.«

Zwei Minuten später befanden sich keine Nomen mehr im Verwalterbüro. Der Mensch lag auf dem Boden und schnarchte, die eine Hand ausgestreckt.

Die Finger hielten jetzt ein Stück Papier.

Darauf stand: Blackbury Sand & Kies GmbH.

Und darunter: Rechnung.

Und darunter: Wir häten dich uhmbringen könen. LAS UNS IN RUHE.

Draußen wich die Nacht dem Morgengrauen, und es schneite nicht mehr.

»Bestimmt fallen den Menschen unsere Fußspuren auf«, sagte Sacco. »So viele Spuren können sie gar nicht übersehen.«

»Spielt keine Rolle«, erwiderte Dorcas. »Es kommt nur darauf an, dass niemand zurückbleibt.«

»Bist du sicher?«, fragte Grimma. »Bist du *sicher*, dass es eine gute Idee ist?«

»Nein.«

Sie schlossen sich den anderen Nomen an, die durch einen Riss im Wellblech kletterten. Kurz darauf standen sie in dem riesigen Schuppen.

Grimma sah sich um. Rost und Zeit hatten große Löcher in Wände und Decke gefressen. Alte Büchsen und Drahtrollen lagen in den Ecken, neben seltsam geformten Metallteilen und Marmeladengläsern, die Nägel enthielten. Alles roch nach Öl.

Nach einer Weile wandte sich Grimma an den Ingenieur. »Wo ist das Ding, das du uns zeigen willst?«

Dorcas deutete in die Schatten am Ende des Schuppens, und dort bemerkte die junge Nomin ein unförmiges Gebilde.

»Sieht aus wie, wie ein großes Tuch.«

»Das, äh, Objekt steht darunter. Sind alle da?« Dorcas hob die Hände trichterförmig vor den Mund. *»Sind alle da?«*, rief er. Dann drehte er sich zu Nooty um.

»Ich muss wissen, wo alle sind. Ich möchte nicht, dass sich jemand fürchtet, aber wir sollten vermeiden, dass irgendwelche Leute im Weg stehen.«

»Im Weg?«, wiederholte Grimma.

Dorcas beachtete sie nicht. »Sacco, nimm dir einige Jungs und hol die Sachen aus der Hecke«, sagte er. »Wir brauchen die Batterie, und ich weiß nicht, ob der Treibstoff genügt.«

»Dorcas!« Grimma klopfte ungeduldig mit dem Fuß auf den Boden. »Was geht hier vor?«

Manchmal passierte so etwas mit dem Ingenieur. Wenn er an Maschinen und mechanische Dinge dachte, schienen andere Nomen für ihn gar nicht mehr zu existieren. Dann veränderte sich auch seine Stimme.

Er richtete den Blick so auf Grimma, als sähe er sie jetzt zum ersten Mal. Einige Sekunden später blickte er auf seine Füße.

»Begleite mich«, sagte er langsam. »Ich, äh, zeig's dir. Erklär den anderen alles. Das kannst du viel besser als ich.«

Grimma folgte ihm über den kalten Boden, während immer mehr Nomen in den Schuppen kamen und sich nervös an den Wänden zusammendrängten.

Dorcas führte sie unter die Plane, die eine große, staubige Höhle formte.

Eine Art Lastwagenreifen ragte vor ihnen auf, doch er wies zahlreiche seltsame Vorsprünge auf.

»Oh, ein Laster«, sagte Grimma unsicher. »Du hast hier einen Laster, nicht wahr?«

Dorcas schwieg und deutete stumm nach oben.

Die junge Nomin hob den Kopf. Und dann noch etwas mehr. Sie starrte in den geöffneten Rachen von Jekub.

13

IV. Und Dorcas sprach: Dies ist Jekub, das große Ungeheuer mit Zähnen.
V. In der Not frisst der Teufel Fliegen, aber wir fahren.

Aus dem Buch der Nomen, Jekub, Kapitel 2, Verse IV–V

Manchmal brauchen Worte auch Musik. Manchmal reichen Beschreibungen nicht aus. Es sollte möglich sein, Büchern einen Soundtrack zu geben, so wie Filmen.

In diesem Fall eignen sich tiefe Orgelklänge.

Grimma riss die Augen auf.

Dieh-dah-DAH.

Es kann nicht lebendig sein, dachte sie verzweifelt. *Und es wird mich nicht fressen. Dorcas hätte mich wohl kaum hierhergebracht, wenn er wüsste, dass mich dieses Monstrum verschlingen will. Ich habe keine Angst. Nein, ich habe überhaupt keine Angst. Ich bin eine vernünftige Nomin und fürchte mich nicht.*

»Ich glaube, die Räder mit den vielen Stummeln sollen ihm besseren Halt auf weichem, schlüpfrigem Boden geben«, sagte Dorcas. Seine Stimme kam wie aus weiter Ferne. »Ich habe ihn gründlich untersucht, weißt du, und es scheint so weit alles in Ordnung zu sein. Er ist nur sehr alt ...«

Grimmas Blick glitt über den langen gelben Hals.

Dieh-dah-dieh-dah-DUMM.

»Und dann dachte ich mir, bestimmt können wir ihn wieder fahren lassen, Dieselmotoren sind eigentlich ganz einfach, und ich habe die Bilder in einem der Bücher gesehen, obwohl ich nicht ganz sicher bin, was die Rohrleitungen betrifft, ich glaube, man nennt so etwas Hydraulik, doch auf einer der Bänke fand ich ein *Werkstatthandbuch*, und ich habe Dinge geschmiert und gereinigt …«, brabbelte Dorcas.

Dah-dah-dah-DUMM.

»Ich nehme an, die Menschen oder so wussten, dass sie zurückkehren würden, und ich bin hochgeklettert und habe mir alles angesehen, und wahrscheinlich ist es leichter als mit dem Lastwagen, allerdings gibt es zusätzliche Hebel für die Hydraulik, aber das sollte kein Problem sein, wir brauchen nur genug Treibstoff und …«

Der Ingenieur unterbrach sich, als er Grimmas Schweigen bemerkte.

»Stimmt was nicht?«, fragte er.

»Was ist das?«, fragte Grimma.

»Das wollte ich gerade sagen«, erwiderte Dorcas. »Es ist faszinierend. Durch die Rohrleitungen wird etwas gepumpt, und dann bewegen sich die Dinge dort oben, und die Kolben schieben sich daraus hervor, wodurch die Arm-Dinge da drüben …«

»Ich habe nicht gefragt, was dieses Gebilde *macht*«, sagte Grimma. »Ich möchte nur wissen, was es ist.«

»Habe ich noch nicht darauf hingewiesen?«, entgegnete Dorcas unschuldig. »Jemand hat einen Namen an die Seite geschrieben. Da vorn, siehst du?« Er streckte die Hand aus.

Grimma blickte in die entsprechende Richtung und runzelte die Stirn.

»J … C … B …«, las sie. »Jcb? Jekub? Überhaupt keine Vokale. Was soll das für ein Name sein?«

»Was weiß ich«, brummte Dorcas. »Mit Namen kenne ich mich nicht aus. Jedenfalls, es klingt richtig. Komm mit, ich zeig dir noch etwas anderes.«

Grimma folgte ihm benommen und starrte erneut in die Dunkelheit unter der Plane.

»Da«, sagte der Ingenieur. »Man erkennt auf den ersten Blick, was es ist, oder?«

»Meine Güte«, hauchte Grimma und hob die Hand zum Mund.

»Ja«, sagte Dorcas. »Das dachte ich ebenfalls. Als ich es zum ersten Mal sah, dachte ich: Oh, es ist eine Art Lastwagen. Und dann ging ich hierher und fand heraus, dass der Laster ...«

»... Zähne hat«, flüsterte Grimma. »Große Zähne aus Metall.«

»In der Tat«, bestätigte Dorcas stolz. »Jekub. Eine Art Lastwagen. Mit Zähnen.«

Dah-DUMM.

»Und, äh, funktioniert er?«, fragte Grimma.

»Das sollte er. Ja, das sollte er. Ich habe alles überprüft, was sich überprüfen lässt. Eigentlich unterscheidet sich Jekub gar nicht so sehr von einem gewöhnlichen Lastwagen. Er hat nur viele zusätzliche Hebel und Dinge ...«

»Warum hast du mir nie etwas davon erzählt?«, zischte Grimma.

»Keine Ahnung«, antwortete Dorcas. »Weil es nicht notwendig war, schätze ich.«

»Jekub ist *riesig*. Ein so großes Etwas darf man nicht für sich behalten!«

»Jeder braucht etwas, das ihm allein gehört«, sagte Dorcas unbestimmt. »Jedenfalls, hier geht es nicht um die Größe. Es ist alles so ... perfekt.« Er klopfte auf einen höckrigen Reifen. »Du hast erwähnt, dass die Menschen glauben, jemand hätte die Welt in einer Woche erschaffen. Als ich Jekub zum ersten Mal sah, dachte ich: Der Schöpfer hat dies hier benutzt.«

Er blickte nach oben in die Schatten.

»Zuerst müssen wir die Plane fortziehen«, fügte er hinzu. »Bestimmt ist sie sehr schwer, wir brauchen also die Hilfe vieler Nomen. Du solltest sie besser warnen. Man kann erschrecken, wenn man Jekub zum ersten Mal sieht.«

»Ich bin überhaupt nicht erschrocken«, behauptete Grimma.

»Ich weiß«, sagte Dorcas. »Ich habe dein Gesicht beobachtet.«

Die Nomen richteten erwartungsvolle Blicke auf Grimma.

»Denkt immer daran, dass es nur eine Maschine ist«, sagte sie. »Eine Art Lastwagen. Doch wenn man diesen Laster zum ersten Mal sieht, kann man erschrecken, und deshalb schlage ich vor: Haltet die kleinen Kinder an den Händen. Und weicht zurück, wenn die Plane herunterkommt.«

Köpfe nickten.

»Also gut. Fasst an!«

Sechshundert Nomen spuckten in die Hände und griffen nach dem schweren Tuch.

»Zieht kräftig, wenn ich ›Ziehen!‹ sage!«

Die Nomen holten tief Luft.

»Ziehen!« Falten glätteten sich und verschwanden.

»Ziehen!«

Die Plane bewegte sich, glitt über Jekubs kantige Gestalt, erst langsam, dann etwas schneller, als das eigene Gewicht an ihr zerrte.

»Zurück!«

Das Ding kam wie eine schmierige grüne Lawine herunter und bildete einen hohen Faltenberg. Doch niemand achtete darauf, denn Sonnenschein kroch durch die staubigen, von Spinnweben verhangenen Fenster. Jekub *glühte* plötzlich.

Mehrere Nomen schrien. Mütter hoben ihre Kinder hoch. Alle wichen in Richtung Tür zurück.

Es sieht tatsächlich *wie ein Kopf aus*, dachte Grimma. *Wie ein Kopf an einem langen Hals. Und am anderen Ende hat er noch einen. Was denke ich da? »Er«? Es. Beziehungsweise sie. Es ist eine* Maschine. *Und die Maschine hat einen zweiten Kopf an ihrem anderen Ende.*

»Es ist alles in Ordnung!«, rief sie, um den Lärm zu übertönen. »Seht nur! Das Ding bewegt sich überhaupt nicht!«

»He, ihr da unten!«, erklang eine andere Stimme. Grimma sah nach oben. Nooty und Sacco waren über Jekubs Hals geklettert, hockten weit oben und winkten fröhlich.

Das gab den Ausschlag. Die Flutwelle der Nomen gischtete zur Wand und verebbte dort – man fühlte sich immer dumm, wenn man vor etwas floh, das einen überhaupt nicht verfolgte. Die Nomen zögerten und kehrten langsam in die Mitte des Schuppens zurück.

»Bemerkenswert.« Oma Morkie humpelte etwas näher. »Ich hab mich immer gefragt, wie sie aussehen. Jetzt weiß ich's.«

Grimma musterte sie verwirrt.

»Was meinst du?«, fragte sie.

»Oh, die großen Wühler«, erwiderte Oma. »Sie waren alle fort, als ich geboren wurde, aber mein Vater hat sie gesehen. Große gelbe Dinge mit Zähnen, die sich in den Boden bohrten, erzählte er. Ich dachte immer, er hätte sich einen Scherz mit mir erlaubt.«

Jekub verzichtete noch immer darauf, Leute zu fressen. Einige besonders abenteuerlustige Nomen folgten Saccos und Nootys Beispiel und kletterten an ihm empor.

»Damals, als die Autobahn gebaut wurde«, fuhr Oma Morkie fort und stützte sich auf ihren Gehstock. »Die Wühler waren überall, sagte mein Vater. Große gelbe Dinge mit Zähnen und Höckerreifen.«

Grimma starrte sie verblüfft an. Ihr Gesicht zeigte einen besonderen Ausdruck, reserviert für Personen, die wider Erwarten eine ebenso rätselhafte wie interessante Vergangenheit hatten.

»Und es gab noch andere Dinge«, fuhr die Alte fort. »Dinge, die Erde zu großen Haufen zusammenschoben und so. Muss inzwischen fünfzehn Jahre her sein. Hätte nie gedacht, dass ich einmal selbst einen Wühler sehe.«

»Soll das heißen, die Straßen wurden *gebaut?*«, fragte Grimma. Inzwischen wimmelte es überall an Jekub von jungen Nomen. Dorcas stand im Führerhaus und erklärte die Funktion der Hebel.

»Das hat mein Vater gesagt«, entgegnete Oma. »Du hast sie doch nicht für einen Teil der natürlichen Landschaft gehalten, oder?«

»Wie?« Grimma schüttelte den Kopf. »O nein. Nein. Ganz und gar nicht. Wie kommst du darauf?«

Und sie dachte: *Vielleicht hat Dorcas recht. Vielleicht ist alles künstlich. Einige Teile wurden eher gebaut, andere später. Man beginnt mit Hügeln, Wolken und so, und dann fügt man Straßen und Kaufhäuser hinzu. Vielleicht besteht die Aufgabe der Menschen darin, die Welt zu erschaffen, und sie sind noch immer damit beschäftigt. Deshalb müssen die Maschinen groß genug für sie sein.*

Gurder hätte so etwas bestimmt verstanden. Ich wünschte, er würde zurückkehren.

Zusammen mit Masklin.

Grimma versuchte, an etwas anderes zu denken.

Höckrige Reifen, überlegte sie. *Jekubs Hinterreifen sind fast so groß wie ein Mensch. Er braucht keine Straßen. Natürlich braucht er keine. Er baut sie. Er muss in der Lage sein, dorthin zu fahren, wo's noch keine Straßen gibt.*

Sie bahnte sich einen Weg durch die Menge und näherte sich dem rückwärtigen Bereich des Führerhauses – einige Nomen brachten dort ein langes Brett in Position. Grimma trat darüber hinweg und gesellte sich Dorcas hinzu, der von aufgeregten Nomen umgeben war.

»Willst du hiermit losfahren?«, fragte sie.

Der Ingenieur drehte sich zu ihr um.

»O ja«, antwortete er glücklich. »Ich glaube schon. Ich hoffe es. Vermutlich bleibt uns noch etwa eine Stunde, bis die Menschen zurückkehren, und Jekub wird genauso gesteuert wie ein Lastwagen.«

»Wir wissen, worauf es dabei ankommt!«, rief einer der jungen Nomen. »Mein Vater hat mir alles über die Schnüre und so erzählt.«

Grimma sah sich im Führerhaus um. Überall gab es Hebel.

Seit der Langen Fahrt war mehr als ein halbes Jahr vergangen, und die Nomin hatte sich nie sehr für Mechanik und dergleichen interessiert. Doch als sie sich nun ans Führerhaus des Lastwagens erinnerte ... Dort schien es viel weniger *Dinge* gegeben zu haben, nur einige Pedale, den Schalthebel und das Lenkrad, weiter nichts.

Sie wandte sich wieder Dorcas zu.

»Bist du sicher?«, fragte sie skeptisch.

»Nein«, sagte er. »Ich bin nie sicher. Viele Hebel dienen nur dazu, den Ra..., die Schaufel zu bewegen, das Ding mit den Zähnen. Und das Halsende. Die Wühl-Dinge, meine ich. *Darum* brauchen wir uns überhaupt nicht zu kümmern. Obwohl ... Sie sind raffiniert. Es genügt, an einem Hebel zu ziehen, und schon ...«

»Und wo sollen wir alle sitzen? Der Platz genügt nicht.«

Dorcas zuckte mit den Schultern. »Die Alten bringen wir hier im Führerhaus unter, und die jüngeren Leute ... Wir spannen Drähte und so. Damit sie sich festhalten können, meine ich. Sei unbesorgt. Diesmal sind wir nicht in der Nacht unterwegs, sondern am Tag. Und es ist nicht nötig, dass wir sehr schnell fahren.«

»Und dann erreichen wir die Scheune, nicht wahr, Dorcas?«, fragte Nooty. »Wo es warm ist. Und wo es genug zu essen gibt.«

»Das hoffe ich«, erwiderte der Ingenieur. »Ans Werk. Wir haben nicht viel Zeit. Wo bleibt Sacco mit der Batterie?«

Gibt es in der Scheune genug zu essen?, dachte Grimma. *Wie kommen wir auf diese Idee? Angalo hat davon gesprochen, dass dort Steckrüben lagern, vielleicht auch ein paar Kartoffeln. Nicht unbedingt ein Festschmaus.*

Ihr Magen war anderer Meinung und knurrte. Eine lange Nacht lag hinter den Nomen, und die einzige Nahrung bestand aus den längst verdauten belegten Broten des Gefangenen.

Jedenfalls, wir müssen aufbrechen. Jeder Ort ist besser als dieser.

»Dorcas ...«, sagte Grimma. »Kann ich dir irgendwie helfen?«

Er sah auf. »Ja. Lies das Handbuch. Vielleicht steht da drin, wie man Jekub fährt.«

»Weißt du es nicht?«

»Äh. Na ja, nicht *genau*. Ich meine, die Theorie ist mir gut bekannt. Nur die Praxis bereitet mir gewisse Schwierigkeiten.«

Das Handbuch lag unter der Bank an der Schuppenwand. Grimma zog es mühsam darunter hervor, blätterte mit beiden Händen und versuchte, sich trotz des Lärms zu konzentrieren. *Bestimmt weiß er genau Bescheid*, fuhr es ihr durch den Sinn. *Er will nur nicht, dass ich ihm im Weg bin.*

Die Nomen zeigten eine erstaunliche Zielstrebigkeit. Die Situation war so ernst, dass sie keine Zeit damit verloren, zu jammern und zu klagen. *Komisch*, dachte Grimma, als sie auf fleckige Seiten hinabstarrte. *Die Leute hören nur dann auf, sich über Dinge zu beschweren, wenn es wirklich schlimm um die Dinge steht. Dann sind sie plötzlich bereit, zusammenzuarbeiten und sich »dahinterzuklemmen«.* Vom Dahinterklemmen hatte Grimma im Buch der Sprichwörter gelesen. Es bedeutete, hart zu arbeiten. Seltsam. Wie konnte jemand zu harter Arbeit fähig sein, wenn er sich hinter etwas klemmte? Klemmende Dinge funktionierten doch nicht richtig, oder?

Sie erinnerte sich an das Schild *Achtung, Straßenbauarbeiten*, das sie während der Langen Fahrt gesehen hatten. Völlig klar. Voraus baute jemand die Straße, damit sie länger wurde, und man durfte erwarten, dass er alle Hindernisse beiseiteräumte. Stattdessen standen viele Dinge auf dem Asphalt, und er endete ganz plötzlich an einem Loch, woraus folgte, dass das Schild überhaupt keinen Sinn ergab. Und: Worte bedeuteten nicht immer, was sie eigentlich bedeuten sollten.

Grimma blätterte.

Auf der nächsten Seite entdeckte sie einen großen braunen Ring dort, wo ein Mensch eine Kaffeetasse abgestellt hatte.

Hinter ihr wichen Dutzende von Nomen der Batterie aus, die auf rostigen Kugellagern langsam über den Boden glitt.

Der Kanister mit dem Treibstoff schwankte vorbei.

Grimma blickte auf Bilder, die Hebel und Zahlen zeigten. Plötzlich schienen die Nomen ganz versessen darauf zu sein, die Scheune zu erreichen. Die Dinge waren nun nicht mehr durchschnittlich schlimm, sondern kündigten eine Katastrophe an – und plötzlich wirkten die Nomen fast fröhlich. Masklin kannte dieses Phänomen. *Leute sind zu allem fähig, wenn ihnen keine andere Wahl bleibt*, hatte er gesagt.

Die junge Nomin starrte auf die Seiten und versuchte, sich für Hebel zu interessieren.

Die Wolken vor der Sonne dehnten sich über den rosaroten Himmel aus. Roter Himmel am Morgen ... Er bedeutete, dass Leute mit Schafen zufrieden waren, erinnerte sich Grimma an einen Hinweis im Buch der Sprichwörter. Oder unglücklich. Oder vielleicht ging's dabei um Kühe.

Im dunklen Büro erwachte der Mensch, muhte eine Zeit lang und versuchte sich von den Drahtfesseln zu befreien. Nach einer Weile gelang es ihm, den Großteil eines Arms daraus zu lösen.

Anschließend offenbarte der Mensch ein Verhalten, das die meisten Nomen überrascht hätte. Er kroch über den Boden, und nach einigen vergeblichen Versuchen gelang es ihm, einen Stuhl umzukippen. Er zog ihn näher, schob ein Stuhlbein unter mehrere Drähte und zog.

Eine Minute später saß er und streifte weitere Fesseln ab.

Der Blick seiner großen Augen fiel auf den Zettel mit Grimmas Worten.

Er starrte eine Zeit lang darauf hinab, rieb sich die Arme und griff nach dem Telefon.

Dorcas betastete einen Draht.

»Bist du sicher, dass die Batterie richtig angeschlossen ist?«, fragte Sacco.

»Ich kenne den Unterschied zwischen roten und schwarzen Drähten«, erwiderte Dorcas sanft und streckte die Hand nach einem Kabel aus.

»Dann enthält die Batterie vielleicht nicht genug Elektrizität«, vermutete Grimma und sah über Dorcas' Schulter. »Vielleicht ist sie bis nach unten gesunken. Oder ausgelaufen.«

Der Ingenieur und Sacco wechselten einen Blick.

»Elektrizität sinkt nicht nach unten«, erklärte Dorcas geduldig. »Und sie läuft auch nicht aus. Entweder ist sie da, oder sie fehlt. Entschuldige bitte.« Erneut spähte er ins Durcheinander aus Drähten und zupfte an einem. Etwas zischte, und ein großer blauer Funken stob davon.

»Sie ist da«, fügte er hinzu. »Aber nicht dort, wo sie eigentlich sein sollte.«

Grimma schritt über den schmierigen Boden des Führerhauses. Gruppen von Nomen standen in der Nähe und warteten. Hunderte von ihnen hielten Schnüre, die mit dem Lenkrad weit über ihnen verbunden waren. Andere umklammerten Holzteile, die wie Rammböcke wirkten, drückten damit auf die Pedale.

»Nur eine kleine Verzögerung«, erklärte Grimma. »Weil sich die Elektrizität nicht am richtigen Ort befindet.«

Nomen, wohin man auch blickte. Während der Langen Fahrt hatte ihnen ein ganzer Lastwagen zur Verfügung gestanden, doch Jekubs Führerhaus war viel kleiner, und es mangelte an Platz.

Ein armseliger Haufen, dachte Grimma und fühlte sich noch trauriger, weil es der Wahrheit entsprach. Bei der Flucht aus dem Kaufhaus hatten die Nomen viele Dinge mitnehmen können. Sie waren wohlgenährt und gut gekleidet gewesen.

Jetzt sind sie dünn und schmutzig. Sie nehmen nur die zerrissenen, verdreckten Sachen mit, die sie am Leib tragen. Selbst die Bücher blieben zurück. Ein Dutzend Bücher beanspruchten ebenso viel Platz wie drei Dutzend Nomen. Grimma glaubte zwar, dass einige der Bücher nützlicher waren als viele der Nomen, aber sie fand sich mit Dorcas' Versprechen ab, dass sie eines Tages zurückkehren würden, um die zwischen Buchdeckel gepressten Worte aus ihrem Versteck unter den Bodendielen zu holen.

Wir haben es versucht, dachte Grimma. *Wir haben uns wirklich Mühe gegeben, Wir kamen in den Steinbruch, um eine neue Heimat zu finden. Wir wollten uns um unsere eigenen Angelegenheiten kümmern, ein Leben ohne Furcht führen. Wir dachten, es reiche völlig aus, die richtigen Dinge aus dem Kaufhaus mitzunehmen, aber wir brachten auch viele falsche Dinge hierher. Diesmal müssen wir so weit wie möglich fort von Menschen, und ich bezweifle, dass es einen Ort gibt, der wirklich weit genug von ihnen entfernt ist.*

Sie kletterte auf die wacklige Fahrerplattform, die aus einem mit Schnüren befestigten Brett bestand, das durchs ganze Führerhaus reichte. Auch hier standen und saßen Nomen. Sie richteten erwartungsvolle Blick auf Grimma.

Wenigstens sollte es nicht so schwer sein, Jekub zu fahren. Die Anführer der einzelnen Gruppen an den Pedalen und so weiter konnten sie sehen. Es war also nicht nötig, mit Fahnen zu signalisieren oder an Stricken zu ziehen, um Anweisungen zu übermitteln. Außerdem hatten viele Nomen während der Langen Fahrt Erfahrungen gesammelt.

»Versucht es noch einmal!«, rief Dorcas.

Es klickte. Etwas surrte. Und dann brüllte Jekub.

Das Geräusch donnerte durch den großen Schuppen. Es war so laut und tief, dass man es eigentlich gar nicht als Geräusch bezeichnen konnte. Es schien die Luft in etwas Hartes zu verwandeln und damit zuzuschlagen. Nomen drückten sich an den zitternden Boden des Führerhauses.

Grimma hob die Hände zu den Ohren und sah, wie Dorcas heranstürmte und dabei mit den Armen ruderte. Die Nomen am Schneller-Pedal warfen ihm einen Meinst-du-uns?-Blick zu und drückten nicht mehr.

Aus dem Lärm wurde ein dumpfes Grollen, *ein Mumumumum*, das dennoch alles vibrieren ließ. Dorcas eilte zurück, kletterte zur Plattform und keuchte hingebungsvoll. Er setzte sich und schnaufte erschöpft.

»Ich bin zu alt für solche Sachen«, sagte er. »Wenn Nomen ein gewisses Alter erreichen, sollten sie aufhören, riesige Fahrzeuge zu stehlen. Das ist allgemein bekannt. Der Motor läuft. Du kannst uns jetzt nach draußen bringen.«

»Wer, ich?«, fragte Grimma.

»Ja. Wer denn sonst?«

»Ich dachte, äh, dass mir jemand hilft, zum Beispiel Sacco.« *Ich dachte, ein Nom würde Jekub fahren, keine Nomin*, fügte Grimma in Gedanken hinzu.

»Oh, meine Jungs wären sofort bereit, alles selbst in die Hand zu nehmen«, erwiderte Dorcas. »Ich stelle mir ihre *Begeisterung* vor. Ich stelle mir vor, wie sie hin und her brausen, dabei ›Jippieh‹ und was weiß ich rufen. Nein, herzlichen Dank. Ich dachte an eine friedliche Fahrt übers Feld. In aller Ruhe. Gemütlich.«

Er beugte sich vor.

»Alles klar da unten?«, rief er.

Ein nervöser Ja-Chor ertönte. Bei zwei oder drei Nomen klang die Antwort etwas enthusiastischer.

»Ich frage mich, ob es eine gute Idee war, Sacco zum Leiter der Gruppe am Schneller-Pedal zu ernennen ...«, murmelte der Ingenieur. Er richtete sich auf. »Äh. Du bist doch nicht *besorgt*, oder?«

Grimma schnaubte. »Was? Ich? Nein. Natürlich nicht. Ich sehe überhaupt kein Problem«, betonte sie.

»Na schön«, brummte Dorcas. »Los geht's!«

Stille. Eine Stille, in der man nur das wartende Brummen des Motors hörte.

Grimma zögerte.

Wenn doch nur Masklin hier wäre, dachte sie. *Er käme hiermit besser zurecht. Es spricht niemand mehr von ihm. Oder von Angalo und Gurder. Die Nomen denken nicht gern über sie nach. Vielleicht haben sie es vor Jahrhunderten gelernt, in einer Welt voller Füchse und anderer Dinge, die scheußlichen Tod verheißen. Wenn jemand vermisst wird ... Dann ist es besser, sich nicht mehr an ihn zu erinnern. Aber ich kann das nicht. Ich denke dauernd an Masklin.*

Ich habe ihm von Fröschen in Blumen erzählt, ohne einen einzigen Gedanken an seine Träume.

Dorcas legte ihr sanft den Arm um die Schultern. Grimma bebte am ganzen Leib.

»Wir hätten jemanden zum Flugplatz schicken sollen«, murmelte sie. »Um zu zeigen, dass er uns nicht gleichgültig ist ...«

»Wir hatten nicht genug Zeit«, erwiderte der Ingenieur leise. »Und uns fehlten Leute mit genug Mut. Wir erklären es ihm, wenn er zurückkehrt. Er versteht es bestimmt.«

»Ja«, flüsterte Grimma.

»Und nun …« Dorcas trat zurück. »Wir fahren los.«

Grimma atmete tief durch.

»Erster Gang!«, rief sie. »Vorwärts! Laaangsam!«

Die Gruppen auf dem Boden des Führerhauses zogen und drückten. Grimma spürte eine Erschütterung, und das Brummen wurde leiser. Jekub ruckte nach vorn und blieb wieder stehen. Der Motor stotterte und verstummte.

Dorcas betrachtete nachdenklich seine Fingernägel.

»Handbremse, Handbremse, Handbremse«, summte er leise.

Grimma warf ihm einen finsteren Blick zu und wölbte die Hände trichterförmig vor dem Mund. »Die Handbremse lösen!«, rief sie. »In Ordnung! Jetzt der erste Gang und langsam vorwärts.«

Es klickte.

Stille.

»Denmotoranlassen, denmotoranlassen, denmotoranlassen«, murmelte Dorcas und wippte auf den Zehen.

Grimma ließ die Schultern hängen. »Gang raus und alles noch einmal von vorn!«, befahl sie. »Den Motor anlassen.«

Nooty leitete die Gruppe an der Handbremse. »Sollen wir die Handbremse wieder anziehen?«

»Was?«

»Du hast nicht gesagt, was mit der Handbremse geschehen soll«, erwiderte Sacco. Die anderen Nomen neben ihm grinsten.

Grimma richtete den Zeigefinger auf sie. »Jetzt hört mal gut zu. Wenn ich runterkommen muss, um euch zu erklären, was mit der Handbremse geschehen soll … Das würde euch *sehr* leidtun. Klar? Hört auf, wie Narren zu kichern! Sorgt dafür, dass sich dieses Ding *in Bewegung setzt*, und zwar *schnell*!«

Das Klicken wiederholte sich. Der Motor sprang sofort an, und Jekub rollte los. Hunderte von Nomen jubelten.

»Schon besser«, sagte Grimma.

»Die Tür, die Tür, die Tür, wir haben vergessen, die *Tü-ür* zu öffnen«, summte Dorcas.

»Ich hab's *nicht* vergessen«, entgegnete Grimma, als der Wühler schneller wurde. »Warum sollten wir die Tür öffnen? Dies ist Jekub!«

14

> V. Nichts kann uns aufhalten, denn dies ist Jekub. Er lacht über Hindernisse und spricht: Brrm-brrm.
>
> *Aus dem* Buch der Nomen, *Jekub, Kapitel 3, Vers V*

Es war ein sehr alter Schuppen. Es war ein sehr rostiger Schuppen. Es war ein Schuppen, der im Wind wackelte. Wenn ein Teil von ihm die Bezeichnung »neu« verdiente, so betraf sie das Vorhängeschloss an der Tür, und Jekub stieß mit einer Geschwindigkeit von etwa zehn Stundenkilometern dagegen. Das Gebäude dröhnte wie ein Gong, sprang aus dem Fundament und wurde durch den halben Steinbruch gezerrt, bevor es in einer Wolke aus Rost und Staub auseinanderfiel. Jekub schob sich daraus hervor, wie ein sehr zorniges Küken, das die Schale eines sehr alten Eis abstreift, rollte noch einige Meter und verharrte.

Grimma erhob sich auf der schwankenden Plattform und klopfte Rost von ihrer Kleidung.

»Wir haben angehalten«, sagte sie unsicher. In ihren Ohren toste es noch immer. »Warum haben wir angehalten, Dorcas?«

Die heftigen Erschütterungen hatten den Ingenieur aufs Brett geschleudert, und er versuchte nicht einmal, wieder aufzustehen.

»Ich glaube, wir sind ziemlich stark durchgeschüttelt worden«, sagte er. »Warum hattest du es so eilig?«

»Entschuldigt bitte!«, rief Sacco von unten. »Nur ein kleines Missverständnis.«

Grimma straffte die Gestalt. »Nun«, erwiderte sie, »das Missverständnis hat uns nach draußen gebracht. Ich weiß jetzt Bescheid. Wir brauchen nur ... wir ... wir ...«

Dorcas hörte, wie ihre Stimme verklang. Er sah auf.

Vor dem Steinbruch parkte ein Lastwagen. Und drei Menschen hasteten Jekub mit langen Schritten entgegen.

»O nein«, stöhnte der Ingenieur.

»Hat der Gefangene die Warnung nicht gelesen?«, überlegte Grimma laut.

»Ich fürchte, er hat sie sogar verstanden«, brummte Dorcas. »Wir dürfen jetzt nicht in Panik geraten und müssen schnell eine Entscheidung treffen. Entweder ...«

»Vorwärts!«, sagte Grimma scharf. »Sofort!«

»Nein, nein«, rief Dorcas. »Ich wollte nicht, dass wir ...«

»Erster Gang!«, befahl Grimma. »Und drückt *fest* aufs Schneller-Pedal!«

»Du wirst es bereuen«, ächzte der Ingenieur.

»Das bezweifle ich«, entgegnete Grimma mit fester Stimme. »Ich habe die Menschen gewarnt! Sie können lesen. Wir wissen, dass sie lesen können. Wenn sie wirklich intelligent sind, sollten sie eigentlich intelligent genug sein, um es besser zu wissen!«

Jekub rollte wieder los.

»Es ist ein Fehler«, sagte Dorcas. »Wir haben uns immer von den Menschen ferngehalten.«

»Sie halten sich nicht von *uns* fern!«, rief Grimma.

»Aber ...«

»Sie haben das Kaufhaus abgerissen. Sie wollten uns an der Flucht hindern. Und jetzt übernehmen sie unseren Steinbruch, *und sie wissen nicht einmal, was wir sind!*«, stieß Grimma hervor. »Erinnerst du dich an die Abteilung Gartenbau im Kaufhaus? An die grässlichen Statuen mit Zipfelmützen und so? Ich werde den Menschen *wahre* Nomen zeigen ...«

»Gegen Menschen kannst du nichts ausrichten!« Dorcas' Stimme verlor sich fast im lauten Dröhnen des Motors. »Sie sind zu groß! Und du bist zu klein!«

Grimma nickte. »Ja, im Vergleich zu ihnen bin ich sogar *sehr* klein. Aber ich habe den größeren Lastwagen. Mit *Zähnen.*« Sie beugte sich über den Rand der Plattform. »Gut festhalten!«, forderte sie die Nomen auf. »Vielleicht stehen uns wieder heftige Erschütterungen bevor.«

Draußen begriffen die großen, langsamen Wesen allmählich, dass etwas nicht mit rechten Dingen zuging. Sie liefen nun nicht mehr und versuchten wie in Zeitlupe, zur Seite auszuweichen. Zwei von ihnen gelang es, ins leere Büro zu springen, als Jekub vorbeirollte.

»Ich verstehe«, sagte Grimma. »Offenbar halten sie uns für dumm. Lenkrad nach links drehen. Und noch etwas mehr. Gut so. In *Ordnung.*« Sie rieb sich die Hände.

»Was hast du vor?«, ächzte Dorcas entsetzt.

Grimma blickte nach unten.

»Siehst du die Hebel dort drüben, Sacco?«, fragte sie.

Die blassen runden Flecken von zwei menschlichen Gesichtern erschienen am staubigen Fenster der Hütte.

Jekub war etwa sechs Meter entfernt und vibrierte im Dunst des frühen Morgens. Dann heulte der Motor. Die große Schaufel neigte sich nach oben, spiegelte den Sonnenschein wider …

Jekub sprang vor, donnerte über den Boden des Steinbruchs und riss eine Wand wie den Deckel einer Büchse beiseite. Die übrigen Wände und das Dach falteten sich wie ein Kartenhaus zusammen, dem das Pikass fehlte.

Der Wühler raste im Kreis, und die beiden Menschen sahen ihn sofort, als sie aus den Trümmern der Hütte krochen. Ihr Blick fiel auf ein riesiges Metallungeheuer mit geöffnetem Rachen.

Sie liefen.

Sie liefen fast so schnell wie Nomen.

»Eine solche Lektion wollte ich ihnen schon seit langer Zeit erteilen«, sagte Grimma zufrieden. »Und nun … Wo ist der andere Mensch?«

»Zum Lastwagen zurückgekehrt, nehme ich an«, erwiderte Dorcas.

»Gut.« Grimma wandte sich an die übrigen Nomen. »Jede Menge Rechts, Sacco. Halt! Und langsam vorwärts.«

»Können wir jetzt damit aufhören und zur Scheune fahren?« wimmerte Dorcas. »Bitte?«

»Der Lastwagen versperrt uns den Weg«, entgegnete Grimma.

Es ließ sich nicht leugnen. »Die Menschen haben genau vor dem Tor geparkt.«

»Dann sitzen wir in der Falle«, seufzte der Ingenieur.

Grimma lachte, aber es klang nicht heiter oder fröhlich. Plötzlich hatte Dorcas nicht nur Mitleid mit sich selbst, sondern auch mit den Menschen.

Denen schienen ähnliche Gedanken durch den Kopf zu gehen, falls sie überhaupt denken konnten. Der Ingenieur sah ihre bleichen Gesichter, als Jekub genau auf sie zuhielt.

Sie sind verblüfft, weil sie keinen Menschen hier drin sehen, dachte er. *Sie starren auf eine Maschine, die sich anscheinend von ganz allein bewegt, und das begreifen sie nicht. Es ist ihnen rätselhaft.*

Kurz darauf rangen sie sich zu einer Entscheidung durch, öffneten die Türen des Lastwagens und stiegen rasch aus, als Jekub ...

Es knirschte, und der Laster erbebte, als Jekub gegen ihn stieß. Die höckrigen Reifen drehten mehrere Sekunden lang durch, und dann rollte der Lastwagen nach hinten. Dampf quoll aus ihm hervor.

»Das ist für Nisodemus«, sagte Grimma.

»Ich dachte, du hättest ihn nicht gemocht«, staunte Dorcas.

»Das stimmt auch. Aber er war ein Nom.«

Der Ingenieur nickte. *Wir sind alle Nomen, wenn man genauer darüber nachdenkt. Ab und zu sollte man sich daran erinnern, auf welcher Seite man steht.*

»Was hältst du davon, den Gang zu wechseln?«, fragte er ruhig.

»Warum denn? Gibt es an dem derzeitigen Gang irgendetwas auszusetzen?«

»Nein. Aber glaub mir: Wenn du herunterschaltest, kannst du noch besser schieben.«

Die Menschen beobachteten das Geschehen. Zweifellos verdiente es Aufmerksamkeit. Eine Maschine, die sich von ganz allein bewegte, bot in jedem Fall einen interessanten Anblick, selbst wenn man gerade auf einen Baum klettern oder hinter die Hecke springen musste.

Sie sahen, wie Jekub zurückrollte, wieder den ersten Gang einlegte und noch einmal angriff. Die Fenster des Lastwagens splitterten.

Das gefiel Dorcas nicht besonders.

»Du tötest einen Laster«, sagte er.

»Sei nicht dumm«, entgegnete Grimma. »Es ist eine Maschine. Sie besteht nur aus Blech und Plastik und so.«

»Ja, aber jemand hat sie gebaut«, klagte Dorcas. »Bestimmt ist es nicht leicht, einen Laster zu bauen. Ich verabscheue es, Dinge zu zerstören, die schwer zu bauen sind.«

»Die Menschen haben Nisodemus überfahren«, zischte Grimma. »Und als wir noch in der Höhle im Boden lebten ... Dauernd wurden Nomen von Autos zerquetscht.«

»Mag sein«, erwiderte der Ingenieur. »Aber Nomen sind nicht schwer zu bauen. Man braucht nur andere Nomen dazu.«

»Eine seltsame Einstellung.«

Jekub prallte erneut gegen sein hilfloses Opfer. Der linke Scheinwerfer des Lastwagens splitterte, und Dorcas schnitt eine schmerzerfüllte Grimasse. Dann wich der Laster beiseite. Rauch stieg dort auf, wo Treibstoff über den heißen Motor rann. Jekub setzte zurück und rumpelte am Wrack vorbei. Inzwischen fiel es den Nomen leicht, ihn zu steuern.

»Gut«, sagte Grimma. »Geradeaus.« Sie klopfte Dorcas auf die Schulter. »Jetzt fahren wir zur Scheune, einverstanden?«

»Den Weg hinunter«, brummte der Ingenieur. »Bis zur Zufahrt, die aufs Feld führt. Dort gibt es ein Tor«, fügte er hinzu. »Es hat wohl keinen Sinn, dich zu bitten, es erst zu öffnen, wie?«

Hinter ihnen ging der Lastwagen in Flammen auf. Eine spektakuläre Explosion blieb aus, doch das Feuer wirkte sehr professionell und erweckte den Eindruck, stundenlang brennen zu wollen. Dorcas beobachtete, wie einer der Menschen seine Jacke auszog und damit die Flammen zu ersticken versuchte. Einmal mehr regte sich Mitgefühl in ihm.

Jekub rollte über den Weg, und es stellten sich ihm keine weiteren Hindernisse entgegen. Einige Nomen begannen zu singen, als sie an den Schnüren zogen.

»Wo ist die Zufahrt?«, fragte Grimma. »Durchs Tor und übers Feld, hast du gesagt, und …«

»Es befindet sich vor dem Auto mit dem Blaulicht drauf«, antwortete Dorcas gedehnt. »Ich meine den Wagen, der uns entgegenkommt.«

Sie blickten in die entsprechende Richtung.

»Autos mit blinkenden Lichtern oben drauf verheißen nichts Gutes«, stellte Grimma fest.

»Da bin ich ganz deiner Ansicht«, pflichtete ihr Dorcas bei. »Oft sitzen sehr ernste Menschen drin, die wissen wollen, was los ist. Bei der Eisenbahn haben wir viele von ihnen gesehen.«

Grimma starrte an der Hecke entlang.

»Hast du das Tor da drüben gemeint?«

»Ja.«

Die junge Nomin beugte sich vor.

»Langsamer«, sagte sie. »Und nach rechts.«

Die einzelnen Gruppen reagierten sofort, und Sacco wechselte sogar den Gang, ohne dazu aufgefordert worden zu sein. Nomen hingen wie Spinnen am Lenkrad und drehten es.

Die Zufahrt präsentierte tatsächlich ein Tor. Besser gesagt: ein Gatter. Aber es war alt, und Stricke hielten es an den Pfosten, ganz nach Art der modernen Landwirtschaft. Einem entschlossenen Etwas konnte es keinen Widerstand leisten, ganz zu schweigen von Jekub.

Es krachte, und Dorcas verzog das Gesicht. Er litt, wenn irgendwelche Dinge zu Bruch gingen.

Auf der anderen Seite des jetzt zerfetzten Tors begann das Feld beziehungsweise ein Acker aus brauner Erde. Die Nomen nannten ihn Wellboden, wie Wellblech und die Wellpappe aus der Verpackungsabteilung im Kaufhaus. Schnee lag in den Furchen. Die großen Reifen verwandelten ihn in Matsch und Schlamm.

Dorcas rechnete damit, dass ihnen der Wagen mit dem Blaulicht folgte. Doch das Auto hielt an. Zwei Menschen in dunkelblauer Kleidung stiegen aus und wankten übers Feld. *Man kann Menschen nicht aufhalten*, dachte der Ingenieur. *Sie sind wie das Wetter.*

Der Acker neigte sich nach oben, dem Steinbruch entgegen. Jekubs Motor brummte etwas lauter.

Voraus ragte ein Drahtzaun auf, hinter dem sich eine Wiese erstreckte. Die Drähte gaben mit einem klagenden *Pläng* nach und rollten sich zusammen. Dorcas überlegte, ob Grimma ihm erlauben würde, einige Stücke zu sammeln. Draht konnte man immer gut brauchen.

Die Menschen stapften nach wie vor über den Acker. Aus zusammengekniffenen Augen – Dorcas wagte es nicht, die Lider ganz zu heben, denn hier gab es zu viel Draußen – sah der Ingenieur blinkende Lichter auf der Straße.

Er wies Grimma darauf hin.

»Ja, ich habe sie ebenfalls gesehen«, sagte sie. »Aber uns blieb nichts anderes übrig, oder?«, fügte sie verzweifelt hinzu. »Oder wäre es dir lieber gewesen, als Kobold Blumen zu bemalen und Schuhe zu reparieren?«

»Ich weiß nicht«, antwortete Dorcas. »Ich weiß überhaupt nichts mehr.«

Jekub walzte einen zweiten Zaun nieder, und dahinter folgte eine andere Wiese, nicht ganz so lang wie die erste. Der Boden *wölbte* sich ...

Und dann gab es nur noch Himmel, als Jekub die Kuppe des Hügels erreichte und immer schneller wurde.

Dorcas hatte nie zuvor so viel Himmel gesehen. Um sie herum existierte nur noch Leere, abgesehen von einigen Büschen in der Ferne. Und es herrschte Stille. Es war nicht wirklich still, man denke nur an Jekubs Motor. Aber dies schien genau der Ort zu sein, an dem Stille geherrscht *hätte*, wenn nicht ein Wühler mit verzagten Nomen an Bord durch die Landschaft gebraust wäre.

Erschrockene Schafe flohen.

»Da vorn ist die Scheune«, sagte Grimma. »Das Gebäude am Horiz...« Sie unterbrach sich. »Alles in Ordnung mit dir, Dorcas?«

»Solange ich die Augen geschlossen halte«, flüsterte der Ingenieur.

»Du siehst schrecklich aus.«

»Ich fühle mich noch schlimmer.«

»Aber du bist doch nicht zum ersten Mal im Draußen.«

»Wir sind ganz oben, Grimma! Ich meine, über viele Kilometer oder meinetwegen auch Meilen hinweg gibt es nichts Höheres als uns! Wenn ich die Augen öffne, falle ich in den Himmel!«

Grimma wandte sich an die schwitzenden Fahrer weiter unten.

»Ein bisschen nach rechts!«, rief sie. »Ja, so ist es richtig! Und jetzt das ganze Schneller-Pedal!«

Und zu Dorcas: »Halt dich an Jekub fest!« Der Motor brummte jetzt nicht mehr, sondern *donnerte*. »Du weißt doch, dass *er* nicht fliegen kann!«

Die Maschine rollte über einen steinigen Weg, der bis zur fernen Scheune reichte. Dorcas riskierte es, ein Lid zu heben. Er war nie zur Scheune gewandert und fragte sich, ob Vorräte in ihr lagerten. *Oder* hoffen *wir das nur? Vielleicht ist es dort wenigstens warm …*

Neben dem Gebäude blinkte blaues Licht und näherte sich ihnen.

»Warum lassen uns die Menschen nicht in *Ruhe?*«, entfuhr es Grimma. »Halt!«

Jekub blieb stehen. Sein Motor knackte und knisterte in der kalten Luft.

»Dieser Weg führt auch zur Straße«, sagte Dorcas.

»Wir können nicht zurück«, murmelte Grimma.

»Nein.«

»Und wir können nicht zur Scheune.«

»Nein.«

Grimma trommelte mit den Fingern auf Jekubs Metall.

»Hast du eine Idee?«

»Wir könnten über die Felder fahren«, schlug Dorcas vor.

»Und wohin brächte uns das?«, fragte Grimma.

»Zunächst einmal weg von hier.«

»Aber wir wüssten gar nicht, wohin wir unterwegs sind!«

Der Ingenieur zuckte mit den Schultern. »Das ist immer noch besser, als Blumen zu bemalen.«

Die junge Nomin lächelte schief.

»Und Bienenflügel«, sagte sie. »Solche Flügel würden mir sicher nicht stehen.«

»Was ist los bei euch?«, rief Sacco von unten.

»Wir sollten es den anderen erklären«, flüsterte Grimma. »Alle glauben, dass wir zur Scheune fahren …«

Sie sah nach vorn. Das Auto näherte sich und schaukelte über den holprigen Weg. Die beiden Menschen mit der blauen Kleidung kamen aus der anderen Richtung. »Geben Menschen nie auf?«, murmelte Grimma.

Sie beugte sich zum Rand der Plattform.

»Etwas nach links, Sacco«, sagte sie. »Und dann geradeaus.«

Jekub verließ den Weg und rollte durchs kalte Gras. In der Ferne zeigte sich ein weiterer Drahtzaun, und dahinter blickten Schafe auf.

Wir wissen nicht, wohin wir unterwegs sind, dachte Grimma. *Es kommt nur darauf an, in Bewegung zu bleiben. Masklin hatte recht: Dies ist nicht unsere Welt.*

»Vielleicht hätten wir versuchen sollen, mit den Menschen zu sprechen«, sagte sie laut.

»Nein«, erwiderte Dorcas. »In dieser Welt gehört alles ihnen, und wir wären ebenfalls ihr Besitz. Wir könnten nicht mehr *wir selbst* sein.«

Der Zaun kam näher, und auf der anderen Seite gab es eine Straße. Keinen Weg, sondern eine richtige Straße aus schwarzem Stein, den man »Asphalt« nannte.

»Rechts oder links?«, fragte Grimma. »Was meinst du?«

»Spielt keine Rolle«, entgegnete Dorcas, als der Wühler den Zaun zerriss.

»Nach links«, entschied die Nomin. »Langsam, Sacco. Links. Noch etwas mehr. Ja, gut. O nein!«

Einige Hundert Meter entfernt sah Grimma einen Wagen, auf dem blaues Licht blinkte.

Dorcas riskierte einen Blick nach hinten.

Noch ein Blinklicht.

»Nein«, sagte er.

»Was?« Grimma wandte sich ihm zu.

»Vorhin hast du gefragt, ob Menschen nie aufgeben. Die Antwort lautet: Nein.«

»Halt!«, befahl Grimma.

Die Fahrergruppen zogen an Schnüren und drückten auf Pedale. Der Wühler wurde langsamer und hielt mit knisterndem Motor an.

»Das wär's«, brummte Dorcas.

»Haben wir die Scheune erreicht?«, fragte ein Nom.

»Nein«, sagte Grimma. »Nein, noch nicht. Aber wir sind fast da.«

Der Ingenieur verzog das Gesicht.

»Ich schätze, wir müssen uns damit abfinden«, sagte er. »Bald hältst du einen Stab mit einem Stern dran in der Hand. Ich hoffe nur, dass mich die Menschen nicht dazu zwingen, ihre Schuhe zu reparieren.«

Grimma überlegte. »Wenn wir dem Wagen dort vorn ganz schnell entgegenfahren ...«, begann sie.

»Nein«, sagte Dorcas fest. »Dadurch können wir unser Problem nicht lösen.«

»Vielleicht nicht«, räumte Grimma ein. »Aber ich würde mich viel besser fühlen.«

Sie blickte übers Feld.

»Warum wird's plötzlich dunkel?«, fragte sie verwundert. »Wir können unmöglich den ganzen Tag lang gefahren sein. Es war früher Morgen, als wir aufbrachen.«

»Die Zeit vergeht wie im Flug, wenn man Spaß hat, nicht wahr?«, erwiderte Dorcas bedrückt. »Ich mag keine Milch. Nun, ich bin durchaus bereit, die Hausarbeit der Menschen zu erledigen, wenn ich keine Milch trinken muss, aber ...«

»*Sieh* doch nur!«

Dunkelheit glitt übers Land.

»Vielleicht eine Ellipse«, spekulierte der Ingenieur. »Ich hab davon gelesen. Es wird alles dunkel, wenn die Sonne den Mond bedeckt. Oder umgekehrt«, fügte er skeptisch hinzu.

Der Wagen vor ihnen bremste. Seine Räder blockierten, und er rutschte, stieß mit dem Heck gegen eine Mauer und blieb stehen.

Schafe ergriffen die Flucht, und es war keine gewöhnliche Schafspanik. Mit gesenktem Kopf stürmten sie fort und hatten dabei nur eins im Sinn. Diese Schafe vertraten den Standpunkt, dass man keine Kraft mit Panik verschwenden durfte, solange man sie benutzen konnte, um so schnell wie möglich wegzulaufen.

Ein lautes, unangenehmes Summen füllte die Luft.

»Typisch Ellipse«, brachte Dorcas unsicher hervor. »Sind ziemlich furchterregend, die Ellipsen.« Unten, auf dem Boden des Führerhauses, gerieten die *Nomen* in Panik. Sie waren keine Schafe. Jeder von ihnen verfügte über ein denkendes Gehirn, und wenn man über eine plötzliche Dunkelheit nachdachte, die von einem geheimnisvollen Summen begleitet wurde, schien Panik die logische Reaktion zu sein.

Dünne Linien aus blauem Feuer tasteten über Jekubs zerkratzten Lack. Dorcas spürte, wie sich ihm die Haare aufrichteten.

Grimma starrte nach oben.

Der Himmel war völlig schwarz.

»Es ist ... alles in Ordnung«, sagte sie langsam. »Ja, ich glaube, es ist alles in Ordnung.«

Dorcas betrachtete seine Hände. Funken lösten sich von den Fingerspitzen.

»Bist du sicher?«, fragte er nervös.

»Dies ist keine Nacht, sondern ein Schatten. Etwas Riesiges schwebt über uns.«

»Und das soll besser sein als die Nacht?« Zweifel zitterte in Dorcas' Stimme.

»Vielleicht. Komm, verlassen wir die Plattform.«

Grimma hangelte sich an einer Schnur hinab und strahlte. Ihr glückliches Lächeln wirkte fast so schlimm wie alles andere zusammen. Die Nomen waren nicht an eine glücklich lächelnde Grimma gewöhnt.

»Helft mir«, sagte sie. »Wir müssen aussteigen. Damit er weiß, dass wir's sind.«

Die Nomen wechselten verblüffte Blicke, als Grimma an der Laufplanke zerrte.

»*Bitte* helft mir!«, drängte sie.

Die Nomen halfen. Manchmal, wenn man vollkommen verwirrt ist, hört man auf jeden, der so etwas wie zielstrebige Entschlossenheit offenbart. Sie griffen nach der Planke und schoben sie aus dem hinteren Teil des Führerhauses, bis sie sich nach unten neigte und den Boden berührte.

Wenigstens gab es jetzt nicht mehr so viel Himmel. Das blaue

Firmament bildete eine dünne Linie am Rand der massiven Finsternis über den Nomen.

Sie schien nicht ganz und gar massiv zu sein. Als sich Dorcas' Augen an die Dunkelheit gewöhnten, bemerkte er Quadrate, Rechtecke und Kreise.

Nomen hasteten über die Laufplanke, liefen auf der Straße umher und wussten nicht recht, ob sie stehen bleiben oder wegrennen sollten.

Über ihnen glitt eins der dunklen Quadrate beiseite. Es klirrte. Ein Rechteck aus Schwärze surrte sanft herab, wie ein Lift ohne Kabel, erreichte die Straße und verharrte dort. Das Gebilde war ziemlich groß.

Etwas stand darauf. Etwas Rotes, Gelbes und Grünes, das aus einem Topf ragte.

Die Nomen beugten sich neugierig vor.

15

> I. So endete Jekubs Reise, und die Nomen flohen und blickten nicht zurück.
>
> *Aus dem Buch der Nomen, Seltsame Frösche, Kapitel 1, Vers I*

Dorcas kletterte mühsam auf den öligen Boden des Führerhauses hinab und sah sich dort um. Er war allein, abgesehen von den Schnüren und Holzstücken, die Hunderte von Nomen benutzt hatten, um Jekub zu fahren.

Sie haben einfach alles stehen und liegen lassen, dachte der Ingenieur und lauschte den fernen Stimmen der Nomen. *Sie hätten wenigstens aufräumen können. Der arme alte Jekub hat Besseres verdient als dies.*

Draußen schien ziemliche Aufregung zu herrschen, doch Dorcas achtete nicht darauf.

Er schlenderte umher, rollte Schnüre auf und versuchte, die Holzteile zu ordentlichen Haufen zusammenzuschieben. Er nahm die Drähte fort, die Jekub mit Elektrizität genährt hatten. Er sank auf Hände und Knie und wischte schmutzige Fußspuren vom Boden.

Jekub war noch immer laut, obwohl der Motor nicht mehr lief. Es zischte und knackte, und gelegentlich erklang ein leises *Ping*.

Dorcas setzte sich und lehnte den Rücken an gelbes Metall. Er wusste nicht, was jetzt geschehen würde. Die aktuellen Ereignisse befanden sich so weit außerhalb seines Erfahrungshorizonts, dass er nicht einmal Besorgnis spürte.

Vielleicht ist es eine andere Maschine, dachte er müde. *Eine Maschine, die es ganz plötzlich Nacht werden lässt.*

Er hob die Hand und gab Jekub einen Klaps.

»Gut gemacht«, lobte er.

Als Sacco und Nooty hereinkamen, hockte Dorcas noch immer an der einen Wand und starrte ins Leere.

»Alle haben nach dir gesucht!«, platzte es aus Sacco heraus. »Es ist wie ein Flugzeug ohne Flügel! Schwebt einfach so in der Luft! Bitte komm nach draußen und erklär uns, wie das Ding funktioniert Ah, stimmt was nicht?«

»Hm?«

»Ist alles in Ordnung mit dir?«, fragte Nooty. »Du siehst irgendwie seltsam aus.«

Der Ingenieur nickte langsam. »Bin nur ein wenig erschöpft«, erwiderte er.

»Ja, aber, äh, wir brauchen dich«, beharrte Sacco.

Dorcas stöhnte und ließ sich aufhelfen. Noch ein letztes Mal wanderte sein Blick durchs Führerhaus.

»Er ist gut gerollt, nicht wahr?«, sagte er. »Ich meine, er ist wirklich gut gerollt. Wenn man alles berücksichtigt. Zum Beispiel sein Alter.«

Er lächelte fröhlich.

»Wovon redest du?«, fragte Sacco.

»Die ganze Zeit hat er im Schuppen geschlafen, vielleicht seit der Erschaffung der Welt«, sagte Dorcas. »Ich habe ihn nur geschmiert, ihm Treibstoff gegeben, und schon rollte er los.«

»Diese Maschine?«, vergewisserte sich Sacco. »O ja. Nicht übel.«

»Aber ...« Nooty deutete nach oben.

Der Ingenieur zuckte mit den Schultern.

»Oh, deshalb mache ich mir keine Sorgen«, sagte er. »Es gibt eine ganz schlichte, einfache Erklärung: Bestimmt steckt Masklin dahinter. Grimma hat recht. Wahrscheinlich ist es das fliegende Ding, das er holen wollte.«

»Aber etwas kam daraus hervor!«, entfuhr es Nooty.

»Etwas anderes als Masklin?«

»Eine Art Pflanze!«

Dorcas seufzte. *Immer eins nach dem anderen*, dachte er und klopfte erneut auf Jekubs Stahlleib.

»Ich bin stolz auf dich«, sagte er.

Dann stemmte er sich hoch und straffte die Gestalt. »Na schön. Zeigt's mir!«

Das Objekt ragte aus dem metallenen Topf mitten auf der schwebenden Plattform. Nomen reckten Hälse und versuchten, sich gegenseitig auf die Schultern zu klettern, um die seltsame Pflanze zu betrachten. Sie stellte für alle ein Rätsel dar, nur für Grimma nicht, die ein stilles, sonderbares Lächeln lächelte.

Es war ein Zweig von einem Baum. Und an dem Zweig befand sich eine Blume, groß wie ein Eimer.

Wenn man hoch genug kletterte, konnte man erkennen, dass die glänzenden Blütenblätter der Blume einen kleinen Teich säumten. Und aus den Tiefen des kleinen Teichs starrten gelbe Froschaugen zu den Nomen.

»Hast du eine Ahnung, was das bedeutet?«, fragte Sacco.

Dorcas schmunzelte. »Masklin hat herausgefunden, dass es sich lohnt, einer jungen Frau Blumen zu schicken. Und ich glaube, jetzt wird alles gut.« Er sah Grimma an.

»Ja, aber was ist das?«

»Ich glaube, der Name lautet ›Bromelie‹«, antwortete der Ingenieur. »Solche Bromelien wachsen in den Wipfeln hoher Bäume in sogenannten Regenwäldern, sehr weit von hier entfernt, und kleine Frösche verbringen ihr ganzes Leben darin. Das ganze Leben in einer Blume. Könnt ihr euch so etwas vorstellen? Grimma hielt es für die erstaunlichste Sache auf der ganzen Welt.«

Sacco biss sich nachdenklich auf die Unterlippe.

»Ich weiß nicht«, sagte er schließlich. »Es gibt noch andere Dinge. Elektrizität zum Beispiel. Ich finde die Elektrizität sehr erstaunlich.«

»Und Hydraulik«, warf Nooty ein. Sie griff nach Saccos Hand. »Du hast gesagt, dass Hydraulik faszinierend ist.«

»Masklin hat die Blume für Grimma geholt«, fuhr Dorcas fort. »Nimmt alles sehr ernst, der Junge. Ist außerdem mit einer lebhaften Fantasie ausgestattet.«

Er wandte sich von der Blume ab und blickte zu Jekub, der im Schatten des summenden Raumschiffs winzig wirkte.

Plötzlich wich die Niedergeschlagenheit von ihm. Er war noch immer müde genug, um im Stehen einzuschlafen, doch hinter seiner Stirn wimmelte es von Ideen. Natürlich führten sie zu vielen Fragen, aber die Antworten spielten derzeit keine Rolle. Dorcas begnügte sich zunächst damit, allein die Fragen zu genießen und zu wissen, dass die Welt viele erstaunliche Dinge enthielt und er kein Frosch war.

Besser gesagt: Er verglich sich mit einem ganz besonderen Frosch, der Interesse daran zeigte, auf welche Weise Blumen wuchsen und ob man zu anderen Blütenteichen gelangen konnte, wenn man weit genug sprang.

Und wenn man die Blume verließ, wenn man sich über den eigenen Mut freute, beobachtete man eine große, neue, endlose Welt.

Und dann bemerkte man Blütenblätter am Horizont.

Dorcas lächelte.

»Ich wüsste gern, was Masklin während der vergangenen Wochen erlebt hat«, sagte er.

Flügel

Für Lyn und Rhianna.
Und für den Sandwich fressenden Alligator
beim Kennedy Space Center in Florida.

Hinweis des Autors

Die Figuren in diesem Roman sollen keinen lebenden Geschöpfen ähneln, ganz gleich, wie groß sie sind und welchen Kontinent sie ihre Heimat nennen. Das gilt insbesondere für jene Wesen, die sich von Rechtsanwälten vertreten lassen.

Ich habe mir einige Freiheiten mit der Concorde erlaubt, obwohl die British Airways sehr freundlich war und mir gestattete, ein Exemplar aus der Nähe zu betrachten. Solche Flugzeuge sehen tatsächlich aus wie geformter Himmel. Allerdings: Sie fliegen nicht nonstop bis nach Miami, sondern landen vorher in Washington. Aber wer will schon nach Washington? Nomen könnten in Washington überhaupt nichts anstellen, abgesehen vielleicht von Unsinn, der Probleme schafft.

Es ist möglich, dass Passagiere an Bord der Concorde nicht gezwungen sind, spezielle Flugzeugspeisen zu essen, die aus einer rosaroten schwabbeligen Masse bestehen. Doch anderen Leuten bleibt in dieser Hinsicht kaum eine Wahl.

Am Anfang ...

... war Arnold Gebr (gegr. 1905), das große Kaufhaus.

Etwa zweitausend Nomen, wie sie sich nannten, wohnten dort. Vor langer Zeit hatten sie das Leben im Freien aufgegeben und sich unter den Bodendielen der Menschheit niedergelassen.

Zwischen den Welten über und unter dem Fußboden gab es keine Kontakte. Die Menschen waren viel zu groß, zu langsam und zu dumm.

Nomen leben schnell. Für sie sind zehn Jahre wie ein Jahrhundert. Seit über achtzig Jahren stellte das Kaufhaus ihr Zuhause dar, und in dieser Zeit hatten sie vergessen, was Sonne, Regen und Wind bedeuten. Für sie existierte nur das Kaufhaus, erschaffen vom legendären Arnold Gebr (gegr. 1905), als Heimat für anständige, demütige Nomen.

Dann kamen Masklin und seine kleine Gruppe aus dem Draußen, an das die Nomen überhaupt nicht glaubten. Sie wussten, was es mit Wind und Regen auf sich hatte. Genau davor flohen sie.

Und sie brachten das *Ding* mit. Jahrelang hatten sie es für eine Art Talisman oder Glücksbringer gehalten. Doch im Kaufhaus, in der Nähe von Elektrizität, erwachte es plötzlich und erzählte einigen auserwählten Nomen von Dingen, die sie kaum verstanden.

Die Nomen erfuhren, dass sie von den Sternen gekommen waren, an Bord eines *Schiffes*. Seit vielen Jahrtausenden wartete das Schiff irgendwo hoch am Himmel, um die Nomen heimzubringen.

Sie erfuhren auch, dass ihr Kaufhaus in drei Wochen abgerissen werden sollte.

Es fiel Masklin nicht leicht, die Nomen von der bevorstehenden Gefahr zu überzeugen und sie zu veranlassen, mit einem gestohlenen Lastwagen aus dem Kaufhaus zu fliehen. Darüber wurde in *Trucker* berichtet.

Sie fanden einen alten Steinbruch, und für eine Weile führten sie dort ein einigermaßen sorgloses Leben.

Aber wenn man zehn Zentimeter groß ist und sich in einer Welt der Riesen befindet, bleibt man nie sehr lange ohne Sorgen.

Wie sich herausstellte, wollten die Menschen zum Steinbruch zurückkehren.

In einer Zeitung entdeckten die Nomen ein Bild von Richard Arnold, dem Enkel eines Gründers von Arnold Gebr. Das Unternehmen, dem das Kaufhaus gehörte, war jetzt ein großer internationaler Konzern, und Richard Arnold, so hieß es in der Zeitung, wollte nach Florida reisen, um den Start des ersten Arnco-Kommunikationssatelliten zu beobachten.

Das *Ding* verkündete Folgendes: Wenn es den Satelliten ins All begleitete, konnte es das Schiff rufen. Masklin beschloss, mit zwei Begleitern zum Flugplatz zu wandern und zu versuchen, nach Florida zu gelangen und das *Ding* in den Himmel zu bringen. Eine lächerliche und absurde Idee, zugegeben. Aber Masklin wusste nicht, dass es eine lächerliche und absurde Idee war, und deshalb hielt er an seinem Plan fest.

Mit Angalo und Gurder brach er auf, davon überzeugt, dass Florida höchstens zehn Kilometer entfernt sein konnte und nur einige Hundert Menschen auf der ganzen Welt lebten. Sie wussten nicht genau, wohin sie unterwegs waren und was sie unternehmen sollten, wenn sie ihr Ziel erreichten, aber sie waren entschlossen, trotzdem das Irgendwo aufzusuchen und dort zu *handeln*.

Wühler erzählte, wie die anderen Nomen gegen Menschen kämpften. Sie verteidigten ihren Steinbruch lange genug, um mit Jekub zu fliehen, der großen gelben Wühlmaschine.

Doch dies ist Masklins Geschichte …

1

Flugplatz. Ein Ort, zu dem Menschen eilen, um dann zu warten.

Aus: Eine wissenschaftliche Enzyklopädie für den wissbegierigen jungen Nom *von Angalo Kurzwarenler*

Lasst das Auge der Fantasie eine Kamera sein ...

Dies ist das Universum, eine glitzernde Kugel voller Galaxien, wie Schmuck an einem unvorstellbaren Weihnachtsbaum.

Man nehme eine Galaxis ...

Fokus

Dies ist eine Galaxis, wie verrührte Sahne in einer Tasse Kaffee, jeder Lichtpunkt ein Stern.

Man nehme einen Stern ...

Fokus

Dies ist ein Sonnensystem. Planeten rasen durch die Dunkelheit, umkreisen das zentrale Feuer der Sonne. Einige von ihnen sind ihr recht nahe, und auf ihnen herrschen Temperaturen, die genügen, um Blei zu schmelzen. Andere wandern weit draußen durch die Leere, dort, wo Kometen geboren werden.

Man nehme einen blauen Planeten ...

Fokus

Dies ist ein Planet. Wasser bedeckt den größten Teil seiner Oberfläche. Trotzdem heißt er Erde.

Man nehme ein Stück Land ...

Fokus

... Blau und Grün und Braun unter der Sonne, und hier ist ein blasses Rechteck ...

Fokus

… ein Flughafen, ein Bienenstock aus Beton, für silberne Bienen bestimmt. Und hier ist …

Fokus

… ein Gebäude voller Menschen und Lärm und …

Fokus

… ein Saal mit vielen Lichtern, erfüllt von reger Aktivität. Und hier ist …

Fokus

… ein Abfallkorb, und …

Fokus

… zwei Augen blicken dahinter hervor …

Fokus

Fokus

Fokus

Klick!

Masklin kletterte vorsichtig an einer alten Hamburger-Packung herab.

Er hatte Menschen beobachtet. Hunderte und Hunderte von Menschen. Ihm dämmerte die Erkenntnis, dass es vergleichsweise leicht gewesen war, einen Lastwagen zu stehlen, um aus dem Kaufhaus zu entkommen. Es mochte weitaus schwieriger sein, an Bord eines Flugzeugs zu gelangen.

Angalo und Gurder lagen tief im Abfall und verspeisten die kalten, schmierigen Reste von Kartoffelstäbchen, sogenannten *Pommes frites*. Sie schienen nicht besonders fröhlich zu sein.

Es ist für uns alle ein Schock, dachte Masklin.

Ich meine, man nehme Gurder. Noch vor einem halben Jahr war er der Abt und glaubte fest daran, Arnold Gebr hätte das Kaufhaus für uns Nomen erschaffen. Er ist nach wie vor davon überzeugt, dass sich irgendwo eine Art Arnold Gebr befindet und über uns wacht, weil er uns für wichtig hält. Und jetzt verstecken wir uns hier draußen und stellen fest, dass wir überhaupt nicht wichtig sind …

Und Angalo. Er glaubt nicht an Arnold Gebr, aber er möchte gern an ihn glauben, damit er auch weiterhin seine Existenz leugnen kann.

Und ich.

Ich hätte nie gedacht, dass es so schwer sein könnte.

Ich dachte, Flugzeuge seien wie Lastwagen, mit mehr Flügeln und weniger Rädern.

Hier gibt es mehr Menschen, als ich jemals zuvor gesehen habe. Wie sollen wir Enkel Richard, 39, an einem solchen Ort finden?

Und: *Hoffentlich lassen mir Angalo und Gurder etwas von den Kartoffelstäbchen übrig.*

Angalo sah auf.

»Hast du ihn gefunden?«, fragte er sarkastisch.

Masklin zuckte mit den Schultern. »Viele Menschen tragen Bärte«, erwiderte er. »Sie sehen alle gleich aus ...«

»Ich *wusste* es«, sagte Angalo. »Blinder Glaube funktioniert nie.« Er warf Gurder einen finsteren Blick zu.

»Vielleicht ist er schon fort«, spekulierte Masklin. »Er könnte einfach an mir vorbeigegangen sein.«

»Lasst uns zurückkehren«, schlug Angalo vor. »Die anderen vermissen uns bestimmt. Wir haben es versucht. Wir haben den Flughafen gesehen. Mindestens ein *Dutzend Mal* wären wir fast zertreten worden. Lasst uns jetzt in die richtige Welt zurückkehren.«

»Was meinst du, Gurder?«, fragte Masklin.

Der Abt schien der Verzweiflung nahe zu sein.

»Ich weiß nicht«, antwortete er. »Ich weiß gar nichts mehr. Ich hatte gehofft ...«

Seine Stimme verklang. Er war so niedergeschlagen, dass ihm selbst Angalo auf die Schulter klopfte.

»Nimm es nicht so schwer«, sagte er. »Du hast doch nicht *wirklich* geglaubt, dass ein Enkel Richard, 39, vom Himmel herabkommt, um uns nach Florida zu bringen, oder? Wir haben es versucht«, wiederholte er. »Und es hat nicht geklappt. Kehren wir jetzt zum Steinbruch zurück.«

»So etwas habe ich natürlich nicht geglaubt«, stieß Gurder gereizt hervor. »Ich dachte nur, es gäbe irgendeine ... Möglichkeit.«

»Die Welt gehört den Menschen«, betonte Angalo. »Sie bauen alles. Sie kümmern sich um alles. Wir müssen uns endlich damit abfinden.«

Masklin betrachtete das *Ding*. Er wusste, dass es zuhörte. Zwar handelte es sich nur um einen kleinen schwarzen Kasten, aber er wirkte immer wachsam, wenn er zuhörte.

Es gab jedoch ein Problem. Das *Ding* sprach nur dann, wenn ihm der Sinn danach stand. Es half immer nur ein wenig, mehr nicht. Es schien Masklin dauernd auf die Probe stellen zu wollen.

Und wenn man das *Ding* um Hilfe bat ... Damit gab man zu, keine eigenen Ideen mehr zu haben. Andererseits ...

»*Ding*«, sagte Masklin. »Ich weiß, dass du mich hören kannst – in diesem Gebäude wimmelt es bestimmt von Elektrizität. Wir sind im Flughafen, und unsere Suche nach Enkel Richard, 39, hatte bisher keinen Erfolg. Wir wissen nicht einmal, *wo* wir nach ihm Ausschau halten sollen. Bitte hilf uns!«

Das *Ding* schwieg.

»Wenn du uns *nicht* hilfst«, fuhr Masklin leise fort, »kehren wir zum Steinbruch zurück, und dann steht uns eine Konfrontation mit den Menschen bevor. Aber *dich* betrifft das nicht, weil du hierbleibst. Wir lassen dich hier, im Ernst. Und du wirst nie wieder von Nomen gefunden. Es bietet sich keine zweite Chance. Wir sterben aus, und dann gibt es keine Nomen mehr, und du bist schuld daran. Und du wirst eine *Ewigkeit* lang allein und nutzlos sein. Und du wirst denken: ›Vielleicht hätte ich Masklin helfen sollen, als er mich darum bat.‹ Und dann denkst du: ›Ich *würde* ihm helfen, wenn ich noch einmal Gelegenheit dazu bekäme.‹ Nun, *Ding*, stell dir vor, dass das alles bereits geschehen ist, und dein Wunsch geht wie durch Magie in Erfüllung. Hilf uns!«

»Es ist eine Maschine«, wandte Angalo ein. »Eine Maschine kann man nicht erpressen ...«

Ein kleines rotes Licht glühte an dem schwarzen Kasten.

»Du weißt, was andere Maschinen denken«, sagte Masklin. »Aber weißt du auch, was Nomen durch den Kopf geht? Lies meine Gedanken, wenn du glaubst, dass ich es nicht ernst meine. Du möchtest, dass Nomen vernünftig sind und ihre Intelligenz benutzen. Ich *bin* vernünftig und fest entschlossen, von meiner Intelligenz Gebrauch zu machen. Ich bin intelligent genug, um zu wissen, wann ich Hilfe benötige. Das ist *jetzt* der Fall. Und du kannst helfen. Daran besteht gar kein Zweifel. Wenn du uns nicht hilfst, lassen wir dich hier und vergessen, dass du jemals existiert hast.«

Ein zweites Licht leuchtete widerstrebend auf.

Masklin erhob sich und nickte den anderen zu.

»Na schön«, sagte er. »Gehen wir.«

Das *Ding* summte elektronisch, für die Maschine das Äquivalent eines Räusperns.

»Wie kann ich Ihnen zu Diensten sein?«, fragte es.

Angalo sah Gurder an und lächelte.

Masklin setzte sich wieder.

»Finde Enkel Richard Arnold, 39«, erwiderte er.

»Das wird eine Weile dauern«, sagte das *Ding*.

»Oh.«

Andere Lichter leuchteten und blinkten am schwarzen Kasten. Nach einigen Sekunden: *»Ich habe einen Richard Arnold, Alter neununddreißig, lokalisiert. Er hat gerade die Abflughalle der Ersten Klasse betreten und wartet dort auf den Flug 205 nach Miami, Florida.«*

»Es hat aber nicht sehr lange gedauert«, sagte Masklin.

»Dreihundert Mikrosekunden«, entgegnete das *Ding*. *»Das ist lange.«*

»Ich fürchte, ich hab nichts verstanden«, fügte Masklin hinzu.

»Welcher Teil meiner Auskunft blieb Ihnen unverständlich?«

»Fast alle. Die Worte nach ›er hat gerade‹.«

»Jemand mit dem richtigen Namen ist hier und wartet in einem speziellen Zimmer auf einen großen silbernen Vogel, der am Himmel fliegt und ihn zu einem Ort namens Florida bringen soll«, erklärte das *Ding*.

»Ein großer silberner Vogel?«, fragte Angalo verwirrt.

»Damit ist ein Flugzeug gemeint«, sagte Masklin. »Das *Ding* ist sarkastisch.«

»Ach? Und woher weiß es all diese Sachen?« Angalo starrte argwöhnisch auf den schwarzen Kasten hinab.

»Das Gebäude ist voller Computer«, summte das *Ding*.

»Meinst du Computer wie dich selbst?«

Es gelang dem *Ding*, beleidigt zu wirken. *»Sie sind sehr, sehr primitiv. Aber ich kann sie verstehen. Wenn ich langsam genug denke. Ihre Aufgabe ist es, darüber Bescheid zu wissen, welches Ziel die Menschen haben.«*

»Dann wissen sie mehr als die meisten Menschen«, kommentierte Angalo.

»Und wie können wir Enkel, 39, erreichen?«, warf ein strahlender Gurder ein.

»Langsam, langsam«, sagte Angalo hastig. »Wir sollten nichts überstürzen.«

»Wir sind hierhergekommen, um ihn zu finden, oder?«, hielt ihm der Abt entgegen.

»Ja! Aber was machen wir, wenn wir ihn gefunden *haben*?«

»Das ist doch ganz klar. Wir ... äh ... wir ...«

»Wir wissen nicht einmal, was es mit einer ›Abflughalle‹ auf sich hat.«

»Das *Ding* hat es erklärt«, sagte Masklin. »Es ist ein Zimmer, in dem Menschen auf ein Flugzeug warten.«

Gurder bohrte Angalo einen anklagenden Zeigefinger in die Rippen.

»Du hast Angst, nicht wahr?«, spottete er. »Wenn wir Enkel Richard finden ... Du fürchtest, dann zugeben zu müssen, dass Arnold Gebr wirklich existiert und du dich die ganze Zeit *geirrt* hast! Du bist genau wie dein Vater. Auch er konnte es nicht ertragen, sich zu irren!«

»Nein, ich bin nur besorgt«, widersprach Angalo. »Und meine Sorge betrifft *dich*. Du wirst bald feststellen, dass Enkel Richard nur ein Mensch ist. Und auch Arnold Gebr war nur ein Mensch. Oder vielleicht zwei Menschen. Sie haben das Kaufhaus für Menschen gebaut und wussten überhaupt nichts von Nomen! Übrigens: Lass meinen Vater aus dem Spiel.«

Oben am schwarzen Kasten klappte eine kleine Luke auf. Das geschah manchmal. Wenn die Luken geschlossen waren, deutete nichts auf sie hin, doch wenn sich das *Ding* für irgendetwas interessierte ... Dann öffnete es sich und fuhr eine kleine Silberschüssel an einer Stange aus oder ein komplexes Gebilde aus winzigen Rohren.

Diesmal kam ein Drahtgeflecht an einem Metallstab zum Vorschein. Die Vorrichtung drehte sich langsam.

Masklin hob das *Ding* hoch.

Seine beiden Begleiter setzten ihren Streit fort, als er fragte: »Weißt du, wo sich die Abflughalle befindet?«

»Ja«, antwortete das *Ding*.

»Gehen wir.«

Angalo drehte sich um. »He, was hast du vor?«

Masklin schenkte ihm keine Beachtung und betrachtete den schwarzen Kasten. »Weißt du auch, wie viel Zeit uns bleibt, bevor Enkel, 39, mit der Reise nach Florida beginnt?«

»Etwa eine halbe Stunde.«

Nomen leben zehnmal schneller als Menschen. Sie sind schwerer zu erkennen als eine Sprinter-Maus.

Das ist einer der Gründe, warum Menschen fast nie einen Nom sehen.

Es gibt noch andere. Menschen verstehen sich ausgezeichnet darauf, Dinge zu ignorieren, von denen sie wissen, dass sie nicht existieren. Rational denkende Menschen sind davon überzeugt, dass es keine Leute gibt, die nur zehn Zentimeter groß sind. Woraus folgt: Ein Nom, der nicht gesehen werden möchte, kann ziemlich sicher sein, unentdeckt zu bleiben.

Niemand bemerkte die drei winzigen Schemen, die über den Boden des Flughafengebäudes huschten. Sie wichen den knarrenden Rädern von Gepäckwagen aus. Sie flitzten an den Füßen langsam dahinstapfender Menschen vorbei. Sie sausten um Stühle. Sie wurden fast unsichtbar, als sie durch einen großen, lauten Flur huschten. Und sie verschwanden hinter einer Topfpflanze.

Es heißt, dass sich alle Dinge gegenseitig beeinflussen. Vielleicht stimmt das.

Möglicherweise liegt es auch nur daran, dass die Welt voller Muster ist.

Um ein Beispiel zu nennen: Etwa fünfzehntausend Kilometer von Masklin entfernt, hoch an einem von Wolken umschmiegten Berghang, gab es eine Pflanze, die wie eine große Blume aussah. Sie wuchs im Wipfel eines hohen Baums, und ihre Wurzeln baumelten nach unten, auf der Suche nach Nährstoffen in der feuchten Luft. Es handelte sich um eine epiphytische Bromelie, doch ob man das wusste oder nicht, spielte für die Pflanze keine Rolle.

Im Innern der Blume sammelte sich Wasser zu einem kleinen Teich.

Und darin schwammen Frösche.

Winzige Frösche.

Nahe Blütenblätter stellten die Grenze ihrer Welt dar.

Sie fingen Insekten. Sie legten Eier in den kleinen Teich. Kaulquappen schlüpften daraus und wurden zu neuen Fröschen, die wiederum Kaulquappen zeugten. Schließlich starben sie, sanken nach unten und vereinten sich mit dem Kompost am Grund des Teichs, der zur Ernährung der Pflanze beitrug.

Auf diese Weise war der Kosmos beschaffen, soweit sich Frösche zurückerinnern konnten.*

An diesem Tag jagte ein Frosch nach Fliegen und verirrte sich. Er kroch an einer der äußeren Blüten, oder vielleicht einem Blatt, vorbei und sah etwas, das er noch nie zuvor gesehen hatte.

Er sah das Universum.

Besser gesagt: Er sah einen Ast, der im Dunst verschwand.

Und mehrere Meter entfernt, in einem Schaft aus blassem Sonnenlicht, fiel ihm eine andere Blume auf. Feuchtigkeit perlte an ihr.

Der Frosch rührte sich nicht mehr von der Stelle und starrte.

»Hngh! Hngh! Hngh!«

Gurder lehnte sich an die Wand und keuchte wie ein erschöpfter Hund an einem heißen Tag.

Angalo war fast ebenso außer Atem, wollte es jedoch nicht zeigen. Sein Gesicht lief rot an.

»Warum hast du uns nichts *gesagt*?«, brachte er hervor.

»Ihr wart viel zu sehr mit eurem Zank beschäftigt«, erwiderte Masklin. »Es gab nur eine Möglichkeit, euch Beine zu machen – indem ich einfach loslief.«

»Besten ... Dank«, japste Gurder.

»Warum schnaufst *du* nicht?«, fragte Angalo.

»Ich bin daran gewöhnt, schnell zu rennen.« Masklin spähte um die Topfpflanze herum. »In Ordnung, *Ding*. Und jetzt?«

»Folgen Sie dem Verlauf dieses Flurs«, antwortete der schwarze Kasten.

* Etwa drei Sekunden. Frösche haben kein sehr gutes Gedächtnis.

»Er ist voller Menschen!«, jammerte Gurder.

»Alles ist voller Menschen, deshalb sind wir hier«, sagte Masklin. Nach kurzem Zögern fügte er hinzu: »Hör mal, *Ding*: Gibt es noch einen anderen Weg? Gurder wäre eben fast unter einem Fuß zerquetscht worden.«

Bunte Lichter tanzten in einem komplizierten Muster über den Kasten. *»Was haben Sie vor?«*

»Wir müssen Enkel Richard, 39, finden.« Gurder keuchte noch immer.

Masklin schüttelte den Kopf. »Nein. Noch wichtiger ist es, nach Florida zu gelangen.«

»Unsinn!«, entfuhr es dem Abt. »Ich will überhaupt nicht nach irgendeinem Florida!«

Masklin zögerte erneut. »Dies dürfte kaum der geeignete Zeitpunkt sein, aber ... Ich bin euch gegenüber nicht ganz ehrlich gewesen.«

Er erzählte seinen Gefährten vom *Ding*, vom All und dem Schiff am Himmel. Um sie herum erklang der unaufhörliche Lärm eines Gebäudes voller Menschen.

Schließlich sagte Gurder: »Es geht dir gar nicht darum, Enkel Richard zu finden?«

»Wahrscheinlich ist er sehr wichtig«, versicherte Masklin hastig. »Aber im Prinzip hast du recht. Bei Florida gibt es einen Ort, wo besondere Flugzeuge geradewegs nach oben fliegen, um piepende Radiodinge an den Himmel zu setzen.«

»Oh, ich *bitte* dich«, brummte Angalo. »Man kann doch keine Dinge an den Himmel setzen! Sie würden herunterfallen.«

»Ich verstehe es selbst nicht genau«, sagte Masklin. »Aber wenn man weit genug nach oben fliegt, existiert überhaupt kein Unten mehr. Glaube ich. Wie dem auch sei: Wir müssen nur nach Florida und das *Ding* in einem der nach oben fliegenden Flugzeuge verstauen. Den Rest erledigt es allein.«

»Das ist alles?«, fragte Angalo.

»Es kann nicht schwerer sein als der Diebstahl eines Lastwagens«, meinte Masklin.

»Damit willst du doch nicht andeuten, dass wir ein *Flugzeug* stehlen sollen, oder?« Entsetzen erschien in Gurders Gesicht.

»Donnerwetter!«, hauchte Angalo, und hinter seinen Augen schienen plötzlich Lampen zu brennen. Er liebte bewegliche Maschinen aller Art, erst recht dann, wenn sie *schnell waren*.

»Dazu wärst du bereit, habe ich recht?«, kam es vorwurfsvoll von Gurders Lippen.

»Donnerwetter!«, wiederholte Angalo. Sein Blick glitt in die Ferne, und dort betrachtete er ein Bild, das sich allein ihm zeigte.

»Du bist verrückt«, sagte der Abt.

»Niemand hat vorgeschlagen, ein Flugzeug zu stehlen«, erwiderte Masklin rasch. »Es liegt mir fern, ein Flugzeug zu stehlen. Wir fliegen nur mit einem. Hoffe ich.«

»Donnerwetter!«

»Und wir werden *nicht* versuchen, es zu steuern, Angalo!«

Der Nom zuckte mit den Achseln.

»Na schön«, sagte Angalo. »Aber wenn ich an Bord bin, und wenn der Fahrer krank wird ... Dann muss ich für ihn einspringen. Ich meine, den Laster habe ich ziemlich gut gefahren ...«

»Du bist damit immer wieder gegen Dinge gestoßen!«, zischte Gurder.

»Ich musste erst alles lernen. Außerdem: Am Himmel kann man nicht gegen Dinge stoßen, höchstens gegen Wolken, und die sehen weich aus.«

»Was ist mit dem *Boden?*«

»Oh, mit dem Boden ergäben sich keine Probleme. Er wäre viel zu weit entfernt.«

Masklin klopfte auf den schwarzen Kasten. »Weißt du denn, wo das Flugzeug ist, das nach Florida fliegen soll?«

»Ja.«

»Führ uns dorthin. Und wir wollen unterwegs nicht zu vielen Menschen begegnen, wenn es sich vermeiden lässt.«

Es nieselte, und das Tageslicht trübte sich, als der Abend begann. Überall am Flugplatz glänzten Lichter.

Niemand hörte das leise Klirren, als sich ein kleines Belüftungsgitter aus seiner Einfassung in der Außenwand löste.

Drei winzige Gestalten kletterten durch die Öffnung, sprangen auf den Beton und eilten fort.

Zu den Flugzeugen.

Angalo sah auf. Und noch etwas mehr. Und es genügte noch immer nicht. Schließlich berührte sein Hinterkopf fast den Rücken.

Er war den Tränen nahe. »Donnerwetter«, flüsterte er immer wieder.

»Es ist zu groß«, murmelte Gurder und versuchte den Blick davon abzuwenden. Wie die meisten Nomen aus dem Kaufhaus verabscheute er es, nach oben zu starren und keine Decke zu sehen. Angalo erging es ähnlich. Er hasste das Draußen; aber noch mehr hasse er es, nicht schnell zu fahren.

»Ich habe sie am Himmel beobachtet«, sagte Masklin. »Sie fliegen wirklich, glaubt mir.«

»Donnerwetter!«

Das Gebilde ragte vor ihnen auf, so riesig, dass man zurückweichen musste, um die wahre Größe zu erkennen. Regen glitzerte darauf. Das Licht der Flugplatzlampen spiegelte sich grün und weiß an den Flanken wider. Es war kein Ding, sondern ein Stück geformter Himmel.

»Natürlich sehen sie viel kleiner aus, wenn sie weit oben sind«, sagte Masklin.

Er blickte an dem Flugzeug empor. In seinem ganzen Leben hatte er sich nie kleiner gefühlt.

»Ich *möchte* eins«, stöhnte Angalo und ballte die Fäuste. »Seht es euch nur *an*. Es scheint selbst dann schnell zu sein, wenn es reglos steht.«

»Wie gelangen wir hinein?«, fragte Gurder.

»Stellt euch nur die Gesichter der Nomen im Steinbruch vor, wenn wir *hiermit* zurückkehren.« Angalo seufzte verträumt.

»Oh, ich stelle sie mir vor«, erwiderte Gurder. »Ganz deutlich sehe ich ihr Entsetzen. Wie steigen wir ein?«

»Wir könnten ...«, begann Angalo. Er zögerte. »Warum musst du so etwas sagen?«, blaffte er.

»Die Löcher über den Rädern.« Masklin streckte die Hand aus. »Wenn wir da hineinklettern ...«

»Nein«, sagte das unter seinen Arm geklemmte *Ding*. *»Sie wären nicht in der Lage, dort zu atmen. Sie müssen ganz im Innern sein. Wo Flugzeuge fliegen, ist die Luft sehr dünn.«*

»Das will ich auch hoffen«, ließ sich Gurder trotzig vernehmen. »Deshalb nennt man sie Luft.«

»Sie wären nicht in der Lage, dort zu atmen«, beharrte das *Ding.*

»Ich schon«, behauptete Gurder. »Bisher konnte ich überall atmen. Ist mir überhaupt nicht schwergefallen.«

»Dicht am Boden gibt es mehr Luft«, meinte Angalo. »Das habe ich in einem Buch gelesen. Ja, unten mangelt's nie an Luft, aber weiter oben wird sie knapp.«

»Warum?«, fragte Gurder.

»Keine Ahnung. Vielleicht ist die Luft nicht schwindelfrei.«

Masklin watete durch die Pfützen auf dem Beton, um die andere Seite des Flugzeugs zu betrachten. Einige Dutzend Meter entfernt benutzten Menschen mehrere Maschinen, um Kisten in den an einer Stelle geöffneten Leib des Flugzeugs zu schieben. Masklin wanderte umher, an den großen Rädern vorbei, und beobachtete den langen, hohen Schlauch, der sich vom Flughafengebäude bis zum »silbernen Vogel« erstreckte.

Er zeigte darauf.

»Ich glaube, damit werden die Menschen an Bord gebracht.«

»Was, durch ein Rohr?«, fragte Angalo verdutzt. »Wie Wasser?«

»Immer noch besser, als hier draußen im Regen zu stehen«, brummte Gurder. »Ich habe keinen trockenen Faden mehr am Leib.«

»Die Treppen und Kabel und so ...«, sagte Masklin. »Es sollte eigentlich nicht sehr schwer sein, dort hochzuklettern. Und bestimmt gibt es irgendwo einen Spalt, der uns genug Platz bietet, um ins Innere zu gelangen.« Er schniefte. »Das ist immer der Fall bei Dingen, die von Menschen gebaut worden sind.«

»Also los!«, drängte Angalo. »Donnerwetter!«

»Aber du wirst nicht versuchen, das Flugzeug zu stehlen«, mahnte Masklin, als sie den dicklichen Gurder mit sich zogen, »Es fliegt ohnehin zu dem Ort, den wir erreichen wollen ...«

»Den *ihr* erreichen wollt«, schränkte Gurder ein. »Ich möchte *nach Hause!*«

»... und ebenso wenig wirst du versuchen, das Flugzeug zu steuern. Wir sind nur zu dritt, und ein Flugzeug ist bestimmt viel komplizierter als ein Lastwagen. Wir haben es hier mit ... Kennst du den Namen, *Ding*?«

»Es heißt Concorde.«

»Na bitte«, sagte Masklin. »Wir haben es hier mit einer sogenannten Concorde zu tun, was auch immer das bedeutet. Und du musst mir versprechen, dass du sie nicht stiehlst.«

2

Concorde. Ein Flugzeug. Es fliegt zweimal so schnell wie eine Gewehrkugel, und an Bord bekommt man geräucherten Lachs.

Aus: Eine wissenschaftliche Enzyklopädie für den wissbegierigen jungen Nom *von Angalo Kurzwarenler*

Es war tatsächlich nicht schwer, einen Spalt im Menschen-gehen-darin-zum-Flugzeug-Rohr zu finden. Als weitaus schwieriger erwies es sich, die Dinge auf der anderen Seite zu verstehen.

Der Boden in den Steinbruch-Hütten hatte aus Dielen oder festgetretener Erde bestanden, im Flughafengebäude aus glänzenden Steinquadraten. Aber hier ...

Gurder sank auf die Knie und strich ehrfürchtig mit den Händen darüber.

»Ein Teppich!«, schluchzte er. »Ein Teppich! Ich hätte nie gedacht, dass ich noch einmal einen Teppich sehe!«

»Na, na, übertreib's nicht«, sagte Angalo. Es stimmte ihn verlegen, dass sich der Abt auf diese Weise verhielt, noch dazu in der Präsenz eines Noms, der zwar ein guter Freund war, aber nicht aus dem Kaufhaus stammte.

Gurder erhob sich verlegen. »Entschuldigt bitte«, murmelte er und klopfte imaginären Staub von der Kleidung. »Weiß gar nicht, was über mich gekommen ist. Hab mich nur, äh, erinnert. Ein richtiger Teppich. Seit *Monaten* habe ich keinen richtigen Teppich mehr gesehen.«

Er putzte sich laut die Nase. »Wisst ihr, im Kaufhaus hatten wir herrliche Teppiche. Wirklich sehr schön. Einige mit bunten Mustern drauf.«

Masklin sah durchs lange Rohr. Es ähnelte einem Kaufhausflur und war hell erleuchtet.

»Hier können wir nicht bleiben«, sagte er. »Es gibt keine Verstecke in der Nähe. Wo sind die Menschen, *Ding*?«

»Sie treffen bald ein.«

»Woher *weiß* es das?«, klagte Gurder.

»Es hört anderen Maschinen zu«, erklärte Masklin.

»An Bord dieses Flugzeugs gibt es ebenfalls viele Computer«, verkündete das *Ding*.

»Oh, gut«, entgegnete Masklin unbestimmt. »Dann kannst du mit jemandem reden.«

»Sie sind ziemlich dumm.« Der schwarze Kasten hatte zwar kein Gesicht, aber er schaffte es trotzdem, Verachtung zum Ausdruck zu bringen.

Etwa anderthalb Meter entfernt führte der Korridor in einen Raum. Masklin sah einen Vorhang, dahinter den Rand eines Sessels.

»Also gut, Angalo«, sagte er. »Du gehst voraus. Das möchtest du doch, oder?«

Zwei Minuten später.

Die drei Nomen hockten unter einem Sitz.

Masklin hatte nie gründlich über das Innere eines Flugzeugs nachgedacht. Er erinnerte sich an die Klippe über dem Steinbruch, daran, die startenden Jets beobachtet zu haben. Natürlich saßen Menschen darin – Menschen waren überall. Doch das Innere von Flugzeugen schien nie wichtig gewesen zu sein. Gerade Jets erweckten den Eindruck, ganz und gar aus verschiedenen Draußenteilen zu bestehen.

Für Gurder war es zu viel. Er brach in Tränen aus.

»Elektrisches Licht«, stöhnte er. »Und noch mehr Teppiche! Und große, weiche Sessel! Mit Servietten dran! Und alles ist *sauber*! Es gibt sogar *Schilder*!«

»Immer mit der Ruhe«, sagte Angalo hilflos und klopfte ihm auf den Rücken. »Es war ein *gutes* Kaufhaus, ich weiß.« Er sah zu Masklin.

»Es ist beunruhigend, das muss man zugeben«, fuhr er fort.

»Ich habe etwas ganz anderes erwartet. Drähte, Kabel, Rohrleitungen, aufregende Hebel und so. Aber hier sieht's aus wie in der Möbelabteilung des Kaufhauses!«

»Wir müssen weiter«, drängte Masklin. »Bald kommen die Menschen. Denkt daran, was das *Ding* gesagt hat.«

Sie halfen Gurder auf, nahmen ihn in die Mitte und eilten unter den Sitzen über weichen Teppichboden. Es gab tatsächlich Ähnlichkeiten mit dem Kaufhaus, aber auch einen wichtigen Unterschied: Es fehlte an Versteckmöglichkeiten. Im Kaufhaus war es nur nötig gewesen, hinter oder unter etwas zu kriechen, um nicht entdeckt zu werden, doch hier ...

Masklin hörte leise Geräusche in der Ferne. Die drei Nomen krochen hinter einen Vorhang, in einen Teil des Flugzeugs, der keine Sessel enthielt. Dort fanden sie einen Ritz, und Masklin kletterte sofort hinein, schob das *Ding* vor sich her.

Die Geräusche erklangen jetzt nicht mehr in der Ferne, sondern in der Nähe. Masklin drehte den Kopf und starrte auf einen menschlichen Fuß, von dem ihn nur einige Zentimeter trennten.

Jenseits des schmalen Spalts bemerkte er ein Loch in der Metallwand; mehrere dicke Kabel verschwanden darin. Es war gerade groß genug für Angalo und Masklin und auch für den erschrockenen Gurder, der von vier starken Nomenarmen durch die Öffnung gezerrt wurde. Sie hatten nur wenig Platz, aber wenigstens brauchten sie nicht zu befürchten, von jemandem gesehen zu werden.

Allerdings konnten sie jetzt kaum mehr feststellen, was um sie herum passierte. Dicht an dicht lagen sie im Halbdunkel und versuchten, es sich auf den Kabeln so bequem wie möglich zu machen.

Zunächst gab niemand einen Ton von sich. Dann sagte Gurder: »Ich fühle mich wieder besser.«

Masklin nickte.

Er lauschte den Geräuschen. Irgendwo unter ihnen ertönte ein metallenes *Klonk*, das sich mehrmals wiederholte. Er vernahm die dumpfen Stimmen der Menschen und fühlte einen Ruck.

»Ding?«, flüsterte er.

»Ja?«

»Was geschieht nun?«

»Die letzten Startvorbereitungen werden getroffen.«

»Oh.«

»Wissen Sie, was das bedeutet?«

»Nein. Nicht genau.«

»Das Flugzeug wird bald abheben, vom Boden. Und dann fliegt es, in der Luft. Hoch oben am Himmel.«

Masklin hörte, wie Angalo tief durchatmete.

Er rutschte in die Lücke zwischen der Wand und einem Kabelstrang und starrte nachdenklich in die Finsternis.

Die Nomen sprachen nicht miteinander. Nach einigen Minuten ruckte es noch einmal, und der Jet schien sich zu bewegen.

Sonst geschah nichts. Die Ereignislosigkeit dauerte an.

Entsetzen vibrierte in Gurders Stimme, als er schließlich fragte: »Können wir noch aussteigen, oder ist es schon zu ...«

Etwas donnerte und hinderte ihn daran, den Satz zu beenden. Ein zornig klingendes Grollen hielt alles in einem sanften, aber sehr entschlossenen Griff.

Es folgte eine kurze, sonderbare Stille. Auf diese Weise musste ein Ball empfinden, wenn er den Scheitelpunkt seiner Flugbahn erreichte und für einen Sekundenbruchteil schwebte, bevor er fiel. Eine unsichtbare Hand schien die drei Nomen zu packen und drückte sie zur Seite. Der Boden versuchte, zur Wand zu werden.

Die Nomen schnappten nach Luft, starrten sich an und schrien.

Irgendwann schwiegen sie wieder. Es schien nur wenig Sinn zu haben, weiterhin zu schreien, und außerdem waren sie außer Atem.

Ganz langsam verwandelte sich der Boden in richtigen Boden zurück und gab den Wunsch auf, zur Wand zu werden.

Masklin schob Angalos Fuß von seinem Hals. »Ich glaube, wir fliegen jetzt«, sagte er.

»Das war also der Start?«, fragte Angalo enttäuscht.

»Von draußen gesehen wirkte alles viel eleganter und anmutiger.«

»Ist jemand verletzt?« Gurder richtete sich auf.

»Ich habe überall blaue Flecken.« Er strich seine Kleidung glatt und fügte – typisch für einen Nom – hinzu: »Gibt es hier etwas zu essen?«

Sie hatten keinen Gedanken an Nahrung verschwendet.

Masklin blickte in den Kabeltunnel, der hinter ihm durch die Dunkelheit reichte.

»Vielleicht brauchen wir keine Lebensmittel«, sagte er unsicher. »Wie lange dauert die Reise nach Florida, *Ding*?«

»Der Flugkapitän hat den Passagieren gerade mitgeteilt, dass wir unseren Bestimmungsort in sechs Stunden und fünfundvierzig Minuten erreichen«, antwortete der schwarze Kasten.*

»Bis dahin sind wir verhungert!«, ächzte Gurder.

»Ob es sich lohnt, hier auf die Jagd zu gehen?«, fragte Angalo hoffnungsvoll.

»Das bezweifle ich«, erwiderte Masklin. »Wahrscheinlich treiben sich hier keine Mäuse herum.«

»Die Menschen haben bestimmt etwas zu essen«, sagte Gurder. »Das haben sie immer.«

»Ich *wusste*, dass du so etwas sagen würdest«, entgegnete Angalo.

»Ist doch logisch.«

»Ach, wenn ich aus einem Fenster sehen könnte ...«, hauchte Angalo. »Um festzustellen, *wie* schnell wir sind. Vorbeisausende Bäume und so ...«

»Hört mal ...«, begann Masklin, der fürchtete, dass die Dinge außer Kontrolle gerieten. »Ich schlage vor, wir warten eine Zeit lang ab, einverstanden? Nutzen wir die Gelegenheit, um auszuruhen. *Später* suchen wir vielleicht nach Nahrung.«

Die Nomen entspannten sich. Wenigstens war es hier warm und trocken. Masklin hatte viel zu lange in dem kalten und feuchten Loch an der Autobahnböschung gelebt, um nicht über die Chance dankbar zu sein, an einem warmen und trockenen Ort zu schlafen.

Er döste ...

Fliegen.

In der Luft, hoch am Himmel ...

Vielleicht gab es Hunderte von Nomen, die an Bord von Flugzeugen lebten, so wie vorher die Nomen im Kaufhaus. Vielleicht

* Etwa zweieinhalb Tage für einen Nom.

wohnten sie irgendwo unter dem Teppichboden und wurden die ganze Zeit über zu all den Orten getragen, die Masklin damals auf der Karte im Taschenkalender gesehen hatte. Ihre Namen klangen verlockend: Afrika, Australien, China, Äquator, Printed in Hong Kong, Island ...

Vielleicht hatten jene Nomen nie aus den Fenstern gesehen. Vielleicht wussten sie gar nicht, dass sie flogen.

Masklin fragte sich, ob Grimma dies gemeint hatte, als sie ihm von Fröschen in einer Blume erzählte. Sie hatte in einem Buch davon gelesen. Man konnte sein ganzes Leben an einem kleinen Ort verbringen und ihn für die *Welt* halten. Mit großem Bedauern erinnerte er sich nun an seinen Ärger. Er hatte nicht zugehört.

Eins steht fest, dachte Masklin schläfrig. *Inzwischen habe ich die Blume verlassen ...*

Der Frosch hatte einige jüngere Frösche zum Blattrand am Ende der Blumenwelt geführt.

Sie blickten zum Ast. Vor ihnen erstreckte sich ein dunstiger Kosmos, der nicht nur eine Blume enthielt, sondern Dutzende, woraus sich ein Problem für die Frösche ergab: Sie konnten nur bis eins zählen.

Sie sahen jetzt vielfaches Eins.

Und sie starrten zu den anderen Blumen. Wenn's ums Starren geht, sind Frösche wahre Meister.

Das Denken fällt ihnen wesentlich schwerer. Es wäre nett, hier darauf hinzuweisen, dass die Frösche lange über die neuen Blumen nachdachten, über das Leben in der alten und die Notwendigkeit von Forschungsreisen ins Unbekannte, auch über die Hypothese, dass sich die Welt nicht nur auf einen von Blütenblättern gesäumten Teich beschränkte.

Stattdessen dachten die Frösche: .-.-. mipmip .-.-. mipmip .-.-. mipmip.

Aber ihre *Gefühle* fanden in einer Blume nicht mehr genug Platz.

Langsam und zögernd krochen sie auf den Ast, ohne zu wissen, was sie dazu veranlasste.

Das *Ding* piepte höflich.

»Vielleicht interessiert Sie der Hinweis, dass wir die Schallmauer durchbrochen haben«, teilte es mit.

Masklin wandte sich an seine beiden Begleiter.

»Na schön«, sagte er. »Wer war's?«

»Sieh mich nicht so an«, erwiderte Angalo. »Ich habe nichts zerbrochen.«

Masklin kroch zum Rand des Loches und spähte hinaus.

Überall sah er menschliche Füße. Die meisten davon schienen Frauen zu gehören: Für gewöhnlich trugen sie die weniger praktischen Schuhe.

Man konnte viel über Menschen herausfinden, indem man ihre Schuhe betrachtete. Mehr bekamen die Nomen meistens nicht zu sehen. Der Rest eines Menschen war kaum mehr als eine Nase mit zwei großen Löchern ganz weit oben.

Masklin schnupperte.

»Hier gibt es irgendwo etwas zu essen«, sagte er.

»Was denn?«, fragte Angalo.

»Das Was interessiert mich nicht.« Gurder kletterte hastig zur Öffnung. »*Was* auch immer es sein mag, ich esse es in jedem Fall.«

»Warte!«, zischte Masklin und drückte das *Ding* in Angalos Hände. »Ich gehe! Sorg dafür, dass er hierbleibt, Angalo!«

Er sprang durchs Loch, lief zum Vorhang und verschwand dahinter. Nach einigen Sekunden beugte er sich gerade weit genug vor, dass sich ein Auge und die gewölbte Braue darüber zeigte.

Der Raum war eine Art Küche. Menschliche Frauen nahmen Tabletts mit Speisen aus der Wand. Nomen können noch besser riechen als Füchse, und Masklin lief das Wasser im Mund zusammen. Er musste es zugeben: Es war ganz in Ordnung, auf die Jagd zu gehen und Dinge anzubauen, aber das Ergebnis ließ sich nicht mit den Leckereien der Menschen vergleichen.

Eine der Frauen stellte das letzte Tablett auf einen Wagen und rollte ihn an Masklin vorbei. Die Räder waren fast so groß wie der Nom.

Als sich das quietschende Gebilde direkt neben ihm befand, verließ der Nom sein Versteck, sprang und quetschte sich zwischen die Flaschen. Es war töricht und dumm, das wusste er, aber es erschien ihm immer noch besser, als im Kabel-Loch zwei Idioten Gesellschaft zu leisten.

Lange Reihen von Schuhen. Einige schwarz, andere braun. Einige mit Schnürsenkeln, andere ohne. Vielen von ihnen fehlten Füße, die Menschen hatten ihre Schuhe abgestreift.

Masklin sah nach oben, als der Wagen weiterrollte.

Lange Reihen von Beinen. Einige in Röcken, aber die meisten in Hosen.

Er blickte noch höher. Es geschah nur selten, dass Nomen sitzende Menschen sahen.

Lange Reihen von Körpern, drüber lange Reihen von Köpfen, vorn mit Gesichtern. Lange Reihen von ...

Masklin duckte sich hinter die Flaschen.

Enkel Richard beobachtete ihn.

Es war das Gesicht aus der Zeitung, kein Zweifel: ein kurzer Bart, ein lächelnder Mund mit vielen Zähnen drin. Und das Haar ... Es schien nicht auf normale Weise gewachsen, sondern aus einer glänzenden Substanz geschnitzt zu sein.

Enkel Richard, 39.

Die Augen im Gesicht blickten in Masklins Richtung, und dann drehte Enkel Richard den Kopf.

Er kann mich nicht gesehen haben, dachte der Nom. *Ich hocke hier hinter den Flaschen, in einem guten Versteck.*

Wie wird Gurder reagieren, wenn ich ihm davon erzähle?

Vielleicht dreht er durch. Und: *Falsch. Er dreht ganz bestimmt durch. Ich sollte es besser für mich behalten, zumindest eine Zeit lang. Ja, ich glaube, das ist eine gute Idee. Wir haben auch so schon genug Sorgen.*

Entweder gab es achtunddreißig andere Enkel Richard vor ihm – und das glaube ich eigentlich nicht –, oder Zeitungen nennen auf diese Weise das Alter von Menschen. Neununddreißig Jahre. Fast halb so alt wie das Kaufhaus. Einige Nomen behaupten, das Kaufhaus sei so alt wie die Welt. Das kann natürlich nicht stimmen, aber ...

Wie fühlt man sich, wenn man fast ewig lebt?

Masklin kroch noch weiter hinter die Gegenstände auf dem Regal des Wagens. Flaschen standen dort, und daneben lagen Beutel mit knubbeligen Objekten, etwas kleiner als die Faust eines

Noms. Er stach sein Messer ins Papier, bis ein ausreichend großes Loch entstand, und dann holte er ein Knubbelding hervor.

Es stellte sich als gesalzene Erdnuss heraus. Immerhin ein Anfang.

Er griff nach dem Beutel, als sich eine Hand an ihm vorbeistreckte.

Sie war so nahe, dass er sie berühren konnte. Sie war nahe genug, um *ihn* zu berühren.

Masklin sah rote Fingernägel, als sich die Hand um einen anderen Beutel mit Erdnüssen schloss und nach oben zurückkehrte.

Später rang er sich zu der Erkenntnis durch, dass die Frau gar nicht in der Lage gewesen wäre, ihn zu sehen. Sie fasste einfach nur nach einem Gegenstand, von dem sie wusste, dass er im Wagen lag. Von Masklin ahnte sie nichts, und deshalb konnte sie wohl kaum beabsichtigt haben, ihn zu packen.

Das dachte er später. Doch als ihn die menschliche Hand nur um ein oder zwei Zentimeter verfehlte, sah alles ganz anders aus. Masklin hechtete vom Wagen herunter, rollte sich auf dem Teppichboden ab und hastete unter den nächsten Sitz.

Er nahm sich nicht einmal Zeit genug, um nach Luft zu schnappen. Die Erfahrung hatte ihn Folgendes gelehrt: Besonders unangenehme Überraschungen erlebte man, wenn man eine Pause einlegte, um wieder zu Atem zu kommen. Er raste von Sessel zu Sessel, wich riesigen Füßen, fußlosen Schuhen, heruntergefallenen Zeitungen und Taschen aus. Als er zur anderen Seite des Mittelgangs und in Richtung Flugzeugküche stürmte, war er selbst nach nomischen Maßstäben ein Schemen. Er hielt nicht einmal inne, als er das Loch erreichte. Er sprang einfach und passierte die Öffnung, ohne an ihre Ränder zu stoßen.

»Eine Erdnuss?«, fragte Angalo. »Zwischen drei Nomen aufzuteilen? Es bleibt kaum mehr als ein Bissen für jeden von uns!«

»Was schlägst du vor?«, erwiderte Masklin bitter. »Willst du zu der Frau-die-Nahrung-verteilt gehen und ihr sagen: Bitte drei *große* Portionen für drei *kleine* Leute?«

Angalo starrte ihn an. Masklin schnaufte jetzt nicht mehr, aber sein Gesicht war noch immer gerötet.

»Vielleicht ist es einen Versuch wert«, brummte er.

»Was?«

»Stell dir einmal vor, ein Mensch zu sein ...«, begann Angalo. »Würdest du Nomen in einem Flugzeug erwarten?«

»Natürlich nicht ...«

»Du wärst sicher sehr überrascht, einen Nom zu sehen, oder?«

»Sollen wir uns etwa *absichtlich* einem Menschen zeigen?«, entfuhr es Gurder. »Das kann unmöglich dein Ernst sein!«

»Ist es dir lieber, an *einer* Erdnuss zu knabbern und anschließend zu verhungern?«, hielt ihm Angalo entgegen.

Gurder blickte hungrig auf den kleinen Erdnussbrocken in seiner Hand. Er kannte Erdnüsse aus dem Kaufhaus. Wenn Weihnachten bevorstand, enthielt der Speisesaal viele Spezialitäten, die sonst nicht angeboten wurden, und Erdnüsse bildeten einen schmackhaften Nachtisch. Vermutlich eigneten sie sich auch als Vorspeise. Aber als Hauptmahlzeit taugten sie nicht.

Der Abt seufzte. »Erklär uns deinen Plan.«

Eine der Frauen-die-Nahrung-verteilen zog Tabletts von einem Regal, als sie aus dem Augenwinkel eine Bewegung bemerkte und aufsah. Langsam drehte sie den Kopf.

Etwas Kleines und Dunkles sank neben ihrem rechten Ohr nach unten.

Es schob winzige Daumen in winzige Ohren, wackelte mit den Fingern und streckte die Zunge raus.

»Bääähhh!«, sagte Gurder.

Die Frau ließ das Tablett auf den Boden fallen und gab ein seltsames Geräusch von sich – es klang wie das Heulen eines schrillen Nebelhorns. Sie wich zurück und hob beide Hände zum Mund. Schließlich drehte sie sich so träge um wie ein Baum, der sich nicht entscheiden kann, ob er fallen oder stehen bleiben soll. Mit langen Schritten floh sie hinter den Vorhang.

Als sie mit einem anderen Menschen zurückkehrte, war die kleine Gestalt fort.

Ebenso wie ein großer Teil der Speisen auf dem Tablett.

»Ich weiß nicht, wann ich zum letzten Mal geräucherten Lachs genießen konnte«, brachte Gurder glücklich hervor.

»Mmmpf«, antwortete Angalo.

»So sollte man ihn nicht essen«, sagte der Abt streng. »Es gehört sich nicht, ihn in den Mund zu stopfen und die heraushängenden Teile abzuschneiden. Was sollen die Leute von dir denken?«

»Hier sin' gar keine Leute«, erwiderte Angalo undeutlich. »Nur Ma'klin und du.«

Unterdessen öffnete Masklin einen Behälter mit Milch, der fast so groß war wie ein Nom.

»Schon besser, nicht wahr?« Gurder strahlte. »Richtige, natürliche Nahrung, aus Büchsen und so. Man braucht nicht erst den Schmutz abzuwaschen wie im Steinbruch. Außerdem haben wir es hier bequem und warm. So lasse ich mir das Reisen und Fliegen gefallen. Möchte jemand etwas von diesem ...« Er deutete unsicher auf eine Schüssel und betrachtete die Masse darin. »... Zeug?«

Angalo und Masklin schüttelten den Kopf. Die Schüssel enthielt ein glänzendes, schwabbeliges und rosarotes Etwas mit einer Kirsche drauf. Irgendwie gelang es der Substanz, wie etwas auszusehen, das man nicht einmal dann verspeiste, nachdem man eine ganze Woche gehungert hatte.

»Wie schmeckt es?«, fragte Masklin, als Gurder etwas davon probierte.

»Irgendwie rosarot«, antwortete der Abt.*

»Möchte jemand die Erdnuss zum Nachtisch?«, fragte Angalo und lächelte. »Nein? Dann werfe ich sie weg, in Ordnung?«

»Nein!«, rief Masklin. Die beiden anderen Nomen sahen ihn groß an. »Entschuldigt bitte. Ich meine nur: Du solltest die Erdnuss *nicht* wegwerfen. Es ist verkehrt, gute Nahrung zu vergeuden.«

»Eine *Sünde*«, fügte Gurder ernst hinzu.

* An Bord von Flugzeugen gibt es bei jeder Mahlzeit kleine Schüsseln, die eine schwabbelige und rosarot schmeckende Masse enthalten. Vielleicht steckt etwas Religiöses dahinter.

»Hm, von Sünden weiß ich kaum was«, murmelte Masklin. »Aber so etwas wäre nicht nur verkehrt, sondern auch dumm. Wir sollten die Erdnuss aufbewahren. Vielleicht brauchen wir sie doch noch.«

Angalo streckte die Arme und gähnte.

»Wenn ich mich jetzt waschen könnte ...«, sagte er.

»Mir ist hier noch kein Wasser aufgefallen«, erwiderte Masklin. »Bestimmt gibt es irgendwo ein Waschbecken oder eine Toilette, aber ich habe keine Ahnung, wo wir mit der Suche danach beginnen sollten.«

»Da wir gerade von Toiletten sprechen ...«, begann Angalo.

»Dort drüben«, sagte Gurder. »Auf der anderen Seite des dicken Kabels.«

»Und kommen Sie den elektrischen Leitungen nicht zu nahe«, warf das *Ding* ein. Angalo nickte verwirrt und kroch in die Finsternis.

Gurder gähnte ebenfalls.

»Halten die Frauen-die-Nahrung-verteilen nicht nach uns Ausschau?«, erkundigte er sich.

»Das bezweifle ich«, entgegnete Masklin. »Als wir damals im Draußen lebten, bevor wir zum Kaufhaus kamen ... Bestimmt haben uns die Menschen manchmal bemerkt. Aber sie glaubten einfach, ihren Augen nicht trauen zu können. Sie würden wohl kaum die grässlichen Gartenstatuen bauen, wenn sie jemals einen *wahren* Nom gesehen hätten.«

Gurder griff in eine Tasche seines Mantels und holte das Bild von Enkel Richard hervor. Selbst im matten Licht erkannte Masklin sofort den Menschen im Sessel wieder. Sein Gesicht hatte nicht ganz so zerknittert gewirkt, und es bestand auch nicht aus Hunderten von winzigen Punkten, aber sonst ...

»Glaubst du, er befindet sich an Bord?«, fragte Gurder sehnsüchtig.

»Vielleicht«, erwiderte Masklin und fühlte sich miserabel. »Vielleicht. Äh, hör mal, Gurder ... Angalo mag ein wenig zu weit gehen, aber er könnte recht haben. Möglicherweise ist Enkel Richard nur ein Mensch. Wahrscheinlich *haben* die Menschen das Kaufhaus für andere Menschen gebaut. Deine Vorfahren ließen sich darin nieder, weil es dort warm und trocken war. Und ...«

»Ich höre *nicht* zu«, sagte Gurder. »Wir sind keine unwichtigen Dinge wie Ratten und Mäuse. Wir sind etwas Besonderes.«

»Das *Ding* hat in dieser Hinsicht eine ziemlich klare Meinung«, sagte Masklin geduldig. »Es behauptet, wir kommen von woanders.«

Der Abt faltete das Bild zusammen. »Vielleicht kommen wir von woanders. Vielleicht auch nicht. Es spielt keine Rolle.«

»Da ist Angalo anderer Ansicht. Er glaubt, es spielt eine *große* Rolle.«

»Warum sollte es das? Es gibt mehr als nur eine Wahrheit.« Gurder zuckte mit den Schultern. »Ich könnte sagen: Nomen sind nur Staub, Saft, Knochen und Haare, und das stimmt. Ich könnte hinzufügen: Die Köpfe von Nomen enthalten etwas, das über den Tod hinausgeht und auch dann noch existiert, wenn man gestorben ist. Es stimmt ebenfalls. Frag das *Ding*.«

Bunte Lichter glänzten am schwarzen Kasten.

Masklin riss verblüfft und schockiert die Augen auf. »Solche Fragen habe ich ihm *nie* gestellt.«

»Warum denn nicht? Es wäre die *erste* Frage, die *ich* an das *Ding* richten würde.«

»Ich höre bereits die Antwort. Sie lautet: ›Berechnung unmöglich.‹ Oder: ›Ungenügende Parameter.‹ Solche Worte wählt das *Ding*, wenn es nicht Bescheid weiß und das nicht zugeben will. *Ding?*«

Der schwarze Kasten schwieg, und seine Lichter bildeten ein neues Muster.

»Ding?«, wiederholte Masklin.

»Ich analysiere Kommunikationssignale.«

»Das macht es oft, wenn es sich langweilt«, wandte sich Masklin an Gurder. »Dann liegt es einfach nur da und lauscht unsichtbaren Nachrichten in der Luft. He, *Ding*, pass gut auf! Dies ist eine wichtige Angelegenheit. Wir möchten wissen …«

Lichter blinkten, und viele von ihnen wechselten die Farbe, schimmerten rot.

»*Ding!* Wir …«

Der Kasten räusperte sich, indem er summte und klickte.

»Im Cockpit ist ein Nom entdeckt worden.«

»Hör mal, Ding, wir ... Was?«

»Ich wiederhole: Im Cockpit – der Kabine des Piloten – ist ein Nom entdeckt worden.«

Masklin erstarrte.

»Angalo?«

»Eine hohe Wahrscheinlichkeit spricht dafür«, bestätigte das Ding.

3

Reisende Menschen. Große, den Nomen ähnelnde Wesen. Viele Menschen verbringen viel Zeit damit, von einem Ort zum anderen zu reisen, und das ist seltsam, denn meistens befinden sich an ihrem Ziel schon zu viele Menschen. Siehe auch **Tiere**, **Intelligenz**, **Evolution** und **Pudding**.

Aus: Eine wissenschaftliche Enzyklopädie für den wissbegierigen jungen Nom *von Angalo Kurzwarenler*

Masklins und Gurders Stimme hallten durch den Kabeltunnel, als sie über elektrische Leitungen hinwegkletterten.

»Ich *dachte* mir schon, dass es zu lange dauert!«

»Du hättest nicht zulassen dürfen, dass er allein losgeht! Du weißt doch, wie gern er Dinge fährt und steuert!«

»*Ich* hätte es nicht zulassen dürfen? Und was ist mit dir?«

»Er hat überhaupt kein Verantwortungsgefühl ... Wohin jetzt?«

Angalo hatte sich das Innere eines Flugzeugs als ein Durcheinander aus Drähten und Rohrleitungen vorgestellt. Das stimmte auch, zumindest in gewisser Weise. Die zwei Nomen kletterten durch eine schmale, von Kabeln erfüllte Welt unter dem Boden.

»Ich bin zu alt für so etwas! Für jeden Nom kommt einmal der Zeitpunkt, am dem er aufhören muss, in schrecklichen Flugmaschinen umherzukriechen!«

»Wie oft bist du in schrecklichen Flugmaschinen umhergekrochen?«

»Einmal zu viel!«

»Wir nähern uns dem Cockpit«, sagte das *Ding*.

»Das kommt davon, wenn wir uns den Menschen zeigen«, verkündete Gurder. »Es ist eine Strafe, jawohl.«

»Wer straft uns?«, fragte Masklin und half dem Abt auf.

»Wie bitte?«

»Du hast eine Strafe erwähnt. Jemand muss sie beschlossen haben, nicht wahr?«

»Ich meinte eine Strafe im Allgemeinen. So wie Schicksal. Niemand *beschließt* das Schicksal, oder?«

Masklin verharrte. »Und jetzt, *Ding*?«

»Die Nachricht berichtete den Frauen-die-Nahrung-verteilen von einem kleinen Geschöpf im Cockpit«, erwiderte der schwarze Kasten. *»Wir sind nun genau darunter. Hier gibt es viele Computer.«*

»Sie sprechen mit dir, stimmt's?«

»Ein wenig. Sie sind wie Kinder. Die meiste Zeit über hören sie nur zu«, erklärte das Ding selbstgefällig. *»Es mangelt ihnen an Intelligenz.«*

»Was unternehmen wir jetzt?«, fragte Gurder.

»Wir ...« Masklin zögerte. Der unausgesprochene Satz enthielt an irgendeiner Stelle das Wort »retten«.

Ein gutes, dramatisches Wort. Er sehnte sich danach, es auszusprechen. Das Problem war nur: Dicht dahinter folgte ein anderes, und es bestand aus einer einzigen scheußlichen Silbe.

Es lautete *wie*.

»Ich glaube nicht, dass die Menschen ihm ein Leid zufügen wollen«, sagte Masklin und hoffte, dass er recht behielt. »Vielleicht sperren sie ihn irgendwo ein. Wir müssen einen Ort finden, von dem aus wir alles genau beobachten können.« Hilflos starrte er auf das Gewirr aus Leitungen und seltsamen Metallteilen weiter vorn.

»Dann solltest du mir die Führung überlassen«, meinte Gurder sachlich.

»Warum?«

»Du kennst dich im Draußen aus, wo's jede Menge Platz gibt.« Der Abt schob Masklin beiseite. »Aber wir Kaufhaus-Nomen wissen, wie man an Drinnen-Dingen vorbeikommt.«

Er rieb sich die Hände.

»Also gut«, brummte er, griff nach einem Kabel und schlüpfte durch einen Spalt, den Masklin bisher gar nicht bemerkt hatte.

»Als ich ein Junge war, sind wir oft auf Entdeckungsreise gegangen«, fuhr der Abt fort. »Haben dabei viele Abenteuer erlebt.«

»Ach?«, kommentierte Masklin.

»Hier entlang, glaube ich. Achte auf die elektrischen Leitungen.« Und: »O ja. Wir sind durch Liftschächte geklettert, haben uns Telefonschaltkästen von innen angesehen ...«

»Du hast doch immer wieder darauf hingewiesen, dass Kinder zu viel Zeit damit verbringen, umherzulaufen und Unsinn anzustellen.«

»Äh. Ja. Nun, *das* ist Jugendkriminalität«, sagte Gurder streng. »Wir waren damals nur temperamentvoll. Lass es uns hier versuchen.«

Sie krochen zwischen zwei warmen Metallwänden. Voraus glänzte helles Licht.

Auf allen vieren schoben sich Masklin und Gurder nach vorn.

Der Raum war seltsam geformt und nicht viel größer als das Führerhaus des Lastwagens. Auch in diesem Fall bot er gerade genug Platz für die menschlichen Fahrer beziehungsweise Piloten.

Doch hier *wimmelte* es von Kontrollen.

Sie bedeckten die Wände und Decke: kleine Lampen, Schalter, Anzeigefelder und Hebel. Masklin dachte: *Wenn Dorcas hier wäre, würde es uns nie gelingen, ihn fortzubringen. Aber* Angalo *ist hier irgendwo, und wir müssen* ihn *fortschaffen.*

Zwei Menschen knieten auf dem Boden, und eine der Frauen-die-Nahrung-verteilen stand neben ihnen. Ihre Stimmen muhten und knurrten.

»Menschen, die miteinander sprechen«, murmelte Masklin. »Ich wünschte, wir könnten sie verstehen.«

»Wenn Sie möchten, dass ich für Sie übersetze ...«, ließ sich das *Ding* vernehmen.

»Kannst du die Geräusche der Menschen verstehen?«

»Natürlich. Die Menschen sprechen wie Nomen, nur langsamer.«

»Was? *Was*? Das hast du uns nie gesagt! Warum hast du uns das nie gesagt?«

»Es gibt Milliarden von Dingen, von denen ich Ihnen nie erzählt habe. Wo soll ich beginnen?«

»Wie wär's damit, wenn du uns mitteilst, worüber die Menschen reden?«, schlug Masklin vor. »Bitte?«

»Einer von ihnen hat gerade gesagt: ›Es muss eine Maus oder so gewesen sein.‹ Und der andere sagte: ›Das glaube ich nur, wenn Sie mir eine Maus zeigen, die Kleidung trägt.‹ Und die Frau-die-Nahrung-verteilt sagte: ›Was ich gesehen habe, war keine Maus. Das Etwas hat eine Himbeere nach mir geworfen (Ausruf).‹«

»Was ist eine ›Himbeere‹?«

»Die kleine rote Frucht der Pflanze Rubus idaeus.«

Masklin wandte sich an Gurder.

»Hast du eine Himbeere nach ihr geworfen?«

»Wer? Ich? Hör mal, es lagen überhaupt keine Früchte in der Nähe, sonst hätte ich sie gegessen. Ich hab mich auf ein ›Bääähhh!‹ beschränkt.«

»Einer der Menschen hat gerade gesagt: ›Ich habe mich umgedreht, und dort stand das Wesen und starrte aus dem Fenster.‹«

»Angalo, kein Zweifel«, meinte Gurder.

»Der andere Mensch auf den Knien hat geantwortet: ›Nun, was auch immer es ist, es steckt jetzt hinter dieser Schalttafel und kann nicht weg.‹«

»Der Mensch nimmt einen Teil der Wand ab!« stellte Masklin entsetzt fest. »O nein! Er greift hinein!«

Erneut muhte es.

»Der Mensch hat gesagt: ›Er hat mich gebissen! Der kleine Teufel hat mich gebissen!‹«, übersetzte das *Ding.* Es sprach im Plauderton.

»Typisch Angalo«, brummte Gurder. »So war auch sein Vater. Gab nie auf. Setzte sich immer zur Wehr.«

»Die Menschen wissen gar nicht, wonach sie suchen!«, stieß Masklin hervor. »Sie haben Angalo gesehen, aber er lief fort! Sie sind sich nicht sicher, *was* sie gesehen haben, und eigentlich glauben sie gar nicht an Nomen! Wenn wir verhindern, dass er gefangen wird, wenn wir mit ihm verschwinden ... Dann nehmen die Menschen sicher an, dass es sich um eine Maus oder so handelte!«

»Vielleicht können wir hinter die Wand kriechen und auf diese Weise Angalo erreichen«, überlegte Gurder laut. »Aber das dauert zu lange.«

Masklin blickte sich verzweifelt um. Außer den drei Menschen, die Angalo zu fangen versuchten, waren noch zwei andere zugegen. Sie saßen vorn – vermutlich die Fahrer.

»Mir sind die Ideen ausgegangen«, stöhnte Masklin. »Fällt dir etwas ein, *Ding*?«

»Mir fallen viele Dinge ein. Meinem Denkvermögen sind praktisch keine Grenzen gesetzt.«

»Ich meine, kannst du uns dabei helfen, Angalo zu retten?«

»Ja.«

»Also los!«

»Wie Sie wünschen.«

Einige Sekunden später dröhnte dumpfer Alarm. Winzige Lampen blinkten. Die Fahrer riefen etwas, beugten sich vor und betätigten Schalter.

»Was ist los?«, fragte Masklin.

»Vielleicht sind die Menschen überrascht, weil sie diese Maschine nicht mehr fliegen«, erwiderte das *Ding*.

»Sie haben keine Kontrolle mehr darüber? Wer fliegt sie jetzt?«

Lichter tanzten über den schwarzen Kasten. *»Ich.«*

Einer der Frösche fiel vom Ast und verschwand stumm zwischen den Blättern tief unten. Sehr kleine Tiere können weit fallen, ohne sich zu verletzen. Es ist also durchaus möglich, dass der Frosch im Wald unter dem Baum überlebte und dort Erfahrungen machte, die auf der Liste aller interessanten Froscherfahrungen an zweiter Stelle stehen.

Die übrigen Frösche setzten den Weg fort.

Masklin half Gurder durch einen Metalltunnel voller Leitungen. Oben stapften Menschenfüße über den Boden. Muhende Stimmen ertönten und klangen besorgt.

»Ich glaube, die Menschen sind nicht besonders glücklich«, sagte der Abt.

»Aber jetzt haben sie keine Zeit mehr, nach etwas Ausschau zu halten, das wahrscheinlich eine Maus gewesen ist«, erwiderte Masklin.

»Es ist keine Maus, sondern Angalo!«

»Aber nachher werden die Menschen glauben, dass es eine Maus war. Sie wollen nichts von Dingen wissen, die sie beunruhigen.«

»Die meisten Nomen teilen diese Ansicht«, murmelte Gurder.

Masklin sah auf das *Ding* unter seinem Arm.

»Du fährst die Concorde?«, vergewisserte er sich. »Im Ernst?«

»Ja.«

»Ich dachte, man muss ein Lenkrad drehen und Schalthebel bewegen, um etwas zu fahren«, sagte Masklin.

»Alles wird von Maschinen erledigt. Die Menschen drücken Tasten und drehen Lenkräder, um Maschinen mitzuteilen, was sie tun sollen.«

»Und was machst *du* jetzt?«

»Ich bin der Boss«, antwortete das *Ding*.

Masklin lauschte dem leisen Donnern der Triebwerke.

»Ist es schwer, hier der Boss zu sein?«

»Eigentlich nicht. Aber die Menschen mischen sich immer wieder ein.«

»Dann sollten wir Angalo so schnell wie möglich finden«, sagte Gurder. »Komm!«

Sie krochen durch einen weiteren Kabeltunnel.

»Die Menschen müssten uns eigentlich dankbar sein, weil ihnen unser *Ding* die Arbeit abnimmt«, meinte der Abt.

»Ich fürchte, sie sehen das aus einem anderen Blickwinkel«, entgegnete Masklin.

»Wir fliegen in einer Höhe von fünfundfünfzigtausend Fuß und mit einer Geschwindigkeit von eintausenddreihundertzweiundfünfzig Meilen in der Stunde«, sagte das *Ding*.

Als die beiden Nomen nicht darauf reagierten, fügte es hinzu: *»Das ist sehr hoch und sehr schnell.«*

Masklin hielt eine Bemerkung für angebracht. »Gut.«

»Sehr, sehr schnell.«

Die Nomen quetschten sich durch eine Lücke zwischen zwei Metallplatten.

»Schneller als eine Gewehrkugel.«

»Erstaunlich«, kommentierte Masklin.

»Doppelt so schnell wie der Schall in dieser Atmosphäre«, fuhr das *Ding* fort.

»Donnerwetter.«

»Um es anders auszudrücken ...« Das *Ding* klang nun ein wenig verärgert. *»Dieses Flugzeug könnte die Strecke vom Kaufhaus bis zum Steinbruch in weniger als fünfzehn Sekunden zurücklegen.«*

»Ein Glück für uns, dass es uns nicht entgegenkam, als wir mit dem Lastwagen fuhren«, sagte Masklin.

»Hör auf, das *Ding* zu verspotten«, warf Gurder ein. »Es will dir nur zeigen, dass es ein braver Junge ist. Beziehungsweise ein braves *Ding*«, korrigierte er sich.

»Nein«, widersprach der schwarze Kasten mit einer für ihn ungewöhnlichen Hast. *»Ich möchte nur darauf hinweisen, dass die Concorde eine Maschine ganz besonderer Art ist, und es erfordert großes Geschick, sie zu fliegen.«*

»Dann solltest du vielleicht weniger reden«, sagte Masklin.

Mehrere Lichter blinkten am *Ding*.

»Das war gemein«, flüsterte Gurder.

»Ein Jahr lang habe ich mich immer so verhalten, wie es das *Ding* von mir verlangte, ohne ein einziges Danke«, sagte Masklin. »Übrigens: Wie hoch sind fünfundfünfzigtausend Füße?«

»Zehn Meilen. Oder sechzehn Kilometer. Zweimal die Entfernung vom Kaufhaus bis zum Steinbruch.«

Gurder schluckte.

»Oben?«, brachte er hervor. »Wir sind so weit *oben*?«

Er starrte auf den Boden.

»Oh«, ächzte er.

»Es ist alles in bester Ordnung«, sagte Masklin. »Fang du jetzt nicht auch noch an. Mit Angalo haben wir schon Probleme genug. Warum klammerst du dich so an der Wand fest?«

Gurders Gesicht war kreideweiß.

»Vermutlich sind wir so hoch über dem Boden wie die flaumigen weißen Wolkendinge«, hauchte er.

»Nein«, sagte der schwarze Kasten.

»Nein? Das beruhigt mich.«

»Die Wolken sind tief unter uns.«

»Oh!«

Masklins Hand schloss sich um den Arm des Abts.

»Angalo. Erinnerst du dich?«, fragte er.

Gurder nickte langsam und schob sich Zentimeter um Zentimeter nach vorn. Er kniff die Augen zu und hielt sich an verschiedenen Dingen fest.

»Wir dürfen nicht den Kopf verlieren«, mahnte Masklin. »Obgleich wir so weit oben sind.« Er senkte den Blick. Das Metall unter seinen Füßen war fest und massiv. Man brauchte viel Fantasie, um trotzdem bis zum Boden zu sehen.

Das Problem war: Er hatte jede Menge Fantasie.

»Äh«, sagte er. »Komm weiter, Gurder. Gib mir deine Hand.«

»Sie befindet sich direkt vor dir.«

»Entschuldige. Mit geschlossenen Augen konnte ich sie nicht sehen.«

Eine halbe Ewigkeit lang kletterten sie durchs Gewirr aus Kabeln und Leitungen, und schließlich murmelte Gurder: »Es ist sinnlos. Hier gibt es kein Loch, das groß genug wäre, um hindurchzugelangen. Angalo hätte eine solche Öffnung bestimmt nicht übersehen.«

»Dann müssen wir ins Führerhaus zurück und ihn auf eine andere Weise retten«, sagte Masklin.

»Und die Menschen?«

»Sie sind viel zu beschäftigt, um uns zu bemerken. Stimmt's, *Ding?*«

»Ja.«

Es existiert ein Ort, der so weit oben ist, dass es überhaupt kein Unten mehr gibt.

Etwas tiefer sauste ein weißer Pfeil über den Rand des Himmels, schneller als die Nacht. Er holte die Sonne ein, überquerte in wenigen Stunden einen Ozean, an dem einst die Welt endete ...

Masklin ließ sich vorsichtig auf den Boden hinab und kroch nach vorn. Zum Glück sahen die Menschen nicht in seine Richtung.

Ich hoffe, das Ding *weiß, wie man dieses Flugzeug fährt,* dachte er. *Oder fliegt.*

Er schlich zu der Schalttafel, hinter der sich Angalo verbarg.

Tiefes Unbehagen erfasste ihn: Er verabscheute es, sich so offen zu zeigen. Damals, allein auf der Jagd, war es noch viel schlimmer gewesen. Er hatte ständig damit rechnen müssen, von etwas erwischt zu werden, erst zwischen irgendwelchen Zähnen zu landen und dann in einem Magen. Wenn es Menschen gelang, einen Nom zu fangen ... Niemand wusste, was sie mit ihm anstellen würden.

Er sprang in einen sehr willkommenen Schatten.

»Angalo!«, zischte er.

Nach einer Weile flüsterte es hinter den Kabelsträngen: »Wer ist da?«

Masklin richtete sich auf. »Wie oft möchtest du raten?«, fragte er mit normaler Stimme.

Angalo verließ sein Versteck. »Sie haben mich gejagt!«, klagte er. »Die Menschen! Und einer von ihnen hat die Hand nach mir ausgestreckt!«

»Ich weiß. Komm jetzt! Verschwinden wir von hier, solange sie abgelenkt sind.«

»Was ist los?«, fragte Angalo, als sie ins Licht eilten.

»Das *Ding* fliegt die Concorde.«

»Wie denn? Es hat doch keine Arme. Es kann gar keinen anderen Gang einlegen oder so ...«

»Das erledigen die Computer. Und das *Ding* erteilt ihnen Anweisungen. *Komm* jetzt!«

»Ich habe aus dem Fenster gesehen«, platzte es aus Angalo heraus. »Draußen ist überall Himmel!«

»Erinnere mich nicht daran«, sagte Masklin.

»Gestatte mir noch einen letzten Blick«, flehte Angalo. »Nur einen!«

»Gurder wartet auf uns, und wir sollten vermeiden, uns noch mehr Schwierigkeiten einzuhandeln.«

»Aber dieses Flugzeug ist besser als jeder Lastwagen!«

Irgendwo erklang eine Art ersticktes Schnaufen.

Die Nomen sahen auf.

Einer der Menschen beobachtete sie. Sein Mund stand weit offen, und der Gesichtsausdruck deutete darauf hin, dass es ihm sehr schwerfallen würde zu erklären, was er gerade gesehen hatte – zunächst musste er sich selbst davon überzeugen.

Der Mensch stand auf.

Angalo und Masklin wechselten einen Blick.

»Lauf!«, riefen sie beide gleichzeitig.

Gurder wartete im Halbdunkel neben der Tür, als die beiden

anderen Nomen vorbeistürmten – ihre Beine stampften wie Kolben. Er hob den Saum seines Mantels und folgte ihnen.

»Was ist geschehen? Was ist geschehen?«

»Ein Mensch verfolgt uns!«

»Lasst mich nicht zurück! Lasst mich nicht zurück!«

Masklin gewann einen kleinen Vorsprung, als sie durch den Mittelgang rannten, zwischen den Reihen aus Menschen, die den drei dahinhuschenden Schemen keine Beachtung schenkten.

»Wir hätten nicht ... herumstehen und ... gaffen sollen!«, keuchte Masklin.

»Vielleicht bekommen wir ... nie wieder eine ... Gelegenheit dazu!«, japste Angalo.

»Da hast du vollkommen *recht!*«

Der Boden neigte sich.

»Was hat das zu bedeuten, *Ding?*«

»Ich lenke die Menschen noch etwas mehr ab.«

»Nein! Hier entlang!«

Masklin flitzte zwischen zwei Sessel, wich riesigen Schuhen aus und warf sich flach auf den Teppich. Die anderen beiden Nomen folgten seinem Beispiel. Nur wenige Zentimeter trennten sie von zwei gewaltigen Menschenfüßen.

Masklin hob das *Ding* dicht vor den Mund.

»Gib den Menschen das Flugzeug zurück!«, raunte er.

»Ich hatte gehofft, dass Sie mir erlauben, es zu landen«, sagte das *Ding*. Zwar blieb die Stimme des schwarzen Kastens immer monoton, aber Masklin glaubte trotzdem, so etwas wie Wehmut zu hören.

»Weißt du, wie man eine Concorde landet?«, fragte er.

»Nein. Aber ich könnte es lernen ...«

»Gib den Menschen das Flugzeug zurück«, wiederholte Masklin. »Jetzt *sofort!*«

Ein leichter Ruck, dann eine Veränderung im Muster der Lichter am *Ding*. Masklin atmete erleichtert auf.

»So, und wenn nun alle vernünftig sein könnten, wenigstens für ein paar Minuten ...«

»Entschuldige bitte«, sagte Angalo. Er versuchte vergeblich, zerknirscht zu wirken. Masklin sah das Glitzern in seinen Augen, das verträumte Lächeln eines Noms, der sich in unmittelbarer

Nähe seines ganz persönlichen Paradieses wusste. »Ich konnte der Versuchung einfach nicht widerstehen. Selbst *unter* uns ist alles blau! Es scheint überhaupt keinen Boden mehr zu geben! Und ...«

Masklin musterte ihn mit nachdenklichem Ernst. »Wir könnten herausfinden, ob dieser Eindruck täuscht. Indem wir das *Ding* auffordern, die Concorde weiterhin zu fliegen.« Er seufzte. »Ich schlage vor, wir bleiben hier ruhig sitzen, einverstanden?«

Eine Zeit lang hockten sie still unter dem Sessel.

»Dieser Mensch hat ein Loch in seiner Socke«, sagte Gurder schließlich.

»Na und?«, fragte Angalo.

»Oh, ich weiß nicht. Ich hätte nie gedacht, dass auch Menschen Löcher in ihren Socken haben.«

»Wenn man eine Socke findet, braucht man nicht lange nach einem Loch zu suchen«, meinte Masklin.

»Es sind gute Socken«, fügte Angalo hinzu.

Masklin betrachtete sie. Für ihn sahen sie wie ganz normale Socken aus. Die Nomen im Kaufhaus hatten sie als Schlafsäcke benutzt.

»Woher willst du denn das wissen?«, erkundigte er sich.

»Sie sind absolut Geruchsneutral«, sagte Angalo. »Bestehen zu garantiert fünfundachtzig Prozent aus Polyputheketlon. Sie wurden im Kaufhaus angeboten. Kosten viel mehr als andere Socken. Siehst du das Etikett?«

Gurder holte tief Luft und ließ den Atem langsam entweichen.

»Es war ein gutes Kaufhaus«, sagte er.

»Und die Schuhe«, fuhr Angalo fort. Er zeigte auf die großen weißen Gebilde, die wie auf den Strand gezogene Boote in der Nähe lagen. »Seht ihr sie? Äußerst Strapazierfähig Und Mit Echter Gummisohle Ausgestattet. Sehr teuer.«

»Hab nie viel davon gehalten«, brummte Gurder. »Zu auffällig. Ich ziehe ›Herrenschuhe, braun, mit Schnürsenkeln‹ vor. Darin konnte man gut schlafen.«

»Die Schuhe mit den Gummisohlen ...«, sagte Masklin langsam. »Es gab sie auch im Kaufhaus, nicht wahr?«

»Ja. Manchmal gehörten sie zu den Sonderangeboten.«

»Hm.«

Masklin stand auf und ging zu der großen, halb unter den Sessel geklemmten Ledertasche. Die beiden anderen Nomen beobachteten, wie er daran emporkletterte, bis er kurz über die Armlehne sehen konnte. Dann kehrte er zurück.

»Na so was«, sagte er verdächtig fröhlich. »Eine Tasche aus dem Kaufhaus, nicht wahr?«

Gurder und Angalo maßen sie mit einem kritischen Blick.

»Ich habe nie viel Zeit in der Abteilung Reiseartikel verbracht«, erwiderte Angalo. »Aber da du es schon erwähnst ... Es könnte eine ›besondere Reisetasche aus Kalbsleder‹ sein.«

»Für den ›anspruchsvollen Manager‹?« Gurder zögerte. »Ja, das wäre möglich.«

»Habt ihr darüber nachgedacht, wie wir das Flugzeug verlassen sollen?«, fragte Masklin.

»So wie wir eingestiegen sind, nur umgekehrt?«, spekulierte Angalo, der daran noch keinen Gedanken vergeudet hatte.

»Das dürfte schwierig werden«, sagte Masklin. »Wegen der Menschen. Vielleicht suchen sie nach uns. Obwohl sie glauben, dass wir nur Mäuse sind. An ihrer Stelle würde ich nicht zulassen, dass sich Mäuse in diesem Flugzeug herumtreiben. Stellt euch vor, was passiert, wenn Mäuse hier auf elektrische Leitungen pinkeln. Wenn man sechzehn Kilometer hoch fliegt und Mäuse im Innern eines Computers auf die Toilette gehen ... Dadurch könnten sich Probleme ergeben. Die Menschen nehmen das sicher sehr ernst. Und deshalb müssen wir das Flugzeug verlassen, wenn die Passagiere von Bord gehen.«

»Aber die vielen Füße ...« Angalo schauderte. »Ich möchte nicht zertrampelt werden.«

»Ich dachte, wir könnten, äh, in die, äh, Tasche dort schlüpfen«, sagte Masklin.

»Lächerlich!«, entfuhr es Gurder.

Masklin atmete tief durch.

»Sie gehört Enkel Richard«, verkündete er.

»Ich hab's überprüft«, betonte er und beobachtete die Mienen seiner Gefährten. »Ich habe ihn schon einmal gesehen, und er sitzt im Sessel über uns. Enkel Richard, 39. Direkt über uns. Liest eine Zeitung. Da oben. Er ist es, kein Zweifel.«

Gurder lief rot an und zielte mit dem Zeigefinger auf Masklin. »Willst du etwa behaupten, dass Richard Arnold, Enkel von Arnold Gebr (gegr. 1905), *Löcher* in seinen *Socken* hat?«

»Dadurch werden es heilige Socken«, warf Angalo ein. »Entschuldigung. Ich wollte nur ein wenig humorvoll sein. Um die Stimmung zu verbessern. Du brauchst mich nicht gleich so anzustarren.«

»Kletter auf die Tasche und überzeug dich selbst«, schlug Masklin vor. »Ich helfe dir dabei. Aber sei vorsichtig.«

Sie hoben Gurder hoch.

Kurze Zeit später rutschte er stumm übers Kalbsleder nach unten.

»Nun?«, drängte Angalo.

»Auf der Tasche steht ›R. A.‹, in goldenen Buchstaben«, sagte Masklin.

Er sah Angalo an und winkte mehrmals. Gurder war so bleich, als hätte er einen Geist gesehen.

»O ja, goldene Buchstaben«, stieß Angalo hervor. »›Goldenes Monogramm für nur fünf neunundneunzig‹, hieß es auf einem Schild.«

»*Sprich* mit uns, Gurder«, bat Masklin. »Sitz nicht einfach so da.«

»Dies ist ein sehr ernster und feierlicher Augenblick für mich«, raunte Gurder.

»Wenn wir einen Teil der Naht aufschneiden, könnten wir von unten hineinkriechen«, sagte Masklin.

»Ich bin nicht würdig«, hauchte Gurder.

»Wahrscheinlich nicht«, erwiderte Angalo fröhlich. »Aber das verraten wir niemandem.«

»Und Enkel Richard wird uns helfen«, fügte Masklin hinzu. Er hoffte, dass sich Gurder genug Vernunft bewahrt hatte, um ihn zu verstehen. »Er weiß nichts davon, doch er hilft uns trotzdem. Also ist alles in Ordnung. Bestimmt steckt so was wie Vorsehung dahinter.«

Eine allgemeine *Vorsehung*, dachte er. *Eine Vorsehung, die niemand* beschlossen *hat. Abgesehen von* uns.

Gurder überlegte.

»Na schön«, sagte er. »Aber es ist nicht nötig, ein Loch in die Tasche zu schneiden. Es genügt, den Reißverschluss aufzuziehen.«

Sie verloren keine Zeit. Der Reißverschluss klemmte – *alle* Reißverschlüsse klemmen, das gehört einfach dazu –, aber er ließ sich weit genug aufziehen, damit die Nomen in die Reisetasche klettern konnten.

»Und was machen wir, wenn Enkel, 39, sie öffnet und hineinsieht?«, fragte Angalo.

»Nichts«, antwortete Masklin. »Dann lächeln wir freundlich.«

Die drei Frösche befanden sich jetzt weit draußen auf dem Ast. Zunächst hatten sie nur eine glatte Fläche aus graugrünem Holz gesehen, doch nun erwies sich die neue Umgebung als ein Durcheinander aus rauer Borke, Wurzeln und Moosfladen – ein Kosmos des Schreckens für Frösche, die ihr ganzes Leben in einer Welt mit Blütenblättern am Rand verbracht hatten.

Trotzdem krochen sie weiter. Die Bedeutung des Wortes »Rückzug« war ihnen völlig unbekannt. Ebenso wie die aller anderen Wörter.

4

Hotel. Ein Ort, wo ***Reisende Menschen*** des Nachts parken. Andere Menschen bringen ihnen zu essen, darunter das berühmte ***Sandwich*** mit ***Schinken***, ***Salat*** und ***Tomate***. In **H.s** gibt es Betten, Handtücher und spezielle Dinge, aus denen es auf Leute herabregnet, damit sie sauber werden.

Aus: Eine wissenschaftliche Enzyklopädie für den wissbegierigen jungen Nom *von Angalo Kurzwarenler*

Finsternis.

»Es ist ziemlich dunkel hier drin, Masklin.«

»Ja. Und unbequem.«

»Damit müssen wir uns abfinden.«

»Eine Haarbürste! Ich habe mich gerade auf eine Haarbürste gesetzt!«

»Wir landen bald.«

»Gut.«

»Und hier ist eine komische Tube ...«

»Gibt es etwas zu essen? Ich bin hungrig.«

»Ich habe noch immer die Erdnuss.«

»Wo? Wo?«

»Jetzt ist sie mir aus der Hand gefallen. Daran bist du schuld.«

»Gurder?«

»Ja?«

»Was *machst* du da? Zerschneidest du etwas?«

»Er schneidet sich ein Loch in die Socke.«

Stille.

»Na und? Was dagegen? Ich kann mir jederzeit ein Loch in die Socke schneiden, wenn ich will. Immerhin ist es *meine* Socke.«

Mehr Stille.

»Ich fühle mich dadurch besser.« Und noch mehr Stille.

»Enkel, 39, ist ein Mensch, Gurder. Ein ganz normaler Mensch.«

»Wir sind in seiner Reisetasche, oder?«

»Ja, aber du hast selbst gesagt, dass wir Arnold Gebr im Kopf mit uns herumtragen, nicht wahr?«

»Ja.«

»Nun?«

»Mit dem Loch in der Socke fühle ich mich einfach besser, das ist alles. Punkt. Basta.«

»Wir landen.«

»Woher wissen wir, wann ...«

»Ich hätte bestimmt eine bessere Landung bewerkstelligen können. Früher oder später.«

»Sind wir jetzt in Florida? Angalo, nimm den Fuß aus meinem Gesicht.«

»Ja. Dieses Land heißt Einwanderer willkommen. Das ist hier Tradition.«

»Und wir sind Einwanderer?«

»Wenn man es genau nimmt, sind Sie auf der Durchreise.«

»Auf der Durchreise wohin?«

»Zu den Sternen.«

»Oh. Ding?«

»Ja?«

»Weißt du von anderen Nomen, die diesen Ort schon einmal besucht haben?«

»Was soll das heißen? Wir sind die Nomen. Es gibt keine anderen.«

»Vielleicht doch.«

»Was für ein Unsinn! Die Nomheit besteht nur aus uns. Ich meine, aus uns und den Nomen im Steinbruch. Das stimmt doch, oder?«

Bunte Lichter blinkten in der Dunkelheit.

»Ding?«, fragte Masklin.

»Ich habe gerade die zur Verfügung stehenden Daten geprüft. Schlussfolgerung: Es fehlen zuverlässige Hinweise darauf, dass hier jemals Nomen ge-

sehen wurden. Alle bisherigen Einwanderer waren mehr als zehn Zentimeter groß.«

»Oh. Ich dachte nur ... Ich habe mich gefragt, ob wir die einzigen Nomen auf der Welt sind.«

»Du hast das *Ding* gehört. Keine zuverlässigen Hinweise.«

»Den Menschen fehlen auch zuverlässige Hinweise auf *uns.*«

»Was geschieht jetzt, *Ding*?«

»Uns stehen Pass- und Zollkontrolle bevor. Gehören Sie einer subversiven Organisation an oder sind Sie jemals Mitglied einer solchen Organisation gewesen?«

Stille.

»Was, wir? Warum fragst du uns das?«

»Solche Fragen müssen die Einreisenden beantworten. Ich analysiere die Kommunikationssignale.«

»Oh. Ich glaube nicht, dass wir Mitglieder einer derartigen Organisation sind, oder?«

»Nein.«

»Nein.«

»Nein. Wir sind es auch nie gewesen. Übrigens: Was bedeutet ›subversiv‹?«

»Mit der Frage soll festgestellt werden, ob jemand mit der Absicht kommt, die Regierung der Vereinigten Staaten zu stürzen.«

»Ich glaube, das wollen wir nicht. Oder?«

»Nein.«

»Nein.«

»Nein, so etwas liegt uns fern. Die Regierung braucht keine Angst vor uns zu haben.«

»Ziemlich schlau.«

»Was?«

»Den hier eintreffenden Leuten solche Fragen zu stellen. Wenn tatsächlich jemand kommt, um subversiv die Regierung zu stürzen ... Die Leute würden ihn sofort fertigmachen, sobald er ›Ja‹ antwortet.«

»Ein raffinierter Trick«, sagte Angalo bewundernd.

»Nein, wir wollen nichts stürzen«, wandte sich Masklin ans *Ding*. »Wir möchten eins der Flugzeuge stehlen, die geradewegs nach oben fliegen. Ich habe vergessen, wie sie heißen ...«

»Spaceshuttles oder Raumfähren.«

»Ja, genau. Und dann verschwinden wir. Niemand von uns beabsichtigt, jemandem namens Regierung Probleme zu bereiten.«

Die Tasche stieß gegen verschiedene Dinge und wurde abgesetzt. Etwas kratzte leise, wie eine Säge, doch niemand hörte es im Lärm des Flughafengebäudes. Ein kleines Loch erschien im Kalbsleder.

»Was macht er jetzt?«, fragte Gurder.

»Drängel nicht so«, sagte Masklin. »Ich kann mich nicht konzentrieren. Offenbar befinden wir uns in einer langen Schlange aus Menschen.«

»Wir warten schon seit einer *Ewigkeit*«, murrte Angalo.

»Wahrscheinlich werden jetzt alle gefragt, ob sie etwas stürzen wollen«, vermutete Gurder.

»Ich bringe dieses Thema nicht gern zur Sprache ...«, begann Angalo. »Aber wie sollen wir das Shuttle finden?«

»Darum kümmern wir uns, wenn es so weit ist«, erwiderte Masklin unsicher.

»Jetzt ist es so weit, oder?«, fragte Angalo.

Masklin zuckte hilflos mit den Schultern.

»Hast du etwa geglaubt, dass überall in Florida Schilder stehen mit der Aufschrift ›Zum All‹?«, fügte Angalo sarkastisch hinzu.

Masklin hoffte, dass sein Gesicht nichts von den Gedanken verriet, die ihm durch den Kopf gingen. »Natürlich nicht«, sagte er.

»Was sollen wir jetzt tun?«, fragte Angalo.

»Wir ... wir ... wir fragen das *Ding*«, sagte Masklin erleichtert. »Ja, genau. *Ding*?«

»Ja?«

»Äh ...« Masklin suchte nach den richtigen Worten. »Was sollen wir jetzt tun?«

»Das nenne ich gute Planung«, spottete Angalo.

Die Reisetasche bewegte sich. Enkel Richard, 39, trat in der Schlange nach vorn.

»*Ding*? Ich habe dich gefragt: Was sollen wir jetzt tun?«

»Nichts.«

»Wie können wir nichts tun?«

»Durch Abwesenheit von Aktivität.«

»Was hat das für einen Sinn?«

»In der Zeitung stand, dass Richard Arnold nach Florida fliegt, um den Start des Kommunikationssatelliten zu beobachten. Woraus folgt, dass er nun den Ort aufsuchen wird, wo der Start stattfindet. Ergo: Wir begleiten ihn.«

»Wer ist Ergo?«, fragte Gurder und sah sich um.

Am *Ding* flackerten einige Lichter.

»Das Wort bedeutet ›deshalb‹«, sagte es.

Masklin blickte skeptisch auf den schwarzen Kasten hinab. »Glaubst du, er nimmt die Reisetasche mit?«

»Das weiß ich nicht.«

Die Tasche enthielt nicht viel, musste Masklin zugeben. Hauptsächlich Socken, Zeitungen und einige andere Dinge, darunter Haarbürsten und ein Buch mit dem Titel *Der Spion ohne Hosen*. Es hatte die Nomen ein wenig beunruhigt, als der Reißverschluss kurz nach der Landung aufgezogen worden war, doch Enkel Richard hatte das Buch nur zu den Zeitungen gelegt, ohne einen Blick in die Tasche zu werfen. Angalo versuchte jetzt, es zu lesen – es fiel genug Licht durchs Loch. Ab und zu brummte er leise vor sich hin.

»Ich bezweifle, dass sich Enkel Richard von hier aus sofort zum Startplatz des Satelliten begibt«, sagte Masklin nach einer Weile. »Vielleicht sucht er vorher einen anderen Ort auf, um zu schlafen. Weißt du, wann das Shuttle zum Himmel fliegt, *Ding*?«

»Nein. Ich kann nur dann mit anderen Computern sprechen, wenn sie in meiner Reichweite sind. Die Informationen der hiesigen Computer betreffen allein Angelegenheiten des Flughafens.«

»Jedenfalls, Enkel Richard muss bald schlafen. Menschen schlafen fast die ganze Nacht. Und das gibt uns Gelegenheit, die Reisetasche zu verlassen.«

»Und dann sprechen wir mit ihm«, sagte Gurder.

Die anderen starrten ihn an.

»Deshalb sind wir doch hier, oder?«, fragte der Abt. »Um ihn zu bitten, die Menschen vom Steinbruch fernzuhalten.«

»Aber er ist doch *selbst* nur ein Mensch!«, erwiderte Angalo scharf. »Inzwischen müsste das auch dir klar sein! Er wird uns nicht helfen! Warum *sollte* er uns überhaupt helfen? Er ist nur ein Mensch, dessen Vorfahren ein Kaufhaus gebaut haben! Warum hältst du ihn immer noch für eine Art großen Nom im Himmel?«

»Weil es nichts anderes gibt, an das ich glauben könnte!«, rief Gurder. »Und wenn du nicht an Enkel Richard glaubst, wieso hockst du dann in seiner Reisetasche?«

»Es ist nur ein Zufall, weiter nichts.«

»Das sagst du *immer*! Für dich ist alles nur ein Zufall!«

Die Tasche bewegte sich. Gurder und Angalo verloren das Gleichgewicht und fielen übereinander.

»Wir bewegen uns«, stellte Masklin fest. Er spähte durchs Loch, dankbar für – fast – alles, das den Zank beendete. »Wir gehen über den Boden. Da vorn sind viele Menschen. Ich meine, wirklich *viele*.«

»Überall wimmelt's von ihnen«, seufzte Gurder. »Einige von ihnen halten Schilder mit Namen.«

»Typisch für sie«, fügte Gurder hinzu.

Die Nomen waren an Menschen mit Schildern gewöhnt. Einige der Menschen im Kaufhaus hatten ihre Namen dauernd mit sich herumgetragen, und sie klangen seltsam: »Mrs. J. E. Williams Abteilungsleiterin« und »Hallo, ich bin Tracey«. Niemand wusste, warum Menschen Namensschilder benutzten. Vielleicht vergaßen sie sonst, wie sie hießen.

»Wartet mal«, sagte Masklin. »Etwas geht nicht mit rechten Dingen zu. Dort hält jemand ein Schild, auf dem ›Richard Arnold‹ steht. Wir gehen auf den Menschen zu! Wir sprechen mit ihm!«

Das dumpfe Grollen einer menschlichen Stimme erklang, und für die Nomen hörte es sich an wie das Donnern eines Gewitters.

Huum-wuum-buum?

Fuum-huum-zuum-buum.

Huum-zuum-buum-fuum?

Buum!

»Verstehst du es, *Ding*?«, fragte Masklin.

»Ja. Der Mann mit dem Schild ist hier, um unseren Menschen zu einem Hotel zu bringen – ein Ort, wo Menschen schlafen und essen. Was die rest-

lichen Bemerkungen betrifft ... Damit versichern sich Menschen gegenseitig, dass sie noch leben.«

»Wie meinst du das?«, fragte Masklin.

»Sie sagen zum Beispiel ›Wie geht es Ihnen?‹ und ›Ich wünsche Ihnen einen angenehmen Tag‹ und ›Gefällt Ihnen das Wetter?‹. Solche Geräusche bedeuten: Ich lebe, und du ebenfalls.«

»Ja, aber Nomen benutzen ähnliche Redewendungen, *Ding*. Wenn sie höflich und freundlich sein wollen. Vielleicht solltest du dir ein Beispiel daran nehmen.«

Die Reisetasche schwang zur Seite und stieß gegen etwas. Die Nomen im Innern hielten sich fest, Angalo nur mit einer Hand. Die andere blieb am Buch und markierte jene Stelle, die er eben gerade gelesen hatte.

»Ich habe wieder Hunger«, ließ sich Gurder vernehmen. »Gibt es hier überhaupt nichts zu essen?«

»Die Tube enthält etwas Zahnpasta.«

»Nein, danke. Ich glaube, auf die Zahnpasta verzichte ich besser.«

Etwas brummte, und Angalo sah auf. »*Dieses* Geräusch kenne ich«, sagte er. »Es stammt von einem sogenannten Verbrennungsmotor. Wir sind jetzt in einem Fahrzeug.«

»Schon wieder?«, fragte Gurder.

»Wir steigen so bald wie möglich aus«, erwiderte Masklin.

Der Abt sah zum schwarzen Kasten. »Um was für einen Lastwagen handelt es sich, *Ding*?«

»Um einen Helikopter.«

»Er ist ziemlich laut«, murmelte Gurder, der dieses Wort jetzt zum ersten Mal hörte.

»Ein Flugzeug ohne Flügel«, erklärte Angalo.

Gurder dachte einige Sekunden lang erschrocken darüber nach.

»Ding?«, fragte er leise.

»Ja?«

»Was hält den Helikopter denn in der Luft«, fragte er.

»Wissenschaft.«

»Oh. Wissenschaft? Gut. Dann ist ja alles in Ordnung.«

Das Brummen brummte ziemlich lange. Nach einer Weile wurde es für die Nomen zu einem Teil ihrer Welt, und als es schließlich aufhörte, war die plötzliche Stille wie ein Schock.

Die Nomen lagen unten in der Reisetasche und waren viel zu besorgt, um miteinander zu sprechen. Sie spürten, wie die Tasche getragen, abgestellt, wieder angehoben und erneut getragen wurde. Dieser Vorgang wiederholte sich mehrmals, bis jemand sie auf etwas Weiches warf.

Herrliche Reglosigkeit folgte.

Schließlich räusperte sich Gurder. »Na schön. Welchen *Geschmack* hat die Zahnpasta?«

Masklin fand das *Ding* in einem Haufen aus Büroklammern, Staub und zerknülltem Papier.

»Hast du eine Ahnung, wo wir sind?«, fragte er es.

»Zimmer 103, Cocoa Beach New Horizons Hotel«, antwortete der schwarze Kasten. *»Ich analysiere Kommunikationssignale.«*

Gurder schob sich an Masklin vorbei. »Ich muss raus«, ächzte er. »Ich halte es hier drin einfach nicht mehr aus. Hilf mir, Angalo. Vielleicht kann ich den oberen Teil der Tasche erreichen ...«

Der Reißverschluss knisterte und knackte. Licht strömte herein, als sich die Reisetasche öffnete. Die Nomen versuchten, sich irgendwo zu verbergen.

Masklin beobachtete eine riesige Hand, die nach einer kleineren Tasche griff, darin die Tube mit der Zahnpasta sowie ein Lappen, und sie hinauszog.

Die Nomen rührten sich nicht von der Stelle.

Kurze Zeit später rauschte irgendwo Wasser.

Die Nomen wagten noch immer nicht, sich zu bewegen.

Buum-buum fuum zuum-huum-huum, schuum zuum huuuu ...

Die Stimme des Menschen übertönte das Plätschern, war jetzt noch lauter als sonst.

»Es hört sich fast so an, als ... sänge er«, flüsterte Angalo.

... Huum huum-buum-buum huum ... zuum-huum-buum HOOOuuuOOOmmm Buum.

»Was passiert jetzt, *Ding*?«, zischte Masklin.

»Der Mensch befindet sich in einem anderen Zimmer und lässt Wasser auf sich herabregnen.«

»Warum?«

»Vielleicht möchte er sauber sein.«

»Können wir es riskieren, die Reisetasche zu verlassen? Oder droht nach wie vor Gefahr?«

»Es kommt ganz darauf an, was Sie für gefährlich halten.«

Masklin überlegte. »Gefahren sind gefährlich.«

»Ich meine, es gibt keine absolute Sicherheit. Aber was den Menschen angeht ... Ich glaube, er wird noch eine Zeit lang damit beschäftigt sein, sich zu waschen.«

»Ja«, bestätigte Angalo. »Er muss eine Menge Mensch reinigen. Kommt.«

Die Tasche lag auf einem Bett, und es war nicht weiter schwer, an den Laken herabzuklettern.

... Huum-huum buuUUUUM buum ...

Die Nomen standen auf dem Boden.

»Und jetzt?«, fragte Angalo.

»Ich schlage vor, wir essen etwas«, sagte Gurder.

Masklin ging über den dicken Teppich. In der nahen Wand sah er eine große Glastür, die einen Spaltbreit offen stand. Warme Luft wehte herein und trug die Geräusche der Nacht mit sich.

Ein Mensch hätte das Zirpen und Summen von Grillen und anderen kleinen, geheimnisvollen Geschöpfen gehört, deren Rolle im Leben darin besteht, des Nachts im Gebüsch zu hocken und Geräusche von sich zu geben, die von viel größeren Wesen zu stammen scheinen. Aber Nomen hören alles in einer Art akustischen Zeitlupe, viel dumpfer und in die Länge gezogen, wie bei einem Plattenspieler unmittelbar nach dem Stromausfall. Für sie bot die Dunkelheit das dumpfe Pochen und Knurren der Wildnis.

Gurder gesellte sich Masklin hinzu und starrte beunruhigt in die Dunkelheit.

»Könntest du nach draußen gehen und feststellen, ob es dort etwas zu essen gibt?«, fragte er.

»Ich habe da so ein komisches Gefühl«, sagte Masklin. »Wenn ich jetzt nach draußen gehe, dann *gibt* es dort etwas zu essen, und zwar mich.«

Hinter ihnen sang der Mensch.

... Buum-huum-huum – BOOOuuuMMM womp womp ...

»Was singt der Mensch, *Ding?*«, wandte sich Masklin an den schwarzen Kasten.

»Es ist schwer zu verstehen. Offenbar möchte der Sänger dem Rest der Welt mitteilen, dass er etwas auf seine eigene Art und Weise bewerkstelligt hat.«

»Was denn?«

»Ich bin noch nicht in der Lage gewesen, genug Daten zu sammeln, um diese Frage mit angemessener Genauigkeit zu beantworten. Was auch immer bewerkstelligt worden ist: Der Mensch hat es a) bei jedem Schritt auf der Straße des Lebens geschafft, ohne b) jemals zu zögern …«

Es klopfte an der Tür, und der Gesang verstummte. Von einem Augenblick zum anderen plätscherte kein Wasser mehr. Die Nomen nahmen diesen Umstand zum Anlass, zu den nächsten Schatten zu rennen.

»Klingt gefährlich«, flüsterte Angalo. »Auf der Straße zu gehen. ›Bei jedem Schritt auf dem Bürgersteig des Lebens‹ – das wäre sicherer, oder?«

Enkel Richard kam aus der Dusche, mit einem um die Hüften geschlungenen Handtuch. Er öffnete die Tür. Ein anderer, vollständig bekleideter Mensch, trug ein Tablett ins Zimmer. Kurzes Blöken und Muhen folgte; dann stellte der angezogene Mensch das Tablett ab und verließ den Raum. Enkel Richard verschwand erneut in der Kammer, von deren Decke es herabregnete.

… Buh-buh buh-buh huum hoUUUmm …

»Essen!«, hauchte Gurder. »Ich rieche es! Es liegt Nahrung auf dem Tablett!«

»Ein Sandwich mit Schinken, Salat, Tomatenscheiben und Krautsalat«, sagte das *Ding*. *»Und Kaffee.«*

»Woher weißt du das?«, fragten die drei Nomen wie aus einem Mund.

»Der Mensch hat es bestellt, bevor er dieses Zimmer aufsuchte.«

»Krautsalat!«, stöhnte Gurder. Er wirkte wie in Ekstase. »Schinken! *Kaffee!*«

Masklin starrte nach oben. Der andere Mensch hatte das Tablett am Rand des Tisches abgesetzt.

Eine Lampe stand in der Nähe, und aufgrund seiner Erfahrungen im Kaufhaus wusste Masklin: Wo sich eine Lampe befand, gab es auch ein Kabel.

Und das Kabel, an dem er nicht emporklettern konnte, musste erst noch erfunden werden.

Regelmäßige Mahlzeiten ... Masklin hatte nie Gelegenheit bekommen, sich an dieses Phänomen zu gewöhnen. Im Draußen, vor der Zeit im Kaufhaus, war es ganz normal für ihn gewesen, tagelang ohne Nahrung auszukommen. Und *wenn* er dann etwas fand, das sich von einem nomischen Magen verdauen ließ, stopfte er sich bis zu den Augenbrauen voll. Doch die Kaufhaus-Nomen hatten es sich zur Angewohnheit gemacht, in einer Stunde gleich mehrmals zu essen. Eigentlich aßen sie die ganze Zeit über. Und sie klagten und jammerten, wenn sie auch nur ein halbes Dutzend Mahlzeiten versäumten.

»Ich glaube, ich könnte das Tablett erreichen«, sagte Masklin.

»Ja, ja«, erwiderte Gurder begeistert.

»Aber ist es richtig, Enkel Richards Sandwich zu verspeisen?«

Gurder zögerte und blinzelte.

»Eine wichtige theologische Frage«, murmelte er. »Aber ich bin zu hungrig, um darüber nachzudenken, und deshalb schlage ich vor, dass wir uns zuerst den Bauch füllen. Wenn es tatsächlich falsch ist, Enkel Richards Sandwich zu essen ... Dann verspreche ich, es sehr zu bereuen.«

... Buum-huum whop whop, fuum huum ...

»Der Mensch singt vom nahen Ende und einem Vorhang«, übersetzte das *Ding. »Vielleicht meint er damit den Vorhang der Dusche.«*

Masklin kletterte am Kabel hoch, zog sich auf den Tisch und stellte voller Unbehagen fest, dass es hier keine Versteckmöglichkeiten gab.

Allem Anschein nach hatten die Floridianer besondere Vorstellungen in Bezug auf Sandwiches. Solche Spezialitäten waren auch im Speisesaal des Kaufhauses angeboten worden: zwei dünne Scheiben Brot mit *etwas* dazwischen. Doch floridianische Sandwiches füllten ein ganzes Tablett und wenn auch Brot dazugehörte, so verbarg es sich tief in einem Dschungel aus Kresse und Salat.

Er sah nach unten.

»Beeil dich!«, zischte Angalo. »Es rauscht kein Wasser mehr!«

... Buum-huum huum whop huum whop ...

Masklin schob etwas Grünes beiseite, ergriff das Sandwich, zerrte es zum Rand des Tabletts und drückte, bis es fiel.

... fuum huum huum HOOOOuuuuooommmmm-WHOP.

Die Tür der Regenkammer öffnete sich.

»Schnell!«, rief Angalo. *»Schnell!«*

Enkel Richard kam herein, und nach einigen Schritten blieb er abrupt stehen.

Er starrte auf Masklin herab.

Masklin blickte zu ihm auf.

Manchmal legt die Zeit eine Pause ein.

Masklin begriff, dass er jetzt an einer jener Stellen stand, wo die Geschichte tief Luft holt und entscheidet, was demnächst geschehen soll.

Ich könnte einfach hierbleiben, dachte er. *Ich könnte das Ding benutzen, um zu übersetzen. Ich könnte versuchen, dem Menschen alles zu erklären. Ich könnte ihm sagen, wie wichtig es für uns ist, eine eigene Heimat zu haben. Ich könnte ihn fragen, ob er imstande ist, den Nomen im Steinbruch zu helfen. Ich könnte ihn darauf hinweisen, dass die Kaufhaus-Nomen glaubten, sein Großvater hätte die Welt erschaffen. Das würde ihm bestimmt gefallen. Er sieht recht nett aus, für einen Menschen.*

Vielleicht *bietet er uns seine Hilfe an.*

Oder er sperrt uns irgendwo ein und ruft andere Menschen, und dann kommen sie alle und muhen, und dann stecken sie uns in einen Käfig oder so. Wie die Fahrer der Concorde: Wahrscheinlich wollten sie uns gar kein Leid zufügen, aber sie wussten einfach nicht, wer wir sind. Und wir dürfen ihnen keine Gelegenheit geben, es herauszufinden, dazu fehlt uns die Zeit.

Es ist ihre Welt, nicht unsere.

Und es ist viel zu riskant. Nein. Es wird mir erst jetzt klar: Wir müssen es auf unsere *Weise schaffen ...*

Enkel Richard streckte langsam die Hand aus und sagte: »Whuump?«

Masklin lief los und sprang.

Nomen können ziemlich tief fallen, ohne sich zu verletzen. Hinzu kam: Masklin prallte nicht auf den Boden, sondern auf ein weiches Sandwich mit Schinken, Salat und Tomatenscheiben.

Die drei Nomen entfalteten hektische Aktivität, und plötzlich erhob sich das Sandwich auf sechs Beinen. Es sauste über den Teppich und ließ eine Spur aus Mayonnaise zurück.

Enkel Richard warf ein Handtuch danach. Er verfehlte das Ziel.

Das Sandwich setzte über die Türschwelle hinweg und verschwand in der zirpenden, samtenen, gefährlichen Nacht.

Die Gefahren beschränkten sich nicht nur darauf, vom Ast zu fallen. Ein Frosch wurde von einer Eidechse verschlungen. Einige andere kehrten um, kaum hatten sie den Schatten der Blume verlassen. Ihre Erklärung lautete: ».-.-. mipmip .-.-. mipmip .-.-.«

Der Frosch ganz vorn drehte sich um und beobachtete die kleiner werdende Gruppe. Er sah einen ... und einen ... und einen ... und einen ... und noch einen, insgesamt also – er runzelte die Stirn, als er zu addieren versuchte –, ja, genau, einer.

Mehrere einer fürchteten sich, und der Anführer begriff: Wenn sie jemals die neue Blume erreichten und dort überleben wollten, brauchten sie mehr als nur einen Frosch. Sie benötigten mindestens einen, vielleicht sogar einen. Er quakte ermutigend.

»Mipmip«, sagte er.

5

Florida (oder **Floridia**). Ein Ort, wo es ***Alligatoren***, ***Langhalsschildkröten*** und ***Spaceshuttles*** beziehungsweise ***Raumfähren*** gibt. Dort ist es immer warm und feucht, und außerdem kann man damit rechnen, Gänsen zu begegnen. Wer aufmerksam Ausschau hält, findet auch ***Sandwiches***, mit ***Schinken***, ***Salat*** und ***Tomatenscheiben*** belegt. Ein viel interessanterer Ort als andere Orte. Wenn man ihn von oben betrachtet, sieht er aus wie ein kleines Stück, das an einem größeren Stück befestigt ist.

Aus: Eine wissenschaftliche Enzyklopädie für den wissbegierigen jungen Nom *von Angalo Kurzwarenler*

Lasst das Auge der Fantasie eine Kamera sein …

Dies ist der Erdball, eine glitzernde, blau-weiße Kugel, wie Schmuck an einem unvorstellbaren Weihnachtsbaum.

Man nehme einen Kontinent …

Fokus

Dies ist ein Kontinent, ein Puzzle aus gelben, grünen und braunen Flecken.

Man nehme einen bestimmten Ort …

Fokus

Dies ist der Teil eines Kontinents, und er ragt ins warme Meer im Südosten. Die meisten Bewohner nennen ihn Florida.

Eigentlich stimmt das gar nicht. Die meisten Bewohner haben überhaupt keinen Namen dafür. Sie wissen nicht einmal, dass dieser Teil eines Kontinents existiert. Die meisten von ihnen haben sechs Beine und summen. Viele andere haben acht Beine und verbringen eine Menge Zeit damit, in Netzen auf die sechsbeinigen Bewohner zu warten, um sie zu verspeisen. Viele der übrigen haben vier Beine, bellen, miauen oder liegen im Sumpf und geben vor, Baumstämme zu sein. Nur wenige Bewohner haben zwei Beine, und der Mehrheit von ihnen käme es nie in den Sinn, ihre Heimat Florida zu nennen. Sie zwitschern nur und fliegen herum.

Der Name »Florida« geht auf eine in mathematischer Hinsicht fast unbedeutende Anzahl von lebenden Geschöpfen zurück. Aber auf sie kommt es an. Zumindest ihrer Meinung nach. Und ihre Meinung gibt den Ausschlag. Ihrer Ansicht nach.

Fokus

Man nehme eine breite Straße ...

Fokus

... Hunderte von Autos rollen durch gemächlich fallenden warmen Regen ...

Fokus

... Sträucher an der Böschung ...

Fokus

... Gras, das sich bewegt, aber nicht so wie Gras, das sich im Wind hin und her neigt ...

Fokus

... zwei winzige Augen ...

Fokus

Fokus

Fokus

Klick!

Masklin kroch durchs Gras zum Lagerplatz der Nomen zurück, falls der Ort eine solche Bezeichnung verdiente. Es handelte sich um eine trockene Stelle unter einem weggeworfenen Stück Plastik.

Stunden waren vergangen, seit sie vor Enkel Richard *die Flucht ergriffen* hatten, wie Gurder immer wieder betonte. Hinter den Regenwolken ging langsam die Sonne auf.

Sie hatten eine Autobahn überquert, als keine Wagen über das breite Asphaltband rollten, und anschließend waren sie durchs feuchte Dickicht gestapft und bei jedem Zirpen und jedem geheimnisvollen Quaken erschrocken. Schließlich hatten sie das Stück Plastik gefunden und darunter geschlafen. Masklin hatte eine Zeit lang Wache gehalten, obgleich er nicht genau wusste, worauf es zu achten galt.

Es gab auch einen positiven Aspekt. Das *Ding* hatte einmal mehr »Kommunikationssignale analysiert«, wie es sich ausdrückte, und in diesem Fall meinte es nicht das Flüstern von Computern, sondern die Stimmen von Radio und Fernsehen. Es wusste jetzt, wo die Shuttles starteten, um in den Himmel zu fliegen. Die Entfernung betrug nur achtzehn Meilen oder neunundzwanzig Kilometer. Außerdem hatten die Nomen gute Fortschritte erzielt und mindestens achthundert Meter zurückgelegt. Und es war warm. Selbst der Regen. Und ihnen stand noch immer ein großer Teil des Sandwiches zur Verfügung.

Andererseits: Sie mussten noch siebzehneinhalb Meilen weit wandern.

»Wann erfolgt der Start?«, fragte Masklin.

»In vier Stunden«, antwortete das *Ding.*

»Das bedeutet, unsere Reisegeschwindigkeit muss mehr als vier Meilen pro Stunde betragen«, sagte Angalo niedergeschlagen.

Masklin nickte. Ein Nom, der sich wirklich Mühe gab, schaffte vielleicht anderthalb Meilen in der Stunde, vorausgesetzt, das Gelände hielt keine Hindernisse bereit.

Er hatte kaum darüber nachgedacht, wie sie das *Ding* ins All bringen sollten. *Wenn* er daran dachte, stellte er sich vor, den schwarzen Kasten irgendwo am Shuttle zu befestigen oder ihn in einen geeigneten Spalt zu schieben. Er spielte mit dem Gedanken, das *Ding* zu begleiten, blieb aber skeptisch. Angeblich enthielt das All nur Kälte und sonst nichts, nicht einmal Luft.

»Du hättest Enkel Richard um Hilfe bitten können!«, sagte Gurder. »Warum bist du weggelaufen?«

»Keine Ahnung«, erwiderte Masklin. »Vielleicht habe ich geglaubt, dass wir uns selbst helfen sollten.«

»Aber Sie haben den Lastwagen benutzt, um das Kaufhaus zu verlassen. Und eine Concorde brachte Sie hierher. Und Sie essen die Nahrung der Menschen.«

Masklin hob überrascht die Brauen. An solche Bemerkungen des *Dings* war er nicht gewöhnt.

»Das ist etwas anderes«, sagte er.

»Wieso?«

»Die Menschen wussten nichts von uns. Wir nahmen uns einfach, was wir brauchten. Wir bekamen es nicht von ihnen. Sie halten dies für ihre Welt und alles darin für ihr Eigentum! Sie geben Dingen Namen; ihnen *gehört* alles! Ich habe zu Enkel Richard aufgesehen und gedacht: Hier ist ein Mensch in einem Menschenzimmer, mit menschlichen Angelegenheiten beschäftigt. Wie soll er uns Nomen verstehen? Wie könnten wir ihn davon überzeugen, dass kleine Leute *richtige* Leute sind, mit richtigen Gedanken? Und dann dachte ich: Nein, das ist unmöglich. Es hätte keinen Zweck. Wir müssen allein zurechtkommen.«

Am *Ding* blinkten einige Lichter.

»Wir haben es bis hierher geschafft«, brummte Masklin. »Mit dem Rest werden wir auch noch fertig.« Er blickte zu Gurder.

»Da fällt mir ein ...«, fügte er hinzu. »Ich erinnere mich nicht daran, dass du zu Enkel, 39, geeilt bist, um ihm den Finger zu schütteln.«

»Ich war verlegen«, entgegnete der Abt. »Ich bin immer verlegen, wenn ich Gottheiten begegne.«

Sie hatten kein Feuer entzünden können, weil alles viel zu feucht war. Sie brauchten auch gar keins, aber züngelnde Flammen verhießen so etwas wie Zivilisation. Jedenfalls, irgendwann schien es jemandem gelungen zu sein, ein Feuer zu entfachen – nasse Asche bot einen deutlichen Hinweis.

»Ich frage mich, wie es jetzt daheim zugeht«, sagte Angalo nach einer Weile.

»Ich schätze, dort ist alles in Ordnung«, murmelte Masklin.

»Glaubst du wirklich?«

»Ich *hoffe* es zumindest.«

»Deine Grimma hat wahrscheinlich alles organisiert.« Angalo versuchte zu lächeln.

»Sie ist aber nicht *meine* Grimma«, blaffte Masklin.

»Tatsächlich nicht? Wessen Grimma ist sie dann?«

Masklin zögerte. »Ihre eigene, vermute ich«, antwortete er unsicher.

»Oh, ich dachte, ihr gehört zusammen ...«, begann Angalo.

»Da irrst du dich. Ich habe ihr gesagt, wir würden heiraten, und sie hat mir von Fröschen erzählt.«

»So sind Frauen eben«, kommentierte Gurder. »Ich habe euch mehrmals gewarnt. Es ist keine gute Idee, Frauen zu gestatten, lesen zu lernen. Dadurch wird bei ihnen das Gehirn zu heiß.«

»Grimma hält kleine Frösche, die in einer Blume leben, für die wichtigste Sache auf der Welt«, fuhr Masklin fort und lauschte der Stimme seiner Erinnerung. Damals hatte er nicht sehr aufmerksam zugehört; er war viel zu verärgert gewesen.

»Klingt ganz so, als könnte man Tee auf ihrem Kopf kochen«, sagte Angalo.

»Sie hat davon in einem Buch gelesen.«

»Genau das meinte ich«, betonte Gurder. »Ich bin nie damit einverstanden gewesen, dass alle Leute lesen lernen. Es bringt sie nur durcheinander.«

Masklin starrte verdrießlich in den Regen.

»Wenn ich jetzt genauer darüber nachdenke ... Eigentlich ging es gar nicht um Frösche. Grimma sprach von einem Ort namens Südamerika, und da gibt's Berge, und es ist warm, und es regnet dauernd, und in den Regenwäldern gibt's große Bäume, und ganz oben in den Wipfeln gibt's große Blumen, sie heißen Bromelien, und Regenwasser sammelt sich in den großen Blüten, formt kleine Teiche darin, und es gibt Frösche, die ihre Eier in diese Teiche legen, und Kaulquappen schlüpfen daraus, wachsen zu neuen Fröschen heran, und diese kleinen Frösche verbringen ihr ganzes Leben in den Blumen und wissen gar nicht, dass die Welt einen Boden hat, und sobald man weiß, dass die Welt noch viel mehr Dinge enthält, ist das Leben nicht mehr so wie vorher.«

Masklin holte tief Luft.

»Etwas in der Art«, sagte er.

Gurder sah Angalo an.

»Hast du *irgendetwas* davon verstanden?«, fragte er.

»Es ist eine Metapher«, erklärte das *Ding*. Niemand schenkte ihm Beachtung.

Masklin kratzte sich am Ohr. »Es schien Grimma eine Menge zu bedeuten.«

»Es ist eine Metapher«, wiederholte das *Ding*.

»Frauen wollen dauernd was«, sagte Angalo. »Meine Frau, zum Beispiel ... Redet immer von Kleidern und so.«

»Ich bin sicher, Enkel Richard hätte uns geholfen«, brummte Gurder. »Wenn wir bereit gewesen wären, mit ihm zu sprechen. Er hätte uns eine anständige Mahlzeit gegeben und ... und ...«

»... uns in einen Schuhkarton gesteckt«, warf Masklin ein.

»... und uns in einen Schuhkarton gesteckt«, sagte Gurder automatisch. »Nein! Ich meine, vielleicht. Ich meine, warum nicht? Eine Stunde erholsamer Schlaf. Wäre doch eine angenehme Abwechslung, oder? Und dann ...«

»... hätte er uns in seiner Tasche herumgetragen«, beendete Masklin den Satz.

»Nicht unbedingt. Nicht unbedingt.«

»Ganz bestimmt sogar. Weil er groß ist und wir klein sind.«

»Start in drei Stunden und siebenundfünfzig Minuten«, verkündete das *Ding*.

Der Lagerplatz befand sich an einem Graben. In Florida schien es keinen Winter zu geben: Dichtes Grün bedeckte die Böschungen.

Ein Etwas glitt langsam vorbei – es sah aus wie ein flacher Teller, an dem vorn ein Löffel steckte. Der Löffel neigte sich nach oben, blickte kurz zu den Nomen und tauchte dann wieder ins Wasser.

»Was war das für ein Ding, *Ding*?«, fragte Masklin.

Der schwarze Kasten fuhr einen Sensor aus. *»Eine Langhalsschildkröte.«*

»Oh.«

Die Schildkröte schwamm in aller Seelenruhe weiter.

»Sie kann von Glück sagen«, meinte Gurder.

»Wieso?«, fragte Angalo verwirrt.

»Weil sie einen langen Hals hat *und* Langhalsschildkröte heißt. Es wäre ihr sicher peinlich, einen kurzen Hals zu haben und sich mit einem solchen Namen abfinden zu müssen.«

»Start in drei Stunden und sechsundfünfzig Minuten.«

Masklin stand auf.

»Wisst ihr ...«, begann Angalo. »Ich bedauere, dass ich nicht mehr von *Der Spion ohne Hosen* lesen konnte. Es wurde gerade aufregend.«

»Kommt«, drängte Masklin. »Lasst uns aufbrechen. Vielleicht finden wir einen Weg.«

Angalo hatte das Kinn in die Hände gestützt, und nun sah er überrascht auf.

»Was, jetzt?«

»Wir sind zu weit gekommen, um einfach aufzugeben, oder?«

Sie bahnten sich einen Weg durchs hohe Gras, entdeckten einen umgestürzten Baumstamm, kletterten darüber hinweg und erreichten die andere Seite des Grabens.

»Hier ist es viel grüner als zu Hause«, stellte Angalo fest.

Masklin schob sich durch ein Gewirr aus großen Blättern.

»Und wärmer«, fügte Gurder hinzu. »Hier hat man die Heizung ordentlich aufgedreht.«*

»Es gibt keine Heizung im Draußen«, sagte Angalo. »Es ist einfach nur warm oder kalt.«

Der Abt achtete nicht darauf. »Wenn ich alt bin, möchte ich gern an einem solchen Ort leben, wenn's schon das Draußen sein muss.«

»Dies ist ein Naturschutzgebiet«, summte das *Ding*.

Gurder wirkte interessiert. »Die Natur schützt dieses Gebiet?«, vergewisserte er sich. »Warum denn?«

»Es bedeutet, dass die hiesigen Tiere unbelästigt und in Frieden leben können.«

»Soll das heißen, hier ist die Jagd verboten?«

»Ja.«

»Du darfst hier nichts jagen, Masklin«, sagte Gurder.

Masklin schwieg.

Er war besorgt, aber der Grund dafür blieb ihm verborgen. Vielleicht stand er mit den Tieren in Zusammenhang.

»Welche Geschöpfe leben hier, *Ding*?«, fragte er. »Abgesehen von Schildkröten mit langen Hälsen.«

Der schwarze Kasten antwortete nicht sofort. *»Einige Informationen betreffen Seekühe und Alligatoren.«*

* Seit Generationen wussten Nomen, dass die Temperatur von Klimaanlage und Heizung reguliert wurde. Wie die meisten Kaufhaus-Nomen hielt Gurder an den für ihn vertrauten Begriffen fest.

Masklin versuchte, sich eine Seekuh vorzustellen. Es klang nicht sehr schlimm. Er kannte Kühe: Sie waren groß und langsam und fraßen keine Nomen, es sei denn durch Zufall.

»Was sind Alligatoren?«, erkundigte er sich.

Das *Ding* erklärte es ihm.

»Was?«, stieß Masklin hervor.

»Was?«, hauchte Angalo.

»Was?«, ächzte Gurder und hob hastig den Saum seines Mantels.

»Du Idiot!«, rief Angalo.

»Ich?«, fauchte Masklin. »Woher sollte ich das wissen? Es ist wohl kaum meine Schuld, oder? Ich habe am Flughafen kein Schild übersehen, auf dem geschrieben stand: ›Willkommen in Florida, Heimat von vier Meter langen fleischfressenden Amphibien‹.«

Sie starrten ins Gras. Eine freundliche, warme Welt, von Insekten und Schildkröten bewohnt, verwandelte sich plötzlich in eine *schreckliche* Welt, in der lange Zähne lauerten.

Etwas beobachtet uns, dachte Masklin. *Ich fühle es ganz deutlich.*

Die drei Nomen standen Rücken an Rücken. Masklin ging langsam in die Hocke und griff nach einem großen Stein.

Das Gras bewegte sich.

»Das *Ding* meinte, nicht alle Alligatoren werden bis zu vier Meter lang«, flüsterte Angalo in der Stille.

»Wir sind durch die Dunkelheit geirrt!«, stöhnte Gurder. »Obwohl sich hier Ungeheuer herumtreiben!«

Das Gras bewegte sich erneut. Und es lag nicht am Wind.

»Haltet euch bereit«, flüsterte Angalo.

»Wenn es Alligatoren sind ...« Gurder versuchte tapfer zu wirken. »Ich werde ihnen zeigen, dass ein Nom voller Würde sterben kann.«

»Wie du willst«, erwiderte Angalo. Sein Blick huschte hin und her. »*Ich* werde ihnen zeigen, dass ein Nom schnell wegrennen kann.«

Das Gras teilte sich.

Ein Nom trat vor.

Hinter Masklin knackte etwas. Er wirbelte um die eigene Achse und sah einen anderen Nom.

Und noch einen.
Und noch einen.
Insgesamt fünfzehn.

Die drei Reisenden drehten sich wie ein Tier mit sechs Beinen und drei Köpfen.

Die Feuerstelle, dachte Masklin. *Wir haben uns neben feuchte Asche gesetzt, ohne uns zu fragen, wer dort ein Feuer angezündet hat.*

Die Neuankömmlinge trugen Grau und waren unterschiedlich groß. Jeder von ihnen hielt einen Speer in der Hand.

Ich wünschte, ich hätte jetzt meinen dabei, fuhr es Masklin durch den Sinn, als er sich bemühte, möglichst viele der Fremden im Auge zu behalten.

Sie richteten die Speere nicht auf ihn. Das Problem war nur: Die Spitzen zeigten auch nicht direkt von ihm *weg*.

Es geschah nur sehr selten, dass ein Nom einen anderen tötete, erinnerte sich Masklin. Im Kaufhaus hatte so etwas als schlechtes Benehmen gegolten, und draußen ... Nun, im Draußen gab es bereits genug Dinge, die Nomen umbrachten. Außerdem, es war falsch, und das genügte als Grund.

Er hoffte, dass die fremden Nomen ebenso empfanden.

»Kennst du diese Leute?«, fragte Angalo.

»Ich?«, erwiderte Masklin. »Natürlich nicht. Wieso sollte ich sie kennen?«

»Es sind Draußenler. Ich dachte, alle Draußenler kennen sich.«

»Sehe sie jetzt zum ersten Mal.«

»Ich *glaube*«, sagte Angalo ganz langsam, »der Anführer ist jener alte Bursche mit der großen Nase und der Feder im Haarknoten. Was meint ihr?«

Masklin musterte den großen, dünnen und sehr alten Nom, der eine finstere Miene schnitt.

»Er scheint uns nicht besonders sympathisch zu finden.«

»Das beruht ganz auf Gegenseitigkeit, sowcit cs mich betrifft«, sagte Angalo.

»Hast du Vorschläge, *Ding*?«, fragte Masklin.

»Wahrscheinlich haben die anderen Nomen ebenso viel Angst wie Sie.«

»Das bezweifle ich«, murmelte Angalo.

»Sagen Sie ihnen, dass Sie keine bösen Absichten haben.«

»So etwas würde ich gern von den Fremden hören.« Masklin trat vor und hob beide Hände.

»Wir kommen in Frieden. Und wir möchten nicht, dass jemand verletzt wird.«

»Uns eingeschlossen«, fügte Angalo hinzu. »Wir meinen es ernst.«

Einige der Fremden wichen zurück und hielten ihre Speere wurfbereit.

»Ich habe die Arme gehoben«, sagte Masklin über die Schulter hinweg. »Warum heben *sie* die Speere?«

»Weil du einen großen Stein in den Händen hältst«, erwiderte Angalo schlicht. »Ich weiß nicht, was diese Leute denken, aber wenn du dich *mir* mit einem solchen Brocken nähern würdest ... Ich wäre ziemlich beunruhigt.«

»Ich bin nicht sicher, ob ich ihn loslassen möchte«, sagte Masklin.

»Vielleicht sprechen sie eine andere Sprache. Floridianisch oder so ...«

Gurder setzte sich in Bewegung.

Seit dem Eintreffen der fremden Nomen hatte der Abt keinen Ton von sich gegeben. Er erbleichte einfach nur.

Jetzt rasselte bei ihm ein innerer Wecker. Er schnaubte und sprang vor, stürmte Haarknoten wie ein zorniger Ballon entgegen.

»Wie kannst du es *wagen*, uns mit Speeren zu bedrohen, du ... du *Draußenler*!«, heulte er.

Angalo schloss die Augen, während sich Masklins Finger noch fester um den Stein schlossen.

»Äh, Gurder ...«, begann er.

Haarknoten trat zurück. Die übrigen Nomen schienen sehr verblüfft zu sein, als plötzlich eine kleine, wütende Gestalt in ihrer Mitte weilte. In Gurder kochte ein Groll, der manchmal noch besser schützt als eine dicke Rüstung.

Haarknoten kreischte.

»Schrei mich nicht an, du schmutziger Heide!«, stieß der Abt hervor. »Glaubst du etwa, wir hätten Angst vor den Speeren?«

»Ich schon«, flüsterte Angalo und trat etwas näher zu Masklin. »Was ist plötzlich in ihn gefahren?«

Haarknoten rief den Nomen etwas zu. Zwei von ihnen hoben ihre Speere noch etwas höher, wirkten jedoch unsicher. Einige andere zankten sich leise.

»Es wird immer schlimmer«, hauchte Angalo.

»Ja«, bestätigte Masklin. »Ich glaube, wir sollten ...«

Hinter ihnen erklang eine scharfe Stimme. Die Floridianer drehten sich um, und Masklin folgte ihrem Beispiel.

Zwei weitere Nomen kamen aus dem Gras. Ein Junge und eine kleine, pummelige Frau – sie sah aus wie eine Frau, von der man gern ein Stück Apfeltorte entgegengenommen hätte. Ihr Haar war zusammengesteckt und ebenfalls mit einer langen grauen Feder geschmückt.

Die Floridianer schwiegen verlegen. Nur Haarknoten brabbelte, und zwar ziemlich lange. Die Frau antwortete mit einigen wenigen Worten. Woraufhin Haarknoten die Arme ausbreitete, den Kopf nach hinten neigte, gen Himmel starrte und flüsterte.

Die Frau wanderte um Masklin und Angalo herum und betrachtete sie wie Ausstellungsstücke. Als sie Masklin von Kopf bis Fuß musterte, fing er ihren Blick ein und dachte: *Sie sieht wie eine nette alte Dame aus, aber offenbar ist sie hier der Boss. Wenn wir ihr nicht gefallen, sind wir in großen Schwierigkeiten.*

Die Frau zog ihm den Stein aus der Hand. Masklin hielt ihn nicht fest.

Dann berührte sie das *Ding.*

Es sprach zu ihr und benutzte dabei ähnlich klingende Worte wie vorher die Frau. Sie zog ruckartig die Hand zurück, legte den Kopf zur Seite und beobachtete das *Ding* erstaunt. Schließlich wandte sie sich davon ab.

Sie gab einen neuerlichen Befehl, und die Floridianer bezogen Aufstellung. Die grauen Nomen formten keine lange Reihe, sondern ein V mit der Frau ganz vorn und den Reisenden in der Mitte.

»Sind wir Gefangene?«, fragte Gurder, der sich inzwischen wieder beruhigt hatte.

»Nein«, erwiderte Masklin. »Wir sind keine Gefangenen. Zumindest *noch* nicht.«

Die Mahlzeit bestand aus gebratenen Eidechsenteilen. Masklin ließ es sich schmecken. Dieses Essen erinnerte ihn an seine Zeit als Draußenler, bevor ein Lastwagen sie zum Kaufhaus gebracht hatte. Seine beiden Gefährten hingegen aßen nur, weil es unhöflich gewesen wäre, nicht zu essen. Und sie hielten es kaum für eine gute Idee, mit Speeren ausgerüsteten Leuten gegenüber unhöflich zu sein, solange sie selbst keine Waffen hatten.

Die Floridianer beobachteten sie ernst.

Es waren mindestens dreißig, und sie alle trugen graue Kleidung. Sie sahen wie die Kaufhaus-Nomen aus, hatten nur dunklere Haut und weniger Fleisch auf den Knochen. In den meisten Fällen ragten große Nasen aus den Gesichtern, was das *Ding* für völlig normal hielt und mit »Genetik« erklärte.

Der schwarze Kasten unterhielt sich mit den anderen Nomen. Gelegentlich fuhr er einen Sensor aus und zeichnete damit Bilder in den Boden.

»Vermutlich sagte ihnen das Ding was in der Art von ›Wir kommen von fernem Ort in großem Vogel-der-nicht-mit-Flügeln-schlägt‹«, spekulierte Angalo.

Häufig wiederholte das *Ding* einfach nur die Worte der Frau.

Schließlich erschöpfte sich Angalos Vorrat an Geduld.

»Was ist los, *Ding*?«, fragte er. »Warum sprichst du dauernd mit der Frau?«

»Sie führt diese Gruppe an.«

»Eine Frau? Meinst du das ernst?«

»Ich meine alles ernst. Das ist bei mir eingebaut.«

»Oh.«

Angalo stieß Masklin in die Rippen. »Wenn Grimma davon erfährt, müssen wir mit *erheblichen* Problemen rechnen.«

»Sie heißt Sehr-kleiner-Baum beziehungsweise Strauch«, fuhr das *Ding* fort.

»Und du verstehst sie?«, fragte Masklin.

»Zum Teil. Die Sprache ähnelt dem ursprünglichen Nomisch.«

»Dem ›ursprünglichen Nomisch‹? Was soll das heißen?«

»Die Sprache Ihrer Vorfahren.«

Masklin zuckte mit den Schultern und beschloss, später über diesen Hinweis nachzudenken.

»Hast du ihr von uns erzählt?«

»Ja. Sie sagt …«

Haarknoten brummte schon seit einer ganzen Weile vor sich hin. Jetzt stand er plötzlich auf und zischte etwas, deutete dabei zu Boden und gen Himmel.

An dem *Ding* blinkten einige Lichter.

»Er sagt, Sie sind in das Land eingedrungen, das dem Wolkenmacher gehört. Er sagt, das sei sehr schlecht. Er sagt, der Wolkenmacher wird deshalb sehr zornig sein.«

Viele Nomen brummten zustimmend, und Strauch richtete einige scharfe Worte an sie. Gurder wollte aufstehen. Masklin legte ihm rasch die Hand auf die Schulter und drückte ihn sanft nach unten.

»Welche Ansicht vertritt, äh, Strauch?«, fragte er.

»Ich glaube, sie hält nicht viel von dem Haarknoten-Individuum. Er heißt Jener-der-weiß-was-der-Wolkenmacher-denkt.«

»Und wer oder was ist der Wolkenmacher?«

»Angeblich bringt es Unglück, seinen wahren Namen zu nennen. Er hat den Boden erschaffen und fügt dem Himmel noch immer Stücke hinzu. Er …«

Haarknoten rief etwas, und es klang verärgert.

Wir müssen uns mit diesen Leuten anfreunden, dachte Masklin. *Aber wie?*

»Der Wolkenmacher …« Masklin konzentrierte sich und überlegte einige Sekunden lang. »Ist er eine Art von Arnold Gebr (gegr. 1905)?«

»Ja«, antwortete das *Ding.*

»Und gibt es ihn wirklich?«

»Ich glaube schon. Sind Sie bereit, ein Risiko einzugehen?«

»Was?«

»Vielleicht kenne ich die Identität des Wolkenmachers. Vielleicht weiß ich auch, wann er noch etwas mehr Himmel erschafft.«

»Was? Wann?«

»In drei Stunden und zehn Minuten.«

Masklin zögerte.

»Einen Augenblick«, sagte er langsam. »Das klingt wie der Zeitpunkt, an dem …«

»Ja. Bereiten Sie sich darauf vor, schnell wegzulaufen. Ich schreibe nun den Namen des Wolkenmachers.«

»Warum sollten wir weglaufen?«

»Weil die anderen Nomen vielleicht sehr wütend werden. Aber wir dürfen keine Zeit mehr vergeuden.«

Der Sensor des *Dings* wackelte. Er eignete sich nicht als Schreibinstrument, und die im Boden entstehenden krakeligen Zeichen waren nur schwer zu entziffern.

Der schwarze Kasten kratzte vier Buchstaben in den Staub.

Sie bewirkten eine sofortige Reaktion.

Haarknoten schrie, und einige Floridianer sprangen auf. Masklin griff nach den Armen seiner Gefährten.

»Gleich verpasse ich dem alten Narren eine ordentliche Ohrfeige«, knurrte Gurder. »Wie kann man nur so dumm und engstirnig sein?«

Strauch saß völlig reglos, während um sie herum Chaos ausbrach. Dann sprach sie, laut und doch ruhig.

»Sie weist die anderen Nomen darauf hin, es sei nicht falsch, den Namen des Wolkenmachers zu schreiben«, erklärte das Ding. *»Er selbst schreibt ihn häufig genug. Sie sagt: ›Wie berühmt muss der Wolkenmacher sein, wenn sogar diese Fremden seinen Namen kennen?‹«*

Die meisten Nomen nickten und setzten sich wieder. Haarknoten grummelte leise.

Masklin entspannte sich ein wenig und blickte auf die Zeichen im Sand.

»N ... A ... 8 ... A«, las er verwundert.

»Es ist ein ›S‹, keine ›8‹«, sagte das Ding.

»Aber du hast doch nur kurze Zeit mit der alten Frau gesprochen!«, warf Angalo ein. »Wieso weißt du über so etwas Bescheid?«

»Weil ich mit der Denkweise von Nomen vertraut bin«, erwiderte der schwarze Kasten. *»Sie glauben immer, was Sie lesen. Und Sie verstehen alles wortwörtlich, so wie es geschrieben steht.«*

6

Gänse. Vögel, die langsamer sind als zum Beispiel die ***Concorde***. Man bekommt auf ihnen nichts zu essen. Nomen, die sich damit auskennen, bezeichnen die **Gans** als den dümmsten aller Vögel, abgesehen von der Ente. **G.** verbringen viel Zeit damit, von einem Ort zum anderen zu fliegen. Als Transportmittel lässt eine **Gans** sehr zu wünschen übrig.

Aus: Eine wissenschaftliche Enzyklopädie für den wissbegierigen jungen Nom *von Angalo Kurzwarenler*

Am Anfang, sagte Strauch, gab es nur den Boden. NASA sah die Leere über dem Boden und beschloss, sie mit Himmel zu füllen. Er baute etwas im Zentrum der Welt und schickte Türme aus Wolken nach oben. Ab und zu trugen jene Türme auch Sterne, denn manchmal, nachdem ein solcher Wolkenturm zum Firmament gewachsen war, konnten die Nomen in der darauffolgenden Nacht beobachten, wie neue Sterne über den Himmel glitten.

Der an die Wolkentürme grenzende Bereich war NASAs besonderes Land. Dort gab es mehr Tiere und weniger Menschen – ein guter Platz für Nomen. Wahrscheinlich hatte der Wolkenmacher alles auf diese Weise geplant.

Strauch lehnte sich zurück.

»Und sie *glaubt* das alles?«, fragte Masklin. Er blickte über die Lichtung und sah, dass sich Gurder und Haarknoten noch immer stritten. Keiner von ihnen verstand, was der andere sagte, aber sie zankten trotzdem.

Der schwarze Kasten übersetzte.

Strauch lachte.

»Sie sagt: Tage kommen und Tage gehen, wer muss an irgendetwas glau-

ben? Mit eigenen Augen hat sie gesehen, wie gewisse Dinge passieren, und von anderen Dingen weiß sie, dass sie geschehen. Sie meint, der Glaube sei eine wundervolle Sache für jene, die ihn brauchen. Eins steht fest, betont sie: Dieser Ort gehört NASA, weil sein Name auf Schildern steht.«

Angalo strahlte. Er war so aufgeregt, dass ihm fast Tränen aus den Augen quollen.

»Sie leben in der Nähe des Ortes, von dem aus die Shuttle-Jets direkt nach oben fliegen, und sie halten ihn für heilig!«, entfuhr es ihm.

»Tatsächlich?« Masklin sprach mehr zu sich selbst. »Jedenfalls, es ist nicht seltsamer, als zu glauben, das Kaufhaus sei die ganze Welt. Wie beobachten sie die sogenannten Shuttles, *Ding*? Die ›Raumfähren‹ sind doch weit entfernt.«

»Eigentlich ist die Entfernung gar nicht sehr groß. Achtzehn Meilen sind nicht viel, sagt Strauch. Außerdem sagt sie, dass jener Ort in etwas mehr als einer Stunde erreicht werden kann.«

Die alte Frau nickte, als sie Angalos und Masklins Überraschung bemerkte. Ohne ein weiteres Wort stand sie auf, trat zum Gebüsch und bedeutete den Nomen mit einem Wink, ihr zu folgen. Sechs Floridianer schlossen sich ihr an und bildeten ein V mit ihr an der Spitze.

Nach einigen Metern wich das Grün beiseite, und sie erreichten das Ufer eines Sees.

Große Wasserflächen stellten für die Nomen nichts Ungewöhnliches dar, denn in der Nähe des Flughafens gab es Reservoirs. Sie kannten auch Enten. Aber nun paddelten ihnen fröhlich quakende Geschöpfe entgegen, die viel größer waren. Außerdem verhielten sich normale Enten wie die meisten anderen Tiere. Sie erkannten in Nomen zumindest die Gestalt von Menschen und hielten sich deshalb von ihnen fern. Sie sausten ihnen nicht so entgegen, als wären sie überglücklich, Nomen zu sehen.

Einige dieser Wesen flogen fast, um so schnell wie möglich zu den Nomen zu gelangen.

Masklin blickte sich instinktiv nach einer Waffe um. Strauch berührte ihn am Arm, schüttelte den Kopf und sprach einige Worte.

»Sie sind nicht gefährlich«, übersetzte das *Ding*.

»Aber sie sehen gefährlich aus!«

»Es handelt sich um Gänse«, erklärte das Ding. *»Völlig harmlos, es sei denn für Gras und kleine Organismen. Sie verbringen hier den Winter.«*

Die Gänse trafen mit einer Bugwelle ein, die den Nomen über die Füße schwappte. Sie reckten Strauch die Hälse entgegen, und die alte Floridianerin klopfte auf einige grässlich-große Schnäbel.

Masklin gab sich alle Mühe, nicht wie ein kleiner Organismus zu wirken.

»Sie kommen aus kalten Klimazonen hierher«, fuhr das Ding fort. *»Und die Floridianer zeigen ihnen den richtigen Kurs.«*

»Oh, gut. Das ist ...« Masklin unterbrach sich, als sein Gehirn den Mund unter Kontrolle brachte. »Soll das heißen, diese Nomen fliegen auf ihnen?«

»Ja. Sie reisen mit den Gänsen. Übrigens: Ihnen bleiben noch zwei Stunden und einundvierzig Minuten bis zum Start.«

»Eins möchte ich klarstellen«, sagte Angalo langsam, als ein großer, fedriger Kopf einige Zentimeter neben ihm ins Wasser tauchte. »Wenn du vorschlagen willst, dass wir auf einer Gänse reiten ...«

»Auf einer Gans. Eine Gänse ist eine Gans.«

»... dann solltest du dir etwas anderes einfallen lassen. Oder eine, äh, Neuberechnung vornehmen. Was auch immer.«

»Sie haben natürlich einen besseren Vorschlag«, entgegnete das Ding. Ihm fehlte ein Gesicht. Andernfalls hätte es jetzt höhnisch gegrinst.

»Der Vorschlag, *nicht* auf Gänsen zu reiten, erscheint mir viel besser«, stellte Angalo fest.

»Ich weiß nicht.« Masklin beobachtete die großen Geschöpfe nachdenklich. »Vielleicht wäre es einen Versuch wert.«

»Zwischen den Floridianern und diesen Tieren hat sich eine sehr interessante Beziehung entwickelt«, meinte das Ding. *»Die Gänse geben den Nomen Flügel, und die Nomen stellen ihnen Intelligenz zur Verfügung. Im Sommer fliegen die Gänse nach Kanada, und im Winter kehren sie hierher zurück. Es ist eine Art Symbiose, obwohl die Floridianer das gar nicht wissen.«*

»Sie wissen nichts von Symbiose?«, brummte Angalo. »Wie dumm von ihnen!«

»Ich verstehe dich nicht, Angalo«, sagte Masklin. »Du bist ganz verrückt danach, mit Maschinen zu fahren, in ihnen Knöpfe zu drücken und an Hebeln zu ziehen. Aber es beunruhigt dich, auf einem ganz normalen Vogel zu sitzen.«

»Weil ich nicht weiß, wie Vögel funktionieren«, erwiderte Angalo. »Ich habe noch nie den Schaltplan einer Gans gesehen.«

»Diese Gänse sind der Grund dafür, warum die Floridianer kaum Kontakte mit Menschen hatten«, erklärte das Ding. *»Wie ich schon sagte: Ihre Sprache hat große Ähnlichkeiten mit dem ursprünglichen Nomisch.«*

Strauch musterte sie aufmerksam. Etwas in ihrem Verhalten erschien Masklin seltsam. Sie zeigte keine Furcht, war auch nicht aggressiv oder unfreundlich.

»Sie ist nicht überrascht«, sagte er laut. »Sie ist interessiert, aber nicht überrascht. Als sie uns begegneten, gerieten die Floridianer außer sich, weil wir *hier* waren. Unsere *Existenz* spielte dabei gar keine Rolle. *Wie viele andere Nomen hat Strauch gesehen?*«

Das *Ding* übersetzte.

Und Masklin hörte ein Wort, das er erst seit einem Jahr kannte.

Tausende.

Der Frosch ganz vorn rang mit einer neuen Idee. Er war sich vage bewusst, dass er neue Gedanken brauchte.

Er erinnerte sich an die Welt, mit einem Teich in der Mitte und Blütenblättern am Rand. Eins.

Doch etwas weiter entfernt am Ast lockte noch eine andere Welt, und sie sah genauso aus wie jene Blume, die sie verlassen hatten. Eins.

Der erste Frosch saß auf einem Moosfladen und drehte die Augen unabhängig voneinander, sodass er beide Welten gleichzeitig beobachten konnte. Eine dort. Und eine *dort*.

Eins. Und eins.

Tiefe Falten bildeten sich in der Stirn des Frosches, als er versuchte, mit völlig neuen Vorstellungen fertig zu werden. Eins und eins ... Daraus ergab sich eins. Aber wenn man *hier* ein eins hatte und *dort* ebenfalls ...

Die übrigen Frösche warteten verwundert, als die Augen ihres Anführers rollten.

Eins hier und eins dort – es musste mehr sein als eins. Die Blumen befanden sich zu weit auseinander. Man benötigte ein Wort, das *beiden* galt. Es lautete ... Es lautete ...

Der Frosch öffnete den Mund und grinste so breit, dass sich seine Lippen fast am Hinterkopf trafen.

Das richtige Wort war ihm gerade eingefallen.

».-.-. mipmip .-.-.«, quakte er.

Es bedeutete: eins. Und *noch* eins.

Gurder stritt sich noch immer mit Haarknoten, als die Gruppe zurückkehrte.

»Wie schaffen sie es nur, so lange zu zanken?«, staunte Angalo. »Keiner von ihnen versteht, was der andere sagt!«

»Die besten Voraussetzungen für einen Streit«, erwiderte Masklin. »Gurder? Wir brechen jetzt auf. Komm!«

Der Abt hob den Kopf. Seine Wangen glühten. Er und Haarknoten hockten neben Dutzenden von Bildern, die sie in den Sand gekratzt hatten.

»Ich brauche das *Ding*!«, stieß er hervor. »Dieser Idiot weigert sich, irgendetwas zu verstehen!«

»Du hast keine Chance, dich gegen ihn durchzusetzen«, sagte Masklin. »Strauch meint, er zankt mit allen anderen Nomen, denen die Floridianer begegnen. Er findet Gefallen daran.«

»Mit welchen anderen Nomen?«, fragte Gurder.

»Die Nomen sind überall. Das hat uns Strauch erzählt. Selbst hier in Florida leben andere Gruppen. Und, und, und in Kanada, wo die Floridianer den Sommer verbringen. Wahrscheinlich gibt es auch zu Hause Nomen, von denen wir nichts wissen!«

Er zog den Abt auf die Beine.

»Uns bleibt nur noch wenig Zeit«, fügte er hinzu.

»Ich lehne es strikt ab, auf so ein Ding zu klettern!«

Die Gänse warfen Gurder einen verwirrten Blick zu, als hielten sie ihn für einen besonders exotischen Frosch, der plötzlich zwischen den Wasserpflanzen erschienen war.

»Ich bin davon ebenso wenig begeistert wie du«, sagte Masklin. »Aber die Floridianer sind seit Langem daran gewöhnt. Sie kuscheln sich einfach ins Gefieder, um nicht herunterzufallen.«

»Kuscheln?«, ereiferte sich Gurder. »Ich habe mich noch nie in meinem Leben gekuschelt!«

»Du bist mit der Concorde geflogen«, erinnerte ihn Angalo. »Die von Menschen gebaut und gesteuert wurde.«

Gurder starrte wie jemand, der entschlossen war, weiterhin Widerstand zu leisten.

»Und wer hat die Gänse gebaut?«, fragte er.

Angalo lächelte und sah zu Masklin, der erwiderte: »Wie? Oh, keine Ahnung. Andere Gänse, nehme ich an.«

»Gänse? *Gänse*? Und was verstehen Gänse von Flugsicherheit und so?«

»Hör mal ...«, sagte Masklin. »Sie können uns im Nu zu unserem Ziel bringen. Die Floridianer fliegen mit ihnen Tausende von Meilen weit. Tausende von Meilen, ohne geräucherten Lachs oder rosarotes Schwabbelzeug. Bei *uns* sind es nur achtzehn Meilen.«

Gurder zögerte. Haarknoten knurrte etwas.

Der Abt räusperte sich.

»Na schön«, verkündete er stolz. »Wenn diese irregeleitete Person daran gewöhnt ist, auf Gänsen zu reiten, dann sollte es mir überhaupt nicht schwerfallen.« Er blickte zu den grauen Gestalten, die in der Lagune schwammen. »Sprechen die Floridianer mit jenen Geschöpfen?«

Das *Ding* fragte Strauch danach. Sie schüttelte den Kopf. Nein, Gänse waren ziemlich dumm. Freundlich, ja, aber dumm. Warum mit etwas reden, das nicht antworten konnte?

»Hast du ihr gesagt, was wir vorhaben?«, fragte Masklin.

»Nein. Sie hat nicht gefragt.«

»Wie steigen wir auf?«

Strauch steckte zwei Finger in den Mund und pfiff.

Sechs Gänse watschelten über die Uferböschung. Aus der Nähe gesehen wirkten sie kaum kleiner.

»Ich habe einmal etwas über Gänse gelesen«, murmelte Gurder in verträumtem Entsetzen. »In einem Buch. Darin hieß es, Gänse könnten den Arm eines Menschen brechen. Ein Schnabelhieb genügt.«

»Flügel«, brummte Angalo. Er sah zu den fedrigen Körpern auf. »Ein Schlag mit dem Flügel.«

»*Schwäne* sind dazu imstande«, fügte Masklin hinzu. Er überlegte kurz. »Was Gänse betrifft ... Man sollte nicht ›Buh!‹ zu ihnen sagen, wenn ich mich richtig erinnere.«

»Käme mir nie in den Sinn«, versicherte Gurder.

Viel später, als Masklin die Geschichte seines Lebens schrieb, schilderte er den Flug der Gänse als den schnellsten, höchsten und entsetzlichsten aller Flüge.

Halt, sagt der Leser an dieser Stelle. Die Concorde ... Sie flog so schnell, dass sie die von ihr selbst erzeugten Geräusche hinter sich zurückließ. Und sie flog so hoch, dass es überall nur noch Himmel gab.

Stimmt. Sie flog so schnell, dass man gar nicht merkte, *wie* schnell sie war. Und sie flog so hoch, dass man gar nicht feststellen konnte, wie weit sie sich über dem Boden befand. Es war etwas, das einfach *geschah*. Außerdem: Die Concorde sah aus wie zum Fliegen geschaffen. Auf dem Boden wirkte sie irgendwie verloren.

Die Gänse hingegen schienen ebenso aerodynamisch zu sein wie ein Kissen. Sie rollten nicht gen Himmel und verspotteten die Wolken, so wie Flugzeuge. Stattdessen liefen sie übers Wasser und schlugen wild mit den Flügeln. Und wenn kein Zweifel mehr daran bestehen konnte, dass sie nie aufsteigen würden ... Dann hoben sie plötzlich ab. Das Wasser fiel fort, man hörte nur noch das Knistern der Schwingen, und die Gänse zogen nach oben.

Masklin hätte sofort zugegeben, dass er nichts von Jets, Motoren und Maschinen verstand. Vielleicht spürte er deshalb keine Unruhe, wenn er mit solchen Dingen reiste. Aber er wusste über Muskeln Bescheid, und der Umstand, dass ihn nur zwei große Muskeln in der Luft hielten, erfüllte ihn mit Sorge.

Die drei Einwanderer beziehungsweise Durchreisenden teilten ihre Gänse mit jeweils einem Floridianer. Masklin hielt aufmerksam Ausschau, entdeckte jedoch keine Hinweise darauf, dass sein Begleiter steuerte. Das Steuern übernahm Strauch, die auf dem Hals der ersten Gans hockte.

Hinter ihr bildeten die anderen eine V-Formation. Masklin duckte sich noch tiefer ins Gefieder. Es war recht bequem, wenn auch ein wenig kalt. Den Floridianern, so erfuhr er später, fiel es nicht schwer, auf fliegenden Gänsen zu schlafen. Allein diese Vorstellung reichte aus, um Masklin mit Albträumen zu plagen.

Er sah lange genug auf, um zu beobachten, wie ferne Bäume viel zu schnell vorbeihuschten. Rasch steckte er den Kopf wieder unter die Federn.

»Wie lange dauert der Flug, *Ding*?«, fragte er.

»Ich schätze, wir erreichen das Startgelände etwa eine Stunde vor der Zündung des Shuttle-Triebwerks.«

»Hältst du es für möglich, dass es dort etwas zu essen gibt?«, fügte Masklin hoffnungsvoll hinzu.

»Das kommt darauf an. Wenn Sie eine Mahlzeit in der Gesellschaft von Menschen einnehmen möchten ...«

Masklin seufzte. »Hast du eine Idee, wie wir in das Shuttle-Ding gelangen können?«

»Das ist praktisch unmöglich.«

»Diese Antwort habe ich befürchtet.«

»Aber Sie könnten MICH an Bord bringen«, fuhr der schwarze Kasten fort.

»Und auf welche Weise? Sollen wir dich irgendwo daran festbinden?«

»Nein. Es genügt, wenn Sie mich in die Nähe des Shuttles tragen. Den Rest erledige ich.«

»Welchen Rest?«

»Dann rufe ich das Schiff.«

»Und wo ist das Schiff? Wenn Satelliten und so dagegengestoßen sind ...«

»Es wartet.«

»Manchmal bist du wirklich eine große Hilfe.«

»Danke!«

»Ich habe es ironisch gemeint.«

»Das ist mir klar.«

Neben Masklin raschelte etwas, und sein floridianischer Begleiter – der Junge, den er bei Strauch gesehen hatte – schob eine Feder beiseite. Er schwieg, beobachtete Masklin und das *Ding* stumm. Schließlich lächelte er und sprach einige Worte.

»Er möchte wissen, wie Sie sich fühlen.«

»Gut«, log Masklin. »Ich fühle mich gut. Wie heißt er?«

»Sein Name lautet Pion. Er ist Strauchs ältester Sohn.«

Pions Lächeln wuchs in die Breite.

»Er möchte mehr über Flugzeuge erfahren«, sagte das *Ding*. *»Er meint, es sei sicher sehr aufregend, mit Flugzeugen zu fliegen. Die Floridianer sehen manchmal welche, halten sich jedoch von ihnen fern.«*

Die Gans kippte zur Seite. Masklin hielt sich nicht nur mit den Händen fest, sondern auch mit den Zehen.

»Pion ist davon überzeugt, dass Flugzeuge viel aufregender sind als Gänse«, fügte das *Ding* hinzu.

»Oh, ich weiß nicht«, erwiderte Masklin unsicher.

Die Landung war noch viel schlimmer als der Flug. Normalerweise fand sie auf dem Wasser statt, hörte Masklin später, aber diesmal wählte Strauch festen Boden. Das gefiel den Gänsen nicht sehr. Es bedeutete für sie, dass sie fast in der Luft *stehen* mussten und dabei besonders energisch mit den Flügeln schlugen. Die letzten Zentimeter ließen sie sich fallen.

»Der Boden!«, schnaufte Angalo. »Er war so nahe! Und niemand schien darauf zu achten!«

Er sank auf die Knie.

»Und die Gänse schrien immer wieder«, ächzte er. »Und sie wackelten von einer Seite zur anderen. Und unter den Federn sind sie knubbelig!«

Masklin streckte die Arme, um verkrampfte Muskeln zu lockern.

Diese Landschaft unterschied sich kaum von der vor dem Flug. Es gab nur zwei Unterschiede: Die Vegetation war niedriger, und Masklin sah kein Wasser. *»Strauch meint, näher können die Gänse nicht an den Startplatz heran«*, erklärte das *Ding*. *»Es ist viel zu gefährlich.«*

Die alte Floridianerin nickte und deutete zum Horizont.

Ein weißes Gebilde ragte dort auf.

»Das da?«, fragte Masklin.

Und Angalo: »Das dort?«

»Ja.«

»Scheint nicht sehr groß zu sein«, kommentierte Gurder.

»Wir sind noch immer ein ganzes Stück davon entfernt«, sagte Masklin.

»Ich sehe Helikopter«, sagte Angalo. »Kein Wunder, dass Strauch nicht weiterfliegen wollte.«

»Wir müssen los«, drängte Masklin. »Uns bleibt noch eine Stunde, und ich schätze, die Zeit reicht gerade aus. Äh. Wir sollten uns jetzt besser von Strauch verabschieden. Übernimmst du das bitte, *Ding*? Sag ihr ... Sag ihr, dass wir zurückkehren. Vielleicht. Nachher. Wenn alles gut läuft.«

»Wenn es überhaupt ein Nachher gibt«, schränkte Gurder ein. Er sah aus wie ein schlecht gewaschenes Tischtuch.

Das *Ding* übersetzte. Strauch nickte und schob Pion nach vorn.

Der schwarze Kasten erläuterte die Absicht der alten Floridianerin.

»Was?«, entfuhr es Masklin. »Wir können ihren Sohn nicht mitnehmen!«

»Dieses Volk ermutigt die jungen Leute zu weiten Reisen. Pion ist erst vierzehn Monate alt und schon in Alaska gewesen.«

»Sag seiner Mutter, dass wir nicht nach Ah-Laska unterwegs sind«, entgegnete Masklin. »Sag ihr, dass ihm eine Menge zustoßen könnte!«

Das *Ding* übersetzte.

»Strauch ist sehr erfreut. Ihrer Meinung nach sollte ein heranwachsender Junge neue Erfahrungen anstreben.«

»Was?«, brachte Masklin verdutzt hervor. »Hast du alles richtig übersetzt?«, fragte er argwöhnisch.

»Ja.«

»Hast du ihr gesagt, dass es gefährlich ist?«

»Ja. Strauch meint, das Leben sei eine einzige große Gefahr.«

»Aber vielleicht sterben wir!«, platzte es aus Masklin heraus.

»In dem Fall steigt Pion zum Himmel auf und wird ein Stern.«

»Das glauben die Floridianer?«

»Ja. Sie glauben, das Betriebssystem eines Noms beginnt als Gans. Wenn es eine gute Gans ist, wird daraus ein Nom. Und wenn ein guter Nom stirbt, so bringt ihn NASA zum Himmel, und dort leuchtet er fortan als Stern.«

»Was ist ein Betriebssystem?«, frage Masklin. Typisch Religion. Wenn es um Religion ging, hatte er das Gefühl, überhaupt nichts mehr zu verstehen.

»Ein Etwas im Innern, das einem mitteilt, was man ist«, sagte das *Ding.*

»Es meint die Seele«, murmelte Gurder.

»Hab noch nie einen solchen Unsinn gehört«, behauptete Angalo fröhlich. »Jedenfalls nicht mehr seit der Zeit im Kaufhaus, als wir glaubten, uns nach dem Tod in Gartenstatuen zu verwandeln.« Er stieß Gurder in die Rippen.

Erstaunlicherweise reagierte der Abt nicht mit Zorn. Ganz im Gegenteil: Er wirkte traurig und niedergeschlagen.

»Soll der Junge ruhig mitkommen, wenn er möchte«, sagte Gurder. »Er hat die richtige Einstellung und erinnert mich an meine Jugend.«

»Seine Mutter meint, er kann jederzeit mit einer Gans zurückkehren, wenn er Heimweh bekommt«, übersetzte das *Ding.*

Masklin öffnete den Mund – und klappte ihn wieder zu.

Manchmal kann man nichts sagen, weil es überhaupt nichts zu sagen gibt. Wenn man jemand anders etwas erklären wollte, so musste man sich seiner Sache sicher sein und die Erfahrungswelt der anderen Person teilen. Masklin bezweifelte jedoch, ob derartige Gemeinsamkeiten zwischen ihm und Strauch existierten. Er überlegte, wie groß ihre Welt sein mochte. Wahrscheinlich viel größer, als er es sich vorstellen konnte. Doch sie endete am Himmel.

»Na schön«, sagte er schließlich. »Aber wir müssen jetzt sofort aufbrechen. Wir haben keine Zeit für einen langen Abschied mit Trä…«

Pion nickte seiner Mutter zu und trat neben Masklin, der sich verblüfft unterbrach. Selbst später, als er die Gänse-Nomen besser verstand, erschien es ihm seltsam, dass sie einfach so auseinandergingen, dabei sogar *fröhlich* waren. Entfernungen bedeuteten ihnen überhaupt nichts.

»Kommt«, brachte er hervor.

Gurder warf Haarknoten noch einen finsteren Blick zu. »Ich bedauere sehr, dass ich nicht mit ihm reden konnte«, brummte er. »Jedenfalls nicht *richtig*, meine ich.«

»Strauch hat ihn als einen recht anständigen Nom beschrieben«, erklärte Masklin. »Er ist nur stur.«

»So wie du, Gurder«, sagte Angalo.

»Ich bin nicht stur, sondern …«, begann der Abt.

»Natürlich«, entgegnete Masklin in einem beschwichtigenden Tonfall. »Kommt jetzt!«

Sie eilten durchs Gebüsch, das zwei- oder dreimal so hoch war wie sie selbst.

»Die Zeit reicht nicht«, schnaufte Gurder.

»Spar dir deinen Atem fürs Laufen«, riet ihm Angalo.

»Gibt es geräucherten Lachs an Bord von Shuttles?«, fragte der Abt.

»Keine Ahnung.« Masklin schob sich durch ein besonders dichtes Grasbüschel.

»Nein, bestimmt nicht«, erwiderte Angalo. »Ich habe in einem Buch darüber gelesen. Die Leute an Bord von Shuttles essen aus Tuben.«

Die Nomen setzten den Weg stumm fort und dachten darüber nach.

»Etwa Zahnpasta?«, fragte Gurder nach einer Weile.

»Nein, keine Zahnpasta. *Natürlich* keine Zahnpasta. Ich bin mir *sicher*, dass damit keine Zahnpasta gemeint ist.«

»Was gibt es denn sonst in Tuben?« Angalo überlegte.

»Klebstoff?«, fragte er unsicher.

»Klingt nicht nach einer leckeren Mahlzeit. Zahnpasta und Klebstoff …«

»Den Fahrern der Shuttle-Jets scheint's zu gefallen«, sagte Angalo. »Ich hab ein Bild von ihnen gesehen, und darauf lächelten sie alle.«

»Vermutlich war es gar kein Lächeln«, spekulierte Gurder. »Sie versuchten nur, die zusammengeklebten Zähne voneinander zu lösen.«

»Nein, das verstehst du völlig falsch.« Angalo dachte schnell und konzentriert nach. »Die Shuttle-Fahrer müssen aus Tuben essen, weil … weil … Wegen der Gravitation.«

»Was ist mit der Gravitation?«

»Es existiert keine.«

»Keine was?«

»Keine Gravitation. Deshalb schwebt alles.«

»Es schwebt alles?«, vergewisserte sich Gurder. »Wo?«

»In der Luft. Weil es nichts gibt, das die Sachen auf dem Teller festhält.«

»Oh.« Der Abt nickte. »Ich schätze, an dieser Stelle kommt der Klebstoff ins Spiel, nicht wahr?«

Masklin wusste, dass seine beiden Gefährten solche Gespräche stundenlang fortsetzen konnten. Ihr Geplapper bedeutete: Ich lebe, und du ebenfalls. Und wir befürchten, dass wir nicht mehr lange leben, und deshalb reden wir miteinander. Weil das immer noch besser ist, als darüber nachzudenken, was uns bald erwartet.

Es sah viel leichter und einfacher aus, als uns Tage und Wochen davon trennten, aber jetzt …

»Wie viel Zeit haben wir noch, *Ding*?«

»Vierzig Minuten.«

»Wir müssen noch einmal rasten! Gurder läuft gar nicht mehr, er fällt horizontal.«

Im Schatten eines Busches sanken sie zu Boden. Das Shuttle wirkte nicht viel näher, aber jetzt konnten sie auch andere Aktivitäten beobachten. Es gab mehr Helikopter. Pion kletterte auf einen hohen Zweig und winkte aufgeregt – er sah Menschen in der Ferne.

»Ich kann die Augen kaum mehr offen halten«, stöhnte Angalo.

»Hast du nicht auf der Gans geschlafen?«, fragte Masklin.

»Nein. Du etwa?«

Angalo streckte sich aus. »Wie gelangen wir ins Shuttle?«

Masklin zuckte mit den Schultern. »Das ist gar nicht nötig. Das *Ding* meinte, wir brauchen es nur daran zu befestigen.«

Angalo stemmte sich auf den Ellenbogen hoch. »Soll das heißen, wir fahren nicht mit dem Shuttle? Ich habe mich darauf gefreut!«

»Ich glaube, ein Shuttle-Jet ist ganz anders als ein Lastwagen«, sagte Masklin. »Wir können sicher nicht damit rechnen, irgendwo ein offenes Fenster zu finden, um ins Innere zu klettern. Und ich glaube, man benötigt mehr als nur viele Nomen und Schnüre, um es zu steuern.«

»Ach, als ich den Laster gefahren habe …«, sagte Angalo verträumt. »Es war die schönste Zeit meines Lebens. Wenn ich jetzt daran denke, dass ich viele Monate lang im Kaufhaus gelebt habe, ohne etwas vom Draußen zu ahnen ...«

Masklin wartete höflich. Sein Kopf schien immer schwerer zu werden.

»Ja?«, fragte er.

»Ja was?«

»Was passiert, wenn du daran denkst, dass du viele Monate lang im Kaufhaus gelebt hast, ohne etwas vom Draußen zu ahnen?«

»Es erscheint mir wie vergeudete Zeit. Weißt du, was ich machen werde, wenn wir nach Hause zurückkehren? Ich schreibe alles auf. Ich berichte von den Dingen, die wir gelernt haben. Wir hätten längst damit beginnen sollen, eigene Bücher zu schreiben und nicht nur die der Menschen zu lesen, die so viel Erfundenes enthalten. Ich meine keine Bücher wie Gurders *Buch der Nomen*, sondern *richtige*, über Wissenschaft und so ...«

Masklin sah zu Gurder. Der Abt schwieg – er war bereits eingeschlafen.

Pion rollte sich zusammen und begann zu schnarchen. Angalos Stimme verklang, und er gähnte herzhaft.

Seit Stunden hatten sie nicht mehr geschlafen. Nomen schliefen hauptsächlich in der Nacht, aber sie konnten den langen Tag nicht ohne ein gelegentliches Nickerchen überstehen. Selbst Masklin döste allmählich ein.

»Ding?«, murmelte er, bevor er der Müdigkeit nachgab. »Bitte weck mich in zehn Minuten.«

7

Satelliten. Sie befinden sich im **All** und bleiben dort, weil sie sehr schnell sind und nicht lange genug an einem Ort bleiben, um herunterzufallen. Das **Fernsehen** prallt von ihnen ab. Sie gehören zur **Wissenschaft**.

Aus: Eine wissenschaftliche Enzyklopädie für den wissbegierigen jungen Nom *von Angalo Kurzwarenler*

Masklin wurde nicht etwa vom *Ding* geweckt, sondern von Gurder.

Mit halb geschlossenen Augen blieb er liegen und lauschte. Der Abt sprach leise mit dem *Ding*.

»Ich habe ans Kaufhaus geglaubt«, sagte er. »Und dann stellte es sich als etwas heraus, das von Menschen erbaut wurde. Ich habe Enkel Richard für eine besondere Person gehalten, doch er erwies sich als Mensch, der singt, wenn Wasser auf ihn herabregnet ...«

»... wenn er duscht ...«

»Und es gibt Tausende von Nomen auf der Welt! Tausende! Und sie glauben an viele verschiedene Dinge! Der dumme Haarknoten ist davon überzeugt, dass die Shuttle-Jets den Himmel erschaffen. Weißt du, was ich dachte, als ich das hörte? Ich dachte: Wenn er in *meiner* Welt erschienen wäre und nicht umgekehrt, dann hätte er mich bestimmt für sehr dumm gehalten! Ich *bin* dumm. *Ding*?«

»Ich halte es für besser, taktvoll zu schweigen.«

»Angalo glaubt an Maschinen und so. Und Masklin glaubt an ... Oh, ich weiß nicht. Ans All. Oder vielleicht glaubt er an nichts. Für ihn scheint damit alles in bester Ordnung zu sein. Ich versuche, an *wichtige* Dinge zu glauben, aber sie bleiben nicht einmal fünf Minuten lang von Bestand. Ist das etwa gerecht?«

»Ich begnüge mich an dieser Stelle mit der Fortsetzung des takt- und verständnisvollen Schweigens.«

»Ich suche nur nach dem Sinn des Lebens.«

»Ein lobenswertes Bestreben.«

»Ich meine, welche tiefere *Wahrheit* liegt allem zugrunde?«

Eine kurze Pause. Dann summte das *Ding: »Ich erinnere mich an Ihr Gespräch mit Masklin, in dem es um den Ursprung der Nomen ging. Sie wollten mir eine entsprechende Frage stellen, und ich antworte nun darauf. Ich wurde erschaffen beziehungsweise hergestellt. Das weiß ich, es ist die Wahrheit. Ich bestehe aus Metall und Kunststoff. Aber ich bin auch etwas, das im Innern von Metall und Kunststoff lebt. Es ist unmöglich für mich, in dieser Hinsicht nicht völlig sicher zu sein. Das ist mir ein großer Trost. Was Nomen betrifft: Meine Daten lassen den Schluss zu, dass sich Ihr Volk auf einer anderen Welt entwickelte und vor Tausenden von Jahren hierherkam. Vielleicht stimmt das. Vielleicht auch nicht. Ich sehe mich außerstande, darüber zu urteilen.«*

»Im Kaufhaus war alles viel einfacher für mich«, sagte Gurder wie zu sich selbst. »Sogar im Steinbruch. Ich hatte ein Amt. Die Leute hielten mich für wichtig. Wie kann ich mit dem Wissen zurückkehren, dass meine Überzeugungen in Bezug auf das Kaufhaus, Arnold Gebr und Enkel Richard nur ... nur *Meinungen* sind?«

»Leider bin ich nicht in der Lage, Ihnen einen Rat anzubieten.«

Masklin wählte diesen Zeitpunkt für ein diplomatisches Erwachen. Er brummte laut genug, um sicher zu sein, dass Gurder ihn hörte.

Der Abt war ziemlich rot im Gesicht.

»Ich konnte nicht schlafen«, sagte er.

Masklin stand auf.

»Wie viel Zeit haben wir noch, *Ding*?«

»Siebenundzwanzig Minuten.«

»Warum hast du mich nicht geweckt?«

»Ich wollte, dass Sie ausgeruht sind.«

»Aber es ist noch immer weit bis zum Shuttle. Wir schaffen es nie, dich rechtzeitig daran festzubinden. He, wach auf!« Masklin stieß Angalo mit dem Fuß an. »Komm, wir müssen uns beeilen! Wo ist Pion? Oh, da bist du ja. *Komm*, Gurder!«

Erneut liefen sie durchs Gebüsch. In der Ferne erklang das dumpfe, klagende Heulen von Sirenen.

»Warum hast du zugelassen, dass es so knapp wird, Masklin?«, jammerte Angalo.

»Schneller! Schneller!«

Sie näherten sich dem Startplatz, und Masklin sah zum Shuttle auf. Es befand sich sehr weit oben. Darunter, auf dem Boden, schien es kaum irgendwelche nützlichen Dinge zu geben.

»Ich hoffe, du hast einen guten Plan, *Ding*«, keuchte er, als die Nomen an Sträuchern vorbeiliefen. »Weil ich dich nicht bis ganz nach oben bringen kann.«

»Keine Sorge. Wir sind jetzt fast nahe genug.«

»Wie meinst du das? Die Entfernung ist noch immer recht groß.«

»Für mich ist sie gering genug, um die Raumfähre zu erreichen.«

»Wie denn?«, fragte Angalo. »Mit einem *weiten* Sprung?«

»Bitte setzen Sie mich ab.«

Masklin kam der Aufforderung nach und stellte das *Ding* auf den Boden. Es fuhr einige Sensoren aus, die sich langsam drehten und dann zum senkrecht stehenden – oder *hängenden* – Jet deuteten.

»Was soll das?«, stieß Masklin hervor. »Du verschwendest *Zeit*!«

Gurder lachte, doch es klang nicht sehr glücklich.

»Ich weiß, was es vorhat«, sagte er. »Es will sich zum Shuttle schicken. Das stimmt doch, *Ding*, oder?«

»Ich erweitere das Programm im Computer des Kommunikationssatelliten«, erklärte der schwarze Kasten.

Die Nomen schwiegen.

»Anders ausgedrückt: Ich verwandle den Satellitencomputer in einen Teil von mir. Wenn auch nicht in einen sehr intelligenten.«

»Kannst du das wirklich?«, fragte Angalo.

»Ja.«

»Donnerwetter. Und das Etwas, das du nun zum Shuttle schickst ... Wirst du es nicht vermissen?«

»Nein. Weil es mich nicht verlässt.«

»Du schickst es fort und behältst es gleichzeitig?«

»Ja.«

Angalo sah Masklin an. »Verstehst du das?«

»Ich verstehe es«, sagte Gurder. »Das *Ding* meint, dass es nicht nur eine Maschine ist, sondern eine ... eine Ansammlung von elektrischen Gedanken, die in einer Maschine leben. Glaube ich.«

Lichter flackerten am schwarzen Kasten. »Dauert es lange?«, fragte Masklin.

»Ja. Bitte beanspruchen Sie jetzt kein zusätzliches Kommunikationspotenzial.«

»Ich nehme an, er möchte nicht gestört werden«, vermutete Gurder. »Er konzentriert sich.«

»Es«, korrigierte Angalo. »Es ist ein es: Und es hat dafür gesorgt, dass wir bis zu diesem Ort laufen, nur damit wir warten.«

»Wahrscheinlich muss es in der Nähe sein, um ... um sich zu schicken«, sagte Masklin.

»Wie viel Zeit bleibt uns?«, fragte Angalo. »Es ist eine Ewigkeit her, seit es noch siebenundzwanzig Minuten bis zum ... zum Start dauerte.«

»Mindestens siebenundzwanzig Minuten«, sagte Gurder.

»Ja. Vielleicht sogar noch mehr.«

Pion zupfte an Masklins Arm, zeigte mit der anderen Hand zum riesigen weißen Gebilde und zischte einige hastige Worte auf Floridianisch – oder auf Fast-ursprünglichem-Nomisch, wenn das *Ding* recht hatte.

»Ohne das *Ding* kann ich dich nicht verstehen«, erwiderte Masklin. »Bedauere.«

»Wir nicht sprechen Gänsisch«, sagte Angalo.

Panik kroch in die Züge des Jungen. Er rief jetzt und zog mit mehr Nachdruck an Masklins Arm.

»Ich glaube, er möchte nicht in der Nähe sein, wenn das Shuttle startet«, interpretierte Angalo das Gebaren des Floridianers. »Vielleicht fürchtet er sich vor dem Geräusch. Der – Lärm – gefällt – dir – nicht, oder?«

Pion nickte mehrmals.

»Die Jets auf dem Flugplatz hörten sich eigentlich nicht sehr schlimm an«, fuhr Angalo fort. »Eine Art Grollen. Aber primitiven Leuten jagt so etwas sicher einen gehörigen Schrecken ein.«

»Ich halte Strauchs Volk nicht für sehr primitiv«, sagte Masklin nachdenklich. Er sah zum weißen Turm. Vorher schien er immer noch sehr weit entfernt gewesen zu sein, aber in gewisser Weise war er auch nahe.

Sogar sehr nahe.

»Wie sicher ist es hier?«, überlegte er laut. »Ich meine, wenn das Shuttle zum Himmel fliegt?«

»Oh, ich *bitte* dich«, entgegnete Angalo. »Das *Ding* hätte uns wohl kaum zu diesem Ort gebracht, wenn es hier für Nomen nicht sicher wäre.«

»Ja, natürlich«, murmelte Masklin. »Völlig klar. Du hast recht. Wie dumm, sich deshalb Sorgen zu machen.«

Pion wirbelte um die eigene Achse und lief.

Die drei übrigen Nomen blickten zum Shuttle-Jet, während die Lichter am *Ding* komplexe Muster formten.

Irgendwo heulte eine andere Sirene. Kraft vibrierte – die größte Feder auf der ganzen Welt schien sich zu spannen.

Als Masklin sprach, hatten seine beiden Begleiter das Gefühl, ihre eigenen Gedanken zu hören.

»Wie gut kann das *Ding* beurteilen, welche Entfernung für Nomen beim Start eines Shuttles sicher ist?«, fragte er langsam. »Ich meine, welche Erfahrungen hat es in diesem Zusammenhang?«

Sie musterten sich gegenseitig.

»Vielleicht sollten wir ein wenig zurückweichen ...«, schlug Gurder vor.

Sie drehten sich um und wanderten fort.

Kurz darauf bemerkten sie, dass die anderen schneller gingen.

Schneller und immer schneller.

Dann konnten sie sich nicht mehr zurückhalten und stürmten los, bahnten sich einen Weg durch Gras und Gebüsch. Sie stolperten über Steine, sprangen wieder auf und rannten weiter, mit Ellenbogen, die sich wie Kolben hoben und senkten. Gurder geriet normalerweise außer Atem, wenn er sich schneller bewegte als bei einem gemütlichen Spaziergang, doch diesmal flog er wie ein Ballon.

»Hast … du … eine … Ahnung … wie … nahe …«, keuchte Angalo.

Das Geräusch hinter ihnen begann als Zischen, und es hörte sich an, als holte die Welt tief Luft. Es wurde ein Fauchen daraus, und …

Und das Fauchen verwandelte sich nicht in Lärm, sondern eher in einen unsichtbaren Hammer, der auf beide Ohren schlug.

8

All. Es gibt zwei Arten des **A.s**. Die erste ***a)*** enthält nichts, und die zweite ***b)*** besteht aus einem Nichts, das alles enthält. So etwas bleibt übrig, wenn man überhaupt nichts mehr hat. Im **A.** existiert weder Luft noch Gravitation, die Dinge an Dingen festhält. Wenn es kein **A.** gäbe, befände sich alles an einem Ort. Das **A.** ist die Heimat von ***Satelliten***, ***Shuttles***, ***Planeten*** und des ***Schiffes***.

Aus: Eine wissenschaftliche Enzyklopädie für den wissbegierigen jungen Nom *von Angalo Kurzwarenler*

Nach einer Weile, als der Boden nicht mehr bebte, standen die Nomen auf und starrten sich benommen an.

»   !«, sagte Gurder.

»Wie bitte?«, krächzte Masklin. Seine Stimme war dumpf und kam wie aus weiter Ferne.

»   ?«, fragte Gurder.

»   ?«, antwortete Angalo.

»Was? Ich höre euch nicht! Könnt ihr *mich* verstehen?«

Masklin sah, wie sich Gurders Lippen bewegten. Er deutete auf seine Ohren und schüttelte den Kopf.

»Sind wir taub?«

»   ?«

»   ?«

»Taub, habe ich gesagt.« Masklin sah auf.

Rauch wogte über ihm, und daraus hervor wuchs eine Wolke, an der es oben brannte. Immer weiter streckte sie sich dem Himmel entgegen, mit einer selbst für Nomen beeindruckenden Geschwindigkeit. Aus dem Geräusch wurde etwas, das nur noch sehr laut war und kurze Zeit später verklang.

Masklin steckte sich einen Finger ins Ohr und drehte ihn mehrmals.

Auf die Abwesenheit von Lärm folgte das schreckliche Zischen der Stille.

»Hört mich jemand?«, fragte er schließlich. »Versteht jemand, was ich sage?«

»Das war ziemlich laut«, brummte Angalo undeutlich und mit erstaunlicher Ruhe. »Ich glaube kaum, dass irgendetwas viel lauter sein kann.«

Masklin nickte. Er fühlte sich wie durch die Mangel gedreht.

»Du weißt über solche Sachen Bescheid, Angalo«, brachte er hervor. »Menschen reiten doch auf den Wolkentürmen, nicht wahr?«

»Ja. Ganz oben.«

»Und niemand zwingt sie dazu?«

»Äh, nein, ich glaube nicht«, erwiderte Angalo. »In dem Buch stand, dass sich viele Menschen *wünschen*, mit einem Shuttle zu fliegen.«

»Sie *wünschen* es sich?«

Angalo zuckte mit den Achseln. »Das habe ich gelesen.«

Die Raumfähre war jetzt nur noch ein ferner Punkt an einer breiter werdenden Wolke aus weißem Rauch.

Masklin beobachtete ihn.

Wir müssen verrückt sein, dachte er. *Wir sind klein, und es ist eine große Welt, und wir verweilen nie lange genug an einem Ort, um mehr über ihn herauszufinden, bevor wir zum nächsten eilen. Damals, als wir noch in einem Loch lebten, in einer kleinen Höhle ... Wenigstens wusste ich alles über das Leben in einem Loch. Jetzt, ein Jahr später, befinde ich mich an einem so weit entfernten Ort, dass ich nicht einmal weiß, wie weit er entfernt ist. Ich sehe etwas, das ich nicht verstehe und bald so hoch über dem Boden sein wird, dass es gar kein Unten mehr gibt. Und ich kann nicht zurück. Ich muss den eingeschlagenen Weg fortsetzen, wohin auch immer er mich führen wird – weil ich nicht zurückkehren kann. Ich bin nicht einmal imstande, einfach stehen zu bleiben.*

Das hat Grimma gemeint, als sie von den Fröschen erzählte. Sobald man gewisse Dinge kennt, ist man ein ganz anderer Nom. Ob es einem gefällt oder nicht.

Masklin senkte den Blick. Etwas fehlte.

Das *Ding* …

Er lief in die Richtung, aus der sie gekommen waren.

Der schwarze Kasten lag noch immer auf dem Boden. Es ragten nun keine kleinen Stangen mehr daraus hervor, und nirgends blinkten Lichter.

»*Ding*?«, fragte er unsicher.

An einer Stelle bemerkte Masklin ein kleines rotes Glühen. Trotz der Wärme spürte er, wie es ihm kalt über den Rücken lief.

»Ist alles in Ordnung mit dir?«

»*Zu schnell*«, lautete die leise Antwort. »*Nicht genug Energ…*«

»Energ?«, wiederholte Masklin. Er wagte kaum darüber nachzudenken, warum das letzte Wort wie ein Stöhnen geklungen hatte. Das rote Licht trübte sich.

»*Ding? Ding?*« Er klopfte vorsichtig an den Kasten. »Hat es geklappt? Ist das Schiff hierher unterwegs? Was sollen wir jetzt unternehmen? Wach auf, *Ding*!«

Das Licht ging aus.

Masklin hob den schwarzen Kasten hoch und drehte ihn mehrmals.

»*Ding*?«

Angalo und Gurder eilten zu ihm, dichtauf gefolgt von Pion.

»Hat's geklappt?«, fragte Angalo. »Sehe nirgends ein Schiff.«

Masklin drehte sich zu ihnen um.

»Das *Ding* funktioniert nicht mehr«, sagte er.

»Es funktioniert nicht mehr?«

»Es leuchten keine Lichter mehr daran!«

»Und was bedeutet das?« Angalos Gesicht verriet zunehmende Besorgnis.

»Ich weiß es nicht!«

»Ist es tot?«, erkundigte sich Gurder.

»Es *kann* nicht sterben! Es existiert schon seit Tausenden von Jahren!«

Gurder schüttelte den Kopf. »Ein guter Grund, um zu sterben.«

»Aber es ist ein, ein *Ding*!«

Angalo setzte sich und schlang die Arme um die Knie.

»Hat es alles geregelt? Kommt das Schiff?«

»Schert ihr euch überhaupt nicht darum? Es hat kein Energ mehr!«

»Energ?«

»Damit ist vermutlich Elektrizität gemeint. Das *Ding* saugt sie aus Drähten und so. Und ich glaube, es kann sie auch aufbewahren. Aber jetzt hat es keine mehr.«

Sie starrten auf den Kasten. Über Jahrtausende hinweg war er von Nom zu Nom weitergereicht worden, ohne ein Wort zu sagen, ohne mit einem Licht zu blinken. Erst im Kaufhaus war er erwacht, in der Nähe von Elektrizität.

»Es ist irgendwie unheimlich, wenn das *Ding* einfach nur daliegt«, sagte Angalo.

»Wir sollten ihm neue Elektrizität beschaffen«, meinte Gurder.

»Hier?«, entfuhr es Angalo. »Hier gibt es nichts Elektrisches! Wir sind mitten im Nichts!«

Masklin stand auf, blickte sich um und sah einige Gebäude in der Ferne. Fahrzeuge bewegten sich dort.

»Und das *Schiff*?«, drängte Angalo. »Kommt es jetzt hierher?«

»Ich weiß nicht.«

»Wie soll es uns finden?«

»Ich weiß nicht.«

»Wer fährt es?«

»Ich weiß ni...« Masklin unterbrach sich entsetzt. »Niemand! Ich meine, wer *könnte* es fahren? Seit Jahrtausenden befindet sich niemand an Bord!«

»Und wer wollte es zu uns bringen?«

»Ich weiß nicht. Vielleicht das *Ding*.«

»Soll das heißen, das Schiff ist hierher unterwegs, und niemand fährt es?«

»Ja! Nein! Keine Ahnung!«

Angalo neigte den Kopf und beobachtete den blauen Himmel.

»Oh, Donnerwetter«, murmelte er niedergeschlagen.

»Wir müssen Elektrizität für das *Ding* finden«, sagte Masklin. »Selbst wenn es ihm gelang, das Schiff zu rufen – das nützt uns kaum etwas, solange das Schiff nicht weiß, wo wir sind.«

»*Wenn* es ihm gelang, das Schiff zu rufen«, betonte Gurder. »Vielleicht ist dem *Ding* vorher das Energ-Etwas ausgegangen.«

»Vielleicht«, räumte Masklin ein. »Vielleicht auch nicht. Wir müssen ihm helfen. Es bedrückt mich, das *Ding* so hilflos zu sehen.«

Pion war im Gebüsch verschwunden und kehrte mit einer Eidechse zurück.

»Ah«, sagte Gurder ohne große Begeisterung. »Da kommt das Essen.«

»Wenn das *Ding* für uns übersetzen würde ...«, begann Angalo. »Dann hätten wir die Möglichkeit, Pion darauf hinzuweisen, dass man Eidechsenfleisch nach einer Weile satthaben kann.«

»Nach etwa zwei Sekunden«, fügte Gurder hinzu.

»Kommt«, sagte Masklin müde. »Ich schlage vor, wir setzen uns irgendwo in den Schatten und lassen uns einen neuen Plan einfallen.«

»Oh, einen Plan«, knurrte Gurder. Er schien so etwas für noch schlimmer zu halten als Eidechsenfleisch. »Ich mag Pläne.«

Nach der nicht besonders schmackhaften Mahlzeit streckten sie sich auf dem Boden aus und sahen zum Himmel hoch. Der kurze Schlaf auf dem Weg zum Startplatz genügte nicht. Es fiel den Nomen leicht, erneut einzudösen.

»Die Floridianer haben es wirklich gut«, sagte Gurder schläfrig. »Bei uns zu Hause ist es kalt, aber hier sorgt die Heizung für genau die richtige Temperatur.«

»Es liegt nicht an irgendeiner Heizung, begreif das doch endlich«, erwiderte Angalo. Er hielt nach den ersten Anzeichen eines zur Landung ansetzenden Schiffes Ausschau. »Und der Wind stammt auch nicht von einer Klimaanlage. Die Wärme wird von der Sonne erzeugt.«

»Ich dachte, sie sei für die Beleuchtung zuständig«, grummelte Gurder.

»Licht und Wärme, beides kommt von der Sonne«, sagte Angalo. »Ich hab's in einem Buch gelesen. Sie ist ein riesiger Feuerball, größer als die Welt.«

Gurder blickte argwöhnisch zur Sonne.

»Tatsächlich? Und was hält sie am Himmel?«

»Nichts. Sie hängt einfach da.«

Gurder beobachtete die Sonne eine Zeit lang.

»Ist das allgemein bekannt?«, fragte er.

»Ich glaube schon. Es stand in dem Buch.«

»Und jeder kann es lesen? Das finde ich unverantwortlich. Sicher beunruhigt es die Leute, von solchen Sachen zu erfahren.«

»Masklin meint, dort oben gibt es Tausende von Sonnen.«

Der Abt schniefte. »Ja, er hat mir davon erzählt. Man nennt es Glaxis oder so. Ich persönlich bin dagegen.«

Angalo lachte leise.

»Ich weiß gar nicht, was du daran so komisch findest«, ärgerte sich Gurder.

»Sag's ihm, Masklin«, brummte Angalo.

»Für dich ist alles in Ordnung«, fuhr der Abt fort. »Du möchtest nur mit irgendwelchen Dingen schnell fahren. *Mir* geht es darum, sie zu *verstehen*. Vielleicht *gibt* es dort oben Tausende von Sonnen. Aber *warum*?«

»Das spielt doch gar keine Rolle«, entgegnete Angalo müde. »Alles *andere* ist unwichtig. Habe ich recht, Masklin?«

Die beiden Nomen sahen zu Masklin.

Beziehungsweise dorthin, wo er bis eben gesessen hatte.

Masklin war nicht mehr da.

Jenseits des Himmels befand sich ein Ort, den das *Ding* Universum genannt hatte. Angeblich enthielt das Universum alles und nichts. Außerdem gab es dort weniger Alles und viel mehr Nichts, als sich jemand vorstellen konnte.

Zum Beispiel heißt es oft, der Himmel sei voller Sterne. Das stimmt nicht. Der Himmel ist voller Himmel. Er erstreckt sich endlos, und im Vergleich mit einer so gewaltigen Endlosigkeit erscheint die Anzahl der Sterne gering.

Deshalb ist es erstaunlich, dass sie so eindrucksvoll sind.

Tausende von ihnen blickten nun nach unten, als etwas Rundes und Glänzendes die Erde umkreiste.

An der einen Seite des Objekts stand »Arnsat-1«, was einer Verschwendung von Farbe gleichkam, weil die Sterne nicht lesen können.

Es entfaltete eine silbergraue, schüsselförmige Antenne.

Eigentlich hätte sich der Satellit jetzt dem Planeten zuwenden sollen, um alte Filme und neue Nachrichten zu senden.

Doch das kam ihm nicht in den Sinn. Er gehorchte speziellen Anweisungen.

Gas zischte aus Düsen, als sich der Kommunikationssatellit drehte und nach einem neuen Ziel suchte.

Unterdessen entstand ziemliche Unruhe auf der Erde. Viele Leute im Alte-Filme- und Neue-Nachrichten-Geschäft schrien sich gegenseitig an, wobei die meisten von ihnen Telefone benutzten. Einige andere versuchten verzweifelt, dem Satelliten Befehle zu übermitteln.

Er achtete nicht darauf und lauschte einer anderen Stimme.

Masklin stürmte durchs Gebüsch. *Gurder und Angalo würden sich nur wieder zanken*, dachte er. *Ich muss sofort handeln, denn bestimmt bleibt uns nicht viel Zeit.*

Er war jetzt wieder allein, zum ersten Mal seit den Tagen, als er im Loch gelebt hatte und ohne Gefährten auf die Jagd gegangen war, um Nahrung für die Alten zu besorgen.

Ist es damals besser gewesen? fragte er sich. *Besser nicht, aber einfacher. Man musste sich nur bemühen, zu essen, ohne selbst gefressen zu werden. Es grenzte schon an einen Triumph, von morgens bis abends zu überleben. Alles war schlecht, aber auf eine Art und Weise, die Nomen verstehen – eine Schlechtheit im nomischen Maßstab.*

Damals endete die Welt an der Autobahn auf der einen Seite und am Wald hinter dem Feld auf der anderen. Jetzt gab es überhaupt keine Grenzen mehr und dafür viel mehr Probleme.

Wenigstens wusste Masklin, wo er nach Elektrizität suchen musste. Man fand sie in der Nähe von Gebäuden mit Menschen drin.

Vor ihm wichen die Sträucher beiseite, und der Nom erreichte einen Weg. Er lief weiter, noch schneller als vorher. Wenn man einem Weg folgte, begegnete man früher oder später Menschen.

Masklin hörte Schritte hinter sich, drehte den Kopf und sah Pion. Der junge Floridianer lächelte besorgt.

»Fort mit dir!«, rief Masklin. »Warum folgst du mir? Kehr zu den anderen zurück!«

Pion wirkte verletzt. Er deutete über den Weg und sprach einige Worte.

»Ich verstehe dich nicht!«, erwiderte Masklin.

Der Floridianer hob die Hand hoch über den Kopf.

»Menschen?«, vermutete Masklin. »Ja, ich weiß. Darum geht es mir ja. Kehr um!«

Pion sagte noch etwas.

Masklin deutete auf das *Ding*. »Sprechender Kasten stumm jetzt«, entgegnete er hilflos. »Meine Güte, was rede ich da für einen Unfug? Sicher ist er mindestens so intelligent wie ich. Geh fort, zu den anderen!«

Er drehte sich um und rannte wieder los. Nach einigen Schritten blickte er über die Schulter und stellte fest, dass Pion ihm nachsah.

Wie viel Zeit habe ich noch?, dachte Masklin. Das Schiff flog sehr schnell, wusste er von dem *Ding*. Es konnte praktisch jeden Augenblick eintreffen. Oder vielleicht kam es gar nicht ...

Ja, vielleicht ist das Schiff überhaupt nicht hierher unterwegs.

Wenn das stimmt ..., überlegte er. *Dann mache ich jetzt den größten und dümmsten Fehler in der ganzen nomischen Geschichte.*

Er trat auf eine große Kiesfläche. Ein Wagen parkte dort, und auf der einen Seite stand der Name des floridianischen Gottes: NASA. Daneben standen zwei Menschen und beugten sich über ein Gerät, das auf einem Stativ ruhte.

Sie bemerkten Masklin nicht. Mit klopfendem Herzen näherte er sich ihnen.

Er legte das *Ding* auf den Boden.

Er wölbte die Hände trichterförmig vor dem Mund. Er rief so laut wie möglich.

»He, ihr da! He, ihr Men-schen!«

»*Wie* bitte?«, entfuhr es Angalo.

Pion wiederholte seine Gesten.

»Er hat sich *Menschen* gezeigt?«, vergewisserte sich Angalo. »Und er hat sie in einem Ding mit *Rädern* begleitet?«

»Ich habe den Motor eines Lastwagens gehört«, warf Gurder ein.

Angalo schlug mit der Faust auf die flache Hand.

»Er war sehr besorgt wegen des *Dings*«, sagte er. »Er wollte Elektrizität suchen!«

»Aber bestimmt sind wir viele Meilen und Kilometer von den nächsten Gebäuden entfernt«, gab der Abt zu bedenken.

»Das hängt davon ab, welche Richtung man einschlägt«, brummte Angalo.

»Ich *wusste*, dass es dazu kommen würde!«, stöhnte Gurder. »Sich Menschen zu zeigen ... Im Kaufhaus haben wir das immer vermieden. Was sollen wir jetzt *tun*?«

Bis jetzt läuft alles ganz gut, dachte Masklin.

Zunächst hatten die Menschen gar nicht gewusst, was sie mit ihm anfangen sollten. Sie waren sogar erschrocken von ihm zurückgewichen! Dann eilte einer von ihnen zum Laster und sprach in eine Maschine, die an einer Schnur hing. *Wahrscheinlich ein Telefon*, vermutete Masklin, stolz auf sein Wissen.

Er rührte sich nicht von der Stelle, und schließlich legte der Mensch am Lastwagen das Telefon beiseite, griff stattdessen nach einem Karton und schlich dem Nom so vorsichtig entgegen, als rechnete er damit, dass die kleine Gestalt jederzeit explodieren konnte. Als Masklin winkte, zuckte er heftig zusammen.

Der andere Mensch sagte etwas, und die Schachtel wurde vorsichtig einen halben Meter vor dem Nom abgesetzt.

Beide Menschen beobachteten ihn erwartungsvoll.

Masklin lächelte, um sie zu beruhigen, kletterte in den Karton und winkte noch einmal.

Daraufhin bückte sich einer der Menschen und hob die Schachtel so vorsichtig hoch, als wäre der Nom darin ebenso kostbar wie zerbrechlich. Er trug sie zum Laster, stieg ein, und ließ den Karton ganz behutsam auf seine Knie sinken. Es knackte im Lautsprecher eines Radios, und dumpfe Menschenstimmen erklangen.

Jetzt gibt es kein Zurück mehr, dachte Masklin und entspannte sich ein wenig. Er beschloss, in seinen gegenwärtigen Erfahrungen einen weiteren Schritt auf dem Bürgersteig des Lebens zu sehen.

Die Menschen starrten so auf ihn herab, als trauten sie ihren Augen nicht.

Der Laster rollte über den Kies, und nach einer Weile erreichte er eine Asphaltstraße, wo ein anderes Fahrzeug stand. Ein Mensch stieg aus, sprach mit dem Fahrer des Lastwagens, lachte – bei Menschen klang es fast wie Gewittergrollen –, sah Masklin und verstummte abrupt.

Er *lief* zum Auto zurück und sprach in ein anderes Telefon.

Ich wusste es, fuhr es Masklin durch den Sinn. *Sie wissen nicht, was sie von einem Nom halten sollen. Erstaunlich.*

Jedenfalls, wichtig ist nur, dass sie mich zu einem Ort bringen, wo es die richtige Art von Elektrizität gibt ...

Der Ingenieur Dorcas hatte einmal versucht, Masklin die Elektrizität zu erklären. Allerdings ohne großen Erfolg, weil er selbst nicht ganz sicher war. Offenbar existierten zwei Arten: gerade und wellenförmige. Die gerade schien recht langweilig zu sein und blieb in Batterien. Die wellenförmige verbarg sich in Drähten und Kabeln und so – das *Ding* konnte einen Teil davon stehlen, wenn es sich in der Nähe befand. Dorcas sprach mit der gleichen Ehrfurcht über wellenförmige Elektrizität wie Gurder über Arnold Gebr (gegr. 1905). Im Kaufhaus hatte er sich bemüht, sie genau zu untersuchen. Wenn man sie in Kühlschränke leitete, wurden die Dinge darin kalt. Doch in Backöfen sorgte die gleiche Elektrizität für Hitze, woraus sich die Frage ergab: Woher wusste sie, was man von ihr erwartete?

Dorcas ..., dachte Masklin. *Ich hoffe, es geht ihm gut. Ihm und den anderen. Auch Grimma.*

Er fühlte eine sonderbare Mischung aus Benommenheit und Zuversicht. Tief in ihm erklärte eine flüsternde Stimme: Du empfindest auf diese Weise, um dich daran zu hindern, über deine Situation nachzudenken. Andernfalls würdest du in Panik geraten.

Lächeln, immer lächeln.

Der Lastwagen schnurrte über die Straße, und das Auto folgte ihm. Masklin sah ein drittes Fahrzeug, das von der Seite kam und sich den beiden anderen anschloss. Viele Menschen saßen in ihm, und die meisten von ihnen beobachteten den Himmel.

Sie hielten nicht am nächsten Gebäude, sondern fuhren weiter, zu einem größeren, vor dem zahlreiche Wagen parkten. Außerdem standen dort Dutzende von Menschen.

Einer von ihnen öffnete die Tür des Lasters, noch langsamer als sonst.

Masklin blickte zu ungläubig starrenden Gesichtern empor. Er betrachtete Augen und Nasenlöcher. Alle wirkten besorgt. Zumindest die Augen. Was die Löcher in den Nasen betraf ... Sie sahen wie ganz normale Nasenlöcher aus.

Die Besorgnis galt ihm.

Lächeln, lächeln.

Masklin sah auch weiterhin nach oben, und die unterdrückte Panik hätte ihn fast laut kichern lassen, als er fragte: »Kann ich Ihnen irgendwie helfen, Gentlemen?«

9

Wissenschaft. Eine Möglichkeit, Dinge herauszufinden und sie funktionieren zu lassen. Die **W.** erklärt, was die ganze Zeit über um uns herum geschieht, ebenso wie die ***Religion***. Doch die **W.** ist besser, weil sie glaubwürdigere Ausreden bietet, wenn etwas nicht klappt. Es gibt viel mehr **W.**, als man glaubt.

Aus: Eine wissenschaftliche Enzyklopädie für den wissbegierigen jungen Nom *von Angalo Kurzwarenler*

Gurder, Angalo und Pion hockten im Schatten eines großen Busches. Über ihnen schwebte eine dichte Wolke des Kummers.

»Ohne das *Ding* können wir nicht nach Hause zurück«, sagte der Abt.

»Wenn das stimmt, müssen wir Masklin befreien«, erwiderte Angalo.

»Es dauert sicher eine Ewigkeit!«

»Na und? Fast ebenso viel Zeit steht uns hier bevor, wenn wir nicht nach Hause zurückkehren können.« Angalo hatte einen Kieselstein gefunden, genau in der richtigen Größe, um mit einigen von seiner Jacke abgerissenen Stoffstreifen an einem Zweig befestigt zu werden. Über Steinäxte wusste er kaum Bescheid, aber er war davon überzeugt, dass es sich lohnte, Steine an Zweigen festzubinden. Solche Gegenstände mochten sich als recht nützlich erweisen.

»Hör endlich auf, an dem Ding herumzufummeln«, brummte Gurder. »Wie lautet dein Plan? Wir gegen Floridia?«

»Nicht unbedingt. Außerdem: Niemand verlangt von dir, mich zu begleiten.«

»Beruhig dich, Herr Retter! Ein Idiot genügt uns.«

»Ich warte noch immer auf eine bessere Idee von dir.« Angalo hob die Axt, schlug damit auf einen unsichtbaren Gegner ein.

»Ich ebenfalls.«

Ein kleines rotes Licht blinkte am *Ding*.

Einige Sekunden später bildete sich ein quadratisches Loch im schwarzen Kasten, und eine kleine Linse glitt daraus hervor. Sie drehte sich langsam.

Dann sprach das *Ding*. *»Wo sind wir hier?«*, fragte es.

Die Linse neigte sich nach oben, dem Gesicht des herabstarrenden Menschen entgegen.

»Und warum?«, fügte das *Ding* hinzu.

»Ich weiß nicht genau«, antwortete Masklin. »Wir befinden uns im Zimmer eines großen Gebäudes. Die Menschen haben mir kein Leid zugefügt. Ich glaube, einer von ihnen hat versucht, mit mir zu reden.«

»Offenbar umgibt uns eine Art Glaskasten«, sagte das *Ding*.

»Sie gaben mir sogar ein kleines Bett«, erzählte Masklin. »Und das Etwas dort scheint eine Toilette zu sein. Aber ... was ist mit dem Schiff?«

»Ich nehme an, es ist wieder unterwegs«, erwiderte das *Ding* ruhig.

»Du nimmst es an? Du *nimmst es an*? Mit anderen Worten: Du weißt es nicht?«

»Dies und jenes könnte schiefgegangen sein. Wenn nicht, trifft das Schiff bald ein.«

»Aber wenn dies und jenes schiefging – dann sitze ich hier für den Rest meines Lebens fest!«, sagte Masklin bitter. »Ich bin wegen dir hierhergekommen, weißt du ...«

»Ja, ich weiß. Danke!«

Masklin seufzte.

»Eigentlich sind die Menschen recht freundlich«, fuhr er fort. Er dachte darüber nach. »So scheint es jedenfalls. Ich bin nicht ganz sicher.«

Er blickte durch die transparente Wand. Während der letzten Minuten hatten sich viele Menschen dem Glaskasten genähert, um ihn zu beobachten. Er fragte sich, ob er ein Ehrengast oder ein Gefangener war oder vielleicht etwas dazwischen.

»Ich musste Elektrizität für dich suchen«, sagte Masklin. »Es schien die einzige Hoffnung für uns zu sein.«

»Ich analysiere Kommunikationssignale.«

»Das machst du dauernd.«

»Viele von ihnen betreffen Sie. Alle Arten von sogenannten Experten kommen hierher, um Sie zu sehen.«

»Was für Experten? Spezialisten für Nomen?«

»Spezialisten für extraterrestrische Wesen. Die Menschen sind noch nie Außerirdischen begegnet, aber sie haben trotzdem Fachleute, die darauf spezialisiert sind, mit ihnen zu sprechen.«

»Ich hoffe, es klappt alles«, sagte Masklin ernst. »Jetzt wissen die Menschen, dass wir Nomen existieren.«

»Aber sie wissen nicht, was Nomen sind. Die Menschen glauben, dass Sie sich erst seit kurzer Zeit hier aufhalten.«

»Das stimmt auch.«

»Ich meine, nicht hier in diesem Zimmer, sondern auf dem Planeten. Die Menschen glauben, Sie sind aus dem All gekommen, von den Sternen.«

»Aber wir *leben* auf dieser Welt schon seit vielen Tausend Jahren!«

»Es fällt den Menschen leichter, an kleine Leute aus dem Weltraum zu glauben als an kleine Leute auf der Erde. Grüne Männchen sind ihnen vertrauter als Gnomen beziehungsweise Nomen.«

Masklin zog die Stirn kraus. »Ich verstehe kein Wort.«

»Seien Sie unbesorgt. Es ist nicht weiter wichtig.« Das Ding drehte die Linse, um auch die anderen Bereiche des Zimmers zu sehen.

»Hübsch«, kommentierte es. *»Sehr wissenschaftlich.«*

Dann betrachtete es ein langes Kunststofftablett neben Masklin.

»Was ist *das*?«

»Oh, Obst, Nüsse, Fleisch und so. Wahrscheinlich wollen die Menschen feststellen, was ich esse. Ich glaube, die hiesigen Exemplare sind recht intelligent. Ich habe auf meinen Mund gezeigt, und sie verstanden sofort, dass ich Hunger hatte.«

»Ah«, sagte das Ding. *»Take me to your larder – bringt mich zu eurer Speisekammer.«*

»Bitte?«

»Ich erkläre es Ihnen. Habe ich bereits darauf hingewiesen, dass ich Kommunikationssignale analysiere.«

»Ja. Eine deiner Lieblingsbeschäftigungen.«

»Es handelt sich um einen Witz. Besser gesagt: um eine humorvolle Anekdote oder Geschichte, die Menschen geläufig ist. Sie betrifft ein Raumschiff von einer anderen Welt, das auf diesem Planeten landet. Seltsame Geschöpfe steigen aus, wenden sich an Zapfsäulen, Mülltonnen, Münzautomaten oder ähnliche Objekte und sagen: ›Bringt uns zu eurem Anführer!‹ Diesem Verhalten liegt vermutlich Unkenntnis in Bezug auf die Gestalt der Menschen zugrunde. Ich habe den englischen Begriff ›leader‹ – Anführer durch das ähnlich klingende Wort ›larder‹ – Speisekammer – ersetzt. Damit ist ein Ort gemeint, wo Lebensmittel aufbewahrt werden. Menschen lieben solche Scherze.«

Der schwarze Kasten schwieg.

»Oh«, sagte Masklin nach einer Weile. Er dachte darüber nach. »Und die ›seltsamen Geschöpfe‹ sind jene grünen Männchen, die du vorhin erwähnt hast?«

»Ja ... Einen Augenblick. Einen Augenblick.«

»Was ist denn? Was ist denn?«, fragte Masklin aufgeregt.

»Ich höre das Schiff.«

Masklin lauschte aufmerksam.

»Ich höre überhaupt nichts.«

»Es sind keine Geräusche, sondern Funksignale.«

»Wo ist es? Wo ist es, *Ding*? Du hast immer gesagt, es befindet sich irgendwo dort oben, aber *wo*?«

Die übrig gebliebenen Frösche krochen übers Moos, um der heißen Nachmittagssonne zu entkommen.

Tief am östlichen Horizont zeigte sich weißer Glanz.

Es wäre nett, sich vorzustellen, dass es bei den Fröschen Legenden darüber gab. Es wäre nett, sich vorzustellen, dass sie Sonne und Mond für ferne Blumen hielten, eine gelbe am Tag und eine weiße in der Nacht. Es wäre nett, sich vorzustellen, dass Legenden Folgendes berichteten: Wenn ein guter Frosch starb, so schwebte seine Seele zu den großen Blumen am Himmel.

Das Problem ist: Wir sprechen hier von *Fröschen*. Ihr Name für die Sonne lautete ».-.-. mipmip .-.-.«, und den Mond nannten sie ».-.-. mipmip .-.-.«. Für sie hieß alles ».-.-. mipmip .-.-.«, und wenn das Vokabular nur aus einem Wort besteht, ist es sehr schwer, Legenden zu entwickeln.

Trotzdem ahnte der erste Frosch, dass mit dem Mond etwas nicht stimmte.

Er wurde heller.

»Wir haben das Schiff auf dem *Mond* gelassen?«, fragte Masklin. »Warum?«

»Ihre Vorfahren trafen diese Entscheidung«, antwortete das Ding. *»Damit sie es im Auge behalten konnten, vermute ich.«*

Masklins Gesicht erhellte sich langsam, wie bei einem Sonnenaufgang ganz besonderer Art.

»Weißt du ...«, stieß er hervor. »Bevor dies alles begann, damals, als wir noch in dem alten Loch lebten ... Oft saß ich nachts draußen, um den Mond zu beobachten. Vielleicht erinnerte sich irgendetwas in meinem Blut daran, dass dort oben ...«

»Nein«, unterbrach ihn das Ding. *»Mit ziemlicher Sicherheit basierte Ihr Verhalten auf primitivem Aberglauben.«*

»Oh.« Masklin ließ enttäuscht die Schultern hängen. »Entschuldige.«

»Bitte seien Sie jetzt still. Das Schiff fühlt sich einsam und verloren. Es hat fünfzehntausend Jahre lang geschlafen und wartet darauf, dass jemand mit ihm spricht.«

»Eine lange Nacht«, kommentierte Masklin. »Hoffentlich ist das Schiff kein Morgenmuffel.«

Auf dem Mond existieren keine Geräusche, aber das spielt kaum eine Rolle, denn es gibt niemanden, der sie hören könnte. Geräusche wären nur eine Verschwendung.

Andererseits: Es mangelt nicht an Licht.

Feiner Mondstaub wirbelte auf, wallte über den uralten Ebenen der dunklen Sichel, bildete große Wolken und stieg weit genug auf, um den Glanz der Sonne einzufangen. Myriaden Staubpartikel glitzerten und funkelten.

Tief unten kroch etwas aus dem Boden.

»Wir haben es in einem *Loch* zurückgelassen?«, fragte Masklin.

Lichter tanzten über den schwarzen Kasten.

»Behaupten Sie jetzt nur nicht, dass Sie deshalb in einem Loch gelebt ha-

ben«, erwiderte das *Ding*. *»Bei vielen anderen Nomen war das nie der Fall.«*

»Ja, du hast recht«, murmelte Masklin. »Es ist nur ...«

Er schwieg plötzlich, blickte aus dem Glaskasten und beobachtete einen Menschen, der versuchte, sein Interesse auf einige Zeichen an einer Tafel zu lenken.

»Das Schiff darf nicht kommen«, sagte er schnell. »Sorg dafür, dass es auf dem Mond bleibt. Wir dürfen es nicht für uns beanspruchen, *Ding*! Es gehört nicht uns, sondern allen Nomen!«

Die drei Nomen in der Nähe des Startplatzes blickten zum Himmel hoch. Die Sonne sank dem Horizont entgegen, und der Mond glitzerte wie Christbaumschmuck.

»Bestimmt steckt das Schiff dahinter!«, sagte Angalo. »Bestimmt!« Er strahlte und wandte sich an seine beiden Begleiter. »Wir haben es geschafft. Das Schiff ist unterwegs.«

»Ich hätte nie gedacht, dass es klappt ...«, begann Gurder.

Angalo klopfte Pion auf den Rücken und deutete nach oben.

»Siehst du, Junge! Das Schiff. Und es gehört uns!«

Der Abt rieb sich das Kinn und nickte nachdenklich. »Ja. Stimmt. Unser Schiff.«

»Masklin meint, da oben gibt's viele verschiedene Sachen«, fuhr Angalo verträumt fort. »Und jede Menge All. Viel All, das nichts und alles enthält. Masklin meint, das Schiff fliegt schneller als Licht, aber da irrt er sich wahrscheinlich. Wie soll man etwas sehen, wenn man schneller ist als das Licht? Man schaltet das Licht ein, und es fällt nach hinten aus dem Zimmer. Wie dem auch sei: Das Schiff ist *sehr* schnell ...«

Gurder beobachtete das Firmament. Ein Gedanke löste sich von den anderen, kroch nach vorn und verursachte Unbehagen.

»Unser Schiff«, wiederholte der Abt. »Mit dem wir hierhergekommen sind.«

»Ja, genau«, bestätigte Angalo, ohne zu verstehen.

»Und es bringt uns zurück«, fügte Gurder hinzu.

»Das hat Masklin gesagt. Und er ...«

»Alle Nomen«, überlegte Gurder laut. Seine Stimme war so schwer wie Blei.

»Ja, natürlich. Was dachtest du denn? Wir finden sicher eine Möglichkeit, mit dem Schiff zum Steinbruch zu fliegen, um die anderen mitzunehmen. Und auch Pion.«

»Was ist mit Pions Volk?«, fragte Gurder.

»Oh, es kommt ebenfalls mit«, entgegnete Angalo großzügig. »Wahrscheinlich haben wir auch Platz für die Gänse.«

»Und die anderen?«

Angalo blinzelte verwirrt. »Welche anderen?«

»Strauch hat uns erzählt, dass praktisch überall Gruppen von Nomen leben.«

Angalo starrte ins Leere. »Oh, die *anderen*. Ich weiß nicht. Ich weiß nur eins: Wir *brauchen* das Schiff. Nachdem wir das Kaufhaus verlassen haben, sind wir immer nur weggelaufen. Das muss endlich aufhören.«

»Aber wenn wir das Schiff nehmen ... Was bleibt dann den übrigen Nomen, wenn sie in Not geraten?«

Masklin hatte gerade die gleiche Frage gestellt.

Und das Ding antwortete: *»010011010101011101010100101101011 10010.«*

»Was hast du gesagt?«

»Wenn meine Konzentration nachlässt, gibt es vielleicht für niemanden ein Schiff.« Das Ding klang gereizt. *»Ich übermittle fünfzehntausend Anweisungen pro Sekunde.«*

Masklin schwieg.

»Das sind sehr viele«, fügte der schwarze Kasten hinzu.

»Das Schiff gehört allen Nomen auf der Welt«, brummte Masklin.

»010011001010010010...«

»Ach, sei still und sag mir, wann das Schiff eintrifft.«

»0101011001... Bitte entscheiden Sie sich ... 01001100...«

»Was?«

»Ich kann still sein ODER Ihnen mitteilen, wann das Schiff eintrifft. Beides ist mir nicht möglich.«

»Na schön«, erwiderte Masklin geduldig. »Sag mir, wann das Schiff kommt. Und sei anschließend still.«

»In vier Minuten.«

»Vier Minuten!«

»Plus minus drei Sekunden. Aber ich glaube, die vier Minuten sind eine exakte Angabe. Allerdings sind es jetzt nur noch drei Minuten und achtunddreißig Sekunden, und gleich könnten es nur noch drei Minuten und siebenunddreißig Sekunden sein …«

»Ich kann nicht hierbleiben, wenn das Schiff so bald eintrifft!«, entfuhr es Masklin. Er vergaß vorübergehend seine Pflicht der irdischen Nomheit gegenüber. »Es liegt ein Deckel auf dem Glaskasten. Gibt es eine Möglichkeit, ihn trotzdem zu verlassen?«

»Soll ich jetzt sofort still sein? Oder möchten Sie, dass ich Ihnen erst nach draußen helfe und dann schweige?«

»Bitte!«

»Haben die Menschen Sie bei Bewegungen beobachtet?«, fragte das *Ding*.

»Wie meinst du das?«

»Wissen die Menschen, wie schnell Sie laufen können?«

»Nein, ich glaube nicht«, antwortete Masklin.

»Bereiten Sie sich darauf vor, noch schneller als sonst zu laufen. Und halten Sie sich die Ohren zu!«

Masklin kam der Aufforderung nach. Manchmal ging ihm das *Ding* auf die Nerven, aber es zahlte sich nicht aus, seinen Rat zu ignorieren.

Die Lichter am Kasten bildeten ein sternenförmiges Muster.

Das *Ding* heulte. Die von ihm verursachten Geräusche wurden immer schriller, bis Masklin sie nicht mehr hörte. Aber er fühlte sie, obgleich er die Hände nach wie vor an die Ohren drückte. Sie schienen unangenehme Blasen in seinem Kopf zu schaffen.

Er öffnete den Mund, um zu schreien – und die Wände um ihn herum explodierten. In der einen Sekunde bestanden sie aus festem Glas und in der nächsten aus Splittern, wie die Einzelteile eines Puzzles, die plötzlich mehr persönlichen Freiraum anstrebten. Der Deckel rutschte herab, und Masklin wich ihm gerade noch rechtzeitig aus.

»Heben Sie mich hoch, und laufen Sie los«, sagte das *Ding*, während die Glassplitter noch über den Tisch rollten.

Die Menschen im Zimmer drehten sich mit typisch menschlicher Langsamkeit um.

Masklin ergriff den schwarzen Kasten und eilte über den Tisch.

»Nach unten!«, schnaufte er. »Wir sind weit oben. Wie gelangen wir nach unten?« Der verzweifelte Blick des Noms huschte umher. Am anderen Ende des Tisches bemerkte er eine Maschine mit kleinen Lampen und Anzeigefeldern. Einer der Menschen stand dort und drückte Tasten.

»Drähte und Kabel«, sagte er. »Wo Maschinen sind, gibt es auch Drähte und Kabel.«

Masklin lief weiter, entging mühelos einer riesigen Hand, die ihn packen wollte, und flitzte über den Tisch.

»Ich muss dich hinunterwerfen, *Ding*«, keuchte er. »Ich kann dich nicht nach unten tragen!«

»Schon gut. Es besteht keine Gefahr für mich.«

Masklin verharrte am Rand des Tisches und ließ den schwarzen Kasten fallen. Es gab tatsächlich einige Leitungen, die bis zum Boden reichten. Er sprang, schloss die Hände um ein Kabel und glitt daran in die Tiefe.

Aus allen Richtungen stapften ihm Menschen entgegen. Er hob das *Ding* wieder auf, drückte es sich an die Brust und stürmte über den Boden. Ein Fuß ragte vor ihm auf, brauner Schuh, dunkelblaue Socke. Er wich nach rechts aus. Zwei weitere Füße: schwarze Schuhe, schwarze Socken. Und sie waren auf dem besten Weg, über den ersten Fuß zu stolpern.

Masklin wandte sich nach links.

Noch viele andere Füße. Und Hände, die sich vergeblich nach ihm ausstreckten. Der Nom war ein Schemen, sauste im Zickzack durch einen Dschungel aus Schuhen, die ihn unter sich zermalmen konnten.

Schließlich erstreckte sich eine freie Fläche vor ihm.

Irgendwo erklang eine Alarmsirene, und Masklin hörte ihr schrilles Heulen als tiefes Blöken.

»Zur Tür«, schlug das *Ding* vor.

»Aber gleich kommen noch mehr Menschen herein«, zischte der Nom.

»Um so besser. Weil wir das Gebäude verlassen.«

Masklin erreichte die Tür, als sie sich öffnete. Ein mehrere Zentimeter breiter Spalt entstand, durch den er noch mehr Füße sah.

Er nahm sich nicht die Zeit, einen klaren Gedanken zu fassen. Masklin lief über den ersten Schuh hinweg, sprang auf der anderen Seite hinunter und setzte die Flucht fort.

»Wohin jetzt? Wohin jetzt?«

»Nach draußen.«

»Und wo geht es nach draußen?«

»Überall.«

»Herzlichen Dank!«

Türen schwangen auf, und Menschen kamen in den Flur. Die Gefahr bestand nicht darin, in Gefangenschaft zu geraten – nur sehr aufmerksame Menschen konnten einen sprintenden Nom *sehen*, und selbst der geschickteste von ihnen wäre nicht in der Lage gewesen, ihn zu fangen. Masklin fürchtete vor allem, dass eine der großen, trägen Gestalten durch Zufall auf ihn trat.

»Warum fehlen hier Mauselöcher?«, klagte Masklin. »In jedem Gebäude sollte es Mauselöcher geben!«

Ein Stiefel donnerte dicht neben ihm auf den Boden. Der Nom hüpfte daran vorbei.

Immer mehr Menschen füllten den Flur. Eine zweite Alarmsirene heulte beziehungsweise blökte.

»Was ist hier los? Bin ich allein die Ursache für dieses Durcheinander? Das kann ich mir kaum vorstellen ...«

»Das Schiff. Die Menschen haben das Schiff gesehen.«

Ein Schuh hätte Masklin fast in den flachsten Nom von Florida verwandelt. Er tauchte so plötzlich vor dem Nom auf, dass er beinah dagegengeprallt wäre.

Im Gegensatz zu den meisten Schuhen trug er einen Namen. Es handelte sich um ein Exemplar von Äußerst Strapazierfähig Und Mit Echter Gummisohle. Die Socke darüber erweckte den Anschein, Absolut Geruchsneutral zu sein und zu garantiert fünfundachtzig Prozent aus Polyputheketlon zu bestehen – die teuerste aller Socken.

Masklin blickte nach oben. Weit über dem Gebirge der blauen Hose und den fernen Wolken des Pullovers schwebte ein Bart.

Er erkannte Enkel Richard, 39.

Wenn man glaubte, dass niemand über Nomen wachte ... Dann kam die Vorsehung und bewies das Gegenteil.

Masklin sprang und landete am Hosenbein, als sich der Fuß bewegte. Dies war der sicherste Ort weit und breit, denn Menschen traten nur selten aufeinander.

Ein Schritt, und der Fuß senkte sich wieder zum Boden. Masklin schaukelte und versuchte sich am groben Stoff hochzuziehen. Einige Zentimeter entfernt entdeckte er einen Saum, und dort klammerte er sich fest – die Nähte boten einen besseren Halt.

Dutzende von Menschen umgaben Enkel Richard, 39, und alle schienen das gleiche Ziel zu haben. Einige von ihnen stießen gegen ihn und rissen Masklin fast von der Hose. Er streifte die Stiefel ab und versuchte, sich auch mit den Zehen festzuhalten.

Es pochte dumpf, wenn Enkel Richards Füße nach jedem Schritt auf den Boden zurückkehrten.

Masklin zog sich an einer Tasche hoch, und das große Etikett darüber half ihm, den Gürtel zu erreichen. Er kannte Etiketten aus dem Kaufhaus, doch dieses war riesig und wies viele Buchstaben auf. Es schien festgenietet zu sein, wie bei einer Maschine.

»›Grossbergers Hagglers, die Nummer eins bei Jeans‹«, las der Nom. »Außerdem steht hier noch, wie gut solche Hosen sind, und hinzu kommen Bilder von Kühen und so. Warum läuft Enkel, 39, mit solchen Etiketten herum?«

»Um sich daran zu erinnern, wo die einzelnen Kleidungsstücke hingehören?«, spekulierte das *Ding*.

»Möglich. Sonst würde er die Schuhe auf den Kopf setzen oder so.«

Masklin blickte noch einmal auf das Etikett, als er nach dem Pullover griff.

»Angeblich wurden die Jeans bei der Ausstellung in Chicago, 1910, mit einer Goldmedaille ausgezeichnet«, fügte er hinzu. »Haben sich gut gehalten.«

Menschen strömten aus dem Gebäude.

An dem Pullover konnte Masklin viel leichter emporklettern. Rasch krabbelte er hoch. Enkel Richards langes Haar erleichterte es dem Nom, sich auf die Schulter zu ziehen.

Eine Tür, dann Sonnenschein.

»Wie lange noch, *Ding*?«, flüsterte Masklin. Nur wenige Zentimeter trennten ihn von Enkel Richards Ohr.

»Dreiundvierzig Sekunden.«

Die Menschen verteilten sich auf dem großen Betonplatz vor dem Gebäude, und der Nom sah einige andere, die Geräte nach draußen trugen. Sie starrten zum Himmel und stießen dauernd gegeneinander.

Eine Gruppe umringte jemanden, der sehr besorgt wirkte.

»Was geht hier vor, *Ding?*«, raunte Masklin.

»Der Mensch im Zentrum der Gruppe dort ist besonders wichtig. Er kam hierher, um den Start des Shuttles zu beobachten. Die anderen bitten ihn nun, das Schiff willkommen zu heißen.«

»Ganz schöne Frechheit, was? Immerhin ist es nicht *ihr* Schiff.«

»Sie glauben, es sei hierher unterwegs, um mit ihnen zu sprechen.«

»Wie kommen sie darauf?«

»Die Menschen halten sich für die wichtigsten Geschöpfe auf diesem Planeten.«

»Ha!«

»Erstaunlich, nicht wahr?«, meinte das *Ding.*

»Jeder weiß, dass Nomen viel wichtiger sind«, sagte Masklin. »Zumindest jeder Nom ...« Er überlegte kurz und schüttelte den Kopf. »Der oberste Mensch, wie? Ihr Anführer. Vermutlich klüger als die anderen.«

»Das bezweifle ich. Die übrigen Menschen erklären ihm gerade, was ein Planet ist.«

»Er weiß es nicht?«

»Viele Menschen wissen es nicht, und Herrvizepräsident gehört zu ihnen. 001010011000.«

»Sprichst du wieder mit dem Schiff?«

»Ja. Noch sechs Sekunden.«

»Es fliegt tatsächlich hierher ...«

»Ja.«

10

Gravitation. Ein noch weitgehend unbekanntes Phänomen. Es sorgt dafür, dass kleine Dinge wie Nomen auf großen Dingen wie **Planeten** bleiben. Wegen der ***Wissenschaft*** geschieht das selbst dann, wenn man sich nicht mit der **G.** auskennt. Was beweist, dass die Wissenschaft dauernd passiert.

Aus: Eine wissenschaftliche Enzyklopädie für den wissbegierigen jungen Nom *von Angalo Kurzwarenler*

Angalo sah sich um. »*Komm*, Gurder!«

Der Abt lehnte an einem Grasbüschel und schnappte nach Luft.

»Es hat keinen Sinn«, keuchte er. »Welch ein Unfug. Wir können nicht allein gegen die Menschen kämpfen!«

»Pion begleitet uns. Und dies ist eine gute Steinaxt.«

»Oh, und damit wirst du den Großen einen enormen Schrecken einjagen. Eine Steinaxt. Wenn du zwei hättest, würden sie bestimmt sofort fliehen.«

Angalo schwang die Waffe. Sie fühlte sich gut an.

»Wir müssen es versuchen«, erwiderte er schlicht. »Komm, Pion! Was beobachtest du? Gänse?«

Der Floridianer starrte zum Himmel.

»Da oben ist ein Punkt«, stellte Gurder fest und kniff die Augen zusammen.

»Wahrscheinlich ein Vogel«, sagte Angalo.

»Sieht nicht wie ein Vogel aus.«

»Ein Flugzeug?«

»Sieht auch nicht nach einem Flugzeug aus.« Jetzt blickten alle drei Nomen zum Himmel hoch. Ihre nach oben gewandten Gesichter bildeten ein Dreieck.

Ein schwarzer Fleck schwebte am hohen Blau.

»Hat er es wirklich geschafft?«, fragte Angalo unsicher.

Aus dem Fleck wurde eine kleine dunkle Scheibe.

»Das Objekt bewegt sich nicht«, brummte Gurder.

»Zumindest bewegt es sich nicht seitwärts.« Angalo sprach langsam, dehnte jedes Wort. »Aber es sinkt herab.«

Die kleine dunkle Scheibe verwandelte sich in eine große dunkle Scheibe, und etwas deutete auf Dampf an ihrem Rand hin.

»Vielleicht eine Art Wetter«, murmelte Angalo. »Ihr wisst schon. Besonderes floridianisches Wetter.«

»Ach? Ein riesiges Hagelkorn, wie? Nein, es ist das Schiff. Und es kommt, um uns abzuholen!«

Es war jetzt viel größer und ... und noch immer weit, weit entfernt.

»Ich hätte kaum etwas dagegen, wenn es nicht *direkt zu* uns käme«, sagte Gurder mit zittriger Stimme. »Ich wäre durchaus bereit, einige Dutzend Meter zu gehen, um es zu erreichen.«

»Ja.« Angalos Miene zeigte wachsendes Entsetzen. »Eigentlich *kommt* es nicht in dem Sinne. Es ...«

»... *fällt* eher«, beendete Gurder den Satz. Er sah Angalo an.

»Sollen wir weglaufen?«, fragte er. »Das wäre einen Versuch wert.«

»Und wohin?«

»Ich schlage vor, wir folgen Pion. Er lief schon vor einer ganzen Weile weg.«

Masklin hätte sofort zugegeben, dass er sich mit Transportmitteln nicht sehr gut auskannte, doch seiner Ansicht nach hatten sie eins gemeinsam: Die vordere Seite befand sich vorn und die hintere hinten. Und: Die vordere Seite zeigte an, wo es nach vorn ging.

Doch das vom Himmel herabsinkende Schiff war eine Scheibe mit einem Buckel obendrauf und mit Kanten am Rand. Es verursachte keine Geräusche. Die Menschen schienen dennoch sehr beeindruckt zu sein.

»Das ist es?«, fragte Masklin.

»Ja.«

»Oh.« Dann verschob sich die Perspektive.

Das Schiff war nicht groß. Man brauchte ein neues Wort, um seine Ausmaße zu beschreiben. Es *fiel* nicht durch die faserigen Wolkenschleier, sondern schob sie beiseite. Wenn man glaubte, eine gute Vorstellung von der Größe gewonnen zu haben, zog eine Wolke daran vorbei und erforderte neue Maßstäbe. Etwas so Großes konnte man nur mit einem ganz besonderen Ausdruck beschreiben.

»Stürzt es ab?«, hauchte Masklin.

»Ich lande es im Gebüsch«, verkündete das Ding. *»Um die Menschen nicht zu erschrecken.«*

»Lauf!«

»Glaubst du etwa, ich ruhe mich aus?«

»Das Schiff ist noch immer über uns!«

»Ich laufe! Ich laufe! Schneller kann ich nicht laufen!« Ein Schatten fiel auf die drei rennenden Nomen.

»Die weite Reise bis nach Floridia, nur um unter unserem eigenen Schiff zerquetscht zu werden«, stöhnte Angalo. »Du hast nie wirklich daran geglaubt, oder? Jetzt wirst du *fest* daran glauben müssen!«

Der Schatten wurde dunkler. Die Nomen sahen, wie er vor ihnen über den Boden huschte, grau am Rand. Er schuf die Finsternis der Nacht – eine ganz persönliche Nacht für die Nomen.

»Die anderen sind noch immer irgendwo dort draußen«, sagte Masklin.

»Ah«, erwiderte der schwarze Kasten. *»Das habe ich vergessen.«*

»So etwas *darfst* du nicht vergessen!«

»In der letzten Zeit bin ich sehr beschäftigt gewesen. Ich kann nicht an alles denken. Nur an fast alles.«

»Du solltest vermeiden, jemanden zu zerquetschen!«

»Keine Sorge. Ich halte das Schiff an, bevor es landet.«

Die Menschen sprachen aufgeregt miteinander, und einige von ihnen liefen dem fallenden Schiff entgegen. Viele andere wichen zurück.

Masklin riskierte einen Blick in Enkel Richards Gesicht, der das Schiff mit einem seltsam verzückten Lächeln beobachtete.

Einige Sekunden später neigten sich die Augen zur Seite. Der Kopf folgte ihrem Beispiel, und Enkel Richard starrte zum Nom auf seiner Schulter.

Der Mensch sah ihn nun zum zweiten Mal. Und jetzt konnte Masklin nicht weglaufen.

Der Nom klopfte auf das *Ding*.

»Kannst du meine Stimme verlangsamen?«, fragte er rasch. Die Züge des Menschen offenbarten Verblüffung.

»Wie meinen Sie das?«

»Kannst du wiederholen, was ich sage, nur langsamer? Und lauter? Damit er mich versteht?«

»Sie möchten kommunizieren? Mit einem Menschen?«

»Ja. Kannst du es?«

»Ich rate Ihnen dringend davon ab! Es wäre sehr gefährlich!«

Masklin ballte die Fäuste. »Im Vergleich womit, *Ding*? Im Vergleich womit? Ist es gefährlicher als nicht zu kommunizieren? Also los! Sag ihm ... Sag ihm, dass wir niemandem ein Leid zufügen wollen! Sag es ihm jetzt sofort! Er hebt bereits die Hand!« Der Nom hielt den schwarzen Kasten an Enkel Richards Ohr.

Das *Ding* sprach so langsam und dumpf wie die Menschen.

Seine Stimme erklang recht lange.

Der Mensch erstarrte.

»Was hast du gesagt?«, fragte Masklin. »Was hast du gesagt?«

»Wenn er etwas gegen Sie unternimmt, explodiere ich und reiße ihm den Kopf ab, das habe ich gesagt«, antwortete der Kasten.

»Nein!«

»Doch.«

»Und so etwas nennst du ›kommunizieren‹?«

»Es ist eine sehr wirkungsvolle Art der Kommunikation.«

»Aber du hast ihm gedroht! Außerdem ... Ich wusste nicht, dass du explodieren kannst.«

»Eine solche Möglichkeit fehlt mir«, entgegnete das *Ding*. *»Aber das weiß der Mensch nicht. Er ist nur ein Mensch.«*

Das Schiff fiel jetzt langsamer und glitt übers Gebüsch hinweg, bis es seinen eigenen Schatten traf. Das Shuttle-Startgerüst wirkte wie eine kleine Nadel neben einem sehr großen schwarzen Teller.

»Du hast es auf dem Boden gelandet!«, entfuhr es Masklin. »Du wolltest es doch vorher anhalten!«

»Das Schiff befindet sich nicht auf dem Boden. Es schwebt dicht darüber.«

»Für mich sieht es aus, als läge es darauf!«

»Es schwebt dicht darüber«, wiederholte das Ding.

Enkel Richard spähte über seine Nase hinweg und musterte Masklin. Er blinzelte verwirrt.

»Was sorgt dafür, dass es schwebt?«, fragte der Nom.

Der schwarze Kasten antwortete.

»Auntie* wer? Wie heißt sie? Es befinden sich Verwandte an Bord?«

»Nicht ›Auntie‹, sondern ›Anti‹. Antigravitation.«

»Aber es gibt weder Flammen noch Rauch!«

»Flammen und Rauch sind nicht wichtig.«

Fahrzeuge rasten dem Schiff entgegen.

»Äh«, sagte Masklin. »*Wie* dicht über dem Boden schwebt das Schiff?«

»Zehn Zentimeter erschienen mir ausreichend.«

Angalo lag auf dem Bauch und presste das Gesicht in den Sand.

Zu seinem großen Erstaunen lebte er noch – oder er konnte selbst als Toter denken. Vielleicht *war* er tot und befand sich nun im Jenseits.

Allerdings, das Jenseits unterschied sich kaum von Floridia.

Der Nom überlegte. Er hatte beobachtet, wie das große Etwas vom Himmel herabfiel und dabei direkt auf seinen Kopf zu zielen schien. Daraufhin hatte er sich zu Boden geworfen und damit gerechnet, zu einem schmierigen Fleck in einem ziemlich großen Loch zu werden.

Nein, vermutlich war er nicht gestorben. Ein so bedeutungsvolles Ereignis in seinem Leben konnte er unmöglich vergessen haben.

»Gurder?«, fragte er zaghaft.

»Bist du das?«, erklang die Stimme des Abts.

* Unübersetzbares Wortspiel. »Auntie« klingt wie »Anti« und bedeutet Tante oder »Tantchen«. – *Anmerkung des Übersetzers.*

»Ich hoffe es. Pion?«

»Pion!«, erwiderte der Floridianer irgendwo in der Dunkelheit.

Angalo stemmte sich vorsichtig hoch und verharrte auf Händen und Knien.

»Hat jemand eine Ahnung, wo wir sind?«, fragte er.

»Im Schiff?«, entgegnete Gurder.

»Das glaube ich nicht«, murmelte Angalo. »Hier gibt es Boden und Gras und so.«

»Wohin verschwand das Schiff? Und warum ist es hier so finster?«

Angalo strich Schmutz von der Jacke. »Was weiß ich? Vielleicht ... Vielleicht hat es uns verfehlt. Oder wir wurden getroffen und verloren das Bewusstsein. Vielleicht hat inzwischen die Nacht begonnen.«

»Ich sehe etwas Licht am Horizont«, sagte Gurder. »Das ist nicht richtig, oder? Richtige Nächte sollten anders sein, stimmt's?«

Angalo blickte sich um. Es gab tatsächlich einen Lichtstreifen in der Ferne. Außerdem nahm er ein sonderbares Geräusch wahr, so leise, dass man es leicht überhörte. Aber wenn man es einmal bemerkt hatte, schien es die ganze Welt zu füllen.

Er stand auf, um die Umgebung besser beobachten zu können.

Ein dumpfes Pochen.

»Au!«

Angalo hob die Hand zum Kopf und berührte Metall. Er duckte sich ein wenig und starrte nach oben.

Eine Zeit lang schwieg er nachdenklich.

Dann sagte er: »Es wird dir schwerfallen, dies zu glauben, Gurder ...«

»Ich möchte, dass du von *jetzt* an alles *genau* übersetzt«, wandte sich Masklin an das *Ding*. »Ist das klar? Verzichte darauf, Enkel Richard zu erschrecken!«

Menschen umringten das Schiff. Sie versuchten zumindest, es zu umringen, doch angesichts der Größe des Schiffes waren dazu sehr viele Menschen erforderlich. Deshalb beschränkten sie sich darauf, es an einigen Stellen zu umringen.

Weitere Fahrzeuge trafen ein, die meisten von ihnen mit blökenden Sirenen. Enkel, 39, stand abseits der anderen und hielt einen nervösen Blick auf seine Schulter gerichtet.

»Außerdem sind wir ihm etwas schuldig«, fuhr Masklin fort. »Wir haben seinen Satelliten benutzt und Dinge gestohlen.«

»Sie haben einmal darauf hingewiesen, es allein schaffen zu wollen, auf Ihre eigene Art und Weise«, erwiderte der schwarze Kasten. *»Ohne die Hilfe der Menschen.«*

»Inzwischen hat sich die Situation geändert. Das Schiff ist hier. Unser Schiff. Wir brauchen nicht mehr um etwas zu bitten.«

»Darf ich Sie daran erinnern, dass Sie auf Enkel Richards Schulter sitzen und nicht umgekehrt?«

»Und wenn schon«, sagte Masklin. »Sag ihm, er soll zum Schiff gehen. *Bitte* ihn darum. Und sag ihm: Wir wollen nicht, dass jemand zu Schaden kommt, mich eingeschlossen.«

Enkel Richards Antwort dauerte recht lange. Schließlich setzte er sich in Bewegung und schritt zum Schiff.

»Was hat er gesagt?«, fragte Masklin und hielt sich am Pullover fest.

»Ich kann es einfach nicht glauben.«

»Er glaubt mir nicht?«

»Er meinte, sein Großvater sprach häufig von Nomen, aber er hat nicht an sie geglaubt, bis jetzt. Er möchte wissen, ob Sie wie die kleinen Leute im Kaufhaus sind.«

Masklins Mund klappte auf. Enkel Richard beobachtete ihn aufmerksam.

»Sag ihm ›Ja‹«, krächzte der Nom.

»Wie Sie wünschen. Aber ich halte das nicht für eine gute Idee.« Das Ding donnerte leise. Enkel Richard grollte.

»Er sagt, sein Großvater scherzte über Nomen im Kaufhaus. Er meinte immer, sie brächten ihm Glück.«

Masklin hatte das schreckliche Gefühl, dass sich die Welt erneut veränderte, obwohl er gerade gehofft hatte, sie zu verstehen.

»Hat sein Großvater jemals einen Nom gesehen?«, fragte er.

»Nein. Aber er sagt: Als sein Großvater und der Bruder des Großvaters das Kaufhaus bauten und bis spätabends im Büro blieben … Sie hörten Geräusche in den Wänden und erzählten sich, es gäbe kleine Kaufhaus-Bewohner. Es handelte sich um eine Art Witz. Enkel Richard sagt auch: Als er klein war,

berichtete ihm Großvater von winzigen Geschöpfen, die sich des Nachts mit seinen Spielzeugen vergnügten.«

»So etwas hätten die Kaufhaus-Nomen nie gewagt!«, platzte es aus Masklin heraus.

»Ich behaupte nicht, dass die Geschichten stimmen.«

Das Schiff war jetzt viel näher. Nirgends zeigten sich Türen oder Fenster. Die Außenfläche erwies sich als so glatt und fugenlos wie die Schale eines Eis.

Masklins Gedanken rasten. Er hatte die Menschen immer für halbwegs intelligent gehalten. Nomen waren sehr intelligent, Ratten und Füchse einigermaßen. Bestimmt enthielt die Welt noch genug Intelligenzreste, um auch den Menschen einen Verstand zu geben. Aber hier ging es um mehr.

Er erinnerte sich an das Buch *Gullivers Reisen*, das eine große Überraschung für die Nomen gewesen war. Masklin zweifelte kaum daran, dass es keine Insel gab, auf der Nomen wohnten. Jemand hatte das alles ... erfunden. Viele Kaufhaus-Bücher enthielten Erfundenes, was zu großer Verwirrung bei den Nomen führte. Aus irgendeinem Grund brauchten die Menschen *unwahre* Dinge.

Sie sind immer davon überzeugt gewesen, dass wir überhaupt nicht existieren, dachte Masklin. *Und gleichzeitig wollten sie an uns glauben.*

»Sag Enkel Richard ...«, begann er. »Sag ihm, ich muss ins Schiff.«

Der Mensch flüsterte, und sein Atem wehte wie Sturmböen.

»Er meint, es sind zu viele Personen zugegen.«

»Warum stehen die Menschen in unmittelbarer Nähe des Schiffes?«, fragte Masklin verwundert. »Wieso fürchten sie sich nicht?« Enkel Richards Antwort erzeugte einen neuerlichen Orkan.

»Er meint: Die Menschen glauben, dass Wesen von einer anderen Welt aus dem Schiff kommen, um mit ihnen zu sprechen.«

»Warum?«

»Ich weiß es nicht«, erwiderte das Ding. *»Vielleicht möchten sie nicht allein sein.«*

Etwas heulte. Hunderte von Menschen hielten sich die Ohren zu.

Lichter erschienen am dunklen Schiff. Sie funkelten an seiner Außenfläche, bildeten Muster, die hin und her tanzten, dann wieder verschwanden. Das Heulen wiederholte sich.

»Es ist doch niemand drin, oder?«, vergewisserte sich Masklin. »Vielleicht Nomen, die fünfzehntausend Jahre geschlafen haben, wie Igel im Winter?«

Hoch oben am Schiff entstand eine Öffnung. Masklin hörte dumpfes Zischen und sah einen roten Blitz, der über die Menge hinwegzuckte und einen mehrere Hundert Meter entfernten Strauch in Flammen aufgehen ließ.

Die Menschen flohen.

Das Schiff stieg einen halben Meter weit auf, wackelte und kippte zur Seite. Dann raste es so schnell empor, dass es zu einem Schemen wurde, verharrte hoch oben am Himmel. Und dann drehte es sich. Und dann hing es schräg in der Luft.

Schließlich sank es wieder herab und landete, mehr oder weniger. Die eine Seite berührte den Boden, und die andere ruhte in leerer Luft, auf nichts.

Das Schiff sprach mit lauter Stimme.

Für die Menschen hörte es sich wahrscheinlich wie schrilles Zirpen an.

Es sagte: »Entschuldigung! Tut mir leid! Ist dies ein Mikrofon? Ich habe noch immer nicht die Taste gefunden, mit der sich die Tür öffnen lässt. Versuchen wir's mit dieser hier ...«

Ein weiteres quadratisches Loch bildete sich im Schiff, und helles blaues Licht gleißte daraus hervor.

Erneut hallte die Stimme über den weiten Betonplatz.

»Na endlich!« Es donnerte zweimal kurz hintereinander, als jemand an ein Mikrofon klopfte, um festzustellen, ob es funktionierte. »Bist du da draußen, Masklin?«

»Das ist Angalo!«, entfuhr es Masklin. »Niemand fährt wie er! *Ding*, sag Enkel Richard, dass ich ins Schiff muss! Bitte!«

Der Mensch nickte.

Andere Menschen drängten sich vor der riesigen Scheibe. Die Tür befand sich ein ganzes Stück über ihnen, außerhalb ihrer Reichweite. Masklin bohrte Finger und Zehen in den Pullover, als sich Enkel Richard einen Weg durch die Menge bahnte.

Das Schiff heulte noch einmal.

»Äh«, klang Angalos ohrenbetäubend laute Stimme aus verborgenen Lautsprechern. Offenbar sprach er mit jemand anders. »Ich bin nicht ganz sicher, wozu dieser Schalter dient, aber ... Nun, ich werde ihn ohnehin ausprobieren, also sollte ich nicht länger zögern. Er ist direkt neben der Taste für die Tür, was bedeutet: Sicher besteht keine Gefahr. Ach, sei still ...«

Eine silbrig glänzende Rampe rutschte aus der Öffnung und neigte sich dem Boden entgegen.

»Siehst du? Siehst du?«, schrillte Angalo.

»Kannst du mit ihm reden, *Ding*?«, fragte Masklin. »Kannst du ihm sagen, dass ich hier draußen bin und ins Schiff zu gelangen versuche?«

»Nein. Allem Anschein drückt er wahllos Tasten. Hoffentlich wählt er nicht die falschen.«

»Ich dachte, du bist in der Lage, dem Schiff Anweisungen zu übermitteln!«

»Solange sich kein Nom an Bord aufhält«, erwiderte das *Ding*. Irgendwie brachte es der schwarze Kasten fertig, bestürzt zu klingen. *»Ich sehe mich außerstande, die von einem Nom stammenden Befehle zu annullieren. Immerhin bin ich nur eine Maschine.«*

Enkel Richard bahnte sich einen Weg durch die Masse aus winkenden, gestikulierenden und schreienden Menschen. Er kam nur langsam voran.

Masklin seufzte.

»Bitte Enkel Richard, mich abzusetzen.« Nach einer kurzen Pause fügte er hinzu. »Und danke ihm. Sag ihm ... Sag ihm, ich hätte unser Gespräch gern fortgesetzt.«

Das *Ding* übersetzte.

Enkel Richard wirkte überrascht. Das *Ding* brummte erneut. Woraufhin der Mensch die Hand hob, sie nach Masklin ausstreckte.

Auf einer Liste der schrecklichsten aller schrecklichen Erlebnisse wäre für diesen Moment zweifellos die oberste Zeile reserviert gewesen. Masklin hatte gegen Füchse gekämpft und dabei geholfen, den Lastwagen zu fahren. Er war sogar mit einer Gans geflogen. Aber von einem Menschen berührt zu werden ... Lange und dicke Finger näherten sich ihm, zielten nach beiden Seiten seiner Taille. Er schloss die Augen.

»Masklin?«, donnerte Angalos Stimme. »Masklin? Wenn dir was zugestoßen ist, erleben die Menschen ihr blaues Wunder!«

Enkel Richards Finger schlossen sich so sanft um den Nom, als hielte der Mensch etwas sehr Zerbrechliches in der Hand. Masklin spürte, wie er langsam zum Boden hinuntergelassen wurde. Nach einer Weile öffnete er die Augen und sah einen Wald aus Menschenbeinen um sich herum.

Er blickte zu dem gewaltigen Gesicht von Enkel Richard auf und versuchte, ganz langsam und mit möglichst tiefer Stimme zu sprechen. Masklin formulierte die einzigen Worte, die jemals ein Nom an einen Menschen gerichtet hatte.

»Leb wohl!«

Dann rannte er durch das Labyrinth aus Füßen.

Mehrere Menschen mit offiziell aussehenden Hosen und großen Stiefeln standen vor der Rampe. Masklin eilte an ihnen vorbei und nach oben.

Blaues Licht glänzte ihm entgegen. Während er lief, bemerkte er zwei dunkle Flecken im Zugang.

Die Rampe war sehr lang, und Masklin hatte seit Stunden nicht geschlafen. Er bedauerte, sich nicht auf dem kleinen Bett im Glaskasten ausgestreckt und ein wenig gedöst zu haben. Selbst das Erinnerungsbild verhieß überaus angenehme Behaglichkeit.

Plötzlich verspürten seine Beine nur noch den Wunsch, einen *nahen* Ort aufzusuchen und dort nicht mehr den Körper tragen zu müssen.

Er taumelte zum Ende der Rampe, und aus den beiden Flecken wurden Gurder und Pion. Sie stützten Masklin und führten ihn ins Schiff.

Nach einigen Schritten drehte er sich um und blickte zu dem Meer aus menschlichen Gesichtern tief unten. Noch nie zuvor hatte er auf Menschen hinabgesehen.

Vermutlich können sie mich gar nicht erkennen, dachte er. *Sie warten auf grüne Männchen.*

»Ist alles in Ordnung?«, fragte Gurder besorgt. »Hat man dir was angetan?«

»Es geht mir gut, es geht mir gut«, erwiderte Masklin erschöpft. »Ich bin nicht verletzt.«

»Du siehst schrecklich aus.«

»Wir hätten mit den Menschen reden sollen, Gurder«, sagte Masklin. »Sie *brauchen* uns.«

»Ist *wirklich* alles in Ordnung mit dir?« Der Abt musterte ihn beunruhigt.

Masklins Kopf fühlte sich an wie mit Baumwolle vollgestopft. »Weißt du noch, dass du an Arnold Gebr (gegr. 1905) geglaubt hast?«, brachte er hervor.

»Ja«, antwortete Gurder.

»Er hat auch an dich geglaubt. Was hältst du davon?«

Dann sank Masklin zu Boden.

11

Das Schiff. Eine Maschine, mit der die Nomen den **Planeten** Erde verließen. Wir wissen noch nicht genau darüber Bescheid, aber sicher finden wir bald mehr heraus – immerhin wurde es von Nomen mithilfe der **Wissenschaft** gebaut.

Aus: Eine wissenschaftliche Enzyklopädie für den wissbegierigen jungen Nom *von Angalo Kurzwarenler*

Die Rampe verschwand im Zugang, der sich hinter ihr schloss. Das Schiff stieg auf, bis es weit über den Gebäuden schwebte.

Und dort blieb es, während die Sonne unterging.

Die Menschen weit unten strahlten mit bunten Lichtern zur großen Scheibe empor, versuchten es auch mit Musik und allen ihnen bekannten Sprachen.

Das Schiff reagierte nicht darauf.

Masklin erwachte. Der Nom lag in einem sehr bequemen und weichen Bett. Er verabscheute es, auf etwas zu liegen, das weicher war als der Boden. Die Kaufhaus-Nomen schliefen gern auf Teppichstücken, aber Masklin zog Holz vor. Als Decke hatte er einen Lappen benutzt und das für Luxus gehalten.

Er setzte sich auf und sah sich um. Der Raum enthielt nicht viel, nur das Bett, einen Tisch und einen Stuhl.

Einen Tisch und einen Stuhl.

Im Kaufhaus hatten die Nomen ihre Möbel aus Streichholzschachteln und Garnrollen hergestellt. Die Nomen im Draußen wussten nicht einmal, was Möbel waren.

Diese Möbelstücke sahen aus wie von Menschen geschaffen, aber sie hatten genau die richtige Größe für Nomen.

Masklin stand auf, trat durchs Zimmer und näherte sich der Tür. Ebenfalls nomgroß. Eine Tür, von Nomen geschaffen, damit Nomen hindurchgehen konnten.

Dahinter erstreckte sich ein Flur mit vielen anderen Türen. Er bescherte Masklin ein seltsames Gefühl. Der Flur war nicht schmutzig. Er wirkte wie etwas, das seit langer, langer Zeit absolut sauber war.

Ein Objekt summte ihm entgegen, ein kleiner schwarzer Kasten, wie das *Ding*. Er bewegte sich auf schmalen Gleitflächen, und vorn schaufelte eine Bürste Staub in einen Schlitz – falls es hier Staub gegeben hätte. Masklin stellte sich vor, dass diese Maschine den Flur seit Jahrtausenden sauber hielt, während sie auf die Rückkehr der Nomen wartete.

Sie stieß ihm an den Fuß, piepte, drehte sich um und surrte fort. Masklin folgte ihr.

Nach einer Weile sah er einen anderen Apparat, der über die Decke kroch, munter klickte und vergeblich nach Schmutz Ausschau hielt.

Der Nom schlenderte um eine Ecke und stieß fast gegen Gurder.

»Du bist auf!«

»Ja«, sagte Masklin. »Äh. Wir sind im Schiff, nicht wahr?«

»Es ist erstaunlich …!«, begann Gurder. Es glitzerte in den Augen des Abts. Sein Haar war zerzaust.

»Ja, das glaube ich auch«, erwiderte Masklin in einem beruhigenden Tonfall.

»All die großen … Und dann die riesigen … Und die *gewaltigen* … Und du würdest mir nie glauben, wie viel Platz … Und es gibt so viel …« Gurder unterbrach sich. Er wirkte wie ein Nom, der seinen Wortschatz erweitern musste, um gewisse Dinge zu beschreiben.

»Es ist zu groß!«, keuchte er und griff nach Masklins Arm. »Komm mit!« Er zerrte den Nom hinter sich her.

»Wie habt ihr es geschafft, an Bord zu gelangen?«, fragte Masklin und versuchte, mit dem Abt Schritt zu halten.

»Es war *erstaunlich*! Angalo berührte eine Art Platte, und sie glitt beiseite, und wir kletterten hinein, und dann fanden wir eine Art

Lift, und dann erreichten wir ein großes Zimmer mit einer Art Sessel, und Angalo setzte sich, und dann flackerten viele Lichter, und er begann damit, Tasten und so zu drücken!«

»Hast du versucht, ihn daran zu hindern?«

Gurder rollte mit den Augen. »Du weißt ja, wie er ist, wenn's um Maschinen geht. Aber das *Ding* bemüht sich, ihn zur Vernunft zu bringen. Sonst wären wir vielleicht schon mit irgendwelchen Sternen zusammengestoßen«, fügte er düster hinzu.

Er führte Masklin durch eine weitere Tür in ...

Es musste ein Zimmer sein – *schließlich sind wir hier im Schiff*, dachte Masklin. Er war froh, dass daran kein Zweifel bestehen konnte, denn sonst hätte er angenommen, sich im Draußen zu befinden. Der Raum erschien ihm mindestens so groß wie eine der Abteilungen im Kaufhaus.

An den Wänden sah er breite Bildschirme und kompliziert anmutende Schalttafeln, an denen nur hier und dort einige Lichter glühten. Überall herrschte diffuses Halbdunkel, abgesehen von einem kleinen erhellten Bereich in der Mitte des Saals.

Dort saß Angalo in einem großen gepolsterten Sessel, und vor ihm lag das *Ding* auf einem Pult mit vielen Tasten. Allem Anschein nach hatte er sich damit gestritten, denn er warf Masklin einen finsteren Blick zu und sagte:

»Es gehorcht mir nicht!«

Der kleine schwarze Kasten versuchte, noch kleiner und schwärzer auszusehen.

»Er will das Schiff fahren«, sagte das *Ding*.

»Du bist eine Maschine!«, blaffte Angalo. »Du kannst meine Befehle nicht einfach ignorieren!«

»Ich bin eine intelligente Maschine«, erwiderte das *Ding*. *»Und ich möchte nicht sehr flach in einem tiefen Loch enden. Als Pilot wären Sie eine Gefahr für das Schiff und alle Personen an Bord.«*

»Woher willst du das wissen? Du lässt es mich ja nicht einmal versuchen! Ich habe den Lastwagen gefahren, oder?« Angalo fing Masklins Blick ein. »Es ist nicht meine Schuld, dass uns dauernd Bäume, Straßenlaternen und andere Sachen in den Weg gerieten.«

»Ich nehme an, es ist viel schwieriger, das Schiff zu steuern«, sagte Masklin diplomatisch.

»Aber ich lerne immer mehr«, wandte Angalo ein. »Es ist ganz leicht. Die Knöpfe und Tasten sind mit kleinen Bildern gekennzeichnet. Sieh nur ...«

Er betätigte einen Schalter.

Einer der großen Bildschirme leuchtete auf und zeigte die Menge unterm Schiff.

»Die Menschen dort unten warten schon seit einer Ewigkeit«, sagte Gurder.

»Worauf?«, fragte Angalo.

»Keine Ahnung«, entgegnete der Abt. »Wer weiß schon, was Menschen wollen oder sich erhoffen?«

Masklin beobachtete das Gedränge tief unter dem Schiff.

»Sie stellen etwas an«, sagte Angalo. »Mit Licht und Musik und so. Und sie schicken auch Funksignale, meint das *Ding*.«

»Sie wollen mit uns reden«, murmelte Masklin. Und etwas lauter: »Hast du nicht geantwortet?«

»Nein. Weiß gar nicht, was ich ihnen sagen soll.« Angalo klopfte mit den Fingerknöcheln auf das *Ding*. »Na schön, Herr Neunmalklug. Wenn ich das Schiff nicht fahren darf, wer soll es steuern?«

»Ich.«

»Wie?«

»Sehen Sie den Schlitz neben dem Sessel?«

»Ja. Hat gerade die richtige Größe für dich.«

»Schieben Sie mich hinein!«

Angalo zuckte mit den Schultern und kam der Aufforderung nach. Das *Ding* glitt in den Boden und verschwand fast ganz darin. Nur der obere Teil ragte daraus hervor.

»Hör mal, äh«, begann Angalo. »Kann ich dir nicht irgendwie helfen? Wie wär's, wenn ich die Scheibenwischer einschalte? Ich komme mir wie ein Dummkopf vor, wenn ich einfach nur hier sitze.«

Das *Ding* schien ihn gar nicht zu hören. Hier und dort flackerten Lichter daran, als versuchte der schwarze Kasten auf eine mechanische Weise, es sich bequem zu machen. Dann sagte er mit einer viel tieferen Stimme als vorher: »NA SCHÖN.«

Die Düsternis wich zurück, und das *Ding* wurde zum Zentrum

einer sich rasch ausbreitenden Lichtflut. Die Kontrollen der Schaltpulte leuchteten wie Sterne am Himmel, und an der Decke leuchteten große Lampen. Überall zischte und knisterte es, als Elektrizität erwachte, und die Luft roch nach einem Gewitter.

»Wie das Kaufhaus während der Jahreszeit Weihnachten«, seufzte Gurder.

»ALLE SYSTEME BETRIEBSBEREIT«, verkündete das *Ding* feierlich. »NENNEN SIE DAS ZIEL.«

»Was?«, fragte Masklin verwirrt. »Und schrei nicht so.«

»Wohin fliegen wir?«, fragte das *Ding*. *»Sie müssen ein Ziel nennen.«*

»Du kennst es«, sagte Masklin. »Es hat einen Namen und heißt Steinbruch.«

»Wo befindet er sich?«

»Er ...« Masklin winkte unsicher. »Irgendwo dort drüben.«

»In welcher Richtung?«

»Keine Ahnung. Wie viele Richtungen gibt es überhaupt?«

»Ding ...«, sagte Gurder. »Soll das etwa heißen, dass du nicht den Weg zum Steinbruch kennst?«

»Das ist korrekt.«

»Wir haben uns verirrt?«

»Nein«, widersprach das *Ding*. *»Ich weiß genau, auf welchem Planeten wir sind.«*

»Wir können uns nicht verirrt haben«, betonte der Abt. »Wir wissen genau, wo wir sind: hier. Wir wissen nur nicht, wo wir *nicht* sind.«

»Kannst du den Steinbruch finden, wenn wir hoch genug aufsteigen?«, fragte Angalo. »Dann sollten wir ihn eigentlich sehen, von ganz oben.«

»Na schön.«

Angalo beugte sich vor. »Darf ich das Schiff nach oben bringen? Bitte?«

»Drücken Sie den linken Fuß nach unten, und ziehen Sie den grünen Hebel zurück«, sagte das *Ding*.

Die akustische Kulisse beschränkte sich auf eine subtile Veränderung der Stille. Für einen Sekundenbruchteil glaubte Masklin, sich etwas schwerer zu fühlen, doch dieses Empfinden verschwand sofort wieder.

Das Bild auf dem Schirm wurde kleiner.

»He, das nenne ich richtiges Fliegen«, kam es begeistert von Angalos Lippen. »Weder Geräusche noch dummes Flügelschlagen.«

»Da fällt mir ein ... Wo ist Pion?«, fragte Masklin.

»Durchstreift das Schiff«, sagte Gurder. »Ich glaube, er sucht etwas zu essen.«

»In einer Maschine, in der sich seit fünfzehntausend Jahren keine Nomen aufgehalten haben?«

Der Abt hob und senkte die Schultern. »Vielleicht entdeckt er irgendwo Reste in einem Schrank oder so. Äh, Masklin, ich muss etwas mit dir besprechen.«

»Ja?«

Gurder trat etwas näher und blickte kurz zu Angalo, der sich im Sessel zurücklehnte und verträumt ins Leere blickte.

»Es ist nicht richtig«, sagte er leise. »Ich weiß, es klingt schrecklich nach all dem, was wir hinter uns haben. Aber dies ist nicht allein *unser* Schiff. Es gehört *allen* Nomen.«

Er hielt den Atem an – und ließ ihn erleichtert entweichen, als Masklin nickte.

»Vor einem Jahr hast du nicht einmal geglaubt, dass es noch andere Nomen gibt«, sagte Masklin.

Gurder senkte verlegen den Kopf. »Ja. Das war damals. Jetzt sind wir hier, im Heute. Ich weiß gar nicht mehr, an was ich glauben soll. Nur eins ist mir klar: Dort unten, dort draußen, leben viele Tausend Nomen, von denen wir nichts wissen. Vielleicht gibt es sogar andere Nomen in anderen Kaufhäusern! Wir hatten Glück, weil wir das *Ding* besaßen. Wenn wir jetzt das Schiff nehmen, gibt es für die übrigen Nomen keine Hoffnung.«

»Ja«, sagte Masklin zerknirscht. »Aber bleibt uns eine Wahl? Wir *brauchen* das Schiff, und zwar *jetzt*. Außerdem: Wie sollen wir die anderen Nomen finden?«

»Mit dem Schiff«, entgegnete der Abt.

Masklin deutete zum Bildschirm, der eine dunstverschleierte Landschaft zeigte.

»Es dauert *ewig*, dort unten Nomen zu finden. Von Bord des Schiffes aus wäre das gar nicht möglich. Wir müssten es verlassen und auf dem Boden suchen. Nomen verstecken sich! Die Kaufhaus-Nomen wussten nichts von meinem Volk, obwohl wir nur wenige Kilometer voneinander entfernt lebten. Die Floridianer haben wir allein durch Zufall entdeckt. Beziehungsweise sie uns. Und es gibt noch ein Problem.« Masklin konnte nicht der Versuchung widerstehen, Gurder sanft in die Rippen zu stoßen. »Du weißt ja, wie wir sind. Die anderen Nomen würden nicht einmal an die Existenz des Schiffes *glauben.*«

Er bereute seine Worte sofort. Gurder wirkte kummervoller als jemals zuvor.

»Das stimmt«, bestätigte der Abt. »Auch ich hätte nicht daran geglaubt. Das fällt mir selbst jetzt schwer, obgleich ich *darin* bin.«

»Sobald wir eine neue Heimat gefunden haben ...«, überlegte Masklin. »Dann schicken wir das Schiff zurück, um die übrigen Nomen abzuholen. Ich bin sicher, Angalo würde sich über eine solche Aufgabe freuen.«

Gurders Schultern bebten. Ein oder zwei Sekunden lang dachte Masklin, dass der Abt lautlos lachte, doch dann sah er die Tränen in seinen Augen.

»Äh«, sagte er hilflos.

Gurder wandte sich ab. »Tut mir leid«, murmelte er. »Es ist nur ... Dauernd verändert sich alles. Warum können die Dinge nicht fünf Minuten lang bleiben, wie sie sind? Wenn ich mich an etwas Neues gewöhnt habe, verwandelt es sich plötzlich, und dann stehe ich wie ein Narr da! Ich möchte doch nur etwas, an das ich glauben kann! Ist das zu viel verlangt?«

»Ich schätze, man braucht einen flexiblen Verstand«, sagte Masklin und ahnte, dass er dem Abt mit dieser Bemerkung nur wenig Trost spendete.

»Einen flexiblen Verstand? Mein Verstand ist so flexibel, dass ich ihn aus den Ohren ziehen und unterm Kinn verknoten könnte! Und er hat mir überhaupt nichts genützt! Warum habe ich als Kind nicht einfach geglaubt, was man mich lehrte? Das wäre viel besser gewesen. Dann hätte ich mich wenigstens nur einmal geirrt! Jetzt irre ich mich *dauernd!*«

Er drehte sich abrupt um und stapfte durch einen der Korridore fort.

Masklin sah ihm nach. Nicht zum ersten Mal wünschte er sich dazu imstande, ebenso fest wie Gurder an etwas zu glauben, damit er sich bei dem Etwas über sein Leben beklagen konnte. Er sehnte sich zurück, sogar zurück ins Loch. Eigentlich war es damals gar nicht so schlimm gewesen, sah man von Nässe, Kälte und den vielen Gefahren ab, die außerhalb der Höhle lauerten. Wenigstens hatte ihm Grimma Gesellschaft geleistet. Er stellte sich vor, wieder mit ihr zusammen zu sein, die Einsamkeit zu besiegen, gemeinsam zu frieren und zu hungern ...

Aus dem Augenwinkel bemerkte er eine Bewegung und sah Pion, der mit einem Tablett kam. Darauf lag ... Obst, vermutete der Nom. Das Gefühl, einsam und allein zu sein, trat den Rückzug an, als Hunger die Chance ergriff, Aufmerksamkeit auf sich zu lenken. Nie zuvor hatte Masklin so buntes und seltsam geformtes Obst gesehen.

Er nahm ein Stück von dem Tablett. Es schmeckte wie eine Mischung aus Haselnuss und Zitrone.

»Hat sich gut gehalten, wenn man bedenkt«, sagte er. »Wo hast du das Zeug gefunden?«

Wie sich herausstellte, stammte es von einer Maschine in einem der Flure. Sie schien nicht besonders kompliziert zu sein und zeigte Hunderte von kleinen Bildern mit verschiedenen Nahrungssorten. Wenn man eins davon berührte, summte es kurz, und dann kam ein Tablett mit dem gewünschten Essen aus einem Schlitz. Masklin drückte mehrere Bildtasten und bekam: Obst, piepsendes grünes Gemüse und ein Stück Fleisch, das wie geräucherter Lachs schmeckte.

»Ich frage mich, wie der Apparat funktioniert?«, dachte er laut.

Neben ihm klang eine Stimme aus der Wand. *»Wären Sie imstande, die Funktionsweise des Synthetisierers zu verstehen, wenn ich Ihnen von molekularer Aufspaltung und Restrukturierung bestimmter Grundmaterialien berichte?«*

»Nein«, antwortete Masklin ehrlich.

»Dann gestatten Sie mir folgenden Hinweis: Es wird alles mit Wissenschaft bewerkstelligt.«

»Oh. Gut, in Ordnung. Bist du das, *Ding*?«

»Ja.«

Masklin kaute auf Fisch-Fleisch, kehrte in den riesigen Kontrollraum zurück und bot Angalo etwas von dem Essen an. Auf dem großen Bildschirm waren jetzt nur noch Wolken zu sehen.

»Darin finden wir den Steinbruch nie«, murmelte er.

Angalo zog einen der Hebel zurück, und wieder glaubte Masklin für einen Sekundenbruchteil, etwas schwerer zu werden.

Sie blickten zum Schirm.

»Donnerwetter«, sagte Angalo.

»Wirkt irgendwie vertraut.« Masklin klopfte auf seine Taschen, bis er die zusammengefaltete und zerknitterte Karte fand, die er aus dem Kaufhaus mitgenommen hatte.

Er breitete sie aus und verglich sie mit den Darstellungen des Bildschirms.

Der Schirm präsentierte nun eine Scheibe, die zum größten Teil aus blauen Bereichen und weißen Wolkenfetzen bestand.

»Hast du eine Ahnung, was das ist?«, fragte Angalo.

»Nein, aber ich weiß, wie einige der Dinge heißen«, sagte Masklin. »Zum Beispiel das Etwas dort, oben dick und unten dünn, man nennt es Südamerika. Es befindet sich auch hier auf der Karte. Allerdings sollte es mit dem Wort ›Südamerika‹ gekennzeichnet sein.«

»Kann noch immer nicht den Steinbruch sehen«, stellte Angalo fest.

Masklin betrachtete das Bild. Südamerika. Grimma hatte ihm von Südamerika erzählt, von Fröschen, die dort in Blumen lebten. Wenn man von Fröschen wusste, die in Blumen lebten, wurde man angeblich zu einem ganz anderen Nom.

Allmählich wurde ihm klar, was das bedeutete.

»Vergiss den Steinbruch für eine Weile«, sagte er. »Der Steinbruch kann warten.«

»Wir sollten so schnell wie möglich zu ihm fliegen, um die dort lebenden Nomen in Sicherheit zu bringen«, mahnte der schwarze Kasten.

Masklin dachte eine Zeit lang darüber nach. Es stimmte natürlich, das musste er zugeben. Zu Hause mochten alle Arten von Dingen passieren. Er musste möglichst rasch zurückkehren, so verlangten es seine Pflichten den übrigen Nomen gegenüber.

Und dann dachte er: *Ich habe viel Zeit damit verbracht, immer nur meine Pflicht irgendwelchen Leuten gegenüber wahrzunehmen. Jetzt möchte ich endlich einmal mir selbst einen Wunsch erfüllen. Mit dem Schiff finden wir sicher keine anderen Nomen, aber ich weiß, wo die Suche nach Fröschen Erfolg haben könnte.*

»*Ding*«, sagte er. »Bring uns nach Südamerika! Ohne Widerrede.«

12

Frösche. Einige Leute halten es für sehr wichtig, sich mit **F.n** auszukennen. Sie sind klein, grün oder gelb und haben vier Beine. Sie quaken. Junge Exemplare heißen Kaulquappen. Meiner Meinung nach braucht man nicht mehr über **F.** zu wissen.

Aus: Eine wissenschaftliche Enzyklopädie für den wissbegierigen jungen Nom *von Angalo Kurzwarenler*

Man nehme einen blauen Planeten ...

Fokus

Dies ist ein Planet. Wasser bedeckt den größten Teil davon, aber trotzdem heißt er Erde.

Man nehme ein Stück Land ...

Fokus

... blaue, grüne und braune Flecken unter der Sonne. Und dicke Regenwolken, die sich an Berghänge schmiegen ...

Fokus

... ein Berg, grün und tropfnass. Und ...

Fokus

... ein Baum mit langen Moosfladen und großen Blumen. Und ...

Fokus

... eine Blume mit einem kleinen Teich darin. Es ist eine epiphytische Bromelie.

Ihre Blätter, oder vielleicht ihre Blüten, erzittern kaum, als sich drei sehr kleine und sehr gelbe Frösche aufrichten und überrascht das klare, frische Wasser betrachten. Zwei von ihnen sehen ihren Anführer an und erwarten von ihm einen Kommentar angesichts dieses historischen Moments.

Der erste Frosch sagt würdevoll: ».-.-. mipmip .-.-.«

Und dann rutschen sie über die Blätter ins Wasser.

Zwar kennen Frösche den Unterschied zwischen Tag und Nacht, aber das Konzept der Zeit bleibt ihnen rätselhaft. Sie wissen, dass einige Dinge nach anderen Dingen geschehen. Besonders intelligente Frösche fragen sich vielleicht, was die Dinge daran hindert, gleichzeitig zu passieren, aber damit hat es sich auch schon.

Aus diesem Grund erstaunte es die Frösche kaum, als es mitten am Tag plötzlich dunkel wurde. Sie glaubten schlicht und einfach, dass die Nacht begann ...

Ein großer Schatten glitt über die Baumwipfel und verharrte. Nach einer Weile ertönten Stimmen. Die Frösche hörten sie, ohne zu ahnen, was sie bedeuteten oder woher sie kamen. Sie klangen nicht wie Stimmen, an die Frösche gewöhnt waren.

Es hörte sich folgendermaßen an: »Wie viele Berge gibt es hier? Ich meine, es ist doch lächerlich! Wer braucht so viele Berge? Ich nenne so etwas Verschwendung. Einer hätte genügt. Ich kann ihren Anblick nicht mehr ertragen. Wie viele Berge müssen wir noch untersuchen?«

»Mir gefallen sie.«

»Und einige Bäume haben die falsche Größe.«

»Sie gefallen mir ebenfalls, Gurder.«

»Und ich finde einfach keine Ruhe, solange Angalo das Schiff fährt.«

»Inzwischen kommt er recht gut damit zurecht.«

»Ich hoffe nur, dass wir nicht noch mehr Flugzeugen begegnen.«

Gurder und Masklin hockten in einem Korb, der aus Metallteilen und Drähten bestand. Er hing aus einer quadratischen Luke in der unteren Seite des Schiffes.

Es gab viele große Räume an Bord, von deren Zweck die Nomen nichts wussten. Überall standen seltsame Maschinen. Das *Ding* hatte darauf hingewiesen, Nomen hätten das Schiff benutzt, um fremde Welten zu erforschen.

Masklin konnte sich nicht dazu durchringen, den geheimnisvollen Anlagen zu vertrauen. Wahrscheinlich existierten auch Apparate, die fähig waren, den Korb hinabzulassen und ihn wieder heraufzuziehen. Doch er fühlte sich besser dabei, das Verbindungskabel an einer Säule im Innern des Schiffes zu befestigen und den Korb allein mit seiner nomischen Kraft und Pions Hilfe an Bord zu bewegen.

Die Vorrichtung stieß nun gegen einen Ast.

Das Problem war: Die Menschen ließen sie nicht in Ruhe. Kaum fanden sie einen vielversprechenden Berg, kamen Flugzeuge und Helikopter und umschwirrten das Schiff wie Insekten einen Adler. Eine lästige Angelegenheit.

Masklin spähte über den Ast hinweg. *Gurder hat recht*, dachte er. *Ich habe die lange Suche ebenfalls satt.*

Er bemerkte einige Blumen.

Vorsichtig kroch er über den Zweig und näherte sich der ersten Blume. Sie war dreimal so groß wie er. Masklin zog sich an einem Blatt hoch.

Er sah einen kleinen Teich. Und er sah sechs gelbe Augen, die zu ihm emporstarrten.

Er erwiderte ihren Blick.

Es stimmte also ...

Der Nom überlegte, ob er den Fröschen etwas sagen sollte. Falls es überhaupt etwas gab, das sie verstanden.

Es war ein ziemlich langer und dicker Zweig, doch das Schiff enthielt Werkzeuge und so. Sie konnten zusätzliche Kabel herablassen und den abgeschnittenen Zweig hochwinden. Es dauerte sicher eine Weile, aber das spielte keine Rolle. Es war eine wichtige Sache.

Das *Ding* hatte ihm mitgeteilt, dass man Pflanzen in künstlichem Licht wachsen lassen konnte, dessen Farbe der des Sonnenscheins entsprach. Man steckte ihre Wurzeln in eine Art Suppe, die sie mit Nahrung, sogenannten Nährstoffen, versorgte. Es sollte ganz einfach sein, die Blume am Leben zu erhalten. Die einfachste Sache ... auf der ganzen Welt.

Wenn wir behutsam vorgehen, merken die Frösche gar nichts, dachte Masklin.

Wenn man die Welt mit einer Badewanne verglich, dann kam das Schiff der Seife darin gleich. Es sauste hin und her und befand sich nie dort, wo man es erwartete. Seinen letzten Aufenthaltsort konnte man feststellen, indem man hastig startende Flugzeuge und Helikopter beobachtete.

Oder vielleicht war das Schiff wie eine in der Rouletteschüssel rollende Kugel, die nach der richtigen Zahl Ausschau hielt.

Oder es hatte sich verirrt.

Sie suchten die ganze Nacht. Wenn man wirklich von *Nacht* sprechen konnte, und das schien kaum der Fall zu sein. Der schwarze Kasten erklärte, das Schiff sei schneller als die Sonne, doch die Sonne bewegte sich überhaupt nicht. In einigen Bereichen der Welt war es Nacht, in anderen Tag. Gurder bezeichnete es als schlechte Organisation.

»Im Kaufhaus ist es immer dunkel gewesen, wenn es dunkel sein sollte«, sagte er. »Obgleich das Kaufhaus von Menschen erbaut wurde.« Das gab er jetzt zum ersten Mal zu.

Masklin starrte auf den Bildschirm und suchte dort vergeblich nach etwas Vertrautem.

Er kratzte sich am Kinn.

»Das Kaufhaus befand sich an einem Ort namens Blackbury«, murmelte er. »So viel wissen wir. Der Steinbruch kann nicht sehr weit davon entfernt sein.«

Angalo winkte verärgert und deutete zum Schirm.

»Ja, aber das dort sieht ganz anders aus als die Karte. Die Namen fehlen! Es ist absurd! Wie soll man sich zurechtfinden, wenn Namen fehlen?«

Masklin seufzte. »Flieg nicht noch einmal nach unten, um die Wegweiser zu lesen. Wir haben mehrmals gesehen, was dann passiert. Menschen eilen auf die Straßen, und viele Stimmen ertönen im Radio.«

»In der Tat«, bestätigte das Ding. *»Es verblüfft die Menschen, wenn ein zehn Millionen Tonnen schweres Raumschiff über die Straße schwebt.«*

»Beim letzten Mal bin ich sehr vorsichtig gewesen«, entgegnete Angalo trotzig. »Ich habe sogar angehalten, als die Ampel rotes Licht zeigte. Und ich verstehe überhaupt nicht, warum es zu einem solchen Durcheinander kam. Zusammenstoßende Lastwagen und Autos … Und ihr nennt *mich* einen schlechten Fahrer.«

Gurder wandte sich an Pion, der ihre Sprache bemerkenswert schnell lernte. In dieser Hinsicht hatten die Floridianer ein besonderes Talent. Sie waren daran gewöhnt, Nomen zu begegnen, die sich mit einer anderen Sprache verständigten.

»Eure Gänse verirren sich nie«, sagte der Abt. »Wie bringen sie das fertig?«

»Sie sich einfach nicht verirren«, antwortete Pion. »Sie immer wissen wohin fliegen.«

»Das ist bei Tieren durchaus möglich«, warf Masklin ein. »Weil sie Instinkte haben. Mit Instinkten weiß man von Dingen, ohne zu wissen, dass man von ihnen weiß.«

»Wieso kennt das *Ding* nicht den richtigen Weg?«, fragte Gurder. »Es hat Floridia gefunden, und Blackbury ist noch viel wichtiger. Eigentlich dürfte es ihm nicht schwerfallen, uns zurückzubringen.«

»Die von mir analysierten Kommunikationssignale betreffen keinen Ort namens Blackbury«, sagte der schwarze Kasten. *»Bei den meisten von ihnen geht es um Florida.«*

»Lande wenigstens *irgendwo*«, schlug Gurder vor. Angalo betätigte einige Tasten.

»Wir sind gerade über dem Meer«, brummte er. »Und … He, was ist das?«

Tief unter dem Schiff flog etwas Winziges und Weißes über den Wolken.

»Vielleicht eine Gans«, vermutete Pion.

»Ich … glaube … nicht«, erwiderte Angalo langsam. Er blickte auf die Kontrollen. »Dies müsste der richtige Knopf sein.« Er drehte ihn. Das Bild auf dem Schirm flackerte kurz, dehnte sich dann aus.

Ein weißer Pfeil glitt über den Himmel.

»Die Concorde?«, fragte Gurder.

»Ja«, sagte Angalo.

»Scheint recht langsam zu sein, oder?«

»Nur im Vergleich mit uns.«

»Folge ihr!«, forderte Masklin den Piloten auf.

»Wir wissen nicht, wohin sie fliegt«, gab Angalo zu bedenken.

»Ich weiß es«, behauptete Masklin. »Du hast aus dem Fenster gesehen, als wir uns in der Concorde befanden. Wir waren in Richtung Sonne unterwegs.«

»Ja. Sie ging unter. Worauf willst du hinaus?«

»Jetzt ist es Morgen. Und das Flugzeug fliegt erneut zur Sonne.« Masklin streckte die Hand aus.

»Na und?«

»Es bedeutet, die Concorde kehrt heim.«

Angalo biss sich auf die Lippe, als er darüber nachdachte.

»Warum sollte der Sonne daran gelegen sein, an unterschiedlichen Stellen auf- und unterzugehen?«, fragte Gurder, der nicht einmal versuchte, die Grundlagen der Astronomie zu verstehen.

Angalo achtete nicht auf ihn. »Die Concorde kehrt heim. Ja. Natürlich. Und wir fliegen mit ihr?«

»Genau.«

Angalos Finger strichen über Tasten.

»In Ordnung«, sagte er. »Los geht's. Die Fahrer der Concorde freuen sich bestimmt über Gesellschaft am Himmel.«

Das Schiff schloss zu dem Jet auf und flog neben ihm.

»Die Concorde wackelt von einer Seite zur anderen«, sagte Angalo. »Und sie wird schneller.«

»Vielleicht sind die Menschen darin wegen des Schiffs besorgt«, vermutete Masklin.

»Warum denn?«, fragte Angalo. »Dazu besteht überhaupt kein Anlass. Wir folgen ihnen doch nur, weiter nichts.«

»Schade, dass es hier keine richtigen Fenster gibt«, bedauerte Gurder. »Sonst könnten wir winken.«

»Haben Menschen schon einmal ein Schiff wie dieses gesehen?«, wandte sich Angalo an das Ding.

»Nein. Aber sie erfinden immer neue Geschichten über Raumschiffe von fremden Welten.«

»Ja, typisch für sie«, sagte Masklin wie zu sich selbst. »So etwas erfinden sie dauernd.«

»Manchmal heißt es in den Geschichten, dass sich freundliche Wesen an Bord der Schiffe befinden ...«

Angalo nickte. »Damit sind wir gemeint.«

»Und manchmal lauern darin Ungeheuer mit langen Zähnen.«

Die Nomen sahen sich an.

Gurder blickte besorgt über die Schulter. Eine Sekunde später starrten sie alle zu den verschiedenen Fluren.

»Wie Alligatoren?«, fragte Masklin.

»Schlimmer.«

»Äh …«, begann Gurder. »Wir *haben* doch in allen Zimmern nachgesehen, oder?«

»Keine Sorge«, sagte Masklin. »Solche Geschöpfe existieren gar nicht. Sie sind nur erfunden.«

»Wer käme auf den Gedanken, so etwas zu erfinden?«

»Die Menschen.«

»Hm«, brummte Angalo und versuchte, sich unauffällig im Sessel zu drehen, um rechtzeitig eventuelle Tentakelmonster mit langen Zähnen zu erkennen, die sich an ihn heranschlichen. »Aber warum? Der Grund dafür ist mir ein Rätsel.«

»Mir nicht«, sagte Masklin. »Ich habe gründlich über die Menschen nachgedacht.«

»Könnte das *Ding* den Fahrern der Concorde eine Mitteilung schicken?«, fragte Gurder. »Zum Beispiel: ›Seid unbesorgt. Wir haben garantiert keine Tentakel und langen Zähne.‹«

»Ich bezweifle, dass die Menschen einem solchen Hinweis glauben«, meinte Angalo. »Wenn *ich* lange Zähne und überall Tentakel hätte, würde ich eine solche Nachricht schicken. Schlau, nicht wahr?«

Die Concorde jagte über den Himmel und brach den transatlantischen Rekord. Das Schiff blieb dicht hinter ihr.

Angalo sah zum Bildschirm. »Ich schätze, die Menschen sind intelligent genug, um verrückt zu sein.«

»*Ich* schätze, sie sind intelligent genug, um sich einsam zu fühlen«, sagte Masklin.

Der Jet landete mit quietschenden Reifen. Feuerwehrwagen rasten über den Flugplatz, dichtauf gefolgt von anderen Fahrzeugen.

Die riesige Scheibe des Schiffes flog über sie hinweg, drehte sich wie ein Frisbee und wurde langsamer.

»Dort ist das Reservoir!«, entfuhr es Gurder. »Direkt unter uns! Und die Eisenbahn! Und der Steinbruch! Er ist noch immer da!«

»Natürlich ist er noch immer da, du Idiot«, murmelte Angalo. Er steuerte das Schiff zu den Hügeln, an deren Hängen tauender Schnee hier und dort weiße Flecken bildete.

»Zumindest ein Teil davon«, sagte Masklin.

Dunkler Rauch hing über dem Steinbruch, und offenbar stammte er von einem brennenden Laster. Andere Lastwagen standen in der Nähe. Mehrere Menschen liefen weg, als sie den Schatten des Schiffes sahen.

»Sie fühlen sich einsam, wie?«, knurrte Angalo. »Wenn sie auch nur einem einzigen Nom etwas zuleide getan haben, wünschen sie sich bald, nie geboren zu sein!«

»Wenn sie einem einzigen Nom etwas zuleide getan haben, werden sie sich wünschen, dass *ich* nie geboren wäre«, sagte Masklin. »Ich nehme an, da unten halten sich keine Nomen mehr auf. Sicher haben sie die Hütten und Schuppen verlassen, als die Menschen kamen. Und wer hat den Laster in Brand gesetzt?«

»Ha!«, rief Angalo und schüttelte die Faust.

Masklin beobachtete die Landschaft unter dem Schiff. Er konnte sich kaum vorstellen, dass sich Leute wie Grimma und Dorcas in Löchern versteckten und alles einfach den Menschen überließen. Lastwagen gingen nicht von selbst in Flammen auf. Außerdem: Einige Gebäude schienen beschädigt zu sein. Durch das Einwirken von Menschen? Oder ...?

Er starrte zum Feld am Steinbruch. Das Tor war zerschmettert, und zwei breite Spuren führten durch den Schneematsch.

»Ich glaube, sie sind mit einem anderen Laster entkommen«, sagte Masklin.

Gurders Gedanken verweilten an einer bestimmten Stelle des Gesprächs. »Was soll das heißen – *wie bitte?*«

»Übers Feld?«, fragte Angalo. »Aber dann bleiben die Räder im Boden stecken, nicht wahr?«

Masklin schüttelte den Kopf. Vielleicht konnte auch ein Nom Instinkte haben. »Folge den Spuren«, drängte er. »Schnell!«

»Schnell? *Schnell*? Weißt du eigentlich, wie schwer es ist, das Schiff *langsam* zu fliegen?« Angalo bewegte einen Hebel. Das Schiff sprang über den Hang des Hügels und ertrug nur mit Mühe die Demütigung, nicht seine ganze Antriebskraft entfalten zu können.

Vor einigen Monaten war eine stundenlange Wanderung nötig, um diesen Ort zu erreichen, dachte Masklin. *Unglaublich.*

Die flachen Hügelkuppen bildeten eine Art Plateau, von dem aus man den Flugplatz beobachten konnte. *Dort ist das Kartoffelfeld. Und das Dickicht, in dem wir auf die Jagd gegangen sind. Und der kleine Wald, wo wir dem Fuchs gezeigt haben, was mit Füchsen passiert, die Nomen fressen.*

Und dann ... Masklin bemerkte ein kleines gelbes Objekt, das über die Felder rollte.

Angalo beugte sich vor.

»Scheint eine Maschine zu sein«, sagte er und betätigte Tasten, ohne den Blick vom Bildschirm abzuwenden. »Eine ziemlich seltsame.«

Autos rollten über die Straße. Blaue Lichter blinkten auf ihnen.

»Die Wagen dort«, fuhr Angalo fort. »Man könnte glauben, sie verfolgen den gelben Apparat, nicht wahr?«

»Vielleicht wollen sie ihn nach einem brennenden Laster fragen«, spekulierte Masklin. »Können wir dort sein, bevor sie die Maschine erreichen?«

Angalo kniff die Augen zusammen. »Das wäre selbst dann möglich, wenn wir vorher noch einmal nach Floridia fliegen.« Er streckte die Hand nach einem Hebel aus und gab ihm einen Stups.

Die Landschaft schien zu flackern, und dann befand sich der gelbe Lastwagen direkt vor ihnen.

Angalo lächelte. »Na bitte.«

»Noch etwas näher«, sagte Masklin.

Angalo drückte eine Taste. »Siehst du? Der Bildschirm lässt sich umschalten, damit er uns zeigt, was unter dem Schiff ...«

»Da sind Nomen!«, platzte es aus Gurder heraus.

»Ja, und die Autos fahren jetzt in die andere Richtung!«, rief Angalo. »Die Menschen fliehen! Und das will ich ihnen auch geraten haben! Sonst lernen sie Zähne und Tentakel kennen!«

»Hoffentlich fürchten sich die Nomen nicht ebenfalls davor«, sagte Gurder. »Was meinst du, Masklin?«

Masklin glänzte wieder einmal mehr durch Abwesenheit.

Ich hätte schon längst daran denken sollen, fuhr es Masklin durch den Sinn.

Der Ast war fast drei Meter lang. Künstliches Licht fiel auf ihn, und er wuchs zufrieden in einem Topf mit spezieller Flüssigkeit. Die Nomen, die einst mit dem Schiff geflogen waren, hatten Pflanzen auf diese Weise am Leben erhalten.

Pion half ihm, den Topf zur nächsten Luke zu schieben. Die Frösche beobachteten Masklin interessiert.

Die beiden Nomen rückten den Behälter mit dem Pflanzenwasser zurecht, und dann öffnete Masklin die Luke. Sie glitt nicht beiseite. Es handelte sich um ein besonderes Modell, das die damaligen Nomen als Lift benutzt hatten. Zwar wies das Ding keine Drähte oder Kabel auf, aber es bewegte sich trotzdem nach oben und unten, vermutlich unter dem Einfluss von Aunties Antigravitation oder so.

Die Luke sank. Masklin starrte in die Tiefe und sah, dass der gelbe Lastwagen anhielt. Als er sich aufrichtete, bedachte ihn Pion mit einem seltsamen Blick.

»Blume als Botschaft?«, fragte der Floridianer.

»Ja. In gewisser Weise.«

»Keine Worte?«

»Nein.«

»Warum nicht?«

Masklin zuckte mit den Schultern. »Mir fallen nie die richtigen ein.«

Hier ist die Geschichte fast zu Ende.

Aber sie sollte noch nicht zu Ende sein.

Überall an Bord des Schiffes wimmelte es von Nomen. Wenn sich tatsächlich irgendwo Ungeheuer mit Tentakeln und langen Zähnen verbargen, hätten sie gegen eine solche Übermacht nicht die geringste Chance gehabt.

Junge Nomen staunten im Kontrollraum, probierten Schalter und Hebel aus. Dorcas und seine Assistenten durchstreiften das Schiff auf der Suche nach dem »Motor«. Stimmen und Gelächter hallten durch graue Flure.

Masklin und Grimma saßen abseits der anderen und beobachteten die Frösche in ihrer Blume.

»Ich musste feststellen, ob es stimmt«, sagte Masklin.

»Es ist die wundervollste Sache auf der ganzen Welt«, erwiderte Grimma.

»Nein. Ich glaube, es gibt noch viel wundervollere Sachen auf der Welt. Aber es ist trotzdem recht hübsch.«

Grimma schilderte die Ereignisse im Steinbruch: den Kampf gegen die Menschen, die Flucht mit dem Wühler Jekub. Ihre Augen leuchteten, als sie berichtete, auf welche Weise Nomen gegen Menschen gekämpft hatten. Masklin hörte mit offenem Mund zu und musterte die junge Frau voller Bewunderung. Sie war schmutzig, ihr Kleid zerrissen, das Haar schien mit einer Dornenhecke gekämmt worden zu sein. Aber in Grimma knisterte eine so starke innere Kraft, dass fast Funken von ihr stoben. *Zum Glück sind wir rechtzeitig eingetroffen*, dachte Masklin. *Die Menschen sollten uns dankbar sein.*

»Was hast du jetzt vor?«, fragte die Nomin schließlich.

»Keine Ahnung. Nach den Auskünften des *Dings* zu urteilen enthält das All Welten, auf denen Nomen leben. Ich meine, nur Nomen. Oder wir lassen uns auf einem leeren Planeten nieder, den wir mit niemandem teilen müssen.«

»Weißt du ...«, sagte Grimma. »Ich glaube, die Kaufhaus-Nomen wären viel glücklicher, wenn sie an Bord des Schiffes bleiben könnten. Deshalb gefällt es ihnen so sehr: Hier ist es wie im Kaufhaus. Das Draußen befindet sich draußen.«

»Dann sollte ich besser dafür sorgen, dass sie die Existenz des Draußen nicht vergessen«, erwiderte Masklin. »Gehört zu meinen Pflichten, nehme ich an. Und noch etwas: Wenn wir eine neue Heimat für uns gefunden haben, möchte ich das Schiff zurückschicken.«

»Warum?«, fragte Grimma. »Was gibt es hier?«

»Menschen«, sagte Masklin. »Wir sollten mit ihnen reden.«

»*Wie* bitte?«

»Sie möchten so gern an etwas glauben. Ich meine, sie verbringen viel Zeit damit, Geschichten über Dinge zu erfinden, die gar nicht existieren. Sie sind davon überzeugt, in ihrer Welt allein zu sein, keine Gesellschaft zu haben. Uns erging es ganz anders. Wir wussten die ganze Zeit über von den Menschen. Sie ... sie leiden, weil sie sich so einsam fühlen.« Masklin gestikulierte vage. »Und ich glaube, wir kämen gut mit ihnen aus«, fügte er hinzu.

»Sie würden uns in Kobolde und Elfen verwandeln!«

»Das bezweifle ich, immerhin kommen wir mit dem Schiff. Und es ist *groß*. Selbst die Menschen dürften auf den ersten Blick erkennen, dass es nichts Koboldisches oder Elfisches an sich hat.«

Grimma ergriff Masklins Hand.

»Wenn du das wirklich möchtest ...«

»Ja.«

»Dann kehre ich mit dir zurück.«

Masklin vernahm ein Geräusch, drehte den Kopf und sah Gurder. Der Abt hatte sich den Riemen einer Tasche über die Schulter geschlungen und wirkte so entschlossen wie jemand, der etwas hinter sich bringen will, ungeachtet aller Konsequenzen.

»Äh«, sagte er. »Ich bin gekommen, um mich zu verabschieden.«

»Wie meinst du das?«, fragte Masklin.

»Wie ich gehört habe, willst du mit dem Schiff hierher zurückkehren.«

»Ja, aber ...«

»Bitte versuch nicht, es mir auszureden.« Gurder blickte sich um. »Ich habe darüber nachgedacht, seit wir an Bord sind. Es *gibt* andere Nomen dort draußen, und *jemand* muss ihnen vom Schiff erzählen. Wir können sie jetzt nicht mitnehmen, aber jemand sollte die übrigen Nomen suchen und ihnen sagen, dass dieses Schiff existiert. Jemand sollte ihnen die Wahrheit erklären. Warum nicht ich? Endlich könnte ich für etwas *nützlich* sein.«

»Aber ganz *allein* ...«

Gurder kramte in der Tasche.

»Ich nehme das Ding mit.« Er holte den schwarzen Kasten hervor.

»Äh ...«, begann Masklin.

»Keine Sorge«, sagte das Ding. *»Ich habe mich in den Bordcomputer kopiert. Ich kann sowohl hier sein als auch an einem anderen Ort.«*

»Es ist mir sehr ernst damit«, betonte der Abt.

Masklin setzte zu einem Einwand an, aber dann dachte er: *Warum? Wahrscheinlich ist Gurder mit einer solchen Aufgabe glücklicher. Außerdem hat er recht, das Schiff gehört nicht uns, sondern allen Nomen. Wir borgen es nur für eine Weile. Und es sollte tatsächlich jemand aufbrechen, um die übrigen Nomen zu finden, wo auch immer sie leben. Um ihnen die Wahrheit zu bringen, um ihnen zu sagen, woher wir stammen. Dafür eignet sich niemand besser als Gurder. Eine große Welt wartet auf ihn. Und um die anderen Nomen zu überzeugen, brauchen wir jemanden, der fähig ist, fest an etwas zu glauben.*

»Möchtest du, dass dich jemand begleitet?«, fragte Masklin.

»Nein. Vielleicht finde ich unterwegs einige Nomen, die bereit sind, mir zu helfen.« Gurder beugte sich etwas näher. »Um ganz ehrlich zu sein: Ich freue mich darauf.«

»Äh. Ja. Allerdings, die Welt besteht aus ... ziemlich viel Welt.«

»Ja. Ich habe mit Pion darüber gesprochen.«

»Oh? Nun, wenn du sicher bist ...«

»Ich bin sicherer als jemals zuvor«, erwiderte Gurder. »Und du weißt ja, dass ich bei vielen Dingen sicher gewesen bin.«

»Wir sollten also einen geeigneten Ort finden, um dich abzusetzen.«

Der Abt nickte und gab sich alle Mühe, tapfer auszusehen. »Einen Ort mit vielen Gänsen«, sagte er.

Sie ließen Gurder bei Sonnenuntergang zurück, an einem See. Der Abschied dauerte nicht lang. Wenn das Schiff auch nur einige Minuten lang irgendwo blieb, eilten Menschen in Scharen herbei.

Masklin sah den Abt als kleine, winkende Gestalt am Ufer. Kurz darauf zeigte der Bildschirm einen See, der zu einem silbrigen Punkt schrumpfte, umgeben von braungrüner Landschaft. Eine Welt breitete sich unter dem Schiff aus, mit einem unsichtbaren Nom in ihrer Mitte.

Und dann ... nichts mehr.

Dutzende von Nomen im Kontrollraum beobachteten, wie das Land unter dem aufsteigenden Schiff hinwegglitt.

Grimma starrte zum Schirm.

»Ich hätte nie gedacht, dass es so aussieht«, sagte sie. »Eine derartige Weite ...!«

»Ja, die Welt ist groß«, entgegnete Masklin.

»Man sollte meinen, dass sie für uns alle genug Platz bietet.«

»Oh, ich weiß nicht. Vielleicht ist eine Welt nie groß genug. Wohin fliegen wir, Angalo?«

Angalo rieb sich die Hände und zog alle Hebel zurück.

»So weit nach oben, dass es kein Unten mehr gibt«, brummte er zufrieden.

Das Schiff neigte sich empor, den Sternen entgegen. Unten breitete sich die Welt nicht länger aus, weil sie ihren Rand erreicht hatten – sie wurde zu einer schwarzen Scheibe vor der Sonne.

Nomen und Frösche blickten auf sie hinab.

Das Sonnenlicht glitzerte an den Kanten und schickte Strahlen in die Dunkelheit, wodurch die Scheibe wie eine Blume aussah.